The annotated Lolita

VLADIMIR NABOKOV

洛丽塔
注释本

[美] 弗拉基米尔 · 纳博科夫　著　　[美] 小阿尔弗雷德 · 阿佩尔　注释　　主万　冯洁音　译

上海译文出版社

献给薇拉

目　录

致谢

感谢以下诸位允许我摘录原文：首次发表诗作《发现》（“A Discovery”）和《模特儿颂》（“Ode to a Model”）的《纽约客》（弗拉基米尔·纳博科夫一九四三、一九五五年版权所有）；纳博科夫的《塞巴斯蒂安·奈特的真实生活》片段（新方向出版社一九四一年版权所有）；我自己的文章《纳博科夫的木偶戏》（“Nabokov's Puppet Show”）的第二部分得到《新共和》的允许重印于此（新泽西哈里森–布莱恩公司一九六七年版权所有）。威斯康星大学出版社允许重印我的文章《洛丽塔：戏仿的跳板》（“Lolita：The Springboard of Parody”，《威斯康星当代文学研究》第八卷，一九六七年春季刊），以及《纳博科夫访谈》片段（同上）（威斯康星大学校委会一九六七年版权所有）。我还要感谢以下各位的帮助：卡伦·阿佩尔、理查德·阿佩尔、弗兰克·凯迪、伊利·科恩、帕特里夏·麦基、雷蒙德·尼尔森、斯蒂芬·奥什曼、弗雷德·罗宾逊和布鲁斯·萨特勒。

小阿尔弗雷德·阿佩尔

序 言

弗拉基米尔·纳博科夫的《洛丽塔》在美国出版（一九五八年）数十年以来，已经成为当代文学经典。这个注释本对始出版于一九七〇年的注释版本再次进行了精心修改和校正，意在为广大读者，尤其是大学文学课程所用。本书基于我本人有关《洛丽塔》的教学和写作经验，经验表明许多读者都对亨伯特·亨伯特的语言和诉说，而非对他伤害洛丽塔和违反法律的行为感到困惑。他们的畏惧感并非没有来由；《洛丽塔》的确是自《尤利西斯》（一九二二年）和《芬尼根的守灵夜》（一九三九年）以来最为引经据典和玩弄字眼的小说，如果说它错综复杂和不断递进的写作方式令我们想到此前任何小说，那应该是那本最令人捉摸不定的作品，赫尔曼·梅尔维尔的《骗子》（一八五七年）。正如对待乔伊斯和梅尔维尔，《洛丽塔》的读者试图了解其“大意”，而同时又要挣扎着对付由深奥的素材和精雕细琢的丰富文笔结构所带来的难题。这一版本的主要目的是解决这些局部问题，并展示这些问题如何构成了小说的总体设计。无论是“导言”还是“注释”都不试图全面诠释《洛丽塔》。

这些注释关注大学生的特殊需求，指出了许多种典故和暗指，涉及文学、历史、神话学、《圣经》、解剖学、动物学、植物学和地理学。早就不再时髦的作家（例如梅特林克）比更熟悉的名字得到了更多关注，有选择性地对比参照纳博科夫其他作品中同样或相关的典故和暗指（一种迷你语词索引）会有助于将《洛丽塔》置于更宽广的语境，而且我希望会对未来的批评家有所帮助。小说中许多最为重要的主题都通过简要的对比参照勾勒出来。鉴于亨伯特的语言非常特殊，而且其范围还因为他杜撰的许多混合词而扩充，因此我追溯了双关语、生造词和喜剧性的词源，还有外来的、古体的、少见的或不寻常的词也都加以定义。虽然有些“不寻常的”词也出现在大学生常用词典中，但为方便起见还是加了注。我并没有指出所有的新词（例如truckster[1]），但是许多本当一目了然的新词还是加了注，因为快速移动的目光很可能会错过这样一个双关语所依赖的元音（世界上读书飞快的人啊，注意了，《洛丽塔》不是你们的书）。由于许多美国学生只懂一点点法语或干脆不懂法语，因此基本上文中所有的法语都译成了英语。读者可能会认为有几处加注多此一举；我自己就记得还在读大学二年级时，看见课本上提到道格拉斯·麦克阿瑟时还注释说是“著名美国将军（一八八〇至）”，我当时很恼火。然而，常见的也许结果会是暧昧不清的，例如，《洛丽塔》里有一处，亨伯特提到他的第一任妻子瓦莱丽亚“埋头看着*Paris-Soir*”（第五一页）。一九六七年在斯坦福大学一个有八十位学生的课堂上，我曾经问他们是否知道*Paris-Soir*是什么，结果有六十个学生不知所云，二十个学生推测那是一份杂志或报纸，但是没有人具体知道那是一份专门刊登下流报道的报纸，也不知道这个细节表明了瓦莱丽亚的愚蠢以及亨伯特对她的蔑视。一九六七年，大多数学生都知道“zoot suit”和“crooner”是什么；现在就不同了，所以才加了注（一九九〇年西北大学的一百名学生中只有十二名能够定义crooner和zoot suit，这是“人文学科危机”上一条新的皱纹）。有几条注释预设的前提是，一个时代的“流行文化”会是另一个时代的深奥学问（见注释148/1）。

“导言”大部分都出自我此前在《新共和》杂志上发表的文章（《纳博科夫的木偶戏》第二

[1] 意为“卡车”。

部分 [《威斯康星当代文学研究》，第一五六卷，一九六七年一月二十一日，第二五至三二页。《丹佛季刊》，一九六八年，《三季刊》，一九七〇年])。有几条注释改写自《威斯康星当代文学研究》上的两篇文章以及我对纳博科夫的访谈（见全部注释条目的参考文献）。第一版完成于一九六八年，除了最后有关《爱达或爱欲》暗指的注释发表于一九六九年，但是出版过程中难以预料的事情使其延迟了。与此同时，卡尔·R.普罗菲出版了《洛丽塔解锁》（一九六八年）。普罗菲和我是两个着魔的猎人（见注释108/2），各自独立研究，但有许多相似的发现。除了那些一目了然之处以外，我也尽量指出了那些他的发现先于我的地方。

《洛丽塔》的原文采用了一九八九年的佳酿版本（Vintage），包含许多随时间推移逐渐修改的内容，有些在注释中也指明了，所有修改均得到了纳博科夫的同意。如同一九五八年美国第一版，这个集注本最后有纳博科夫的“后记”，应该与“注释”和“导言”一起阅读（“导言”会准确地告诉读者这一程序）。

由于“注释”篇幅较长，且位于小说正文之后，读者应该考虑如何最佳使用这些注释的问题。熟悉《洛丽塔》的老练读者可以将“注释”视为独立篇章，但是聪明勤奋的学生如果一直前后翻阅对比原文和注释会感到头晕。比较平衡的做法是先读完一章，然后再来读相应的注释，或者反过来也行。然而，读者应该自行决定哪种方式对自己最合适。在更为理想的情况下，这个版本应该分作两卷，原文一卷，注释另一卷；两卷放在一起，才方便同时对照阅读。查尔斯·金波特在他的《微暗的火》序言（一九六二年）中提出的解决方法与这种安排最为接近，读者被指向他合情合理的评语，考虑到他神智错乱，这更了不起（本书第LXXXVII页）。

虽然这个文本有大约九百条注释，但一部作品最初的注释版绝不应该被视为“终极”版本，笔者不会如此自诩。就其本身而言，《洛丽塔：注释本》是第一部在作者生前出版的现代小说的注释本——是我们这个时代的《桶的故事》[1]。弗拉基米尔·纳博科夫有时会接受我的咨询，有时也会对注释评论一二，他的贡献之处均有说明。他要求我指出有几处他对《洛丽塔》的诠释并不一定与我的诠释相符，我已经尽量指出了这些地方；然而文学典故和暗指则被认为是准确的，在一九九一年第二版中新发现的每一处典故和暗指都同晚年的纳博科夫再三核对过。

该版本——现在，如同一九七〇年一样——类似于《微暗的火》可能会有的模样，如果可怜的约翰·谢德能得到机会评论查尔斯·金波特的评注的话。当然，对金波特和小约翰·雷的创造者撰写的小说进行注释和编辑的人可能又会被当作另一个虚构，虽然他最多也不过是象征性地近似于这些男士而已。但是注释者的确存在；他是位退伍老兵、祖父、教师和纳税人，而且不是弗拉基米尔·纳博科夫杜撰出来的。

---

［1］*A Tale of a Tub*，乔纳森·斯威夫特（Jonathan Swift，1667—1745）的小说。该小说结构分为两部分，一部分为“故事”主线，另一部分为其中穿插着的各种题外话。

导 言

一、纳博科夫的木偶戏

我已经尽了最大的努力来说明这本书的运作方法，至少是部分运作方法。只有直接阅读这本书才能欣赏到它的美、幽默和感染力。可是为了启发那些对这本书中惯用的变形方法感到困惑的人，或那些在发现一本全新的书的过程中仅仅因为找出书中有些东西不符合“好书”的概念而感到厌恶的人，我要指出，你一旦明白《棱镜的斜面》里的主人公们是可以被宽泛地称为“创作方法”的那种主人公，你就可以尽情地欣赏这本书了。这就好比一个画家说：注意，我在这里给你们看的不只是一幅风景画，而是一幅表现如何用几种不同的方法描绘同一处风景的画；我相信，把这些不同的方法和谐地结合起来，就会展现出我想让你们看见的那处风景了。

——纳博科夫《塞巴斯蒂安·奈特的真实生活》[1]

---

[1] 纳博科夫这部用英语写的小说发表于1941年。它以文学传记的面貌出现，声称是一位已故作家塞巴斯蒂安·奈特的传记，是由这位了不起的作家的同父异母弟弟V所撰写，其实纯属虚构。

弗拉基米尔·弗拉基米洛维奇·纳博科夫一八九九年四月二十三日生于俄国圣彼得堡。富有和贵族气派的纳博科夫家族并非西方自由鬼魔学所谓“白俄”常见人物——一律单片眼镜、法贝热鼻烟盒、观点反动——而相反倒是有很高文化修养、多年在政府担任公职的家庭。纳博科夫的祖父是两朝沙皇的司法大臣，推行过司法改革，而纳博科夫的父亲则是著名的法学家，排犹运动的死敌，多产的记者和学者，反对党（立宪民主党）领袖，第一届国会（杜马）议员。一九一九年他携全家流亡德国，在柏林与人合办自由流亡者日报，直至一九二二年在一次政治集会上，因设法保护发言的人而遭两名保皇分子暗杀，时年五十二岁。年轻的纳博科夫赴剑桥三一学院，一九二二年获斯拉夫语及罗曼语荣誉学位。后来的十八年，他在德国和法国居住，用俄语写了大量作品。有名无实的欧洲流亡者社区太小，养不起一个作家，纳博科夫就靠翻译、当众朗读自己的作品、教英语、教网球，以及当仁不让地为一家流亡者日报首次设计俄文填字游戏来维持生活。一九四〇年他携妻子和儿子移居美国，于是纳博科夫开始了英语写作。批评家常拿约瑟夫·康拉德来与纳博科夫比较，这使得纳博科夫的杰出成就黯然失色，因为这位生于波兰的作家开始用英语写作的时候才三十岁，而且与已经是中年的纳博科夫不同的是，他并没有用自己的母语写过任何东西，更不用说九部长篇小说了。

到了美国，纳博科夫在韦尔斯利学院（一九四二至一九四八）和康奈尔大学（一九四八至一九五八）讲授俄国文学，他的欧洲小说名著课极受学生欢迎。在韦尔斯利讲课期间，他还在哈佛大学比较动物学博物馆从事鳞翅目昆虫的研究。在这期间，纳博科夫的几本用英语写的书获得了有洞察力的读者的默默看重，而《洛丽塔》才是他第一本受到广泛关注的书。一九五八年该书列入畅销书目并拍成电影，这使他可以辞去教学工作，专心写作。一九六〇年至今他一直在瑞士蒙特勒居住，现在在那里写一本新的小说（书名叫《透明》）和一本西方艺术中的蝴蝶演变史，并计划将来出版几本书，包括康奈尔大学的讲稿、《洛丽塔》电影剧本（斯坦利·库布里克一九六二年拍的影片只用了书的一部分内容），还有他的一本俄文诗歌选集，由纳博科夫自己翻译并将和他的棋局汇集一起出版。

《洛丽塔》让洛丽塔出了名，而不是纳博科夫。虽然《洛丽塔》得到有影响的批评家的赞扬，但这本书被看作是无生源说[1]的一种奇迹，因为纳博科夫的全部作品就像是一座冰山，他的俄文长篇小说、短篇小说、剧本及诗歌的庞大的主体仍然没有翻译，并没有让读者所见，都隐匿在可以看见的《洛丽塔》和《普宁》（一九五七年）的峰尖下面。然而，在普特南出版社出版《洛丽塔》以后的十一年里，二十一本纳博科夫的书相继问世，其中包括从俄语翻译的七部作品、三部已经绝版的长篇小说、两个短篇小说集、《微暗的火》（一九六二年）、鸿篇巨制的四卷本普希金《叶甫盖尼·奥涅金》英译本（一九六四年）、《说吧，记忆：自传追述》（一九六六年）——这是最初于一九五一年以《确证》为书名发行的一部传记，经过很大修改和扩充的修订本——以及他的第十五部长篇小说《爱达或爱欲》（一九六九年），而它的出版正值他的七十岁寿辰。正在由他的儿子德米特里翻译成英语的《玛丽》（一九二六年）和《荣耀》（一九三一年）的出版将完成他的俄文长篇的翻译。

纳博科夫文集不同凡响的结集出版，体现了分别于五十六岁、六十三岁和七十岁出版杰作《洛丽塔》《微暗的火》和《爱达或爱欲》的人的坚忍不拔、不屈不挠的精神。纳博科夫在西方世界似乎只对比他逊色的他同时代的苏联作家感兴趣的时候，经历了作为移民作家免不了的艰

[1] spontaneous generation，一种认为动植物起源于无生命有机物的过时概念。这里显然是用作比喻。

难困苦，并且最终不但成了俄国大作家，而且还是健在的最重要的美国小说家。无疑，一些咬文嚼字研究当代文学史的人，仍然为纳博科夫的国籍犯愁，不知该把他往哪里“放”，不过，约翰·厄普代克描述纳博科夫时写道，他是“目前最优秀的具有美国公民身份的使用英语的散文作家”[1]，从而解决了这个虚拟的难题。自名副其实的移民作家亨利·詹姆斯以来，没有一个美国公民创作过如此令人敬畏的作品集。

纳博科夫对弗洛伊德和社会小说的明显的厌恶将继续使一些批评家对他敬而远之。但是，他迟迟不能获得他的恰如其分的地位，除了人们无法接触到他的书或他未能与某一公认的流派或时代精神模式认同这一原因之外，还有一个更加根本的理由：依照形式主义批评的原则培育起来的读者根本就还没有学会怎样理解有一类作品，这类作品不容你搜索有序的、虚假的和象征的“意义层面”，并且完全脱离后詹姆斯时代对于“现实主义”或“印象派”小说的要求，即要求一部虚构作品应该是纯美学冲动的客观的产物，是现实的假象，自成一体而不受外界影响，由一种一贯持有的观点通过对作者的评论一概无法触及的中枢神经系统信息而形成。在纳博科夫的小说里情形完全相反：他的艺术唯有巧妙，舍此即无；荒诞的、非现实主义的、缠绕的形式，这些甚至在他早期小说里已初露端倪的形式，清楚地表明纳博科夫始终在走自己的路，他走的并不是弗·雷·利维斯[2]所谓小说的伟大传统的路。但是，纳博科夫目前的名声表明，关于小说以及小说家的道德责任的看法已经有了根本的转变。将来的小说史研究者也许

---

[1] 约翰·厄普代克：《一代大师纳博科夫》，载《新共和》第151卷（1964年9月26日）15期。后收入厄普代克《散文杂编》（纽约版，1965）中。——原注

[2] F. R. Leavis（1895—1978），英国文艺评论家，他最著名的著作《伟大的传统》（1948）追寻奥斯丁、乔治·艾略特、詹姆斯、康拉德等作家现实主义传统。

有一天会提出，是纳博科夫而不是任何一个现在在世的小说家，使一个现已枯竭的艺术形式复活，不仅展示了它新的发展前景，而且通过他的榜样，使我们想起他的伟大先辈——如斯特恩[1]和作为诙谐的模仿者而非象征主义者的乔伊斯——的丰富美学资源。

《说吧，记忆》除了它作为传记而具有的特点之外，还可以与《尼古拉·果戈理》（一九四四年）第五章一起，作为纳博科夫艺术的理想入门书，因为，某些最通俗易懂的纳博科夫批评，就可以在他自己的书中找到。他最公开的诙谐模仿小说最终又绕回到它们自己，并且还奉上自己的评语；《天赋》（一九三七至一九三八）和《塞巴斯蒂安·奈特的真实生活》部分章节明白地描述了他后来的小说所采用的叙述手法。假如把《说吧，记忆》的第一句话和最后一句话放到一起，那么，纳博科夫所思考的问题也许就再明白不过了："摇篮在深渊上方摇着，而常识告诉我们，我们的生存只不过是两个永恒的黑暗之间瞬息即逝的一线光明。"在书的结尾他描写了他和他的妻子如何在看穿了蒙骗眼睛的花招之后第一次看到了等在码头上载他们和他们的儿子到美国去的轮船："最令人满足的，是从屋顶和墙壁的错杂的角之间辨认出一艘辉煌的巨轮的烟囱，它像一幅杂乱的画——找出水手藏起来的东西——里的某种东西那样从晾衣绳后面呈现出来，找到的人一旦看见了它，就再也不可能看不见它了。"《眼睛》（一九三〇年）这书名很恰当；对于"现实"（纳博科夫说永远必须加引号的一个词语）的理解首先是一个视觉奇迹，而我们的生存则是一个接着一个的尝试，试图将那"一线光明"中窥见的"画"读懂。人工作品与自然两者对于纳博科夫来说都是"一场陶醉与欺骗交织的游戏"，而反复阅

[1] Lawrence Sterne（1713—1768），英国小说家，他的《项狄传》写法怪诞，被认为是小说意识流手法的先驱。

读他的小说的过程就是一场感悟的游戏，他的小说如同恩·汉·贡布里希[1]在《艺术与错觉》中论及的书一样——一切都在，看得见（并无象征隐藏在混浊的深处），但是，你必须透过这错视画，因为它最终呈现在你面前的是与你期待的全然不同的东西。这看来就是纳博科夫怎样想象生活的游戏和他的小说的作用的：每当一幅“搅乱的画”被看清楚了，“找到的人一旦看见了它，就再也不可能看不见它了”；意识扩大了或产生了。

“游戏”一词通常意指轻薄无聊和逃避世事的艰苦，但是纳博科夫以他的游戏观来对抗这种空虚无聊。他的“尘世游戏”（《微暗的火》里约翰·谢德用语）是在可怕地永不变更的范围之内进行的，这个范围的特征是有“两个永恒的黑暗”；他的这种游戏是要寻求秩序——寻求“游戏中相互关联的模式”，它要求参与者有充分的意识。作者与读者是“参与者”，因此，在《说吧，记忆》中纳博科夫描述棋局设计的时候，他也是在归纳他的小说写作。作者用诙谐的模仿巧妙地布下了“引入歧途的嗅迹”，写下了“似是而非的参与文字”，倘若你读的时候心动而且还真相信，例如，亨伯特的忏悔是“真诚的”，他已经没有罪了，或者，《普宁》的叙述人真的因普宁对他怀有敌意而大惑不解，或者，一部纳博科夫的书是一个现实的假象，而这现实就产生于我们世界的自然法则之下，那么，你不但这个游戏输给了作者，而且你很可能在“尘世游戏”，即你自己读画方面的表现也不会很好。

《说吧，记忆》列举了纳博科夫小说的几个重大主题：面对死亡、挺过流亡、创作过程的性质、寻求完全意识和“自由的永恒世界”。他在第一章中写道，“我在思想上回到了过去——

[1] E. H. Gombrich（1909—2001），英国著名艺术史学家，他最有影响的著作之一《艺术与错觉》（1956）论述艺术的性质与批评家的任务。

思想令人绝望地渐行渐淡——遥远的地方，我在那里摸索某个秘密的通道，结果发现时间的监狱是球形的，没有出口。”纳博科夫的主人公居住在幽闭的、仿佛牢房般的屋子里；无论是亨伯特，《斩首之邀》（一九三六年）里的辛辛纳特斯，还是《庶出的标志》（一九四七年）的克鲁格其实都是被监禁的。为了要逃出这球形的监狱（克鲁格在俄语里即“圆圈”的意思）所作的挣扎在纳博科夫的作品里有许多形式。如他在《说吧，记忆》里所描述的那样，他自己就有过绝望的、有时十分可笑的企图，这在他的作品里有各种诙谐模仿，如《眼睛》里恶作剧鬼的阴谋，《微暗的火》里海丝尔·谢德被“家鬼”缠身和她在闹鬼的粮仓里的鬼画符，以及在《瓦内姐妹》（收在《纳博科夫四重奏》，一九六六年）里。《瓦内姐妹》最后一段有一首离合诗，透露故事头几段里两个生动形象是受死人瓦内姐妹操纵的。

虽然《说吧，记忆》明白阐述了纳博科夫小说的自我模仿的内容，但没有人充分认识这些变形的美学含义，或认识纳博科夫在多大程度上有意识地将自己的生活投入到小说创作中。毫无疑问，这是一个危险的说法，很容易被误解。当然，纳博科夫没有写那种几乎毫不加掩盖地抄录下来又往往很容易被当作虚构内容的个人经历。然而，对于理解他的艺术至关重要的是，要了解纳博科夫是怎样常常即兴地从自己的生活经历里找材料来充实他的小说的，而且，在《说吧，记忆》中纳博科夫无恶意地猜到了批评家们要问的问题，写道：“有像自我抄袭这类乏味的文学知识的未来的专家，会想要在我的小说《天赋》中将主人公的经历和原始事件进行核对。”书中后来他又谈及了将自己过去的“珍贵材料”赠予他书中人物的习惯。然而，被纳博科夫在他小说的“人造世界”里加以变形的不仅仅是“材料”而已，这是一个无聊的专家把《说吧，记忆》的第十一章、第十三章和《天赋》进行比较之后发现的，或者，由于流亡是纳博科夫的头等重要的题材，通过把《说吧，记忆》里表达的对于流亡的态度与小说里对于流亡的处理进行比较，也可以发现。他的传记的读者在书中了解到，纳博科夫的曾祖父曾到新地岛（岛上纳博科夫的河就是用的他的名字）探险，还绘制了地图。在《微暗的火》中，金波特认为他自己就是新地岛流亡国王。这是一个狂人心目中对纳博科夫往昔奢华的荒诞幻想，也是一个诗人对于无法弥补的失落的幻想。一九四五年纳博科夫另有描述："我将权杖遗落在重洋那方，/我听到我斑驳的名词在那里嘶鸣。"（《俄罗斯诗歌的黄昏》）纳博科夫的化身不是为"失却的钞票"而悲伤。他们的境况，虽然因身陷逆境而愈加困难，但并非流亡者才有。流亡是与一切人类失落相联系的。纳博科夫以无限的同情记录了心必须经受的压迫；即便是在他的最具有诙谐模仿色彩的小说如《洛丽塔》中，他也在说笑中发出痛苦的呼叫声。"可悲，"约翰·谢德说，"是通行的口令。"纳博科夫的流亡是情感和精神的流亡，最终又落到自己身上，被使人困扰的记忆和愿望囚禁在唯我的"镜子监狱"里，分不清哪是玻璃哪是自己（此处再借用一个监狱用语，见收在《纳博科夫短篇小说集》［一九五八年］里的短篇小说《助理制片人》［一九四三年］）。

超越唯我是纳博科夫小说关注的一个中心问题。他并不主张逃避，他对于这个主题的处理有一种清晰的道德感染力：只是在《洛丽塔》的开头，亨伯特可以说他把洛丽塔"安安稳稳地唯我存在了"。他在流亡时所遭受的极冷漠的监视往往被批评家们所忽视。《普宁》里的斯文而糊涂的教授在最后一章被换了一种方法处理，语气严厉了，因为叙述者接过话去明白指出，他接替了普宁的工作而不是，他希望，普宁的生存。约翰·谢德要我们怜悯"那名背井离乡的人/那个躺在汽车旅馆里垂死的老人"，而我们的确是怜悯的。但是在"评语"里金波特说，"把身份淹没在那面流亡镜子里的国王是犯了（弑君）罪的"。"过去的已经过去了。"在《洛丽塔》结尾处，亨伯特要洛丽塔再体验总是无可奈何地失去的东西时，她这样对亨伯特说。作为一本关于往昔所施与的魅力的书，《洛丽塔》是纳博科夫自己对前一本书即《说吧，记忆》第一版诙谐模仿式的回答。记忆女神摩涅莫绪涅现在被看作是一个不能带来希望的女神，而怀旧则被看作是荒诞的死胡同。《洛丽塔》是人们最不可能提名列入“自传体”的书，然而，即便是完全创作的形式，它也与纳博科夫的灵魂最深处有着联系。与《天赋》中的诗人费奥多尔一样，纳博科夫可以说：“我将所有一切原封不动地置于那滑稽模仿的诗文的边缘……另一方面，肯定有一个严肃的深渊，我得另辟蹊径，沿着我自己的真实和对它的滑稽模仿之间这道狭窄的山脊。”

一个托付给想象的自传体主题就这样有了新的生命：艺术上冻结了，空间上停滞了，此刻成了永恒，因此它是可以接受的。小丑式人物格拉杜斯误杀约翰·谢德的情节出现在纳博科夫的父亲也是这样被杀四十年后出版的一本小说里，读到它你可能会记起七岁的纳博科夫捉到又飞走的那只蝴蝶，这只蝴蝶“在经历了一场历时四十年的赛跑之后，最终在博尔德附近……外来的蒲公英上被追上并捉住了”（《说吧，记忆》）。你明白了艺术是如何让纳博科夫的生活能过得下去的，以及他为什么把《斩首之邀》叫作“虚空里的小提琴”。他的艺术记录了一个永不停息的变的过程——艺术家通过艺术创造而带来的自身成长——昆虫的变形循环是纳博科夫描述这个过程时起支配作用的比喻，因为他一生从事生物考察，在他脑子里已确立了“蝴蝶与自然界中心问题之间的联系”。意味深长的是，在一部纳博科夫小说的结尾，在这部小说的“循环”完成之后，往往出现一只蝴蝶或一只飞蛾。

纳博科夫引人瞩目地积极参与他的虚构作品中的生活，其意义是可以领会的，读了《说吧，记忆》这意义就更加明白了。例如在《斩首之邀》中，辛辛纳特斯趴在铁窗上睁大眼睛往外看，在监狱大墙上看到一行很有意义的、已经有点儿模糊的字：“你什么也看不到。我也试过的”（第二九页），是“典狱长”，即作者，清秀、一眼就能认出的笔迹，他一插手这部书就缠绕了，这样一来除了“书”这个现实之外，就毫无现实可言了。“缠绕”这个词语可能会让一些读者犯难。但是你只要将这个词语的辞典意义引申一下就明白了。一部缠绕的作品最后会归结到自己身上，是指向自己的，是意识到作为一部虚构作品的地位的，借用马拉美[1]解说他自己的一首诗时说的一句话，是“*allégorique de lui-même*”——自我讽喻的。一个理想地缠绕的句子就可以这样说，“我是一个句子”，而约翰·巴思[2]最近发表的短篇小说《称号》《一生》和《梅涅莱》（见《迷失在开心馆中》，一九六八年），如同任何虚构作品都有可能的那样，就很接近这个有些疑问的理想。举例来说，《称号》的各个部分相互就有过一次不可思议的讨论，甚至还对作者说：“过去你对偶尔出现的精妙词语和技巧上的推敲沾沾自喜。”

缠绕的作品里的人物往往都明白，他们的真实性是十分可疑的。雷蒙·格诺[3]的《里芒的儿孙们》（一九三八年）一书中，夏贝那克是一所公立中学的校长，他一直在搜集材料，准备写一部关于“文学狂人”的巨著：《错误知识大全》。到了小说最后一章他放弃了出书的希望，而就在这时，他在咖啡馆遇上“一个人物”（后来这个人物自报家门，知道他叫格诺），主动提出把他的手稿交给格诺，让他用在正在写的一部小说里，因为小说中的一个人物是一位校长，如此等等。一个类似的大倒退出现在刘易斯·卡罗尔[4]的《爱丽丝镜中奇遇》（一八七二年）第四章，书中担当创作者（和造物主）角色的是睡梦中的国王。爱丽丝走过去要叫醒国王，被特

---

［1］Stéphane Mallarmé（1842—1898），法国诗人，象征派代表。

［2］John Barth（1930—　），美国作家，小说讽刺幽默，富有哲理。他的《迷失在开心馆中》包括十四篇故事，部分相连，涉及作者（人物之一）与读者间的互动。

［3］Raymond Queneau（1903—1976），法国作家，二十年代参加超现实主义运动，作品有黑色幽默倾向。

［4］Lewis Carroll（1832—1898），英国数学家、儿童文学作家。

威德尔迪阻止了：

“他这时候在做好梦呢，”特威德尔迪说，“你说他是在做什么梦？”

爱丽丝说：“谁也猜不出来。”

“哎，你呀！”特威德尔迪叫道，得意地拍着手，“你说，要是他不梦到你，那你会在哪里呢？”

“当然在我现在这地方啰。”爱丽丝说。

“你不会！”特威德尔迪轻蔑地说，“你什么地方也不在了。哼，你只不过是他梦里面的一样东西！”

“要是那国王醒过来，”特威德尔德姆插话道，“你就熄灭了——噗！——就像一支蜡烛！”

“我不会的！”爱丽丝气愤地大声道，“再说，假如我是他梦里的一样东西，我倒要问问，那你是什么？”

“也一样。”特威德尔德姆说。

“也一样，也一样！”特威德尔迪叫道。

他的声音叫得这么响，爱丽丝只好赶紧说，“嘘！要是你声音这么大，我怕你会吵醒他的。”

“唔，你说吵醒他没有用，”特威德尔德姆说，“因为你是他梦里的一样东西。你心里很清楚你不是真的人。”

“我是真的！”爱丽丝说，一边哭了起来。

塞缪尔·贝克特[1]的《残局》（一九五七年）也有类似的讨论。“有什么东西可以让我留在这里不走？”克洛夫问道。哈姆回答说，“对话。”更像特威德尔兄弟而不是爱丽丝的是格诺《障碍》（一九三三年）里的三个上年纪的人物。他们在漫长的毁灭性的法兰西—伊特鲁里亚战争后幸存下来，到了书中最后几页，他们什么都想要。女王接受致敬以后说：“说那个话的不是我……是书里边说的。”问她：“是什么书？”她回答说：“唔，这本书。我们现在待在里面的这本书。这本书重复我们说的每一句话，我们走到哪里他就跟到哪里，讲我们的故事，是贴在我们身上的真正的吸水纸。”[2]然后他们就讨论他们是其中一部分内容的这部小说，并一致同意把时光抹去，从头再来一遍。他们又倒回去，回到巴黎。小说最后的两句话就是开头的两句话。

虽然哲学上的含义会让人觉得不很有趣，但是最明显的缠绕例子却可以在连环画册、报刊漫画连环画和动画片里找到。动画片里的人或动物常常刻画得栩栩如生，历历在目：先是空银幕的一片空白，接着看到空银幕成了一块画板，画家的画笔在画板上迅速移动，寥寥数笔，画出几个人物，他们这时候才动起来。或者是照习惯采用魔法墨水瓶，墨水瓶前后动作。一开始是从墨水瓶里泼出这些人物，末了再把他们收回墨水瓶里去。这些技法描绘了《障碍》的发展过程，你在第一章看到的是一个轮廓，而随着小说的展开，轮廓变得越来越丰满。又如阿兰·罗伯–格里耶[3]的《在迷宫里》（*Dans le labyrinthe*，一九五九年），书中的叙述者坐在静静的房间里，凝视着几样东西，包括一件印刷钢凹版，接着版面“活了”，于是小说就从这里编

---

[1] Samuel Beckett（1906—1989），爱尔兰戏剧家、小说家，荒诞派戏剧主要代表之一。
[2] 雷蒙·格诺：《障碍》，巴黎，1933年版，第294页。——原注
[3] Alain Robbe-Grillet（1922—2008），法国小说家。

织出来。“我们终于创造了自己，”在《障碍》的结尾一个人物说，“而老书是用可笑的涂鸦（手书）一下子就将我们弄出来了。”[1]

在缠绕的作品里，人物与他们的创造者随意交流，但他们之间的这种关系也并非始终很理想。你或许还记得动画片《疯小兔》（大约创作于一九四三年）。兔子与画家之间有一场持续的恶战，看到画家的可怕武器橡皮和铅笔轮番上场，一会儿把兔子的脚擦掉，使它不能逃跑，一会儿给它一个鸭嘴，让它不能还嘴。这跟《斩首之邀》里的人物命运不同，书中人物被随心所欲地拆卸，重新调整，重新组装。但人物也并不是像辛辛纳特斯那样始终没有怨言。在一九三六年报上每日连载的漫画连环画倒数第二个框框，切斯特·古尔德在画中把他的主人公可怕地困在矿井的井筒里，入口用巨石堵着。迪克·特雷西惊骇的脸的上方圆圈里写的字说，“古尔德，你太狠心了。”到最后一个框框，看到一只拿着橡皮的好意的手，要擦掉巨石。然而，《芝加哥论坛报》的坎普顿·帕特森，显然是利维斯博士的门徒，他认为古尔德的确太狠心，于是把画稿退了。莎士比亚在不夜城直接跟乔伊斯说的话就远没有那般气急败坏：“瞧我的老兄把他的周四机遇搅的。”因为那机遇是指布卢姆日，指这本书，指乔伊斯要成就的大业[2]。“啊，詹姆斯你就饶了我吧。”莫莉·布卢姆恳求乔伊斯道[3]。此外在叙述布卢姆不夜城的幻想那一章，维拉格的鬼影说，“这适合你的书么？”在确认之后维拉格的喉咙一阵阵地抽搐的时候，他说，“正好！他又来了。”[4] 维拉格直接跟乔伊斯说话是正确的，因为那不夜城的幻觉是艺术家

[1] 雷蒙·格诺：《障碍》，巴黎，1933 年版，第 294 页。——原注
[2] 詹姆斯·乔伊斯：《尤利西斯》（纽约，1961 年版），第 567 页。——原注
[3] 同上书，第 769 页。——原注
[4] 同上书，第 513 页。——原注

的创作。维拉格接受了他是别人的创造这一事实，他的表现比爱丽丝和《庶出的标志》里的克鲁格更显得有风度，因为克鲁格一听说他是别人所创造就疯了。相反，这一认识倒锻炼了正等着斩首的辛辛纳特斯，因为这就是说他不会真“死”。

纳博科夫关于果戈理的评论有助于加强显示缠绕的类比定义。“一切真实都是假面具。”他写道，而纳博科夫的叙述是假面剧表演，演的是他自己创造的东西，而不是自然世界的再现。但是由于后者是大多数读者对于小说的期望和要求，因此还有许多人仍然不懂纳博科夫在做的事。他们不习惯作者“间接地提及画面粗糙的屏风后面的别的东西”，而正是在那里，“真正的情节在明显看得见的情节背后进行着”。因此，在纳博科夫的所有小说中至少都有两个“情节”：书中的人物，以及创作者超越书本的意识——“真正的情节”，可以在叙述的“裂口”和“漏洞”中看得见。关于这些，在《说吧，记忆》第十四章有很贴切的描述，因为那一章纳博科夫讨论了流亡作家中“最孤独和高傲的一个”——西林（纳博科夫流亡后用的笔名）：“他作品的真正生命流淌在他的修辞手段之中，有个评论家（纳博科夫？）将此比做向连成一片的世界开启的窗子……一个转动着的必然结果，一系列思想的影子。”这连成一片的世界即作者的思想和精神，而他的个性、他心灵上的幸存、他的“多面意识”，最终既是书的主题，又是书的产物。不管怎样开，这些“窗户”始终表明“诗人（此刻就坐在纽约州伊萨卡一把草坪椅子上）是核心”，一切的“核心”。

从《王，后，杰克》（一九二八年）中的首次出现，到《斩首之邀》（一九三六年）里的完全成熟，再到《微暗的火》（一九六二年）“缠绕寓所”的最高境界，缠绕手法已经决定了纳博科夫小说的结构与意义。你始终要记住“那只大师的拇指”（借用《微暗的火》里弗兰克·莱恩的说法）的指印，“顿时使那令人不知所措的错综复杂玩意儿变成了一条美丽的直线”，因为只有在这个时候才可能看到“明显的情节”是怎样绕进“真实的”情节，又绕出来的。虽然其他作家也创作过缠绕的作品，但是纳博科夫的自觉是超绝的；他达到的效果以及他的操纵自如所涉及的广度与高度，使他显得很独特。若不把自传性的主题包括在内，缠绕则通过六个基本手法实现，而且相互紧密关联，但为明白清晰起见，简述如下：

诙谐模仿。诙谐模仿作为有意使用的巧妙手段，给纳博科夫的缠绕提供了主要的基础，提供了——正如《塞巴斯蒂安·奈特的真实生活》一书中叙述者讨论奈特小说时所说——“使用戏谑性模仿的手法作为一种跳板，以便跳进严肃情感的最高境界”。因为诙谐模仿的对象是其他艺术作品或者它自己，所以它排除根据真实情况虚构出来的作品的可能性。只有作者的敏感才能确保诙谐模仿或自我模仿的神韵；它是文字杂耍，是作者的一系列文学模仿表演。当纳博科夫把一个人物，甚至把窗上的遮帘叫作“诙谐模仿”的时候，那意思是说，他的创作不具有别的“现实”。《洛丽塔》是自《绝望》（一九三四年）以来任何一部小说中“裂口”最少的，而且，在我看来，是他的最现实主义的作品，然而恰恰在《洛丽塔》这样的一部小说里，缠绕也是通过诙谐模仿的文字模式来维持的。

巧合。纳博科夫爱好巧合的例子，在《说吧，记忆》一书中俯拾皆是。因为是取自他的生活，所以这些巧合例子表明对于巧合纳博科夫的想象是如何作出反应，并将它用在他的小说里，描出生活构思的图样，以便取得时间与空间的细致入微的融合。“一定有某种逻辑法则，”纳博科夫在《爱达或爱欲》（一九六九年）一书中写道：“在给定的领域内支配偶然巧合的数量，然后这些偶发事件便不再是巧合，而是形成了新的事实的活生生的机制。”亨伯特要住到草坪街三四二号夏洛特·黑兹家去；他和洛丽塔在“着魔的猎人”饭店三四二室开始了他们非法的周游全国的旅行；一年中他们途中在三百四十二家旅馆和饭店登记入住。鉴于数字会有无数个可能的组合，这几个数字表明他是落入了麦克费特（借用亨伯特的拟人化说法）的圈套。但是，这几个数字也是一个显而易见的、意味深长的计谋，像那一册一九四六年《舞台名人录》一样，亨伯特要我们以为他是在写我们现在读的这一章之前的一天晚上，在监狱图书馆里找到它的。这本年刊不但预示小说的情节的发展，而且在模拟洛丽塔的“多洛雷斯·奎”条目下我们得知，她“一九〇四年以《千万不要对陌生人说话》一剧在纽约初次登台——而且在小说最后一段，几乎是相隔三百页之后，亨伯特劝说洛丽塔不在他身边的时候，不要和陌生人说话”。对于一份据说是在五十六个动乱日子里写成的未曾修改的第一稿自白书来说，这是体现非凡叙述能力的一个细节。倘借用打断《庶出的标志》叙述的一个神秘的声音来表达，即，很清楚，“另外有人了解内情”。若巧合从一本书延伸到另一本书，那就不叫巧合。从一个“现实”所创造的人物一再地出现在另一个“现实”：虚构的作家皮埃尔·德拉朗德在《天赋》里提到了，又在《斩首之邀》里题词（平装本里无意中删去）；普宁和另一个人物都说起过“弗拉基米尔·弗拉基米洛维奇”，并对他的昆虫学不屑一顾，认为是装腔作势；“洛丽塔飓风”在《微暗的火》里说到过，而普宁坐在大学图书馆也让人看到了。虚构的或平平常常的名字还有某些预测未来的数字不断在许多书中出现，相差无几，而且不传达任何意义，只是说明作品之外有人在说而已，它们都不过是一个总模式的组成部分而已。

模式化。纳博科夫对国际象棋、语言和鳞翅目昆虫学的酷爱，促使他在他的作品里采用纷繁、缠绕的模式。与通过模仿而实施的游戏一样，诙谐双关语、字谜游戏、首音互换无不说明一个喜好文字游戏的人的插手干预；就主题而言，都是与镜子监狱相称的。有几本书的叙述编织了象棋主线，而即使是在一本最具有真实生活条理的早期小说《防守》（一九三〇年）里，象棋模式证明连象棋大师卢仁都摸不着头脑的势力的存在。（“于是在第四章快结束时，我在棋盘的一角走出了意想不到的一步。”纳博科夫在前言里写道。）关于鳞翅目昆虫学主线的重要性已经说到过了，纳博科夫的书中它是进出自由的：在《斩首之邀》里，就在辛辛纳特斯要斩首之前，他轻轻地抚摸一只大飞蛾；在《微暗的火》一书中，约翰·谢德丧命前一刻一只蝴蝶停在他的手臂上；在《爱达或爱欲》一书中，凡·维恩来决斗的时候，一只透明的白蝴蝶从面前轻盈飞过，于是凡心中明白他只有几分钟可活了；在《说吧，记忆》最后一章，纳博科夫回想起在巴黎，就在大战前，看到一只活蝴蝶被人系在一根线上拉着；在《庶出的标志》结尾，伪装的作者擅自闯入，中断“明显的情节”，而随着书的合上，他望着窗外，看到一只飞蛾“噗”的一声撞在纱窗上，心想：“一个不错的飞蛾扑火的夜晚”。《庶出的标志》发表于一九四七年，因此事情绝非偶然，在纳博科夫的下一部小说（一九五五年）里，亨伯特早在一九四七年就遇上了洛丽塔，从而保持了作者的“虚构时间”而不打断，并使他能够在一生最奇妙的蝴蝶搜寻中，透过新小说的基础，追逐那只飞蛾可爱的白天替身。“我承认我不信任时间，”纳博科夫在《说吧，记忆》欣喜若狂的蝴蝶一章的最后这样写道。“我喜欢在使用过后把我的魔毯这样折叠起来，使图案的一个部分重叠在另一部分之上。”

作品中的作品。纳博科夫小说的自指手法，即斜插进书里的镜子，很清楚是作者自制的，因为小说里面没有一个观点能对这些手法所制造的令人头昏目眩的颠倒负责。《塞巴斯蒂安·奈特的真实生活》这部书原先似乎是试图替叙述者的同父异母兄弟要写的文学传记搜集材料的，但结果连叙述者的身份也让人弄不明白了，该书的方向在奈特的第一部小说《棱镜的斜面》里发生折射，“是一个侦探故事场景的极滑稽的模仿”。像伊丽莎白女王时代的剧中剧一样，《洛丽塔》书中奎尔蒂的剧本《着魔的猎人》提供了一个“信息”，它可以很严肃地看作是对整部小说进展的评语；而《舞台名人录》和拉姆斯代尔学校学生名册则神秘地反映了他们周围发生的事，也很含蓄地包括了《洛丽塔》的写作。《微暗的火》一书非小说内容部分——序言、诗、评论，以及索引——构成了一个纠缠不清的索引参照的镜子迷宫，一个只能是作者制造的封闭的宇宙，而决非“不可靠”的叙述者之所为。《微暗的火》将作品中的作品的终极潜在价值变成了事实，虽然它在二十四年前在作为《天赋》第四章的文学传记里已经有了。假如发现《天赋》里的人物同时也是第四章的读者让人觉得困惑，这是因为它提示人们，正如豪尔赫·路易斯·博尔赫斯[1]论及《哈姆雷特》里的戏时所说，“如果虚构作品中的人物能成为读者或观众，反过来说，作为读者或观众的我们就有可能成为虚构的人物。”[2]

小说的上演。纳博科夫写了《洛丽塔》的电影剧本，而在此之前他用俄语写过九个剧本，包括他涉足科幻小说所得几部中的一部，即《华尔兹发明》（一九三八年），这部书于一九六六年翻译成英语出版。因此人们并不觉得意外，他的小说竟充满了“戏剧”效果，非常适合于他的表演精神。个性的问题可以作富有诗意的调查，即可以试戴一副副的面具，不合适则丢弃。此外，除了觉得是在上演一部小说之外还有别的更好的办法能证明一部书里的一切都是被操

---

［1］Jorge Luis Borges（1899—1986），阿根廷诗人、小说家。
［2］豪·路·博尔赫斯：《吉诃德的部分魔术》，收入《迷宫》（纽约，1964），第 196 页。——原注

纵的么？在《斩首之邀》一书中，“外面上演了一场夏季雷暴，虽然简单，却颇为高雅”。《洛丽塔》中，奎尔蒂最后死的时候，亨伯特说，“这就是奎尔蒂为我上演的这出匠心独运的戏剧的结局”；另外在《黑暗中的笑声》（一九三二年）中，“雷克斯设想的舞台监督是一个善施魔法，能同时变成两三个幻影的普罗透斯[1]”。普罗透斯式的善变的扮演者纳博科夫在他的小说里始终伪装起来出现：制作人、电影编剧、导演、典狱长、独裁者、地主，甚至扮演一个小角色（《洛丽塔》书中奎尔蒂剧本里的第七个猎人，一个年轻诗人，坚持认为剧中一切都是他的创作）——仅举他特务一样伪装的几个例子。他在自己创作的人物中间出入，宛如《暴风雨》里的普罗斯佩罗。莎士比亚俨然是他的一个老祖宗（他与纳博科夫同生日），《斩首之邀》末了舞台布景拆除时发出的劈劈啪啪的声音，是纳博科夫笔下莎剧的翻版，是普罗斯佩罗折断魔杖，向演员们宣告（我们的狂欢现已结束，这些演员/我已告知你们，都是精灵/他们已经化入空中、化入虚无缥缈中；《暴风雨》第四幕第一场）。

作者旁白。一切缠绕的效果都绕入作者旁白——“来自由我扮演的拟人神祇”，纳博科夫这样说——《绝望》之后所有小说中这神一再闯入，最突出的是在书的尾声，这时他会将书完全接过去（《洛丽塔》是个明显的例外）。就是这个“神”，控制着一切：他开始叙述只是要中断故事，由他来把这一段另行复述；暂停一个场景以便在章节的屏幕上将它“重放”一遍，或将反面的幻灯片倒回来再正确投放；拟人神祇的闯入是要给予舞台提示，或表扬演员，或

[1] Proteus，希腊神话中的小海神，能预言，善变，好回避问题。

告诫演员，或搬动道具；他启示人们，人物具有“塞了棉花的身体”，他们是作者的木偶，还说一切都是虚构的东西；他将叙述中的“裂口”和“漏洞”扩大，一直到“结尾”处叙述终止，因为这时动力已经消除，扮演角色的演员已经解散，甚至虚构的东西也已经烟消云散——然后至多是以“一个过时的（舞台）传奇剧”梗概的形式在空间里留下一个痕迹，这个传奇剧，“神祇”或许在某一天会写的，而且它写的就是（如《微暗的火》那样）我们刚读完的这本书。

一本纳博科夫小说令人头昏目眩的结尾要求读者对它作出一个复杂的反应，但这是读了一辈子现实主义小说的许多读者不可能做到的。然而，孩子们却有可能做到这一点，如同他们的本领所显示的。我自己的孩子当时三岁和六岁，他们使我想到这一点。那是两年前的夏天，他们无意中表明，假如他们不发生变化，将会成为纳博科夫理想的读者。一天下午，我和太太给他们搭了个木偶戏台。在客厅长沙发靠背顶上撑起戏台以后，我就在沙发后蹲下，在脑袋上方的舞台里操纵起两个套在手上的木偶。沙发和戏台的布景将我遮掩得很好，让我可以从靠背的缝隙里窥视，看到他们一下子就沉浸在木偶戏中，并且真的被我临时编造的小故事所吸引。故事以脾气很好的爸爸打一个不争气的孩子的屁股结束。但是，木偶表演者进入他的故事粗暴动作高潮时情不自禁地打翻了整个戏台，哗啦啦地倒塌在地板上，戏台变成了一堆硬纸板、木头和布——而我还蹲在地上，四处张望，脑袋暴露在沙发靠背之上，套着木偶的两只手，露出手腕，竖在空中。接着有好几分钟，我的孩子仍旧处在张大嘴巴、看得入迷的状态，仍旧置身故事中，两眼瞪着戏台所处的空间，全然没有看见我。然后他们露出一个喜剧演员得花一辈子工夫才能演得炉火纯青的那种恍然大悟的神情，并无法控制地大笑起来，我从来没有见过的大笑——并非笑我动作的笨拙，因为我的笨拙不新鲜，而是笑他们自己全神贯注地投入并不存在的世界的那些时刻，笑那个世界的倒塌对他们所具有的意义，即在关于现实的大世界的真实可靠、他们每天为维持大世界的秩序所作的努力，以及他们自己编造出来的幻想等方面的意义。他们还笑他们认识到了精力充沛地表演对于我的意义；但是他们发现他们多么容易上当，信任多么容易落空。他们的高声大笑最后还表明他们认识到了刚才发生的事情的可怕暗示，也表明了只有大笑才能使他们在新的认识中锻炼自己。

一九六六年我到蒙特勒纳博科夫那里拜访了四天，是代表《威斯康星当代文学研究》去采访他，同时与他交谈我对他的作品的批评研究，我跟他谈了这件事情，并且还谈到这件事情对我来说是阐明了文学缠绕的定义和他在一部小说的“结尾”希望从读者那里得到的反应。“说得对，说得对。”我讲完之后他说道，“你应该把它写到书里去。”

读者完全地、彻底地认同书中的一个人物，在这种盲目的情况下意识会受到限制，但纳博科夫在诙谐地模仿读者这一状态的时候，能够创造出对他的小说作形式多样的、立体的评价所必需的超脱。有了这样的超脱，纳博科夫木偶戏的“两个情节”便清晰可见了——原来这就是他作品的总构思。这样的总构思揭示，在一部一部的小说里，他的人物要逃出他构造的镜子监狱，挣扎着朝一种自知奔跑，而这种自知只有他们的创作者通过创作他们才能达到——这个创作过程是一个把纳博科夫的艺术与他的生活连结起来的缠绕的过程，它清楚地表明，作者本人不在这个监狱内。他是这个监狱的创造者，他是超乎这个监狱之外的；他操纵着一本书，如施泰因贝格[1]那些漫画中有一幅所示（纳博科夫赞叹不已），画里的人在画一

[1] Saul Steinberg（1914—1999），美国漫画家，在《纽约客》周刊连载漫画出名。他的画以几何图形、数字、符号、动物形象等表示幽默讽刺的意义。

条在最充分的意义上给了他本人“生命”的线。但是纳博科夫的缠绕的过程，他邀请我们与他一起观察的全景图，在《说吧，记忆》第十五章有最贴切的说明。在这一章，他评说了物理学家，说他们不愿意

> ……讨论本性的外表、曲度的所在一样；因为每一维都以一个它能够在其中活动的媒介为先决条件，而如果，在事物的螺旋式展开的过程中，空间扭曲成了类似于时间的某种东西，而时间又转而扭曲成了类似于思想的东西，那么，肯定随之会有另外一维——也许是个特殊的空间，我们相信不是原来的那个，除非螺旋又变成了恶性循环。

最终超脱了“从外面”看一部小说而得到的印象，我们的惊异被激了起来，我们表示同情的可能性也扩大了，因为，在“螺旋式展开”的时候，这样的同情心延伸出去，包括了作者的思想，这位作者深刻的人道主义的艺术肯定了人类面对混乱、恢复秩序的能力。

二、《洛丽塔》的背景

批评家们往往把纳博科夫的第十二部小说看作是与他的其他作品完全不同的特殊例子，而实际上，小说深刻地并以极阴郁而又极滑稽的形式，涉及始终在作者心头萦绕的主题。虽然《洛丽塔》对几个上年纪阅读能力差的人来说，是一部令人憎恶的小说，但是关于它的不顺利的出版及出版以后人们的反应的确切情况，年轻的读者也不一定了解。在四家美国出版社拒绝出书之后，巴黎克雷鲁安文学所的艾尔佳夫人把《洛丽塔》送交巴黎莫里斯·吉罗迪

亚的奥林匹亚出版社[1]，虽然吉罗迪亚出版过几部如让·热内[2]这样一类作家的即使有争议也还是值得称道的作品，因而功不可没，但是，他的主要精神食粮是臭名昭著的旅行者手册丛书，即曾经是目光锐利的美国海关检查员非常熟悉、非常注意的绿书脊图书。但是纳博科夫对此一无所知，并且因吉罗迪亚先前出版项目中的一个即“橡树版本”之故，认为他是“优秀版本”出版商。《洛丽塔》分成两册装订，加上一定要有的绿书脊，于一九五五年九月悄悄地在巴黎出版。

因为这样一来似乎证实了那些神经紧张的美国出版商的判断，所以，吉罗迪亚的批准就成了《洛丽塔》要克服的又一个障碍，尽管该书的所谓色情问题其实今天看来是风马牛不相及的，而且书出版以后不久这个问题在法国已经有了定论。我是纳博科夫康奈尔大学一九五三年至一九五四年间的学生，那个时候大多数在读的学生都不知道他是一个作家。一年以后我服兵役外派到了法国。那是我在部队的第一次放假到巴黎去，自然就到塞纳河左岸的一家书店去淘书。书店柜台上方醒目地堆着一排奥林匹亚出版社的书，看上去非常吸引人——就在这里，在一本本《直到她尖叫起来》和《鲁宾逊·克鲁索的性生活》当中，我发现了《洛丽塔》。尽管我认为我知道纳博科夫全部的英语写的作品（而且找遍绝版书店买了每一部书），这部书我倒并不知道；它的环境，它的版式，是非常令人惊讶的，即使纳博科夫的文学讲稿（编号三一一至三一二）在被格罗夫公司出版之前的那些纯真岁月已经被大学生联谊会里知识浅陋又爱开玩

---

[1] 参看纳博科夫的文章《〈洛丽塔〉与吉罗迪亚先生》，《常青评论》第 11 卷（1967 年 2 月号），第 37—41 页。——原注

[2] Jean Genet（1910—1986），法国小说家、诗人、荒诞派剧作家。作品有小说《百花圣母》（1944）、自传《小偷日记》（1949）等。

笑的人叫作“肮脏文学”，因为里面有《尤利西斯》和《包法利夫人》这样的作品选读（那些思维敏捷的校园才子每提起后一本书，就会去掉字母B[1]）。我买了《洛丽塔》带回驻地，那是在城外的林子里。士兵假期很难得，因此兵营里奥林匹亚的新书一向争相传阅。城里新到的女孩于是引起小小的轰动。“嗨，借我看看你的脏书，伙计！”“军事监狱老土”卡尔硬要看。他的绰号是名副其实的，他要看，我马上答应了。“军事监狱，念念。”有人嚷道。于是，军事监狱老土跳过序文，像补习班的差生一样，开始读开首那一段。“‘洛……丽塔……我的生命之……光……欲望之火……我的罪恶，我的灵魂……洛——丽——塔：舌……尖……由……上……向……下……’——妈的！”军事监狱大声叫嚷道，一面把书摔到墙上，“这叫什么文学！”于是就有快速色情读物测试法，即心理测试圈内所谓“IPT[2]”。虽然这一测试法万无一失，但是就我所知这个测试法从来没有应用于任何一个诉讼案子的审理。

由于与通常的书评界有着双重的隔绝，因此《洛丽塔》在出版后的半年里普遍不为人们所注意。然而到了一九五六年冬，英国的格雷厄姆·格林[3]推荐《洛丽塔》作为一九五五年优秀图书中的一本，结果立即激怒了《星期日快报》一位专栏作家，这又促使格林在《旁观者》上作回应。一九五六年二月二十六日《纽约时报书评》以“阿尔比恩”[4]为题（暗含古董茶壶里的奇特的暴风雨之意）简短地提到这一次笔战，并称《洛丽塔》是“一部冗长的法

[1]《包法利夫人》是法国十九世纪作家福楼拜的代表作，英译 *Madame Bovary*，去掉字母 B 的 ovary 意为“卵巢”。

[2] Instant Pornography Test（快速色情读物测试法）的首字母缩写形式。

[3] Graham Greene（1904—1991），英国小说家。

[4] Albion，古希腊罗马人对不列颠或英格兰的称呼。

国小说”，也没有提纳博科夫的名。两周之后，《纽约时报》指出“本报对这件事的简短报道引来了雪片似的来信”，并花了一个专栏的三分之二篇幅介绍这件事，相当详细地引述格林的文章。从此《洛丽塔》开始了它的地下生存，而到了一九五七年夏才公开，因为当时纽约的《铁锚评论》花了一百一十二页的篇幅介绍纳博科夫。其中包括弗·威·杜庇的漂亮的引言，小说的长篇节选，以及纳博科夫的后记，“关于一本题名《洛丽塔》的书”。一九五八年普特南出版社的美国版面世的时候，他们在整版的广告刊出的同时，登载了一长列来自体面的甚至著名的文学界人士的评语，尽管《洛丽塔》迅速上升到畅销书排行榜首位，并非仅仅是他们的支持或小说的艺术技巧所造成的。“洛丽塔飓风从佛罗里达刮到缅因”（借用《微暗的火》里的约翰·谢德的话［第六八〇行］说），也在英国、在意大利还有在法国造成了暴风雨，因为在那里这部小说曾分别三次遭禁。虽然这部小说与我国法律从来并无抵触，但是，如所预料的，也有愤怒的抗议声，包括《新共和》的一篇社论；但是，由于这些至多涉及社会历史而非文学史的问题，因此恕不赘述。有一个例外。一九五八年八月十八日每天出版的《纽约时报》上有奥维尔·普雷斯科特的评论，因为颇有可爱之处，故予以保留：“‘洛丽塔’则无可否认是图书界的新闻。不幸的是，它是糟糕新闻。有两个同样严肃的理由说明为什么它不值得任何一个成年读者去关心。第一，在矫揉造作、华而不实、装模作样之中让人觉得乏味、乏味、乏味。第二，它令人厌恶。”[1] 普雷斯科特说这样的话是步人后尘，与

［1］纳博科夫在四年之后采用乔伊斯的类似方法，回敬了普雷斯科特，尽管没有点名，即让杀手格拉杜斯仔仔细细读《纽约时报》：“一个专门评论旅游新书的雇佣文人，在评论他本人挪威之行时说，挪威峡湾太出名了，根本用不着（他）再多费唇舌加以描述，还说斯堪的纳维亚人都爱花儿。”（《微暗的火》第 275 页）这是真的从这家报纸上选来的。——原注

《南方季度评论》（一八五二年一月）一个无名作者的言论相合，那位评论作者觉得处理“追寻”主题的作品过去有过，处理手法有所不同，但同样令人不能忍受："书里面尽是悲伤的事，单调乏味，或荒唐。梅尔维尔先生书中的公谊会教徒都是些十足的傻瓜、蠢货，他的疯船长只想找那条咬了他一条腿的鱼泄私愤，却置渔船、水手、船主于不顾，是个非常讨人嫌的人……”

毫不奇怪，亨伯特·亨伯特的迷恋促使写书评的人到纳博科夫早期作品中去寻找类似的情节，而且他们没有失望。《天赋》（作于一九三五年至一九三七年间）中，一个人物看到年轻诗人费奥多尔桌子上的几页手稿，说：

> “啊，只要我稍有闲暇，我能一气写出怎样的一部小说哟！根据现实生活。心中构想这档子事：一个老家伙——不过仍处于盛年时期，激情似火，渴盼幸福——结识了一个寡妇，她有个女儿，年纪尚幼的一个小丫头，你晓得我的意思，尚未成形，可她的走路姿势已经让你想入非非——一个小姑娘的过错，模样俊俏，皮肤白皙，眼睛下面涂成蓝色。当然她没拿正眼瞅那老东西。怎么办？嘿，顾不上多想，他突然娶了那个寡妇。好了。他们三人成了个家。这里你可以讲下去，随便怎么编——诱惑，无边的苦难，心痒难熬，疯狂的欲望。结局——一次失算。时光流逝，他变老了，她出落得更漂亮了——一点也没什么。充其量是打身边走过时用一种鄙视的目光热辣辣地烫你一下。嗯？你可觉得这是一部陀思妥耶夫斯基风格的悲剧？那个故事，发生在我的一个朋友身上，很久很久以前在仙境，那时的科尔老国王是一个快活的老人。”

虽然这一段文字[1]似乎是《洛丽塔》的雏形（“怪事，我好像能预见到我未来的作品。”费奥多尔说道［第二〇六页］），但是关于这一点被提到最多的是《黑暗中的笑声》（一九三二年），因为欧比纳斯·克莱兹玛尔为了一个女孩子牺牲了一切，包括他的视力，而结果他还是失去了她，因为她投入了雇佣艺术家阿克谢·雷克斯的怀抱。“是的，”纳博科夫赞同道，“正如玛戈和洛之间有相似之处一样，雷克斯和奎尔蒂之间也存在着相似之处。当然，实际上玛戈是一个粗俗的小淫妇，并不是一个不幸的小洛丽塔（阿·阿按：严格说，根本不是性感少女）。无论怎么说，我认为这些不断出现的性变态行为和病态行为并没有多大意义或重要性。我的洛丽塔是《斩首之邀》里的埃米，是《庶出的标志》里的玛利亚特，甚至是《说吧，记忆》里的柯莱特……”（见《威斯康星当代文学研究》采访报道）纳博科夫对那些搜寻洛丽塔原型的人非常生气是有道理的，因为热衷于具体的“性病态行为”模糊了具有较为普遍意义的环境，而这些变态行为正是应该放在这样的环境里加以观察的，因此，他的后记作了严肃认真的纠正。本引言的读者应该读一读他的后记，“关于一本题名《洛丽塔》的书”，但读之前一定要在这里夹一个书签，一个牢靠一点的书签，让你想得起来再翻回来——一条颜色鲜艳的布比较合适。现在请翻到第五六四页。

看完后记之后，认真的读者对于纳博科夫关于《洛丽塔》缘起的说明便了解了。“最初灵感的触动”产生了一篇短篇小说《魔法师》（《沃尔谢卜尼克》），这篇小说用俄语作于一九三九

---

［1］安德鲁·费尔德在《纳博科夫：他的艺术生涯》（波士顿，1967）第325页，以及卡尔·R. 普罗菲在《洛丽塔解锁》（布鲁明顿，1968）第3页，都指出这一段。——原注

年，但从未发表过。纳博科夫节选了两段供安德鲁·费尔德作批评研究[1]。第一段里，魔法师在巴黎杜伊勒里花园第一次见到那小女孩：

一个身穿紫色连衣裙的十二岁的女孩（他猜年龄从不出差错），踩着旱冰鞋迅速而稳步地走来，但旱冰鞋不是在滚动，而是在砾石路上嘎吱嘎吱地踩，两只鞋轮换着提起来，又落下去，就像日本人的小碎步，并且穿过一道道变幻不定的太阳光朝他坐的长凳走过。后来（后来持续了多久就有多久）他仿佛觉得，就在那个时候，他一眼就将她从头到脚打量了一遍：（新近才做的）黄褐色鬈发的活泼，大而略显空茫的眼睛晶莹发亮，多少让人想起半透明的醋栗；她的快活温暖的面色；她的粉红的嘴微张，露出两个大门牙，正好抵着下唇；露在外面的胳膊显出夏日太阳晒的颜色，前臂上有狐狸似的细滑光泽的软汗毛；她的仍然窄小但已经一点也不能叫作扁平的胸部，隐约中显得柔软；她的裙子褶层的摆动；褶层的紧缩和柔软的凹陷；她的自然的双腿修长而红润；结实的旱冰鞋的鞋带。她到了坐在他旁边的饶舌的妇人面前停住，只见那妇人转身在右手边的一件东西里摸索着，拿出一块巧克力放在一片面包上，伸手递给小女孩。她一边嘴里很快地嚼着，一边用另一只手解开鞋带，并脱下两只沉重的装着坚固轮子的铁鞋。然后，她从砾石路走到我们面前的泥地上，突然间因光脚的舒适而变得轻松，然而由于不能即刻适应脱掉旱冰鞋的感觉，她走起路来时而迟疑，时而又自如地跨着脚步，终于（也许是因为此时她已经吃完面包）她撒腿跑起来……

---

[1] 安德鲁·费尔德在《纳博科夫：他的艺术生涯》（波士顿，1967）第328—329页引用了。——原注

据费尔德的研究，亚瑟几乎是在最后一页，即小女孩的母亲去世后不久，才对她有挑逗举动：

> “这就是我睡的地方吗？”小女孩冷冷地问道，而当他一边用力地关百叶窗，将眼睛一样的窗缝关紧，一边回答说，对，她看了看手里拿着的帽子，然后又无精打采地将帽子扔到那张宽大的床上。
>
> “没错，”等到那个老人把他们的箱子拖进来随后离开，而且屋子里现在只有他的心在怦怦地跳，只有夜在远处颤动，他说道，“唔，现在该睡觉了。”
>
> 她昏昏欲睡，两条腿也站不稳，结果脚上绊了一下，撞到了扶手椅的一角，而在这个时候，他也同时坐下了，并扶着她的屁股，趁势拉她过来。她挺起身来，像天使一样伸开双臂，一时间全身肌肉都收紧了，并跨出了一小步，然后轻轻地坐到了他的腿上。“我的宝贝，我可怜的小姑娘。”他喃喃地说道，仿佛心中一片迷雾，既有怜惜，又有温情，还有渴望。他看着她的睡眼惺忪，她的恍恍惚惚，她的懒洋洋的笑。他隔着她的深色裙子抚摸她，他透着她裙子的薄呢触摸这孤儿系在光腿上的吊袜带。他在想她的孤立无助，她的无依无靠，她的温情。她两条腿滑了一下分开了，然后身体轻轻地一阵窸窣，两条腿又交叉在一起，而且位置稍高了一点，他喜欢她两条腿的有生命的重量。她慢慢地伸过穿在小巧的袖子里的一条无力的手臂，钩住了他的脖子，将他淹没在她那柔软秀发栗子的烘香里。

然而无论是作为魔法师还是作为恋人，亚瑟都失败了，而且不久以后就离开了这个世界。他的死法纳博科夫将转用到夏洛特·黑兹身上。虽然这一场面显而易见预示了下榻“着魔的猎人”

饭店的第一夜，然而它的简单的情节和严肃的调子却完全不同，而且，在它这里仅几个段落的内容是被压缩的，以后要占几乎两章的篇幅。亚瑟喜欢女孩“有生命的重量”，这让人想起《洛丽塔》更加轰动的膝盖一幕，也许是小说最有性爱色彩的插曲——但仅仅是让人想起而已。除了这样的联想之外，人们根据引述的两大段不妨认为，几乎没有什么超出故事基本思想的东西存在于《洛丽塔》里；至于故事的叙述，相差何止十万八千里。

《魔法师》没有发表并非因为题材犯忌，而是因为，纳博科夫说，这个女孩没有一点“现实的样子”[1]。一九四九年从韦尔斯利搬到康奈尔之后，他忙着“重新处理这个主题。这一回是用英语写作”。虽然《洛丽塔》“进展很慢”，花了五年才写完，但是，纳博科夫很早就已经成竹在胸。但是，如同他所习惯的那样，这部书的写作并没有按照情节先后次序来进行。亨伯特的忏悔日记写于这一“重新处理”的开头，接着是亨伯特和洛丽塔的第一次西行，以及奎尔蒂丧命时的天气情况（“他的死我在脑子里必须清楚，这样才能把握他前面的模样。”纳博科夫说）。纳博科夫接着填补亨伯特早年生活的空缺，然后再继续其余的情节，或多或少是按顺序在写。亨伯特与洛丽塔最后的见面是最后写的，在一九五四年，那以后就只有约翰·雷的序文了。

这一重新处理中尤其新鲜的是叙述从第三人称转换到第一人称，这样一来就引起——明显

---

[1] 安德鲁·费尔德指出，人们应该记得这个故事原是要让俄国流亡者群阅读的。强烈的性爱（与色情相对立的）主题，俄国作家严肃地采用得相当频繁，远远超过他们的英国和美国同行。费尔德列举的作家有陀思妥耶夫斯基（《群魔》中被禁的那一章）、列斯科夫、索洛古勃、库兹明、罗扎诺夫、库普林、皮利尼亚克、巴别尔，以及蒲宁。费尔德还归纳了纳博科夫早年创作、没有翻译的写性主题的两个短篇《童话》（1926）和《敢闯的人》（1936 年前后）的故事情节。——原注

地——让迷恋的甚至是发疯的人物认认真真地叙述他自己的经历这样一个向来是很难对付的叙述上的问题，具体地说，是一个因亨伯特的性变态必定会造成的自我开脱的可以理解的成分以及亨伯特已经是一个来日无多的人这两点理由而变得更加复杂的问题。人们不禁想知道，假如阿森巴赫是《威尼斯之死》的故事叙述者，那么托马斯·曼还能不能把这部书写成是关于术和艺术家的寓言。虽然纳博科夫其他主要人物有许多都是受害者（卢仁，普宁，欧比纳斯），但是他们无一人讲自己的故事；而只有亨伯特才既是受害者又是害人者，从而成了纳博科夫的第一人称叙述者中仅有的一个人物（《绝望》中疯狂、残暴的叙述者赫尔曼不算在内，因为他有太明显的非法行为，所以严格说来是够不上一个受害者的）。纳博科夫让亨伯特来讲这个故事，这样就给自己制造了一个在《说吧，记忆》第十四章作了最贴切的描述的挑战，在这一章里，在与《洛丽塔》头几章同时写的一段文字里，他把棋局的创作比作是“创作出一本那种难以置信的小说，其中作者在一阵清醒的疯狂之际，怀着一个神明用最不可能的成分——岩石、碳和盲目的搏动——建造一个有生命的世界的那种热忱，为自己制定了某些他要遵守的独特规则、他要克服的噩梦般的障碍”。[1]

除了这些障碍之外，这部小说进展很慢还因为大量的材料既是难使用的又是不熟悉的。“创作俄国和西欧”尚且很困难，更不用说创作美国了，而且现在五十岁了，纳博科夫还要着手搜集“能让我在个人想象的佳酿中注入一点通常的‘现实’（倘不加引号就没有意义的少数词语之一）这样的本地素材”。“最难的是，”他最近对一个来采访的人说，“将自己放在……我是

[1] 具体地谈到《洛丽塔》的写作的时候，他说：“她就像创作一个绝妙的谜——谜的创作，同时又是谜的破解，因为一个与另一个是极相似的，依你所观察的方向而定。”——原注

个正常人，你知道。”[1] 研究因此就很有必要，于是纳博科夫就一丝不苟地留心报纸上关于恋童癖的报道（有一些用到了小说里），阅读个案研究，而且像亲自做调查的玛格丽特·米德[2] 一样，甚至作这方面的研究：“我乘校车听女学生谈话。我借口联系我女儿上学找到学校去。其实我并没有女儿。过去有一个常来看德米特里（他的儿子）的小女孩，形影不离的，我拉住她的一条手臂，称她是洛丽塔。”[3] 这样一个性感少女就诞生了。

撇开鞭辟入里的“研究”不说，一个欧洲流亡者如此出色地再创作了美国，并且因此而成了一个美国作家，这就是一个杰出的体现想象的成就。自然，赞叹纳博科夫的成就的那些批评家和读者也许并不一定知道，他对于美国实地的了解超过了他们大多数人。正如他在《说吧，记忆》中所说，他作为一个“鳞翅目昆虫学家”的跋山涉水，让他到过四十六个州，入住过二百个旅馆，换句话说，足迹踏遍了亨伯特和洛丽塔走过的路。然而，考虑到纳博科夫的背景以及他的艺术与业余爱好的深奥，在他的所有小说当中，《洛丽塔》是最不该由他来写的一部小说。“简直难以逆料，”安东尼·伯吉斯[4] 写道，“一个如此敏锐和博学的艺术家竟然成了美国最大的文学骄傲，然而现在这似乎完全是合理的并且是必然的。”[5] 更难以逆料的是，纳博科夫会比他同时代的作家更圆满地实现了康丝坦斯·鲁尔克在《美国幽默》（一九三一年）一书中

---

[1] 潘尼罗普·吉列特：《纳博科夫》，《时尚》第 2170 期（1966 年 12 月），第 280 页。——原注

[2] Margaret Mead（1901—1978），美国人类学家、社会心理学家，以研究太平洋无文字民族而闻名。

[3] 潘尼罗普·吉列特：《纳博科夫》，《时尚》第 2170 期（1966 年 12 月），第 280 页。——原注

[4] Anthony Burgess（1917—1993），英国小说家、批评家，代表作有《发条橙》（1962），对少年犯罪、暴力、高科技提出引起恐慌的、未来主义的观点。

[5] 安东尼·伯吉斯：《诗人与学究》，载 1967 年 3 月 24 日《旁观者》，第 336 页。《紧要印件》（纽约，1969）重印。——原注

所希望出现的一种文学，即要能做到将本土素材与古老世界传统本能地结合起来的文学，尽管《洛丽塔》中的真的结合，也许比鲁尔克小姐也没有想到过的结合还要紧密。但是要是对纳博科夫有个人之间的了解，那你首先是被他强烈的和无限的好奇心所打动，被他对于他周围的一切发自内心的、富于想象的敏感所打动。将亨利·詹姆斯关于艺术家的著名定义说得再明白一点，我们可以认为，纳博科夫真正是一个周围的一切都逃不过他的慧眼的人——只不过就纳博科夫而言，这是真的，而詹姆斯和他之后的许多美国文学知识分子，他们的作为名流的“严肃性”一直都表现得很不自然，因此他们作出的反应的面如此狭窄，以致他们常常忽略了寻常事物的有时是极其不寻常的特点。

纳博科夫的敏感，在我一九六六年九月第一次到蒙特勒拜访的最后一晚，对我来说，表现得最为淋漓尽致。晚餐后在纳博科夫的套房里与他和他的夫人两个小时的交谈中，纳博科夫努力想象假如摄影术在中世纪就已经发明，绘画史会是什么样子；他谈到了科幻小说；他问我是否注意到里尔亚伯那所发生的事情，然后非常精通地把它与十几年前发生的类似事件作了比较；他说到在一个得克萨斯狙击手在塔楼顶上为围困准备的好多天干粮里曾发现有除臭棒；我们讨论别雷《圣彼得堡》的英译文里一个很大的用词错误；他给我看插图非常漂亮的介绍蜂鸟的书，接着又讨论日内瓦湖的鸟类；他谈起博尔赫斯、厄普代克、塞林格、热内、安德烈·西尼亚夫斯基（“阿勃拉姆·特尔茨”）、伯吉斯以及格雷厄姆·格林，如数家珍一般，语气中流露出敬佩之情，又总是恰如其分地分别给予评价；他回想起修改《洛丽塔》电影剧本时在好莱坞的经历，还说起在一个晚宴上遇见玛丽莲·梦露（“是个讨人喜欢的演员。很可爱，”他说，“你最喜欢梦露的哪一部电影？”）；他谈到他钦佩的苏联作家，还总结了他们的求生存之道；他把卡夫卡短篇小说《变形记》里的格利高里·萨姆萨甲虫属哪一种替我作了确切的定义（“这是有圆球形背部的甲虫，翅膀有鞘的圣甲虫。不管是格利高里还是使他变形的人，都没有想到女佣在打扫屋子的时候，窗子是开着的，他可以飞出去逃走，加入到快乐的牛粪甲虫的队伍中去，在乡间小路上去滚粪球。”）；他还问我知道不知道牛粪甲虫是如何产卵的？由于我回答说不知道，他就站起来学给我看。他弯腰，在房间里一边慢慢地走，一边将脑袋朝腰部伏下，同时两手做着滚粪球的动作，等到两手将脑袋掩住，卵就产完了。谈话中不知怎么的说出了莱尼·布鲁斯[1]的名字，纳博科夫和他的太太都说听说布鲁斯去世他们都很伤心；他们都非常喜欢看布鲁斯的演出，但是，说到上一回是在哪里看他演出的他们各有各的说法，纳博科夫太太说是在杰克·帕尔的电视节目里看到的，而她丈夫——这位科学家、语言学家和十五部小说的作者，他用三种语言写作、出版著作，而他的博学可以拿他的英译四卷本普希金的《叶甫盖尼·奥涅金》，连同两卷注释和一百页“诗韵论”明白作证——坚持说是在艾德·苏利文的节目里看到的。

不仅什么都逃不过纳博科夫的双眼，而且他像博尔赫斯短篇小说《博闻强记的富内斯》的主人公一样，似乎什么都记得。一九六六年我去拜访他的第一个晚上，吃晚饭时我们回忆康奈尔大学和他在那里教的课程，因为那些课程是非常地、完全地富有纳博科夫风格的课程，即使是在一些极细小的地方（比如考试时采用的“奖金制度”，即倘若学生能从所答问题出处课文找到一条引语［“一颗宝石”］来增添答题色彩，他会给他们每题加两分附加分）。我抱着怀疑态度问纳博科夫，他是否还记得我的太太妮娜，她一九五五年选修过他的文学三一二课程，同

［1］Lenny Bruce（1925—1966），美国喜剧演员，死于一次意外的用药过量。

时我告诉他，她得到的是九十六分。他真还记得，因为他常要求召见成绩好的学生。他将她描述得准确无误（一九六八年见到她本人时，他记得她在教室里的座位）。临行前的晚上我请纳博科夫在我的奥林匹亚第一版《洛丽塔》上签名。他很迅速地不但签了名、写上日期，而且还画了两幅最近发现的蝴蝶的漂亮的画，一种蝴蝶定名为*Flammea palida*（“微暗的火”），下面是另一种小得多的蝴蝶，写着“奖金的奖金”[1]。我虽然高兴，但心里有些不解，于是问道：“为什么要写‘奖金的奖金’呢？”纳博科夫皱起眉，眼睛从眼镜上方窥视，俨然是一个教授的模样，模仿一种洪亮的声音说道：“这一下你太太得一百分了！”在四天又约十二小时的谈话之后，在我的看似不相干的请求刚一得到满足的时候，我那自负的却也是一时想到要讲出来的评说脱口而出。同样，纳博科夫的记忆也开启了一辈子的阅读库存——名副其实的一辈子的阅读。

在我问他儿时读什么书的时候，纳博科夫回答说：“在我十岁到十五岁之间在圣彼得堡，我读的小说与诗歌——英文、俄文和法文——一定比我人生的任何其他五年间读的要多。我尤其喜爱威尔斯、坡、勃朗宁、济慈、福楼拜、魏尔伦、兰波[2]、契诃夫、托尔斯泰以及亚历山大·勃洛克[3]等人的作品。在另一个水平上，我的主人公是红花侠[4]、菲利斯·福格[5]

[1] 这两幅画的照片载1969年5月23日《时代》周刊第83页。——原注

[2] Arthur Rimbaud（1854—1891），法国诗人，他的作品及简练神秘的风格对象征主义运动产生很大影响。

[3] Alexandra Alexandrovich Blok（1880—1921），俄国诗人，他的早期创作承袭象征主义，1905年革命后倾向现实主义。

[4] 红花侠是英国女作家奥切（Emmuska Orczy，1865—1947）的成名作长篇小说《红花侠》（1905）中的主人公的别名。

[5] 福格是法国科幻小说家儒勒·凡尔纳（Jules Verne，1828—1905）《八十天环游地球》中的主人公。

以及福尔摩斯。换句话说，我是藏书丰富的家庭中一个完全正常的能阅读三种语言的孩子。到后来在英国剑桥，即二十岁和二十三岁之间，我最喜欢读的作家有豪斯曼[1]、鲁珀特·布鲁克[2]、乔伊斯、普鲁斯特以及普希金。在这些排在最前面的最喜欢的作家、诗人中，有几个——坡、魏尔伦、儒勒·凡尔纳、埃姆丝卡·奥切、柯南·道尔以及鲁珀特·布鲁克——逐渐退出，对我来说已经没有了先前的魅力与令人兴奋的感觉。其他的仍然保持不变，对我来说现在已经不可能发生变化了。”（《花花公子》访谈）本书注释将表明纳博科夫在小说中要努力唤醒最遥远的年代所热情关注的事情：年少时读的侦探故事、魏尔伦的诗句、四十年前在温布尔登看的一场网球赛。一切都历历在目，都记录在《洛丽塔》一书中，记忆不承认时间。

当被问到有关纳博科夫的事情的时候，他的朋友和康奈尔大学的前同事都会不约而同地谈起他的貌似自相矛盾的表现，即知识渊博的纳博科夫的心既可以被严肃的问题所吸引，也可以为琐细的事情所陶醉。有一位教授，年龄比纳博科夫小二十几岁，当年纳博科夫在学校的时候他还是个讲师，他记得有一回纳博科夫问他有没有在电视里看过某个肥皂剧。肥皂剧刻画的是典型的中产阶级家庭主妇的生活，包含着连续不断的一连串灾与祸，即便不是古怪或荒唐的，基本上也是搞笑的；然而由于完全没有领会意图，又疑心被狠狠地捉弄，心里想怎么回答都是过不了关的（说好自己就成了一个大傻瓜，说不好自己又显得很势利），纳博科夫的年轻同事结果是无言以对，只是一阵哼哼啊啊而已。十年后回想起这件事的时候他似乎再一次感觉到不

[1] Alfred Edward Housman（1859—1936），英国诗人，拉丁文学者。
[2] Rupert Brooke（1887—1915），英国诗人，十四行诗组诗《一九一四年及其他诗篇》是他的代表作。

知所措。与纳博科夫关系比较随便一些的是梅·霍·阿伯拉姆斯教授。他津津有味地回想起有一回纳博科夫走进起居室，里面一个教工的孩子在聚精会神地看电视西部片。纳博科夫立即被这个节目所吸引，不一会儿他就看着进入高潮的激烈的打斗场面，笑得前仰后合。正是这样的休闲时刻，即使并不真的是这件事，产生了《洛丽塔》书中可以与之媲美的“不可少的场面”的欢闹的滑稽讽刺，即亨伯特与奎尔蒂的扭打，因为他们两人扭打之后“直喘粗气的样子不管是牛仔还是羊仔战斗结束的时候都不会有”。

即使纳博科夫在康奈尔大学有终身教职，他们一家人也从来没有自己的房子，相反他们一直都是租房子住，年复一年地搬家。这样的流动性他赐给了亨伯特。“主要的理由（为什么没有找一处地方安家落户），背景理由是，我认为，只有极像我儿童时代环境的住地才能让我满意。”纳博科夫说，“我是永远也无法找到跟我记忆里的完全一样的地方的——所以为什么要拿怎么也比不上的相似的东西自寻烦恼呢？另外还有一些特别的理由要考虑：比如说，推动力的问题，推动力造成的习惯。我花了那么大的力气，非常愤怒的力气将自己推出俄国，所以一旦动起来以后就一直不停地滚动着。不错，我饱经沧桑终于有了令人垂涎的职位‘正教授’，然而我内心仍然觉得自己始终不过是一个贫乏的‘客座讲师’。有难得的几回，我到了一处地方对自己说：‘行，这里是安家落户的好地方’，就在那个时候我脑海里立即响起雪崩的轰隆声，那雪崩卷走了无数个遥远的地方，那些地方正是我若在地球某一角落定居这一行动会毁坏掉的。最后，我不很在意什么家具、桌子椅子、灯具、地毯之类的东西——也许是因为我在生活富裕的童年，受的教育就是要以玩世不恭的态度看待对于物质财富的过于认真的爱好。这就是为什么在革命废除了那种财富的时候，我并没有感到遗憾和痛苦。”（《花花公子》访谈）

莫里斯·比肖普教授是纳博科夫在康奈尔大学的最好的朋友，纳博科夫从韦尔斯利调到伊萨卡就是由他经手的。他回忆到纳博科夫家拜访正好是他们刚搬进非常土气、俗丽的房子不久。那是一个不在学校的农业教授的家。“换了我，是不可能住在那样的地方的，”比肖普说道，“但是他很高兴有这个房子。每一样糟糕的东西他都喜欢。”尽管比肖普当时没法领会，然而纳博科夫，可以说，是在租住夏洛特·黑兹的房子，阅读她的书，整天与她的照片、“她的商业味的墨西哥木器家伙”同处一室，借以了解她。每年这样地搬家，情形尽管凄惨，却成了昆虫学家纳博科夫可以对亨伯特的猎物的自然栖息地进行考察的一次野外旅行。比肖普还记得纳博科夫读纽约的《每日新闻》，了解犯罪新闻报道，甚至为要了解更加浓缩的稀奇古怪的东西，还读“非凡神父”[1]的报纸《新的一天》——所有这些让人想起纳博科夫与他还有其他许多共同之处的詹姆斯·乔伊斯。乔伊斯定期阅读《警察报》，阅读假冒的《趣闻》杂志（布卢姆也读的杂志），阅读所有的都柏林报纸；观看滑稽模仿表演，背得出大多数当时的粗俗的诙谐下流歌曲；既熟悉经典著作，也同样熟悉颓废的专为那些租书图书馆写书的女性小说家的作品；他住在的里雅斯特[2]和巴黎写作《尤利西斯》的时候，依靠他的约瑟芬姨妈为他不断提供他必需的二流文学材料。毫无疑问，乔伊斯的艺术比起纳博科夫的艺术来，更加依赖他那如饥似渴的和同样知识渊博的大脑储存下来的大量学问积余和琐屑材料。

[1] Father Divine（1882—1965），非洲裔美国宗教领袖，1919年发起“和平使命”运动（the Peace Mission movement），有大量追随者，被许多教徒尊崇为心目中的救世主耶稣。

[2] Trieste，意大利东北港口城市。

纳博科夫的阅读是很有选择性的，而乔伊斯则几乎是随意收集，然后将日常生活中的漂浮物作艺术的整理。在这方面，纳博科夫不及这位长辈作家，但这一点也说明纳博科夫是在作有意识的选择。这在他康奈尔大学关于《尤利西斯》的讲稿中就可以看出来。纳博科夫从他认为是本世纪最伟大的小说中挑出一些不足的地方，他这样做的时候，强调的是“对于不很优秀的读者来说很费解的不必要的晦涩”，例如“地方特色”和“难以查找的出典”。然而纳博科夫本人也运用过组装的艺术，在《庶出的标志》《洛丽塔》《微暗的火》以及《爱达或爱欲》的丰富多彩表现手法中融入了非常具有“乔伊斯风格”的边角材料、片言只语、琐细情节，而且雅俗并举，或取自书本，或采自“真实生活”。无论他们各自在这方面的成就如何，纳博科夫和乔伊斯（还有凯诺和博尔赫斯）都是少数几个从他们的学问中汲取美学养料的现代小说作家。两人的小说里都可以找到简明扼要的语句，而这些简明扼要的语句又让人们联想起床头读物，联想起伟大的文学剖析著作如伯顿[1]的《忧郁的剖析》或约翰逊[2]博士的《英语辞典》，或那些很难归类的名著《白鲸》《项狄传》，以及《高康大与庞大固埃》[3]，在书中作者以虚构的手法应用各种各样的学问，表现了文学剖析者的偏爱，他们偏爱将流传的无意义的材料加以怪诞的拼接——偏爱离题话、花名册、谜语、双关语、诙谐模仿，偏爱莫名其妙地加一点流传的学问来

[1] Robert Burton（1577—1640），英国圣公会牧师、学者、作家。他以《忧郁的剖析》（1621）一书闻名于世。虽非医学著作，作者也未能给忧郁症下明确定义，但为忧郁症开药方，其一云：“勿离群，勿懒散。”颇有意思。作者旁征博引，书中警句俯拾皆是。

[2] Samuel Johnson（1709—1784），英国大文豪，第一部英语辞典（1755）的编纂者。辞典例句丰富多彩，释义有趣。

[3] 即文艺复兴时期法国作家拉伯雷（François Rabelais，1494—1553）长篇讽刺小说，中译本作《巨人传》。高康大食量酒量大，脾气好，庞大固埃性格粗野，爱戏谑。

激发乐趣，偏爱古怪的细节，尽管这细节对于全书逼真的构思并不起作用，然而它却能生动地传达对于活在特定时刻的体验的一点感觉。一篇关于纳博科夫的英译本《叶甫盖尼·奥涅金》的怀有敌意的书评称，译本评注中写道，法国出口俄国每年约十五万瓶香槟酒，这是译本评注荒谬之典型；但是这一细节恰巧非常简洁明了地归纳了十九世纪早期俄国的亲法事实，它是文学剖析者富有想象地吸收有意义的细节的最好例子，并证明他的方法是正确的。据梅·霍·阿伯拉姆斯回忆，一个星期一，一大早，他遇见纳博科夫抱着一大摞《爱丁堡评论》，脚步踉跄地走进康奈尔大学图书馆。为了普希金，这报纸他已经钻研了整整一个周末了。“绝妙广告！”纳博科夫解释道，“真是妙极了！”正是这样的精神，使得纳博科夫能在两卷《奥涅金》评注里，遵循约翰逊、斯特恩和乔伊斯的传统，创造出绝妙的文学剖析——一个夜不能成眠的人的喜悦，一部不朽的、涵盖一切然而又是条理清晰的人文科学论文集锦，是一部以其自身的价值而令人称绝的想象著作。

纳博科夫早从《防守》（一九三〇年）开始就在他的小说里富有表现力地使用那些看似不可能用得上的琐细素材。例如，卢仁的自杀手段就是受到一部无声电影的启发，躺在“真相电影公司”的广告牌上，表现出“一男子脸色苍白，面部无生气，戴美式大眼镜，手抓着一摩天大楼的窗台——即将坠入深渊”——哈罗德·劳埃德[1]一九二三年拍的无声电影《最后安全》里的著名场景。虽然纳博科夫对于文学剖析的偏爱在他整个三十年代的作品中就已经出现，并自然地在他最后一部俄语作品《天赋》中达到顶峰，但是这种偏爱到了他置身于美国文化和

[1] Harold Lloyd（1893—1971），美国喜剧电影演员，表演各种惊险特技动作，演过无声电影《大学新生》《最后安全》等，获 1953 年奥斯卡荣誉奖。

美国大学图书馆的两个极端之后，才充分地表现出来。因此，纳博科夫的第一部真正的“美国”小说，色彩斑斓而有时显得拥挤的《庶出的标志》[1]（一九四七年），预示着他的下一部小说《洛丽塔》的某些特点。《庶出的标志》在文学模仿上，浅显与深奥交替。雷马克[2]与肖洛霍夫[3]的书名结合起来就产生了*All Quiet on the Don*，而第十二章奉献给读者的是这首“有名的美国诗”：

> 一个奇怪的景致——这些羞赧的熊，
> 这些胆怯的武士般的捕鲸者
> 现在，大潮已经到来，
> 渔船抛下缆绳
> 我的地图里没有这个地方
> 真正的地方从来不在地图里
> 这可爱的光亮，并没有照亮我，
> 所有的可爱都是痛苦——

---

［1］虽然《塞巴斯蒂安·奈特的真实生活》在 1941 年即纳博科夫来美国一年以后出版于纽约，但实际上是在 1938 年（用英语）创作于巴黎。编写年表的研究者也应注意，《洛丽塔》作于《普宁》（1957）之前。《洛丽塔》在美国的出版日期（1958）让人误解。

［2］Erich Maria Remarque（1898—1970），德国小说家，参加过第一次世界大战，1939 年流亡美国，主要作品有《西线无战事》（英译 *All Quiet on the Western Front*）等。

［3］Mikhail Aleksandrovich Sholokhov（1905—1984），苏联作家，主要作品有长篇小说《静静的顿河》（英译 *All Quiet Flows the Don*）。

这根本不能叫作诗，这样排列的几行字，纳博科夫说道，是随意的“抑扬格[1]句子，截取了《白鲸》的散文”。这样的效果在《洛丽塔》里有最全面的安排，本书注释可以说明这一点。

假如《奥涅金》评注（一九六四年）是文学解剖的顶峰，那么《洛丽塔》是纳博科夫的文学剖析者的癖好在小说领域的完美表现，而且，作为具有如此特点的一部作品，《洛丽塔》进而还提示我们，小说开拓和发展了在纳博科夫作品中一直都有体现的主题和方法。从但丁到《迪克·特雷西》[2]，自古至今的典故、双关语和诙谐模仿组合得浑然一体，在《洛丽塔》中的运用如此得心应手，那是乔伊斯（于一九四一年逝世）之后任何一个作家所望尘莫及的。读者切不可因为一个如此坚信想象的至高无上地位的作家居然在他的小说中出现如此纷繁的“真实的”素材，就感到不知所措；正如《微暗的火》的金波特所说，“‘真实’既不是纯艺术的主体，也不是它的客体，纯艺术自有它本身独特的真实，跟公众眼中一般的‘真实’毫无关系。”

---

[1] 抑扬格指的是英文诗歌一轻一重两个音节组成的音步，译文自然是另一种情形，故抄录英文原文供有兴趣的读者参考：

> A curious sight — these bashful bears,
> These timid warrior whalemen
>
> And now the time of tide has come;
> The ship casts off her cables
>
> It is not shown on any map;
> True places never are
>
> This lovely light, it lights not me;
> All loveliness is anguish —

[2] 二十世纪三十年代初开始流行于美国报纸上的连环漫画故事。迪克·特雷西即是故事主人公，一个有天分、有正义感的侦探。

纳博科夫以自己的榜样，提醒年轻的美国作家，要认识现实的虚构特性。特里·萨参[1]的《有魔力的基督徒》（一九六〇年）讽刺美国阳刚之气的神话，以及随之而产生的对于运动员的神化。他让腰缠万贯的骗子盖伊·格兰操纵重量级拳击锦标赛，在拳击台绳圈里拳击手怪模怪样的，或昂首阔步，或忸怩碎步，上演同性恋装模作样的把戏，给观众造成很大的心灵伤害。他的艺术，水平并不怎样，在仿制生活方面业已姗姗来迟。二十年代的一位著名运动员以同性恋出名，亨伯特两次提到他，从来没有提过他的真名，尽管他确实叫他“内德·里坦”——是“马·梯尔登”的简单的回文词[2]——而这个名字实际上又正好是梯尔登本人起的笔名之一；他用这一笔名写过报道，写过文章。与他之前的文学剖析家一样，纳博科夫知道“现实”的非凡之处在于：屡见不鲜的情况是，即使最有能耐的想象也无法创造它；在《洛丽塔》这部小说中，他利用这一点，与奈桑尼尔·威斯特一起，以绝对的权威明确界定了美国喜剧小说的必然模式——如果说不是它的内容——即暗色调占主导地位。

虽然毫无疑问亨伯特喜欢他周围许多的荒唐事，但是，在有关夏洛特·黑兹的章节里却看不见文学剖析家那独特的轻快活泼，这不仅是因为根据“情节”她让亨伯特觉得讨厌，而且更是因为对纳博科夫来说，她明明白白是一个附庸风雅、水平低劣的乡下女人——是好卖弄的文化人，是对女人、爱情和性欲的莫大嘲讽。总之，用“一个无情的（俄语）词语”来表达，她

[1] Terry Southern（1924—1995），美国作家，以写电影剧本为主。他的作品典型地反映了二十世纪六十年代美国青年人的精神状态。

[2] “马·梯尔登”的原文是 Ma Tilden，将字母顺序倒过来就成了所谓“回文词”Ned Litam，中译即“内德·里坦”。

是美国*poshlust*[1]的本质的体现；这个词，纳博科夫在《尼古拉·果戈理》中写道，能表达“某种普遍存在的缺陷的意思，这个意思我正巧知道的三种欧洲语言却没有专门的说法来表达”。*Poshlust*：“第一个‘o’的声音像一头大象掉进一个泥潭的扑通声那么大，又像德国明信片上的沐浴美女的胸脯那样丰满。”说得再准确一点，它“不仅是明显地低劣，而且虚假自负，虚假漂亮，虚假聪明，虚假妩媚”。它是炫耀与平庸粗俗的混合物。依照马克·吐温在他的《哈克贝里·费恩历险记》中描述格林格福一家子的态度，亨伯特挖空了夏洛特和她那些朋友们的榆木脑袋的世界（渐渐像乔伊斯那样了），提醒我们，亨伯特对美国的长远看法并非完全友好。

让我们看到完全呈现自然美景的同时，亨伯特讽刺了美国的歌曲、广告、影片、杂志、商标、旅游景点、夏令营、度假牧场、旅馆、汽车旅馆以及家庭理财综合征（《你的家就是你》是夏洛特·黑兹的必读书之一），还有进步教育家和自命不凡的儿童教育指导者的言不由衷之词。纳博科夫给我们提供了“和睦关系”的怪异的诙谐模仿，因为亨伯特和洛丽塔是“铁哥们儿”；《了解你的孩子》是亨伯特经常翻阅的书之一（有这本书）。然而，尽管亨伯特有可怕的要求，她却无动于衷，像孩子对父母的态度一样；撇开性欲不说，她以极典型的美国方式要求得到急切的父母的抚慰，而且，由于洛丽塔真正是“广告就是为她这种人而做的：理想的消费者，既是各种讨厌的广告招贴的主体，又是其客体”，因此她给纳博科夫提供了一个理想的机会，来评论十几岁和刚过十岁的孩子的专横。“爱情影片中的特里斯丹[2]。”亨伯特这样说，而关于那些对人的行为——很多美国人看作是现实生活中的合理行为——的滑稽模仿，纳博科夫

[1] 这是把俄文单词 пошлость（意为“庸俗”“低级趣味”“令人生厌”等）按发音用英文字母进行拼写。
[2] Tristram，英国亚瑟王传奇中著名的圆桌骑士之一，因误食爱情药与康沃尔国王马克之妻绮瑟相恋。

也作出了反应。关于《洛丽塔》的这一方面，一首与《洛丽塔》奥林匹亚版同年（一九五五年）发表的诗《模特儿颂》提供了一个注解：

模特儿，我已随你，
在杂志广告里走过季节，
从草地上的落叶
到微风中的红叶。

从你百合般白皙的腋窝
到你有若蝴蝶的睫毛尖，
妩媚而又惹人怜惜，
傻且飒。

穿着齐膝袜和格子呢
站在那儿像充满寓意的象征，
双脚分开脚尖向外
——两手叉腰。

草坪上，戏仿
春天和它的樱桃树，
瓶边、栏前

处女练习箭术。

芭蕾舞娘，戴着黑色的面具，
在雪花石膏的护栏前，
“谁能，”有人问，
“把‘星’与‘不幸’押韵?”

谁能把乌鸫
想成黄鹂的负片？
录音带能凭倒带把
“偿还”换成“尿布”[1]？

谁会娶一个模特儿?
杀掉你的过去，让你变得真实，
生儿育女，实实在在
挪出那些过期的《浮华》？

尽管纳博科夫希望读者注意他作品中诙谐模仿的因素，但是他一再否认与讽刺的任何牵连。

[1] 原文中，“偿还”是 repaid，而“尿布”是 diaper，即把六个字母顺序颠倒排列。纳博科夫喜欢用这种“回文构词法”制造诙谐效果。

人们可以理解为什么他说，“我既没有道德讽刺家或社会讽刺家的意图，也没有道德讽刺家或社会讽刺家的秉赋”（《花花公子》访谈），因为他避免采取提出要“改进世界”的讽刺家那种公开的道德姿态。亨伯特的“讽刺”常常是靠几乎可以称得上细心周到的关怀来实现的。洛丽塔的确是一个“理想的消费者”，但是她自己，很可怜，也被消费了，况且，正如纳博科夫所说，“那个神话般的性感少女身上有一种古怪、温柔的魅力”。此外，由于亨伯特决定危险的旅游，目的是要让洛丽塔散心解闷，要让她快乐，同时也是要甩掉他的敌人，不管是真的敌人还是想象的敌人，因此，“制造出来的”美国风光，也是为一个相当实用的主题目的服务的，即有助于生动地刻画亨伯特那完全的和可怕的孤寂。亨伯特与洛丽塔，各人想着各人的心事，但又都是对方的囚徒，囚禁在一间间的房间里，一辆辆的汽车里，然而他们相互之间又如此遥远，以致他们的所见都无法交流——使得亨伯特的第一次西行与她离开了他、汽车成了空牢房之后的第二次西行一样地孤独。

尽管纳博科夫否认与讽刺的关系，然而亨伯特关于美国道德规范和道德观念的许多言论是讽刺性的，这是他的创造者的道德敏感性的产物；但是这部小说之所以著名，并非因了它的“讽刺”的深度或广度，这“讽刺”只是被那些读者过分强调了，他们未能认识纳博科夫的诙谐模仿的广度，未能认识它的全部含义，或未能认识纳博科夫运用诙谐模仿时的特点：“讽刺是一堂课，模仿是一场游戏。”像乔伊斯一样，纳博科夫也让人们看到诙谐模仿可以赋特色于高雅的文学艺术，因此，诙谐模仿在他的每一部小说的构思中都起重要作用。《眼睛》模仿十九世纪浪漫主义的故事，如弗·费·奥多耶夫斯基[1]的《军士》（一八四四年），这个故事的叙述者是死后醒过来

[1] Vladimir Fedorovsky Odoevsky（1803—1869），俄国公爵，作家、音乐评论家。著有短篇小说和哲学谈话集《俄罗斯之夜》（1844），以及浪漫主义和哲学幻想性质的中篇小说。

的鬼，他以新的清醒头脑审视他的旧生活，而《黑暗中的笑声》则是对三角恋爱习俗无情冷酷的嘲弄；《绝望》以叙述者平庸的妻子所阅读的“平庸推理”故事的面目出现，但随着情节的发展又变成了完全不同的东西；至于《天赋》，它诙谐地模仿十九世纪几个主要的俄国作家。《斩首之邀》是仿照反乌托邦的小说，让人觉得仿佛马尔克斯兄弟重演扎米亚京的《我们》（一九二〇年）。《普宁》表面上是一部“学术性的小说”，而实际上是通过模仿嘲弄了一部小说要有一个“可靠的”叙述者的可能性。小说结尾普宁的离去嘲弄了契诃夫按轨迹从《死魂灵》（一八四二年）中消失，恰如《天赋》最后一段隐藏着对普希金一节诗的诙谐模仿。纳博科夫的诙谐模仿的结构是独一无二的，因为他除了是一个文学风格的出色的诙谐模仿者之外，还能以寥寥数语提及另一个作家的主题与表现手法，而且效果显著到他可以不必再模仿那个作家的风格。他不但模仿陈旧的叙述手法与过时题材，而且还模仿小说的体裁与原型；《爱达或爱欲》简直是用诙谐模仿的手法考察了小说的演变。因为《天赋》第四章是一个滑稽模仿性质的文学传记，所以它让人预先了解了纳博科夫重大作品的主题，这是由于他在这之后连续不断地诙谐模仿对于可证实真理的追求——自传、传记、评注、侦探小说——这些类型“追求”将来会汇集到一部作品中，尤其是一部从概念上来说整个儿都是诙谐模仿的小说，例如在《洛丽塔》和《微暗的火》中。

在形式上，《微暗的火》是一个非常怪异的学术性文本，而《洛丽塔》是滑稽地模仿了忏悔文体、文学日记、记录一种令人憔悴的爱所导致的后果的浪漫故事和幽灵故事，部分地模仿了一次在一个有阴郁想象力的导游陪同下进行的邓肯·海恩斯[1]式的周游美国，同时还是一个

[1] Ducan Hines（1880—1959），美国美食家和出版商，曾广泛游历全美各地，记录并点评沿途各家旅馆的情况，在此基础上出版旅游指南性质的书籍。

对罪案研究的滑稽模仿，此外，如《塞巴斯蒂安·奈特的真实生活》中的叙述者谈论他的同父异母兄弟的第一部小说《棱镜的斜面》时所说："它对文学行当的某些技巧进行了巧妙的戏谑性模仿。"奈特的步骤也把纳博科夫的步骤概括了：

> 塞巴斯蒂安·奈特使用戏谑性模仿的手法作为一种跳板，以便跳进严肃情感的最高境界，这是他常用的方法。J. L.科尔曼把这种手法叫做"小丑长出翅膀、天使模仿翻头鸽"，在我看来，这个比喻非常贴切。《棱镜的斜面》对文学行当的某些技巧进行了巧妙的戏谑性模仿，在此基础上，这部作品的销量一路飙升。塞巴斯蒂安·奈特一直以一种近似狂热的仇恨搜寻那些曾一度光鲜、现已陈旧不堪的事物，也就是那些混杂在鲜活事物中的已死去的事物；这些已死去的事物假装有生命，一再被粉饰，继续被那些懒于思考、不解其诈的人们平静地接受。

"可是，我再说一遍，所有这些不明显的玩笑，只不过是作者的跳板而已。"叙述者说道，他的语气理所当然是那样的急切，因为，尽管纳博科夫是文学模仿这一充其量只是一种文学批评的次要艺术的鉴赏家，然而，他知道运用诙谐模仿手法的小说家有责任在情感上吸引读者，而这种做法正是马克斯·比尔博姆[1]的《圣诞花环》（一九一二年）所没有的。对于《棱镜的斜面》

---

[1] Max Beerbohm（1872—1956），英国漫画家、散文家、批评家，美学运动的主要人物，但人们一般记得他著有长篇小说《朱莱卡·多勃生》。在小说《圣诞花环》（1912）一书中，作者技法娴熟地模仿亨利·詹姆斯、威尔斯、吉卜林以及其他当代重要作家的文学风格。

的描述和《塞巴斯蒂安·奈特的真实生活》第十章的其余部分表明，纳博科夫完全懂得这种必要性，并且跟奈特一样，他成功地做到了把诙谐模仿当作“跳板”。因此，在纳博科夫极大胆的诙谐模仿中暗含着很有意义的自相矛盾现象：《洛丽塔》嘲笑陀思妥耶夫斯基的《死屋手记》（一八六四年），然而亨伯特写的东西却是名副其实的死屋手记，而克莱尔·奎尔蒂既嘲讽了对于现代小说惯常手法的酷似，同时这个人物又简直就是制造亨伯特生活恐怖的人。

可能除了乔伊斯之外，现代作家当中只有纳博科夫有能力让诙谐模仿与令人哀怜汇合，有时还可以使两者一致。乔伊斯在《尤利西斯》中已经非常接近这一境界，不是在艳丽而冷漠的“太阳神的牛”那一章，而是在“库克罗普斯”片段，在巴尔尼·基尔南的酒店里，这一片段的故事在一些诙谐模仿的段落与直截了当的对话和动作之间摆动；在“瑙希凯厄”[1]片段，在海滩上，这个片段以模仿感伤的女性杂志小说的风格第一次提出了葛蒂·麦克道威尔的观点，而中途却转换成布卢姆的非诙谐模仿的意识流手法；还在“冥府”不夜城一章的有些部分里，尤其是结尾处布卢姆已经去世的儿子鲁迪的鬼魂出现时。纳博科夫在运用诙谐模仿并使之发展成一种小说形式方面，已经超越了乔伊斯，因为作为形式上完全是诙谐的模仿并且可能是《尤利西斯》以来最优秀的喜剧性小说，《洛丽塔》和《微暗的火》里的诙谐模仿与令人哀怜两者始终是一致的，并非是相互接近而已——仿佛整个“库克罗普斯”或“瑙希凯厄”片段都是用诙谐模仿来写的，然而又一点都没有减弱对于布卢姆的痛苦的认识，或者说乔伊斯在“太阳神的牛”一章里能够以超绝的技巧在某种程度上表达布卢姆或普厄弗伊太太的仁慈。纳博科夫用一

[1] 库克罗普斯（Cyclops）和瑙希凯厄（Nausicaa）均为《奥德赛》中人物。

句话归纳了他在《洛丽塔》和《微暗的火》两部书中的成就。亨伯特在他人生中最重大的事件即将发生的时候，在他要领着洛丽塔走进“着魔的猎人”饭店他们的房间之前，这样说道：“一条模拟出来的旅馆走廊。模拟出来的寂静与死亡。”（第二二二页）假如我们将玛丽安·摩尔[1]的著名诗句，即诗歌是“想象的花园，却有真实的蛤蟆”，加以变通，那么，纳博科夫的“诗”是对死亡的模仿，却有真实的痛苦。纳博科夫以他的典型的自我意识，在《天赋》一书中定义他的艺术的本质是：“模仿嘲弄的精神向来与品质纯正的诗歌十分谐调。”

纳博科夫身上的这种精神不但代表一系列的技巧，而且如上所示，代表对于经验的态度，代表发现经验的性质的手段。*The Prismatic Bezel*（《棱镜的斜面》）这个书名很恰当：“bezel”是切削工具的刀锋，也可以指一块钻石的斜面，而纳博科夫诙谐模仿的闪亮刀刃可以朝任何方向切削，常常还转向自身作自我模仿。

若特别强调《洛丽塔》的讽刺（而不是模仿）因素，那就与因书的性内容而丢下它一样，都是局限的反应。“性作为一种习俗，作为一般的观念，作为一个问题，作为陈词滥调——这一切都是我觉得太无聊而不愿意去谈论的问题。”纳博科夫对《花花公子》采访的人这样说，而且他在康奈尔大学讲授的乔伊斯课程也进一步表明，他就是对性问题上的怪现象本身毫无兴趣。一九五四年五月十日，在他讲授《尤利西斯》的第一堂课时（后来知道，那正是他的《洛丽塔》即将完成的时候），纳博科夫谈到利奥波德·布卢姆的时候说道：“乔伊斯的意图是要描写一个普通人。（他的）性行为（是）非常不合常理的……布卢姆沉溺于从进化论的意义上来

[1] Marianne Moore（1887—1972），美国现代主义诗人，对动物尤感兴趣；诗行不以音韵衡量而以音节数计，一反传统。

说是低于正常的行为和梦幻，既害己又害人……在布卢姆的（以及乔伊斯的）心目中，性主题是与厕所主题相混的。假设是普通公民：普通公民的思想是不会关注布卢姆所关心的事的。性行为事件都是些下流事件……”出自亨伯特·亨伯特的创造者之口，这一席话语气之激烈，对于常态的认识之相当落伍，似乎出乎人们意料。五月二十八日在学期的最后一堂课上，也就是关于乔伊斯的结束语里，他讨论了《尤利西斯》一书的缺陷，批评道，书中“令人厌恶地、过分地关注性器官,如莫利的意识流即明证。表现了有悖常理的态度”[1]。尽管这是笔记本上记录的语句，但是，关于纳博科夫对于露骨的性细节描写的态度，人们可以从这些语句得到一个确切的概念，而且他的评论对于他创作《洛丽塔》的意图也是意味深长的。在后记里向读者透露的“小说的神经”，通过使亨伯特的激情一般化，来强调了这些意图。看上去深不可测的纳博科夫竟然写了这一篇文章，更不用说重印刊载在杂志上，并附在《洛丽塔》二十五种译本的后面，这一点无疑是表明了，在看到许多读者，包括一些老朋友，仅仅是从色情的角度看待这本书的时候，他一定感觉到很失望。这些暴露的“神经”应该清楚地表明，只要《洛丽塔》有一个可以界定的主题，他就不只是写恋童癖而已。亨伯特并没有描写“着魔的猎人”饭店里诱奸的细节，而是说了，“任何人都能想象那些兽性的成分。一个更大的尝试引诱我继续下去：一劳永逸地确定性感少女危险的魔力”（第二四八页）。亨伯特的欲望不只是性变态者的欲望，也是一个诗人的欲望，而这也并不奇怪，因为这些欲望，在一面变了形的镜子里，隐晦地反映了他的创造者的艺术欲望。

[1] 录自注释者 1953—1954 年课堂笔记。——原注

对于纳博科夫的人物一个个各自都在追求的那种难以用语言来表达的极乐，亨伯特有的却只是一个噩梦般的想象。要找到一个响亮的概括的说法，人们应读《阿加斯弗》（一九二三年）；这是纳博科夫二十四岁时写的诗剧。它是根据“永世流浪的犹太人”的传说改写的，但发表的只有序诗。由于受到“对尘世之美的梦想”的折磨，纳博科夫的流浪者高声叫道：“我要追上你/追上你，玛丽亚我难以表达的梦/从年少到年老！”在另一部早期作品，小说《王，后，杰克》（一九二八年）的结尾处，一个巡游摄影师走在马路上，并不为人群所注意，他“顶风大喊：‘艺术家来了！ *der gottegnadete*，上帝器重的艺术家来了！’”——这一声大叫是讽刺地指小说里未成功的艺术家、商人德雷尔，也是期望并宣告艺术家未来的化身的到来，如《防守》（一九三〇年）的棋手卢仁，《奥雷连》（一九三一年）的蝴蝶采集者皮尔格兰，《黑暗中的笑声》（一九三二年）的爱空想的艺术品商人、批评家欧比纳斯·克莱兹玛尔，《斩首之邀》（一九三五至一九三六）的被监禁并被判死罪但还拼命要写作的辛辛纳特斯，《发明华尔兹》（一九三八年）里的发明家萨尔瓦托·华尔兹，《庶出的标志》（一九四七年）里的哲学家克鲁格，未成功的诗人如《洛丽塔》（一九五五年）里的亨伯特·亨伯特，真正的但又只不过是部分成功的艺术家如《天赋》（一九三七至一九三八）中的费奥多尔·戈杜诺夫–车尔登采夫，《塞巴斯蒂安·奈特的真实生活》（一九四一年）的塞巴斯蒂安·奈特以及《微暗的火》（一九六二年）的约翰·谢德。每一部小说的缠绕构思在被读者领会之后，便揭示出，这些人物都存在于围绕着弗拉基米尔·纳博科夫的意识而排列的小说世界里，而纳博科夫就是出现在纳博科夫作品中的唯一的那位有杰出成就的艺术家。

然而，有些读者或许会觉得，在某种程度上关注本身的作品在内容的广度以及意义的深度上都会有局限性，太专门化，太深奥。但是，创作的过程是至关重要的；也许，通过含蓄和缠绕来创作的小说，比什么都更加具有个性特点，因此也就比纯粹虚构的小说更加关乎主题；毕竟，个性是一种艺术构思的结果，不管创作出来的作品是多么地不完美。假如艺术家在自己身上体现了并且在作品中表达了人类的危惧、需求、愿望，那么，一个关于他驾驭形式、在艺术上获得成功的“故事”，只不过是我们自己的全部努力——努力面对生活的紊乱，使它变得有秩序和有条理，以及努力忍受，如果说不是控制，我们内心以及我们周围的恶魔——这全部努力的得到加强而变得显著的象征。“我现在想到欧洲野牛和天使，想到颜料持久的秘密，想到预言性的十四行诗，想到艺术的庇护所。”亨伯特在《洛丽塔》的最后一刻这样说道，他是在替不止一个纳博科夫的人物说话。

正是重要的流亡诗人和批评家弗拉基斯拉夫·霍达谢维奇三十多年前第一次指出，纳博科夫的主要人物，不管他们的职业是什么，都代表这位艺术家，他还指出，纳博科夫的主要作品在一定程度上涉及创作过程[1]。霍达谢维奇一九三九年去世，而直到最近，他的批评文章才被翻译过来。假如能早一点读到他的文章，纳博科夫的英美读者就能早许多认识到纳博科夫的深沉的严肃性。对于《洛丽塔》来说这一点尤其正确，因为在这一部书中坚定不移的主题被小说看得见的主题性变态所遮掩，但并没有被混淆。但是，三十年代的精彩阐述到今天应该是显而易见的了，这并不是因为有许多其他的批评家这样评论纳博科夫，而更是因为，指出一部艺术作品是关注自身的这一点情况在近来的批评中已是司空见惯了（华兹华斯、马拉美、普鲁斯

[1] 弗拉基斯拉夫·霍达谢维奇:《谈谈西林》(1937)，迈克尔·H. 华克译，西门·卡林斯基和罗伯特·P. 休斯编,《三季刊》，第 17 期（1970 年冬）。——原注

特、乔伊斯、叶芝、格诺、博尔赫斯、巴思、克洛德·莫里亚克[1]、罗伯–格里耶、毕加索、索尔·施泰因贝格，以及费里尼[2]的著名影片《八部半》，这里只举十三个例子）。现在人们不很清楚的是，纳博科夫的缠绕所使用的巧妙办法与各种手法如何在他的小说中揭示“第二情节”——作者心灵的“毗邻世界”；创造了一个虚构的世界对那个心灵意味着什么；那些手法对读者所产生的影响是什么，那些读者，他们擅自卷入小说之中构成了“第三情节”，他们被纳博科夫令人眼花缭乱的魔法师技法所操纵，到了这样的程度，甚至在某些时候，可以说他也变成了弗拉基米尔·纳博科夫创造出来的又一个人物。

三、《洛丽塔》的巧妙手法

尽管《洛丽塔》受到评论界很多认真的关注，但是小说所引发的批评，通常又一定会引出一篇与小说总体构思不协调而其实也不可能协调的论文。这复杂的构思——这个版本的注释部分有说明——使得《洛丽塔》成为这个世纪极有独创性的少数几部小说之一。很难想象，比如说，没有亨利·詹姆斯的叙述手法树立的榜样会有《吉姆爷》的创作，或者说，福克纳没有读过《尤利西斯》会把《喧哗与骚动》写成这样一部小说。然而，与《城堡》《追忆逝水年华》《尤利西斯》《芬尼根的守灵夜》《微暗的火》一样，《洛丽塔》是想象所创造的、根本不在乎文学史家小心翼翼维持的整齐秩序的那些卓越的作品之一。极而言之，借用豪尔赫·路易斯·博

---

［1］Claude Mauriac（1914—1996），法国文学评论家、小说家，先锋派新小说理论家。
［2］Federico Fellini（1920—1993），意大利电影导演。

尔赫斯的一句动人的话来说，它是那些创造了它们自己的先驱的作品之一。

因为纳博科夫不断地对“现实主义”和“印象派”小说的传统手法作诙谐的模仿，所以读者必须按照纳博科夫自己的主张或是接受他，或是拒绝他。如果依照任何其他主张来研究，他的许多小说将变得几乎毫无意义。然而，同时，即使纳博科夫的最热情的赞美者，有时候也一定对构成纳博科夫巧妙手法的细微、深奥的元素，感到疑惑——五花八门的双关语、典故，以及在如《微暗的火》和《洛丽塔》这样的小说里俯拾皆是的蝴蝶联想。它们是有机的组成部分么？它们合在一起构成一个有意义的图案么？亨伯特涉及面很广的文学典故岂止是“检验（我们的）学识”，正如亨·亨谈起奎尔蒂的类似做法的时候所说的。亨伯特的有几个典故如此精细地编织在叙述的花纹之中，除了非得寻根问底的注释者之外，谁都不会留意。然而许多出典是一目了然的，而且这些典故往往出自十九世纪的作家；一个及时的注释将表明这个典故是很重要的。但是，与典故不同——典故有时候仅仅是为逗趣——而文字之间的构成一定风格的相互参照始终是至关重要的，它构成了不被批评家所注意的小说的一个特色。

《洛丽塔》的修辞风格突出了小说的缠绕构思，并且确立了小说使用巧妙手法的基础。正如序文中所说，不打算在这里对《洛丽塔》作彻底的阐释。以下关于巧妙手法与游戏的评论也并非旨在表示小说的这一“层面”是最重要的；作这样的评论是因为至今还不曾有人认识到这一文字风格的重要性，或者它的意义[1]。正如纳博科夫的后记是在小说之前读的，因此，以下

---

[1] 笔者曾另文讨论过这部小说，把它看作一部小说以及看作一种巧妙手法；参看拙作《〈洛丽塔〉：诙谐模仿的跳板》，见《威斯康星当代文学研究》卷Ⅷ（1967年春），第204—241页。重印于L. S. 邓博编：《纳博科夫其人及其著作》（麦迪逊，1967），第106—143页，其中125—131页、139—141页尤为重要。——原注

几页完全可以在查了注释之后重读，因为许多注释在这几页里已经提到了。

尽管与《微暗的火》相比，《洛丽塔》不是特别显著地表现出反现实主义的特点，但是这部小说别具一格，是既像那部较明显地多技巧的小说一样错综复杂，也像它一样是一部采用巧妙手法的作品。这一点并非即刻就看得分明，因为亨伯特是纳博科夫的自卢仁（一九三〇年）以来最“文明”的人物，同时，《洛丽塔》是三十年代早期以来“结局”保持完好无损的第一部小说。而且，纳博科夫曾说过，《魔法师》，即包含了《洛丽塔》中心思想的一九三九年那个短篇，之所以没有发表，并非因为题材的缘故，而是因为“小女孩不活。她几乎不说话。我是一点一点地让她有了一些现实的样子”。也许这似乎显得有些不正常，纳博科夫这样一个操纵木偶的人，又是《斩首之邀》和《庶出的标志》的虚假世界的创造者，竟然以这样的方式操心“现实”（无论是加引号的抑或不加引号的）；然而，在纳博科夫身上一个极端并不排除另一个极端，而《洛丽塔》的独创性正是源于这一自相矛盾。木偶剧场从来没有倒塌过，但是在结构上处处都是裂纹，即使不说是裂口，它们犬牙交错，形式极为复杂，而目光深邃的人是不难看出的——即受过纳博科夫小说训练从而习惯于小说错视画的人。《洛丽塔》是一部了不起的小说，同样，纳博科夫能很了不起地兼得正反两面，使读者一方面置身于既深深地打动人，又极其滑稽、逼真丰满的故事，而另一方面却让读者参与一个游戏。这游戏之所以成为游戏是因为有交织的修辞变形，这样就破坏了小说的现实主义基础，使读者远离了小说的斑驳的表面，使这表面只留下一个棋盘的外表。

纳博科夫是一个讲课的教师，却有出色的表演才能，能以表演艺术家那样的技艺调动听课的人。他表演的果戈理临死时的痛苦，至今令人难忘：庸医们轮番替他放血、催泻，将他按在冰冷的浴缸里。果戈理孱弱的肚子上可以摸到脊椎骨。六条肥硕的白水蛭叮在他的鼻子上吸血。果戈理求他们把水蛭拿走——“求你们了，拿掉它们，拿掉它们，把它们拿掉！”——讲台此刻就成了浴缸，纳博科夫在讲台后身子慢慢地低下去，有那么一段时间他就是果戈理，浑身哆嗦，两手被一个强壮的用人按着，仰着头，非常痛苦，非常害怕，鼻孔张大，两眼紧闭，哀求声传遍了整个大教室。甚至坐在教室最后面的一大批成绩勉强是C等的学生都不禁感动了。然后，稍作停顿之后，纳博科夫会轻轻地一字不差地说出他所写的《尼古拉·果戈理》中的一句话，“尽管这样的情景让人觉得非常不舒服，而且还看到了令人气愤的人朝人恳求的场面，但是还是有必要再详细讲述一下，目的是要揭示果戈理天才的那一面，即奇特地在肉体上体现的那一面。”

关于“靠不住的叙述者”已经写得很多，但是关于靠不住的读者却写得太少。虽然编辑小约翰·雷相当公正地告诫过那些“总希望追踪‘真实的’故事以外的‘真’人的命运”的“老派读者”，但实际上，纳博科夫似乎在构思《洛丽塔》“真实故事”中的每一“步”的时候心中都预想着这些读者的反应；而游戏因素就是依靠这样的自身反应行为，因为它在很多方面考验读者。亨伯特呼唤“读者！兄弟！”，他是在学《致读者》，即《恶之花》的序诗（“伪善的读者！——我的同伴——我的兄弟！”）；确实，整部小说是在对波德莱尔[1]和其他许多谋求读者完全参与作品的作家作讽刺性的颠倒。“我希望有学识的读者都来参与我正准备搬演的这个场景。”亨伯特说。但是，这样的擅自参与会让读者老是处于受抑制的危险，甚至还会受到更粗暴的对待：“正如比我伟大的作家所说的那样：‘让读者去想象吧’，等等等等。转念一想，我还是

---

[1] Charles Baudelaire（1821—1867），法国诗人，法国象征派诗歌先驱，主要作品有《恶之花》。

让这类想象遭到意想不到的波折为好。”亨伯特直接招呼读者多达二十七次[1]，诱使读者跌入一个又一个的陷阱。在纳博科夫的手中，小说于是就成了一个棋盘，在这个棋盘上，他采用诙谐模仿的手法，抨击读者的凭空臆断、狂妄自负，以及知识惯例，并通过游戏，实现并阐述他的相当于福楼拜要编一本*Encyclopédie des idées reçues*即一本《庸见词典》的梦想的翻版。

“讽刺作品是训诫，滑稽模仿是游戏。”纳博科夫说道；虽然《洛丽塔》的比较显而易见的妙语可以看作是讽刺性的（如：那些针对女校长普拉特的话），但是最有效的讽刺效果是通过诙谐模仿完成的游戏来实现的。纳博科夫创造了有着丰富的“心理”提示但最终抗拒进而公开嘲笑深蕴心理学的分析的这么一个表层，从而能够打发掉“参与”构成小说前六十页左右的闪电战游戏的任何弗洛伊德信徒。设下的陷阱都有诱人的“引入歧途的嗅迹”，它们来自于纳博科夫《说吧，记忆》里所谓“性神话的警察国家”。亨伯特和洛丽塔之间虚构的乱伦似乎暗

[1] 这些还不算亨伯特对陪审团的几次喊叫（第246页是个典型例子），对整个人类的呼叫（“人啊，请注意！”[第233页]），对他的车子的呼叫（“嗨，梅尔莫什，多谢了，老伙计”[第558页]）。我在这儿尽说些统计数字，因为亨·亨对读者的直接招呼是叙述的重要组成部分，同时在体现自相矛盾的新技巧这方面也是很重要的。至于文学形式和手法方面，天底下没有什么新花样（借用一位诗人的说法）；不断翻新的是环境和组合。一个时代的现实主义，到了另一个时代就成了超现实主义。对于伊丽莎白时代的观众或塞万提斯的读者来说，戏中戏、故事中的故事都是惯例；对于一个习惯了十九世纪现实主义的读者来说，戏中戏是荒诞的、莫名其妙的、装模作样的。关于重新启用“过时的”直接称呼，也是一样的道理。后詹姆斯时代的小说家通过完善比较新的“印象派”惯例（不露面的叙述者，“中央情报信息”，即使“靠不住”但始终如一的叙述人，等等），似乎已经永久地排除了这样的自我意识的手法，在文学史的这样一个时刻，过时的直接称呼又复活并变了形。“这一新技巧是故意地不合时代的技巧，”豪·路·博尔赫斯在关于这一问题的关键文本《〈吉诃德〉的作者皮埃尔·梅纳尔》一文（《迷宫》第44页）中写道：电影方面的相似作品可以在最近重又启用无声电影手法的导演的作品中信手找到（引人注意的导演有弗朗索瓦·特吕弗、让–吕克·戈达尔和理查德·莱斯特）。——原注

示了一个经典的恋父情结，但是亨伯特后来把它叫作“乱伦滑稽模仿”。纳博科夫进一步暗示道，这个故事给出了一个“转移”理论，根据这个理论，女儿会将她的感情转移到另外一个相似的人身上，但这个人不是她的父亲，从而释放了她的恋父情结的紧张心理。倘若弗洛伊德的信徒们用这样的方法来解释洛丽塔与奎尔蒂的私奔，那么，他们面对医院里的那一幕便要瞠目结舌了，因为当时亨伯特是这样说那个护士的：“我想玛丽准是以为滑稽有趣的父亲亨伯托尔狄教授正在干涉多洛蕾丝与她那位替代父亲、矮矮胖胖的罗密欧之间的恋情。”一个性感少女的男童性格特点诱使读者认为亨伯特的追求从本质上来说是同性恋的，然而，当亨伯特说，在他的一次监禁期中，他如何开精神分析医生的玩笑，“用一些捏造的‘原始场景’戏弄他们”，以及“我贿赂了一个护士，看到一些病历档案，欣喜地发现卡上把我称作‘潜在的同性恋’和‘彻底阳痿’”（第六七页）的时候，那么，我们在依照通俗精神分析的方法来做判断时就不会那样绝对了。倘若倾向于从医学角度看问题的读者接受亨伯特关于造成他的恋童癖的青春期“创伤”——不完全性交——的说明，那么，当洛丽塔必须在奎尔蒂的戏“自然高潮只有一星期就要到来时”离开它（第三七九页），他们应当会感觉到这一打击多么有力以及他们自己的失落是怎样的形式。亨伯特的“创伤”还进一步给倾向于从医学角度看问题的读者设下了一个陷阱，因为这个事件似乎是纳博科夫自己天真得多的童年时代与柯莱特的恋情（《说吧，记忆》第七章）的一个诡秘的虚假的变形；而在那一章和《洛丽塔》里面都有的蝴蝶与《卡尔曼》典故的暗示，则加强了这种比较明显的相似之处。当那些受“精神分析行当的标准象征”滋养的认真的读者轻率地将这两件事联系起来——已有几个这样做了——并且立即得出结论说，《洛丽塔》确确实实是自传体小说，这个时候，陷阱已经起作用：他们这种随意简化的做法证明，这种纳博科夫式的诙谐模仿的确是必要的。纳博科夫以冷漠的文学执拗证明了他们的“真理”

是虚假的；这里面的含义是相当深刻的。甚而至于，一个老练的读者试图通过揭示蝴蝶模式来寻找《洛丽塔》“意义”的注释工作也成了对于他的期望的嘲弄，因为他发现他是在追逐“正常的”弗洛伊德精神分析象征的一个嘲弄性的逆向，这些象征，经确定之后，仍然可能是一个谜，说明不了什么，或者，像《微暗的火》的文学高尔夫游戏一样，什么都没有说明。

直到《洛丽塔》几乎要结尾的时候为止，亨伯特“有罪”和“悲伤”的最充分的表达始终是受到限制的，如果说不是被完全破坏的话，而临近结尾的这些段落代表了另外一系列的陷阱，在这些陷阱里纳博科夫通过让忏悔者亨伯特说出读者想听的话，又一次嘲弄了读者的期望：“我是个五只脚的怪物，但我爱你。我卑鄙无耻，蛮横粗暴，十分奸邪，等等等等。”迫切地读着亨伯特的“忏悔”，读者突然间绊着了罕见的词儿“奸邪”，然后又猝不及防地遇上什么都可指的荒唐说法“等等等等”，这样一来，使整个这一连串话，如果说不是读者，显得很荒谬。忏悔是容易的，然而我们如果在忏悔时如此随便地使用关乎道德的词汇，那么，其含义就会跟亨伯特的滑稽模仿一样浅薄。

亨伯特自己的关乎道德的词汇似乎可以在克莱尔·奎尔蒂身上找到一种理想的表达媒介。在整个叙述过程中，亨伯特一直都受到奎尔蒂的追踪，不管是在字面意义上，还是在比喻的意义上。奎尔蒂一会儿可笑又荒唐，一会儿阴险又古怪。有一阵子，亨伯特心中肯定，他的“影子”和复仇者是他的瑞士堂兄，特拉普侦探，而当洛丽塔对此表示赞同说“也许他就是特拉普”的时候，她是在总结奎尔蒂在小说中扮演的角色。奎尔蒂无处不在，因为他编织了亨伯特的圈套，引发他的犯罪、他的羞耻感和对自己的恨。然而奎尔蒂象征的是“真理和对真理的讽刺”这两者，因为他既是亨伯特犯罪的形象体现，又是对于一个在心理上与亨伯特酷似的人的诙谐模仿；“洛丽塔玩的是两面游戏”，亨伯特这句话，一语双关，既指洛丽塔打网球是对酷似者的模仿，也指诙谐模仿作为游戏的作用。

酷似者主题在纳博科夫全部作品中有着显著地位，从三十年代早期的《绝望》和《黑暗中的笑声》（小说中欧比纳斯—雷克斯组合是在排练亨伯特—奎尔蒂对子），到《塞巴斯蒂安·奈特的真实生活》，直到《庶出的标志》、短篇《连体怪物的生活情景》《洛丽塔》《普宁》和《微暗的火》。《微暗的火》中的两个酷似者（说得确切一点，是三个酷似者）是绝妙的。这部书可能是所有酷似者小说中最复杂、深刻的，它的创作正是在现代文学中关于酷似者的主题似乎都已经写完了的时候，而这一成功很可能是因为有纳博科夫在《洛丽塔》这部书中关于这一主题的不厌其详的模仿才能取得。《洛丽塔》中的这一模仿重新树立了他对于又一个文学手法的艺术功效的认识，一个"过去曾经是光彩照人的，但是现在已经磨损得丝丝缕缕的手法"（《塞巴斯蒂安·奈特的真实生活》，第九一页）。

纳博科夫让克莱尔·奎尔蒂明显有罪[1]，意在抨击酷似者的传统故事中所见善与恶"双重个性"的惯例。亨伯特也许会让我们一些人相信，他在第二部第三十五章杀死奎尔蒂，是诗人的善驱除了怪物的恶，然而两者最终还是不能明显地区分：亨伯特和奎尔蒂搏斗的时候，"我又翻到他的上面。我被压在我们下面。他被压在他们下面。我们滚来滚去"。虽然这一诙谐模仿的高潮出现于这场"两个文人之间的一场默默无声、软弱无力、没有任何章法的扭打"，但是它在小说中自始至终持续不断。在传统的描写酷似者的小说里，代表备受指责个性的酷似者

[1] 沛奇·斯特格纳在《潜入美学：弗拉基米尔·纳博科夫的艺术》一书（纽约，1966，第104页）中也指出了这一双关语。（译者按：克莱尔·奎尔蒂原文 Clare Quilty 是仿照 clear guilty 两个词，形声近似。）——原注

往往被描写成一只猴子。陀思妥耶夫斯基的《群魔》（一八七一年）中斯塔夫罗金对维尔霍文斯基说，“你是我的猴子”；史蒂文森的《化身博士》（一八八六年）中海德先生玩弄“猴子似的诡计”，怀着“猴子似的愤怒”和“猴子似的怨恨”攻击人和杀害人；坡的短篇《摩格街谋杀案》（一八四五年）中的犯罪分子本身真的是一只猴子。但是“善良的”亨伯特破坏了这一对子，因为他常常说自己是猴子，而奎尔蒂不是猴子，而他们两人面对面的时候，奎尔蒂也说亨伯特是猴子。亨伯特说自己像“海德先生”一样，到处奔走，他的“手指还在作痛”。在康拉德的《黑暗的心》（一九〇二年）中，克尔兹是马洛的“影子”和“鬼魂”。虽然亨伯特把奎尔蒂叫作是他的“影子”，但是亨伯特的名字一语双关（亨伯即*ombre*，就是影子），说明他跟奎尔蒂一样，也是影子，而且他跟安徒生《影子》（一八五〇年）里追踪教授的影子化身一样，穿的是一身黑装。奎尔蒂其实最初认为亨伯特可能是他自己的“某个熟悉而无害的幻觉”；在小说即将收尾时伪装的叙述者招呼洛丽塔，并完成了这一转变：“不要可怜克·奎。上帝必须在他和亨·亨之间作出选择，上帝让亨·亨至少多活上两三个月，好让他使你活在后代人们的心里。”这部书原是可以由“克·奎”来叙述的，即把这一对子换个位置；“亨·亨”只是个比较好的艺术家，比较有可能会掌握“颜料持久的秘密”。

倘若说亨伯特—奎尔蒂对子是有意识诙谐地模仿《威廉·威尔逊》（一八三九年），那是很有道理的，因为坡的这个短篇在描写酷似者的故事中是特别的，它与惯常的情形相反：弱与恶的化身倒是主要人物，受到善的化身的追踪，但善为恶所杀。而纳博科夫更是深入一步，以令人头昏目眩的气势颠倒了传统：依照十九世纪时候酷似者的故事，甚至消灭奎尔蒂和他所代表的东西都是没有必要的，因为亨伯特在到奎尔蒂的帕沃尔府去之前，已经向洛丽塔求婚，而且他在叫不再是性感少女的洛丽塔与他一起走的时候，已经超越了他的迷恋。虽然亨伯特无条件地表达“有罪”是到小说结束时出现的，但是按照事态发展的先后，那也是在他杀奎尔蒂之前。作为一个“象征性”举动，杀人是没有理由的；诙谐模仿的构思至此已完成。

奎尔蒂对于他的象征角色表示迟疑是有道理的：“别人犯了强奸罪，我可不负责。真是荒唐！”他这样对亨伯特说，而他的话是有根有据的，因为在这一幕中亨伯特正是在试图要他负全部责任，亨伯特要奎尔蒂大声读的诗更加强调了他的图谋，同时又一次表明，纳博科夫的诙谐模仿如何突破风格模仿的“模糊乐趣”而与全书最严肃的部分相结合。这首诗以诙谐模仿艾略特的《圣灰星期三》[1]开始，但是以破坏“悔恨的”亨伯特一直在表示的全部忏悔告终：“因了你所做的一切/因了我没有做的一切/你非得死。”由于奎尔蒂被描写成是“美国的梅特林克[2]”，不言而喻，随后发生的他死去的场面应该非常具有“象征性”。因为人是很难轻易摆脱“恶”的化身的，所以，像拉斯普京[3]一样不可一世的奎尔蒂几乎是不可能被杀死的；然而驱邪的概念因临死时的痛苦被滑稽地延长而变得荒唐。这是按照《夺发记》[4]第五章的精神，滑稽地模仿上自伊丽莎白时代的戏剧、下至最蹩脚的侦探小说的众多文学作品中描述死亡的场景里的血污

---

[1] 托·斯·艾略特（T. S. Eliot，1888—1966）1930年发表的诗《圣灰星期三》传达的是诗人对英国国教会的信仰以及他在《荒原》（1922）结尾处所呼吁的信念。诗得益于但丁的《神曲》，充满宗教寓意和象征主义色彩。

[2] Maurice Maeterlinck（1862—1949），比利时法语诗人，象征派戏剧代表作家，获1911年诺贝尔文学奖。

[3] Gregory Yefimovich Rasputin（1871—1916），俄国农民出身的修道士，因医治皇太子的病而颇受沙皇尼古拉二世及皇后的宠幸，并干预朝政，生活淫荡，不可一世，但终被保皇党骗至皇宫一地下室里杀死。

[4]《夺发记》，英国诗人蒲柏（Alexander Pope，1688—1744）所作，1712年发表时仅两章，1714年增至五章发表。诗采用仿英雄体，小题大做，写一对贵族男女因追逐游戏而交恶。这诚如英国大文豪约翰逊博士所言，诗作是“滑稽作品之最有趣者”，它把“新事物变熟悉了，熟悉的事物变新了”。

和虚夸语言。奎尔蒂回到了犯罪的现场——一张床——而就是在这里亨伯特最后将他逼入死路。亨伯特近距离射出所剩几发子弹，奎尔蒂“向后倒了下去，嘴角旁出现一个具有幼稚涵义的大大的粉红色的气泡，变得像个玩具气球那么大，随后破灭”。这最后的细节描写强调了一种象征性的——但是滑稽地模仿象征手法的——与洛丽塔的联系；吞噬了洛丽塔、泡泡糖、童年等等一切的可怖的化身，已经“象征性地”死亡，然而，正如泡泡破了，哥特式酷似者这种类型小说的传统连同它的关于身份的“幼稚涵义”也都不见了，而我们很快便明白，亨伯特依然“浑身都沾满了奎尔蒂”。罪并不能如此轻易地可以驱除的——如果生造一个亨伯特惯用语来说，即麦克费特就是麦克费特——关于人的经验与个性特点的模糊性是不可能简单地仅仅归结于“两重性特点”的。我们看到的并非可以截然分开的个性的成功结合，而是“隐蔽的克莱尔”与“包着的奎尔蒂”的拼接个性。奎尔蒂不肯死去，就像果戈理写酷似者的非凡故事《鼻子》（一八三六年）里重新找回的鼻子起初不愿回到主人脸上一样。本来期待着坡或陀思妥耶夫斯基、或曼、或康拉德那一类描写酷似者的小说严肃伦理道德绝对准则的读者，此时相反倒发现自己漂流在荒诞滑稽、更接近于果戈理的体系里。我们希望亨伯特能制服他的“秘密分享者”，但后来我们倒发现，他追寻他的“抓不住的个性”，在比喻的意义上就像科沃寥夫少校在圣彼得堡幽灵般的大街上追寻他自己的鼻子，还发现亨伯特的“追寻”在一个最后的对抗中——这个对抗，好比《外套》（一八四二年）的结尾，根本就不是一个对抗——有了它的虚假的“结局”。

纳博科夫有几次诙谐地提及罗·路·史蒂文森，这表明他心里想着亨利·杰基尔痛苦而认真地找到的“真理”，即“人不只是一个，而真的是两个。我说两个，因为我的认知状况不能超越那一点。在同样的思路上，别人将来会跟上来，别人将来会超过我”。《微暗的火》中的“系列个性”“超过”了史蒂文森和其他许多作家，而《洛丽塔》中在酷似者这方面的诙谐模仿非但没有减轻亨伯特的罪，这一手法反而将亨伯特锁进了一座镜子监狱，在这座监狱里“真正的个性”和它的伪装相互混合，从而使善与恶的折射线极其混乱。

亨伯特寻找特拉普侦探（奎尔蒂）的下落以及他的身份，引起读者的好奇，在纷繁的线索中探寻，以便解开谜团；这是一个既与坡的“推理故事”相似，又诙谐地模仿它的过程。亨伯特找到洛丽塔并逼她说出绑架她的人的名字，

> 她说这实在没什么用处，她决不会说的，不过另一方面，毕竟——“你真的想要知道他是谁吗？好吧，就是——”
>
> 她耸起两根细细的眉毛，噘起焦干的嘴唇，柔和地、机密地、带着几分儿嘲弄、多少有点难以取悦但仍不无温情地用一种低低的吹口哨的声音说出了机敏的读者早就猜到的那个名字。
>
> 防水的。为什么我的脑海中蓦地掠过沙漏湖上那一瞬间的情景？我，同样早就知道了这桩事，却始终没意识到。既不震惊，也不诧异。悄悄发生了交融汇合，一切都变得井然有序，成为贯穿整个这本回忆录的枝条图案，我编织这幅图案的目的就是让成熟的果子在适当的时候坠落下来；是的，就是怀着这种特定的、有悖常情的目的：即使你获得——她仍在说着，而我却坐在那儿，消融在美好无比的宁静之中——通过合乎逻辑的认识所带来的满足（对我最有敌意的读者如今也应该体会到这一点）使你获得那种美好无比的绝对的宁静。

甚至到了这个时候亨伯特还是不肯说出奎尔蒂的身份，尽管“机敏的读者”可能已经认识到

“防水的”是一个线索，它把我们带回先前湖边的一个场景，在那个场景里夏洛特说亨伯特的手表是防水的，而琼·法洛则提到奎尔蒂的艾弗叔叔（只说名，没说姓），后来还差一点指名道姓说出克莱尔·奎尔蒂：艾弗“给我说了他侄儿的一个完全猥亵的事情。看来——”但是她的话被打断，那一章就这样结束了。这种吊人胃口的推理手法——确实“宁静”！——是侦探圈套，是对读者的假设与期望的又一个嘲弄，仿佛最机敏的读者还是能够完全确定奎尔蒂或亨伯特或他自己的身份。

有了奎尔蒂的名字之后，亨伯特现在动身前往那座可以称之为“最后审判日的阿什尔庄园[1]”的帕沃尔府，那里有着对于坡的广泛而丰富多彩的诙谐模仿。小说全部的诙谐模仿主题都集中在这一章了。亨伯特的结论浓缩地道出了这一章的重要性：“我肚里暗自说道，这就是奎尔蒂为我上演的这出匠心独运的戏剧的结局。”在形式上，当然，这个高难度的华美片断不是一出戏；然而，作为对于主要情节的带滑稽模仿性质的总结性评价，它的确有伊丽莎白女王时代戏中戏的作用，而且，它的“上演”又一次强调了对于全书至关重要的游戏因素。

与这些游戏并行的有一个完全属于小说性质的展开过程，它显示了亨伯特所经历的远远超出了他和洛丽塔实际跋涉的两万七千英里。愚蠢的小约翰·雷把亨伯特的故事说成是“这个悲剧故事坚定不移的倾向不是别的，正是尊崇道德”，而令人惊讶的是，他的话居然是正确的。读者看到亨伯特从他的苦恋中解脱出来，作了一个并非完全直截了当的纯真爱情的表白，并最

---

[1] 阿什尔庄园系十九世纪美国诗人埃德加·爱伦·坡（1809—1849）的哥特式小说《阿什尔庄园的倒塌》的叙述者儿时伙伴罗德里克·阿什尔家摇摇欲坠的庄园。叙述者前往拜访时，发现罗德里克与他的孪生妹妹梅德琳都处于精神与健康岌岌可危景况之中。梅德琳昏死过去就被埋葬，但又惊醒过来，在狂躁与死亡的痛苦中拖着罗德里克告别人间，同时庄园也倒塌在山间的湖水之中。

终认识到，遭受损失的不是他而是洛丽塔。这是在倒数第二页一段洋洋洒洒、滔滔不绝的话里表达的；这一段话没有被诙谐模仿所破坏，也没有带上讽刺意味，这种情况在这部小说里是第一次。这段“最后一个奇怪的令人绝望的幻景”刚读到一半，读者又一次被呼唤，因为，亨伯特如此独特地易懂的道德最高境界，构成了这盘棋的残局和纳博科夫的最后一幅错视画。倘若读者早就断定小说中没有“道德现实”并且颇为老练地认可这一说法，那么，他就完全有可能忽略棋盘最远处的角落里这意想不到的一步棋，从而输了全局。这是作者最后一次直接对读者说话，因为小说要结束了，这盘棋也要结束了。

除了起到保持棋局要素这一作用之外，作者参与模式还提醒我们，《洛丽塔》只不过是排列在纳博科夫意识周围的那个小说世界的一部分，而纳博科夫不时地会跟亨伯特一样悲叹，悲叹文字其实很有其局限性，悲叹“过去的已经过去了”；要想活在过去里，像亨伯特试图的那样，即死亡。《说吧，记忆》的作者居然暗示了这一点，那就毫无疑问确定了洛丽塔的道德特性；同时，按照约翰·辉辛格所言“游戏是不受善恶限制的”[1]的观点来看，《洛丽塔》就是一个更加异乎寻常的成功了。

在《天赋》中关于费奥多尔的诗纳博科夫写道，“同时他得尽力保持自己对游戏的控制，或是观察玩物的角度”，纳博科夫这是在定义他写作小说时所面对的难题——充分理解这些小说的意义有赖于读者对该书所持有的立体看法。至此，诙谐模仿和作者参与模式是如何创造了看清“玩物”所必需的距离的，应该是显而易见了，而纳博科夫强化人们的“小说作为棋盘”

---

[1] 约翰·辉辛格:《人的游戏：文化游戏因素之研究》(波士顿，1955［1944年初版］第11页。文中虽未提及纳博科夫，但不失为阅读纳博科夫作品的绝好入门)。——原注

意识，是通过确实在《洛丽塔》中安排了一盘进行中的棋局：亨伯特与加斯东·戈丹之间一场表面看来持续不断的对弈——一个处于前景位置、具有故事发生地点地方色彩的情节，而它反过来又浓缩了亨伯特—奎尔蒂“酷似者游戏”在“美国”这个棋盘上一来一去的过招，也浓缩了超然小说之外、具有压倒一切之重要性的作者与读者之间的竞赛。[1]

亨伯特与加斯东在亨伯特的书房“每个星期总下两三次国际象棋”，而纳博科夫好几次仔细地将洛丽塔与他们棋局中的后相联系。一天晚上他们在下棋时，洛丽塔的音乐老师打来电话对亨伯特说，洛丽塔又逃课了；这是亨伯特抓住的她的一次最明目张胆的撒谎，这暗示了他不久以后将失去她：

> 读者完全可以想象得到当时我的才智所受到的影响，又走了一两步棋，轮到加斯东走的时候，我透过满心忧伤的轻烟薄雾发现他可以把我的王后吃掉；他也注意到了这一点，但认为这可能是他的狡猾的对手所设下的圈套，他迟疑了好半晌，呼哧呼哧地喘着气，摇了摇下巴，甚至偷偷地朝我瞅了几眼，把又短又粗、簇在一起的手指踌躇地微微向前伸了一伸——渴望吃掉那个甘甜肥美的王后，却又不敢下手——突然他朝它猛扑过去（谁知道这是否使他学会了往后的一些鲁莽行为？），于是我心情阴郁地花了一个小时才和他下成平局。

---

[1]《洛丽塔》这一方面的意义，在特尼尔的风景棋盘（或棋盘风景）那幅画中形象地得到了表达；它是刘易斯·卡罗尔《镜中奇遇》第二章里的一幅插图。在那部小说里，一个棋局实实在在地与故事的叙述交织在一起。——原注

所有的参与者都想捉住“那个甘甜肥美的王后”，情况各不相同：可怜的同性恋者加斯东，完全是在下棋的意义上；色狼奎尔蒂只有一个目的；性变态者兼诗人亨伯特，以两种方式出于爱，首先是肉体上的，但然后又是艺术上的；而普通的读者，他会通过评判和谴责亨伯特来解救洛丽塔，或者会想象自己是洛丽塔参与故事从而站到了奎尔蒂一方——尽管我们有充分的理由可以认为，仔细的读者迟早会同意亨伯特的观点：“在和加斯东下棋的时候，我把棋盘看作一个四四方方的清澈的水池，在有着方格花纹的光滑的池底可以看见一些粉红色的、罕见的贝壳和珍宝。而这些在我那慌乱的对手眼中，都是淤泥和枪乌贼分泌的黑色液体。”

《洛丽塔》一开头，亨伯特说“这只是一场游戏”，当时他是过于谦虚了，因为，诚如纳博科夫在《防守》中对卢仁与图拉提之间的对垒所作的评价，这场游戏的棋盘上的一切都“透出生命”。当读者轮番地在面对小说中的一个个人物和面对一盘棋的一个个棋子这两者之间摇摆——仿佛望远镜在底座的轴上三百六十度旋转，让人们轮换着分别从两端观察——的时候，在他的心目中就产生了急剧而令人头昏目眩的焦点的转移。《洛丽塔》的各不相同的“层面”毫无疑问不是新批评论[1]的“意义层面”，因为对于“所玩之物”的浓缩、全面的看法应该能使人即时地看清这些层面或方面——倘若自由地改写玛丽·麦卡锡用以描述《微暗的火》的一个比喻来加以形容，那就仿佛是从上面朝下观看两个象棋大师在置放在上下不同层面的几个玻璃

---

[1] New Criticism，二十世纪二十年代一群文艺批评家，主要是美国文艺批评家的理论，对于诗歌与虚构散文从哲学与语言学角度来作分析的观点。托·斯·艾略特的批评文章对新批评论有极大的影响，然而这个理论的叫法是约·克·兰塞姆1941年出版的《新批评》一书中确定的。这个理论的着眼点是文本的模糊处，而不是作家生平的烙印。诚如这一运动的捍卫者大卫·戴奇斯所说：“新批评论教会了一代人如何阅读，这是不小的功绩。然而要读文学先要读生活。”（参看《朗文二十世纪文学指南》1981年莫里斯·霍塞修订版）

棋盘上，同时进行三盘或三盘以上的对弈。[1] 第一次读《洛丽塔》很难会给你这样清晰的、多种形式的审视，而且由于多方面的原因，小说的表面主题在起初的时候那种吸引人注意力、让人觉得容易接受的特性会是最突出的。但是抛却先入为主的想法之后重读这部小说所得到的令人振奋的体验，产生于发现它是一本全新的书而非原先的书之后，产生于明白了该书的变形特性巧妙地描绘了人们自己的认识过程之后。博尔赫斯对于那部《吉诃德》的作者皮埃尔·梅纳尔说的话显然也适用于《洛丽塔》的作者弗拉基米尔·纳博科夫：他“通过一种新的技巧……丰富了认真读书的基本艺术”[2]。

小阿尔弗莱德·阿佩尔

一九六八年一月三十一日

加利福尼亚，帕罗阿尔托

一九九〇年五月二十一日

伊利诺伊州，威尔梅特

（金绍禹　译）

［1］玛丽·麦卡锡：《弗拉基米尔·纳博科夫的〈微暗的火〉》，《相遇》第 XIX 卷（1962 年 10 月号），第 76 页。（译者按：玛丽·麦卡锡［Mary McCarthy，1912—1989］，美国小说家，擅长描写知识分子心理，作品有长篇小说《她的伴侣》等。）——原注

［2］博尔赫斯：《〈吉诃德〉的作者皮埃尔·梅纳尔》，《相遇》第 XIX 卷（1962 年 10 月号），第 44 页。——原注

参考书目

1．纳博科夫作品一览表

* 表示已经被译为英文的俄语著作；标题后面的时间表示期刊连载的时间；括弧内包含译为英文的时间。

** 表示以英文写作的作品。

不加星号则表明是俄语作品。下面没有列出纳博科夫大部分主要的英语昆虫学论文，也未列出二三十年代未翻译、未结集的大量作品，包括大约一百首诗歌、数部剧作和短篇小说、五十篇文学评论和散文，以及无数兰波、魏尔伦、叶芝、布鲁克、莎士比亚、缪塞等人作品的翻译。米歇尔·朱利亚（Michael Juliar）的《弗拉基米尔·纳博科夫：描述性书目》，纽约，1986（*Vladimir Nabokov: A Descriptive Bibliography*）是纳博科夫已发表作品的标准书目。纳博科夫所有十七部小说，以及《说吧，记忆》和《独抒己见》均有佳酿国际（Vintage International）版本。

卡罗尔：《爱丽丝梦游仙境》，柏林，1923年，译著。

*《玛丽》：柏林，1926年（纽约，1970年），小说。

*《王，后，杰克》：柏林，1928年（纽约，1968年），小说。

* 《防守》：1929年，柏林，1930年（纽约，1964年），小说。

* 《眼睛》：1930年，（纽约，1965年），短篇小说。

* 《荣耀》：1931年，（纽约，1971年），小说。

* 《暗箱》：巴黎和柏林，1932年（伦敦，1936年；修订版，纽约，1938年，译名为《黑暗中的笑声》），小说。

* 《绝望》：1934年，柏林，1936年（伦敦，1937年；修订版，纽约，1966年），小说。

* 《斩首之邀》：1935—1936年，柏林和巴黎，1938年（纽约，1959年），小说。

* 《天赋》：1937—1938年，纽约，1952年，俄文版（纽约，1963年），小说。

* 《华尔兹的发明》：1938年（纽约，1966年），三幕话剧。

** 《塞巴斯蒂安·奈特的真实生活》：康涅狄格州，诺福克，1941年，小说。

** 《三位俄国诗人：普希金、莱蒙托夫和丘特切夫英译》：康涅狄格州，诺福克，1944年。

** 《尼古拉·果戈理》：康涅狄格州，诺福克，1944年，研究论著。

** 《庶出的标志》：纽约，1947年，小说。

** 《确证》：纽约，1951年，回忆录。

《在异乡》：纽约，1954年，《确证》俄文版的扩展重写，而非翻译。

** 《洛丽塔》：巴黎，1955年（纽约，1958年），小说。

** 《普宁》：纽约，1957年，小说。

** 莱蒙托夫：《当代英雄》，纽约，1958年，译著。

** 《纳博科夫的"一打"》：纽约，1958年，包括十三个短篇，其中三篇译自俄语，一篇译自法语。

** 《伊戈尔远征记》：纽约，1960年，十二世纪史诗英译。

** 《微暗的火》：纽约，1962年，小说。

** 普希金：《叶甫盖尼·奥涅金》，纽约，1964年，四卷本英译和评注。

** 《说吧，记忆》：纽约，1966年，最初题名为《确证》的回忆录的最终版本，包括《在异乡》以及新的资料。

** 《爱达或爱欲》：纽约，1969年，小说。

* 《诗与题》：纽约，1971年，五十三首诗，其中三十九首俄语英语对照，另有十八个象棋题。

** 《透明》：纽约，1972年，小说。

* 《俄国美人和其他故事》：1924—1940年；纽约，1973年，十三个短篇小说。

** 《独抒己见》：纽约，1973年，二十二篇访谈、十一封书信、九篇文章、五篇鳞翅目昆虫学论文。

** 《洛丽塔：电影剧本》，纽约，1974年。

** 《看，那些小丑！》：纽约，1974年，小说。

* 《被摧毁的暴君和其他故事》：纽约，1975年，十三个短篇，其中十二篇译自俄语。

* 《日落详情和其他故事》：纽约，1976年，十三个短篇。

** 西蒙·卡林斯基编《亲爱的邦尼，亲爱的沃洛佳：纳博科夫—威尔逊通信集，1940—1971》：纽约，1979年。

弗雷德森·鲍尔斯编《文学讲稿》：纽约，1980年。

——《俄罗斯文学讲稿》，纽约，1981年。

——《〈堂吉诃德〉讲稿》，纽约，1983年。

* 《苏联来的人和其他剧本》：纽约，1984年，四部剧本。

* 《魔法师》：纽约，1986年，中篇小说。

马修·布鲁科利和德米特里·纳博科夫编《弗拉基米尔·纳博科夫：书信选集，1940—1977》：纽约，1989年。

2.《洛丽塔》评论

以下包括纳博科夫在世时发表的大部分《洛丽塔》研究作品。

阿尔德里奇，A. 欧文：《洛丽塔与〈危险关系〉》，载《威斯康星当代文学研究》，第2卷（1961年秋季），第20—26页。

艾米斯，金斯利：《她是孩子，我也是孩子》，载《观察家》，第6854期（1959年11月6日），第635—636页。

阿佩尔，小阿尔弗雷德：《纳博科夫的欺诈艺术》，载《丹佛季刊》，第3卷（1968年夏季刊），第25—37页。

——：《弗拉基米尔·纳博科夫访谈》，载《威斯康星当代文学研究》纳博科夫特刊，第八卷（1967年春季），第127—152页。重印于L. S. 邓博编《纳博科夫其人及其著作》，麦迪逊：威斯康星大学出版社，1967年，第19—44页。重印于纳博科夫著《独抒己见》，纽约：国际佳酿出版公司，1989年，第62—92页。

——：《洛丽塔：恢谐模仿的跳板》，载《威斯康星当代文学研究》，见前引，第204—241页。重印于登博编辑，见前引，第106—143页。

——:《纳博科夫的黑暗影院》，纽约：牛津大学出版社，1974年，第61—151页。

布伦纳，康拉德:《纳博科夫：变态的艺术》，载《新共和》，第138卷（1958年6月23日），第18—21页。

布莱尔，杰克逊·R.和小托马斯·J.伯金:《弗拉基米尔·纳博科夫在英语评论界的声誉：注释和一览表》，《威斯康星当代文学研究》，见前引，第312—364页，重印于邓博编辑，见前引，第225—274页。

巴特勒，戴安娜:《洛丽塔蝴蝶》，载《新世界写作》，第十六卷（1960年），第58—84页。

杜佩，F. W.:《洛丽塔在美国》，载《文汇》，第7卷（1959年2月），第30—35页。重印于《哥伦比亚大学论坛》，第2卷（1959年冬季），第35—39页。

——:《〈洛丽塔〉序言》，载《安克尔评论》，第2期（1957年），第1—13页。重印于他的《“猫王”与其他有关作家和写作的看法》，纽约：法勒—斯特劳斯—吉鲁出版社，1965年，第117—141页。包含《天赋》评论。

菲得勒，莱斯利·A.:《玷污儿童》，载《新领导人》，第41卷（1958年6月23日），第26—29页。

费尔德，安德鲁:《纳博科夫：他的艺术生涯》，波士顿：小布朗出版社，1967年，第323—351页。

吉罗迪亚，莫里斯:《洛丽塔、纳博科夫和我》，载《常青评论》，第九卷（1965年9月），第44—47、89—91页，有关《洛丽塔》的首次出版；有关纳博科夫的反驳，见《洛丽塔和吉罗迪亚先生》，载《常青评论》，第11卷（1967年2月），第37—41页。

戈尔德·赫伯特:《小说的艺术之四十：弗拉基米尔·纳博科夫访谈》，载《巴黎评论》第41期（1967年夏—秋季），第92—111页。

格林·马丁:《〈洛丽塔〉的道德性》，载《凯尼恩评论》，第28卷（1966年6月），第352—377页。

希克斯，格朗维尔:《洛丽塔及其问题》，载《周六评论》，第41卷（1958年8月16日），第12、18页。

霍兰德，约翰:《性感少女的危险魔力》，载《党派评论》，第23卷（1956年秋季），第557—560页。重印于理查德·科斯特拉尼兹编《当代文学》，纽约，艾文出版社，1964年，第477—480页。

约西波维奇，G. D.:《洛丽塔：戏仿以及对美的追求》，载《评论季刊》，第4卷（1964年春季），第35—48页。

克尔，保利娜:《洛丽塔》，载《我看电影时遗失了它》，纽约：班坦出版社，1966年，第183—188页。重印于安德鲁·萨里斯编《电影》，印第安纳波利斯和纽约：波布斯·麦瑞尔出版社，1968年，第11—14页。这是电影《洛丽塔》最为有趣的评论。

梅耶尔，弗兰克·S.:《"洛丽塔"的奇怪命运——长矛对棉花》，载《国家评论》，第4卷（1958年11月22日），第340—341页。

米切尔，查尔斯:《〈洛丽塔〉神话般的严肃性》，载《得克萨斯文学和语言评论》，第5卷（1963年秋季），第329—343页。

内梅罗夫，霍华德:《艺术的道义性》，载《凯尼恩评论》，第19卷（1957年春季），第313—314、316—321页。重印于他的《诗与小说》，新布伦瑞克，新泽西：罗格斯大学出版社，1963年，第260—269页。

菲利普斯，伊丽莎白:《〈洛丽塔〉的戏法》，载《文学与心理》，第10卷（1960年夏季），第97—101页。

《〈花花公子〉访谈：弗拉基米尔·纳博科夫》：载《花花公子》，第11卷（1964年1月），第35—41、44—45页。重印于《〈花花公子〉读者十二周年纪念刊》，芝加哥：花花公子出版社，1965年。

普雷斯科特，奥维列：《时报之书》，载《纽约时报》，1958年8月18日，第17页。

普罗菲，卡尔·R.：《洛丽塔解锁》，布鲁明顿：印第安纳大学出版社，1968年。

鲁热蒙，丹尼斯·德：《〈洛丽塔〉或丑闻》，载《宣告爱情——爱的神话文集》，翻译，理查德·霍华德。纽约：万神殿出版社，1963年，第48—54页。

席克尔，理查德：《纳博科夫的艺术性》，载《进步》，第17卷（1958年11月），第46、48、49页。

——：《评论一本无法买到的小说》，载《记者》，第17卷（1957年11月28日），第45—47页。

史密斯，彼得·杜瓦尔：《弗拉基米尔·纳博科夫论生活与工作》，载《听众》，第68卷（1962年11月22日），第856—858页。BBC电视访谈文稿。重印于《时尚》杂志，第141卷（1963年3月1日），第152—155页。

斯特格纳，沛奇：《潜入美学：弗拉基米尔·纳博科夫的艺术》，纽约：戴尔出版社，1966年，第102—115页。

特里林，莱昂内尔：《最后的爱人——弗拉基米尔·纳博科夫的洛丽塔》，载《格里芬》，第7卷（1958年8月），第4—21页。重印于《文汇》，第9卷（1958年10月），第9—19页。

韦斯特，丽贝卡：《〈洛丽塔〉：面带狡猾笑容的悲剧小说》，载《伦敦星期日泰晤士报》，1959年11月8日，第16页。

3. 纳博科夫研究

博伊德·布赖恩：《纳博科夫传：俄国时期》，普林斯顿：普林斯顿大学出版社，1990年，第1卷，总共将出版两卷本传记。

还可参见帕克，斯蒂芬·简编辑：《关于纳博科夫》，劳伦斯：堪萨斯大学，1984— 。早期题名为《弗拉基米尔·纳博科夫研究通信》，1978—1984。这是致力纳博科夫研究的半年刊，包括评论研究参考书目。

朱利亚，迈克尔：《弗拉基米尔·纳博科夫：描述性参考书目》，纽约：花冠出版社，1986年。

代文本注释

说真的，谢德的诗就是那种突然一挥而就的魔术：我这位头发花白的朋友，可爱的老魔术师，把一叠索引卡片放进他的帽子——倏地一下就抖出一首诗来。

现在我们得谈一谈这首诗啦。我相信这篇前言还不算太敷衍了事。所有的注释都按照当场评解的方式加以安排，肯定会满足顶顶饕餮的读者。尽管这些注释依照常规惯例全部给放在诗文后面，不过我愿奉劝读者不妨先翻阅它们，然后再靠它们相助返回头来读诗，当然在通读诗文过程中再把它们浏览一遍，并且也许在读完诗之后第三遍查阅这些注释，以便在脑海中完成全幅图景。在这种情况下，为了排除来回翻页的麻烦，依我之见，明智的办法就是要么把前面的诗文那部分玩意儿一页一页统统裁下来，别在一起，对照着注释看，要么干脆买两本这部作品，紧挨着放在一张舒适的桌子上面阅读，那可就方便多了——桌子当然不能像眼下我的打字机挺悬乎地置于其上的这张摇摇晃晃的小桌。我目前住在离纽卫镇几英里之外的一家破烂的汽车旅馆里，对面游乐场那个旋转木马在我脑海里进进出出，转个不停。容许我声明一下，如果没有我的注释，谢德这首诗根本就没有一丁点儿人间烟火味儿，因为像他写的这样一首诗(作为一部自传体作品又未免太躲躲闪闪，太言不尽意了)，竟让他漫不经心地删除否定了许多行精辟的诗句，其中包含的人间现实不得不完全依靠作者和他周围的环境以及人事关系等现实来反映，而这种现实也只有我的注释才能提供。对这项声明，我亲爱的诗人也许未必同意，但是不管怎么样，最后下定论的人还是注释者。

查尔斯·金波特

洛丽塔

注释本

序 文

《洛丽塔》或《一个白人鳏夫的自白》，这就是本文作者
3/1、3/2 在收到并为之作序的这篇奇特记述的两个标题。这篇记述的
3/3 作者，“亨伯特·亨伯特”，已于一九五二年十一月十六日在法
定监禁中因冠状动脉血栓症而去世，距他的案件开庭审理的
日期只有几天。他的律师，也是我的亲戚和好友，目前在哥
伦比亚特区当律师的克拉伦斯·乔特·克拉克先生，根据他
的委托人的遗嘱，请我编订这部手稿。他的遗嘱中有条条款，
授权我那很有名望的表兄全权处理付梓出版《洛丽塔》的一
切有关事宜。克拉克先生选定的这个编辑刚刚由于他的一部
朴实无华的著作（《理性有意义吗》）而获得波林奖，其中论
述了若干病理状态和性变态行为。克拉克先生的决定可能受
了这桩事的影响。

我的工作结果比我们俩预料的要简单一些。除了改正一
3/4 些明显的语法错误和仔细删去几处不易删除的细节外，这部
3/5 异乎寻常的回忆录完整无损地呈现在读者的面前；那些细节，
尽管“亨·亨”[1] 作了努力，先前仍然像路标和墓碑继续出

［**编者按**］

原书将全部注释作为尾注排在正文后，中译本为方便读者阅读，以边注形式排在正文左右或相邻页面。

每一条注释所指向正文中的一个词或一段话由两个数字标明，第一个数字表示原书的页码，第二个表示标注在原书每页正文边缘的位置编码。每一页都重新编号，不考虑分章，所有指向纳博科夫其他作品的页码均对应佳酿出版社（Vintage）平装本页码。注释中所列页码（除涉及《导言》外）均为原书页码，即边码中第一个数字。注释中引用纳博科夫作品处均采用上海译文出版社出版的纳博科夫作品系列译文。

正文译者主万增加的注释另以方括号形式出现在边注中，注释译者冯洁音所作注释以楷体出现在小阿尔弗雷德·阿佩尔所作边注的行文中。

［1］“亨伯特·亨伯特”的缩写。

3/1 两个标题:“白人鳏夫”这个术语出现在精神病学著作引用的病历里，而整个副标题戏仿挑逗式忏悔小说，例如约翰·克莱兰（John Cleland）的《欢场女子回忆录》(*Memoirs of a Woman of Pleasure*，1749年），以及那些希望《洛丽塔》将会提供色情愉悦的读者的期待（见276/2)。虽然纳博科夫写作此书的时候可能不大会意识到，具有讽刺意味的是，因为美国出版商的胆小怕事，该小说最初竟然是由出版过《鲁宾逊·克鲁索的性生活》(*The Sexual Life of Robinson Crusoe*）以及其他“十八世纪描写越轨性行为的作品”（借用克莱尔·奎尔蒂形容萨德的《朱斯蒂娜，或贞洁的受难》一语［见第298页］）的奥林匹亚出版社出版。

3/2 作序：撰写序文、导引。

3/3 “亨伯特·亨伯特”：在《花花公子》杂志的访谈（1964）中，纳博科夫说:“我觉得，这个双重轰隆隆的低沉发音非常刻薄，极具暗示性，是一个可恶之人的可恶名字。它同时又是王者之名，但我的确需要为狂暴的亨伯特和谦卑的亨伯特找出一种皇家的震颤。它本身也可引起许多意义双关。”纳博科夫像詹姆斯·乔伊斯一样，根据文学素材、他可用的数种语言、废弃不用的词或晦涩词语来构造双关语。如果联想足够丰富，双关语的成功之处在于预设小说的中心主题、概述或评论情节发展。在《天赋》(1937）和1959年出版的英译本《斩首之邀》(1935—1936）的“序文”中，纳博科夫提到了皮埃尔·德拉朗德（Pierre Delalande）的《关于影子的演讲》(*Discours sur les ombres*):“我必须满怀感激地承认，他是在我创作这部小说时，他是对我产生过影响的唯一作家……（也是）我杜撰出来的。”德拉朗德的《关于影子的演讲》提供了《斩首之邀》的卷首题词——“就像一个疯子自以为是上帝一样，我们每个人都认为自己是会死的”）——而纳博科夫的全部作品都可以被描述为“讨论影子，或阴影”(Discourse on Shadows, or Shades)。约翰·谢德（John Shade）是诗歌《微暗的火》的作者，他在该诗歌曾经被拒的一份手稿上写道:“我喜欢我的姓氏：谢德，Ombre，西班牙语中近乎‘人’的意思”——这是词源上的准确配对（hombre＞ombre），是富有共鸣性的双关语，比喻性地将hombre置于ombre之中——ombre是十七和十八世纪流行的一种纸牌戏——使人们参与纳博科夫的“多世界游戏”（见20/4)。亨伯特在法国里维埃拉长大；他的名字用法语发音则具有了这些“影子和阴影”的意味。通过使洛丽塔“唯我存在”（第60页），亨伯特将她孤独地囚禁于他自己走火入魔的暗影之地。亨伯特说，“她进入了我的天地，红棕色和黑色的亨伯兰（Humberland)”（第166页），他追逐那在他的“洞穴”墙壁上晃动的象征性影子，颠覆了柏拉图那著名的寓言。虽然亨伯特曾有幸在阳光灿烂的“上层世界”行走——在里维埃拉度过童年时代，实际上还正儿八经地娶过一两位妻子——他却依旧要去追逐幻影，以求捕捉那已经无可挽回地失去的东西。正如亨伯特所表明的那样，幻影的确是现实，因为它有能力毁灭我们。“(我是那惨遭杀害的连雀的阴影/凶手是窗玻璃那片虚假的碧空)”，约翰·谢德在《微暗的火》开头两行这样写道，而在纳博科夫的诗歌《俄罗斯诗歌的黄昏》(1945）中，叙述者说：

我的后背满是阿尔戈斯的眼。我栖居于危险。
虚伪的影子与我交臂而过转身跟踪我
留着胡须，扮作密探，
悄悄潜入，弄干一页新写的文稿，
戴上眼镜读那张吸墨纸。
在暗夜，在我卧室的窗下，
直到白昼迫近，带着瑟瑟的寒意和战栗，
他们小心地踟蹰或默默地走到门前，按响
记忆的门铃，然后逃走。

十七年之后，在《微暗的火》中，“影子派”(Shadows）是赞巴拉的“弑君组织”，派遣格拉杜斯，又名达戈斯（d'Argus）来刺杀流亡的国王查尔斯（金波特)。但是“影子派”的特务却误杀了谢德（Shade)。《洛丽塔》正好相反，阴影（Shade，亨伯特）有意杀了他的“影子”(shadow，克莱尔·奎尔蒂），因此，身份和感知的欺骗性、记忆的界限，以及挥之不去的反复无常的感觉，全都包含在一个回荡声响的双关语之中。

3/4 语法错误：用词造句、语法或句法的不规范或不恰当，也同样指行为，因此在亨伯特的情况中，这定义并非没有根据。

3/5 完整无损：必须注意纳博科夫如何揭穿似乎雷和亨伯特两人都致力营造的“现实”的虚妄。见9/1和32/7。

现在他的文稿中（它们提到的一些地方或人物，由于下等低
级而需要掩饰，出于体恤怜悯也不该加以伤害）。这部回忆录
3/6、3/7 作者离奇的外号是他自己杜撰的。当然，这副面具——似乎
有双催眠的眼睛正在面具后面闪闪发光——依照佩戴面具的
3/8 人的意愿，不得不继续由他戴着。虽然“黑兹”只和女主人公
4/1 真实的姓氏押韵，但她的名字却跟本书的内容有着千丝万缕
的关系，不容我们作出改动，而且（读者自己也会发现）实
4/2 际上也没有必要去改动。有关“亨·亨”罪行的材料，爱好盘
4/3 根究底的人不妨去查阅一九五二年九、十两月的日报。如果
我没有获准在灯下编辑这部回忆录，这桩罪行的起因和目的
就会继续是一个全然费解的谜。

4/4 老派的读者总希望追踪“真实的”故事以外的“真”人的
命运，为了照顾这类读者，现在把我从“拉姆斯代尔”的“温
德马勒”先生那儿得到的几个细节叙述出来。“温德马勒”先
生希望不暴露他的真实身份，这样“这桩不光彩的卑鄙的事
件漫长的阴影”便不会延伸到他所属的引以为豪的那个社区。
4/5 他的女儿“路易丝”如今是一个大学二年级学生。“莫娜·达
尔”现在在巴黎上学。“丽塔”新近嫁给了佛罗里达州一家饭
4/6、4/7 店的老板。一九五二年圣诞节那天，“理查德·弗·希勒”太
4/8 太在西北部最遥远的居民点“灰星镇”因为分娩而死去，生下

3/6 外号（cognomen）：目前的定义是“特殊的绰号”，这至关重要，而使用这么一个高调的拉丁语派生词所产生的幽默的不协调又强化了它本来的意思：“一位罗马公民的第三个名字或姓氏”。

3/7 这副面具：“‘假面具’就是那个关键词吗？”后来亨伯特问道（第53页）。金波特在《微暗的火》序文中如此说谢德“一辈子戴着面具”。

3/8 不得不继续由他戴着：并不一定；虽然从来没有泄露“真”名，面具却的确滑下来过。参见第二十六章，这是本书最短的一章（第109页）。

4/1 她的名字：洛丽塔的原名是“多洛蕾丝”。见9/5。

4/2 “亨·亨”罪行：指枪杀克莱尔·奎尔蒂（Clare Quilty，第293—305页），他是亨伯特另一个可笑的自我和模仿替身。以下提到亨伯特时均以其姓名首字母表示。

4/3 一九五二年：此处纠正了作者的错误（“一九五二年九、十两月”，而非1958年版的“九月”）。本书以下诸页包含了《注释》中详述的纠正之处：第4、6、19、23、31、32、52、60、117、121、138、150、162、185、193、195、199、204、225、230、232、253、259、262、264、314、316页。1958年普特南版是根据1955年奥林匹亚出版社的版本排印的，其中有许多小错误（例如标点）同样进入了普特南版，只是在本注释版本校对时才被逐个查找出来。尽管这些错误得到了纠正，却无法在注释中一一详述。但是，既然目前这个版本除了页码标注（普特南版本页码数字高两页）之外，其他均准确地遵循普特南的格式，因此关注这种文本事宜的勤奋的学生应该很容易通过对比两种文本来找出这些纠错之处，如下所示，只需加2即是普特南版的页码：第5页，16行；第31页，14行；第40页，最后一行；第63页，3行和26行；第73页，19行；第82页，最后一行；第111页，1行；第136页，13行；第141页，6行和7行；第150页，25行；第156页，6行；第158页，16行；第161页，15行；第164页，9行；第179页，3行；第180页，9行；第218页，10行；第226页，7行；第239页，13行；第243页，3行；第255页，5行；第262页，25行；第275页，4行；第276页，33行；第278页，2行。

4/4 “真实的”故事……“真”人：在《后记》中，纳博科夫提到“装扮老于世故的约翰·雷这个角色”（第311页），但是此处雷博士嘲笑循规蹈矩的读者追求逼真的愿望，如同纳博科夫在《黑暗中的笑声》《绝望》《斩首之邀》和《天赋》开头段落中所做的那样，他所表达的是小说家而非心理学家的关注，表明面具并没有一直好好地戴着。在雷刺耳的陈词滥调和行为主义的滔滔不绝与作者旁敲侧击但合情合理的陈述之间有着微妙的来回往复。注释4/9强调了这一点，而5/1和5/3—5/5则说明了这种情况的其他例子。

4/5 大学二年级学生：此处纠正了印刷错误（“二年级学生”后的句号取代了1958年版的分号）。

4/6 一九五二年：有关对这一年的隐晦暗指，见251/14。

4/7 “理查德·弗·希勒”太太：洛丽塔婚后的姓第一次出现在第266页上。如此隐晦地透露洛丽塔的死亡是富有深意的，因为通过宣布三位主角的死亡，挑战了“老派读者”有关“故事”的概念：在故事还没有开始之前就透露结果当然会毁了故事。《俄罗斯美女》是一个尚未翻译的纳博科夫短篇小说，女主角也在婚后一年之内死去（安德鲁·费尔德的《纳博科夫的艺术生涯》[此处原文为*Nabokov: His Life in Act*，有错，当为*His Life in Art*。——译注][波士顿，1967]，第330页）。

4/8 灰星镇：最遥远，因为世界上没哪个地方有叫这个名字的城镇。纳博科夫称其为“本书首屈一指的城镇”（第316页）。灰星是被朦胧烟雾（洛丽塔的姓[“烟雾”原文为haze，是洛丽塔的姓。——译注]）遮蔽的星，亨·亨曾回忆那“我都依然感到”的“星星的朦胧”。见15/1和280/1。

4/9 一个女性死婴。“维维安·达克布鲁姆”写了一部传记《我的
奎》，不久就要出版。仔细阅读过原稿的评论家们把它说成她
最好的作品。与此事有关的各处公墓的管理人员都报告说并
没有鬼魂出现。

如果把《洛丽塔》单纯看作一部小说，倘若书中场面和
4/10 情感的表达方式被闪烁其词、陈词滥调的手法弄得苍白无力，
那么这种场面和情感对读者就始终会显得令人恼火地含糊。
的确，在整部作品中找不到一个淫秽的词。当然，粗鲁庸俗
的读者受到现代习俗的影响，总心安理得地接受一部平庸的
小说中的大量粗俗下流的词语；他们对这部作品在这方面的
匮乏会感到相当吃惊。然而，如果为了让这种自相矛盾的故
作正经的人感到舒适，哪个编辑就试图冲淡或删去被某种类
型头脑的人称作“色情”的场面（在这方面，参看一九三三
4/11 年十二月六日尊敬的约翰·M.伍尔西法官对另一部更为直率
的书所作的重大裁决），那么就只好完全放弃出版《洛丽塔》
了，因为这些场面虽然可能会被某些人不适当地指责为本身
就会激起情欲，但它们却是一个悲剧故事的发展过程中最起
作用的场面，而这个悲剧故事坚定不移的倾向不是别的，正
5/1 是尊崇道德。玩世不恭的人也许会说商业化的色情文学也如
此声言。有学问的人也许会反驳说“亨·亨”的充满激情的忏

4/9 “维维安·达克布鲁姆”……《我的奎》:“维维安·达克布鲁姆”(Vivian Darkbloom)是克莱尔·奎尔蒂的情妇，也是用弗拉基米尔·纳博科夫(Vladimir Nabokov)的姓名字母变换顺序组成的人名。(见我1967年刊载在《威斯康星当代文学研究》上的文章，第216页，以及我1968年刊登在《丹佛季刊》上的文章，第32页[见参考文献])。“维维安·达克布鲁姆”也是“《爱达或爱欲》注释”的作者，这是1970年平装本和1990年佳酿版的附录。与她姓名字母相近的表亲还有“维维安·布拉德马克(Vivian Bloodmark)，我一位研究哲学的朋友”，出现在《说吧，记忆》(第218页)，和“维维安·巴德洛克先生(Mr. Vivian Badlook)”，出现在1928年的小说《王，后，杰克》1968年英译本中的一位摄影师和教师(第153页)——他们都源自“维维安·卡姆布鲁德(Vivian Calmbrood)”(见前述费尔德，第73页)，他是纳博科夫以俄文撰写的一部未完成戏剧《漫游者》的所谓作者(此处字母变化顺序重组之所以成立，是因为在西里尔语中，c相当于k)。该剧的剧本发表在俄国流亡移民年刊《多面体》上(1923)，号称是维维安·卡姆布鲁德1768年撰写的一部英文戏剧，由弗·西林(纳博科夫所有俄文小说均以这个笔名发表)翻译。在《爱达或爱欲》(1969)里有个对凡·维恩的第一部小说《地界来信》的讨论，其中提到了“一位下流的古代阿拉伯人，一位专事诠释换音造词梦幻的人所起到的影响”(第344页)。

至于亨·亨和约翰·雷，除非我们能够说一部小说的角色神奇地营造了其创造者，那总还是需要有别的人来为作者姓名的换音构造负责。这种现象颠覆了记述的现实基础，超出书籍之外而指向纳博科夫这位舞台监督、腹语艺人和操纵木偶的人，而他只需简单地说，“我的提示”(**此处原文为My cue，也是维维安·达克布鲁姆所著传记的书名。——译注**)。纳博科夫曾经考虑过匿名出版《洛丽塔》(见第313页)，因此换音组合他的姓名，也有纯粹的实用理由，是作者身份的证明。“奎”也是克莱尔·奎尔蒂的姓，他在书中从头至尾都追随着亨·亨。但是奎尔蒂究竟是谁呢？——这是读者肯定会提出的问题(见《导言》，第XXIV—LXXVII页和31/9)。如同亨·亨和洛丽塔(婚前名叫多洛蕾丝·黑兹)，奎尔蒂这名字既诙谐(见223/1)也意味深长，本身就是双关语，因为亨·亨指出克莱尔·奎尔蒂是显然有罪的(**克莱尔·奎尔蒂原文是Clare Quilty，近似“显然有罪”的英文：clearly guilty。——译注**)，克莱尔也是密歇根州的一个城镇(见159/1)。纳博科夫在这条注释出现之前并不知道奎尔蒂也是爱尔兰克莱尔县的一个城镇，本来这倒是适合一部玩弄字眼、好几处都提到了詹姆斯·乔伊斯的小说。见4/11。

4/10 苍白：使植物不见阳光而颜色变淡或变白。

4/11 直率的书：指爱尔兰小说家和诗人詹姆斯·乔伊斯(1882—1941)的《尤利西斯》(1922)。伍尔西法官的历史性判决为《尤利西斯》在美国的出版铺平了道路，他的判决以及莫里斯·恩斯特的陈述，被用作了该小说现代图书馆版的前言部分。此处雷插入的暗指回应和浓缩了该判决词完整的标题:“美国联邦地方法院根据约翰·M.伍尔西法官1933年12月6日的标志性裁决，撤销对《尤利西斯》的禁令。”雷的《序文》部分戏仿了法律专业意见，因为该意见也不可避免地被用作了此后各种“争议”小说的前言。其他暗指乔伊斯之处，见69/1、120/4、187/1、198/3、207/3、221/1、250/3、262/3、284/4。

5/1 尊崇道德：恰当地描述了亨·亨在小说结尾时的心情:“绝望的事并不是洛丽塔不在我的身边，而是她的声音不在那片和声里面”(第308页)。

5/2 悔只是试管中的风暴；他们会指出至少有百分之十二的美国
5/3 成年男子——根据布兰奇·施瓦茨曼博士（口头讲述）的一
项“保守的”估计——每年都会用各种方式领略到“亨·亨”
用如此绝望的口气所描述的特殊经历；他们还断言如果我们
这个疯狂的记日记的人在一九四七年那个决定命运的夏天曾
去向一位高明的精神病理学家求教，就不会有什么灾难；不
过那样一来，也就不会有这本书了。

本评论人希望得到谅解，能把他在自己的书和讲稿中所
强调的观点再重复一遍，明确地说就是:“令人反感”往往不
过是“异乎寻常”的同义词，而一部伟大的艺术作品当然总具
有独创性，因而凭借其本身的性质，它的出现应该多少叫人
感到意外和震惊。我无意颂扬“亨·亨”。无疑他令人发指，
卑鄙无耻；他是道德败坏的一个突出的典型，是一个身上残
5/4 暴与诙谐兼而有之的人物，或许他显露出莫大的痛苦，但并
不能引起人们的兴趣。他行动缓慢，反复无常。他对这个国
家的人士和景物的许多随口说出的看法都很荒唐可笑。在他
的自白书里，自始至终闪现出一种力求诚实的愿望，但这并
不能免除他凶残奸诈的罪恶。他反常变态。他不是一位上流
5/5 人士。可是他那乐声悠扬的小提琴多么神奇地唤起人们对洛
丽塔的柔情和怜悯，从而使我们既对这本书感到着迷，又对

5/2 百分之十二：这种“性别统计”（亨·亨或奎尔蒂可能会如此描述）取笑阿尔弗雷德·金赛（Alfred Kinsey，1894—1956）及其在印第安纳大学的性研究学院。

5/3 布兰奇·施瓦茨曼：施瓦茨（schwarz）在德语中意为“黑”；她的名字是“白色的黑人”（这个名字原文为Blanche Schwarzmann，blanche意为“白色”。——译注），因为在纳博科夫看来，弗洛伊德信徒象征性地只看得见白色和黑色（见5/6）。“白色的黑人”还描述了一位新近丧妻的“白人鳏夫”的服装（见3/1）。类似肤色的女士可见第302页和“梅兰尼·魏斯”。

5/4 残暴与诙谐兼而有之……显露出莫大的痛苦：准确地描述了亨·亨玩笑深处的痛苦。

5/5 他那乐声悠扬的小提琴：雷的措辞中又一个漏洞，泄露出他的创造者的声音。在《斩首之邀》的“序文”中，纳博科夫称该小说为“虚空中的提琴”，在《说吧，记忆》中，他称诗人鲍里斯·波普拉夫斯基为“近处三角琴声中遥远的提琴声”（第287页）。

书的作者深恶痛绝。

5/6 作为一份病历，《洛丽塔》无疑会成为精神病学界的一本经典之作。作为一部艺术作品，它超越了赎罪的各个方面；而在我们看来，比科学意义和文学价值更为重要的，就是这部书对严肃的读者所应具有的道德影响，因为在这项深刻的个人研究中，暗含着一个普遍的教训；任性的孩子，自私自利的母亲，气喘吁吁的疯子——这些角色不仅是一个独特的故事中栩栩如生的人物；他们提醒我们注意危险的倾向；他们指出具有强大影响的邪恶。《洛丽塔》应该使我们大家——父母、社会服务人员、教育工作者——以更大的警觉和远见，为在一个更为安全的世界上培养出更为优秀的一代人而作出努力。

6/1 小约翰·雷博士

6/2 一九五五年八月五日

于马萨诸塞州，威德沃什

5/6 一份病历：《洛丽塔》还戏仿了这种记录，而纳博科夫与心理分析的争吵是众所周知的。如果他的英译作品的《序文》中没有几句话提到这些作品从头至尾都会经常提到的“维也纳代表团”，那这些《序文》似乎就不完整。在1966年的一次全国教育电视访谈节目中，纳博科夫被问到为何“讨厌弗洛伊德医生”，他回答道：“我认为他老土，我认为他出自中世纪，我不想要一位夹着把雨伞的维也纳的老先生用他的梦来骚扰我。我没有做过他在书中谈论的那种梦，我在梦里没见过雨伞，也没见过气球”（这次访谈节目时长半小时，读者可以付很少的费用从印第安纳大学布鲁明顿分校［邮编：印第安纳47401］图书馆的视听中心租借），该中心的馆藏目录上注明：该影片“可供印第安纳州本地和外地有责任心的个人或团体使用”。我对纳博科夫提到弗洛伊德（现在这个问题已经成了老生常谈），只是想看看他是否还有兴趣，他满足了我的愿望：“哦，我没兴趣再来讨论那个可笑的人物。除了我在小说里和《说吧，记忆》中对他的关注外，他不配得到我更多的关注。让容易上当受骗和庸俗的人们去相信每天拿古老的希腊神话在他们的私处摆弄两下就能够治愈所有的心灵创伤吧，我反正真的不感兴趣了”（《威斯康星当代文学研究》访谈）。

在《说吧，记忆》中，纳博科夫回忆在比亚里茨曾经从一扇窗户看到“一只巨大的奶油色气球，被当地一位操纵气球的人西吉斯蒙德·勒茹约弄得膨胀起来”（第156页），而“性神话的警察国家”（第300页）在《爱达或爱欲》中则被称为“精神媚俗”（第29页）。这位好医生还有另外几个双关语绰号，“西格·海勒医生”（第28页）和“一位弗鲁伊德医生……可能是西格尼-蒙第欧-蒙第欧的弗鲁伊特医生的异乡兄弟，修改了护照上的姓名”（第27页）。既然没有哪位戏仿者还能够比埃里希·弗罗姆做得更好，他意识到“《小红帽》德文版中的红色丝绒小帽子是月经的象征”（出自《被遗忘的语言》［*The Forgotten Language*］，1951，第240页）；或者比奥斯卡·菲斯特做得更好，他恰如其分地表达了这样的看法：“如果一位年轻人总是把手指穿过扣子眼……分析师就知道这位性欲旺盛的家伙幻想的胃口是没有止境的”（出自《心理分析方法》，1917，第79页），纳博科夫这位解剖师干脆把这些稀罕事例都纳入了《微暗的火》（第271页）。见《洛丽塔》，第34页、167页、194—195页、250页、285页；35/1、125/3、254/3、274/4。

6/1 小约翰·雷：第一个约翰·雷（1627—1705）是位英国博物学家，因自然分类体系而著名。他的植物分类体系极大地影响了系统植物学的发展（《植物史》［*Historia plantarium*］，1686—1704）是他首次尝试定义物种的构成。他在《昆虫学方法》（*Methodus insectorum*，1705年）和《昆虫史》（*Historia insectorum*）中描述的昆虫体系就是基于变态概念（见16/6）。此处提到雷并非偶然（戴安娜·巴特勒首先指出了这一点［《洛丽塔蝴蝶》，载《新世界写作》第16卷，1960，第63页］），纳博科夫是杰出的鳞翅目昆虫专家，曾在哈佛大学比较动物学博物馆担任研究员，从事鳞翅目昆虫研究（1942—1948），并发表过二十余篇相关论文。1966年我去拜访他，他从书架上取下那本亚历山大·巴·克洛茨（Alexander B. Klots）的经典著作《蝴蝶田野指南》（*A Field Guide to the Butterflies*，1951），翻开书，指着有关“黄色镶边蓝蝴蝶”的第一部分，上面写着：“纳博科夫最近的研究完全重新排列了这种蝴蝶的分类”（第164页）。“这可是真正的名气，”这位《洛丽塔》的作者说，“这比任何一位文学评论家所说的话都更加意义重大。”在《说吧，记忆》中（第6章），他生动地写到自己在昆虫学方面的尝试，写到在捕获精致少见的蝴蝶那一瞬间的狂喜心情。或许他的诗《发现》（“A Discovery”，1943，《纳博科夫诗集》，第15页）最好地概括了这些情感，该诗第二十行回应了他二十多年后对我说的话：

我在一片传奇的大地里将它找到，
大地长满岩石、薰衣草和泥炭覆盖的青草，
在那里它陷于一方湿漉漉的沙，
一方被山隘的激流浸透的沙。

它的种种特质表明它尚不为科学
所知：形与影——那不同凡俗的色彩，
近似月光，若将它的蓝淡却，
那朦胧的下侧，那棋盘似的边穗。

我用针梳理出它仿若雕塑的生殖器；
已被侵蚀的组织再不能藏起
那无价的蛾，而今在凸面上涟漪，
澄澈的泪在被照亮的幻灯片上。

螺丝流畅地旋起；从薄雾里
两个琥珀色的钩对称地倾斜，

鳞片有如紫水晶的羽毛球拍
横越显微镜被施了魔法的圆。

我将它发现为它命名，我熟谙
分类得当的拉丁文；以此成为
一只昆虫的教父，最先
将它描述——我无需别的声名。

在别针上门户洞开（虽在酣睡），
而不为爬行的亲戚和锈蚀威胁，
在我们保存标本的隐蔽堡垒里
它将超越自己的遗骸。

那被朝圣者亲吻的黑暗的画图、宝座和石头，
那流传千载的诗行，
不过是模仿小小的蝴蝶身上
红色标签的不朽。

《洛丽塔》中多处提到蝴蝶，但必须记住专家是纳博科夫，而非亨·亨。正如纳博科夫所言，“亨·亨对鳞翅目昆虫一无所知，实际上，我特地表明（第110页和第157页）他混淆了黄昏时逐花的天蛾和‘灰色的蜂鸟’”。这位作者请求我这个不懂科学的注释者忽略提到鳞翅目昆虫之处，因为这是“一门棘手的学科”。因此这里仅对最专门的鳞翅目学典故加以注释，尽管甚至这样寥寥数笔也能清楚地表明蝴蝶的主题如何使纳博科夫在亨·亨的书页上留下了一道他自己鳞光闪闪的指纹。有关昆虫学典故，见9/5、10/3、12/1、16/6、42/5、46/1、56/2、110/3、112/1、126/2、141/1、156/2、157/2、189/5、209/1、210/2、211/4、227/4、231/1、234/2、258/5、259/1、262/6、301/5、315/1、316/10。

6/2 一九五五年：纠正了作者的错误（这个日期没有包含在1958年版中）。

第一部

一

9/1 洛丽塔是我的生命之光，欲望之火，同时也是我的罪恶，
9/2 我的灵魂。洛——丽——塔；舌尖得由上腭向下移动三次，
到第三次再轻轻贴在牙齿上：洛——丽——塔。

9/3 早晨，她是洛，平凡的洛，穿着一只短袜，挺直了四英
9/4 尺十英寸长的身体。穿着宽松裤子，她是洛拉。在学校里，
9/5 她是多莉。正式签名时，她是多洛蕾丝。可是在我的怀里，
她永远是洛丽塔。

9/6 在她之前有过别人吗？有啊，的确有的。实际上，要是
有年夏天我没有爱上某个小女孩儿的话，可能根本就没有洛
9/7 丽塔。那是在海滨的一个小王国里。啊，是什么时候呢？从
那年夏天算起，洛丽塔还要过好多年才出世。我当时的年龄
大约就相当于那么多年。一个杀人犯总能写出一手绝妙的文
章，你对这一点永远可以充满信心。

陪审团的女士们和先生们，第一号证据是六翼天使——
9/8 那些听不到正确情况的、纯朴的、羽翼高贵的六翼天使——
9/9 所忌妒的。看看这篇纷乱揪心的自白吧。

9/1 洛丽塔是我的生命之光：她的名字是《序文》的第一个词，也是小说的第一个和最后一个词。这种对称以及仔细营造的头韵效果和韵律削弱了亨·亨“视角”的可信度，因为叙述是作为一份未经编辑修改的草稿来呈现的，没有纠正错误，开始写于一个精神病房，完成于牢房，是亨·亨一生最后狂乱的五十六天的产物（见他的提醒，第308页，以及32/7和34/3）。当问到怎么会想到这个名字时，纳博科夫回答：“为我的性感少女，我需要一个昵称，带点抒情声调。最清晰、闪光的字母之一就是L，后缀‘ita’有着很多拉丁词的柔软，这也是我需要的。因此才是洛丽塔（Lolita）。但是，它不应该……如许多美国人的发音那样被发成Low-lee-ta，沉重拖沓的‘L’和长音‘O’。不，第一个音节应该同‘lollipop’，‘L’清脆细腻，‘lee’不那么尖锐。当然，西班牙人和意大利人的发音则恰到好处地带着那必要的调皮和抚爱的音调。另一个考虑是其来源名，名字的源泉那亲近人的呢喃声：‘多洛蕾丝’中的那些玫瑰和眼泪（见9/5）。想到我的小女孩那令人心碎的命运时，也应该同时想到可爱和清澈。多洛蕾丝（Dolores）这个名字也有另一个更平凡、更常见和幼稚的昵称：多丽（Dolly），这同她的姓‘黑兹’（Haze）很般配，爱尔兰的迷雾同一只德国兔子（bunny）——我指的是一只德国小兔子（=Hase）融为一体”（《花花公子》访谈）。既然几乎所有事物都在于名称，纳博科夫在《爱达或爱欲》中纪念和指示说：“在爱达的十二岁生日那天……举行了豪华野餐会，爱达获允穿上了她的洛丽塔（这个名称取自奥斯伯格小说中一位安达卢西亚小姑娘的名字［见注释“卡尔曼”，244/1——阿·阿］，那个t用的是西班牙发音，而不是厚重的英式发音）……”（第77页）。安东尼·伯吉斯在他的诗《致弗拉基米尔·纳博科夫七十岁生日》中赞美了洛丽塔这个名字（刊登在《三季刊》，第17期，1970年冬季刊）：

那个性感少女的美不在于她的骨骼
更在于她的名字拥有两个音位变体。
如此透彻的真实性慢慢
出现在记录声音的所有频道。

9/2 Lo-lee-ta：中间音节暗指埃德加·爱伦·坡（1809—1849）的诗歌《安娜贝尔·李》（“Annabel Lee”，1849）。亨·亨将使人相信“安娜贝尔·李”（Annabel Leigh）是他痛苦的根源：“安娜贝尔·黑兹，又叫多洛蕾丝，又叫洛丽塔”，他在第167页上写道。为提到爱伦·坡的地方加注的有31/5、43/5、75/5、107/1、182/2、189/3、292/2；“安娜贝尔·李”则在好几处提到：第40、125和230页，为之加注的有9/7、9/8、12/1、13/4、39/1、42/3、47/4、53/5、166/2，但是没有去逐个辨识第一章和其他章节出现的每一个暗指“安娜贝尔·李”之处。以下是这首诗的全文：

许多许多年以前，
　　在一个滨海王国，
曾经住着一位你可能认识的女孩
　　名叫安娜贝尔·李；——
女孩的生命中别无他想
　　除了爱我，并且为我所爱。

她是个孩子，我也是个孩子，
　　在这滨海王国，
但是我们的相爱比爱更多——
　　我和我的安娜贝尔·李——
我们的爱恋使天国的六翼天使
　　也嫉妒我和她。

因为这个原因，很久以前，
　　在这滨海王国，
风吹散了夜晚的一片云
　　吹凉了我的安娜贝尔·李；

她出身高贵的亲戚们前来
　　从我身边带走了她，

把她关在一个墓穴里
　　在这滨海王国。

天使在天国也远不如我们快乐，
　　开始羡慕她和我：——
是的，这就是原因（如众所周知，
　　在这滨海王国）
风从云中吹来，吹凉了
　　杀害了我的安娜贝尔·李。

但是我们的爱情更浓烈
　　超过比我们年长者的爱——
远远超过比我们更聪明之人的爱——
　　无论是上面天国的天使
还是下面海里的魔鬼
　　都永不能把我的灵魂与
美丽的安娜贝尔·李的灵魂割裂开：——
　　因为月光总会让我梦见
美丽的安娜贝尔·李；

每当星儿升起我都会见到
　　美丽的安娜贝尔·李明亮的双眼；
因此，整晚整晚我都躺在
　　我亲爱的身边，我亲爱的，我的生命和我的新娘
在她海边的墓穴里——
　　在她波涛声响的滨海坟墓里面。

《洛丽塔》中提到爱伦·坡的地方不下二十次（还没算上对“我亲爱的”回应），超过任何其他作家（接下来是梅里美、莎士比亚和乔伊斯，按此顺序）。毫不奇怪，读者和早期评论者最容易识别出暗指爱伦·坡的地方（我在《威斯康星当代文学研究》上发表的文章《洛丽塔：恢谐模仿的跳板》中指出过数次［见参考书目］）。也可参见更早的文章：伊丽莎白·菲利普斯，《〈洛丽塔〉的戏法》，（载《文学与心理学》，第10卷，1960年夏季，第97—101页）和杜博伊斯（Arthur F. DuBois），《爱伦·坡和洛丽塔》（载《大学英语协会评论》［*CEA Critic*］，第26期，1963年6月，第1页，第7页）。更近期的评论还有卡尔·R.普罗菲在《洛丽塔解锁》（以下简称《解锁》）中透彻的诠释汇编（第34—45页）。
虽然本注释很少详尽解释所涉文学典故的意义，但爱伦·坡醒目的存在的确要求一些概括性评论；以下注释将确定亨·亨与爱伦·坡之间最具体且明显的联系（例如他们“年幼的新娘”；见43/5）。爱伦·坡之恰如其分有许多原因。他写了双重身份故事（“威廉·威尔逊”），这是亨·亨—奎尔蒂关系似乎与之相似但最终颠覆的故事，而且他当然还是侦探小说“之父”。虽然作为读者，纳博科夫厌恶侦探故事，但他也同样意识到这一文学类型的特征很适合虚拟化处理身份和感知的抽象思维问题。因此——如同其他同时代作家，例如格雷厄姆·格林（《布赖顿硬糖》，1938）、雷蒙·格诺（《皮埃罗，我的朋友》，1942）、博尔赫斯（《死亡与指南针》、《赫伯特·奎恩作品研究》、《小径分岔的花园》［首次刊载于《埃勒里·奎因神秘杂志》*Ellery Queen's Mystery Magazine*］，以及《南方》［*The South*］）、阿兰·罗伯-格里耶（《橡皮》，1953），米歇尔·布托尔（《时间表》，1956），托马斯·品钦（《V》，1963）——纳博科夫经常变更或戏仿侦探小说的形式、技巧和主题，例如《绝望》《塞巴斯蒂安·奈特的真实生活》《洛丽塔》，以及不那么直接的《眼睛》，其中纳博科夫说道：“故事的肌理模仿侦探故事。”《洛丽塔》的读者被邀请在线索的迷宫里穿行，为了解开奎尔蒂身份的谜团，这在一定程度上使《洛丽塔》成为一个“推理故事”，用爱伦·坡的话来说（31/9）。在小说较早的时候我们就得知亨·亨是杀人犯。他杀了夏洛特？还是洛丽塔？（还可参看《解锁》，第39页）读者被引导期待这两种可能性，作者对推理进行各种尝试，最终应该既告诉读者有关小说角色的“罪行”“身份”或“心理发展”，也告诉读者他自己的心智。有关除爱伦·坡之外其他侦探故事作家的典

故，可参见31/2（阿加莎·克里斯蒂）、64/1（柯南·道尔）、211/1和250/5（莫里斯·勒布朗［Maurice Leblanc］）。

也是通过爱伦·坡，纳博科夫在某种程度上表明了他对语言和文学一直持有的态度。亨·亨谈到他的艺术努力时说："兽性和美感在某一点交融在一起，而我想确定的就是这条界限，但我感到自己完全做不到这一点。为什么呢？"（第135页）这个反问句足够忸怩作态，因为他自己在一开始叙述的时候就回答了这个问题；他没有失败，但也无法完全成功，因为"哦，我的洛丽塔，我只好玩弄文字了！"（第32页）——这是许多浪漫派和象征主义作家不会承认的事情。纳博科夫说乔伊斯给了"词太多的文字分量"（《花花公子》访谈），精炼地定义了后浪漫派给予词的重负，好像它是个无尽回响的物体，而非符号指代体系中的一个组成部分（参见120/4有关戏仿乔伊斯的意识流写法）。亨·亨承认语言的有限性，这使得许多作家，尤其是爱伦·坡等浪漫派诗人都面临批评。"我年轻时喜欢爱伦坡，我现在依然爱梅尔维尔。"纳博科夫说，"我扯裂坡的奇思遐想。"约翰·谢德在《微暗的火》中写道（第632行）。这些蕴含的意思都非常清楚。在《洛丽塔》中，他选择的主题和叙述者都戏仿了爱伦·坡在"作文的哲学"中有关"世界上最有诗意的话题"的说法："一位美女的死亡……而且同样无疑的是，最适合讲述该话题的是那悲伤的恋人"（也可参见我1967年刊载于《威斯康星当代文学研究》的文章，同前，第236页）。安娜贝尔·李和洛丽塔都"死了"，后者既比喻性地同时实际上也死亡了，表现在她性感少女的气质逐渐消失，以及逃离亨·亨，后者似乎又召唤出另一位爱伦·坡失去的女士，他称呼洛丽塔为"勒诺尔"（Lenore，尽管纳博科夫说此处主要暗指布格尔［Bürger］的诗；见207/5）。

爱伦·坡《勒诺尔》中的说话者摸索着寻找合适的挽歌和音："那么，礼仪书应该怎么念？——安魂曲该怎么唱/由你——由你的，邪恶的眼睛，——由你的，造谣中伤的毒舌/拼命诽谤纯真，令她如此年轻就夭折？"该如何"歌唱"也是《洛丽塔》里的主要问题，纳博科夫以一种貌似戏仿所有风格，包括该小说本身风格的戏仿风格找到了他的答案。"你说话文绉绉的，爹。"洛丽塔对亨·亨说；为了维持自己想要捕捉她的本质的努力，他尝试穷尽"虚拟手法"，例如爱伦·坡的手法，那会将性感少女无可言喻的特质缩减至语言或文学的惯例。"博学的亨伯特"就这样尝试了一个又一个作家，似乎只有通过戏仿和漫画，他才能使其回忆录免于最终成为在《斩首之邀》中作者的声音对其捕获的作品所表明的那样："或者这一切都只不过是过时的浪漫荒唐之举，辛辛纳特斯？"（第139页）

9/3 四英尺十英寸：见262/6，了解如何复杂纠缠地将这个高度转化为英寸。

9/4 洛拉：除了是"多洛蕾丝"的昵称之外，它还是斯特恩伯格（Josef von Sternberg）导演的德国电影《蓝天使》（1930）中迷住了一位中年教授的年轻卡巴莱艺人的名字。纳博科夫从未看过这部电影（虽然他的确看过电影镜头照片），而且怀疑自己心里会有这种联想。洛拉由玛琳·黛德丽（1904—1992）扮演，值得注意的是亨·亨描述洛丽塔母亲容貌的"类型可以说是经过冲淡的玛琳·黛德丽"（第37页），在报告了她的死亡之后，他还说"再见吧，玛琳"（第103页）。在《爱达或爱欲》中，凡·维恩拜访一位院长和家人，"迷人的妻子和迷人的十二岁的三胞胎女儿，阿拉、洛拉和拉拉格"（"年龄"——十二岁，是性感少女的最佳年华［第353页］）。

9/5 多洛蕾丝：衍生自拉丁语dolor：悲哀、悲痛（见43/2）。传统上是有关童贞女马利亚，悲哀圣母以及有关耶稣生平七悲的典故。亨·亨看见一所教堂，"多洛蕾丝传教团"，利用了现成的双关语；"多么好的书名"（第158页）。英国诗人斯温伯恩（Algernon Swinburne，1837—1909）的《多洛蕾丝》（1866）中详述的悲伤更不那么超自然（又见《解锁》第28页）。"我们悲伤的女子"是其反复出现的叠句，他父亲是普里阿普斯，亨·亨数次提到过他（见42/4）。多洛蕾丝这个名字在两方面"同本书的内容有着千丝万缕的关系"，如约翰·雷在第4页上所述。纳博科夫在《后记》中定义了"小说的神经"，他最后说"山谷小城顺着山路传上来的丁当声（就在这条山路上我捉到了第一次发现的雌性浅蓝色小蝴蝶，名叫纳博科夫）"（第316页）。戴安娜·巴特勒在《洛丽塔蝴蝶》（见前引，第62页）中指出这次重要的捕获蝴蝶活动发生在科罗拉多州的特鲁雷德（见第312页）。纳博科夫在相关论文中说明特鲁雷德是"两条交叉道路的……尽头，一条道路通往普拉塞维尔，另一条通往多洛雷斯"（《鳞翅目昆虫学报道》，第4卷，1952）。实际上那个地方到处都有多洛雷斯：河流、城镇和乡村都以此命名。当亨·亨最后见到奎尔蒂时，他问道，"你记得有个叫多洛蕾丝·黑兹、多莉·黑兹的小姑娘吗？科罗拉多州的那个名叫多洛蕾丝的多莉？"（第296页）"多莉"是恰当的昵称（"你/把一个令人生厌的布娃娃撕成碎片/又把它的头扔弃"［**多莉英文为Dolly，布娃娃英文为doll。——译注**］）。有关昆虫学的典故，见6/1。在《爱达或爱欲》里，凡·维恩在船上看了电影《唐璜最后的狂欢》，其中舞女多洛蕾丝结果是爱达扮演的（第488—490页）。爱达最后"给他'多洛蕾丝'式的一瞥"（第513页）。

9/6 实际上：亨·亨很快就要谈到儿时的"创伤"来为他的状况作心理解释（见第13页）。亨·亨的第一章不同寻常地简短，目的在于嘲弄传统小说的阐述性开头。相比之下，那些传统小说开头几段是多么令人宽慰啊——在纳博科夫看来却是那么不合时宜——为读者提供角色完全的心理、社会和道德前历史，让他们为即将展开的故事做好准备。亨·亨预见到这种需要，提出了读者的问题（"在她之前有过别人吗？"；"啊，是什么时候呢？"），并且戏仿超出了那些读者对这种阐述的依赖。在一部所谓"忏悔"小说中，这竟然是叙述者的首要关注，似乎令人惊讶；但这恰好是一种挑战方式，正如在《防守》中，在开始那场了不起的棋局前，卢仁好脾气地招呼图拉提说“祝你好运”。亨·亨的“实事求是”嘲弄了心理学家“科学”的自信，他们将强烈个人化的神话和象征——总之就是虚构的作品——变成了事实。亨·亨是案例分析的对象，通过将他自己特殊的“创伤”投入另一人诗作的残篇中，立刻削弱了其可信性；毕竟，文学典故所指离开了神经质或精神错乱的意识那独特的、不可侵犯的、生成的“内在现实”。安娜贝尔·李是亨·亨未竟爱情的对象，除了文学现实之外没有其他现实。又见《解锁》，第45页。

9/7 海滨的一个小王国：是“安娜贝尔·李”中最有名诗行的变异。改变爱伦·坡的“王国”来适应这样的事实：亨·亨一直是个追求者，绝非专制君主。在第166页上他称呼洛丽塔为“我的冷漠公主”。

9/8 羽翼高贵的六翼天使——所忌妒的：根据“安娜贝尔·李”第11行的一个词组以及第22行的一个动词混合构成的词组。“六翼天使”是天使九个级别的最高级别；在《圣经》中，他们既有手脚，也有六个翅膀，还有人的声音（《以赛亚书》6：2）。谢德在《微暗的火》中召唤“长着火凤凰翅膀的六翼撒拉弗天使”（第225诗行）。

9/9 纷乱揪心的自白：另一位亨·亨，心怀悔恨的忏悔者，爱情的殉道者，提请关注他那纷乱揪心的苦恼，傲慢地指向如此神圣的意象，这意味着读者最好还是判断亨·亨的语调，而非他的行为。当亨·亨对“陪审团的女士们和先生们”说话时——如他经常会做的那样——他总结了那些一本正经、因循守旧的读者的司法倾向，他们清醒地思考了小约翰·雷所说的话，已经憎恨“可怕的亨伯特”了。在第270页上，亨·亨形容洛丽塔“钉在十字架上”——这个动词着实反映了他的“道德尊崇”。

二

我一九一〇年出生在巴黎。父亲是一个文雅、随和的人，
身上混杂了几种种族基因：他是一位具有法国和奥地利混合
血统的瑞士公民，血管里还掺和着一点儿多瑙河的水土。我
一会儿就要拿出几张好看的、蓝盈盈的风景明信片来给各位
传观。他在里维埃拉[1]拥有一家豪华的大饭店。他的父亲和
两位祖父曾经分别贩卖过葡萄酒、珠宝和丝绸。他三十岁的
时候娶了一个英国姑娘，是那个登山家杰罗姆·邓恩的女儿，10/1
也是多塞特[2]的两个牧师的孙女，这两个牧师都是冷僻的学
科的专家——分别精通古土壤学和风弦琴。我三岁那年，我 10/2
的那位很上相的母亲在一桩反常的意外事件中（在野餐会上
遭到电击）去世了。除了保留在最最黑暗的过去中的一小片
温暖，在记忆的岩穴和幽谷中，她什么也不存在了。我幼年
的太阳，如果你们还忍受得了我的文体（我是在监视下写作
的），已经从那片记忆的岩穴和幽谷上方落下。你们肯定都知
道夏天黄昏，在一座小山的脚下，那芬芳馥郁的落日余晖，
带着一些蠓虫，悬在一道鲜花盛开的树篱四周，或者突然被

[1] Riviera，法国东南部和意大利西北部地中海沿岸的假日旅游胜地。

[2] Dorset，英格兰南部的一郡。

10/1 登山家杰罗姆·邓恩：在像《洛丽塔》这样含沙射影的一部小说中，很自然人们会怀疑貌似最平淡的所指，要四处寻找典故。预见到未来评注者的努力，我有时会提供非注释——简单地表明纳博科夫完全无意于任何暗指的“反注解”。因此，杰罗姆·邓恩无所暗指，正如亨·亨的律师克拉伦斯·乔特·克拉克先生（第3页）和约翰·雷在“马萨诸塞州威德沃什”的住宅（第6页）也无所暗指。有关纳博科夫自己更多的重要解释，见56/1和221/2。

10/2 古土壤学和风弦琴：前者指有关过往地质年代的土壤学分支，后者指盒状的乐器，依靠风来产生不同的和声（名字源自希腊风神埃俄罗斯）。这是常用来形容诗人敏感性的浪漫比喻。

一个漫步的人闯入和穿越；一种毛茸茸的温暖，一些金黄色

10/3 的蠓虫。

10/4 我母亲的姐姐西比尔嫁给我父亲的一个堂兄，后来又遭到遗弃，于是就到我家来充当不拿薪酬的家庭教师和女管家。有人后来告诉我说她曾经爱上了我父亲，我父亲在一个阴雨的日子轻松愉快地趁机利用了她的爱情，等到雨过天晴就忘却了一切。虽然姨妈订的有些规矩相当刻板——刻板得要命——但我却非常喜欢她。也许，她是想在适当的时候，把我培养成一个比我父亲更好的鳏夫。西比尔姨妈生着一双带着粉红色眼眶的天蓝色眼睛，面色蜡黄。她会写诗，迷信得富有诗意。她说她知道在我十六岁生日后不久，她就会死，结果竟应验了。她丈夫是一个出色的香水旅行推销员，大部分时间都在美国度过。最终在那儿开办了一家公司，还购置了一点儿房地产。

我在一个有着图画书、干净的沙滩、橘树、友好的狗、海景和笑嘻嘻的人脸的欢快天地中长大，成了一个幸福、健

10/5 康的孩子。在我周围，华丽的米兰纳大饭店像一个私人宇宙那样旋转，像外边闪闪发光的那个较大的蓝色宇宙中的一个用石灰水刷白了的宇宙。从系着围裙的锅壶擦洗工到身穿法兰绒的权贵，每个人都喜欢我，每个人都宠爱我。上了年纪

10/3 蠓虫：蚋虫似的昆虫。要了解昆虫学典故，见6/1。

10/4 西比尔：源自希腊语；指古代世界广大不同地域里几位女先知中的任何一位。亨·亨姨母的这个名字取得好，因为她预见了自己的死亡。

10/5 米兰纳（Mirana）：热气蒸腾地混合了“海市蜃楼”（mirage）、法语“看自己；自我欣赏”（se mirer）、“米拉贝拉”（Mirabella）和在墨西拿海峡最常见的一种海市蜃楼（Fata Morgana），过去曾经被认为是仙女的作品，她们会以此来引诱附近的水手。富有诱惑力的洛丽塔常常被描述为一位仙女（见31/3）；后面这个词（fairy）衍生自拉丁语*fatum*（命运），而亨·亨则受到魔鬼般的奥布里·麦克费特（McFate：命运之子。——译注）的追逐。

的美国妇女像比萨斜塔似的倚在拐杖上侧身望着我。付不出
我父亲账的那些破了产的俄罗斯公主给我买昂贵的糖果。而
他，Mon cher petit papa，则带我出去划船、骑车，教我游泳、 10/6
跳水和滑水，给我念《堂吉诃德》和《悲惨世界》。我对他既 10/7
崇拜又尊敬，每逢偷听到仆人们议论他的各个女朋友，就为
他感到高兴。那些美丽和蔼的人儿对我十分宠爱，还为我深
可慨叹地失去母亲而温柔地加以安慰，流着可贵的眼泪。

我在离家几英里外的一所英国走读学校上学。在学校里，
我打网拍式壁球和手球，学习成绩优良，跟同学和老师都相
处得很好。在我满十三岁以前（也就是说，在我第一次见到
我的小安娜贝尔以前），我所记得发生过的唯一确切的性经历
就是：有次在学校的玫瑰园里跟一个美国小孩讨论青春期出 11/1
现的种种意想不到的事，那是一次严肃、得体、纯理论性的
交谈。那个美国孩子是当时很出名的一个电影女演员的儿子，
可他也难得在那个三维世界里见到他的母亲。而在看了皮雄
那部装帧豪华的*La Beauté Humaine*中的某些照片、洁白光滑 11/2
的肌肤和暗影、无限柔和的分界后，我的有机体也产生了一
些有趣的反应；那部书是我从饭店图书室里一堆大山似的云
纹纸装帧的《绘图艺术》下偷出来的。后来，我父亲以他那
种轻松愉快的方式，把他认为我需要了解的性知识都告诉了

10/6 Mon ... papa：法语；我亲爱的小爸爸。

10/7《堂吉诃德》：米盖尔·塞万提斯（1547—1616）的著名小说（1605年，1615年）；见251/10。《悲惨世界》（1862年）是法国小说家、剧作家和诗人维克多·雨果（1802—1885）的作品；见256/3。

11/1 玫瑰园：更多有关校园玫瑰，见52/5和56/1。

11/2 *La Beauté Humaine*：法语；《人体之美》。这本书连同作者都是杜撰的，作者的名字（Pichon）是戏弄nichon一词，这是法语（俚语）对女性乳房的别称。

11/3 我。那是一九二三年秋天，刚好在他把我送到里昂[1]一所公立中学去以前（我们原定要在那儿度过三个冬天），但是，唉，那年夏天，他却跟德·R.夫人和她的女儿到意大利去旅行了；于是我找不到哪个人可以诉苦，也找不到哪个人好去请教。

[1] Lyon，法国东部的一个大城市。

11/3 公立中学：法国中学教育的基本机构；学生上七年公立学校（从十一岁到十八岁）。

三

安娜贝尔和作者本人一样，也是混血儿：不过她具有一半英国、一半荷兰的血统。今天，我对她的容貌远远没有几年以前，在我认识洛丽塔以前，记得那么清楚。有两种视觉方面的记忆：一种是睁着眼睛，在你头脑这个实验室中巧妙地重现一个形象（于是我看到了安娜贝尔，如一般词汇所描绘的："蜜黄色的皮肤""细胳膊""褐色的短发""长睫毛""鲜亮的大嘴"）；另一种是你闭着眼睛，在眼睑的阴暗内部立刻唤起那个目标：纯粹是视觉复制出的一张可爱的脸庞，一个披着自然色彩的小精灵（这就是我所见到的洛丽塔的样子）。

因此，在描绘安娜贝尔时，请允许我先严肃地只说，她是一个比我小几个月的可爱的孩子。她的父母是我姨妈的老朋友，也跟姨妈一样古板乏味。他们在离米兰纳大饭店不远的地方租了一所别墅。秃顶的、褐色皮肤的利先生和肥胖、
搽粉的利太太（原来叫范内莎・范・内斯）。我多么厌恶他 12/1
们！起初，安娜贝尔和我谈了一些无关紧要的事情。她不停

12/1 搽粉的利太太……范内莎・范・内斯（Mrs. Leigh ... Vanessa van Ness）：指爱伦・坡的安娜贝尔・李；第167页上拼作Lee。"红"（The Red Admirable ［"红得令人羡慕的"。——译注］［或红海军，Admiral］）蝶经常出现在纳博科夫的小说中，也称范内莎・阿塔兰特，属于蛱蝶科（Nymphalidae。更多有关"小仙女［nymph］，见16/6"）；蝴蝶同女人一样，都"搽粉"。亨・亨同时也暗指乔纳森・斯威夫特（1667—1745）的"范内莎"，他以此称呼那位被他唤醒激情的年轻女子（有关斯威夫特的典故，也可见《解锁》，第96页）。纳博科夫在《微暗的火》中扩展了这一典故。约翰・谢德说："我这深色的范内莎，线条绯红，我这神圣的/我这令人羡慕的蝴蝶！"……（第270—271行）；在他对这几行的注释中，查尔斯・金波特引用了斯威夫特的《加德内斯和范内莎》（*Gadenus and Vanessa*），虽然没有直接点出诗名："瞧！范内莎青春焕发时/像阿塔兰特之星那样捷足善走"。他还如此暗指了范内莎的真实姓名：范・霍姆瑞・艾丝特（*Van* homrigh, *Es*ther）（第172页）——至少以此强调了斯威夫特变音词的字母顺序安排（让我也笑一笑吧，各位先生，如亨・亨在第250页上所说）。亨・亨已经以简练的方式预见了金波特（范・内斯）。一只红蛱蝶在谢德被

地捧起一把把细砂，让它们从指缝里漏下去。我们的思路跟如今欧洲青春前期的聪明孩子的思路一样，也定了型；我很怀疑是否应当把个人的天才分配到下面这样一些兴趣上：我们对芸芸众生的世界的兴趣、对富有竞争性的网球比赛的兴
12/2 趣、对无限的兴趣、对唯我论的兴趣等等。幼小动物的软弱无力引起我们同样强烈的痛苦。她想到亚洲一个闹饥荒的国家去当护士，我却想成为一个出名的间谍。

突然之间，我们彼此疯狂、笨拙、不顾体面、万分痛苦地相爱了，而且我还应当补充说，根本没有希望；因为那种相互占有的狂热，只有凭借我们实际吸收、融合彼此全部的灵魂和肉体，才能得到缓解。可是我们，甚至不能像贫民区的孩子那样轻而易举地就找到机会交欢。有一次，我们不顾一切地试图趁黑夜在她的花园里幽会（关于这件事往后再谈）。后来，我们得到的唯一不受干扰的情况就是在游人众多
12/3 的那片plage上，待在他们可以看见我们但无法听到我们谈话的地方。在松软的沙滩上，离开我们的长辈几英尺远，整个上午我们总摊开手脚躺在那儿，在欲望的勃发下浑身发僵，利用空间和时间的任何一个天赐良机互相抚摸：她的一只手半埋在沙里，总悄悄伸向我，纤细的褐色手指梦游般地越移越近，接着，她乳白色的膝盖便开始小心翼翼地长途跋涉。

枪杀的前一分钟停留在他的手臂上（见第993—995行以及金波特的注释），此蝴蝶也出现在《王，后，杰克》中，在纳博科夫放弃他的无所不在之后（第44页）。在《说吧，记忆》的最后一章，纳博科夫回忆起战前不久在巴黎的一个公园里曾经见到一只红蛱蝶被一个小女孩拴在一根线上带着兜风；“她这种阴郁的活动有种微微令人恶心的象征意义”，他写道（第306页）。当凡·维恩随口提到爱达指出了“一些可恶的昆虫”时，受到冒犯的女主角怒气冲冲地在括弧里插入一段话，“可恶吗？**可恶吗？**那是新近才得以描述、极为稀罕的丹尼亚斯-纳博蛱蝶幼虫，橘棕色，前稍呈黑白色，如其发现者，内布拉斯加巴比伦学院的拿波尼度所认识到的，并非直接模拟黑脉金斑蝶，而是通过副王蛱蝶，黑脉金斑蝶最出名的模拟者之一来模拟。”（第158页）见6/1。

12/2 唯我论：《洛丽塔》的一个核心词。一种认识论理论，认为自我只知道其当下的状况，是唯一存在的事物，“现实”是主观的；以社会关系为代价，与个人相关。见60/1。

12/3 plage：法语；海滩。

有时候，别的年岁更小的孩子偶然堆起的壁垒为我们提供了充分的遮蔽，使我们可以轻轻吻一下彼此咸津津的嘴唇。这种不彻底的接触弄得我们那健康却缺乏经验的幼小身体烦躁到了极点，就连清凉碧蓝的海水——我们在水下仍然彼此紧紧揪着——也无法缓解。

在我成年后四处漂泊的岁月中，我丢失了好些珍藏的东西，其中有我姨妈拍的一张快照。照片上有安娜贝尔、她的父母和那年夏天追求我姨妈的那个年长、稳重、瘸腿的先生，一位库珀医师。他们围坐在一家路边餐馆的餐桌旁。安娜贝尔照得不好，因为拍的时候，她正低头望着chocolat glacé。 13/1
在强烈的阳光下，她的妩媚可爱的神态渐渐模糊，（在我记得的那张照片上）只可以看清她那瘦削、裸露的肩膀和头发间的那道分缝。而我坐在离开其余的人稍远一点儿的地方，照得倒特别清晰：一个闷闷不乐、眉头紧皱的男孩，穿一件深色运动衫和一条裁剪合体的白色短裤，两腿交叉，侧身坐在那儿，眼睛望着旁边。那张照片是在我们诀别的那年夏天的最后一天拍的，而且就在我们第二次也是最后一次作出挫败命运的尝试的前几分钟。我们找了些最站不住脚的借口（这是我们最后一次机会，实际上什么也顾不上了），逃出餐馆，来到海滩，找了一片荒凉的沙地，就在那儿，在堆成一个洞

13/1 chocolat glacé：法语；巧克力冰淇淋。当时是一种加掼奶油的巧克力冷饮（今天的意思是“巧克力冰淇淋”）。

13/2 穴的那些红色岩石的浅紫色阴影下，短暂、贪婪地抚爱亲热
13/3 了一番，唯一的见证就是不知哪个人失落的一副太阳眼镜。
13/4 我跪着，正要占有我的宝贝，两个留着胡须的洗海水澡的人，
海上老人[1]和他的兄弟，从海水里冒出来，喊着一些下流、
13/5 起哄的话。四个月后，她在科孚死于斑疹伤寒。

［1］指《一千零一夜》中，纠缠在辛巴德背上的老人，见《一千零一夜》第四卷《辛巴德航海旅行的故事第五次航海旅行》。

13/2 红色岩石：见39/3和56/1。

13/3 失落的一副太阳眼镜：太阳眼镜的形象将安娜贝尔同洛丽塔联系起来。亨·亨第一次将她视为“从墨镜上面瞅着我的那里维埃拉的情人”（见39/1）。见《解锁》，第43页和143等页。

13/4 正要占有：有关这次体验的“悲伤”性质的评论，见209/3。“我的宝贝”回应《安娜贝尔·李》的第39行（整行诗见47/4，诗本身见9/2）。

13/5 科孚：希腊岛屿。

四

我一再翻阅这些痛苦的回忆，一面不断地自问，是否在那个阳光灿烂的遥远的夏天，我生活中发狂的预兆已经开始，还是我对那个孩子的过度欲望，只是一种与生俱来的怪癖的最早迹象呢？在我努力分析自己的渴望、动机和行为等等的时候，我总陷入一种追忆往事的幻想，这种幻想为分析官能提供了无限的选择，并且促使想象中的每一条线路在我过去那片复杂得令人发疯的境界中漫无止境地一再往外分岔。可是，我深信，从某种魔法和宿命的观点而言，洛丽塔是从安娜贝尔开始的。

我也知道，安娜贝尔的死引起的震惊，加强了那个噩梦般夏天的挫折，成为我整个冰冷的青春岁月里任何其他风流韵事的永久障碍。我们的精神和肉体十分完美地融为一体，这种境界，今日那些讲究实际、举止粗俗、智力平庸的青年人必然无法理解。在她去世后很久，我仍感到她的思想漂浮过我的脑海。早在我们相遇以前，我们就做过同样的梦。我们相互交谈经历，发现一些奇特的相似之处。同一年

（一九一九年）的同一个六月，在两个相距遥远的国家，一只迷途的金丝雀飞进了她的家，也飞进了我的家。洛丽塔啊，要是你曾这样爱过我该有多好！

我把我跟安娜贝尔首次不顺利的幽会的记述保留下来，作为我的“安娜贝尔”时期的结尾。有天夜晚，她想法骗过家里人恶毒的监视。在他们家别墅后面一片怯生生的、叶子细长的含羞草丛中，在一道矮石墙的残垣上，我们找到一个可以坐一坐的地方。透过黑暗和那些娇嫩的树木，我们可以看见亮着灯的窗户上的涡卷线状图案。那些图案给敏感的记忆那五彩的油墨一加渲染，在我眼里就像纸牌一样——大概因为我们的仇敌正忙于打桥牌。我吻了吻她张开的嘴角和滚烫的耳垂，她浑身颤动，直打哆嗦。一簇星星在我们头顶上细长的树叶的黑色轮廓间闪着微光，那个生气勃勃的天空似乎和她轻盈的连身裙下面的身体一样赤裸裸的。我在天空里看到她的脸，异常清晰，仿佛放射着它自身微弱的光辉。她的腿，她那两条可爱的、充满活力的腿，并没有并得很紧。当我的手摸到了想要摸索的地方时，那张娇憨的脸上闪现出一种半是快乐、半是痛苦的朦胧、胆怯的神情。她坐得比我稍许高点儿。每当她独自无法控制自己强烈的感情，她总要前来吻我，她的头用一种懒洋洋的柔软的几乎显得悲伤的下垂姿势朝下弯来，她裸露的膝盖总碰到并夹住我的手腕，随后再放松。她的微微颤动的嘴似乎给一种神秘、辛辣的药水刺激得变了形，发出一种咝咝的吸气声凑到我的脸旁。她总先用焦干的嘴唇草率地擦过我的嘴唇，试图缓解一下热恋的痛苦；随后，我的宝贝总紧张不安地把头发一甩，又缩了回去，接着又暗暗地凑近前来，让我亲她张着的嘴。同时，我以一种准备把一切——我的心，我的喉咙，我的内脏——都献给她的慷慨气魄，让她用一只笨拙的手握着我情欲的权杖。

我回想起一种爽身粉——我想这是从她母亲的西班牙女佣那儿偷来的——的香味，一种甘甜、普通的麝香香味。这和她身上的饼干气味混合在一起，我的感官突然给注满了；附近矮树丛里一阵突发的骚动才没使它漫溢出来——我们立刻互相分开，带着痛苦的心情注意到大概是一只悄悄窜来的野猫。这时从屋子里传来她母亲呼唤她的声音，激动的音调越升越高——而库珀医师也笨重地一瘸一拐走到外面花园里。可是那片含羞草丛——那星星的朦胧，那阵激动，那股热情， 15/1
那种蜜露以及那份痛苦，我都依然感到，而那个在海边光胳膊光腿、舌头炽热的小女孩儿，此后就一直萦绕在我的心头——直到二十四年以后，我终于摆脱了她的魔力，让她化 15/2
身在另一个人身上。

15/1 那星星的朦胧：见4/8。在某种意义上，本小说以“灰星”开始和结尾。

15/2 她的魔力：“魔力”和“魅力”是《洛丽塔》的本质。见16/6、45/3、260/2。

五

在我回顾自己的青年时代的时候，那些日子好像许多暗
淡的、反复出现的纸片，一阵风似的都从我眼前飞走了，火
车旅客清早看到跟在游览车厢后面翻飞的一阵用过的薄绵纸
的风雪。在我和女人的那种有益身心的关系方面，我切合实
际，诙谐、轻快。在伦敦和巴黎念大学的时候，卖笑女郎就
满足了我的需要。我的学习非常细致，十分紧张，虽然并不
15/3 特别富有成效。起初，我计划像许多manqué才子那样拿一个
精神病学学位，不过我甚至比他们还manqué，我感到非常压
抑，大夫，有一种特殊的疲惫不堪的感觉。于是我改念英国
文学。那么许多潦倒的诗人都在这个领域里最终成为身穿花
呢服装、抽烟斗的教师。巴黎很合我的口味。我和流亡国外
16/1、16/2 的人一起讨论苏联电影。我和一些同性恋者坐在“双叟”里
面。我在一些默默无闻的刊物上发表了几篇委婉曲折的小品
16/3 文。我还创作过一首拼凑而成、模仿他人风格的诗歌：

……冯·库尔普小姐

15/3　manqué：法语；失意的。

16/1　同性恋（uranists）：亨·亨自创的不常见的英语词uranism的异体，这个词衍生自希腊语“精神的”，意为“同性恋的”。霭理士在《性心理学》（1938年）第五章中使用了这个词，并且声称该词由十九世纪法律官员卡尔·乌尔利克斯发明。

16/2　“双叟”（Deux Magots）：巴黎左岸一家有名的咖啡馆，是知识分子聚集的地方。Magot是一种猴子，但是“maggots de Saxe”意为“statuettes of Saxe（瓷器）”（十八世纪）。纳博科夫故意将他笔下的同性恋放在这个咖啡馆里，因为他想要让人联想到猿猴以及可笑的中国瓷器上的人物。

16/3　拼凑而成、模仿他人风格的诗歌：这里“引用”的诗歌是根据英美诗人托·斯·艾略特（1888—1965）的诗歌《小老头》（*Gerontion*，1920）的片段拼凑而成：“……库尔普小姐/朝大厅转身，一只手放在门上”（第27—28行）；“……德·贝尔哈奇、弗雷斯卡、甘默尔太太，回转身……”（第69—70行）；“……海鸥迎着风，在贝拉岛/刮风的海峡……”（第66行）。有关其他暗指艾略特的地方，见258/3和299/1。纳博科夫不赞同艾略特的一些社会偏见，在《爱达或爱欲》中嘲讽地写到了“艾略特先生，一位犹太商人”（第5页），他后来遇见了晚发迹的银行家（这是艾略特早期的职业）基萨·斯温（=艾略特的“斯温尼”［Sweeney］［**指艾略特早期未完成的剧本*Sweeney Agonistes*。——译注**］），《腰围》（*The Waistline*［***Waistline*与艾略特的诗作《荒原》（*Wasteland*）谐音。——译注**］）的作者，这是嘲讽英美饮食习惯的自由体诗作，以及《格里什金红衣主教》（=艾略特的《不朽的低语》），“一部精致微妙地明显赞美罗马天主教的作品”（第506页）。有关《四个四重奏》，见《微暗的火》第368—379行。纳博科夫说，“我在二三十年代从未像众多的同代人那样接触过艾略特和庞德的诗歌，我是很晚才读到他们的，大约是在1945年，在一位美国朋友的客厅里。我不但一直完全无动于衷，而且也不明白为什么竟然会有人去关注他们，但我猜是因为他们为那些比我更早发现他们的读者保留了一些伤感的价值。”（《花花公子》访谈）

可能会回转身，她的手放在房门上，

我不会跟着她走。弗雷斯也不会。

那个傻瓜也不会。

16/4 我的一篇题为《济慈致本杰明·贝利的信中的普鲁斯
特式主题》的文章，六七位学者念了都格格直笑。我替一
16/5 家著名的出版公司着手写了一部*Histoire abrégée de la poésie anglaise*，接着又开始为讲英语的学生编纂那本法国文学手册（附有取自许多英国作家的比较文章），这项工作使我在整个四十年代一直不得空闲——到我被捕的时候，这本手册的最后一卷也差不多就要付印了。

我找了一份工作——在奥特伊尔[1]教一群成年人英语。后来，一所男校聘用了我两三个冬天。偶尔，我也利用我在社会服务人员和精神疗法专家中的熟人，请他们陪我去参观各种机构，比如孤儿院和少年管教所。在那儿，有些到达发育期的女孩，脸色苍白，睫毛缠结在一起，可以任你泰然自若地端详，她们叫我回想起梦中赐给我的那个女孩。

现在，我希望提出这样一种观点。在九岁至十四岁这个年龄段里，往往有好些少女在某些比她们的年龄大一倍或好几倍的着迷的游客眼里，显露出她们的真实本性，那种本性

[1] Auteuil，法国巴黎的一个地区，过去是一个村镇。

16/4 《济慈……普鲁斯特式主题》：英国诗人济慈（1795—1821）给他的亲密朋友本杰明·贝利（1791—1853）的信件是济慈所述诗歌理论的重要内容之一。在《微暗的火》中，金波特权衡了“从洞穴人到济慈”的诗歌的进步（第289页）。亨·亨的“普鲁斯特式主题”无疑有关时间和记忆的性质。马塞尔·普鲁斯特（1871—1922）——伟大的法国小说家，纳博科夫认为《追忆逝水年华》（1913—1927）的前半部分是四部“二十世纪最伟大的杰作”之一（见207/3）——在第77页和第188页也提到了。还可参见注释253/2和264/4。他也出现在《微暗的火》中（第87、161—163和248页），以及谢德诗歌的第224行（第41页），他在此想象了永恒，以及“……跟苏格拉底和普鲁斯特在柏荫道上的/漫谈”。在《塞巴斯蒂安·奈特的真实生活》中，奈特的传记代笔作者古德曼先生提到“奈特有意识或无意识抄袭的法国作家普鲁斯特”（第114页）；奈特自己在一封信中的括弧中提到，“我（不）是为那个普鲁斯特式括弧道歉”（第52页）——这是亨·亨有意识地纵容自己使用的方式，正如他在括弧里“拖长这副普鲁斯特的声调”（第77页）。在《爱达或爱欲》中也有多处暗指普鲁斯特的地方（见第9、55—56、66、73、168—169、254和541页）。

16/5 *Histoire ... anglaise*：法语；《英国诗歌简史》。

16/6 不是人性而是仙性（也就是说，是精灵般的）。我提议把这些精选出来的人儿称作“性感少女”。

需要注意的是，我用时间术语代替了空间术语。事实上，我要请读者把“九岁”和“十四岁”看作界限——那些镜子般的海滩和玫瑰色的岩石——一座上面时常出现我的那些性感少女的魔岛的界限，岛的四周是雾霭迷蒙的茫茫大海。在这个年龄段里，所有的女孩儿是否都是性感少女呢？当然不是。否则，我们这些深谙内情的人，我们这些孤独的旅客，我们这些贪花好色之徒早就变得精神错乱了。容貌漂亮并不是衡量的标准；而粗俗，或者至少一个特定社区称作粗俗的种种表现，并不一定就会损害某些神秘的特性：那种超逸的风度，那种使性感少女有别于她们同年龄的女孩的难以捉摸、变幻不定、销魂夺魄、阴险狡黠的魅力。因为那些同年龄的女孩对同时出现种种现象的这个空间世界的依赖性，远远超过了洛丽塔和她同类的少女在上面玩耍的那座叫人神魂颠倒的时间的无形岛屿。在同一年龄段里，真正性感少女的人数，明显低于那些暂时显得平常的、只是好看的、“娇小可爱的”，甚至“甜蜜动人的”、平凡的、丰满的、未成形的、肌肤冰冷的以及本质上富有人性的小女孩的人数。这类小女孩梳着辫子，鼓着肚子，成年后也许会也许不会出落得美艳动人（看看那些穿着黑色长统袜、戴着

16/6 不是人性而是仙性：如同辛克莱·刘易斯的《巴比特》（*Babbitt*，1922），纳博科夫的“性感少女”（nymphet）进入了语言中，虽然受《洛丽塔》启发的最新字典条目既不雅也不准确：nymph：“水性杨花的女人”（《新韦氏国际英语大辞典》第三版，《兰登书屋词典》也类同）。加尔蒙斯维（G. N. Garmonsway）主编的《企鹅英语词典》在nymphet这一词条下的解释是：“（口语）非常年轻而有性吸引力的女孩”（亨·亨迫切地想要挪用通俗英语，会很欣赏“口语”的说法）。“性感少女（nymphet）”这个词继续得到宽泛的使用，《人物》杂志可作见证：“她在福克斯的喜剧片《拖家带口》中扮演凯利·邦迪，购物中心的性感少女，但是克里斯蒂娜·艾伯盖特说她——”，专栏作家如此说，尽管这位可爱的十八岁女演员看上去也可以是二十五岁（1990年9月24日，第108页），至于“小仙女”（nymph），神话和动物学定义是主要的。在希腊罗马神话中，nymph是自然界中一种地位较低的神祇，被描述为居住在山水森林之中的美丽女子。“贪花好色”（nympholepsy）是亨·亨的毛病（因此而有“贪花好色之徒”［第17页］），是“控制据说遭到小仙女迷惑之人的一种狂魔般的热情；一种追逐不可实现的理想的狂热情感”（更具体地说，在《布莱基斯顿新古尔德医学辞典》［*Blakiston's New Gould Medical Dictionary*］中，被定义为“一种色情性质的狂热”）。在《想象动物志》（1969）中的“小仙女”条目下，博尔赫斯注意到，帕拉塞尔苏斯称其活动领域仅限于水，但是古人认为水泽和陆地上都有小仙女……据认为（有些）小仙女是永生的，或者如普鲁塔克隐晦地暗示，寿命超过了9720年……小仙女的准确数量未知；赫西奥德给出的数字是三千……看见她们一眼会导致失明，如果看见她们赤裸，那就会导致死亡。普洛佩提乌斯有一行诗确证了这一点。亨·亨回应了这些定义。此处以及接下来的数页中，他暗指了“迷惑力”“魔力”“奇异的力量”“致命的魔鬼”（有关各种迷惑者，见10/5［海市蜃楼，Fata Morgana］、20/2［莉莉思，Lilith］、31/3［小精灵］、45/3［卡尔曼］、71/1［噩梦］、240/2［小精灵之王］）。洛丽塔“非人类的”和“迷人的诱惑”表明她是济慈那穿短袜的《无情的妖女》（*La Belle Dame Sans Merci*，1819。纳博科夫在《天路》［*The Empyrean Path*，1923］中将这首诗译为俄语），该小说在某种程度上是经典故事，凡人遭到毁灭，因为爱上了超自然的女妖精，也即歌谣、民间故事和神话传说中那“无情的可爱女郎”。纳博科夫称《洛丽塔》为“童话故事”，他的小仙女为“童话公主”（第52页）；见31/3。

纳博科夫发现的鳞翅目昆虫之一被称为“纳博科夫的眼蝶（Nabokov's Wood-Nymph）”（属于蛱蝶科；见12/1），他并非不知道nymph的另一定义为“蛹”或者“正在不完全变态的幼虫”。理解《洛丽塔》的一个关键是体会洛丽塔、亨·亨、这本书、作者和读者同时经历多种变态的感觉，读者如此深受小说游戏因素和幻觉手法的操纵，以至于他们可以说是在某些时刻，也成了弗拉基米尔·纳博科夫的创造物——一种注定要改变他们的经历。因此蝴蝶是一种控制性比喻，相对《奥德赛》之于乔伊斯的《尤利西斯》而言，是更加根本和有机的方式，充实了《洛丽塔》。正如蛹经过变态化身蝴蝶，《洛丽塔》中的一切不断处于变态的过程，包括小说本身——一连串“笔记”由一位被囚禁的人在五十六天之内撰写，以备审判之用，在他死后变成了一本书，而且只有在经过另一个阶段，经过名义上小约翰·雷的“编辑”之后才行。如同洛丽塔从女孩变成女人一样，亨·亨的欲望变成了爱情，起初他感觉洛丽塔是“安安稳稳地唯我存在”（第60页），最后才意识到这样的她只是他“自己的创造物，没有意志，没有知觉——真的，自身并没有生命”（第62页），他不认识她（第284页），他们的性亲密只是更加彻底地使他同那无助的女孩疏离。这些“变态”使亨·亨将一个“罪行”转变为一种赎罪的艺术品，令读者眼看着蝶蛹复活。“观看变态总是令人兴奋的事情。”纳博科夫在《尼古拉·果戈理》中说（第43页），更多指的是词形现象，而非昆虫学现象（见118/3和212/2；读者还应注意“亨伯特”［Humbert］的多种构词排列形式）。同洛丽塔在“着魔的猎人”旅店共度的第一个晚上，亨·亨感受到“混乱的视觉把她转变成斑驳的月光或一片蓬松的开满花儿的灌木”（第132页）。《塞巴斯蒂安·奈特的真实生活》（1941）先于《洛丽塔》的设计和情节发展，其叙述者“对（《棱镜的斜面》的）经常性变态感到困惑”（第93页；整段话可见《导言》引语）。纳博科夫在康奈尔大学授课时讨论过史蒂文森的《化身博士》、果戈理的《外套》和卡夫卡的《变形记》中“转变的主题”，他说史蒂文森的故事“只有从艺术创造方面来看才是惊悚和悬疑小说。它是一种风格现象，是一种通过写作艺术而进行的转变”。他将杰基尔—海德的转变比作幼虫到蛹再到蝴蝶的转变，想象海德最后从邪恶的海德那融化和乌黑的身形中出现是“惊恐的涌现”，必定伴随“孵化的感觉”。如同在他有关果戈理的那本书中一样，此处纳博科夫再次通过定义另一人的艺术描绘了他自己的表现。作为艺术过程的象征，小仙女的循环周期表明了一种超然的设计。见《导言》，第XV—XXI页。有关昆虫学典故，见6/1。

白帽子、又矮又胖的丑八怪，长大后却成了银幕上了不起的明星）。你拿一张女学生或女童子军的团体照给一个正常的男人看，请他指出其中最标致的女孩，他未必就选中她们当中的那个性感少女。你一定得是一个艺术家，一个疯子，一个无限忧

17/1 郁的人，生殖器官里有点儿烈性毒汁的泡沫，敏感的脊椎里老是闪耀着一股特别好色的火焰（噢，你得如何退缩和躲藏啊！），才能凭着难以形容的特征——那种轮廓微微显得有点儿狡黠的颧骨、生着汗毛的纤细的胳膊或腿以及绝望、羞愧和柔情的眼泪、使我无法罗列的其他一些标志——立刻就从身心健康的儿童中辨别出那个销魂夺魄的小精灵。她并没有被他们识别，自己对自己的巨大力量也并不知晓。

此外，既然时间的观念在这件事里起着如此神奇的作用，学者们应当毫不奇怪地知道一个少女和一个男人之间得有好几岁的差距，我得说，这种差距决不能少于十岁，一般总是三四十岁，而在几个大家都知道的实例中，竟然高达九十岁，这样才能使男人受到一个性感少女的魅惑。这是一个调节焦距的问题，是内在的目光兴奋地超越的某段距离跟心里幸灾乐祸地喘息着觉察到的某种差异的问题。我是一个孩子，安娜贝尔也是一个孩子的时候，我的小安娜贝尔在我眼里并不

17/2 是性感少女。我跟她地位相同，是一个堂堂正正的小牧神，

17/1 烈性毒汁的泡沫：见304/1；泡沫破裂。

17/2 小牧神：在神话故事中，牧神是林中神祇，形象为有着山羊耳朵、角、尾巴和后腿的男人；即萨蒂。这个昵称形式是纳博科夫的杜撰。见纳博科夫刊登在《新政治家》上的信件（1967年11月17日，第680页）。

待在那同一座时间的魔岛上，但是经过二十九年以后，今天，
在一九五二年九月，我想我可以在她身上辨认出我这辈子最
初那个决定命运的小精灵。我们怀着尚不成熟的爱彼此相爱， 18/1
表现出的那股热和劲儿往往把成年人的生活毁掉。我是个身
强体壮的小伙子，活了下来，但是毒汁却在伤口里，伤口也
一直没有愈合。不久，我发现自己在一种文明中成熟起来，
这种文明允许一个二十五岁的男人向一个十六岁而不是十二
岁的女孩求爱。

因此，我在欧洲那段时期的成年生活竟然双重到了荒谬
的地步，这一点也不奇怪。公开处，我跟好多生着南瓜或梨
子形状乳房的世俗女子保持着所谓正常关系；私下里，我对
每个经过我身边的性感少女都怀有一股地狱烈火凝聚起的淫
欲，饱受折磨，可是作为一个守法的胆小鬼，我从不敢接近
这类少女。我可以支配的那些具有人性的女人，只是一些治
标的药。我几乎要相信，我从普通的苟合中得到的感觉，和
正常的伟男子在震撼世界的那种惯常的节奏中跟他们正常的
伟伴侣结合时所领略到的感觉几乎一般无二。问题是那些先
生并没有发现一种无可比拟的更为舒畅的快乐，而我却发现
了。我的最最模糊、引起遗精的美梦也比最富有阳刚之气的 18/2
天才作家或最有才华的阳痿作家所设想出的私通苟合之事要

18/1 决定命运的小精灵：有关小精灵和该小说作为神话故事的概述，见31/3。

18/2 遗精的（pollutive）：亨·亨杜撰的pollution一词的异体；较不常见的词义，指“在非交配时射精”。

灿烂夺目一千倍。我的世界分裂了。我注意到不是一种而是
两种性别，可都不是我的性别；两者都被解剖学家称作女性。
可是在我看来，透过我的感官的三棱镜，“她们就像薄雾和桅
杆一样大不相同”[1]。所有这一切，现在我全据理来加以说
明。在我二十多岁和三十出头的那些年里，我并不那么清楚
地明白我的苦闷。虽然我的身体知道它渴望什么，但我的头
脑却拒绝了身体的每项请求。一会儿，我感到羞愧、惊骇；
一会儿，我又变得盲目乐观。我受到清规戒律的遏制。精神
18/3 分析学家用伪性欲的伪释放来劝说我。对我说来，在性爱方
面叫我冲动的唯一对象，就是安娜贝尔的姐妹、她的侍女和
小丫头；这个事实有时在我看来，就是精神错乱的前兆。别
的时候，我会告诉自己，这完全是一个态度问题，给女孩儿
弄得神思恍惚，实在并没什么不正常的地方。让我提醒我的
19/1 读者，在英国，一九三三年《儿童和青少年法案》通过以后，
“女孩”这个词被定义为“八岁以上、十四岁以下的少女”（其
后，从十四岁到十七岁，法律上的定义是“青少年”）。另一方
19/2 面，在美国的马萨诸塞州，一个“任性的孩子”，从法律上讲，
是一个“七岁到十七岁之间的孩子”（而且，他们习以为常地
跟邪恶淫乱的人混在一起）。詹姆斯一世[2]时期的一位引起
19/3、19/4 争议的作家休·布劳顿已经证明雷哈布十岁就当了妓女。这

［1］ 英文“薄雾”是mist，“桅杆”是mast，两个词的拼写只差一个字母，但意思大相径庭，所以这么说。

［2］ 詹姆斯一世（James Ⅰ，1566—1625），英国国王（1603—1625）。

18/3 伪性欲（pseudolibidoes）：亨·亨对性欲（libido）一词的使用（见第54页“性欲梦”［libidream］）：性冲动；在弗洛伊德看来，是驱使一切人类活动的本能动力。

19/1 一九三三年《儿童……》：该法案原文实际上是：“‘儿童’指十四岁以下的人……‘青少年’指年满十四岁但未满十七岁的人。”（一九三三年《儿童和青少年法案》，第12章，107［1］节）。并没有女孩的具体定义，但即使亨·亨引用错了，他也是清醒的法律学者，因为儿童必须年满八岁才能承担法律责任。见第135页。

19/2 马萨诸塞州……“一个任性的孩子”……（……淫乱的人……）：这是准确的转录；括号内的话也是直接引用自《马萨诸塞州法律诠释》第119章第52节（1957年）。

19/3 休·布劳顿：有争议的清教徒牧师和小册子作家（Hugh Broughton，1549—1612）。此处指他的《〈圣经〉的共识》（*A Consent of Scripture*，1588），是有关《圣经》年代的怪异的论述。

19/4 雷哈布：《约书亚记》2：1—21中迦南的妓女。

一切都很有意思。你大概看见我已经在一阵发作中口吐白沫
了，但没有，我没有。我只不过眨眨眼，让快乐的念头落进
一个小小的杯子。这儿还有好几幅画。这是维吉尔，他会用 19/5
单纯的音调歌唱性感少女，但大概更喜欢一个小伙子的会阴。
这是阿克纳坦王和内费蒂蒂王后的两个未到婚龄的尼罗河女 19/6
儿（国王夫妇有六个女儿），身上除了戴了许多串亮闪闪的珍
珠项链，没有其他饰物，娇嫩的褐色小身子从容地倚在靠垫
上；她们留着短发，生着乌黑的长眼睛，经过三千年依然完
好无损。这幅画上有几个十岁的小新娘，被迫坐在fascinum 19/7
上，那是古典文学圣堂里代表男性生殖力的象牙。青春期到来
前就结婚同房在印度东部的某些省份仍旧相当常见。雷布查人 19/8
里八十岁的老头和八岁的女孩交媾，谁都不以为意。别忘了，
在但丁狂热地爱上他的比阿特丽斯时，比阿特丽斯只有九岁， 19/9
是一个光彩焕发的小姑娘，她傅粉施朱，戴着珠宝，十分可
爱，穿着一件深红色连身裙；那是一二七四年五月那个欢乐的
月份，在佛罗伦萨的一次私人宴会上。当彼特拉克狂热地爱上 19/10
他的劳丽恩时，劳丽恩也不过是一个十二岁金发的性感少女，
在风中、在花粉和尘土中奔跑着，是一朵飞行的花儿，如他
所描写的从沃克卢思的山岗飞到了那片美丽的平原。 19/11

还是让我们规规矩矩地文雅一点吧。亨伯特·亨伯特竭

19/5 维吉尔……会阴（Virgil ... perineum）：拉丁诗人（前10—19）。会阴包括尿道和直肠。1958年版中这个词写作“腹膜”（*peritonium*，覆盖腹腔的双层黏膜）。虽然亨·亨的错误是纳博科夫有意为之，但纳博科夫还是决定修改此处，因为该错误如果被发现，可能会被误认为是作者的错误，或者会造成意思含混。

19/6 阿克纳坦王的……尼罗河女儿：埃及的阿克纳坦（Akhnaten of Egypt，前1375—前1358年在位）和内费蒂蒂共有七个女儿，但国王的纪念碑上仅显示他有六个女儿。亨·亨也失去了一个“女儿”。

19/7 fascinum：拉丁文；某些色情仪式中使用的象牙制阴茎。

19/8 印度东部的某些省份：雷布查人是锡金和印度大吉岭区域的蒙古人。亨·亨所言为实，纳博科夫认为亨·亨可能是从霭理士的里程碑式多卷本著作《性心理学》（*Studies in the Psychology of Sex*，1891）中得知此事。

19/9 但丁……五月：但丁出生于1265年5月15日和6月15日之间，因此在1274年遇见比阿特丽斯时是九岁，据说她当时八岁。并没有恋情发生。

19/10 彼特拉克……劳丽恩：彼特拉克出生于1304年7月20日，因此在1327年4月6日遇见劳丽恩时是二十三岁。她的身份至今不明，所有将她与历史人物对应的尝试纯属猜测，因此也无法确定她的年龄。

19/11 沃克卢思的山岗：法国东南部的一个地区，首府是阿维尼翁。彼特拉克最喜欢住在此地，但是他发现那里的自然之美反而令他徒增失去劳拉的伤感。

力想安分守己。说真的，他确实这么做了。他对纯洁、软弱
的普通儿童十分尊重。不管在什么情况下，即使几乎没有多
少惹起吵闹的危险，他也不会去玷污这类孩子的天真无邪。
可是当他在那群天真无邪的孩子中发现一个小精灵时，他的
20/1 心跳得有多厉害啊，那个“enfant charmante et fourbe”，生着
蒙眬的眼睛，艳丽的嘴唇，你只要让她知道你在望着她，就
会受到十年监禁。生活就这样继续下去。亨伯特完全有能力
20/2 跟夏娃交欢，但他渴望的却是莉莉思。胸部发育的萌芽阶段
在青春期带来的一系列身体变化的初期（10.7岁）就出现了。
而下一个可以见到的成熟项目，就是含有色素的阴毛的初次
20/3 出现（11.2岁）。我的小杯子里盛满了琐碎的念头。

一次船只失事。一个环状珊瑚岛。单独跟一个淹死了
20/4 的旅客的瑟瑟发抖的孩子待在一起。亲爱的，这只是一场游
戏！我坐在公园里一张硬邦邦的长椅上，假装全神贯注地在
看一本微微颤动的书，这时我想象的冒险经历有多神奇美妙
啊！在这个不动声色的学者四周，好些性感少女自由自在地
嬉戏玩耍，仿佛他是一个熟悉的塑像或是一棵老树的光与影
的一部分。有一次，有个穿着格子呢连身裙的理想的小美人
儿啪地一下把一只穿得厚重的脚放到长椅上我的身旁，接着
朝我伸下两条纤细的光胳膊，把她的四轮溜冰鞋鞋带系系紧，

20/1 “enfant ... fourbe”：法语；“顽皮可爱的孩子”。

20/2 却是莉莉思：在犹太传奇中，莉莉思（Lilith）是夏娃之前亚当的妻子。在中世纪魔鬼信仰中也是一个攻击儿童的女魔鬼和有名的巫婆。在《微暗的火》中，一位赞巴拉“上流社会的雕塑家”在查尔斯身上找到了敬爱的姐姐，“找到了他所需要的一切……把她的乳房和双脚利用在他那幅题名为《莉莉思唤回亚当》的创作上面了”（第108页）。更多关于妖术迷惑，可参见16/6。

20/3 琐碎的念头（tiddles）：亨·亨此处完成了前面一页暗指的一种游戏tiddlywinks（挑圆片），“我只不过眨眨眼，让快乐的念头落进一个小小的杯子”。在“挑圆片”游戏中，玩游戏者“轻挑”（winks）小圆片（tiddle）使其落入杯子，因此这些“tiddles”比喻亨·亨关于性感少女的各种念头。Tiddles也指trifles（玩弄）；从tiddle，一个仅用于口语或俚语的过时动词，到抚弄、戏弄或玩弄。

20/4 这只是一场游戏：在《威斯康星当代文学研究》的访谈中，纳博科夫说：“讽刺是上课，戏仿是游戏。”亨·亨名字的双关包括“ombre”纸牌戏（见3/3），在亚历山大·蒲柏的《夺发记》（1714）第三章中玩过这种纸牌戏；见第87—100行。也见第182—183、202—203和233页上亨·亨玩的游戏。

我就在阳光下融化了，手里的那本书成了无花果树叶子[1]；她那赤褐色的鬈发披垂到她的擦破皮的膝盖上，那条发出光泽的腿就伸在我的颜色变幻不定的脸颊旁边，我头上的那片树叶的阴影也在她的腿上晃动、消散。另一次，有个红头发的
女学生在métro里倚在我的身旁，我瞥见了她的黄褐色腋毛， 20/5
一连激动了好几个星期。我可以列出好些这种一厢情愿的小小韵事。有几次在一种浓郁的地狱风味中结束。比如，我碰巧在阳台上看到街对面一扇亮着灯的窗户里有个看去很像性感少女的姑娘正在一面相当配合的镜子前脱衣。跟外界如此隔绝，显得如此遥远，这种景象产生了一种勾魂摄魄的魔力，使我全速跑向叫我心满意足的那个孤独的人儿。可是我喜爱的那个娇美的裸体形象却突然恶魔似的变成了一个男人给灯光照亮的、令人厌恶的光胳膊，他在那个炎热、潮湿、没有希望的夏夜穿着内衣裤坐在敞开的窗口看报。

跳绳，跳房子。那个穿着黑衣服、挨着我坐在我的长椅上，坐在我的欢乐之枷上（有个性感少女正在我脚下寻找一个失落了的弹子）的老婆子问我是不是肚子疼，这个不懂礼貌的母夜叉。啊，别来跟我搅和，让我独自待在我的生机旺盛的公园里，待在我的长满青苔的花园里。让她们永远在我四周玩耍，永远不要长大。

[1]《圣经·旧约·创世记》，亚当和夏娃吃了果子后，眼睛明亮了，发现自己赤身露体，就用无花果树的叶子编作衣裙。

20/5 métro：巴黎地铁。

六

对了，我常常纳闷：那些性感少女后来怎么样了？在这个因果交错的锻铁的世界上，我从她们身上偷走的那种神秘的悸动难道不会影响她们的未来吗？我占有了她——而她根本不知道。好吧。可是这一点往后什么时候就不会产生什么
21/1 影响吗？我使她的形象介入我的voluptas中，是不是多少左右了她的命运呢？哦，这一点过去是，而且依然是一个叫人万分疑惑的根源。

然而，我还是知道了那些可爱的、叫人发狂的、细胳膊的性感少女长大后会是什么样子。记得在一个天色阴暗的春
21/2 天下午，我沿着马德莱娜教堂附近的一条热闹的街道走去。有个矮小、苗条的姑娘穿着高跟鞋，脚步轻快地匆匆从我身旁走过；我们同时回头互相看了一眼，她站住脚，我跟她攀谈起来。她几乎还不到我胸口长毛的地方那么高，生着法国姑娘往往具有的那种带酒窝的小圆脸。我很喜欢她长长的睫毛和紧裹着她身体的那件剪裁合身的珠灰色的衣衫。她年轻的身体仍旧保持着一团稚气，跟她瘦小、灵敏的臀部那种

21/1 voluptas：拉丁文；肉体的享乐。

21/2 马德莱娜教堂：巴黎的一座教堂（是一个很突出的地标），亨·亨在这里遇到一个街头拉客的妓女暗中影射教堂得名于悔过的妓女——抹大拉的马利亚。

职业性的frétillement混在一起。那团稚气就是性感少女的回 21/3
声，是欢乐的震颤，也是叫我冲动的刺激。我问她价钱，她
立刻用悦耳动听的嗓音准确地回答道:(一个老在行，真是一
个老在行！）“Cent.”我想还个价，可是我的眼睛朝下直盯着 21/4
她那饱满的脑门和不完整的帽子（一条缎带，一束花），她看
出了我低垂的眼睛里那种异常孤独的渴望神色。她眼睫毛一
眨，说道:“Tant pis.”一面装着像要走开。也许，就在三年以 21/5
前，我还看见她下学后正往家走！这种想法使事情就此解决。
她领我走上通常那道很陡的楼梯，还有为monsieur[1]开道的
通常的那阵铃声，因为monsieur在沮丧地爬上楼到那间里面
只有床和坐浴盆的简陋的屋子里去的时候，可能不乐意碰上
另一位monsieur。和往常一样，她马上要一样petit cadeau。和 22/1
往常一样，我也问了她的名字（莫尼克）和年龄（18岁）。我
相当熟悉街头妓女这种老一套的作风。她们总回答说，“dix- 22/2
huit”——这是一句信口可以发出的啁啾，一种决定性的、渴
望欺骗的鸣叫，她们每天都要这么发出十次，这些可怜的小
家伙。不过就莫尼克来说，毫无疑问，她给自己的年龄加了
一两岁。这是我从她小巧、干净、出奇地尚未成熟的身体上
的许多细微之处推断出的。她令人销魂地飞快脱掉衣服，有
一刹那站在那儿，一部分身体用肮脏的薄纱窗帘裹着，带着

[1] 法文，先生。

21/3 frétillement：法语；扭动。
21/4 Cent：法语；一百（法郎）。
21/5 Tant pis：法语；算了！
22/1 petit cadeau：法语；小礼物。
22/2 dix-huit：法语；十八（岁）。

幼儿的欢乐，尽可能若无其事地听着楼下满是尘土的院子里一个街头手风琴师的演奏。我看了看她的小手，把她的注意
22/3 力引到她龌龊的指甲上，她天真地皱起眉头，说道："Oui, ce n'est pas bien."说完，就走到盥洗盆那儿去，但是我说这没有关系，压根儿没有关系。她留着褐色短发，灰色的眼睛亮闪闪的，皮肤苍白，看上去非常迷人。她的屁股小得跟一个蹲坐着的小伙子的一样。事实上，我可以毫不踌躇地说（而这也确实就是为什么我满心感激地留恋记忆中和小莫尼克在一起的那间灰纱窗帘的房间的缘故），在我玩过的那八十多
22/4、22/5 个 grues 中，唯有她叫我感到一阵真正的欢乐。"Il était malin, celui qui a inventé ce truc-là."她亲切友好地评论道，接着用同样最时新的速度又钻到她的衣服里面。

我要求在当天晚上较晚的时候更周详地再安排一次聚会。她说她九点钟在街道转角的那家小餐馆和我会面，还发誓说
22/6 她这辈子还从来不曾posé un lapin。我们又回到同一个房间，
22/7 我禁不住说她长得多么漂亮。她听了假装矜持地答道："Tu es bien gentil de dire ça."接着，她看到我从反映出我们小伊甸园的那面镜子中所看到的情景——咬紧牙齿、使我的嘴扭歪了的那副温柔体贴而又十分可怕的怪相——恭顺的小莫尼
22/8 克（哦，她早先管保是一个性感少女！）想知道avant qu'on

22/3 Oui, ce n'est pas bien：法语；对，这是不大好。
22/4 grues：法语；"妓女"一词的俗语。
22/5 Il était malin ... truc-là：法语；发明这玩意儿的人，是个机灵鬼。
22/6 posé un lapin：法语；对某人失约。
22/7 Tu es ... de dire ça：法语；你这么说真是亲切客气。
22/8 avant qu'on se couche：法语；在我们上床前。

se couche，她要不要把嘴上的那层唇膏擦去，以备我想吻她。
当然，我想吻她。我纵情恣意，跟她交合，比以前跟任何一
个年轻女子都要尽兴。那天晚上，我对长睫毛莫尼克的最后
印象带着一丝欢快的情趣，我发现这种情趣很难跟我那不光
彩的、污秽的、沉默的爱情生活中任何一件事儿联系在一起。
她揣着我给她的五十法郎小费，显得万分高兴，急匆匆地走
进四月夜晚的蒙蒙细雨中，而亨伯特·亨伯特则蹒跚地紧跟
在她瘦小的身子后面。她在商店的一个橱窗前站住脚，兴致
勃勃地说道："Je vais m'acheter des bas!"我决不会忘记她那种 23/1
巴黎孩子发出"bas"时的口型，她兴致勃勃地发出这个词的
音，几乎把那个"a"发成一个短暂、轻快、爆破的"o"，像
在"bot[1]"那个词里那样。

第二天下午两点一刻，我在自己的那套房间里又和她约会，但这次却不大成功，一夜之间，她身上似乎少了几分稚气，多了点儿成年女人的味儿。我从她身上传染到了感冒，就此取消了第四次约会，而中止一系列情绪激动的约会，我也并不感到惋惜，因为这种约会可能会使我背上许多痛心的幻想，结果又在沉闷无聊的失望中渐渐消失。因此，让她依然是那个水灵、苗条的莫尼克，像她有一会儿表现出的样子：一个有过失的性感少女透过那个讲究实际的年轻婊子闪闪发光。

23/1 Je vais m'acheter des bas：法语；我要给自己买双长统袜。

[1] 法文bas一词是"长统袜"的意思，bot一词意为"畸形足的"。

我和她短暂的交往勾起了一连串的想法，熟悉内情的读者对此可能十分清楚。一个晴和的日子，一份黄色杂志上的广告把我引到埃迪特小姐的办公室。她先递给我一本脏乎乎的照相簿，让我从里面一批相当正规的照片中挑选一个合意
23/2 的人儿（“Regardez-moi cette belle brune!”）。等我把照相簿推开，设法把我罪恶的愿望说出来以后，她看上去像是就要把我轰出门去。可是在问了我打算出多少钱以后，她屈尊介绍
23/3 我去跟一个 qui pourrait arranger la chose 人联系。第二天，有个患气喘病的女人，粗俗地抹着脂粉，说话唠唠叨叨，满嘴大蒜气味，带着几乎滑稽的普罗旺斯口音，发紫的嘴唇上还有两撇黑胡子，她把我带到显然是她自己的住处。在那儿，她吧嗒吧嗒地亲了亲自己胖乎乎的手指那隆起的指尖，表明她的货色的质量像玫瑰骨朵一样美好。接着她演戏似的拉开一块帷幕，露出房间的另一部分，我猜那是一个不太挑剔的大家庭通常睡觉的地方。眼下那儿空空荡荡，只有一个胖得出奇、肤色灰黄、平凡得叫人厌恶的姑娘，年纪至少有十五岁，头上有几根用红缎带扎着的粗粗的黑辫子，她坐在一张椅子上，漫不经心地摆弄着一个没有头发的布娃娃。我摇摇头，刚想摆脱这个陷阱，那个女人嘴里还在很快地说着什么，一面却动手从年轻的女巨人身上脱去那件肮脏的羊毛针

23/2 Regardez-moi ... brune：法语；“瞧瞧这个棕发美人”。1958年版略去了括号后的句号。

23/3 qui pourrait arranger la chose：法语；能够作出安排的。

织紧身套衫。接着，她看到我打定主意要走，就马上索取 son 24/1
argent。房间尽头的一扇门开了，两个在厨房里吃饭的男人也
加入了这场争吵。他们都形态丑陋，光着脖子，皮肤黝黑，
有个人还戴着一副墨镜，一个小男孩和一个浑身龌龊、长着
罗圈腿的小娃娃偷偷跟在他们后面。那个愤怒的老鸨用噩梦
中蛮横的逻辑，指着戴眼镜的那个男人，说他lui曾经当过警 24/2
察，所以我最好照着她的吩咐去做。我走向玛丽——这就是 24/3
她那个明星般的名字，这时她已经悄悄地把她的大屁股挪到
厨房餐桌旁的一张木凳上，继续喝她那盆刚才给打断了没有
喝完的汤，那个小娃娃捡起掉在地上的布娃娃。胸中涌起的
一股怜悯之情使我那愚蠢的动作相当引人注目，我把一张钞
票塞到她的满不在乎的手里。她把我的礼物转交给那个以前
当过警察的人，于是我获准离开。

24/1 son argent：法语；她的钱。

24/2 lui：法语；他自己（多余的代词，作用在于强调名词）。

24/3 玛丽……明星般的名字（Marie ... stellar name）：源自童贞女马利亚的名字；对于《圣经》评注者来说，意为stellamaris，海洋之星。亨·亨后来还拿“stellar”这个词开了更多玩笑（见289/1）。

七

我不知道替妓女拉客的那个女人的照相簿会不会是这个
淫乱集团中的另一个环节。不久以后，为了自身的安全，我
决定结婚。我想，有规律的作息时间、家里做的三餐、婚
姻的种种习俗、床第之间常规的避孕措施，以及，谁知道
呢，某些道德标准、某些精神上的替代物的最终成熟，即便
不能涤除我那丢脸的、危险的欲念，至少也许能帮我将这些
欲念加以平和的控制。父亲故世以后留给我的一小笔钱（并
不很多——米兰纳大饭店早就给卖掉了），加上我那引人注
目、即使显得有那么点儿粗野的漂亮外貌，使我可以镇定自
若地着手寻找。经过相当仔细的考虑，我的选择落在一位波
25/1 兰大夫的女儿身上。这位先生正巧在为我医治眩晕症和心动
过速。我们下国际象棋；他的女儿从画架后面瞅着我，把从
我身上借去的眼睛或指关节安插在她那乌七八糟的立体派艺
术作品里，当时她画的是一些善于社交的姑娘，而不是紫丁
25/2 香和小绵羊。让我平静而有力地再说一遍：尽管经历了mes
malheurs，我过去是，现在依然是一个异常英俊的男人；身材

25/1 心动过速：病理学术语；心脏异常快速跳动。

25/2 mes malheurs：法语；我的种种不幸。

高大，动作稳健，生着柔软的黑头发，露出阴沉却更加富有魅力的神态。男子异常旺盛的元气往往在一个人可见的面貌上表现为一种郁闷、充血的神色，而这种神色正是他必须遮掩的。我就是这种情形。哎呀，我完全知道，只要我用手指打个榧子，就可以得到我想要的随便哪个成年女人。事实上，我已养成了不过分留意女人的习惯，免得她们走来热血沸腾地倒在我冰冷的膝头。如果我是一个 français moyen，爱好奢 25/3
华俗艳的女人，那么从冲击着我无情的岩石的那许多疯狂的美人中，我轻而易举地就能找到一些比瓦莱丽亚要迷人得多的小娘儿们。然而，我的选择却是出于某种考虑，实质上是一种可怜的妥协，而我认识到这一点的时候却太晚了。所有这一切都将表明，可怜的亨伯特在两性问题上始终多么愚蠢。

25/3 français moyen：法语；一般的法国人，街上的普通人。

八

虽然我告诉自己我只是想找个安慰自己的人，一盆受到
25/4、25/5 赞美的pot-au-feu，一个充满生气的人造女性阴部，可瓦莱丽
亚身上真正吸引我的，却是她模仿小女孩的那种神态。她那
么模仿倒不是因为她猜到我会动心。那只是她的作风——而
我却着了迷。实际上，她至少已经二十八九岁了（我始终没
有查明她的确切年龄，就连护照上也是假的），而且在那种随
着她回忆往事的情怀不住改变的境况下早已失去了童贞。在
我这方面呢，我天真得像个性变态的人才会有的那样。她显
25/6 得轻佻、活泼，穿得à la gamine，露出一大截光滑的腿，晓
得怎样用一双黑色丝绒拖鞋来衬托她雪白的光脚背。她噘起
嘴，露出酒窝，跳跳蹦蹦，穿着紧身连衣裙，用可以想象得
出的最矫揉造作、最陈腐的方式晃动着她的拳曲的淡黄色
短发。

26/1 在mairie举行了简短的仪式后，我把她领到我租的那套
新公寓，多少叫她感到意外的是，在我碰她以前，先让她穿
上一件女孩子穿的寻常睡衣，那是我想法从一家孤儿院的内

25/4 pot-au-feu：法语；普通的炖汤，内有肉、蔬菜和各种其他东西。

25/5 人造女性阴部：假女阴或假女阴毛。

25/6 à la gamine：法语；模仿逗人喜爱的年轻姑娘。

26/1 mairie：法语；市政厅。

衣橱里偷出来的。结婚当夜，我得到一些乐趣，到日出时搞
得那个白痴歇斯底里。不过现实不久就揭穿了一切。退了色
的鬈发露出黑色的发根，刮过的小腿上的汗毛竟然变成了皮 26/2
刺，那张湿漉漉的富有表情的嘴，不管我怎样用爱情去填塞，
却总很不光彩地暴露出跟她那已故的貌似蟾蜍的妈妈在一幅
受到珍藏的画像上的嘴的相似之处。不久，亨伯特·亨伯特
得照顾的不是一个苍白的流浪的小女孩儿，而是一个肥胖臃
肿、短腿巨乳实际上毫无头脑的baba。 26/3

这种情况从一九三五年一直持续到一九三九年。她唯一
的优点就是生性不好大声说话，这的确有助于在我们肮脏的
小公寓里造成一种古怪的舒适感。我们有两间房，在一间房
的窗外是一片雾蒙蒙的景象，在另一间房的窗外是一堵砖墙，
还有一个极小的厨房和一个鞋状的浴缸。我坐在浴缸里，觉 26/4
得自己就像马拉，只是没有一个颈项雪白的年轻女子来刺杀
我。我们一块儿度过好多个舒服的夜晚，她总埋头看着《巴 26/5
黎晚报》，我则坐在一张摇摇晃晃的桌子前工作。我们去看电
影，也去看自行车比赛和拳击比赛。我难得向她不再新鲜的
肉体求欢，除非在非常迫切和绝望的情况下。对面的杂货铺
老板有个小女儿，她的倩影都快把我逼疯了，不过在瓦莱丽
亚的帮助下，我对自己异想天开的困境倒找到了一些合法的

26/2 黑色的：有颜色的；因此是黑色的或深色的。

26/3 baba：虽然这个词是法文式俄语，指一种环状朗姆酒夹心糕点，但纳博科夫此处意指其他：“‘Baba’在俄语口语里指俗气的女人；邋遢、庸俗的女人。也喻指某些肥厚、壮实、柱子般、巨石状、厚实的东西，例如名叫*romovaya baba*的点心（但这与此处的意思不相干）。baba的原意指农妇。”

26/4 觉得自己就像马拉……刺杀我：让-保罗·马拉（1743—1793）；法国革命者，在浴缸里被夏洛特·科黛刺杀；是雅克·路易·大卫所作名画《马拉之死》（1793）的主题。浴缸的“原型”可在伦敦杜莎夫人蜡像馆和巴黎格雷万蜡像馆见到。在《微暗的火》中，约翰·谢德想象自己的传记作者将会如何描写他在浴缸里剃须：“……他/坐在那里俨如一位国王，又像鲜血淋淋的马拉”（第893—894行）。学生时代的凡·维恩旅行时“在犹他州一家汽车旅馆里目睹用陶土保存的托尔斯泰农民般的赤裸足印，托尔斯泰在这里写下了穆拉的故事，讲一位纳瓦霍头目，一个法国将军的私生子，被科拉·黛枪杀在游泳池里”（《爱达或爱欲》第171页）——这是穆拉德（源自托尔斯泰的《哈吉·穆拉德》）、穆拉将军（拿破仑的妹夫和那不勒斯国王）和马拉的结合。

26/5 《巴黎晚报》：一份哗众取宠的日报；现名为《法兰西晚报》，这是个极好的例子，表明小小的日常细节如何能浓缩一个角色的敏感性。在纳博科夫的短篇小说《助理制片人》（1943）中，背景是三十年代的巴黎移民团体，“邪恶、庸俗的原始希特勒式右翼‘白盟’头目戈卢布科夫将军陪同夫人到她的裁缝铺里，坐下看了一会儿《巴黎晚报》”（《纳博科夫的“一打”》，第87页）。

出路。至于烹调，我们心照不宣地扔开了蔬菜牛肉浓汤，多半总到波拿巴街一个拥挤的场所去吃饭，那儿的桌布上满是酒渍，还可以听到不少外国人七嘴八舌的说话声。隔壁是一家美术铺子，凌乱的橱窗里陈列着一幅辉煌，艳丽，充满绿
26/6 色、红色、金黄色和墨蓝色的古老的美国estampe——一个火车头带着巨大的烟囱、几盏形状怪异的大灯和一个巨大的排障器，拖着淡紫色的车厢穿过风雨漫天的大草原之夜，把大片带着星星点点的火花的黑烟跟毛茸茸的雷雨云混合在一起。

27/1 这种情况突然一下子结束了。一九三九年夏天，mon oncle d'Amérique去世了，遗留给我每年几千美元的收入，条件是我得移居美国，并对他的买卖表现出一些兴趣。这种前景十分合乎我的心意。我觉得我的生活需要有个重大的变动。另外还有一件事，就是我的舒适安逸的婚姻生活中也出现了一些蛀洞。最近几个星期，我老注意到我的肥胖的瓦莱丽亚有点儿失常，总是十分古怪地坐立不安，有时甚至露出好像恼怒的样子，这跟她本应扮演的平凡的角色一点都不协调。当我告诉她不久我们就要乘船去纽约的时候，她显得神情烦恼，十分慌乱。她的证件出了一些很讨厌的麻烦。她拿着一
27/2 本南森[1]，或者不如说是胡闹的护照；不知为了什么，那本护照跟她丈夫真实可靠的瑞士公民身份搁在一起，就无法轻

26/6 estampe：版画。本书结尾处亨·亨的“道德尊崇”类同这幅风景画从平淡、无人和老一套的景色进化至第307页所描述的丰富景色，令读者想到风景画是一种构思，一种象征体——而“自然”则是随意的现象。

27/1 mon oncle d'Amérique：法语；传说中富有的美国舅舅死了，给某人留下一笔财富；这是许多老一套情节剧的台词。

27/2 南森……护照：二战之前颁发给欧洲流亡国外者的特殊护照；该文件在短篇小说《那曾是在阿勒颇……》中是着笔重点（《纳博科夫的“一打”》，1958）。

[1] Nansen的发音与nonsense（胡闹）一字近似，所以下文说“或者不如说是胡闹的护照”。

易地混过去。尽管我耐心地对她描述美国，那个充满肤色红润的儿童和参天大树的国家，说那儿的生活要比沉闷、阴暗的巴黎有明显的改善，但她仍然无精打采。我断定准是得到préfecture去排长队和办其他一些手续才弄得她这样。27/3

27/3 préfecture：法语；警察总局。

有天早上，我们从一幢办公大楼出来，她的证件差不多都办妥了。这时候，在我身旁一摇一摆地走着的瓦莱丽亚，一句话也不说，忽然使劲地摇晃起她那卷毛狗般的脑袋。我让她摇晃了一会儿，才问她是不是有什么心事。她回答说（我把她讲的法语翻译出来，那句法语，我想，也是从一句斯拉夫语的陈词滥调译过来的）：“我生活中另外有一个男人。”

嗳，在一个丈夫听来，这可是一句很不入耳的话。我承认，这句话叫我两眼发黑。当时在街上就地狠狠揍她一顿，像一个老实、粗俗的人会做的那样，那是行不通的。多少年暗自忍受的煎熬教给了我超人的自我克制能力。有辆招揽生意的出租汽车已经沿着街边缓缓行驶了好一会儿，于是我领着她坐进那辆汽车。在车上这个不大会受人打搅的环境里，我平静地提议她把自己的胡言乱语解释一下。心头涌起的一阵怒火叫我透不过气来——倒并不是因为我对这个滑稽人物，亨伯特太太，有什么特别的喜爱，而是因为合法不合法的结合问题应当由我一个人来决定。而她，瓦莱丽亚，这个喜剧性的妻子，如今竟厚颜无耻地准备照她的方式来支配我的舒适生活和命运。我要她说出她情人的姓名。我把这个问题重复了一遍，但她老像作滑稽表演似的叽里咕噜地说着话，讲她跟我生活在一起不幸福，宣布了她想立刻离婚的种种计

28/1 划。“Mais qui est-ce？”我终于吼起来，用拳头在她的膝盖上打了一下。而她却毫不畏缩，只是目不转睛地望着我，好像答复实在简单得根本不用言辞说出来。接着，她迅速耸了耸肩，指了指那个出租汽车司机的粗脖子。他在一家小餐馆的门口停下车，作了自我介绍。我不记得他的滑稽可笑的名字了，但是经过这么多年以后，他的样子依然清楚地浮现在我眼前——一个身材矮胖的白俄前上校，留着两撇浓密的小胡子和一个平头。在巴黎，有成千上万这样的人从事这种愚蠢的职业。我们在一张桌子旁坐下；那个俄国保皇党人要了酒；瓦莱丽亚把一条潮湿的餐巾搭在膝盖上以后，又接着往下说——是在对我灌输，而不是在对我说话。她滔滔不绝地把话注入这个尊贵的容器，我从来没想到她有这样流利的口才。而且，她还不时对她那个呆头呆脑的情人吐出一大串斯拉夫语。这种局面真是荒谬可笑；等到那个上校司机带着占有瓦莱丽亚的微笑，打断了她的话，开始说出他的看法和计划时，这种局面就变得越发荒谬可笑。他小心翼翼地讲的法语带着

28/1 Mais qui est-ce？：法语；可是究竟是谁呢？

一种十分难听的口音。就用这种口音，他描述了他打算跟他的年轻妻子瓦莱丽亚手拉着手共同进入的那个爱情和工作的世界。这当儿，瓦莱丽亚却在他和我之间修饰打扮起来，先在她噘起的嘴唇上涂些口红，接着把下巴颏儿叠成三重地去拉扯衬衫的胸部，等等。他谈论着她，好像她并不在场，又好像她是一个受监护的小孩，为了她本身的利益，正从一个明智的监护人手里转给另一个更明智的监护人。尽管我抑制不住的愤怒可能夸大并毁坏了某些印象，但我可以发誓他确实向我请教了瓦莱丽亚的一些情况，诸如她的日常饮食、她的经期、她的衣服以及她读过的书或该读的书。“我想，”他说，“她大概会喜欢《约翰·克利斯朵夫》的吧。”哦，他简直 28/2
是个学者，塔克索维奇先生。

28/2 简直是个学者：法国人罗曼·罗兰（1866—1944）的十卷本《约翰·克利斯朵夫》（1904—1912）是一部全景式社会小说。亨·亨不喜欢，纳博科夫也不喜欢（见《普宁》，第142页）。

我结束了这场毫无意义的谈话，提议瓦莱丽亚立刻回去收拾她的那点财物。那个平凡迂腐的上校听到这话，便十分殷勤地提出可以把那些东西搬上汽车。于是他重新干起他的本职工作，开车把亨伯特夫妇送回他们的住处。一路上，瓦莱丽亚都在说话，威严的亨伯特和渺小的亨伯特商议着亨伯特·亨伯特是不是应该把她或她的情人杀死，或是把他们俩都杀死，或者一个也不杀。我记得从前摆弄过一个同学的自动手枪。那时候（我大概没有提过那个时期，不过没有关系），我胡乱想过要得到他的小妹妹，随后再开枪打死自己。他的小妹妹是一个轻盈美妙的性感少女，头发上扎了个黑蝴蝶结。现在我暗自纳闷，不知瓦莱契卡（上校就这么叫她）是否真的值得给开枪打死，用手勒死，或者给水淹死。她生着两条十分脆弱的腿，因此我决定，一等到只剩下我们俩的时候，我就要狠狠地给她一下，仅限于此。

可是我们始终没能单独待在一块儿。瓦莱契卡这时泪如泉涌，把脸上彩虹般的妆容搅得一塌糊涂，她随随便便地信手把东西装满一个大衣箱、两个小提箱和一个塞得满满的纸板箱。那个该死的上校一直在四周踱来踱去，因而穿上我的登山皮靴、连续猛踢她的屁股的种种幻想当然不可能付诸实行。我不能说上校的举止傲慢无礼，或者表现得那样。相反，作为把我骗进去的这场戏剧表演的一段小插曲，他表现出一种周到、老派的礼貌，他的动作不时给各种各样发音错
29/1 误的道歉打断（j'ai demannde pardonne——请原谅——est-ce que j'ai puis——我可不可以——等等）。当瓦莱契卡一挥手把她粉红色的短裤从浴缸上面的晾衣绳上取下来的时候，他十
29/2 分得体地背过脸去，但他立刻似乎在房里变得无所不在，le gredin，使自己的身体和公寓的结构完全协调起来，他坐在我的椅子上看我的报纸，解开一根打结的绳子，卷了一支烟，

29/1 j'ai demannde pardonne：法语；请原谅。时态不对（应该是“je”）；拼写也有错——两个词都多了一个n——用来表明俄国口音。

29/2 le gredin：法语；坏蛋、恶棍。

点了点茶匙的数目，走进浴室瞧瞧，帮助他的婊子女人包起她父亲给她的那台电风扇，随后把她的行李抬到街上。我抱着两只胳膊坐在那儿，半边身子靠着窗台，心里痛恨和厌恶得要命。最后两个人总算走出了这套颤动的房间——我在他们身后砰地把门关上，那声震动仍在我的全部神经里轰鸣。这真是一个窝囊的代替办法，我原该按照电影里的通例，用手背猛打一下她的颧骨。我把自己的角色演得很糟，接着笨重地走进浴室去查看一下他们有没有把我的英国香水拿走。他们倒没有；不过我非常厌恶地发现那个沙皇的前顾问在彻底解除了他膀胱的负担后，竟然没有抽水冲洗马桶。这汪阴沉的外国的尿以及在其中分解的一个潮乎乎、黄褐色的烟头叫我感到似乎受了奇耻大辱，我狂怒地四下寻找武器。实际上，大概也只是俄国中产阶级的礼貌（或许还带点儿东方风味），促使那个好心的上校（马克西莫维奇！他的姓突然一下 30/1
子回到了我的记忆中），一个像他们所有那类人一样十分拘谨刻板的人，用颇有教养的静默掩盖他私下的需要，免得在他自己那阵不大张扬的淅沥声上，用一片不雅的瀑布奔腾的水声来突出主人住房的狭小。可是当时我心里并没有这种想法。我气得哼哼唧唧，在厨房里四处寻找一样比扫帚合用的工具。接着，我又放弃搜寻，冲出房子，勇敢地决定赤手空拳地去

30/1 马克西莫维奇……回到了我的记忆中：见第28页底端。

揍他。尽管我生来十分健壮，但我并不是拳击手，而那个矮墩墩的肩膀宽阔的马克西莫维奇看上去却像铁打的一般。街上空空荡荡，一点儿也看不出我妻子离去的痕迹，只有她掉在烂泥地上的一颗莱茵石纽扣，她曾把它放在一个破盒子里，毫无必要地保留了三年。也许，街上那片空旷的景象倒免得我给揍得鼻子出血。可是没有关系。到适当的时候，我会作一点小小的报复。帕萨迪纳[1]的一个人有天告诉我，娘家姓兹鲍罗夫斯基的马克西莫维奇太太一九四五年前后因为分娩去世。那对夫妻不知怎么去到加利福尼亚，被一位美国著名的人种学家用于他主持的一项长达一年之久的实验，两人从而领取优厚的薪金。这项实验研究的是人始终趴着吃香蕉和海枣食物所会有的人类及人种反应。把这件事告诉我的人是一个大夫。他发誓说他曾亲眼看见肥胖的瓦莱契卡和她的上校（那时头发也花白了，而且也很肥胖）在一套灯火通明的房间里（一间房里放着水果，另一间房里放着饮用水，还有一间房里放着草垫，等等），跟其他几个雇来的四足动物一起在打扫干净的地板上奋力地爬来爬去。那几个家伙都是从穷困无助的人中选出来的。我想从《人类学评论》上找到这些试验的结果，但是好像还没有发表。这些科学成果当然需要
31/1 一些时间来完成。我希望真要发表的时候，能附一些精彩的

[1] Pasadena，美国加利福尼亚州西南部的一个城市，靠近洛杉矶。

31/1 完成（fructuate）：罕见的用法；结果，有成果。

照片加以说明，不过一所监狱图书馆恐怕不会收藏这种学术
著作。目前拘禁我的这所监狱尽管受到我的律师的赞赏，却
是一个很好的实例，可以说明监狱图书馆在选择书籍方面所
受到的那种愚蠢的折衷主义的支配。当然，他们有《圣经》
和狄更斯全集（很古老的一套，是纽约G. W.迪林厄姆出版公
司1887年出版的），还有《儿童百科全书》（里面有些穿着短
裤的金黄色头发的女童子军拍得很好的照片）和阿加莎·克 31/2
里斯蒂的《一桩公布的谋杀案》；可是他们也有下面这样一些
才气焕发的无聊作品，诸如一八六八年波士顿出版的《重访
威尼斯》的作者珀西·埃尔菲恩斯通著的《一个在意大利的 31/3
流浪汉》和一部比较新的《舞台名人录》（1946）——演员、
制片人、剧作家和一些静态场景的照片。昨天晚上翻阅这部
《名人录》的时候，我见到了逻辑学家憎恶而诗人爱好的那种 31/4
令人惊叹的巧合。我把那一页大部分抄录如下：

> 皮姆，罗兰。一九二二年生于马萨诸塞州的隆迪。 31/5
> 在纽约州德比市埃尔西诺尔剧院接受舞台训练。在《阳 31/6、31/7
> 光突现》中首次登台。参加演出的剧目主要有：《两个街
> 区以外》《绿衣少女》《凑合在一起的丈夫》《奇异的蘑 31/8
> 菇》《一触即发》《可爱的约翰》《我梦见你》等。

31/2 阿加莎·克里斯蒂:《一桩公布的谋杀案》的确是英国著名悬疑小说作家阿加莎·克里斯蒂（1891—1976）1950年撰写的一部小说。下一页的确公布了一桩谋杀（克莱尔·奎尔蒂的；见32/5）。

31/3 珀西·埃尔菲恩斯通（Percy Elphinstone）：据纳博科夫所言，埃尔菲恩斯通和他的书也都是真实的，虽然无法查证。纳博科夫回忆曾经“在近乎监狱图书馆的一家医院图书馆”里找到了《一个在意大利的流浪汉》。但是埃尔菲恩斯通城镇（第238—247页）是捏造的。亨·亨称安娜贝尔为“最初那个决定命运的小精灵”（第18页）；洛丽塔在中西部的家乡是皮斯基（Pisky），这是小淘气（pixie）或小精灵的另一种形式（第46页）。亨·亨认为是“神奇的机会使我看见一个跟洛丽塔年岁相仿的讨人喜欢的孩子”（第126页）。亨·亨把洛丽塔放在埃尔菲恩斯通医院，这是他最后一次看见他最初那位“小精灵”的小仙女化身的地方（第246页）；对于他，“童话”（他想象自己是一个“童话护士”［第39页］）在埃尔夫的斯通（Elph's Stone）结束，正如在“小精灵”之城（the town of “elf”）开始。跟踪他们的奎尔蒂被视为“魔王”，他是歌德同名诗篇中的精灵之王（见240/2）。在“着魔的猎人”旅馆，在亨·亨第一次占有洛丽塔的夜晚，他说道，“没有什么比她那……光溜溜的脖子上那略微发紫的斑点更孩子气的了，那是神话中的吸血鬼在她的脖子上痛饮一顿的结果”（第138—139页）。结果奎尔蒂的帕沃尔（Pavor，拉丁语：害怕、恐惧）府位于格林路（第291页），当亨·亨去杀他时，门“一下子开了，就像中世纪的童话故事当中那样”（第294页）。亨·亨送给洛丽塔的生日礼物是豪华版安徒生的《美人鱼》（174/5）；暗指了《汉泽尔和格雷特尔》《美女与野兽》《睡美人》《皇帝的新装》（201/1）和《蓝胡子》（243/3）。亨·亨宣称，“我是一个多么滑稽、笨拙、犹豫不决的白马王子啊!”（第111/109页）。《洛丽塔》的“故事”——或者按惯常的说法，“情节”，可以用三句话来解说——简单，其欺骗、迷惑和变态的主题都近似于童话故事（见16/6）；而反复出现的地方和主题以及三位主要角色的存在都令人想到那些典型故事的程式化设计和对称（见265/2）。但是纳博科夫“童话公主”（第52页）的命运和小说的结局却反转了童话的进程，即使亨·亨给了洛丽塔一个程式化童话故事结尾的机会:“往后，我们一起快乐地生活”（第278页）。

童话故事因素具有远远超出它相对《洛丽塔》的局部重要意义。数部纳博科夫的小说和诗歌之所以都是“童话故事”，在于它们的背景是想象之地。这些地方从他五部未翻译的俄语作品（1924—1940）延伸至《庶出的标志》中的帕多格勒（1947），至《微暗的火》中的赞布拉王国（1962），最后是《爱达或爱欲》（1969），其中整个宇宙都是重新想象出来的。国王查尔斯被囚禁在他自己的赞布拉王宫里，无助地朝下看着“一些轻巧自如的年轻人在一个宛如神话中的体育俱乐部里耸身跃入游泳池”（第119页）；他逃跑后，在一个温暖的农舍停留，吃上了“一顿面包和干酪那种童话般的美餐”（第140页）。《爱达或爱欲》是纳博科夫最为狂放的幻想之作，当然有丰富的童话故事典故（见第5［“基特支湖”］、87、143、164、180、191、228页［Cendrillon=灰姑娘=第114和397页的Ashette］、第281和287页）。上帝在《爱达或爱欲》中被称为“Log”，《绝望》（1934）中的赫尔曼说他无法相信上帝，因为“有关他的童话故事并不是我的，它属于陌生人你，属于所有人……”（第101—102页）。在《斩首之邀》（1936）中，辛辛纳特斯赞颂想象的力量，皮埃尔先生回答说，“只有在童话中才有越狱这一说”（第114页）。《神仙的女儿》（*The Fairy's Daughter*）这部未翻译的儿童幻想诗作收入《天路》（1923年，这一年纳博科夫将《爱丽丝梦游仙境》译成俄语［见131/1］）；俄国移民故事《一个童话》（*A Fairytale*，1926）叙述了一位胆小而沉溺于色情的男人想象自己拥有一个后宫。他与某个女人做交易，结果那女人是魔鬼，她让他可以想选择多少女人就有多少女人，只要总数是奇数就行。但是他两次选择了同一位女孩（一个性感少女），结果总数是十二，而非十三，他的希望破灭了（该故事译为《儿童故事》［*A Nursery Tale*］，收入《暴君的毁灭》，1975）。金波特描写海丝尔·谢德最后闹鬼的那个守灵夜，如他的小戏剧《闹鬼的谷仓》中想象的那样，此前他指出，“童话故事里一般都有‘三个夜晚’，眼下这个令人伤心的童话故事也有那第三个夜晚”（《微暗的火》，第190页）。“说到小说，您该记得咱们，您，您的老伴和我，有一次认为普鲁斯特那部粗糙的佳作是个庞大而恐怖的神话故事”（第161—162页）；《爱达或爱欲》中还提到“奥斯伯格（Osberg）”（指博尔赫斯［Borges］；换音构词）“那装模作样的童话故事”（第344页）。

在康奈尔（笔者是1953—1954年间纳博科夫在该校的学生），纳博科夫的第一堂课开始总是说:“杰出的小说高于一切杰出的童话故事……文学并不讲真话，却捏造真话。据说文学诞生于男孩在被狼追赶时喊叫‘狼来了！狼来了!’，其实这并非文学的诞生；相反，它诞生于男孩喊叫‘狼来了’但受骗的猎人没有看见狼的那一天……艺术的魔力表现在梦见狼，表现在捏造出来的狼的幻影里。”如《导言》所指出，纳博科夫不厌其烦地向读者展示男孩一直在喊叫“狼来了!”，纳博科夫艺术的主题有一部分就在于老男孩与不存在的狼之间的关系上。见32/7。

31/4 诗人爱好的……令人惊叹的巧合：纳博科夫作品中随处可见的“诗人爱好的”巧合。《舞台名人录》中匀勒的词语表达和“巧合”非常重要，因为亨·亨提到了“演员、制片人、剧作家、静态场景拍摄”，这些都预示了小说的情节发展。这部杜撰的年鉴中的三个条目分别代表亨·亨、洛丽塔，显然还有奎尔蒂。

31/5 皮姆，罗兰：皮姆是爱伦·坡的《戈登·皮姆历险记》（*The Narrative of A. Gordon Pym*，1838）中的主角;《纳博科夫诗集》中的诗篇《冰箱醒来》(“The Refrigerator Awakes”；1942，12页）中也提到了他。这个名字很适合亨·亨，如同皮姆的叙述那样，他也是第一人称叙述，以玩笑骗人开始，但逐渐发展成非常不同的东西。见251/3，了解“霍克斯顿”（Hoaxton）。至于“罗兰”，纳博科夫并无意暗指中世纪的《罗兰之歌》、阿里奥斯托（Ariosto）的《疯狂的罗兰》(*Orlando Furioso*）或勃朗宁的《罗兰公子》(“Childe Roland”)。有关爱伦·坡，见9/2。

31/6 纽约州德比市埃尔西诺尔：这两个地方都真实存在。后者令人想到哈姆雷特的城堡，是剧院的常见名称。纳博科夫经常会暗指《哈姆雷特》。在《斩首之邀》中，皮埃尔先生和辛辛纳特斯“穿着同样的埃尔西诺尔夹克”(第182页)；在《爱达或爱欲》中，凡·维恩第一本书的书评者被称为“著名伦敦周刊《埃尔西诺尔》的首席小丑”(第343页)；在《尼古拉·果戈理》中，“哈姆雷特是神经质学者的狂野梦幻”(第140页)。《庶出的标志》第七章也表明了纳博科夫自己深厚的莎士比亚学养，该小说呈现了《哈姆雷特》这部戏剧的极权主义国家的版本。纳博科夫自己在该书“时代阅读经典文库”版的《导言》中解释了这一章（重印在佳酿版《庶出的标志》中)。《塞巴斯蒂安·奈特的真实生活》的叙述者是塞巴斯蒂安的同父异母弟弟，他驳斥一部有关奈特的传记，指出传记作者古德曼先生在他的书中掺和了好几个捏造的故事，仅仅因为爱捉弄人的塞巴斯蒂安自己这么说过：“第三个故事：塞巴斯蒂安谈论自己的第一部小说（未出版，已毁)，解释说故事有关一位肥胖的年轻学生，回到家乡发现母亲嫁了自己的叔叔，这个叔叔是耳科专家，谋杀了该学生的父亲。古德曼先生没有领会这个玩笑”(第62页)。有些读者意识到塞巴斯蒂安的陷阱浓缩了纳博科夫的方法，无疑会同情不幸的古德曼先生。有关《洛丽塔》中另一个暗指《哈姆雷特》之处，见150/2。更多莎士比亚典故，见第177、191页（《驯悍记》)、243页（《罗密欧与朱丽叶》）和265页（《李尔王》)，还有157/3、251/14、301/3（《麦克白》)，相关概述的注释，见284/4。

31/7 在《阳光突现》中首次登台：见第90页，亨·亨提到夏洛特·黑兹的即将死亡为“最终的阳光突现”，因为这的确将使他能开始与她女儿的关系。除非特别注释之外，《舞台名人录》中的条目都不涉及典故，没有特殊意义。

31/8 《奇异的蘑菇》:“皮姆”竟然会出现在奎尔蒂撰写的一部剧中，这是“令人惊叹的巧合”(见下一个条目)。至于“蘑菇”的具体来源，文学史可能会得益于纳博科夫讲述的奇怪的事实：“在某个‘案件’集中，我发现一个小女孩称她叔叔的器官为‘他的蘑菇’”。这种植物实际上在许多文化中都是一种性符号，在《爱达或爱欲》(第405页）里，有张照片显示“那种伞帽很紧窄的羊肚菌在苏格兰法律上被称作……‘勃立之王’”。

31/9 奎尔蒂，克莱尔：虽然小约翰·雷在《序文》中有所暗指（见4/9)，但这是第一次呈现无所不在的奎尔蒂的全名（《导言》中讨论了奎尔蒂的作用，第XXI—LXXVII页，各处)。几乎直到《洛丽塔》的结尾，亨·亨才透露奎尔蒂的身份，而通过一连串线索来对其加以引证则是该小说特别令人感到愉悦的地方。以下所有提到和暗示奎尔蒂的地方均可以展示他的重要性：第4、31、32、43、63、64、69、78、89、117、121、126—127、130、138、139页；(第二部）第152、159、163、170、186、196、200—202、203、207—209、211、213、215、217—223、224、226—228、232、235、236—238、240—243、246—252、262、271、277、279、282、290、292、293、305、306、307、309页。接下来会充分注意奎尔蒂每次出现或者被提及之处，但是有这个浓缩的列表，读者应该能够辨认出奎尔蒂，只要他出现在某一页或被提到。这一列表也纳入了我1967年发表在《威斯康星当代文学研究》上的文章,《洛丽塔：恢谐模仿的跳板》(第225页)，我1968年发表在《丹佛季刊》上的文章,《纳博科夫的欺诈艺术》也收录了这个列表（见参考文献)。还可参见《解锁》第57—78页。另有一部杰出的辅助文献，是阿尔伯特·J.格拉尔德（Albert J. Guerard）编辑的《替身的故事》(*Stories of the Double*)。

杀死奎尔蒂（第293—305页）这一幕并非按顺序写的，而是在撰写《洛丽塔》的早期就已经写好了。纳博科夫说：“我心里必须十分清楚他死时的情景，才能控制他早期的出场。”纳博科夫从《洛丽塔》的最后定稿中删去了奎尔蒂表现突出的三个场景：在夏洛特·黑兹的俱乐部里的发言（见78/1)；与洛丽塔的朋友莫娜的相遇；在排练他自己的剧作时出现（该剧由洛丽塔主演)。删去这三个场景，是因为这种突出的表现干预了奎尔蒂对洛丽塔的追逐活动的结构和节奏，削弱了环绕其身份的神秘性。此外，后面两个场景还会导致最为尴尬的叙述问题，因为亨·亨不可能叙述这些场景，纳博科夫必须等待机会让洛丽塔在他俩重要的冲突场景（第260页等）中来叙述，这会显得很笨拙。见35/3，了解另一个被删去的场景。

31/10 《小仙女》：同《父爱》(同一条目）一样，这恰好是亨·亨另一个险恶的自我能够创作出来的那种作品。

31/11 《爱好闪电的女子》(*The Lady Who Loved Lightning*)：此处纳博科夫明确了一个推测：这就是亨·亨和洛丽塔在韦斯观看的那部未曾提及名称的戏剧（第220—221页)。见第220页；洛丽塔说：“我不是一位大小姐，并不喜欢闪电。”虽然亨·亨的母亲是被闪电击中而亡（第10页)，纳博科夫此处并无意交叉参照；但是他承认，“这种联想舒适诱人”。戏剧名称中的“Who”在1958年版中没有大写；此处纠正了错误。

31/9 奎尔蒂，克莱尔。美国剧作家。一九一一年生于新
泽西州欧欣城。曾就读于哥伦比亚大学。开始经商，后
31/10、31/11 转而从事剧本创作。作品有《小仙女》、《爱好闪电的女
31/12、31/13、31/14 子》(和维维安·达克布鲁姆合作)、《黑暗时代》、《奇
异的蘑菇》、《父爱》等。他为儿童写的许多剧作特别
31/15 出名。《小仙女》(1940)在纽约终演的那个冬天，行程
31/16 一万四千英里，一路演出了二百八十场。个人爱好：跑
车、摄影、畜养宠物。

31/17 奎因，多洛蕾丝。一八八二年生于俄亥俄州德顿。
在美国艺术学会学习舞台表演。一九〇〇年首次在渥太
32/1 华演出。一九〇四年以《千万不要对陌生人说话》一剧
在纽约初次登台。在上演了（以下是大约三十出戏的名
32/2 单）后，就不知去向。

我的恋人的醒目的名字怎么竟会加到一个老巫婆似的
女演员身上，这一点想起来仍然叫我痛苦无奈地十分震惊！
说不定，她也可以成为一个女演员。生于一九三五年。曾在
32/3、32/5 《被谋杀的剧作家》中演出（我发现我在前面一段中的笔误，
32/4、32/6 不过请别改正，克拉伦斯）。奎因这头猪。犯了谋杀奎尔蒂的
32/7 罪。哦，我的洛丽塔，我只好玩弄文字了！

31/12 和维维安·达克布鲁姆合作：至少她应该被称为奎尔蒂的合作者，因为“她”是弗拉基米尔·纳博科夫的字母重组。

31/13《黑暗时代》：见262/7，亨·亨暗指了其作者。

31/14《奇异的蘑菇》：见上述31/8。

31/15 纽约……行程一万四千：但是亨·亨“加倍了”奎尔蒂，因为他将同小仙女旅行二万七千英里左右（见第175页），而奎尔蒂的这部“戏剧”在路上巡演的路程大约只有这一半。

31/16 个人爱好……宠物：这三种“个人爱好”预设了奎尔蒂对亨·亨和洛丽塔的追踪（跑车）、热衷养狗（见246/1），还有他将强迫他最喜爱的“宠物”出演的色情电影（见276/2）。

31/17 奎因，多洛蕾丝（Quine, Dolores）:“多洛蕾丝”是洛丽塔的名字（见9/5），而“奎因”则既回应奎尔蒂，构造一种谴责他的内在韵律（32/6），同时也是双陆棋戏（十五子棋的一种形式）中“两个五点”的法语。尽管纳博科夫说此处他无意于任何典故，但“*Une quine à la loterie*”这个法语词组意为一种竞价，一种优势，描述了亨·亨和奎尔蒂对洛丽塔的各种竞价，以及本书的游戏因素如何操纵读者（见第299页）；奎尔蒂大声朗读亨·亨的诗句:“因为你利用了我的不利条件。”

32/1 《千万不要对陌生人说话》：这不是随意的标题。见第138页（“就不和陌生人说话”，亨·亨告诫洛丽塔）和309/1，他重复和扩展了这个父亲的忠告:“务必忠实于你的（丈夫）。不要让别的家伙碰你。不要跟陌生人谈话。”

32/2 就不知去向：见下一条注释，和第253页，亨·亨说，“我已讲到可以被称作‘*Dolorès Disparue*’的部分”（该戏剧基于《女逃亡者》［*Albertine disparue*］，这是马塞尔·普鲁斯特《追忆逝水年华》法语原版倒数第二卷的标题）。此处纠正了1958年版的一个错误（更换了最后一个括号和最后一个词后面句号的位置）。

32/3 我发现我在前面一段……：此处“笔误”指“不知去向”代替“出现了”，再一次预示他的损失。洛丽塔将要出演奎尔蒂的一出戏剧《着魔的猎人》。见第200—202页。这是完整理解小说的关键。

32/4 克拉伦斯：亨·亨的律师，这部“未修订”文稿就是交给他的。见第3页。

32/5 《被谋杀的剧作家》：完成了预设上面宣布的谋杀（31/2）。亨·亨现在明确地表示他将杀死奎尔蒂（第293—305页），另外还对此预设了几次（见45/4和47/6）。通过巧妙地将《舞台名人录》置于《洛丽塔》较前面的部分——如同在赫尔曼·梅尔维尔的小说《骗子》（1857）第三章里，几内亚黑人列举了那个骗子的一连串化名——纳博科夫给予读者一个机会，使他们能随着小说展开而至少做些这样的联想。

32/6 奎因这头猪……我的洛丽塔：奎尔蒂和“我的洛丽塔”，见45/1和192/2。

32/7 我只好玩弄文字了：即使亨·亨只有文字，读者也必须考虑他非凡地操纵文字这件事情的含意。考虑到他的叙述所产生的条件，这种在名副其实的神经中心的穿梭交织展示了设计和顺序安排的能力，是只有超越本书之外那位善于操纵的作者才能企及的。《舞台名人录》是戏剧年鉴，这并非巧合，因为从中旋绕出来的关系错综复杂，表明剧作家奎尔蒂、亨·亨和洛丽塔，以及《舞台名人录》中作为他们替身的男女演员全都在纳博科夫的另一个木偶戏中表演。亨·亨说奎尔蒂，“但让我知道（黑暗中）他在那儿的，是把螺钉转下发出的擦刮声，接着传来一阵谨慎的咯咯声，最后是把螺钉转还原的平静的声音”——来自车间的声音（第126页）。“再猜猜看，‘潘趣’。”亨·亨对奎尔蒂说（第296页）；关于他俩的搏斗，亨·亨说，“他和我像两个用肮脏的棉花和破布填塞成的假人”（第299页）。小说第一次提到奎尔蒂之处就因此提供了一个概括性的词语（4/9）；因为《洛丽塔》中无数错综复杂的词语表达和相互参照都代表了“维维安·达克布鲁姆”的“线索”，并且表明作者的意识在某种程度上深刻地纠缠在一个在各种文学方法上都无疑是与其分离的故事里。

由于认识到小说貌似真实的伪装，读者通过这本书本身获得了对它的全景认识，其斑驳的表面现在显露的式样似乎差不多全是视觉上的。在《说吧，记忆》1966年版的《序文》中，纳博科夫说他在为该书第一版寻找一个标题时，曾经“试想过用The Anthemion这个名字，这是一种忍冬形装饰，包括复杂精美的枝叶交织和扩展的花簇，可是没人喜欢”；这也很适合作《洛丽塔》的副标题，即使有些做作（也适用于纳博科夫其他几部作品）。宏大的忍冬花纹饰缠绕着亨·亨的叙述，如同某种宽广的作者的水印，精巧安排的头韵、“巧合”、叙述的“前后矛盾”、鳞翅目昆虫参照、“隐秘的色彩”以及奎尔蒂的阴影和身影勾勒出了它的轮廓。

九

离婚手续耽误了我的行期。另一场世界大战的阴影已经笼罩全球。我得了肺炎，在葡萄牙厌倦无聊地过了一个冬天以后，才最终到了美国。在纽约，我急切地接受了命运给予我的那份轻松的工作：主要就是花费心思编写香水广告。我很喜欢广告这种散漫的性质和冒充文学的外表，每逢我没有什么更好的工作干的时候，就去干这活儿。另一方面，纽约一所战时大学要求我完成我为英语学生编写的法国文学比较史。第一卷的编写花费了我两三年的时间。在那两三年里，每天我多半工作十五小时。当我回顾那段日子的时候，我看到它们整齐地分成充实的光明和狭窄的阴影两个部分：光明是指在宽敞宏伟的图书馆里进行研究工作所得到的安慰，阴影是指令我备受煎熬的欲望和失眠症，这些已经讲过不少了。读者眼下已经对我有所了解，可以很容易地想象出当我极力想瞥见在中央公园玩耍的性感少女时（嗨，总是离得很远），我会变得多么暧昧和激动；而当那些花哨的、除过臭气的职业妇女，给某个办公室里的某个色鬼不断往我身上推卸时，我又感到多么厌恶。让我们跳过这一切吧。我的健康十分糟糕地忽然垮了，于是在一家疗养院里住了一年多。我又回去工作——结果又住进了医院。

健全的户外生活好像可以给我带来一些好处。我特别喜
欢的一个大夫是个十分风趣、玩世不恭的家伙，留着一小把 33/1
褐色的胡子；他有个弟弟，当时正要带领一支探险队去加拿
大的北极地区。我也加入了探险队，作为一个“精神反应的
记录人”。我同两个年轻的植物学家和一个老木匠不时分享到
（始终不很顺利）我们的一位营养学家安尼塔·约翰逊医师的
眷顾——说来令人高兴，不久她就给飞机送回去了。有关探
险队此行的目的我也并不怎么清楚。根据参加的气象学家的
人数来看，我们可能是在追踪那个摇摆不定的北方磁极，一
直追到它的巢穴（我猜想是在威尔士太子岛[1]的什么地方）。
有一组人和加拿大人一起在梅尔维尔海峡的皮埃尔岬建立了一 33/2
座气象站。另一组人受到同样错误的引导，去采集浮游生物。
第三组人则在冻原地带研究肺结核病。伯特，一个电影摄影
师——一个心神不定的家伙，有一阵子，我奉命和他一起承担
一大堆粗活儿（他也有一些精神上的毛病）——坚持说我们队
伍里的大人物，那些我们始终没有见到的真正领袖，主要从事
核查工作，看看气候改善对北极狐的皮毛所产生的影响。

[1] 加拿大北部西北地区的一个岛屿。

33/1 十分风趣……的家伙（charming ... chap）：这段一连串精心控制的头韵突出了《舞台名人录》的重要意义，下一页的一句话亦然（34/3）。

33/2 梅尔维尔海峡的皮埃尔岬：亨·亨的杜撰，源自赫尔曼·梅尔维尔（1819—1891）的《皮埃尔》（*Pierre*，1852），暗喻第九章的开头：一位冒冒失失，追求真相的“北极探险家”在北极“丢失了心灵的指南针，它只会指向其荒凉孤寂……”皮埃尔死在监狱里，正如亨·亨。梅尔维尔阴郁的“拜伦式”主题恰如其分。

我们住在前寒武纪[1]花岗岩世界中一些木头造的活动房屋内。我们有大批生活用品——《读者文摘》、冰淇淋搅拌器、化学掩臭剂、圣诞节用的纸帽子。尽管生活异常空虚沉闷，或许正因为如此，我的健康却神奇地好转了。四周都是矮柳灌木丛和地衣之类蔫头耷脑的植物；这些植物大概又受到呼啸的大风的渗透和清洗；在一片完全清澈的天空下（不过透过那片天空，什么重要的东西也看不见），坐在一块大石头上，我觉得奇特地脱离了我本人。没有什么诱惑使我发狂。那些胖乎乎的皮肤光滑的爱斯基摩小姑娘，满身鱼腥味儿，生着乌黑难看的头发和豚鼠一般的脸，甚至比约翰逊大夫更不易勾起我的欲望。北极地区没有性感少女。

34/1、34/2 我把分析冰河漂流物、鼓丘、小妖精和大城堡的工作交给比我高明的人去做，有一阵子试图草草记下我天真地以为是“反应”的一些情况（比如，我注意到在午夜的阳光下做的梦总色彩鲜艳。这一点也得到了我的朋友那个摄影师的证实）。我还应当在许多重要问题上测验一下我的各个不同的伙伴，比如乡愁、对陌生动物的恐惧、对食物的幻想、夜间遗精、业余爱好、广播节目的选择、看法的改变等等。大家对此都十分厌烦，我不久只好完全放弃了这个计划，不过在我那二十个月的寒带劳动（正像一个植物学家开玩笑地所说的

［1］古生代的第一个纪，延续八千万年。

34/1 小妖精：二战时飞行员中传说的顽皮小精灵，能引起飞机机械故障。鼓丘（drumlins）是“一种拉长或椭圆形的冰川漂流物”的复数（《韦氏词典》第二版）。

34/2 大城堡（kremlin）：此俄罗斯统治中心的名称完成了这一系列音韵配对组合。最好的例子见于《微暗的火》（第803行注释）。纳博科夫持续操纵基本的语言手段——听觉、词形、字母顺序，最后一项最突出。在《微暗的火》中，赞巴拉是“镜子语言”（第242页）；自我的碎裂或完全毁灭在《庶出的标志》中警察国家的言词扭曲里回响，那里“每个人都只不过是其他人的换音重组而已”；也在《微暗的火》的字母顺序和心理逆转中回响——例如波特金—金波特与文字高尔夫和天才的制镜人“博凯的苏达格”（*Sudarg of Bokay*）的索引参照，后者是无所不在的死亡的换音重组和诗意描述，而死亡在《微暗的火》中的代表是赞巴拉杀手贾考柏·格拉杜斯（J［y］akob Gradus），他的阴影贯穿了整部小说及其创作、创作者和读者。

那样）快要结束的时候，又编写了一份完全捏造、十分生动的报告。读者会发现它同时刊登在一九四五年或一九四六年的《成人精神物理学年刊》以及《北极探险》专为那次探险所出的那一期上。总之，那次探险实际上并不跟维多利亚岛上的铜或诸如此类的事情有关，那是后来从我那个亲切友好的大夫那儿知道的；那次探险的真正目的是“秘密的”，所以让我只再说上一句：不管那次探险出于什么目的，反正已经十分出色地达到了。

读者会相当遗憾地知道，回到文明世界不久，我的精神 34/3
错乱（如果必须用这个令人痛苦的名称来指忧郁症和一种难熬的压抑感）又发作了一次。我的彻底康复都亏了我在那家特殊的、费用昂贵的疗养院里接受治疗时发现的一种情况。我发现要弄一下精神病大夫真是其乐无穷：狡猾地领着他们一步步向前；始终不让他们看出你知道这一行中的种种诀窍；为他们编造一些在体裁方面完全算得上杰作的精心构思的梦境（这叫他们，那些勒索好梦的人，自己做梦，而后尖叫着醒来）；用一些捏造的“原始场景”戏弄他们；始终不让他们瞥见一丝半点一个人真正的性的困境。我贿赂了一个护士，看到一些病历档案，欣喜地发现卡上把我称作“潜在的同性恋”和“彻底阳痿”。这场游戏玩得非常巧妙，结果——就我

34/3 读者会相当遗憾地知道……我的精神错乱（……）又发作了一次：亨·亨说对了，读者的确很遗憾听到一位叙述者这样说；亨·亨实际上等于将其叙述包含在这一“不可靠”的提醒之中，因为在快要结尾时（第255页），他漫不经心地提到自己又去了一家疗养院（“我觉得我只是跟现实失去了联系”[只是！——阿·阿]）。纳博科夫的好几个叙述者都是疯子，他们疯狂的作用之一在于戏仿有关虚构小说的关键教条，是暴露实情地戏仿读者自己虚妄的“与现实的联系”。当然，亨·亨的观点并非可信——判断的条件由亨利·詹姆斯设定，得到了珀西·卢伯克（Percy Lubbock）的精炼、福特·马多克斯·福特和约瑟夫·康拉德的实践、两代批评家的制度化、成千上万名写作课程指导者的巩固，而《洛丽塔》错综复杂、有花式图案的表面更清楚地表明了这一点。亨·亨的《舞台名人录》和奎尔蒂“密码文字的追逐”（第250—251页）是作者“嵌入”手段的两个最为重要的浓缩例子，具有典型的方法和效果，因此对称地位于小说的开始和接近结尾处，几乎邻近那些似乎构成精神失常框架的有关精神失常的表白，虽然不能指望这些对称像小说的第一个和最后一个词（“洛丽塔”）那么精准。有关另一个自我反思内省的浓缩例子，见注释51/1—52/3。

的情形而言——又那么可恶，因此在我完全好了以后（睡得很香，胃口像个女学生），我还继续待了整整一个月。接着我又加了一个星期，只为了跟一个强大的新来的人较量所有的乐趣。那是一个背井离乡的（而且的确精神错乱的）名人，
35/1 以有本事让病人相信他们目睹了自己的受孕而著称于世。

35/1 病人……目睹了自己的受孕：纳博科夫始终如一地攻击弗洛伊德。金波特在他的评论中收入了诗歌《微暗的火》草稿中删除的几行诗：

……你那位现代建筑师
跟心理学家相勾结：
在设计双亲的两间卧室时，他坚持
装上不带锁的门，好让
未来江湖郎中的未来病人，在回顾时
可以发现，为他全都设置好了，那
原初场景。（第94页）。

在《说吧，记忆》中，纳博科夫同样"完全摒弃弗洛伊德那庸俗、破烂、根本就是中世纪的世界，连同对性象征神神经经的寻找（类似在莎士比亚的作品中寻找与培根有关的离合诗）"以及从其天然的角落窥视父母爱情生活的痛苦的幼小胚胎（第20页）；而在《爱达或爱欲》中，他注意到"可怜的演说家们在熟悉的梦境里所着迷的暗淡不清的铅笔字迹（西格尼-蒙第欧·弗鲁伊德医生将其归于梦者如何在幼年读到了通奸父母的情书）"（第549页）。有关弗洛伊德，见5/6。

一〇

在签名出院以后，我想到新英格兰乡间或是一个沉睡的小镇（有榆树，有白色教堂）上去找一个地方，可以在那儿靠我积累的一整箱笔记度过一个勤奋用功的夏天，而且可以在附近的湖水中游泳。我的工作又开始引起我的兴趣——我指的是我的学术努力。而另一件事，对我舅舅身后留下的香水买卖的积极参与，这时已经减少到最低限度。

有个舅舅以前的雇员是名门望族的后代，他建议我到他穷困的远亲麦库夫妇家去住上几个月，已经退休的麦库先生和他的妻子想把他们一个故世的姑母安逸地居住过的楼上那层租出去。他说他们有两个小女儿，一个还是婴儿，另一个十二岁了，还有一座美丽的花园，与一片美丽的湖水相去不远。我说这听起来真是非常理想。

我和这对夫妻通了信，向他们表明我是有教养的人，随后在火车上度过了想入非非的一夜，不厌其详地想象着我会用法语指导并用亨伯特方式爱抚的那个神秘的性感少女。我 35/2
提着我那昂贵的新旅行包下了车，没有人在玩具似的小车站

35/2 亨伯特方式（Humbertish）：亨·亨的杜撰；模仿以ish后缀结尾的语言名称（例如Finnish［芬兰语］、English［英语］、Lettish［拉脱维亚语］）。

上迎接，也没有人接我打去的电话。最后，一个心慌意乱、
身上的衣服都湿漉漉的麦库出现在红绿二色的拉姆斯代尔唯
35/3 一的那家旅馆门口，带来消息说他的房子刚刚给烧毁了——
也许是整夜同时在我的血管里肆虐的那场烈火所造成的。他
说他一家都逃到他的农场去了，把汽车也带走了，不过他妻
35/4 子有个朋友，住在草坪街三四二号的黑兹太太，提出由她来
35/5 接待我，她是一个很好的人。住在黑兹太太对面的一位太太
把她的轿车借给了麦库；那是一辆完全老式的方顶汽车，司
机是一个快乐的黑人。现在，既然我到这儿来的唯一原因已
经不存在了，上面说的这种安排看上去就很荒谬。不错，他
的房子得彻底重造，那又怎么样呢？他不是给房子作了充分
的保险吗？我既愤怒又失望又厌烦，但我是一个斯文有礼的
欧洲人，不能拒绝让那辆灵车把我送到草坪街去，否则我觉
得麦库准会想出更精巧的手段来把我甩掉。我看着他急匆匆
地跑走了，我的司机摇了摇头，轻声笑笑。一路上，我暗自
发誓，在任何情况下我都不会考虑在拉姆斯代尔待下去，当
天就要飞往百慕大、巴哈马群岛或布莱兹群岛[1]。在色彩缤
纷的海滩上可能会有一些温柔旖旎的艳遇，这种念头先前一
段时间一直从我的脊骨里缓缓地向外渗透，而麦库的远亲实
际上用他的善意的但如今看来绝对愚蠢的提议使我的那种思

[1] 百慕大是大西洋上英国所属的一组群岛，巴哈马群岛是加勒比海英国所属的一群岛屿，布莱兹群岛不详，可能是作者捏造的。

35/3 房子……烧毁了：纳博科夫在《洛丽塔》的最后定稿中删除了一个滑稽的场景，描述亨·亨乘出租车到达烧焦、湿淋淋、用绳索隔离开的麦库住宅的废墟。亨·亨雄赳赳气昂昂地从车上下来，一大群人对他鼓掌；只有一部百科全书在火灾中幸存下来。他意识到所谓失去辅导“神秘的［麦库］性感少女”的机会根本不是什么损失（见第41页）。纳博科夫在出版了的《洛丽塔》电影剧本中再现了这个场景（被斯坦利·库布里克从电影里删除了）。“尽管［库布里克的］版本借用了足够多的［我的《洛丽塔》脚本］，足以证明我这位脚本作者的法律地位，但最后的产品只不过是我想象中那美妙电影画面的模糊浅薄的一瞥，那些画面是我在洛杉矶的一所别墅里花了六个月的时间一个个场景描绘出来的。我并无意说库布里克的电影很平庸；它属于一流电影，自有其道理，但不是我写的。电影总是以其扭曲的镜头给予被它歪曲和弄得粗糙的小说些许‘庸俗情调’（*poshlust*，见《导言》第XLIX—L页），但我认为库布里克的版本避免了这个缺陷，然而我怎么也想不明白他为何不遵从我的指示和梦想。这非常遗憾；但至少我可以让人们读读我的《洛丽塔》剧本原作”（《巴黎评论》访谈，1967）。三年前，纳博科夫的意见更为肯定，“四位主角值得最高的称赞。苏·莱恩端来早餐托盘或者在汽车中孩子气地拉扯毛衣——这些都是令人难忘的表演和导演手法。杀死奎尔蒂［彼得·塞勒斯饰演］是杰作，黑兹太太［谢利·温特斯饰演；詹姆斯·梅森饰演亨·亨］的死亡也是杰作。但我必须指出，我与实际电影制作没有关系，如果有的话，我可能会坚持强调一些没有得到强调的事情——例如，他们停留过的各种汽车旅馆”（《花花公子》访谈）。在这部1962年发行的电影中，公路和汽车旅馆的场景非常少，因为它是在英国拍摄的。

35/4 三四二号：有关“巧合”，见118/3和248/2。

35/5 住在……对面的一位太太：后来在第55页以及此后提到她时都是“奥波西特小姐”（原文为Miss Opposite，意为“对面小姐”。——译注）。

路急剧地转变了方向。

讲到急剧的转弯，当我们突然转进草坪街的时候，险些

36/1 撞倒一条爱管闲事的郊区狗（就是那种伏在路面上等待汽车的狗）。再朝前一点儿，黑兹家的住宅，一所白色构架、令人厌恶的房屋出现了，看上去又脏又旧，与其说是白色的倒不如说是灰色的——你知道，那种地方，要在浴缸龙头上装一条橡皮管来代替淋浴器。我给了司机一点儿小费，希望他立刻把车开走，这样我就可以偷偷返回旅馆去拿我的旅行包，但他却只朝马路对面走去，因为有个老太太正在门廊上叫他。我能怎么办呢？我按了一下门铃。

一个黑人女佣给我开了门——接着就让我站在擦鞋垫上，径自跑回厨房，因为那儿有什么不该烧焦的东西烧焦了。

前面门厅里装着一只声音和谐的门铃，一个白眼睛的木头玩意儿，是墨西哥产品，另外还有附庸风雅的中产阶级喜

36/2 爱的那幅平庸之作——凡·高的《阿尔的女人》。右手的一扇门开了一条缝，可以看见起居室里的一些情景，一个三角橱里摆了更多的一些墨西哥无聊的玩意儿，沿墙摆着一张条纹花的沙发。门厅尽头有道楼梯。我站在那儿抹去额头上的汗水（这时我才发觉室外天气有多么热），同时为了有件可以观赏的东西，就把眼睛盯着一个放在橡木橱上的灰色旧网

36/1 郊区狗：预示了夏洛特·黑兹的死亡，因为比尔先生在压死她之前转向以避免撞上的很可能就是这只狗（见第102页）。也参见《解锁》，第6页。

36/2 凡·高：《阿尔的女人》（1888）是文森特·凡·高（1853—1890）所作普罗旺斯阿尔镇一位女人的著名肖像画，其批量复制品在美国很流行。亨·亨对凡·高评价不高，纳博科夫的其他角色也持同样意见，在《普宁》中，艺术教师雷克认为“凡·高是个二流画家，毕加索尽管有商业化的癖好，仍然是了不起的”（第96页）；维克多·文德“冷冷地点了一下头”表示认出了带框的凡·高《摇篮曲》的复制品（第108页）。

球。就在这当口，从上面的楼梯口传来黑兹太太的女低音。她伏在楼梯栏杆上，悦耳动听地问道："是亨伯特先生吗？"一小撮香烟灰也跟着从那儿落了下来。不一会儿，这位太太本人——凉鞋、绛紫色的宽松长裤、黄绸衬衫、四四方方的脸依次出现——走下楼梯，她的食指仍在弹着香烟。

我想最好马上描摹一下她的样子，就此了结掉这件事儿。这位可怜的太太年纪大约三十五六，额头显得十分光亮，眉毛都修过了，容貌长得相当平凡，但并不是没有什么吸引人的地方，那种类型可以说是经过冲淡的玛琳·黛德丽。她轻 37/1
轻拍了拍盘在脑后的红褐色的发髻，领我走进客厅。我们谈了一会儿麦库家遭到的火灾和居住在拉姆斯代尔的好处。她那双分得很开的海绿色眼睛十分滑稽地一边上下打量着你，一边又小心避开你的眼睛。她的笑容只是古怪地扬起一边眉毛。她一边说着话，一边在沙发上舒展开身子，一边又不时起身凑向三个烟灰缸和近旁的火炉围栏（那上面放着一只苹果的褐色果心），随后身子又靠到沙发上，把曲起的一条腿压在身子下面。显然，她是那种谈吐优雅的女人，她们的话语可以反映一个读书俱乐部、桥牌俱乐部或任何其他死气沉沉的传统组织的看法，却根本不反映她们自己的心灵；这种女人一点没有幽默感，心里对于客厅谈话可能涉及的那十二三

37/1 玛琳·黛德丽：见9/4，还有第51和101页。

个话题全然不感兴趣，但对这种谈话的规矩却很讲究。我们透过这种谈话其乐融融的玻璃纸外表，轻而易举地就能看出一些并不怎么叫人感到兴趣的失意挫折。我完全清楚万一荒唐地我成了她的房客，她就会有条不紊地着手对我做出接受一位房客对她可能所意味的一切。我就又会陷入我十分熟悉的那种令人厌倦的私情之中。

可是我不可能住在那儿。在这种家庭里，每张椅子上都放着翻脏了的旧杂志，还有一种叫人厌恶的杂交气氛：一面是所谓“实用的现代家具”这种喜剧因素，一面又是破旧的摇椅和上面放着开不亮的台灯的摇摇晃晃的灯桌这种悲剧因素。我在那儿绝不会感到快乐。我给领上楼去，往左——进了“我的”房间。透过完全抵触的雾霭，我把房间仔细察看了一下，倒确实看到“我的”床头上挂着一幅勒内·普里内的
38/1 《克鲁采奏鸣曲》。她把女佣的那间房称作“小工作室”！我一边假装仔细盘算着我那急切的女主人对我的食宿收取的低得荒谬而不祥的价钱，一边坚定地对自己说，还是让我们马上离开这儿吧。

可是，老派的斯文有礼的习惯使我不得不继续接受这场痛苦的考验。我们穿过楼梯平台，到了房子的右边（“我和洛的房间”就在这儿——洛大概是那个女佣）。这个爱好房客的

38/1 勒内·普里内：《克鲁采奏鸣曲》是贝多芬于1805年献给鲁道夫·克鲁采的（此处纳博科夫无意于暗指托尔斯泰的同名短篇小说）。普里内的画作（1898）长期以来一直作为香水广告插画出现在《纽约客》和时髦的妇女杂志上。纳博科夫形容它表现了一位“穿着打扮很糟糕的弹钢琴的女孩在伴奏完后像一片波浪似的从凳子上起身，接受一位毛茸茸的小提琴手的亲吻，湿答答地令人非常反感，却有一种‘忸怩作态’的魅力”。要了解附带香味的版本，可参阅和闻一闻《魅力》时装杂志（*Glamour*），1990年12月版，第49页。

太太让他这么一个喜爱挑剔的男人先去看看房子里那唯一一间浴室。这时，她几乎掩饰不住地打了一个寒颤。浴室是一个长方形的小房间，就在楼梯口和“洛的”房间之间；好些软绵绵的潮湿的衣服悬挂在那个有问题的浴缸上面（里面有一根弯成问号的毛发），还有早就料到会有的那一圈橡皮管以及其他附属设备——一块淡红色的罩布羞涩地盖在马桶盖上。

“我看出来你并没有得到什么太好的印象。”那位太太说，让她的一只手在我的袖子上搁了一会儿：她把一种不顾脸面的急切——我认为是被人称作“沉着自信”那种品质的泛滥——跟一种腼腆和忧伤结合起来。这种腼腆和忧伤使她选词用字的超脱方式显得像一位“语言学”教授的语调一样做作。“我承认这屋子里不很整洁，”那个注定倒霉的可爱的人儿接着说道，“但我向你保证（她望着我的嘴唇），你管保会很舒服，真的很舒服的。我带你去看看花园。”（最后这个词说得比较欢快，嗓音媚人地往上一扬。）

我勉强地又跟着她走下楼去，随后穿过房子右边门厅尽头那儿的厨房——饭厅和客厅也在这一边（在左边，“我的”房间下面，就只有一个汽车房）。在厨房里，那个黑人女佣，一个相当丰满的年轻女人，从那扇通到后面门廊的房门把手上取下她的闪闪发光的黑色大钱包，说道：“我这就走了，黑兹太太。”“好吧，路易丝，”黑兹太太叹了口气说，“我星期五和你结算。”我们往前穿过一间很小的食品储藏室，走进饭厅，饭厅和我们已经欣赏过的客厅是平行的。我发现地板上有一只白色短袜。黑兹太太表示歉意地咕哝了一声，也不停下脚步就弯下身子，把它捡起扔进食品储藏室隔壁的一间小房。我们草草察看了一张中间摆着一个水果盆的桃花心木桌子，水果盆里只有一个还在闪闪发亮的李子核。我摸索着口袋里的火车时刻表，偷偷掏出来，想要尽快找到一班可以坐的火车。穿过饭厅的时候我仍跟在黑兹太太后面，突然眼前出现了一片苍翠——“这是外面的门廊。”在前面给我领路的那个女人大声说。接着，事先一点没有预兆，我心底便涌起一片蓝色的海浪。在布满阳光的一个草垫上，半光着身子，
39/1 跪着转过身来的，正是从墨镜上面瞅着我的我那里维埃拉的情人。

那是同一个孩子——同样娇弱的、蜜黄色的肩膀，同样柔软光滑、袒露着的脊背，同样的一头栗色头发。她的胸口扎着一条圆点花纹的黑色围巾，因而我的苍老而色眯眯的双眼无法看到胸前两只幼小的乳房，可是我在一个不朽的日子抚摸过的那对乳房仍然无法躲过我少年时记忆的目光。同时，
39/2 好像我是童话中一个（迷失路途、受到劫持、被人发现穿着

39/1 从墨镜上面……里维埃拉的情人：墨镜和亨·亨里维埃拉情人的会合表明亨·亨闯入了一个名副其实的失物招领部门（见13/3）。

39/2 童话：见16/6和31/3。

吉卜赛人的破衣烂衫，赤裸的身体从破衣服里对着国王和他
的猎狗微笑的）小公主的奶妈，我一下子认出了她肋上的那
个深褐色小痣。怀着惊惧而喜悦的心情（国王快乐地哭起来，
喇叭嘟嘟地吹着，奶妈完全陶醉了）我又看到了她可爱的、
收缩进去的肚子，我的往南伸去的嘴曾经短暂地在上面停留；
还有那幼小的臀部，我曾经吻过短裤的松紧带在她的臀部留
下的那道细圆齿状的痕迹——就是在Roches Roses后面那个 39/3
最后的狂热、不朽的日子。自那以后我生活的二十五年逐渐
变细，成了一个不断颤动的尖梢，最终消失不见了。

我发觉要用足够的说服力表现出那一刹那的情景，那阵
战栗，以及在情绪激动地识别出她以后所感受到的那种冲击，
真是极其困难。在我的目光掠过跪着的孩子那个充满阳光的
瞬间（她的眼睛在那副令人生畏的墨镜后面不住地眨着——
那个会医治好我所有的病痛的小Herr Doktor [1]），虽然我披
着成年人的伪装（一个电影界里高大英俊、富有魅力的男子
形体）从她身旁走过，但我空虚的灵魂却设法把她的鲜明艳
丽的姿色全都吸收进去，又拿每个细微之处去和我死去的小
新娘的容貌核对比照。当然，过了一会儿工夫，她，这个
nouvelle，这个洛丽塔，*我的*洛丽塔，就完全超越了她的原 40/1
型。我想强调的是，我对她的发现不过是在我饱受痛苦的过

[1] 德文，大夫先生。

39/3 Roches Roses：即第13页上的“红色岩石”。见56/1。这一页和下一页都暗喻了亨·亨和爱伦·坡的“安娜贝尔·李”。

40/1 nouvelle：法语；新人。有关“这个洛丽塔，我的洛丽塔”的文学重要性，见45/1。

去“海边那个小公国”的必然后果。在这两件事之间的一切不过是一系列的摸索和失误，以及虚假的欢乐萌芽。她们所共同具有的一切使她们成为一个人。

可是，我并不抱有幻想。我的法官会把这一切看作一个
40/2、40/3 对fruit vert有着下流爱好的疯子所作的哑剧表演。Au fond, ça
40/4 m’est bien égal. 我所知道的就是，在那个姓黑兹的女人和我走下台阶，步入那个叫人透不过气来的花园时，我的两个膝盖就像在微波荡漾的水面上一双膝盖的倒影，我的嘴唇就像沙子，而——

“这是我的洛，”她说，“这些是我的百合花。”

“噢，”我说，“噢，看上去很美，很美，很美！”

40/2 哑剧表演（mummery）：哑剧中演员的表演；mummer是过时的俚语，意为演员。

40/3 fruit vert：“绿色的果子”；法语（过时的）俗语，纳博科夫说，意为“‘未成熟的’、对成年男子有吸引力的女性”。

40/4 Au fond, ça m’est bien égal：法语；真的，我毫不在意。

一一

第二号证据是一本黑色仿皮封面的袖珍日记簿，面子左上角处烫金en escalier印着年份：1947。我提到马萨诸塞州布兰克顿市布兰克–布兰克公司的这件样子好看的产品，好似它当真就在我的眼前。实际上，五年前它就给毁掉了。如今（凭着摄影般的记忆）我们所研究的，不过是它简略的实体，一个羽毛未丰的小不死鸟。

这本东西我记得非常清楚，因为我实际上写了两遍。开始，我用铅笔在一本商业上称作“打字便笺簿”的一张张纸上把每项记载草草地写下（有许多擦抹和修改），随后我又用我的最小的、最恶劣的笔迹，中间夹了不少明显的缩写，把它抄在刚提到的那本小黑面簿上。

五月三十日在新罕布什尔州是一个正式的斋戒日，但是在两个卡罗来纳州[1]却不是。那天，一场流行性“肠炎”（且不管它是什么）迫使拉姆斯代尔的学校提早放起暑假。读者可以去查一下拉姆斯代尔一九四七年《日报》上的天气资料。在那件事发生的前几天，我搬进了黑兹太太家。现在

40/5、40/6

40/7

40/5 en escalier：法语；指斜体排版；对应英文的“staircase style”。

40/6 马萨诸塞州布兰克顿市……布兰克：并没有这样的城镇。一连串的“布兰克”（blanks［意为“空白”。——译注］）意在取笑日记和整部小说页面的“真实性”，尽管亨·亨有着“摄影般的记忆”。因此，《洛丽塔》的戏仿设计也涵盖了文学日记。纳博科夫对完全的自传式暴露抱有深深的怀疑。不可能通过严肃的内省来达到“多重自我意识”（他在《说吧，记忆》中如此称呼它），肯定不能通过日记作者强迫性的自负、坦率却完全是自我意识的自我分析、精心营造的“诚实”、任性的讽刺和刻意的自贬来达到这种效果。

40/7 不死鸟：一种传说中的鸟，古代埃及人认为这种鸟能存活五六个世纪，自行在火中焚毁，然后从灰烬中再生；是复活和不朽的象征。

［1］指南卡罗来纳州和北卡罗来纳州。

我打算流畅地写出的那一小部分日记（就像一名间谍把他吞下肚去的记录内容凭着记忆再说出来一样），包括六月的大部分日子。

星期四。天气十分暖和。从一个有利的地点（浴室的窗户）我看见多洛蕾丝在房子后面苹果绿的亮光里，正从一根晾衣绳上取下衣物。我逛出屋子。她穿着方格布衬衫、蓝布牛仔裤，脚下一双帆布胶底运动鞋。她在斑驳的阳光下的一举一动都似乎在我可怜的身体内最隐秘、最敏感的弦上拨了一下。过了一会儿，她在后面门廊的最低一级台阶上挨着我坐了下来，动手拾起两只脚之间的卵石——卵石，天哪，然后是一小块弯曲的牛奶瓶碎玻璃，像一片在怒吼的嘴唇——把它们朝着一个罐子扔过去。啪。再来一次你就扔不中了——你没法击中——这真叫人受不了——再来一次。啪。美好的皮肤——哦，真美好：柔软娇嫩，给太阳晒成棕褐色，上面没有一点儿斑点。多吃圣代冰淇淋会引起粉刺。那种叫
41/1 作皮脂的油质滋养皮肤上的毛囊，如果皮脂过多，就会刺激发炎，导致感染。可是性感少女都没有粉刺，尽管她们大吃营养丰富的食品。天哪，真叫人受不了，她太阳穴上面的那片丝绸似的微光渐渐变成发亮的褐色头发。还有在她那沾满尘土的脚踝旁抽动的那根小骨头。“是麦库家的姑娘吗？金

41/1 皮脂：皮脂腺分泌的物质。

尼·麦库？噢，她真难看。又很刻薄。腿还瘸的。差一点因
为小儿麻痹症死掉。”啪。她前半截胳膊上生着像窗花格似的
亮闪闪的汗毛。当她站起身来，把洗的衣物拿进屋子去的时
候，我有机会从远处赞赏她卷起的牛仔裤那褪色的后裆。在
草地外面，和蔼的黑兹太太拿着照相机，像托钵僧变出来的
一棵假树那样往上生长，经过迎着日光的一番忙乱——抬起
忧伤的眼睛，垂下快乐的眼睛——趁我，英俊的亨伯特，坐 41/2
在台阶上不住地眨眼时，竟然厚着脸皮给我拍了张照。

41/2 英俊的亨伯特（Humbert le Bel）；这是王者的称号（例如法兰西国王美男子查理［Charles le Bel of France］）。

星期五。看见她跟一个名叫罗丝的黑人姑娘到别处去。为什么她——一个孩子，请注意，只不过是一个孩子！——走路的样子竟那么可恶地叫我激动呢？分析一下。微微显出一点大脚趾内倾的迹象。膝盖下面一种松散的摆动延伸到每一步的尽头。一种轻微的拖曳。非常稚气，极为引人注目。亨伯特·亨伯特给这个小家伙满口俚语的说话方式、给她那刺耳的大嗓门深深地打动了。后来，听见她隔着围墙对罗丝说了一大串粗俗无聊的话。带着上升的节拍嗡嗡地响遍我的全身。停顿。“现在我非走不可了，小家伙。”

星期六。（开头部分也许经过修订。）我知道把日记这样记下去真是发疯，但这么做给我一种奇特的刺激；再说，只有一个多情的妻子才能辨认我的蝇头小字。让我抽泣地说，

今天我的洛在所谓的“门廊”上晒日光浴，但她母亲和另外一
个女人始终待在一旁。当然，我本可以坐在那儿的那张摇椅
上，假装看书。可是为了稳妥起见，我待得远远的，因为生
怕叫我浑身瘫痪的那种疯狂可怕、荒谬可笑、令人怜悯的激
42/1 动，会使我的entrée无法在外表上显得相当随便。

42/2 星期日。热浪仍然不退；最柔和的一个星期。这一次，
在洛到来以前，我带了一厚份报纸和一根新烟斗在门廊摇椅
上先占好一个战略位置。叫我大失所望的是，她和她的母亲
一起前来，两人都穿着跟我的烟斗一样簇新的两件一套的
黑色游泳衣。我的宝贝儿，我的心上人在我的身旁站了一会
儿——想看报上的滑稽连环漫画专栏——她身上发出的气味
和另一个人，也就是里维埃拉的那个孩子几乎完全一样，只
是更为强烈，带着比较浓郁的意味——一种炽热的气息立刻
使我这个男子汉激动起来——可是她已经把她想要的那张报
42/3 从我这儿一把抢走，退到挨着她海豹似的妈妈的那张草垫上
去了。我的美人儿在那儿趴下身子，向我，向我长着眼睛的
血液里那上千只睁得很大的眼睛展示她那微微挺起的肩胛骨，
她那俊美、弯曲的脊背，她那在黑色游泳衣里紧绷绷的、狭
小的、隆起的臀部以及她那两条女学生大腿的外侧。这个七
年级女学生默不作声地欣赏着红、绿、蓝三色的连环画页。

42/1 entrée：出场；登台亮相。

42/2 柔和的（favonian）：西风的或与西风有关的；因此是柔和的。

42/3 海豹：属于一种动物的亚科，包括普通海豹，对照这个形象，亨·亨衡量“海边［洛丽塔］那两条女学生的大腿”——暗指失落的安娜贝尔的“王国”（见9/2）。

她是红、绿、蓝的普里阿普斯本人所能构思出的最娇艳的性 42/4
感少女。我嘴唇焦干，透过棱镜折射出的好多层光定睛细看，
一面调节我的欲望，在报纸下面微微晃动身子，这时我感到
我对她的感觉，如果能适当地集中起来，可能就足以使我立
刻达到一个穷叫化子的极乐境地；可是正像一个宁愿要活动 42/5
的而不是一动不动的捕获物的猎食者那样，我打算让这种可
怜的境地的实现跟她做的一个少女动作同时发生，她在看连
环画页的时候不时做出各种各样的少女动作，比如想要搔搔
自己的背脊心，从而露出一个好似点彩画出的腋窝——可是 43/1
肥胖的黑兹突然破坏了这一切。她朝我转过身来，向我要个
火，接着就虚与委蛇地谈起一个颇受欢迎的骗子的一部冒牌
作品。

星期一。Delectatio morosa. 我在愁闷哀伤中度过了我的愁
苦的日子。今天下午，我们（黑兹妈妈、多洛蕾丝和我）要 43/2
到我们的镜湖去游泳，晒晒太阳；但是阳光灿烂的早晨到中 43/3、43/4
午时竟然下起雨来。洛大发脾气。

在纽约和芝加哥，据信女孩青春发育开始的中位数年龄
是十三岁零九个月。女孩的这种年龄各不相同，从十岁或更
早一点，到十七岁都有。当哈里·埃德加占有弗吉尼亚的时 43/5
候，她还不满十四岁。他教她代数。Je m'imagine cela. 他们 43/6

42/4 普里阿普斯：狄奥尼索斯和阿芙洛狄特之子，是希腊神话中的生育和繁殖之神，通常被描绘为具有男子气概。第159和237页也提到，第213页提及时不那么神秘。见9/5。

42/5 宁愿要……捕获物的猎食者：亨·亨经常描绘自己具有猎食者的特征，经常是猿猴或蜘蛛（是蝴蝶突出的天敌之一）。更多讨论请参见我1967年在《威斯康星当代文学研究》上发表的文章，同前述，第222和228页。

43/1 点彩：用点而非线画出的；在油画中，指使用小小的笔触汇合产生的光影层次。见284/2。

43/2 Delectatio morosa……愁苦的日子：拉丁语，愁闷的乐趣，修道士用语。在下一句中，如同在第53页上，亨·亨玩弄着“多洛蕾丝”（Dolores）这个词的拉丁语词源（见9/5）。

43/3 我们的镜湖：见81/2。

43/4 灿烂的（nacreous）：有珠光彩虹色的。

43/5 埃德加……弗吉尼亚：爱伦·坡出生于1809年1月19日，因此他在1836年娶十三岁的表妹弗吉尼亚·克莱姆时是二十七岁，她1847年死于一种慢性病。她是他许多诗篇的灵感来源。亨·亨与洛丽塔共度的第一个晚上，他恰如其分地用了“埃德加”这个名字登记（见118/2）。他在第75和189页上也使用了这个名字（还可参见《解锁》，第37页）。纳博科夫最初想称呼洛丽塔为“弗吉尼亚”，并且给此书取名“吉尼”。所涉爱伦·坡的典故概述，见9/2。

43/6 Je m'imagine cela：法语。这一点我想象得出来。

43/7 在佛罗里达州的彼德斯堡[1]度了蜜月。“波波先生”，亨伯特·亨伯特先生在巴黎教的一个班里的那个男学生这样称呼那位诗人中的诗人。

根据专门研究儿童性兴趣的作家所说，有些特征会引起小女孩心中蠢动的反应。这些特征我倒全有：轮廓分明的下巴，肌肉发达的手，深沉洪亮的嗓音，宽阔的肩膀。而且，
43/8 据说我还像洛迷恋的某个低声哼唱流行歌曲的男歌手或是男演员。

星期二。阴雨。雨水之湖。妈妈出去买东西。洛呢，我知道，就在附近什么地方。经过暗中谋划，我在她母亲的卧室里碰上了她。她正翻开左眼要弄出一粒灰沙。身上穿着格子花连衣裙。尽管我很喜爱她那股令人陶醉的褐色香味，但我确实认为她每过几天就该洗洗头发。有一刹那，我们两人都沉浸在镜子内同一片温暖、苍翠的气氛里，因为镜子照出一棵白杨的树梢和我们一起待在天空当中。我粗暴地一把抓住她的肩膀，接着温柔地握住她的太阳穴两侧，使她转过身来。“就在那儿，”她说，“我可以感觉得到。”“瑞士农民总用舌尖。”“把沙粒舔出来吗?”“对。要试试吗?”“好啊。”她说。我轻轻地把颤
43/9 抖的舌尖抵在她转动的、咸津津的眼球上。“太好啦，”她眨了眨眼，说，“没有了。”“另一只眼睛呢?”“你这傻瓜，”她开口

[1] Petersburg，墨西哥湾的一处海港城市。

43/7 “波波先生”(Monsieur Poe-poe)：亨·亨的双关语，指“诗人”(poet)，但男学生心里想的是popo(或popotin)，法语俗语，指“屁股”。

43/8 像……男演员：指克莱尔·奎尔蒂。他俩的确彼此相像。有关暗指奎尔蒂之处的概述，见31/9。

43/9 眨了眨眼(nictating)：不常见的用法；眨眼。

说，“另一只里没有——”不过说到这儿，她看到我那缩起的、凑上前去的嘴唇。“行。”她合作地说，于是忧郁的亨伯特弯身对着她那热烘烘的、向上抬起的赤褐色脸庞，把嘴压在她颤动的眼皮上。她格格笑起来，擦过我的身旁，一溜烟跑出房去。我的心似乎立刻无所不在。我一生中还从来没有——就连在法国爱抚我的小情人时也没有——从来没有——

夜晚。我从来没有经历过这样的苦恼。我想描摹她的脸庞，她的神态——但我无法办到，因为她在近旁的时候，我对她的欲望就蒙住了我的眼睛。我不习惯跟性感少女待在一起，他妈的。我一闭上眼睛，就只看见她的一个固定不动的部分，一个电影摄影的定格画面，一个突然闪现的、绝妙可爱的下身，正如她坐在那儿，从格子花呢裙下抬起一个膝盖，系她的鞋带。“多洛蕾丝·黑兹，ne montrez pas vos zhambes。” 44/1
（这是她那自认为懂法语的母亲。）

A mes heures，我是个诗人，为她出神的浅灰色眼睛上乌 44/2
黑的睫毛，为她抽动的鼻子上那五颗不对称的雀斑，也为她褐色的胳膊和腿上那淡黄色的汗毛，我作了一首情诗，但我把它撕了，今天也记不起来了。我只能用（在日记中重新写下的）最陈腐的词语来描摹一下洛的容貌。我可以说她的头发是赤褐色的，她的嘴唇红得像舔过的红色糖果，下嘴唇相

44/1 ne montrez pas vos zhambes：法语；别露出你的腿来（此处拼错了jambes一词，以表示美国口音）。见189/2。

44/2 A mes heures：法语；在情绪对头的时候。

44/3 当丰满——噢，要是我是一个女作家就好了，可以在一道赤裸裸的亮光下让她赤裸裸地摆好姿势！可是，相反我却是身材瘦长、骨骼粗大、胸口毛茸茸的亨伯特·亨伯特，眉毛又黑又浓，说话口音古怪，在缓慢的、孩子气的微笑后面藏着一大堆腐朽凶恶的坏念头。而她也不是一本女性小说中那娇弱的孩子。叫我失去理智的是这个性感少女（大概也是所有性感少女）的双重性；我的洛丽塔身上混合了温柔的爱幻想的稚气和一种怪诞的粗俗；这种粗俗来自广告和杂志图片上那些忸怩作态的塌鼻子女郎，来自故国（含有踏碎了的雏菊与汗水的气味）的那些脂粉狼藉的青年女佣，也来自外地妓院里那些装扮成小姑娘的非常年轻的妓女。而后所有这一切又跟通过麝香与泥土、通过污垢与死亡渗出的那种纯洁美妙的温柔混合在一起，天哪，天哪。最特别的就是她，这个洛
45/1 丽塔，我的洛丽塔，使得作者古老的欲望具有个人的特色，于是，在所有一切之上，只有——洛丽塔。

45/2 星期三。“嗨，让妈妈明天带你和我去我们的镜湖。”这就是我那十二岁的情人妖媚地低声对我说的原话。当时我们在前面门廊上正好互相撞上，我走出去，她走进来。午后反射过来的阳光，好像一颗光彩夺目的白色钻石带着无数道彩虹色的细长光线，在一辆停着的汽车的圆顶篷上闪动。一棵

44/3 女作家：亨·亨的特征描述和漫画并非“性别歧视”。他指的是女人为女人写出来的那种永恒不变的陈词滥调（例如，浪漫喜剧，其男性作者也会故意采用女性的笔名来显得“可信”）。

45/1 作者古老的欲望：亨·亨认为自己同伟大的罗马爱情诗人一脉相传，他经常模仿他们的语言风格，“这个洛丽塔，我的洛丽塔”的着重语调借用了一首拉丁诗歌的学究式英语译文（见第40、65—66、151、277、278、293页）。亨·亨的“古代”榜样包括普罗佩提乌斯（Propertius，约前50—前16），关于辛西娅（Cynthia）、提布鲁斯（Tibullus，约前55—前19）关于迪丽雅（Delia）、贺拉斯（前65—前8），关于他写诗歌赞颂的十六个女子中的任何一个。见192/2。

45/2 我们的镜湖：一个“错误”；见81/2。

枝干粗壮的榆树树叶的柔美的影子在房子外面护墙板上摇曳。
两棵杨树摇摆颤动。你可以辨别出远处来往车辆杂乱的声音。
有个孩子叫道 :“南希，南——希 !” 在屋子里，洛丽塔已经放
起她最爱听的《小卡尔曼》唱片，我总把它称作“矮子司机”， 45/3
逗她鼻子里哼上一声，针对我佯装的风趣作出佯装的嘲笑。

星期四。昨天晚上，我们坐在外面门廊上，那个姓黑兹的女人、洛丽塔和我。温暖的黄昏变成了含情脉脉的黑夜。老娘儿们总算详详细细地讲完她跟洛在冬天什么时候看过的一部电影的情节。那个拳击手变得十分粗鄙下流，这时他遇见了那个善良的老牧师（牧师在身强力壮的青年时代也是一个拳击手，如今还能猛击一个有罪的人）。我们把靠垫堆在地板上，坐在上面，洛待在那个女人跟我之间（她硬要挤进来，这个宝贝儿）。我接着欢快地讲起我到北极的探险。专司
虚构的缪斯 [1] 交给我一杆枪，我打中了一头白熊，它摔倒时 45/4
说道，啊！在整个这段时间里，我一直敏锐地感到洛就在我的身旁。我一边讲，一边在那片令人宽慰的黑暗中做着手势，并且利用我的这些看不见的手势去摸她的手、她的肩膀和她玩的一个用呢绒跟薄纱做的芭蕾舞演员，她老是把它塞到我的膝上。最后，等到把我的容光焕发的宝贝儿完全罩在这种缥缈的爱抚所编织的罗网中以后，我才敢顺着她胫部的黄褐

45/3 小卡尔曼（Little Carmen）：双关语：小［火车］司机，或者矮子司机（还可参见《解锁》，第144页等）。关于《卡尔曼》的典故与比才的歌剧没有关系，仅暗指梅里美（Prosper Mérimée，1803—1890）的小说（1845）。有关他的名字的双关语，见251/7。同亨·亨一样，何塞·利萨拉本戈亚这位被卡尔曼抛弃的不幸恋人（见239/3）在监狱里讲述了自己的故事（但直到第三章叙述框架已经撤销后才开始）。这个爱情、失落和复仇的故事用得很恰当。此处《卡尔曼》的暗喻同时还对老练的读者是个陷阱，这样的读者会受到误导，从而相信亨·亨会像何塞那样谋杀背叛自己的卡尔曼；见第280页，此处亨·亨合上了陷阱。亨·亨引用梅里美（243/4、278/2、278/4），还经常称洛丽塔为“卡尔曼”，这是善于迷惑人的女子的传统名字（第59、60、61、242—243、251、256、278、280页）。卡尔·普罗夫在《解锁》第43—51页中讨论了有关《卡尔曼》的典故。在拉丁文中，“卡尔曼”（*carmen*）意为歌曲、诗和魅力。“我的迷人精，我的司机”（My charmin, my Carmen），亨·亨说（第60页），因此显示出他知道其词源和英语原意：吟诵一首诗具有魔力；“以魔力诱惑、迷惑和征服”。见16/6。亨·亨自称是“着魔的猎人”，带洛丽塔去同名的旅店，讲到一个“着魔的时间岛屿”（第18页），等等。纳博科夫在康奈尔大学授课时曾说过一位杰出的作家是讲故事的人和教师，而且最主要的是一位魔法师。见108/2。

45/4 我打中了……说道，啊！：预设奎尔蒂的死亡；见87/1和303/1。

［1］ Muse，希腊神话中司文艺和科学的九位女神。“专司虚构的缪斯”是作者虚构的。

色茸毛去抚摸她的光腿；我对自己讲的笑话格格发笑，身子发抖，连忙掩盖起我的激动。有一两次，在我迅速把鼻子伸向她（尽管是幽默地），并且抚摸她的玩具时，我的敏捷的嘴唇感觉到她头发的温暖。她也老是动个不停，她母亲终于厉声叫她停下，把那个布娃娃也扔到黑暗中去。我哈哈大笑，隔着洛的双腿向黑兹说话，好让我的手顺着我的性感少女瘦小的脊背缓缓上移，隔着她穿的那件男孩子的衬衫感觉到她的肌肤。

可是我知道这完全没有希望，而心里却渴望得要命，我觉得自己身上的衣服绷得很紧，所以一听到她母亲用平静的嗓音在黑暗中宣布说，"现在我们都认为洛应该上床睡觉了"，我几乎倒有些高兴。"我认为您真讨厌。"洛说。"这就意味着明儿不举行野餐会了。"黑兹说。"这是一个自由的国家。"洛说。等气呼呼的洛嘘了一声走了以后，我完全出于惰性仍然待在那儿，这时黑兹抽着她在那天晚上抽的第十支烟，抱怨起洛来。

请听我说，她一岁的时候脾气就不好，老把玩具往小床外边扔，她可怜的母亲只好不停地去捡，这个可恶的毛娃子！现在，她十二岁了，成了个十足的讨厌货，黑兹说。她在生活中的所有愿望就是有朝一日成为一个大摇大摆、昂首阔步、挥舞指挥棒的军乐队指挥或是一个跳吉特巴舞[1]的

［1］jitterbug，随爵士音乐节拍跳起的一种快速舞蹈。

人。她的学习成绩很差，不过她在新学校里适应多了，不像
在皮斯基（皮斯基是黑兹在中西部的家乡城市。拉姆斯代尔 46/1
的这幢房子是她故世的婆婆的。她们一年多前刚搬到拉姆斯
代尔来）。“为什么她在那儿不快活？”“噢，”黑兹说，“可怜的
我应该知道的，我是孩子的时候也有过这种经历：男学生们
扭伤我的胳膊，拿着一大摞书撞我，拉扯我的头发，弄疼我
的乳房，掀起我的裙子。当然，我们在成长的过程中通常总
会感到闷闷不乐，但洛太过分了。总绷着脸，难以捉摸，既
粗鲁又爱挑衅。在座位上竟用自来水笔去戳她的一个意大利
同学维奥拉。知道我想怎么办吗？要是先生，您秋天正巧还
在这儿，我就想请您给她的家庭作业作些辅导——您似乎什
么都懂：地理、数学、法文。”“噢，什么都懂。”先生答道。
“这就是说，”黑兹连忙说道，“您会在这儿待下去啰！”我真想
嚷着说我乐意永远待下去，只要我有希望不时爱抚一下我新
收的学生。不过对黑兹总得提防，因此我只嘟哝一声，把四
肢分别地（le mot juste）伸了伸，不一会儿就上楼回到我的房 47/1
间去了。然而，那个女人显然并不打算就此罢休。我已经躺
在冷冰冰的床上，两只手把洛丽塔香喷喷的魅影紧贴在我的
脸上，忽然听见我那不知疲倦的女房东偷偷溜到我的房门外
面，隔着门悄声低语——只是想要知道，她说，前几天我借

46/1 皮斯基（Pisky）：即“pixie”（小淘气）；见31/3。这个城镇是杜撰的，在英格兰乡下也指“飞蛾”。有关昆虫学典故，见6/1。

47/1 le mot juste：法语；恰当的词；因著名法国小说家福楼拜（Gustave Flaubert，1821—1880）而出名，他常常为了找到“恰当的词”而花上一个星期。其他有关福楼拜的典故，见145/3、202/2、265/2。

的那本《博闻强识》杂志是否已经看完了。洛在她的房里嚷着说杂志在她那儿。我们这幢房子简直成了一个公共图书馆，我的好上帝啊！

47/2 星期五。假如我在我的教科书里引用龙萨的“la vermeillette
47/3 fente”或是雷米·贝洛的“un petit mont feutré de mousse délicate,
tracé sur le milieu d’un fillet escarlatte”某诗句，我真不知道我的拘
47/4 泥刻板的出版商会说什么。如果我守在我的宝贝儿——我的
宝贝儿——我的生命和我的新娘身旁，在这种难以忍受的诱
惑的压力下继续在那幢房子里待下去，那我大概又会精神崩
47/5 溃。她是否由母性指引着，对月经初期的奥秘已略知一二？
得意忘形的感觉。爱尔兰人的诅咒。从房顶上摔下。老奶奶
来访。“子宫先生（我引用的是一份少女杂志上的话）开始修
建一堵厚实、柔软的墙，指望可能会有一个胎儿睡在那儿。”
这个小疯子待在他的软壁小室里。

顺带说一句：假如我有天犯了什么重大的杀人罪……注
意“假如”这个词。那种冲动应该比我在瓦莱丽亚身上遭到的
那场意外还要强烈。仔细注意这一点：那时我相当愚蠢。如
果等到你希望把我烧死的时候，记住，只有一阵精神错乱才
能给我兽性大发的单纯力量（说不定这一切都经过修订）。有
47/6 时，我在梦中想要杀人。但你知道发生了什么吗？比如，我

47/2 龙萨的“la vermeillette fente”：皮埃尔·德·龙萨（Pierre de Ronsard，1524—1585），法国文艺复兴时期最杰出的诗人。亨·亨暗指一首题为L.M.F.的十四行诗及其第一行，“Je te salue, o vermeillette fante”（现代的拼法是“fente”）：“向你致意（或赞扬），啊，这一小小的鲜红缝隙”（“Blason du sexe feminine”[《女性之歌》，七星书社版，第二卷，第775页]）。“Blason”是称颂或讽刺某个主题的短诗。有关龙萨的另一个典故，见214/1。纳博科夫二十年代和三十年代早期旅居德国的时候，出版了亨·亨提到的许多作家的俄语译文，包括龙萨、魏尔伦、拜伦、济慈、波德莱尔、莎士比亚、兰波、歌德、普希金、卡罗尔和罗曼·罗兰。

47/3 雷米·贝洛的“un petit ... escarlatte”：雷米·贝洛（Rémy Belleau，1528—1577）是龙萨在七星诗社的同行，也写了一首“Blason”赞扬女性外生殖器；“覆满纤细的苔藓般绒毛的小丘/中央有一小条鲜红的窄缝[阴唇]”。显而易见的原因，这首诗很少收入诗选，不容易找得到，但可见于莱顿出版社重印的（1865）稀有选集，艾吉永公爵编《世界诗歌选集》（*Recueil de pièces choisies rassemblées par les soins du cosmopolite*，1735）。纳博科夫说康奈尔大学收藏了一本。

47/4 我的宝贝儿……我的新娘：爱伦·坡的诗《安娜贝尔·李》第39行。关于这首诗，见9/2。

47/5 月经初期的奥秘（Mystery of the Menarche）：Menarche指月经初期，在爱尔兰称为“爱尔兰人的诅咒”。

47/6 梦中想要杀人：另一个对奎尔蒂之死场景的预设；见第297页。

握着一支枪。比如，我瞄准一个满不在乎却暗中留神注意的敌人。噢，我确实扣动了枪机，可是一颗又一颗子弹都从那个怯生生的枪口虚弱无力地落到了地上。在这些梦里，我唯一的想头就是掩盖起我的可耻的失败，不让我那渐渐变得恼怒起来的仇敌看到。

今晚吃饭的时候，那个老娘儿们带着一位母亲的嘲弄神情斜眼瞟了瞟洛，对我说（我刚才正用轻率的语调描述我还
48/1 没有决定是否要留的那种讨人喜欢的牙刷似的小胡子）:“最好不要那样，假如一个人不想变得十足疯癫的话。”洛立刻推开她那盘白煮鱼，差点儿打翻她的牛奶，一下子冲出房去了。“要是洛为她的没有礼貌的行为道歉，”黑兹说，“明儿跟我们一块儿上镜湖去游泳，会不会叫你感到十分厌烦?”

48/1 牙刷似的小胡子：奎尔蒂也有这样的胡子；见第218页。爱伦·坡也有，但是纳博科夫说此处没有暗指他。

后来，我听见一阵砰砰的关门声和其他的声音从震动的空穴间传来。两个对头正在那儿大吵大闹。

她没有道歉。湖也就去不成了。那可能会很好玩的。

星期六。已经有好几天，我在房里写作时都让房门半开着，但是今天这个圈套方才见效。洛烦躁不安，把脚挪来挪去，在地板上擦了一阵后——为了遮掩她未经呼唤就自行前来找我所感到的窘困——才走进房来，四下里转了一圈，对我在一张纸上写的可怕的花体字很感兴趣。不，它们不是一

个纯文学作品的作者受到灵感的影响在两段之间停顿的结果，而是我致命的欲望的丑陋的象形文字（她无法辨认出这种文字）。她刚低下头，把褐色的鬈发垂到我坐的那张书桌前，嘶哑的亨伯特就可耻地仿效有血缘关系的亲属之间所作的动作，用一只胳膊搂住了她。我的天真的小客人有点儿近视，仍然细看着她手里拿的那张纸，缓缓地倚在我的膝上，成了半坐半站的姿势。她的可爱的侧影、张开的嘴唇、暖烘烘的头发离我露出来的上腭犬牙只有大约三英寸左右；我还感到她的胳膊和腿透过顽皮姑娘穿的粗布衣服所散发出的热气。顿时我明白自己可以丝毫不受惩罚地亲吻她的脖子或嘴中央。我知道她会让我这么做的，甚至还会像好莱坞电影里教导的那样闭上眼睛。两片香草夹着热辣辣的奶油巧克力软糖——几乎也并不比这更异乎寻常。我无法告诉我的有学问的读者（我猜这时他已经把眼睛瞪得不知有多大了），我无法告诉他

48/2 猿猴般的耳朵：亨·亨数次描述自己这个特征。见第311页那个最活灵活现的猴子形象。

我是怎么知道这桩事的。也许，我那猿猴般的耳朵不知不觉 48/2
地听到了她呼吸节奏中的某种细微的变化——因为她实际上并没有在看我潦草的字迹，而是充满好奇、十分镇静地等待着——噢，我的无忧无虑的性感少女！——等待着这个富有魅力的房客去做他渴望做的事儿。我想，一个现代的小孩，一个电影杂志的热切的读者，一个梦幻一般缓慢的特写镜头

的老手也许不会认为这太离奇，假如一个相貌英俊、富有男子气概的成年朋友——太晚了。黑兹太太刚好回家，房子里突然响起路易丝滔滔不绝的说话声。她告诉黑兹太太她和莱斯利·汤姆森在地下室里发现了一个死东西。小洛丽塔自然不肯错过这样一件趣闻。

星期日。洛为人变幻莫测，脾气暴躁，生气蓬勃，难以
49/1 应付，具有马驹般活泼的十二三岁孩子的那种尖嘴薄舌的风姿，从头到脚都叫人欲火中烧（整个新英格兰都该由一个女作家去描摹！），从那个现成的黑蝴蝶结和别住她头发的扁平发夹到她匀称好看的腿肚子下半部、就在她粗糙的白色短袜上面两三英寸地方的那块小疤（那是在皮斯基时给一个旱冰溜冰者踢出来的）。她跟母亲到汉密尔顿家去了——参加一场生日宴会或是这一类的社交聚会。她穿着宽大的方格子布连衣裙。她的天真无邪、纯洁可爱的形象似乎已经完好地形成。一个早熟的宝贝！

49/2 星期一。雨蒙蒙的早晨。“Ces matins gris si doux ...”我的白睡衣背部有一个紫丁香图案。我就像你在古老的庭园里看到的那种身子膨胀起来的灰蜘蛛。待在一个晶莹闪亮的网中央，把这股或那股丝微微拉上一下。我的网罩住了整幢房子，我像一个狡猾的男巫似的坐在椅子上倾听。洛在她的房

49/1 马驹般活泼的十二三岁孩子……（整个英格兰都该由一个女作家去描摹！）：这一段日记开始就是一连串廉价小说的陈词滥调——例如“现成的黑蝴蝶结和别住她头发的扁平发夹”那样现成的词句。亨·亨过时的语言以及对一只马驹的暗指构建了一种插入式回应，指向理查三世在战场上因为他的马被杀而发出的哀叹：“一匹马！一匹马！我的王位换一匹马！”（《理查三世》第5场，第4幕，第19行）。在《洛丽塔》的这个转换之处，莎士比亚这位英语之王遭到罢黜，实实在在地被置于括号中，被“一个女作家”的套话框得紧紧实实。关于莎士比亚，见284/4。

49/2 Ces matins gris si doux ...：法语；“这些阴暗的早晨，那么温和……”

里吗？我轻轻地拉了拉细丝。她不在。只听见卫生纸的卷筒在转动时发出的不连贯的声音。我抛出去的细丝并没有追踪到从浴室回到她的房间里去的脚步声。她还在刷牙吗（这是洛唯一真正起劲去做的卫生行动）？没有。浴室的门砰的一声刚关上，所以只好到房子里别的地方去搜寻那个美丽的、暖色调的猎物。让我们把一股丝放到楼下。凭借这种手段，我弄清楚她不在厨房里——没有把冰箱的门弄得砰砰直响，也没有对她讨嫌的妈妈尖声喊叫（我想她妈妈这时正柔声细气、抑制住心头高兴地沉浸在早上的第三次电话谈话中）。好，让我们抱着希望探索吧。我像一道光似的沉思着悄悄溜进客厅，发现那儿的收音机并没有开（妈妈仍在跟查特菲尔德太太或汉密尔顿太太讲话，声音很轻，脸红红的，带着笑容，一面用空着的那只手托着电话听筒，含蓄地否认说她不承认那些有趣的传闻，房客，她亲密地说；在跟人面对面交谈的时候， 50/1
她这个轮廓鲜明的女子还从来没有显出这种样子）。因此看来我的性感少女压根儿不在家里！出去了！我原来以为是一块色彩斑斓的织物的东西结果却只是一个陈旧的灰色蜘蛛网，房子里空落落的，死气沉沉。接着，我半开的房门外面传来洛丽塔柔和悦耳的笑声。“别告诉妈妈，我把你的熏猪肉都吃了。”等我急匆匆地跑出房去，她已经走了。洛丽塔，你在哪

50/1 传闻，房客（rumor；roomer）：同音字。在《塞巴斯蒂安·奈特的真实生活》中，叙述者说到“疯狂的塞巴斯蒂安，在偶像、气球驾驶员、虚无和一切都无的淘气世界里挣扎”（mad Sebastian, struggling in a naughty world of Juggernauts, and aeronauts, and naughts, and what-nots［这里用了一连串发同一个元音的词。——译注］）（第63页）。

儿？只有我的女房东十分殷勤地为我准备的那个早餐盘无力地斜瞅着我，打算让我自己端进房去。洛娜，洛丽塔！

星期二。乌云又一次妨碍我们在那个难以到达的湖畔举
50/2 行野餐。是命运在作弄人吗？昨天，我对着镜子试穿了一条
新游泳裤。

50/2 是命运在作弄人吗（Is it Fate）？：这里悄悄引入了“McFate”（麦克费特）；见52/3和56/1。

星期三。下午，黑兹（穿着一双常见的鞋，剪裁合身的衣服）说她要驾车到闹市区去为她的一个朋友的朋友买一件礼物，并问我是不是也愿意一同前往，因为我对纺织品的质地和香水都眼力不凡。“挑你最喜欢的富有魅力的东西。”她高兴地咕哝道。干香水买卖的亨伯特又有什么法子呢？她把我困在前面门廊和她的汽车之间。“快点儿。”在我费劲地弯下高大的身体，准备钻进车去的时候（仍在拼命地想找一个逃脱的办法），她这么说。她已经发动了引擎，正在颇有教养地咒骂前面一辆倒退、转身的卡车，那辆卡车刚给老病人奥波西特小姐送来一个崭新的轮椅，就在这时，从客厅窗口传来我的洛丽塔的尖利的嗓音。“你们！你们上哪儿去？我也要去！等一下！”“别理她。”黑兹叫喊着说（一面把马达关掉）。哎呀，我的美貌的司机；洛已经在拉我这边的车门了。“这太过分啦。”黑兹开口说，但洛已经爬进车来，高兴得身子直抖。“挪挪你的屁股，你。”洛说。“洛！”黑兹喊道（斜眼看了我一

50/3 “瞧啊”：洛丽塔此处帮她母亲说完了“洛，”之后该说的话，亨・亨后来扭曲了这个表达方式（223/4）。

眼，希望我把粗鲁无礼的洛轰下车去）。“瞧啊。”洛（不是头 50/3
一次地）这么说，一面在汽车朝前窜去的时候，猛地向后一靠，我也向后一靠。“这太过分啦，”黑兹说，一面猛地把排挡扳到第二挡，“一个孩子竟然这么没有礼貌。而且这么死乞白赖。她明知道人家不要她来。她需要去洗澡。”

我的指关节贴着这个孩子的蓝布牛仔裤。她光着脚，脚指甲上还残留着一点儿鲜红的指甲油。大脚趾上横粘着一小条胶带。上帝啊，当时当地，只要能亲一下这双骨节纤细、脚趾细长、顽皮淘气的脚，我又有什么不愿意牺牲的呢！突然她的一只手悄悄伸到我的手里，没让我们身边那个年长的女人看见。在到商店去的途中，我一直握着、摸着、捏着这只热烘烘的小手。开车人的玛琳[1]式的鼻子两侧闪闪发亮，因为上面的粉已经脱落或蒸发掉了；她始终文雅地自言自语地谈论着当地的交通情况，侧着脸笑着，侧着脸噘起嘴来，侧着脸眨眨涂过油的睫毛，而我暗自祈祷我们永远到不了那家商店，但我们还是到了。

我没有什么别的要说的了，除了，primo[2]：在我们回家的路上，大黑兹让小黑兹坐在我们后面。secundo[3]：那位太太决定把亨伯特选择的东西留给自己匀称的耳朵背用。

星期四。这个月开头的炎热给我们带来了冰雹和大风。

［1］指玛琳・黛德丽。

［2］拉丁文，第一。

［3］拉丁文，第二。

在一卷《青年百科全书》里，我发现一张薄纸，上面有小孩子用铅笔开始临摹的一幅美国地图，在那张纸的另一面，就在没有临完的佛罗里达州和墨西哥湾的反面，有一份油印的
51/1 名单，显然是她在拉姆斯代尔学校里班上的同学。那一首诗我已记在心里。

安吉尔，格雷斯
奥斯汀，弗洛伊德
51/2 比尔，杰克
比尔，玛丽
巴克，丹尼尔
拜伦，玛格丽特
坎贝尔，艾丽斯
51/3 卡迈因，罗斯
查特菲尔德，菲利斯
克拉克，戈登
科恩，约翰
科恩，马里恩
邓肯，沃尔特
52/1 福尔特，特德

51/1 她在……学校里班上的同学：在《普宁》里，年轻的维克多·温德在一辆汽车的玻璃前灯或者镀铬金属板上看见了“大街和自己的影像，五百年前凡·凡克、彼得勒斯·克莱斯图斯和梅姆林常在他们详尽无遗的室内画中，在愠怒的商人或家庭主妇背后那极特别、极奇妙的小凸镜里绘制室内景致（包括微小的人物），维克多现在所看到的景致就可以跟他们所画的微观世界相媲美”。（第97—98页）。如同《舞台名人录》（第31—32页）和“密码文字的追逐活动”（第250—251页）那样，“诗一般”的同学名单具有某种魔镜的作用。名单油印在一幅洛丽塔临摹但未完成的美国地图的背面，表明了上演情节剧的游戏板的大小。夹在《青年百科全书》中间的这幅地图的意象预设了他们的旅行（亨·亨将通过向洛丽塔展示全国，“完成”这幅地图），正如这份班级名单预示和映射出了大量其他的事情。

51/2 比尔：比尔家的父亲撞死了夏洛特·黑兹（第98页），他们是洛丽塔的班级名单中第一对双胞胎或同姓名字，名单中这样的有五对之多（比尔、科恩、塔尔博特，以及乱伦的米兰达［见第136页］）。这是全书广阔的内容中出现的成双成对（亨·亨和奎尔蒂）和镜像映射的微观视野（包括雷的《序文》），这本书中即使汽车都有双胞胎（第227页）；据说“巧合毛茸茸的长手臂”有着无可预料的“双生肢”（第105页）；黑兹太太对应的是孀居的海斯太太（Mrs. Hays，第239页）；无名的女科学家互相映射，尽管相隔将近三百页（布兰奇·施瓦兹曼［Blanche Schwarzmann］：“怀特·布莱克曼［White Blackman］”和梅兰尼·魏斯［Melanie Weiss］：布莱克·怀特［Black White］［**这几对姓名的姓和名混杂英、法、德语，分别对应“黑”与“白”。——译注**］；见第302页）。

成双成对的姓名、首字母缩写和语音效果贯穿《洛丽塔》全书，无论这种成双成对是文字上的（亨伯特·亨伯特、范内莎·范·内斯、奎尔蒂的达克·达克农场、亨·亨的其他笔名如“奥图·奥图”、“梅斯麦·梅斯麦”和“兰伯特·兰伯特”）；还是头韵的（克莱尔·奎尔蒂、加斯东·戈丹、哈罗德·黑兹、比尔、布朗和克拉伦斯·［乔特］·克拉克）；还是狡猾地按照字母排列的（小约翰·雷［John Ray, Jr.］：J.R., Jr.）。亨·亨造访的几乎是无穷无尽的地方和景点有一连串有趣的头韵成双辅音，因此具有了主题上的一致性（皮埃尔岬［Pierre Point］、业余爱好博物馆［Hobby House］、烟雾山［Hazy Hills］、舒适的小屋［Kumfy Kabins］、山莓大厅［Raspberry Room］、栗树园旅社［Chestnut Court］等）。甚至数字也遵循这种模式；亨·亨想象洛丽塔未出生的孩子“在她腹中已在梦想成为一个大人物并在公元二〇二〇年左右退休”。（第277页）哈罗德·道布尔内姆（Harold D. Doublename）这个名字是一个概括性词组（**Doublename意为“双重名字”。——译注**）（第182页），但是笔者的双重名字缩写只是恰好而已。（**编写这个注释本的作者名为阿尔弗雷德·阿佩尔（Alfred Appel），姓名缩写为A. A.。——译注**）关于更多映射，见119/2。

51/3 卡迈因，罗斯：见56/1。

52/1 福尔特（Falter）：德语；蝴蝶；与“费伦小姐”（phalène，蛾子［56/2］）和剧作家施梅特林（Schmetterling，蝴蝶［301/5］）配对。昆虫学典故概述见6/1。

52/2 范塔西亚，斯特拉

弗莱什曼，欧文

福克斯，乔治

格拉夫，梅布尔

古德尔，唐纳德

格林，露辛达

汉密尔顿，玛丽·罗斯

黑兹，多洛蕾丝

霍内克，罗莎琳

奈特，肯尼思

麦库，弗吉尼亚

麦克里斯特尔，维维安

52/3 麦克费特，奥布里

米兰达，安东尼

米兰达，维奥拉

罗萨托，埃米尔

施伦克尔，莉娜

斯科特，唐纳德

谢里登，艾格尼丝

谢尔瓦，奥勒格

52/2 范塔西亚（Fantasia）：此处纠正了拼音错误（s取代了1958年版的z）。她在第289页上结婚了（“墨菲—范塔西亚”婚宴）。

52/3 麦克费特，奥布里：一位来去随便的旁听者，而非班级成员（见56/1），虽然读者要再翻四页才能意识到这一点。麦克费特出现在班级名单的中间，削弱了远远超出名单之外的“现实”的不可侵犯性。纳博科夫将对麦克费特的暗指背对背置于第52页和第56页，给予读者一个来之不易的机会，使他们能作出这种联想，并且意识到其涵义。当然，如果班级名单出现在第56页之后，那对于读者来说会更容易一些（251/1和253/1描述了类似的效果）。麦克费特的名字令人想到奥布里·比尔兹利（通常译作“比亚兹莱”，此处译为“比尔兹利”，为了同小说中的学校名对应。——译注）（Aubrey Beardsley，见251/5），他是“颓废派”新艺术艺术家（1872—1898），《洛丽塔》成书时早已不时兴了，该名字还显明了词语构造的另一个宝藏：杜撰的城镇“比尔兹利”、镇上的中学和大学，还有加斯东·戈丹（见181/1）。这种自我映照式作者与比尔兹利的身份认同，除了具有其他涵义之外，还是非常认真的文学玩笑，对象是不友好的批评家，过去和现在的，是他们将纳博科夫这位一流的文笔大家归于奥布里一流——艺术花花公子，厚颜无耻的颓废派。

比尔兹利的中学和学院本身可能反映和折射出在马萨诸塞州韦尔斯利的三所学院。帕特里克·F.奎恩（Patrick F. Quinn）教授曾经在韦尔斯利学院教授英语（1949—1985），他指出了比尔兹利和该城三所女子学院之间的数处联系（致笔者的信，1975年6月30日）。达娜·霍尔（Dana Hall）是一所高中，在很多年内一直是女子学校，松庄园学院(Pine Manor Junior College，约1970年搬迁）也是，可能是比尔兹利中学的原型。纳博科夫曾经在四十年代任教的韦尔斯利学院有个方德思楼（Founders Hall），这在《洛丽塔》中是梅克楼（Maker Hall［Founder和Maker皆为“创建者”之意。——译注］，第252页）。有大约八年之久，韦尔斯利学院提供一门全年可修的《圣经》必修课程，这在英才学院中是少见的；在《洛丽塔》中，这门课被转移到了比尔兹利中学（第189页）。顺便说一下，奎恩教授是一位杰出的爱伦·坡研究专家。关于爱伦·坡，见9/2。

史密斯，黑兹尔

塔尔博特，埃德加

塔尔博特，埃德温

韦恩，勒尔

威廉斯，拉尔夫

52/4 温德马勒，路易丝

一首诗，一首诗，毋庸置疑！发现这个“黑兹，多洛
52/5 蕾丝”（她！）列在名单中它的特殊位置，带着它的玫瑰护
卫——好像一位美丽的公主待在她的两名侍女之间，真是多
么奇特和美妙啊！我想分析一下名单上众多名字中的这个
名字叫我惊喜万分的原因。究竟是什么叫我兴奋得几乎流
泪（诗人和情人洒下的大滴大滴的乳白色的热泪）？究竟是什
么？是因为戴着正式面纱（“多洛蕾丝”）的这个姓名亲切的隐
秘性 [1] 以及名和姓之间这种形式上的位置变换，就像一副新
53/1 的淡色手套或一副假面具？“假面具”就是那个关键词吗？是
53/2 因为对那个半透明的奥秘、那块飘拂的面纱总感到欣喜快活
吗？透过那块面纱，就选中了你一个人去了解的那个肉体和
那个目光顺带朝着你一个人微笑。还是因为我可以完全想象
出在那个丰富多彩的教室里我那忧伤、朦胧的宝贝儿 [2] 四周

52/4 温德马勒：路易丝和父亲出现在第4页；他本人出现在第290页。

52/5 玫瑰护卫（bodyguard of rose）：同班同学罗斯（Rose）和罗萨琳（Rosaline）做了洛丽塔的小侍女。玫瑰这种花当然传统上有关宝石、装饰、美酒、香水和具有非凡魅力或者德行的女人。洛丽塔一直同这种花联系在一起。见56/1，也见《解锁》，第118页。

53/1 “假面具”就是那个关键词吗？：是的，因为戴了面具的作者刚刚被映射在班级名单中；见《导言》和第26章（109/1）。

53/2 面纱（charshaf）：土耳其女子戴的面纱。

[1] “黑兹”，原文是Haze，是“烟雾”义，所以这么说。

[2] “忧伤”，原文是dolorous；“朦胧”，原文是hazy；它们含有洛丽塔的姓名多洛蕾丝·黑兹（Dolores Haze）。

的其余那些人呢？格雷斯和她已长熟的丘疹；金尼和她动作
缓慢的腿；戈登那个脸色憔悴的手淫者；邓肯那个臭烘烘的
小丑；爱咬指甲的艾格尼丝；长着一脸黑头粉刺、胸部颠颠
耸耸的维奥拉；美丽的罗莎琳；肤色黝黑的玛丽·罗斯；可
爱的斯特拉，她竟让陌生人抚摸她的身子；恃强凌弱、偷盗
财物的拉尔夫；我为之感到惋惜的欧文。她也在那儿，咬着 53/3
一支铅笔，在人丛中消失了，教师们讨厌她，男孩子的眼睛
都盯着她的头发和颈项，我的洛丽塔。

星期五。我渴望发生什么可怕的灾难。地震。惊人的爆
炸。她母亲跟方圆几英里内的所有别的人都在一片混乱中当
下永远给消灭了。洛丽塔在我的怀里呜咽。我是一个自由的
男人，在废墟中对她欣赏玩味。她的惊讶，我的解释、说明
和呼喊。愚蠢无聊的幻想！勇敢的亨伯特本会用最令人作呕 53/4
的方式跟她嬉戏（比如，昨天，当她又到我的房间里，把她
画的画儿、学校的美术作业拿给我看的时候）；他本来可以
收买她——随后逃脱惩罚。一个更加单纯实际的家伙就会清
醒地坚持使用各种不同的商业代用品——要是你知道上哪儿
去弄的话，我不知道。尽管我看上去很有男子气概，但实际
上却非常胆怯。一想到要碰上什么非常下流不快的事，我的
浪漫的心灵就变得冰冷黏湿，不住颤抖。那些下流的海怪。 53/5

53/3 欧文：读者可能会好奇为何亨·亨要为“弗莱什曼·欧文”（第52页）感到惋惜呢？纳博科夫说：“可怜的欧文，他是所有那些非犹太人中唯一的犹太人。亨伯特认同受到迫害的人。”见261/4。

53/4 呼喊（ullulations）：或拼作ululation；高声、悲伤、有规律的呼号。

53/5 下流的海怪：指第13页上打断了他们的那位留着胡须、洗海水澡的人。“安娜贝尔”和亨·亨的海上晕船均指向爱伦·坡的诗篇。见9/2。

53/6 “Mais allez-y, allez-y！”安娜贝尔用一只脚连跳几下，才套上她的短裤，我愤怒得有点儿头晕，竭力想遮住她。

当天，后来，很晚的时候。我开亮了灯，想把做的一个梦记下来。这个梦有一个明显的前因。黑兹在吃晚饭的时候曾经和蔼可亲地宣布说既然气象局预报周末天气晴朗，我们星期天做完礼拜就去游湖。我躺在床上，在入睡以前色眯眯地左思右想，我想到了如何利用即将举行的那次野餐的最终计划。我知道黑兹妈妈恨我的宝贝儿，因为她十分喜欢我。所以我抱着让母亲满意的目的，安排去湖滨游玩的日子。我打算只对她一个人说话，但是到适当的时刻，就说我把手表或太阳眼镜忘在那边的林中空地上了——随后带着我的性感少女钻进树林。就在这个当口，现实从我的周围消失了，“寻找眼镜”竟然成了跟洛丽塔的一场悄没声儿的恣意狂欢，洛丽塔特别会意，千依百顺，欢快堕落，做出了根据常情她不大可能会做的那种举止。清晨三点，我吞下一片安眠药。不一会儿，一场不是续集、只能算作诙谐的模拟之作的梦境，以一种富有深意的清晰向我展示出那个我还从来没有去过的湖。虽然从国外输入的含羞草和夹竹桃在充满砂石的湖岸边开着花儿，但湖上亮晃晃地结了一大片翠绿色的冰，有个麻脸的爱斯基摩人正白费力气地想用一
54/1 柄鹤嘴锄把冰凿破。我相信要是我给布兰奇·施瓦茨曼博士的

53/6 Mais allez-y, allez-y！：法语；继续干呀，干啊！

54/1 布兰奇·施瓦茨曼博士：约翰·雷提到过。见5/3。

54/2 性欲梦（libidream）：纳博科夫混合“性欲”（libido）和“梦”（dream）而造的词。

54/3 从背部看去（dorsal view）：属于、位于或靠近动物的背部。该词组不是一句话，接下来是其他数个不全的句子。此处风格的确是问题关键，这一章着意嘲笑不成熟或退化的文笔——流行的“女性”小说的陈词滥调；日记作者半生不熟的写作；任何一种比喻性地将莎士比亚置于括号中的用词懒惰。

档案里添上这样一场性欲梦，她准会付给我一满袋钱币。不 54/2
幸，这场梦剩下的那部分明摆着是折中主义的。大黑兹和小黑兹绕着湖骑马前行，我也弓起腿来跨在马上，任凭马上下颠动，尽管两条腿之间并没有马，只有可以伸缩的空气——由于做梦人心不在焉而造成的一个那种小小的疏漏。

星期六。我的心仍然怦怦乱跳。想起那种令人困窘的情景，我仍然忸怩不安，低声呻吟。

从背部看去，可以瞥见短袖圆领汗衫和白运动短裤之间 54/3
的发亮的皮肤。一个送报的男孩子（我猜是肯尼思·奈特）刚把那份拉姆斯代尔《日报》啪的一声十分准确地扔到门廊上；洛把身子探到窗台外面，想扯下窗外一棵白杨树上的几片树叶，一面全神贯注、滔滔不绝地在和下面的那个男孩子说话。我开始蹑手蹑脚地朝她走去——像哑剧演员说的，“一瘸一拐地”朝她爬去。我的胳膊和腿都成了凸面，在它们之间——而不是在它们之上——我凭着一种无明显特性的移动工具慢慢前进：受伤的大蜘蛛亨伯特。我一定花了好几个小时才接近她，我似乎从望远镜的反端看到了她，于是我像一个中风病人似的专心致志地用软弱无力、扭曲变形的四肢朝着她的紧张、瘦小的臀部移动。最后总算到了她的身后，这时我不幸动了想吓唬她一下的念头——抓住她的颈背直摇或

55/1 是诸如此类的动作来掩盖我真正的manège。而她却尖声不客气地抱怨道："快松手！"——口气十分粗鲁，这个小泼妇，谦恭的亨伯特只好神色惨淡地咧嘴笑了笑，闷闷不乐地退下了，她则继续朝街上说着俏皮话。

不过，现在听听后来发生了什么吧。午饭以后，我靠在一张低矮的椅子上，想看一会儿书。突然，两只灵巧的小手蒙住了我的眼睛：她从后面蹑手蹑脚地挨近我，好像在一场芭蕾舞剧的片断中再次表演我上午的伎俩似的。她那想把阳光遮挡住的手指显得通红透亮。我没有改变靠着的姿势，只把一只胳膊从旁边伸到背后去抓她，她发出一阵格格的笑声，身子扭来扭去地闪避着。我的手掠过她灵活的抽动的双腿，那本书像雪橇似的滑离了我的膝头。这时黑兹太太走上前来，溺爱地说道："要是她妨碍了你学术上的思考，就狠狠地揍她好了。我多么喜爱这片花园（她的语气里并没有惊叹的意味）。在阳光下是不是美得出奇（语气里也没有询问的意思）。"这个讨厌的女人做了个假装满意的手势，一屁股坐到草地上，用两只张开的手朝后撑着身子，抬起脸来望着天空。
55/2 不一会儿，一个灰色的旧网球弹起来越过她的头顶。房子里传来洛的傲慢自负的声音："Pardonnez [1]，妈妈。我可不是对着你的。"当然不是，我的顽皮捣蛋的宝贝儿。

55/1 manège：法语；策略。

55/2 网球……我的……宝贝儿：纳博科夫将爱伦·坡的典故与一只网球相配，因为亨·亨正是在打网球的场景中最佳捕捉住了她的美（第231—234页）——让莎士比亚走出了括号，如果你愿意这么说的话。

[1] 法文，请原谅。

一二

这就是二十多条记载中的最后一条。从这些记载中可以看出，尽管具有恶魔的独创性，这项计划一天天地仍然毫无变化。首先，恶魔会对我进行引诱——随后再加以阻挠，让我内心深处感到隐约的痛苦。我完全清楚自己想做什么，该怎么做而不伤害一个孩子的童贞。不管怎么说，在对少女反 55/3
常的性爱生活中，我已取得一些经验；曾经在公园里用眼睛占有过满脸雀斑的性感少女；曾经谨慎而野蛮地挤到一辆城市公共汽车的最燥热、最拥挤的角落，夹在四周拉着吊带站立的学生中间。可是几乎有三个星期，所有我的可怜的谋划都受到了阻挠。阻挠的人通常总是黑兹家的那个娘们（读者会发现，她主要害怕洛从我身上得到什么乐趣，而不害怕我对洛欣赏玩味）。倘若魔鬼没有意识到如果他想多耍弄我一些时间，就得让我略微松弛一下，那么我对那个性感少女——对我一生中用蠢笨、疼痛、胆怯的爪子终于可以抓到的头一个性感少女——产生的热烈恋情肯定会叫我再次住进疗养院。

读者也注意到了那片奇特的“湖水幻景”。而奥布里·麦克费

55/3 对少女反常的性爱（pederosis）：亨·亨如此描述自己的状况。这个词虽然不常见，但还是存在的；源自希腊语*paid-*，意为“孩子”，加上*erōs*，“性爱”（类似*erasthai*：“爱，强烈的欲望”），加上拉丁语后缀，源自希腊语，*-ōsis*，指一种“不正常或有病的状况”（例如*sclerosis*［硬化］）。形容亨·亨这种病态更常见的词是*pedophilia*。

56/1 特（我想给我那个恶魔取这么个姓名）在那个充满希望的湖滨，在那片假想的树林里，给我安排一场小小的娱乐也是顺理成章的事。实际上，黑兹太太所作的许诺带有几分欺诈：她没有告诉我玛丽·罗斯·汉密尔顿（本身也是一个肤色黝黑的小美人）也要参加，那两个性感少女会在一旁低声耳语，会在一旁嬉戏玩耍，自己痛快地乐一乐；而黑兹太太和她的相貌英俊的房客则远远避开旁人窥视的眼睛，半裸着身子安详地交谈。顺带提一句，眼睛的确到处窥探。舌头的确喋喋不休。人生有多奇怪啊！我们急于摆脱的正是我们想要追求的命运。在我到这儿来以前，我的女房东原来打算请一个老处女，费伦小姐来跟我和洛丽塔住在一起。

56/2 费伦小姐的母亲曾经在黑兹太太家当过厨娘。黑兹太太本质上是一个职业妇女，想到最近的城市去找一份合适的工作。黑兹太太把整个局面看得十分清楚：这个戴着眼镜、背有点驼的亨伯特先生带着他欧洲中部的大皮箱前来，想在他的角落里待在一堆旧书后面沾上一身尘土；那个不招人喜爱的丑陋的小女儿就由费伦小姐严加管束。费伦小姐早先有一次已经把我的洛置于她那秃鹰的翅膀底下（洛一想起一九四四年那个夏天就愤怒地发抖）；而黑兹太太自己就在一座气象堂皇的城市里当一名接待员。可是一桩并不怎么特别复杂的事打乱了这个计划。就在我抵达拉姆斯代尔的那天，费伦小姐在佐治亚州的萨瓦纳市摔断了她的髋骨。

56/1 奥布里·麦克费特……我那个恶魔：第52、107、116、210、211、256等页均提到了引起亨·亨不幸遭遇的恶魔般“力量”。亨·亨将奎尔蒂——他的命运（McFate）中最糟糕的一方面——视为“红色野兽”或“红色恶魔”，此时纳博科夫是戏仿那个终极替身，恶魔。红色是奎尔蒂的颜色，正如玫瑰与安娜贝尔和洛丽塔相关（39/3）；她同学的名字“罗斯·卡迈因”（Rose Carmine，第51页）很好地定义了这两个主题（carmine意为“深红色”。——译注）。然而其重要意义与“象征主义”没有关系；红与玫瑰的点彩出于作者笔下，而非出于麦克费特，给忍冬花纹饰添上了一些生动的笔触（见32/7）。色彩的主题一经指出来，就不需要再进一步辨识；但是读者又再次得到提醒：纳博科夫并非“象征主义者”。纳博科夫在读过本注释的第一稿之后，认为我没有足够清楚地说明这一点，而且鉴于笔者略微随意地琢磨有些“红色”意象的影响，他为我提供了以下信息，称之为“与《洛丽塔：注释本》相关的象征和色彩的注释”。此处收入这一段释文，因为我认为这是纳博科夫有关其艺术的最有意义的陈述之一。他写道：

有些小说家、诗人和宗教作家可以使用色彩术语或者数字来纯粹表达象征意义，而我这样的作家，一半是画家，一半是自然主义者，则发现使用象征很讨厌，因为它用一种死去的笼统概念取代了活生生的具体印象。因此，读到你给我的书中“红色”这个笼统概念赋予重要意义，我感到很困惑和沮丧。当读书人拘囿于某种色彩的笼统概念，或者原始概念，就剥夺了此色彩多色调的感觉。在没有分辨出不同色调之前，不同语言中都会用到不同色彩的一般意义。（例如在法语中，头发的“红色”现在用“roux”来表达，意指红褐色［rufous］或赤褐色［russet］，或略带红色的黄褐色［fulvous］）。对于我来说，一只狐狸、一块红宝石、一根红萝卜、一朵粉色玫瑰、一个深色樱桃和红色面庞的不同色调之差异，就如同蓝色与绿色之间的差异，或者高贵血液的紫色（法语为“pourpre”）与英语中的紫蓝色之间的差异。我认为你的学生和读者应该被告知如何观看事物，如何像作者一样区分视觉色调，不要把它们全都堆在“红色”等主观标签下面（此外，用它作为一种性的象征，尽管实际上男性中占主导地位的色调是紫红色至鲜蓝色，在有些猴子中。）……玫瑰或许可以是白色的，甚至是暗红色的。只有漫画家，因为只能使用三种颜色，才用红色来画头发、面庞和血。

见221/2了解关于更多有关色彩的看法。

56/2 费伦小姐（Miss Phalen）：源自法语*phalène*：飞蛾。有关昆虫学典故，见6/1。

一三

在已经描述过的那个星期六后的星期天，天气结果真像气象报告员预报的那样晴朗。用完早餐，我把餐具放回房间外面的那把椅子上，好让我的好心的女房东在她方便的时候取走。接着，我穿着卧室里穿的旧拖鞋——我身边唯一的旧东西——轻轻穿过楼梯平台，来到楼梯栏杆旁边倾听。我偷听到下面的情况。

房子里又发生了一场争吵。汉密尔顿太太打电话来说她女儿“在发烧”。黑兹太太就告诉她的女儿野餐只好延期。脾气火爆的小黑兹就对冷冰冰的大黑兹说如果这样的话，她就不跟她一起去做礼拜。妈妈说很好，就走开了。

我走出房间到楼梯平台上去的时候刚刮完脸，耳垂上还沾着肥皂沫，身上还穿着我那件背部有矢车菊（不是紫丁香）蓝色图案的白睡衣。这会儿我揩掉肥皂沫，在头发上和腋下洒了些香水，披上一件紫红色的绸晨衣，紧张不安地哼着歌曲，走下楼梯去找洛。

我希望有学识的读者都来参与我正准备重新搬演的这个

场景；我希望他们仔细观察所有的细节，并亲自看看整个这件香艳的事，如果用我的律师在我们私下的一次交谈中称作"不带偏见的同情"的目光来看，是多么谨慎，多么纯洁。因此让我们开始吧。摆在我面前的是一项艰巨的工作。

主角：哼着小曲的亨伯特。时间：六月里的一个星期天上午。地点：充满阳光的起居室。道具：旧的条纹图案的长沙发、杂志、留声机、墨西哥小摆设（已故的哈罗德·黑兹先生——愿上帝保佑这个好人——在到韦拉克鲁斯[1]去蜜月旅行时，午睡时间在一个粉刷成蓝色的房间里，叫黑兹太太怀上了我的宝贝儿，那个地方除了多洛蕾丝，四处还有其他一些纪念品）。那天，她穿一件漂亮的印花布连衣裙，以前我见她穿过一次，下摆宽大，胸围紧绷绷的，袖子短短的，粉红色里夹杂着颜色更深的方格子花图案，而且为了完成色彩配合，她还涂了口红，手心里还握着一个好看的、普通的伊甸园红苹果。可是，她没有穿到教堂去穿的鞋子，而且她星期天用的白色钱包也丢在留声机旁边。

看到她在沙发上挨着我坐下，凉快的裙子下摆先鼓起来又落下去，手里仍在玩着那个光滑的红苹果，我的心不禁像击鼓似的咚咚直跳。她把苹果抛到充满阳光和尘埃的空中，再用手接住——苹果落到窝形的手掌中时发出一声清脆的啪嗒声。

[1] Vera Cruz，墨西哥韦拉克鲁斯州的海港城市，是墨西哥的主要港口。

亨伯特·亨伯特把苹果截了去。

“还给我。”她恳求道，一面伸出她那有云石条纹的红润的手掌。我把那个红香苹果递过去。她抓过去咬了一口——我的心就像鲜红的薄皮肤下面的白雪——接着用那种典型的美国性感少女的猴子般的敏捷，她一把夺走了我名义上拿在手中的那本翻开的杂志（可惜没有一部影片记录下这种奇特的方式，记录下我们同时或重叠的像姓名首写字母那样串连在一起的动作）。洛几乎没有受到手里拿的那个咬过一口的苹果的妨碍，飞快、用力地翻着杂志，想要找到什么她希望给亨伯特看的东西。终于找到了。我装着很感兴趣，把头凑上前去，近得她的头发都碰到了我的鬓角，她用手腕去抹嘴的时候，她的胳膊拂过我的脸颊。我透过亮闪闪的、朦胧的光线瞅着那幅图片，反应比较缓慢；她那两个裸露的膝盖就不耐烦地相互磨蹭碰撞起来。后来我模模糊糊地看出来了，原来是一个超现实主义画家舒坦地仰卧在一片沙滩上，在他旁边，也仰卧着的是一个米洛的维纳斯[1]的石膏复制品，一半埋在沙里。下面的说明上写着“本周的代表性插画”。我突然把这个淫秽的东西拿开。霎时间，她装着想要夺回去，一下子扑到了我的身上。我捉住她瘦小的、多骨节的手腕。那本杂志像一只慌乱的家禽似的溜到了地板上。她挣脱了身子，

［1］Milo，爱琴海上希腊的一座岛屿。1820年，在首府普拉卡（Plaka）附近古米洛的遗迹和墓穴里发现了“米洛的维纳斯像”，现收藏在巴黎卢浮宫博物馆。

往后退去，靠在长沙发的右角上。接着，这个蛮横无理的孩子异常单纯地把两条腿伸到我的膝盖上面。

这时我的心情十分激动，已经到了精神错乱的边缘；但我也具有精神病人的狡猾。坐在沙发上，我通过一连串暗中的行动，总算使我隐蔽的欲望逐渐适应她坦荡的四肢。为使这个计谋成功，我需要作出一些隐秘的调整，而在这么做的时候，要分散这个小姑娘的注意力却不是一件容易的事。我话说得很快，弄得呼吸急促，只好喘口气再赶着往下说，又假装突然牙疼，用以解释我为什么说着说着停顿下来——同时用一个疯子内在的目光牢牢地盯住我的遥远、宝贵的目标，我谨慎小心地增强了那种令人着迷的摩擦，想即便不从真实的意义上，也从幻想的意义上，把那种实质上无法除去而心
59/1 容易破裂（friable）：裂开或粉碎。
理上却十分容易破裂的织物（睡衣和浴袍），也就是将横搁在 59/1
我膝头的两条晒得黑黝黝的、沉甸甸的腿与一股难以言传的激情形成的隐秘的肿瘤分隔开的那种织物的质地磨损。我喋喋不休地说着，忽然想到当时流行的一首十分呆板无聊的歌，我把歌词稍微作了一些篡改，吟诵起来——哦，我的卡尔曼，我的小卡尔曼，真美好，真美好，那些美好的夜晚，有星星，有汽车，有酒吧，还有酒吧间的男招待。我不断重复着这些无需思索随口说出的歌词，让她被这些歌词的特殊的魔力

（由于篡改而具有的魔力）镇住，同时我一直提心吊胆，生怕上帝会采取什么行动来加以搅扰，会在我的整个身心似乎都集中在感受那个宝贵的负担的时候把它移开；这种忧虑逼得我在开头一两分钟动作比较仓促，而不像有意调节好的享乐
59/2 那样两相情愿。闪烁的星星、停放的汽车、酒吧，还有酒吧间的男招待，不久都由她接手哼唱起来，她的声音悄悄接过并纠正了我一直唱得支离破碎的曲调。她唱得悠扬动听，甜润悦耳。两条腿横搁在我的充满活力的膝盖上面，微微抽动。我抚摩着她的腿；她懒洋洋地靠在沙发右边角上，手脚几乎都摊开了，少女洛娜，贪婪地吃着她太古时的果子[1]，一边吸着果子的汁水一边唱着，把脚上的拖鞋也弄掉了，于是就用没穿拖鞋、只穿着邋遢的短袜的那只脚的后跟蹭着沙发上我左边的那堆旧杂志——她所做的每一个动作，每一次摇曳和起伏，都帮助我遮掩并改进兽性与美之间——我那受到压制、快要憋不住的兽性与她纯朴的棉布连衣裙里那微微下洼的身躯的美之间那种凭着触觉感应的神秘系统。

在我掠过的手指尖下面，我感到那些细小的汗毛顺着她的小腿非常轻微地竖了起来。我在像夏天的雾霭一般笼罩着小黑兹的那股强烈而健康的热气中晕头转向。让她待下去，让她待下去……在她用力把她吃剩的苹果核扔到火炉围栏里

59/2　停放的（parkled）：亨·亨杜撰的词。

［1］　借用《圣经》蛇引诱夏娃吃果子事。

去的时候，她的少女的体重、她的不知羞耻的天真的小腿和圆滚滚的屁股都在我的饱受折磨、暗暗挣扎的紧张的膝盖上移动。突然，我的意识起了一种神秘的变化。我进入了一个存在的平面，一切在那儿都无足轻重，除了注入的我身体内部酝酿成的欢乐。开头我内心深处根茎的美妙的扩张，变成了一阵充满热情的激动，这阵激动如今达到了在有意识的生活中的其他地方都无法获得的那种绝对安全、自信和仰赖的境界。怀着如此确立起来并正顺利走向最终震动的那种深切炽热的快感，我感到可以放慢节奏，以便延长那股激情。洛
丽塔已经安安稳稳地唯我存在了。隐约的阳光在填补的白杨 60/1
枝叶间颤动；我们意想不到地、神奇地单独待在一起。我瞅着她，她脸色红润，待在金色的尘埃中，在我抑制着的喜悦的帐幔之外，自己并不知晓，而且也显得格格不入。阳光照在她的嘴上，她的嘴似乎仍在哼着《卡尔曼》——酒吧间的男招待那首小调的唱词，而我已经无法意识到了。现在一切
都准备就绪。享乐的神经已经暴露出来。克劳泽的细胞正进 60/2
入疯狂骚动的阶段。最小的一点儿压力就足以使整个天堂敞开。我已经不是“猎狗亨伯特”，那条目光忧伤、体力衰退、紧抱住不久就要把他踢开的靴子的杂种狗了。我已经脱离了被人嘲笑的磨难，也不可能受到什么报应。在我自己修建的

60/1 安安稳稳地唯我存在（safely solipsized）：见12/2。这是一个重要的词（见16/6后半部分）。*Solipsist*这个词形当然是亨·亨的杜撰——一个非常重要的拼凑混合词，表明洛丽塔已经不止是被缩减了身材大小，正如亨·亨已经开始意识到的。尽管亨·亨的“道德尊崇”在《洛丽塔》结尾处得到了表达，早些时候也时不时会有对此稍纵即逝的微妙短暂的一瞥，当时亨·亨提到了性感少女“唯我存在”的状况：“我疯狂占有的不是她，而是我自己的创造物，是另一个想象出来的洛丽塔——说不定比洛丽塔更加真实，这个幻象与她复叠，包裹着她；在我和她之间飘浮，没有意志，没有知觉——真的，自身并没有生命”（第62页）。

60/2 克劳泽的细胞：源自德国解剖学家：指生殖器黏膜上出现的细小的感觉微粒。这里纠正了作者一个错误（Krause中的s替代了1958年版的z）。

60/3 内宅中，我是一个容光焕发、体格健壮的土耳其人，充分意识到自己的自由，故意把享受他的最年轻、最脆弱的女奴的快乐时刻往后推延。我高悬在那个淫逸的深渊边沿（可与艺术领域里的某种技巧媲美的一种微妙的生理平衡），不停地跟着她重复那些偶然想到的歌词——酒吧间的男招待，叫人担心，我的迷人精、我的司机、阿门、阿哈阿门[1]——就像一个人在睡梦中说说笑笑，同时我的兴奋的手顺着她那晒暖了的腿悄悄摸到了不算猥亵可以摸到的地方。前一天，她撞到了门厅里的那个沉重的橱——“瞧呀，瞧呀！”——我喘息着说——“瞧你干了什么，瞧你对自己干了什么，哎，瞧呀。”因为我发誓，在她那性感少女可爱的大腿上的确有一块黄里发紫的瘀伤，我的毛茸茸的大手正在按摩那块伤痕，缓缓地把它盖住——她的内衣裤穿得十分马虎，因而看来没有什么可以阻碍我那粗大有力的拇指伸到她的腹股沟的热乎乎的洼处——就像你可能会搔弄和爱抚一个格格直笑的小孩子那样——就像那样——而且：“噢，这压根儿算不了什么。”她嚷道，嗓音里突然出现一种尖利的声调；她扭来扭去，骚动不宁，把头向后仰去，半转过脸，牙齿咬着她的亮闪闪的下嘴唇，而我那不断呻吟的嘴，陪审团的先生们，几乎伸到了她光溜溜的脖子上，同时我贴着她的左边屁股，把男人或怪物

60/3 内宅（seraglio）：穆斯林房屋中专为妻子和女眷保留的那一部分。

[1] 原文是…… my charmin', my carmen, ahmen, ahahamen …… charmin' 和 carmen。尽管音义不同，读音却相近。

所体验过的时间最久的销魂的最后一阵颤动扑灭。

随后（好像我们原先一直在搏斗，这会儿我的手才放松似的），她立刻滚下沙发，一跳站起身来——或者不如说是用一只脚站着——以便去接那个响得吓人的电话。我觉得那个电话可能已经响了很长时间。她站在那儿，眼睛扑闪扑闪，脸蛋儿火红，头发斜披着，她的目光像掠过家具似的满不在乎地掠过我的身子。在她边听边说的时候（电话那头是她母亲，她母亲叫她跟她一块儿去查特菲尔德家吃午饭——洛和亨眼下都还不知道爱管闲事的黑兹在搞什么鬼），她用手里拿着的一只拖鞋不断轻轻敲打着桌子的边。感谢上帝，她什么也没有注意！

我拿出一条色彩缤纷的绸手帕（她在听电话的时候，留神的眼睛顺带看了看这条手帕）擦掉额头上的汗水，一面沉浸在轻松愉快的心情里，把堂皇的浴衣重新整理了一下。她仍在听电话，跟她母亲争论不休（要妈妈开车来接她，我的小卡尔曼）。这当儿，我越唱越响，大摇大摆地走上楼梯，哗啦啦地朝浴缸里放了好多热气腾腾的水。

这会儿，我最好还是把那首风行一时的歌的歌词全文写出来——至少就我记忆所及——我想我始终没有完全记对。歌词是这样的：

哦，我的卡尔曼，我的小卡尔曼！
真美好，真美好，那些美好的夜晚，
有星星，有汽车，有酒吧，还有酒吧间的男招待——
还有，哦，我的可爱的人儿，我们可怕的搏斗。
还有那美好的市镇，我们胳膊挽着胳膊，
喜气洋洋地在那儿徜徉；还有我们最后的争吵，
还有我用来杀你的那把枪，哦，我的卡尔曼，
那把我现在手里握着的枪。

62/1 （我猜他抽出点三二口径的自动手枪，对着他情妇的眼睛射出一颗子弹。）

62/1 抽出点三二口径的自动手枪：其实并没有实施的为报复而谋杀洛丽塔；见第280页。

一四

我在城里吃了午饭——好多年都没有这么饿了。等我缓步走回家的时候，房子里还没有洛的踪影。整个下午我都在沉思默想，暗自筹划，乐滋滋地玩味着上午的经历。

我为自己感到得意，没有损害一个未成年人的品行，就窃取了一阵甘美甜蜜的亢奋。绝对没有造成什么伤害。魔术师把牛奶、糖蜜、满是泡沫的香槟酒都倒进一个年轻女子崭新的白色手提包；你瞧，那个手提包仍完好无损。我就这样精巧地构思出我的炽热、可耻、邪恶的梦境，不过洛丽塔还是安全的——我也是安全的。我疯狂占有的并不是她，而是我自己的创造物，是另一个想象出来的洛丽塔——说不定比洛丽塔更加真实，这个幻象与她复叠，包裹着她，在我和她之间飘浮，没有意志，没有知觉——真的，自身并没有生命。

那个孩子什么都不知道。我对她什么都没干。而且也没有什么妨碍我把这种行为再做一次；这种行为对她的影响微乎其微，就好像她是银幕上晃动的一个有血有肉的形象，而我则是一个在黑暗中手淫的谦恭、驼背的人。下午在一片岑

寂中不知不觉地缓缓过去，生机勃勃的参天大树似乎了解内情；我又受到欲望的折磨，比先前甚至更为强烈。让她快回

62/2 来吧，我向一位外来的上帝祈祷，趁妈妈在厨房里的时候，让长沙发上的那场戏再演一次，行行好吧，我那么可怕地对她倾心爱慕。

不，“可怕”这个词不对。新的欢乐的梦想使我内心充满了喜悦振奋，这不是可怕，而是可悲。我把它称作可悲。可悲——因为尽管我有炽热的、贪得无厌的性欲，但我却打算以最强烈的力量深谋远虑地保护这个十二岁孩子的清白。

现在且看看我的苦心付出了什么代价。洛丽塔并没有回家——她跟查特菲尔德家里的人去看电影了。餐桌比平时布置得更为雅致，你看多怪，竟点着蜡烛。在这种令人厌恶的气氛中，黑兹太太好像按着钢琴琴键似的轻轻摸了摸她盘子两边的银餐具，随后笑盈盈地低头望着她的空盘子（她在节食减肥），说她希望我爱吃那种色拉（照一本妇女杂志上说的做法做的）。她希望我也爱吃那些冷切肉。那是一个十分美好的日子。查特菲尔德太太是一个可爱的人。她的女儿菲利斯明儿就要去夏令营。去三个星期。已经决定，洛丽塔星期四也去，而不是像最初计划的那样等到七月。而且在菲利斯回来后仍旧待在那儿。一直待到开学。真是一个美好的前景，

62/2 外来的上帝（loan God）：源自一种文化序列（例如，希腊—罗马、希伯来—基督教）；在最初的平装本中是“lone”，因此对于批评者来说是一种“存在的形象”。

我的心肝。

噢，听到这个消息我多么吃惊——因为，这不意味着正当我暗地里把我的宝贝儿据为己有后，就要失去她了吗？为了解释我的恶劣的心情，我只好又使用早上已经假装过的牙疼的办法。准是一颗大臼齿蛀了，脓肿的样子就像用黑樱桃酒浸泡过的一颗樱桃。

63/1 奎尔蒂大夫："剧作家"是其侄儿（或表弟）克莱尔·奎尔蒂。有关暗指"奎尔蒂"之处的概述，见31/9。

"我们这儿有一个十分出色的牙科大夫，"黑兹说，"实际
上就是我们的邻居奎尔蒂大夫。我想他大概是那个剧作家的 63/1
叔叔或表哥。你觉得一会儿就不会疼了？好，随你的便。秋天，我要请他把她'稳住'，像我母亲常说的那样。这也许可以叫洛受到一点儿约束。这些日子恐怕你一直给她搅得够呛。她走以前，我们免不了还要碰上两三个吵吵闹闹的日子。她干脆就不肯去。我承认我把她托给查特菲尔德家的人照管，就是因为眼下我还不敢单独面对她。这场电影也许会叫她平静下来。菲利斯是一个很可爱的姑娘。洛压根儿没有理由不喜欢她。真的，先生，我为你的这颗牙齿感到十分不安。要是你的牙还疼的话，那么完全应当让我明儿一早立刻去和艾弗·奎尔蒂联系。你知道，我觉得夏令营相当有益身心，而且——嗨，像我说的，那完全要比在市郊的一片草地上闷闷不乐地想心事，使用妈妈的唇膏，追求腼腆的、研究学问的

先生，为了一点儿小事就乱发脾气合情合理得多。”

“你能肯定，”我终于说道，“她在那儿会快乐吗？”（这句话说得软弱无力，非常软弱无力！）

64/1 “她最好去，”黑兹说，“也不会光是玩耍。夏令营是雪莉·霍姆斯组织的——你知道，就是《营火少女》那本书的作者。营地生活会教多洛蕾丝·黑兹在许多方面得到成长——健康、知识、性情。特别是对别人的责任感。我们要不要拿着蜡烛到外面的门廊上去坐一会儿？还是你这就想上床睡觉，让那颗牙不再疼呢？”

让那颗牙不再疼。

64/1 雪莉·霍姆斯（Shirley Holmes）：源自阿瑟·柯南·道尔（1859—1930）著名的侦探主角夏洛克·福尔摩斯（见250/5）。纳博科夫在十至十五岁期间是福尔摩斯迷，这个热情消退了，但仍有一些遗留。小说《普宁》结尾时，叙述者写道“我在一间漂亮、通风、布置得挺好的房间里度过了一个失眠的夜晚，那间屋子的门窗都关不严，我在床头柜上用一本经常带在身边的《福尔摩斯探案选集》垫起一盏台灯”（第190页）。《塞巴斯蒂安·奈特的真实生活》的叙述者“采用了一种夏洛克·福尔摩斯的老策略”（第151页）；在《绝望》中，赫尔曼直接提到了柯南·道尔：“你错过了多么好的机会、多么好的题材啊！你本来可以写出最后一个故事，结束整个夏洛克·福尔摩斯时代；最后一集美好地抵消了所有其他；这个故事里的杀人犯不应该是那位缺一条腿的会计，不是中国人秦，不是穿红衣的女子，而是犯罪故事的编年史家，华生医生本人——华生，按理说，也知道‘怎么回事’（原文为Watson know what was Whatson。Whatson拆开则为What's on，即“怎么回事”。——译注）。这是令读者惊讶的事情”（第121—122页）——也是比喻性地描述纳博科夫自己的叙述策略。约翰·谢德在《微暗的火》第一章中想到：“他莫非是《夏洛克·福尔摩斯》中那个家伙/倒退他那革履，从而足迹朝后指向？”（第27—28页）。在评论中，金波特在认出福尔摩斯之后说他“怀疑这个《倒走足迹的大案》纯属我们这位诗人自己杜撰出来的”（第78页），暗指《巴斯克维尔的猎犬》（1902）。他错了，但是他的疑问概括了纳博科夫经常戏仿和改变这一类型小说的方法和主题的方式，正如“雪莉·霍姆斯”也是诙谐地提醒读者：除了其他之外，《洛丽塔》还是某种神秘故事，需要大量足不出户的侦探活动。见关于爱伦·坡和侦探小说的看法，9/2。有关这个“推理故事”倒数第二的时刻，见272/1；有关福尔摩斯的内涵典故，出自《防守》，见272/2。

一五

第二天，她们开车到闹市区去购买营地生活需要的用品：购买任何穿戴的衣物都会对洛产生奇妙的效果。晚饭时她似乎又现出了平日那种爱好讥讽的神气。饭后，她立刻上楼去
64/2 到自己的房间，埋头翻看买来供她下雨天在奎营地翻阅的连环漫画册（到星期四她已经把这些连环漫画册彻底翻阅过了，就留着没带）。我也退进我的巢穴，写几封信。我的计划是动身到海滨去住上一阵子，等到学校开学的时候，再回来住在黑兹家；因为我已经知道没有这孩子我就无法生活。星期二，她们又去买东西，并说在她们外出的这段时间里要是营地女主人打电话来，就请我接一下。她倒真打电话来了。一个多月以后，我们得到机会回忆我们这次愉快的交谈。那个星期二，洛在她的房里吃晚饭。在跟她母亲惯常地争吵了一次后，她哭了很久，于是像以前几次一样，她不希望我看到她红肿的眼睛：她面色娇嫩，大哭一场以后就变得满是泪痕，涨得通红，病态地显得十分迷人。我对她在我个人的审美观点上
64/3 所犯的错误感到十分遗憾，因为我就爱波提切利那种淡红的

64/2 奎营地（Camp Q）："Cue"（发音为Q。——译注）是奎尔蒂的绰号。纳博科夫说："'Q' 在法语翻译中必须改成 'Kilt'，因为可怕的双关语，Q=cul!"（意为"屁股"）。

64/3 波提切利那种淡红：波提切利（Sandro Botticelli，1444或1445—1510），意大利早期文艺复兴大师，因温柔地描绘感性而忧郁的女性气质而著名。他的油画《春》中描绘美惠三女神形象最突出的色彩就是这种淡红，而"湿漉漉、缠结在一起的睫毛"则表明他著名的《维纳斯的诞生》，亨·亨在第270页和274页上提到了它。在《黑暗中的笑声》里，失明的欧比纳斯试图将不连贯的声音转变为色彩，"正好同试图想象波提切利的天使们会有什么声音相反"（第242页）。

色调，那种自然的玫瑰色的嘴唇，那些湿漉漉的、缠结在一起的睫毛。自然，她的羞怯的怪念头使我失去了许多次华而不实地获得安慰的机会。然而，其中的意义还不只是我以为的那样。当我们坐在黑魆魆的走廊上的时候（她的红蜡烛给一阵疾风吹灭了），黑兹惨淡地笑了笑，说她已经告诉洛她心爱的亨伯特完全赞成整个夏令营的主意。“这下子，”黑兹接着说，“那孩子又大发脾气，借口说，你和我想要把她甩掉；实际的原因是，我告诉她明儿我们要把她硬逼着我替她买的一些过于花哨的睡衣等换成素净一点的织物。你瞧，她把自己看作一个小明星；我却只把她看作一个结实、健康但相貌绝对平常的孩子。我看这就是我们吵闹的根源。”

星期三，我设法在洛经过的时候拦住了她一会儿：当时她穿着一件圆领运动衫和一条绿花的白短裤，正在楼梯平台上的一个大皮箱里翻找东西。我说了一句表示友好的、逗趣的话，但她只哼了一声，并没有用眼睛看我。气息奄奄的亨伯特不顾一切，
相当笨拙地在她的尾骨上拍了一下，而她却用已故的黑兹先生的 65/1
一个鞋楦回了他一下，打得他很疼。“你这两面三刀的家伙。”她说。我揉着胳膊，慢吞吞地走下楼去，露出一脸悔恨的神色。她不肯放下架子，来同亨和妈妈一块儿吃饭；洗了头，就抱着漫画书上了床。星期四，镇静的黑兹太太开车把她送到奎营地去。

65/1 她的尾骨：脊柱的尾部。

正如比我伟大的作家所说的那样："让读者去想象吧"，等等等等。转念一想，我还是让这类想象遭到意想不到的波折为好。我知道我已经永远爱上洛丽塔了，但是我也知道她不会永远是洛丽塔。到一月一日，她就十三岁了。再过差不多两年，她就不再是一个性感少女，而是变成一个"年轻姑娘"，随后再变成一个"女大学生"——最最讨厌的人物。"永远"这个词是仅就我自己的激情而言，仅就反映在我血液中的那
65/2 个不朽的洛丽塔而言。那个髂脊还没有展开的洛丽塔，那个今天我可以抚摸、鼻嗅、耳听、眼观的洛丽塔，那个嗓音刺耳、长着一头浓艳的褐发的洛丽塔——前面梳着刘海，两侧形成涡状短发，背后则是一绺一绺的鬈发，黏答答、热乎乎的颈项，嘴里满是粗鄙的词汇——"糟透了""顶呱呱的""肉感的""傻瓜""讨厌鬼"——那个洛丽塔，我的洛丽塔，可怜
66/1 的卡图卢斯永远赢不了。因此我怎么经受得住在夏天失眠两个月而见不到她呢？在她的性感少女时期的最后两年中整整有两个月都见不到她！我是否该把自己装扮成一个愁眉苦脸的老派的姑娘，样子粗笨的亨伯特小姐，把我的帐篷搭在奎营地的外边，一心希望营地上的那些肤色褐黄的性感少女会
66/2 嚷道："让我们收下这个嗓音低沉的背井离乡的人吧。"随后就
66/3 把这个神情忧伤、露出羞怯的笑容的大脚贝尔特拉到她们质

65/2 髂（iliac）：解剖学用词；同 *ilium* 有关，是"构成骨盆外侧的三块骨头中上背部那块"。

66/1 卡图卢斯永远……：卡图卢斯（Caius Valerius Catullus，约前84—前54），罗马抒情、色情和讽刺诗人。亨·亨说"那个洛丽塔，我的洛丽塔"（第65页），即是回应卡图卢斯呼唤他迷人的莱斯比亚（Lesbia），以及英国诗人托马斯·坎皮恩（Thomas Campion，1567—1620）的仿作《我甜蜜的莱斯比亚》（1601）等。见45/1和151/1。

66/2 背井离乡的人（D.P.）：二战期间和不久之后，难民被正式称为"Displaced Persons"；缩写为D.P.。

66/3 Berthe au Grand Pied：大脚的贝尔特（Bertha），或贝特拉达（Bertrade）；这种称呼没有贬义。她是法国历史人物（783年去世），是矮子丕平（Pépin le Bref）的妻子和查理曼的母亲，弗朗索瓦·维庸（François Villon）在他的歌谣中也以叠句"*Mais où sont les neiges d'antan?*"（但昔日的雪在哪里？）暗指她。

朴的家中。贝尔特于是就跟多洛蕾丝·黑兹睡在一起！

空洞无聊的梦想。两个绮丽美好的月份，两个温柔旖旎
的月份，就会给永远地浪费掉，而我毫无办法，mais rien，对 66/4
其毫无办法。

66/4 mais rien：法语；但毫无办法。

可是，那个星期四，一滴难得的蜂蜜倒确实落进了橡果的壳斗。黑兹预备一大早开车把她送到营地上去。一听到出发前的各种杂乱的声音，我就从床上一骨碌爬起来，把身子探到窗外。在白杨树下，汽车已经给发动了。路易丝站在人行道上，手搭凉篷，仿佛那个小游客已经驶到初升的太阳中去了。那个手势结果做得太早了。“快点儿！”黑兹喊道。我的洛丽塔半个身子已经到了车里，正想砰地关上车门，摇下车窗玻璃，朝路易丝和白杨树（她就此再也没有见到的路易丝和那些白杨树）挥手告别，忽然中断了命运的运转：她抬头看了看——接着就又往回跑进房子（黑兹在她身后拼命地叫唤）。不一会儿，我就听见我的心上人跑上楼梯。我的心极为有力地不断膨胀，几乎都把我毁了。我急忙拉起睡裤，猛地把门拉开；就在这当儿，洛丽塔穿着外出穿的连衣裙，气喘吁吁，踏着重重的步子，正好到了，接着便扑到我的怀里，她那纯洁无邪的嘴在男子汉狠毒的嘴凶猛的亲吻下变得软绵绵的，我的心房突突乱跳的宝贝儿！在接下去的那个瞬间，

我听见她——充满活力，没有受到欺负——噔噔噔噔地跑下楼去。命运重新开始运转。那条白皙的腿给拉上车去，车门砰的一声关上——又重关了一下——驾车的黑兹使劲扳着方向盘，口红涂得很厚的嘴唇上下翕动，说着什么无法听见的气话，开车把我的宝贝儿带走了。而她们或路易丝都没注意到，病恹恹的老奥波西特小姐正在她那爬满青藤的走廊上虚弱无力而又颇有节奏地挥着手。

一六

我的手掌心里仍然充满了象牙般的洛丽塔——充满了对她那发育前期向内弯曲的脊背的感觉，也就是我抱着她时，隔着薄薄的连衣裙上下抚摸她的肌肤的那种象牙般光润、滑溜的感觉。我大步走进她的乱七八糟的房间，猛地拉开壁橱橱门，钻到一堆曾经接触过她的皱巴巴的衣服中间。其中特别有一件粉红色的衣衫，质地单薄，已经破了的线缝处微微有股刺鼻的气味。我用它裹着亨伯特的巨大充血的心房。心中涌起一阵激动纷乱的情绪——但我不得不丢下这些东西，赶快恢复镇定，因为这时我听到了女佣在楼梯上轻轻地唤我的软绵绵的嗓音。她说她有封信要交给我；接着听到我不假思索表示的谢意后，亲切地回了句“您别客气”，善良的路易丝就把一封没贴邮票、外表干净得出奇的信交到我颤抖的手里。

> 这是一份供状：我爱你（信就这样开始了。有一刹那，我误会了，错把信上歇斯底里的潦草笔迹当作一个女学生的信笔涂抹）。上星期天在教堂里——你真坏，不

肯去看我们漂亮的新窗户！——就在上星期天，亲爱的，当我向主请示对这件事究竟该怎么办的时候，我才受到启示，叫我采取目前这样的行动。你瞧，根本没有别的办法。从我见到你的那一刻，我就爱上了你。我是一个感情热烈的孤独的女人，你就是我生命中的恋人。

67/1 现在，我最最亲爱的人儿，mon cher, cher monsieur，你已经看了这封信；现在你知道了一切。因此，请你是否立刻收拾好行李就离开。这是一个女房东的吩咐。我在把一个

67/2 房客打发走。我在把你撵出门去。走吧！快走！ Departez！如果我来回都以每小时八十英里的速度行驶，又没出什么事故（但是出了事故又有什么关系？），那我在晚饭时就会回来，我不希望看见你还在家里。务必请你马上离开，就是现在，甚至不用把这封荒唐的信看完。走吧。再会。

68/1 Chéri，情况十分简单。当然，我完全肯定我对你算不了什么，压根儿算不了什么。是啊，你喜欢跟我谈话（戏弄我这个可怜的人），你已经变得喜欢我们的舒适怡人的屋子，喜欢我爱好的书籍，喜欢我的美丽的花园，甚至喜欢洛的吵吵闹闹的样子——但我对你却算不了什么。对吗？对。就你来说，根本算不了什么。可是，如果看了我的“供状”以后，你按照你的隐晦、浪漫的欧

67/1 mon cher, cher monsieur：法语；我亲爱的，亲爱的先生。
67/2 Departez：是“离开”这个法语词的错误拼法。正确拼法是：Partez。
68/1 Chéri：法语；亲爱的。

洲方式认定我对你还有一定的吸引力，正好可以利用这封信来跟我调情，那你就是一个罪犯——比奸淫幼女的诱拐犯还要恶劣。你瞧，chéri。如果你决计留下来，如果我发现你还在家里（我知道不会的——这就是为什么我能这样继续往下写的缘故），你留下来这个事实只意味着一件事：你也像我需要你那样需要我：作为一个终身伴侣；你预备把你的生活跟我的生活永远、永远连接在一起，并且做我小女儿的父亲。

让我再东拉西扯地胡说上一会儿吧，最亲爱的人儿，因为我知道这封信这会儿已经给你撕成（字迹无法辨认的）碎片，扔到抽水马桶里抽掉了。最亲爱的人儿，mon 68/2
très, très cher，在这个神奇的六月里，我为你建造了怎样一个爱的世界啊！我知道你多么矜持，多么“英国派”。你那老派的含蓄，你那稳重得体的观念可能会因一个美国姑娘的大胆冒失而受到震动！你总不让人见到自己最强烈的感情，看到我把自己可怜的受过伤害的心这样暴露出来，一定认为我是一个不知羞耻的小傻瓜。在过去的岁月里，我经受了许多失意的事。黑兹先生是一个极好的人，一个品格高尚的人，但他偏偏比我要大二十岁，而且——得了，我们还是别去谈论过去吧。最亲爱的人儿，如果你不

68/2 mon très, très cher：法语；我最最亲爱的。

顾我的请求，一直看到这封信的苦涩的结尾，那你的好奇心一定得到了很大的满足。不要担心。把信毁掉，走吧。别忘了把钥匙放在你房间里的书桌上。请在一张小纸片上留下地址，这样我好把到这月底欠你的十二块钱还给你。再见，亲爱的。为我祈祷吧——要是你祈祷的话。

夏·黑

我在此让读者看到的是我记得的那封信的内容，而我记得的那封信的内容又是我逐字逐句记下的（包括那些糟透了的法文）。原来的信至少还要长两倍。我略去了一个当时多多少少跳过去的抒情段落，讲的是洛丽塔的弟弟，他两岁的时候死了，那时洛丽塔四岁，她说不然我会多么喜欢他。让我想想我还有什么可说的。对了。"抽水马桶里抽掉"（那封信倒确实给扔进了抽水马桶）这几个字很有可能是我自己实事求是所作的贡献。她大概请我专门点个火把信烧了。

我的头一个念头是厌恶和退避。我的第二个念头则像一位朋友镇定的手放到我的肩头，吩咐我不要性急。我照着做了。我从迷乱中清醒过来，发觉自己仍旧在洛的房间里。从一本华而不实的杂志上扯下的一整页广告钉在床头的墙上，

69/1 正好在一个低吟歌手的嘴和一个电影女演员的眼睫毛之间。

69/1 低吟歌手的嘴（crooner's mug）：摇滚乐年代的许多年轻读者不知道"低吟"（croon）是"低声唱，尤其是对着贴近嘴的麦克风唱"（《韦氏词典》第3版），但这并没有很好地定义被亲切地称为"哼唱歌手"（The Groaner）的平·克劳斯贝（Harry Lillis［Bing］Crosby，1904—1977）、弗兰克·辛纳屈（1915—1998）和梅尔·托尔梅（Mel Tormé）等作品所表现的歌谣吟唱浪漫风格。亨·亨抱怨流行歌手时（148/1），并没有提到他们。纳博科夫的高标准出于本能，即使在这些他不熟悉的领域。

广告上是一个黑头发的年轻丈夫，他那爱尔兰人的眼睛里露出一种精力衰竭的神色。他正在试穿某某公司裁制的一件晨衣，手里托着某某公司制作的一个桥形托盘，里面摆了两份早餐。托马斯·莫雷尔牧师写的那篇传奇作品把他称作一个 69/2
“征服的英雄”。（广告上看不到的）那个被彻底征服的女人大概正半撑起身子来拿她在托盘里的一份早餐。跟她同床的那个家伙怎么没有弄脏衣服就把那个桥形托盘托起，不大清楚。洛对着那个形容枯槁的情人的脸开玩笑地画了一个箭头，并且用印刷体大写字母写了：亨·亨。真的，尽管年龄相差几岁，却惊人地相似。在这张广告下面是另一张图片，也是一张彩色广告。一个著名的剧作家正一本正经地在抽一支骆驼 69/3
牌香烟。他总抽骆驼牌。从这张图片上看不出什么相似之处。在这张图片下面，就是洛的纯洁的床，床上乱扔着一些“连环漫画”册。床架上的瓷漆已经剥落，在白架子上留下一些多少成圆形的黑色斑点。等我确信路易丝已经走了以后，我就在洛的床上躺下，把那封信又看了一遍。

69/2 莫雷尔……“征服的英雄”：托马斯·莫雷尔（Thomas Morell，1703—1784），英国古典学者，曾写了歌谣《看啊，征服的英雄来了》。亨德尔（1685—1759）在他的清唱剧《约书亚》（*Joshua*）和《犹大·马加比》（*Judas Maccabeus*）中用到了它。在《约书亚》中，少年合唱队开始唱道，“看那征服的英雄来了！吹响号角，打起鼓来”（第3场，第2幕）。也用在纳撒尼尔·李（Nathaniel Lee，1653—1692）的悲剧《大河女王》（*The River Queens*，1677）较晚的版本中。乔伊斯的《尤利西斯》提到勾引莫利的布莱泽斯·博伊兰时也曾加以引用（1961年兰登书屋版，第264页）。“征服的英雄”位于奎尔蒂图片上方，这很恰当，因为这个格言预示了他的胜利。至于说像亨·亨的那个1949年杂志广告，他的描述非常准确，那是为维耶勒晨衣做的广告，有点意思。该广告在大卫·奥格威（David Ogilvy）的《奥格威论广告》（*Ogilvy on Advertising*，1983）中有彩色复制（第86页）。见插页。有关乔伊斯，见4/11。

69/3 一个著名的剧作家……骆驼牌香烟（A distinguished playwright ... Drome）：指奎尔蒂。Dromedary是单峰骆驼，亨·亨玩弄着熟悉的香烟品牌，同时纠正厂商的错误：严格说来，香烟盒上的动物并不是camel（骆驼牌香烟壳子上画着一只单峰骆驼，英文商标是“Camel”，但是camel这个词通常指双峰骆驼。——译注）。亨·亨的旁白，“看不出什么相似之处”，指向43/8，据说他同奎尔蒂相像。还请注意“纯洁的床”是在奎尔蒂下面。见31/9了解所有暗指奎尔蒂的地方。

See The Conquering Hero Comes—in a Viyella. Robe!
Sound the trumpets, beat the drums, see the conquering hero comes—dressed to the nines in a Viyella robe, and armed with Sunday breakfast for his deserving bride. The superb thing about a Viyella bathrobe is that you can *wash* it. If it shrinks, we replace. Lamby-soft Viyella (rhymes with hi-fella) wears for *years*. A customer who bought a Viyella shirt eleven years ago tells us that he has had it washed and cleaned more than sixty times. "The colors are just as bright and distinct as when it was new . . . the only casualty throughout the years has been the loss of two buttons." Viyella robes (like the one our hero is wearing) come in authentic tartans, tattersalls, checks, stripes and plain colors. They weigh only 21 ounces and can be packed in your brief case next time you travel. $28.50 at fine stores everywhere. For the name of your nearest retailer write William Hollins & Company, Inc., 347 Madison Avenue, New York 17, New York. MU 4-7330.

一七

陪审团的先生们！我不能发誓说跟手头这桩交易有关的某些意念——假如我可以杜撰一个短语的话——以前没有掠过我的心头。不过我心里并没有按照任何合乎逻辑的形式，或者因为这些动机与回忆起的任何场合有联系而把它们保留下来；但我不能发誓说——让我再重复一遍——在我朦胧的思想中，在我隐秘的恋情中，我没有胡乱地动过这种意念（草草地再拼凑一个短语）。也许有好多次——一定有好多次，如果我了解我的亨伯特的话——我曾经把下面这样一个念头提出供自己超然地检阅：娶一个在广大、阴暗的世界上留有不止一个亲属的成熟老到的寡妇（比如说，夏洛特·黑兹），只是为了好对她的孩子（洛，洛娜，洛丽塔）为所欲为。我甚至预备告诉折磨我的人说也许有一两次，我曾经对夏洛特鲜红的嘴唇、黄褐色的头发和低得危险的领口投去一个鉴赏家的冷冷的目光，并且模模糊糊地试图把她安排在一场貌似真实的白日梦中。我在拷问下承认了这一点。也许是假想的拷问，但更为可怕。我希望可以把话扯开，多告诉你

70/1 一些pavor nocturnus，它总是在我偶然想起童年随意阅读时见
70/2 过的一些词语，比如peine forte et dure（准是一个什么“痛苦
的天才”想出了这句话！）或是“创伤”、“创伤事件”和“绞
架横档”这种叫人恐惧的、神秘的、险恶的词语之后，夜间
十分可怕地折磨我。可是我的叙述已经够杂乱的了。

过了一会儿，我销毁了那封信，回到我的房间，左思右
想，搔乱我的头发，理好我的紫色晨衣，咬紧牙关发出一阵
呻吟。突然——突然，陪审团的先生们，我觉得脸上（通过
70/3 把我的嘴扭歪了的那副难看的怪相）露出了一丝陀思妥耶夫
斯基的狞笑，就像远处一线可怕的阳光。我（在新的、清晰
可见的情况下）想象着洛丽塔母亲的丈夫可以尽情加在洛丽
塔身上的那些不拘礼节的爱抚。每天，每一天，我都要搂抱
她三次。我的所有烦恼都会给排除，我会成为一个健康的人。
“把你轻轻地抱坐在一个柔和的膝头，在你光润的脸蛋儿上印
70/4 上父亲的吻……”博览群书的亨伯特啊！

接着，我尽量谨慎小心地，可以说是内心蹑手蹑脚地把
70/5 夏洛特想象成一个可以凑合的配偶。天哪，我可以勉力把那
个为了节约分成两半的葡萄柚，那顿无糖的早餐端去给她。

亨伯特·亨伯特在刺眼的白光下汗流浃背，汗流浃背的警察朝他吼叫，用脚踩他。他把自己的良心彻底抖搂出来，

70/1　pavor nocturnus：拉丁语；夜晚的恐慌。奎尔蒂居住在“Pavor Manor”（帕沃尔府）（第293页）。

70/2　peine forte et dure：法语；剧烈、冷酷的折磨。

70/3　陀思妥耶夫斯基的狞笑：陀思妥耶夫斯基（1821—1881），著名俄国小说家，长期以来都是纳博科夫主要的攻击目标之一。在《花花公子》访谈中他说：“非俄语读者没有意识到两件事情：并非所有俄国人都像美国人这样喜爱陀思妥耶夫斯基，而大部分喜爱他的俄国人崇拜他是作为一个神秘主义者而非艺术家。他是一位预言家、哗众取宠的记者和马马虎虎的喜剧作家。我承认他有些场景、有些极其喧嚣的大吵大闹非常好笑，但是他那些敏感的杀人犯和深情的妓女简直令人一刻都不能忍受——至少本读者这样认为。”“陀思妥耶夫斯基式的交心谈话和忏悔也不对我的胃口”，他在《说吧，记忆》中这样写道（第286页）。但是亨·亨却是“敏感的杀人犯”的终极代表，纳博科夫通过将他的故事以“忏悔”的方式叙述出来，让陀思妥耶夫斯基制定规则，然后在“老陀”（**纳博科夫如此戏谑地称呼陀思妥耶夫斯基，原文为“Old Dusty”，发音近似陀思妥耶夫斯基，意为“旧尘埃”。——译注**）自己的游戏中击败了他。见40/6了解有关对另一个与忏悔相关的传统——文学日记的看法。

70/4　博览群书的亨伯特：他引用的几行诗出自英国诗人拜伦（1788—1824）的《恰尔德·哈罗尔德游记》（1812、1816、1818）第3章第116节。这几行出现在这一章快要结尾处（第1080—1081行），是对哈罗尔德不在场的女儿爱达说的。拜伦当时在意大利，疏离了他为了得到安宁和受人尊敬而娶的妻子——亨·亨无疑会赞赏这种做法，他会同情这位多情的诗人因为与同父异母姐姐乱伦而导致的困境。拜伦医生是黑兹家的医生，他也有一个女儿（95/2）。但是作为诱惑罪的不知情的同谋犯，他辜负了自己的名声，因为他开出的安眠药在“着魔的猎人”旅店没有起到作用（见第128页）。拜伦的作品和拜伦的奥古斯塔·爱达这位本身就很有天赋的女孩（**拜伦的女儿奥古斯塔·爱达［Augusta Ada，1815—1852］是颇有成就的数学家和作家。——译注**）在纳博科夫最长的小说《爱达或爱欲》中也得到回应，正如“拜伦式”（以及夏多布里昂式）乱伦主题也在其中得到回应；爱达·维恩甚至在一出名为《唐璜最后的狂欢》的影片中出演个小角色。纳博科夫对拜伦了解至深，这在他的《〈叶甫盖尼·奥涅金〉评注》全书中表现得非常清楚（见第4卷索引，“拜伦”条目）。

70/5　夏洛特：歌德（1749—1832）所著《少年维特之烦恼》（1774）中维特的悲剧性恋人的名字。名字的选择显然具有讽刺性，因为歌德的夏洛特嫁了别人。哭哭啼啼的维特也算是个艺术家，始终无望地爱着她，最后自杀了。“这部小说依旧有种过时的魅力，但在艺术上远逊于夏多布里昂的《勒内》，甚至不如贡斯当的《阿道尔夫》”，纳博科夫在他的《〈叶甫盖尼·奥涅金〉评注》（第2卷，第345页）中如此说。见76/1。第240页也提到了歌德。关于夏多布里昂，见145/4。

把里边的衬里也扯掉了，现在他预备再写一份“供述”了
70/6 (quel mot！)。我并不打算和可怜的夏洛特结婚，好用什么粗野、可怕、危险的方式把她干掉，比如在她餐前喝的雪利酒里放上五片二氯化汞把她毒死，或是诸如此类的事；不过一个密切有关的、配制现成药品的念头倒确实在我那能发出响亮声音而又模糊的头脑里丁当作响。干吗把自己限制在我已尝试过的那种腼腆的、遮遮掩掩的爱抚上呢？别的倒凤颠鸾的幻景欢快地晃动着呈现在我的眼前。我想象自己给母女俩服了一剂强效安眠药水，这样就可以整夜泰然自若地抚弄那个女儿。房子里充满了夏洛特的鼾声，而洛丽塔在睡梦中却几乎无声无息，像画上的女孩儿一样安静。“妈妈，我发誓肯尼根本连碰也没有碰我。”“你不是撒谎，多洛蕾丝·黑兹，就
71/1 是那是一场噩梦。”不，我不会到那种地步。

梦魔亨伯特就这样暗自筹划，想入非非——欲望和决断（创造一个充满活力的世界的两项要素）的红日越升越高，而在一个个阳台上，一个又一个放荡的汉子手里拿着晶莹闪亮的酒杯，为过去和未来夜晚的幸福干杯。随后，形象地说，我把玻璃杯摔得粉碎，大胆地想象着（因为那时候我被那些幻象弄得如醉如痴，低估了自己生来温顺的性格）最终我可
71/2 以怎样讹诈——不，这个词太重了——一身紫红的大黑兹，

70/6 quel mot：法语；一个什么样的词啊。

71/1 噩梦（incubus）：魔鬼或恶魔，最初是噩梦的拟人化表现，据说会压在熟睡者身上，尤其是会试图同女人交媾。在中世纪，教会和民法都承认其存在。“梦魔亨伯特”（Humbert the Cubus）这个绰号当然是他自己的篡改。更多有关妖术，见16/6。

71/2 讹诈（mauvemail）：亨·亨杜撰的词；mauve是粉红紫色（讹诈原文为blackmail，由black［黑色］和mail构成。——译注）。

要她让我和小黑兹闲混。我只要稍微威胁一下，那个可怜的、溺爱儿女的大鸽子，说假如她不让我跟我合法的养女玩耍，我就要把她遗弃。总之，面对这样一种“令人惊异的求婚”，面对这样一片广阔的、丰富多彩的远景，我就跟古代东方历史预告片中像幻景似的出现在果园里的亚当一样束手无策。

现在，请把下面这段重要的话记下来：我身上的艺术家气质压倒了绅士的气质。在这部回忆录中，我凭着极大的意志力设法使我的文风跟我写的日记的语气和谐一致，我写日记时黑兹太太在我眼里只是一个障碍。我的那份日记目前已经不存在了，但我认为，不论现在我觉得那种语调多么虚伪和讨厌，保持那种语调却是我的艺术责任。幸好我的故事已经叙述到这样一个地步，为了使回忆逼真，我可以不用再侮辱可怜的夏洛特了。

为了免得可怜的夏洛特在一条迂回曲折的道路上忐忑不安地走上两三个小时（也许还为了避免把我们俩不同的梦想砸得粉碎的一场正面的撞车事故），我作了一次体贴而失败的尝试，想通过电话在营地上找到她。她半个小时前就离开了，于是我把洛找来，我告诉她——声音颤抖，充满我对支配命运的满足——我就要跟她的母亲结婚了。我不得不重复了两遍，因为有什么东西正分散了她的注意力。“哟，那真好极啦，”她笑着说，“什么时候举行婚礼？等一下，小狗——这儿的这个小狗咬住了我的短袜。听着——”她又补充说她猜会有很多有趣的事……我挂断电话时认识到只要在那个营地上待上两三个小时，就足以用一些新的印象把相貌英俊的亨伯特·亨伯特的形象从小洛丽塔的心上抹掉。但是现在，这又有什么关系呢？等婚礼举行后过上一段适当的时间，我立刻
72/1 就去把她接回来。“墓地上的香橙花几乎还未凋谢。”像一个诗人可能会说的那样。可是我不是诗人。我只是一个认真负责的记录人。

等路易丝走后，我去查看了一下冰箱，发觉里面的食物过于贫乏，于是走到市区，去买了能买到的最丰盛的食物。我还买了一点儿上等烈酒和两三种维生素。我很有把握，在这些兴奋剂和我自身体质的帮助下，到了需要我表现出一股强烈、迫切的激情时，我就可以避免由于冷淡而可能带来的任何窘困。体力充沛的亨伯特一次又一次地使夏洛特出现在
72/2 自己眼前，就像在一个男子汉胡思乱想的窥视秀中所见到的那样。她服饰整洁，身段很好，这一点我是可以替她说的；她就像是我的洛丽塔的大姐——只要我不过于实际地去想象她那肥大的屁股、滚圆的膝盖、丰满的胸部、颈项上粗糙的浅红色的皮肤（跟丝绸和蜂蜜相比，显得“粗糙”）以及这个

72/1 “墓地上的香橙花几乎还未凋谢”：戏仿一句“诗”。

72/2 窥视秀：在一个封闭小房间里进行的表演；通过小孔观看的表演。

迟钝可怜的家伙——一个标致女人的其他一切，也许我可以保持这种想法。

下午转入黄昏，太阳像通常那样从房子的一面转到了另一面。我喝了一杯酒，又喝了一杯，再喝上一杯。菠萝汁调杜松子酒，我最爱喝的混合饮料，总让我精力倍增。我决定着手修剪一下我们那片乱糟糟的草地。Une petite attention. 那 72/3
儿长满了蒲公英，而一条该死的狗——我讨厌狗——则把那些平整的石块弄得脏乎乎的，石块上原来放过一只日晷。大多数蒲公英都从金黄色变成了苍白色。杜松子酒和洛丽塔在我的脑子里跳动，我差点儿被我想收起来的折椅绊倒。血红 73/1
色的斑马啊！有些打嗝的声音，听起来就像欢呼——至少我 73/2
打嗝的声音就是这样。花园后面有一道旧围墙，把我们同邻居的垃圾箱和紫丁香分开，但是我们草地的前端（它沿着房子的一侧向前倾斜）跟街道之间却毫无遮拦。因此，我可以（带着就要去做一件好事的人的假笑）守候夏洛特的归来：那颗牙齿应当给立刻拔掉。我蹒跚地推着手推割草机朝前冲去，草屑在眼前的夕阳里吱吱直叫，一边仍密切注意着郊区街道的那一段。那段街道在遮天蔽日的大树形成的拱道下向内弯曲，随后极为陡峭地往下朝着我们急速伸来，经过老奥波西特小姐那幢爬满常春藤的砖房和（比我们的草地要齐整得多

72/3 Une petite attention：一个好主意（献殷勤）。

73/1 血红色（Incarnadine）：肉色或鲜粉红色。这个词出现在《鲁拜集》的一节；见262/8。

73/2 打嗝（eructations）：大声地打嗝。

的）坡度很大的草地，最后消失在我们自己前面门廊的后面，而在我快乐地打着嗝、劳动的地方是无法看到门廊的。蒲公英都给铲断了。一股树液的气味和菠萝的芳香混合在一起。两个小姑娘马里恩和梅布尔——近来我总漠然地瞅着她们来来往往（但是有谁能取代我的洛丽塔呢？）——这时朝着那条林荫道走去（我们的草坪街就从那儿直泻而下），一个推着一辆自行车，另一个在掏纸袋里的东西吃，两个人都用她们快乐的声音大声说话。老奥波西特小姐的花匠兼司机莱斯利是一个和蔼可亲、体格健壮的黑人，他从远处朝我咧着嘴直笑，喊了一遍又一遍，还用手势来加以解释，说我今天真是干劲十足。隔壁富有的废品旧货商养的那条傻乎乎的狗跟在一辆蓝色汽车——不是夏洛特的——后面飞跑。两个小姑娘中比较好看的那个（大概是梅布尔），穿着短裤和没有多少
73/3 地方好再袒露的三角背心，头发亮闪闪的——潘神在上，一个性感少女！——顺着那条街往回跑来，一边把纸袋揉成一团，随后就给亨伯特先生和夫人住宅的正面挡住，消失在这个精力旺盛的老色鬼的视线以外。从林荫道的绿荫下突然驶出一辆旅行轿车，车顶上还牵挂着一些枝叶，随后绿荫才一下子终止了；那个穿着无领长袖运动衫的司机左手抓着车顶篷，用一种十分愚蠢的速度把车猛地一转，废品旧货商的那

73/3 潘神在上：亨·亨用来表达“上帝在上”之意。潘神在希腊神话中是森林、兽群和牧人之神，有着山羊角和蹄子。

条狗在车旁飞奔。我含笑停顿了一下——紧接着，我胸中起了一阵骚动，看见那辆蓝色轿车开回来了。我看见它驶下山坡，消失在屋角后面。我只瞥见她镇定、苍白的侧面。我想到只有等她上了楼，她才会知道我是否已经走了。一分钟后，她脸上带着十分苦恼的神情，从洛的卧室的窗口朝下望着我。我飞快跑上楼去，想在她离开那个房间以前赶到那儿。

一八

如果新娘是个寡妇，而新郎是个鳏夫，如果寡妇在我们了不起的小镇上居住了不到两年，而鳏夫却只居住了不满一个月，如果先生想把整个讨厌的事尽快了结，而太太也带着宽容的微笑表示依顺，那么我的读者，婚礼一般就是一件“不显眼”的事儿。新娘可能会免去戴那个要把拖到她手指尖的面纱固定住的香橙花冕状头饰，也不用祈祷书托着一朵白兰花。新娘的小女儿可能会给那个把黑和亨结合成为夫妇的仪式增添一点鲜红的色彩；但我知道我对陷入困境的洛丽塔还不敢过于亲切，因此同意不值得把那个孩子从她心爱的奎营地上硬叫回来。

74/1 我那soi-disant感情热烈的孤独的夏洛特在日常生活中却平淡无味，爱好交际。而且，我发现虽然她无法控制她的感情或哭声，但她却是一个正派的女人。在善良的夏洛特多少成为我的主妇以后（尽管服了兴奋剂，但她的“紧张、急切的chéri”——一个充满英雄气概的chéri！——开头还是碰上一些麻烦，不过他异想天开地表现出许多传统的亲昵的方式，

74/1 soi-distant：法语；自命的（第147页也用到了）。

让她得到了充分的补偿），她立刻问起我跟上帝的关系。我本来可以回答说在这一点上，我的想法倒很开通；但相反却说——说了一套虔诚的陈词滥调——我相信主宰宇宙的神灵。她低头看着手指甲，又问我家族里是否有什么外国血统。我反问她如果我父亲的外祖父，比方说吧，是个土耳其人，她 75/1
是不是仍乐意嫁给我。她说这倒一点也没有关系，但是如果她哪天发现我不相信“我们的基督教上帝”，那么她就会自杀。她说得那么一本正经，叫我毛骨悚然。这时我才知道她是一个正派的女人。

噢，她很有教养。每逢她微微打了一个嗝，打断了她流畅的话语的时候，或者她把信封说成“欣封”的时候，她总要说一声“请原谅”；而她对女朋友提到我的时候，总把我称作亨伯特先生。我想要是我有着一股动人的魅力进入当地社会，一定会叫她十分高兴。在我们结婚的那天，拉姆斯代尔《日报》的社交新闻栏里刊登了一小段对我的采访，还附有夏洛特的一张照片，扬起一边眉毛，姓也给印错了（“黑泽”）。尽管出现了这种contretemps，但这样的宣传还是叫她打心眼里 75/2
感到高兴——也使我的角质环十分欢快地抖动起来。夏洛特 75/3
通过结识洛的大部分同学的母亲以及参与教会事务，在二十个月左右的时间里设法成为一位即使不算杰出的，至少也是

75/1 土耳其人：夏洛特不大肯定亨·亨是否“种族纯正”。琼·法洛也不肯定，因此她打断了一句反犹的话（第79页）。“着魔的猎人”旅店的管理者对此也不肯定（第118页）。见258/2和261/4。

75/2 contretemps：法语；令人尴尬或笨拙的情况。

75/3 角质环：响尾蛇尾巴上的发声器官。

颇受欢迎的公民，但是先前她从来没有出现在报上那个令人
75/4 激动的rubrique中，是我使她置身在那儿的，埃德加·亨·亨
75/5 伯特先生（我添上“埃德加”只是为了闹着玩儿），“作家和探
险家”。麦库的哥哥在记录的时候，问我写过点儿什么。我告
75/6 诉他的话，印出来竟然成了“几本论皮科克、雷恩鲍和其他
诗人的书籍”。文章中还提到夏洛特跟我彼此认识了好几年，我是她头一位丈夫的远亲。我还暗示十三年前我就跟她有过一段私情，但在报上印出来的时候却没有提到这一点。我对夏洛特说社交新闻栏里想必有一点儿差错。

让我们继续这个奇特的故事吧。当我应邀去享受从房客升为情人的乐趣时，我是否只体味到痛苦和厌恶呢？不。亨伯特先生承认这叫他感到几分得意，也有一点儿淡淡的柔情，甚至还有一丝沿着他阴谋家匕首的锋刃勉强地活动的悔恨。黑兹太太对她的教会和读书俱乐部的学识抱着盲目的信念，她说起话来矫揉造作，而对一个胳膊上长着绒毛的可爱的十二岁孩子，却总是一副严厉、冷淡、轻蔑的态度。我始终没有想到这个虽然相当标致却也相当可笑的黑兹太太，在我抓住她的时候，竟会立刻变成这样一个楚楚动人、弱不禁风的人儿；当时我们正好在洛丽塔卧室的门口碰上，她颤巍巍地朝门槛那儿退去，一迭连声地说道：“别介，别介，请别

75/4 rubrique：专栏。

75/5 “埃德加”……“作家和探险家”：埃德加·爱伦·坡的《戈登·皮姆历险记》号称是一次北极探险的产物（见31/5）。有关爱伦·坡的典故，见9/2。

75/6 皮科克、雷恩鲍（Peacock, Rainbow）：指托马斯·皮科克（Thomas Love Peacock，1785—1866），英国诗人和小说家，他的名字令人想到“彩虹”（Rainbow）或法国诗人兰波（Authur Rimbaud，1854—1891）。兰波十八岁时放弃文学，广泛旅行。他1888年曾在阿比西尼亚倒卖枪支，英国人称这位前诗人“生意人雷恩鲍”，如纳博科夫在他的《〈叶甫盖尼·奥涅金〉评注》中所指出（第3卷，第412页）。关于更多相关典故，见163/6、172/1、250/7、278/1。

这样。”

这场变化使她的容貌大有改观。她的笑容以前显得那么做作，打这时起却现出了倾心爱慕的神采——一种多少有点儿柔和、湿润的神采。我很惊讶地看出这种神采跟洛贪婪地盯着冷饮柜上的一种新调制品或是默不作声地赞赏着我那总是新裁制的昂贵的衣服时的那种空虚、可爱、迷茫的神情颇有几分相似。我深深地给迷住了，在夏洛特跟一个别的女人互相讲述做母亲的苦恼，并且做出女性表示无可奈何的那种美国民族独有的鬼脸（翻起两只眼睛，撇着嘴）的时候，我总注视着她，因为我曾看见洛以孩子气的形式也做过这样的鬼脸。我们上床前总喝一杯掺有苏打水、姜汁酒的威士忌。在威士忌的帮助下，我在爱抚母亲的时候总想法唤起那个女儿的形象。这就是她白皙的腹部，一九三四年我的性感少女曾经像条小鱼盘曲在里面。这头仔细染过的头发，在我的嗅觉和抚摸下都显得那么干枯，但在某些时刻在那张有柱子的床上的灯光下，却具有（就算没有那种质地）洛丽塔的鬈发的色泽。在我支配我全新的妻子本人的时候，我不断地告诉自己，就生物学方面而言，这是我可以接近洛丽塔的捷径；洛特[1]在洛丽塔这个年龄，也像她的女儿那样，而且也像洛丽塔的女儿总有一天会表现出的那样，是个妩媚动人的女学

[1] 洛特是夏洛特的爱称。亨·亨还从洛特（Lotte）身上看出了洛丽塔（Lolita）。

生。我叫我的妻子从一大堆鞋子下面（黑兹先生看来特别喜欢鞋子）翻出一本三十年前的照相簿，这样我就可以看看洛特小时候长的是什么样子；尽管光圈没有对好，衣服也不雅致，但我却仍能看出洛丽塔的外形、小腿、颧骨、短小的鼻子等的朦胧的、最初的形状。洛特丽塔，洛丽欣。76/1

于是我像雄猫似的悄悄透过岁月的围篱，对着一些阴暗的小窗户朝里窥视。等到她凭借热烈可怜、天真挑逗的爱抚，以丰盈的乳头和壮实的大腿为我做好履行我夜晚的责任的准备时，我吼叫着穿过黑暗、衰萎的林间矮树丛绝望地想要嗅到的，仍是一个性感少女的气味。

我简直没法告诉你们我那可怜的妻子当时多么温柔，多么动人。早餐的时候，在那个明亮得叫人沮丧的厨房里，镀铬的器皿闪闪发光，五金公司赠送的日历挂在墙上，早餐的角落也很精巧（模拟那家夏洛特和亨伯特大学时代在那儿一起喁喁情话的“咖啡馆”），她总穿着红色的晨衣坐在那儿，胳膊肘儿撑在塑料面的餐桌上，手托着脸蛋儿，在我吃火腿蛋的时候带着简直叫人难以忍受的柔情盯着我看。亨伯特的脸可能会因神经痛而抽搐，但是在她眼里，它的俊美和生气却堪与白色的冰箱上晃动的阳光和树叶的影子匹敌。我面无笑容的愠怒在她看来却是爱情的沉默。我的菲薄的收入加到她

76/1 洛特丽塔，洛丽欣（Lottelita，Lolitchen）：亨·亨玩弄着“洛特”（Lotte）这个夏洛特（Charlotte）的昵称，在“洛特”（Lotte［Lottelita］）中看出了“洛丽塔”（Lolita），前者还是美国习语“很多［洛］丽塔”（Lot of［Lo］lita）的谐音。Lolitchen是根据德语以-chen结尾表示“小”来构成的词。亨·亨无疑想到了维特称他的夏洛特为“洛特”（Lotte）和洛特欣（Lottchen）。见70/5。

的甚至更为菲薄的收入中竟使她觉得那是一笔了不起的财富；这倒不是因为加起来的总数眼下足以应付中产阶级的大部分需要，而是因为就连我的钱在她的眼里也闪耀着我男性的魅力。她把我们的联合存款账户看作晌午时分南方的一条林荫大道，一边是浓密的绿荫，一边是柔和的阳光，一直延伸到一片美好的远景的尽头，那儿淡红色的大山隐约可见。

夏洛特用五十年的活动填满了我们共同生活的那五十天。这个可怜的女人为许多她早就放弃或从来就不怎么感兴趣的事情忙碌，仿佛（拖长这副普鲁斯特的声调）我娶了我所爱的孩子的母亲，就使我的妻子通过充当代表而重新获得了充沛的青春活力。她以一个陈腐乏味的年轻新娘的热情，着手来“美化这个家”。自从我坐在椅子上脑子里绘制出洛丽塔穿过房子的路线的那些日子以后，我对这个家所有冷僻的角落都熟记在心，早就和它，和它的丑陋及污垢，建立起一种感情上的联系；眼下，我几乎可以感到那所肮脏的房屋畏畏缩缩，不愿忍受夏洛特打算对它进行的淡褐色和赭色粉刷，以 77/1
及使用油灰、磨轮加粉末的整修，谢天谢地，她始终没有做到那一步，不过她为了洗涤遮光窗帘，给软百叶帘的板条上蜡，购买新的遮光窗帘和新的软百叶帘，把它们送回商店，更换其他的窗帘等确实耗费了大量的精力。她老是忽喜忽忧，

77/1 淡褐色和赭色（ecru and ocher）：ecru是灰黄色，比麂皮色或老象牙色稍绿和稍淡。Ocheris为一种暗黄色，源自或者近似于赭石（ocher），一种水合氧化铁。

时而面带笑容，时而皱眉蹙额，一会儿充满疑虑，一会儿又绷着脸。她对印花装饰布和印花布略作了解，改变了沙发的颜色——那张神圣的沙发，就在它的上面，一个天堂的泡影曾经在我的内心缓缓破灭。她把家具重新布置了一下——等她在一篇有关家政的论文中发现“把一对沙发柜和附属的灯分开是完全可以的”以后，感到十分高兴。在《你的家就是你》的女作者的影响下，她对单薄的小椅子和细长腿的桌子产生了一种憎恶。她认为一个有着大片玻璃和许多富丽的嵌板的房间，是阳刚型房间的实例，而阴柔型房间的特征则是窗户较为细巧，木建部分较为单薄。我搬来的时候发现她在看的那些小说如今已经给有插图的商品目录和家庭管理指南
78/1 取代。她从费城罗斯福大道四六四〇号的一家商行为我们的双人床订购了一个“缎子面、有三百十二只弹簧的床垫”——尽管在我看来，旧的那个床垫在弹性和坚实耐用方面都足以承受得住不论什么东西。

她跟她已故的前夫一样是中西部人，在一个东部州的宝地——僻静的拉姆斯代尔居住的时间还不太久，未能结识所有正经体面的人。她认识住在我们草地后面一幢摇摇欲坠的
78/2 木造别墅里的那个生性快活的牙科大夫，但并不很熟。在教会举行的一次茶会上，她见到了当地那个废品旧货商的“势

78/1 罗斯福大道四六四〇号……床垫：这家是西尔斯·罗伯克公司。此处提到的这个床垫将在第105页上一个可笑地不合时宜的时刻送上门。

78/2 生性快活的牙科大夫：指克莱尔·奎尔蒂的叔叔艾弗。在小说很后面，亨·亨将从洛丽塔本人那里得知奎尔蒂是通过这种关系认识她的。在第272页上，亨·亨概述了他们的见面：“噢，我知不知道他认识她的母亲？他实际上是一个老朋友？他曾经上拉姆斯代尔看望他的叔叔？——噢，好几年前了——而且还在妈妈的俱乐部里讲过话，曾经当着大家的面，拉着她多莉……抱到膝头”。更早一点的小说文稿中包含了奎尔蒂出现在女士们面前的内容。有关他出现的场景的概述，见31/9。

利的”妻子，林荫道转角处那所“殖民地时代的”叫人憎恶的
白房子就是那个废品旧货商的。有时，她也去找老奥波西特
小姐“聊天”；不过在她拜访过、在草地招待会上见过或者在
电话中交谈过的女人当中出身比较高贵的主妇——像格拉夫 78/3
太太、谢里登太太、麦克里斯特尔太太、奈特太太和别的一
些太太那样举止娴雅的女子却似乎难得来拜访我那遭到忽视
的夏洛特。说真的，没有任何 arrière-pensée 或切合实际的盘 78/4
算，她唯一与其保持着真正的诚挚友好关系的那对夫妇，就
是法洛夫妇。他们刚从去智利的商务旅行中回来，恰好跟查
特菲尔德夫妇、麦库夫妇以及其他几个人（但不是琼克太太
或更为高傲的塔尔博特太太）参加了我们的婚礼。约翰·法
洛是一个沉静的、沉静而健壮、沉静而成功的中年运动器
械商人，在四十英里外的帕金顿设有一个办事处。有个星期
天，在一次林间散步时，就是他给了我那把科尔特牌手枪的
子弹，并且教我如何使用。他还是一个他含笑自称的兼职律
师，处理过夏洛特的一些事务。他的相当年轻的妻子（和表
妹）琼，是一个长胳膊长腿的女子，戴着有色眼镜，生着一
双拳击手的脚、两只尖尖的乳房和一张红艳艳的大嘴。她会
绘画——风景画和肖像画；我还清楚地记得在鸡尾酒会上称
赞过她为她的侄女小罗莎琳·霍内克画的那幅肖像：一个脸

78/3 像格拉夫太太……那样举止娴雅的女子：格拉夫太太（Mrs. Glave）源自不常见的动词“glaver”，意为“奉承”；“恭维；拍马屁”。

78/4 arrière-pensée：法语；隐藏的想法，不可告人的动机。

色红润的小宝贝，身上穿着童子军的制服，头上戴着绿色绒线贝雷帽，腰上系着绿带子，迷人的鬈发披垂到肩头——约翰从嘴里取下烟斗，说可惜多莉（我的多莉塔）和罗莎琳在学校里相互之间那么合不来，但他希望，我们也都希望，等她们从各自的营地上回来以后，她们会相处得融洽一点。我们也谈到了学校。它有缺点，也有优点。“当然，在这儿做买卖的意大利人太多了，”约翰说，“可是另一方面，这儿总算没
79/1 有——”“真希望，”琼笑了笑插嘴说道，“多莉和罗莎琳正在一块儿度夏。”突然，我想象着洛从营地上回来——皮肤晒得黝黑，热情洋溢，瞌睡蒙眬，服了麻醉药品——正准备烦躁而愤怒地痛哭一场。

79/1 琼……插嘴说道：约翰正准备说“犹太人”，琼怀疑亨·亨可能是犹太人，机敏地打断了他。见261/4。

一九

趁眼下情况还算顺利（很快就要发生一场不幸事故），我再多说几句亨伯特太太的情况。我一向清楚她天性中的占有欲，但我从没想到她会对我生活中任何不代表她的事情如此疯狂地嫉妒。她对我的过去表现出一种强烈的、永不满足的好奇心。她要求我回忆起我所有的情人，这样她就可以让我侮辱她们，蔑视她们，彻底唾弃她们，从而摧毁我的过去。她让我告诉她我和瓦莱丽亚的婚姻。瓦莱丽亚当然是一个滑稽可笑的人；不过为了满足夏洛特的病态的欢娱，我还不得不编造，或十分恶劣地虚构出一连串的情妇。为了使她快活，我不得不向她提供一份有关她们的附有插图的目录，完全按照美国广告的规则精细地加以区分。那些美国广告上的中小学生都按照巧妙的人种比例加以描绘，几乎就在前排的正当中，有一个——只有一个，但逗人喜爱得就像广告所要表现的那样——巧克力色皮肤、圆眼睛的小男孩儿。因此我也向她描绘出我的女人，让她们笑盈盈地晃动身子——那个懒洋洋的金发碧眼的女郎，那个脾气暴躁的肤色浅黑的女郎，那个肉感的头发红褐色的女郎——就像在妓院里作出展示。我越是把她们表现得普通平凡，亨伯特太太就越对这种展示感到高兴。

我这辈子还从来没有坦白过这么许多事情，也从来没有听别人对我作过这么许多坦白。她谈论她所谓的“爱情生活”，从最初的搂脖子亲嘴到夫妇纵情交欢，表现出的那种真诚和朴实，从道德上讲，跟我伶牙俐齿的创作形成鲜明的对比，但是从技巧上讲，这两部作品都属于同一类型，因为它们都受到同样的材料的影响（电视连续剧、精神分析和平庸肤浅的中篇小说）。我从这类材料中吸取的是我的人物，而她从这类材料中所吸取的则是表达的方式。据夏洛特说，善良的哈罗德·黑兹有某些异常的性习惯，这些性习惯叫我感到相当好笑，可是夏洛特却认为我的笑很不得体；不过她的自传在其他方面就跟往后她的尸体解剖一样毫无趣味。尽管她吃的是减肥规定的饮食，但我却从没见过一个比她更为健壮的女人。

她难得提到我的洛丽塔——实际上，比她提到那个模糊不清、金发碧眼的男婴还要难得。在所有的人里，只有那个男婴的照片还装点着我们阴暗的卧室。在她的一场无聊的遐想中，她预言说那个死去婴儿的灵魂会以她这次婚姻所怀的孩子的形式重新回到人间。虽然我并不感到怎么特别迫切地想用哈罗德产物的复制品来给亨伯特家传宗接代（我怀着一种乱伦的激动，已经把洛丽塔看成*我的*孩子），但我却想到明年春天什么时候，一个持续时间很长的产期加上在一个安全的产科病房顺利的剖宫产和其他的并发症，也许会使我得到机会，单独跟我的洛丽塔一起待上好几个星期——并且让那个柔弱的性感少女咽下一些安眠药片。

噢，她干脆恨她的女儿！我觉得特别恶劣的是，她还特
意十分用心地回答手里的一本芝加哥出版的愚蠢的书（《子 81/1
女成长指南》）上面的各组问题。那些无聊冗长的废话重复了一年又一年，妈妈应该在她孩子的每个生日都填一份表。在一九四七年一月一日洛十二岁那天，娘家姓贝克尔的夏洛特·黑兹在“你的子女的个性”一栏下面的四十个形容词中的十个下面划了线：寻衅生事的、吵吵闹闹的、爱找岔子的、多疑的、不耐烦的、动辄生气的、爱打听闲事的、无精打采的、不听话的（划了两道线）和固执的。她对余下的那三十个形容词视而不见，其中包括快活的、乐意合作的、精力旺盛的等。这真叫人恼火。洛的一些小玩意儿胡乱地散放在房子里各个不同的角落，就像好多受了催眠的小兔子似的待着不动。我的可爱的妻子生性宽厚，但她却用在别的情况下

81/1 《子女成长指南》：亨·亨提到的一些书名有时是杜撰的（《舞台名人录》[第31页]；《小丑和科伦芭茵》[242/1]），有些是真实的（第242页上其他书名；《蛮力》[262/4]），还有些是与真实书名相近的，例如这本书。有一连串与这本“愚蠢的书”类似的真实书名（例如《初入学子女成长指南》[1946]），纳博科夫似乎创造了一个核心的概括性书名（虽然完全一样的书名还没出现）。见174/4。

从来没有显露出的蛮横无理的态度着手处理和清除洛的这些小玩意儿。那位好太太一点也没有想到有天早上我胃不舒服（这是我想改进她所使用的佐料的结果），无法陪她到教堂去，我竟用洛丽塔的一只套袜哄骗了她。再看看她对我的芬芳馥郁的宝贝儿的来信的态度！

> 亲爱的妈咪和亨米[1]，
>
> 希望你们好。谢谢你们给我的糖果。我（划掉了又重写）我把我那件新的毛线衫掉在树林里了。最近几天，这儿一直很冷。我日子过很愉快。爱你们的，
>
> 多莉

“这个蠢孩子，”亨伯特太太说，“在‘很愉快’前边漏了一个字。那件毛线衫是全毛的。我希望你没有跟我商量，就不会再给她寄什么糖果。”

［1］Hummy，亨伯特的昵称。

二〇

81/2 沙漏湖……拼法（Hourglass Lake ...）：早些时候是“我们的镜湖”（Our Glass Lake，见43/3和45/2）。亨·亨对他“未经修改的”草稿中的错误都不作修订。无论正确与否，这两个名称都意味深长，突出了亨·亨的唯我主义（环绕着的“我们的镜子”）以及对时间的痴迷（“沙漏”）。

在拉姆斯代尔几英里外，树林里有一个小湖（沙漏湖——这个词不是我先前以为的那种拼法）。七月底有一个星期，天气非常炎热，我们天天开车到湖滨去。现在，我不得不冗长乏味地详细叙述在一个炎热的星期二上午我们一起在那儿的最后一次游泳。 81/2

我们把汽车停在离大道不远的停车场上，沿着穿过松树林通到湖边的一条小路走去。这时夏洛特说起琼·法洛为了寻求罕见的光的效果（琼属于老派的画画的人），在上个星期天清晨五点看见莱斯利“在乌木色的光线里”（像约翰嘲讽地说的那样）游水。

“湖水当时一定很冷。”我说。

“问题并不在这儿，”注重逻辑性的爱人说，“你知道，他不大正常。而且，”她接着说（用的是她那种已经开始影响到我健康的字斟句酌的方式），“我相当肯定地感觉到我们的路易丝爱上那个低能儿啦。”

感觉。“我们觉得多莉表现得不是很好”等等（一份旧的学生成绩报告单上说）。

亨伯特夫妇穿着晨衣和凉鞋朝前走去。

“你知道吗？亨，我有一个充满奢望的梦想，”亨夫人开口说道，把头低了下来——为那个梦想感到害羞——像是在与黄褐色的地面交流，“我倒乐意找个真正受过训练的女仆，就像塔尔博特夫妇提到的那个德国姑娘，让她住在家里。”

“我们没有房间。”我说。

“得了，”她带着嘲讽的微笑说，“chéri，你一定低估了亨伯特家究竟可以住多少人。我们可以把她安顿在洛的房间里。反正我打算把那间小房改成一间客房。那是整幢房子里最冷、最简陋的房间。”

“你在说什么呀？”我问道，颧骨上的皮肤绷紧了（我费心记下这一点，只是因为我的女儿要是有下面这样的感觉——怀疑、厌恶、恼怒——她的皮肤也会如此）。

“是一些浪漫的联想叫你心里烦恼吗？”我妻子问道——暗指她头一次对我的依顺[1]。

[1] 就是在那间房里。

“根本不是，”我说，“我只是不知道有了客人或女佣后，你把你的女儿安顿在哪儿。”

“噢，”亨伯特太太一边幻想一边微笑着说，在拖腔迈气地说出“噢”的时候还扬起一边眉毛，轻轻地呼出一口气，

“我看压根儿不用把小洛考虑在里面，压根儿不用。小洛从营地就直接进入一所纪律严格的良好的寄宿学校，学生在那儿可以受到正规的宗教教育。随后——就进比尔兹利学院。我把这一切安排好了，你用不着发愁。”

她接着说她，亨伯特太太，只好克服自己积习已深的懒散，给费伦小姐在圣阿尔杰布拉教书的妹妹写信。眼前出现了那个水光耀眼的小湖。我说我把太阳眼镜忘在汽车里了，回去拿了再赶上来。

我过去一向以为绞扭双手是小说里的一种手势——也许是来自某种中世纪仪式的含义朦胧的产物；可是等我走进树林，经过一阵绝望、拼命的思索，认识到最接近于无声表达出我此刻心情的，就是这种手势（“主啊，瞧瞧这些锁链吧！”）。 83/1

如果夏洛特是瓦莱丽亚，我就知道该怎样来应付这个局面。“应付”就是我需要的那个词。在从前美好的时光，我只要扭一下肥胖的瓦莱丽亚脆弱的手腕（就是她从自行车上摔下来压到的那只），就可以叫她立刻改变主意，但是那一套对夏洛特来说，是难以想象的。温柔和蔼的美国人夏洛特把我吓倒了。我企图利用她对我的强烈的爱控制她的那种轻松愉快的美梦竟然完全错了。我不敢轻举妄动去破坏她树立起来加以崇拜的我的形象。在她是我的宝贝儿的令人生畏的“女 83/2

83/1 手势：激发了那句嘲讽地引用的话，“主啊，瞧瞧……”似乎为了展示某人的锁链。

83/2 我的宝贝儿的……“女傅”（duenna of my darling）：此处对《安娜贝尔·李》的回应同“女傅”（*duenna*）有关，*duenna*是“侍奉西班牙女王的贵族妇女之首”（《韦氏词典》第2版）。

傅”时，我奉承讨好过她，如今我对她的态度里仍然有一种恭顺的意味。我手里唯一的王牌就是她还不知道我对她的洛所怀有的那种荒诞的爱。她看到洛喜欢我心里很不痛快，可是我的感情，她却无从察觉。对瓦莱丽亚，我可能会说：“嗨，
83/3 你这胖傻瓜，c’est moi qui décide什么对多洛蕾丝·亨伯特有好处。”对夏洛特，我甚至不能（用迎合讨好的镇静的口气）说：“对不起，亲爱的，我不同意。让我们再给那个孩子一次机会。让我做个一年左右她的家庭教师。你有一次亲自对我说起——”实际上，要想不暴露我的用心，我压根儿不能对夏洛特说什么关于那孩子的事。噢，你简直无法想象（我也从来没有想象过）这些正派女人是什么样子！夏洛特对所有日常行为举止的习俗和规矩、食物、书籍以及她过分喜爱的人的虚妄不实都并不留意，但却能立刻辨别出我为了想把洛留在身边而说的随便什么话里的虚假声调。她就像一个音乐家，在日常生活中可能是个十分讨厌的粗俗的人，既不机敏又无品位，但是她却会异常准确地判断出音乐中一个走调的音。要摧毁夏洛特的意志，我就得叫她的心破碎。我把她的心弄破碎了，我在她心中的形象就也破碎了。如果我说：“要么你让我对洛丽塔随心所欲，你帮我保守秘密，要么我们马上分手，”她就会变得像一个毛玻璃制的女人那样脸色苍白，

83/3 c’est moi qui décide：法语；该由我来决定。

同时缓缓地说道："好吧，不管你要再补充或收回什么话，这就是结局。"于是就成了结局。

这就是当时狼狈的处境。我记得跑到停车场，用泵抽出一捧含有铁锈味的水，贪婪地喝了下去，好像它可以给我神奇的智慧、青春、自由和一个小情妇。我穿着紫色晨衣，甩动着凉鞋后跟，在飒飒作响的松树下的一张粗糙的桌子边坐了一会儿。在正面稍远的地方，两个穿着短裤和三角背心的小姑娘从一个标明"女盥洗室"的阳光斑驳的厕所里走出来。嘴里嚼着口香糖的梅布尔（或者梅布尔的替身）吃力地、心不在焉地跨上一辆自行车。马里恩甩了甩头发把苍蝇赶走，随后叉开双腿在车后坐好。她们摇摇晃晃，慢悠悠地、恍恍惚惚地跟光线的明暗融合在一起。洛丽塔！父女俩逐渐隐没在这片树林之中！正常的解决办法是除掉亨伯特太太。可是怎么除掉她呢？

谁也不能造成一场天衣无缝的谋杀，然而机缘却能做到。上个世纪末，在法国南部的阿尔[1]，发生过谋杀一位拉古尔太太的著名案件。在那个女人嫁给拉古尔上校后不久，有个身份不明、留着胡须、身高六英尺的大汉在一条拥挤的街上朝她走去，从背后致命地一连戳了她三刀。据人们后来猜测，这个大汉过去曾经是那位太太的秘密的情人。上校是一个矮

[1] Arles，在罗讷河上。

小的斗牛犬似的汉子，当时紧紧揪住凶手的胳膊。由于一个神奇、美妙的巧合，就在那个狡猾的凶手预备松开那个愤怒、矮小的丈夫的下巴的当儿（好几个旁观的人这时正从四面八方把他们团团围住），靠出事地点最近的那幢房子里有个脾气暴躁的意大利人完全出于偶然地引爆了他正在瞎摆弄的一个爆炸物。街上顿时烟雾弥漫，一片混乱，砖块纷纷飞落，人们四散奔跑。这场爆炸并没有伤到任何人（只把勇敢的拉古尔上校炸昏了）；而那个对拉古尔太太进行报复的情人在别的人逃跑的时候也跟着逃跑了——从此以后一直生活得很幸福。

现在来看看在一个狡猾的家伙亲自策划一场无懈可击的谋杀时，结果会怎么样。

我向前走到沙漏湖边。我们和其他几对“体面的”夫妇（法洛夫妇、查特菲尔德夫妇）下湖游泳的地点是一个小湖湾。我的夏洛特喜欢这个湖湾，因为它几乎成了“一片私人的湖滩”。主要的沐浴设备（或者，像拉姆斯代尔《日报》上有一回所说的，“浸泡设备”）位于沙漏的左（东）边，从我们的小湖湾那儿根本无法看见。在我们的右边，松树林不久就让位给一弯沼泽地，到了对面则又变成了树林。

我在我妻子的身旁坐下，那么悄无声息，她吓了一跳。

“咱们这就下去吗?”她问道。

“一会儿就下去。不要打断我的思路。”

我思索着。一分多钟过去了。

“好吧。下水。”

“你的思路中有我吗？”

“当然有你。”

“希望如此。”夏洛特一边下水一边说道。湖水不久就到了她粗壮的大腿上皮肤起鸡皮疙瘩的地方，接着她把伸出去的两只手合到一块儿，紧抿着嘴，黑色橡皮软帽下面的容貌显得十分平常，扑通一声朝前跃去。

我们缓缓地游到了波光粼粼的湖心。

对岸，至少一千步以外（如果你可以从水上走过去的话），我可以隐约看见两个男人的小小身形，他们像海狸似的在那片湖滩上干活儿。我完全清楚他们是谁：一个是祖籍波兰的退休警察，一个是退休的管子工，湖那边的大部分林木都是他的。我还知道他们光为了无聊的乐趣，正忙着修建一座码头。传到我们耳朵里的敲打声，似乎比我们从那两个矮子的胳膊和工具上可以辨别出的声音响上不知多少倍。真的，
我们猜想这些最高音速效果的操纵人跟那个木偶操纵人彼此 86/1
并不一致，特别是因为每一下小小的敲击发出的有力的噼啪声总落后于视力所见到的情景。

86/1 最高音速：接近或超过音障的嘈杂声。这似乎是亨·亨自己的用词。

“我们的”那片短短的白沙湖滩——这时，我们已经从那儿往前游了一小段路，快要游到深水区——在不是周末休息日的早晨总是空空荡荡。四周一个人也没有，除了对岸那两个忙忙碌碌的小人儿，还有一架深红色的私人飞机在头顶上嗡嗡飞过，接着消失在蓝天之中。这种环境对一场轻快的、兴奋激动的谋杀真是万分理想。微妙之处在于执法人员和给水人员[1]既近得可以亲眼看见一场意外事故，同时又正好远得无法看到一场犯罪活动。他们既近得可以听见一个急得发狂的游泳的人拍打着水游来游去，大声叫人去帮他抢救他快要淹死的妻子，同时又远得无法看清（要是他们恰巧抬眼一看的话）那个根本没有发狂的游泳的人正干完了把他妻子踩在脚下的勾当。我还没有到这种地步。我只是想说要这么干多么容易，当时的环境多么美妙！夏洛特就这样恪尽职守地笨拙地往前游去（她是一个十分平凡的女人鱼），倒也不是没有某种庄严的乐趣（因为她的男人鱼不是就在她的身旁吗？）。当我带着在未来回顾现在所会具有的那种绝对的清晰（你知道——努力想把事物看清，正如你往后记得它们在你眼里的那种情形）瞅着她那光滑、白皙、被水浸湿了的脸庞（尽管她作了种种努力，但她的脸仍然没怎么晒黑），她的苍白的嘴唇，她那裸露出的凸起的额头，束紧头发的黑软帽

[1] 指管子工。

和浑圆的、湿漉漉的颈项的时候，我知道我要做的只是落后一点儿，深深吸一口气，随后一把抓住她的脚踝，迅速带着我俘虏的尸体潜下水去。我说尸体是因为惊讶、恐慌和缺乏经验会使她立刻吸进一加仑致命的湖水，而我在水下却能睁着眼睛至少坚持整整一分钟。这个致命的动作犹如一颗流星的尾迹掠过筹划犯罪活动的黑沉沉的水面。那种情景就像一出可怕的无声的芭蕾舞，男舞蹈演员握着女舞蹈演员的一只脚，猛地往下穿过蒙蒙的湖水。我一边仍在把她往下拽，一边却可以钻出水来吸上一口气，接着再潜下水去，需要潜多少次就潜多少次，直到她完蛋之后才放开喉咙喊叫救命。大约二十分钟以后，等那两个越来越大的木偶驾着一条重新油漆了一半的小划艇赶到时，可怜的亨伯特·亨伯特太太，这个痉挛或冠状动脉闭塞或是两病齐发的牺牲者，就会在沙漏湖明媚的湖面下三十多英尺的墨黑的淤泥里头朝下竖立在那儿。

怪简单的，不是吗？可是你们看怪不怪，各位——我就是不能下手这么做！

她在我身旁游着，一头深信不疑、笨手笨脚的海豹；激情的全部逻辑在我耳旁尖叫：现在是时候了！可是各位，我就是不能这么做！我默默地回过身子朝岸边游去；她也沉着地、尽力地转过身子，恶魔仍在尖声喊着它的意见，而我仍然不能下手把那个滑溜溜的、肩宽体大的可怜的人儿淹死。在我认识到不管明天，还是星期五，还是任何其他日子的白天或夜晚，我都无法下手处死她这个可悲的事实以后，那个尖叫声才变得越来越远。噢，我可以想象自己拍打瓦莱丽亚的不对称的乳房，或是以别种方式弄痛她——我还可以同样
87/1 清楚地看见自己开枪射中她的情人的下腹部，让他“哎唷”一声坐下去。可是我不能杀死夏洛特——特别是因为情况总的
87/2 看来也许并不像那个令人难受的早晨乍看上去显得那么毫无希望。假如我一把抓住她的强健有力、乱踢乱蹬的脚，假如我看到她惊奇的神色，听到她骇人的声音，假如我仍然要把这场严峻的考验进行到底，那她的鬼魂就会在我的一生中始终缠住我不放。如果这是一四四七年，而不是一九四七年，也许我会不顾自己温和的天性，从一块中空的玛瑙中取出一种传统的毒药，一种平和的死亡的麻药来给她吃。可是在我们这个中产阶级的好管闲事的时代，它不会像过去在锦缎装饰的王宫中惯常奏效的那样奏效。现今，如果你想要当个杀人犯，你就得是一个科学家。不，不，我两者都不是。陪审团的女士们和先生们，大多数渴望跟女孩子保持一种刺激的、发出美妙的呻吟的身体（而不一定是两性）关系的性罪犯，都是一些消极、无害、胆怯和机能不全的陌生人，他们只要

87/1 开枪射中她的情人……让他“哎唷！”：预设奎尔蒂的死亡。见45/4和303/1。他可能还真是“她的情人”，无论时间多么短暂；“我认识你可爱的妻子。”奎尔蒂后来对亨·亨承认（第302页）。

87/2 乍看上去（at first wince）：亨·亨对“at first glance”的变异。

求社会允许他们从事他们那种实际上无害的、所谓反常的行为，从事他们私下干的一些炽热、愚蠢、无聊的性变态行为，而不受到警察和社会的严厉的制裁。我们不是性的恶魔！我们并不像大兵那样强奸妇女。我们是一些不快乐的、性情温和、目光哀怨的上流人士，智力非常平衡，可以在成年人面前控制自己的冲动，但只要有机会去抚摸一个性感少女，就准备少活上不少年去达到目的。我们断断不是杀人凶手。诗人从来就不杀人。哦，我的可怜的夏洛特，你待在永恒的天堂里，在沥青和橡皮、金属和石头的永恒的炼金术中可千万不要恨我——而要感谢上帝，不用水，不用水！

然而，客观地说，这次没有出事真是万分侥幸。现在来说说我的理想的犯罪寓言的高潮。

我们在令人口干舌燥的阳光下在毛巾上坐下。她向四周看了看，解开了胸罩，翻过身俯卧着让脊背有机会晒晒太阳，她说她爱我，说完深深叹了一口气。她把一只胳膊伸到晨衣口袋里去掏她的香烟，接着坐起身子抽烟。她仔细看了看自己右面的肩膀，张开有烟味的嘴使劲儿亲了我一下。忽然，在我们后面沙岸的矮树丛和松林底下，有块石子滚了下去，接着又是一块。

“这些讨厌的、爱偷看的孩子，”夏洛特说，一边把她的

大胸罩拿起来遮着乳房，随后又伏下身子，“我得把这件事跟
88/1 彼得·克雷斯托夫斯基说说。”

从那条小路的路口传来一片沙沙声，一阵脚步声，琼·法洛拿着她的画架和其他东西从那儿走了过来。

“你把我们吓了一跳。”夏洛特说。

琼说她一直在上边那儿，在一个绿荫遮蔽着的地方暗自察看大自然（暗探间谍一般是要枪毙的[1]），极力想完成一幅湖景，但是她画得不好，因为她一点儿也没有才气（这倒是真的）——“你尝试过画画吗，亨伯特？”夏洛特对琼有点儿嫉妒；她想知道约翰是否也要来。

他也要来。今儿他回家来吃午饭。他是在到帕金顿去的路上把她放下车的，这会儿随时都可能来接她。那是一个阳
89/1 光明媚的上午。她总觉得在这种美好的日子让卡瓦尔和梅兰普斯给皮带拴着对它们不够爱护。她夹在夏洛特和我之间在白色的沙滩上坐了下来，她穿着短裤，她那褐色的长腿几乎像一匹栗色母马的腿一样叫我着迷。她笑的时候就露出她的牙龈。

“我差点儿把你们俩也放到我画的湖景中去了，”她说，“我甚至注意到有件事你们忽略了。你（对亨伯特说）戴着手表就下水啦，是的，先生，你戴的。”

88/1 克雷斯托夫斯基：去想办法吓唬他们；见216/1。

89/1 卡瓦尔和梅兰普斯（Cavall and Melampus）：法洛家的狗。卡瓦尔（Cavall）源自*cavallo*（一种马），梅兰普斯（Melampus）源自希腊神话中的预言家，他能理解狗的语言，并推行了酒神狄俄尼索斯崇拜。

[1]“察看”，原文用的是spying，spy作名词用是“暗探、间谍”意，所以这么说。

"防水的。"夏洛特轻声说，一面嘟起嘴来。 89/2

琼把我的手腕拉过去放到她的膝头，仔细察看夏洛特送给我的礼物，随后把亨伯特的手放回到沙滩上，掌心朝上。

"那样你什么都可以看见。"夏洛特卖弄风情地说。

琼叹了一口气。"有一次我看见，"她说，"两个孩子，一男一女，太阳落山的时候就在这儿野合。他们的影子简直像巨人似的。我也告诉过你汤姆森先生在天刚亮时干的事儿。
下一次，我指望看见肥胖的老艾弗光着象牙色的身子。他真 89/3
是个怪人，这个家伙。上次他给我讲了他侄儿的一桩完全猥亵的事情。看来——"

"喂。"约翰的嗓音这么喊道。

89/2 防水的：指手表。见272/1，此处亨·亨提供了这段插曲作为奎尔蒂身份的核心线索。

89/3 老艾弗……他侄儿：克莱尔·奎尔蒂。有关暗指奎尔蒂之处的概述，见31/9。

二一

我不高兴的时候默不作声的那种习惯，或者说得更确切点儿，我不高兴时默不作声的那种冷淡可憎的特征过去总把瓦莱丽亚吓得不知所措。她总是抽抽搭搭，哭哭啼啼，说：
89/4 “Ce qui me rend folle, c’est que je ne sais à quoi tu penses quand tu es comme ça.”我也对夏洛特试着保持沉默——而她却只是嘁嘁喳喳地继续说着话儿，压根儿不把我的沉默当回事儿。真是一个叫人惊讶的女人！我总退到我以前的那间房里，如今那儿成了一个正式的工作室，嘟哝说我毕竟还有一部学术性的论著要写，而夏洛特也就欢欢喜喜地继续美化家庭，写几封信，在电话上声音柔和颤动地说着话儿。我从窗户里透过好像上了漆似的颤动的白杨树叶，可以看见她穿过街道，心满意足地去给费伦小姐的妹妹寄信。

在我们最后一次去过沙漏湖那静止的沙滩以后的那个星期，不是有零星阵雨就是阴天，那是我记得的最叫人郁闷的
90/1 一周。接着出现了两三道朦胧的希望之光——在最终的阳光突现之前。

89/4 Ce qui ... comme ça.：法语；叫我发狂的是，遇到你这样的时候，我不知道你在想点儿什么。

90/1 最终的阳光突现：在《舞台名人录》中，罗兰·皮姆“在《阳光突现》中首次登台”（见31/7）。

这时我想到自己有一个很有条理的健全的头脑，还是利用一下为好。假如我不敢干涉我妻子为她那（待在毫无希望的远方晴朗的天气里，每天皮肤都给晒得越来越黑，性子变得越来越热烈的）女儿拟订的计划，我却肯定可以想出一种一般地表示自己权威的方式，这种方式往后也许可以用于某个特殊的场合。一天晚上，夏洛特本人给我提供了一个好机会。

“我有一个意想不到的消息要告诉你，”她舀起一瓢汤，脉脉含情地望着我说，“秋天，我们俩到英国去。”

我一口喝下我的那瓢汤，用粉红色的餐巾纸揩了揩嘴（哦，米兰纳大饭店的凉爽、华美的餐巾啊！），说道：“我也有个意想不到的消息要告诉你，亲爱的。我们俩不去英国。”

“哟，怎么回事?”她说，一边——带着比我料想的更为诧异的神色——望着我的手（我正不自觉地把那张无辜的粉红色餐巾纸叠好、撕开、揉皱、再撕开）。不过我的笑脸却使她多少安下心来。

“问题十分简单，”我答道，“即便在最和睦的家庭里，像我们这样的家庭，也不是所有的决定都由太太作出。有些事情得由丈夫决定。我完全想象得出像你这样一个健康的美国姑娘，遇到跟邦布尔夫人——或者冻肉大王萨姆·邦布尔，再不然跟一个好莱坞的荡妇乘同一条远洋客轮横渡大西洋时心里所必然感到的那种激动。我也并不怀疑，在你跟我给描绘成，你两眼坦诚、明亮，我抑制住心头的羡慕赞赏望着宫
90/2 廷卫兵、红衣禁卫军、伦敦塔的卫士，或者不管称作什么名称的守卫时，我们会给旅行社当作一幅相当漂亮的广告。可是我恰好很不喜欢欧洲，包括快乐、古老的英格兰。你很清楚，我对那个腐朽的旧世界只有一些十分黯淡的联想。你的杂志里的彩色广告也不能改变这种情况。”

“亲爱的，”夏洛特说，“我真——”

“不，等一下。目前的问题只是偶然发生的。我关心总的趋势。当你要我放下我的工作，把下午用在到湖上去晒日光浴的时候，我欣然地依了你，并为了你而成了一个晒得黝黑、富有魅力的男子，而不继续当学者和，唔，教师。当你领着我去跟可爱的法洛夫妇打桥牌、喝威士忌酒的时候，我也温顺地跟着你。不，请等一下。当你装饰你的家的时候，我也不干涉你的计划。当你决定——当你对各种问题作出决定的时候，我可能完全，或者比如说，部分与你的意见不合——但我什么也没有说。我并不理会个别的问题，但我不能不理会一般的问题。我喜欢由你来支配，但是每种游戏都有它的规则。我并不是闹别扭，我压根儿不是爱闹别扭。别再那么

90/2 不管称作什么名称的守卫（Beaver Eaters）：根据“Beefeaters”（英国皇家卫士）及其所戴海狸皮帽（beaver hats）拼凑的混合词。有些人认为这是一个明显的下流笑话，但是纳博科夫本意并非如此。“愚钝和自相矛盾”，他说，想到了这些卫士旧日曾有男妓的名声（“海狸”［beaver］也指女性生殖器，纯洁的读者们）。

做。我也代表这个家的一半，有一个虽然微小但还清楚的发言权。”

这时她来到我的身边，跪了下来，慢慢地但十分激烈地摇着头，揪着我的裤子。她说她始终没有认识到这种情况。她说我是她的统治者和神明。她说路易丝已经走了，让我们马上上床亲昵吧。她说我非得原谅她，否则她会死的。

这桩小事令我十分得意。我轻声告诉她这不是一件需要请求原谅的事，而是一个改变作风的问题。我决心抓住这个有利机会充分加以利用，花了不少时间，冷漠、阴郁地着手写书——或者至少是假装在着手写书。

我以前房间里的那张“工作室卧榻”早已变成它原本一直就是的沙发。夏洛特从我们最初结合的时候起就告诉我要把那间房慢慢改成一个正式的“作家书斋”。在“英国事件”过去后两三天，我正坐在一张十分舒适的新安乐椅上，膝头放着一大卷书，夏洛特用无名指敲了敲门，漫步走进房来。她的动作和我的洛丽塔的动作有多不同啊！洛丽塔过去穿着她那脏乎乎的蓝牛仔裤来看我的时候，身上总散发出性感少女地域的果树林里的芬芳，显得拙手笨脚，疯疯癫癫，又似乎有点儿堕落，衬衫下面的纽扣也没有扣好。不过，让我告诉你们一件事。在小黑兹的莽撞无礼和大黑兹的沉着镇定的背后，都流动着一种不易捉摸的活力，散发出同样的气息，嘟哝着同样的声音。有个了不起的法国大夫有次告诉我父亲，在近亲中，连胃的最轻微的咯咯声也有着同样的“声响”。

夏洛特就这样漫步走进房来。她觉得我们之间的一切都不大和谐。前一天和再前一天的晚上，我们刚上床，我就假装睡着了，天一亮就起身。

她温柔地问我她是不是“打扰了我”。

“这会儿没有。”我说，一边把《少女百科全书》C卷翻转过来，细看（印刷工所说的）“底边”上印的一幅图。

夏洛特走到一张有一个抽屉的仿桃花心木小桌子面前，把一只手放在桌上。这张小桌子无疑样子十分难看，但是这对她并没有什么影响。

“我一直想要问你，”她说（用的不是卖弄风情，而是讲究实际的口吻），“为什么把这东西锁起来？你要把它搁在这间房里吗？样子真是无比蠢笨。”

“让它去吧。”我说道。当时我正翻到在“斯堪的纳维亚的露营”[1]。

“有钥匙吗？”

“藏起来了。”

“噢，哷……”

[1] 这是百科全书中的一个条目。

“把情书锁起来了。”

她用那种受伤的母鹿的目光瞅了我一眼，叫我感到异常恼火，随后因为不大清楚我的话是否当真，也不知道怎样把谈话继续下去，她就站在一旁看我缓缓地翻了好几页（校园、加拿大、袖珍照相机、糖果），凝视着窗玻璃而不是玻璃外面，同时用玫瑰红杏仁形的尖利指甲敲打着它。

不久（我翻到“划独木舟”或“灰背野鸭”），她走到我的椅子旁边，悠闲而沉重地一屁股在椅子扶手上坐了下来，我周围立刻充满了我头一个妻子也用过的那种香水的气味。“阁下是否愿意就在这儿度过秋天呢?”她问道，一边用小手指指着东部很保守的一个州的一幅秋景。“为什么?”（说得十分清楚，又很缓慢。）她耸了耸肩膀。（大概哈罗德过去总在这种时候休假。渔猎开放的季节。对她产生了条件反射。）

“我想我知道那是什么地方，”她仍然用小手指指着说道，“我记得那儿有一家旅馆，‘着魔的猎人’，样子古朴，是不是? 食物非常精美。而且谁也不打搅谁。”

她把脸贴在我的鬓角那儿摩擦。瓦莱丽亚不久就不这么做了。

“晚饭你想吃点儿什么特别的菜，亲爱的? 约翰和琼待会儿要过来坐坐。”

我哼了一声作为回答。她亲了亲我的下嘴唇，欢快地说她要去烘一块蛋糕（这是从我做房客的日子起就开始的一个传统，认为我爱吃她烘的蛋糕），说完就不来打搅我的清闲了。

我小心地把翻开的书放在她坐过的地方（书的页数原来像波浪似的直往下翻，但给夹在书里的一支铅笔挡住了），查看了一下藏钥匙的地方：钥匙忸忸怩怩地藏在我以前用的一把昂贵的旧的安全剃刀下面；在她给我买了一把便宜得多、合用得多的剃刀以后，我就不再使用那把剃刀了。这是一个理想的隐藏处所吗——在剃刀下面，那个有着丝绒衬里的盒子的凹槽里？那个盒子收在装着我的各种不同的业务文件的一个小箱子里。我还能再作出什么改进吗？真奇怪，要想藏点儿东西多么困难——特别当一个人的老婆不断摆弄家具的时候。

二二

我想就在我们最后那次游泳后的整整一个星期，中午的
邮班送来了费伦家的二小姐的一封回信。那位小姐写道她刚
参加完姐姐的葬礼回到圣阿尔杰布拉。“尤菲米娅摔断了髋骨 93/1
以后就再也不像原来那样了。”至于亨伯特太太女儿的事，她
想告诉我们今年招她入学，时间已经太晚；不过她这个活着
的费伦几乎可以肯定，如果亨伯特先生和太太一月里把多洛
蕾丝带去，也许可以对她的入学作出安排。

93/1 尤菲米娅（Euphemia）：源自希腊语 *euphēmos*；吉兆的，听上去是好事的。

第二天吃完午饭，我去找“我们的”大夫，一个十分友好的家伙。他的关怀体贴的态度跟对几种专卖药的绝对信赖，充分掩盖了他对医学的无知和淡漠。洛必须回到拉姆斯代尔来的事实成了一桩令人期待的难得的好事。我想对这件事做好充分的准备。实际上，在夏洛特作出那个冷酷的决定以前，我早已开始行动了。我必须确保在我那可爱的孩子到来的当天晚上，以及接下去的一个又一个夜晚，直到圣阿尔杰布拉把她从我身边带走为止，自己掌握一种可以叫这两个人儿酣睡得连任何声音或触摸都无法惊醒她们的手段。在七月的大

部分日子里，我试用了各种不同的安眠药粉，在大量服药的夏洛特身上加以试验。我给她服的最后那一剂药（她以为是一小片用来镇静神经的温和的溴化钾镇静剂）叫她整整昏睡了四个小时。我把收音机开到最大音量，还用一个橡皮制的
94/1 男性生殖器形状的手电筒对着她的脸照去。我推她，拧她，扎她——但什么都无法打乱她那平静而有力的呼吸节奏。可是，等我做了吻一吻她这么一个简单的动作后，她竟立刻醒了过来，像一条章鱼似的精神饱满、身强体壮（我几乎都来不及逃开）。我想这可不成，一定得弄一种更加稳妥的药。当我告诉拜伦大夫他上次的处方治不了我的失眠症时，起先他似乎不大相信。他建议我再试一次，接着就给我看他家里人
94/2 的照片，转移了一会儿我的注意力。他有一个迷人的孩子，跟多莉的年龄相仿；可是我看穿了他的花招，坚持请他开出现有的最强劲有效的药片。他建议我去打高尔夫，但最后同意给我一种照他说是“真正有效的”药。说着，他走到一个柜子前面，拿出一小瓶蓝紫色的胶囊，一头有一圈深紫色的边。他说这种药刚给投放到市场上，不是用来治疗那些适当地饮上一口水就能使他们镇静下来的神经病人，而只是用于治疗那些无法入睡的伟大的艺术家，他们为了能活上几个世纪，不得不先死去几个小时。我爱愚弄大夫，尽管当时心里十分

94/1　男性生殖器（olisbos）：古希腊酒神节参加者身上携带的皮制男性生殖器。

94/2　迷人……相仿：拜伦，玛格丽特（见第51页）。拜伦的同名者，见70/4。

高兴，但还是怀疑地耸了耸肩膀，把药片放进口袋。顺便说一句，我对他也得小心在意。有一次，说到另外一件事的时候，我愚蠢地失口提到了我最后住过的那家疗养院，我似乎看见他的耳垂抽动了一下。我一点也不希望夏洛特或是哪个别的人知道我过去的那段日子，因而连忙解释说以前为了写一部小说，我曾在精神病人中做过一些研究工作。不过没有关系；这个老流氓确实有一个可爱的小妞儿。

我精神振奋地离开了他。我用一个手指驾着我妻子的汽车，心满意足地向家驶去。不管怎样，拉姆斯代尔还是有不少明媚的风光。知了不住鸣叫；林荫道上刚洒过水。我平稳地，几乎是滑行地转入我们那条坡度很陡的小街。那天不知怎么一切都很顺利。天那么蓝，树那么绿。我知道阳光灿烂，因为挡风玻璃上映现出我的点火钥匙的样子；我也知道那时正好三点半，因为每天下午来给奥波西特小姐按摩的那个护士穿着白色长统袜和白鞋，正轻快地走下那条狭窄的人行道。跟平时一样，废品旧货商的那条歇斯底里的塞特种猎狗在我驶下坡的时候朝我扑来。跟平时一样，当地报纸放在门廊上，肯尼刚把报纸扔在那儿。

前一天，我已经终止了硬给自己规定的那种冷淡的生活规则；这时我推开起居室的门就兴冲冲地发出一声回家的欢呼。夏洛特那乳白色的颈背和红褐色的发髻正对着我，她穿着我头一次遇见她的时候穿的黄色的衬衫和酱紫色的宽松长裤，坐在房子犄角的书桌旁写信。我的手仍然握着门把手，亲切地又喊了一声。她写字的手停了下来。她静坐了一会儿，随后在椅子上缓缓地转过身来，胳膊肘儿搁在曲线形的椅背上。她的脸因为情绪激动而变了样子，在她盯着我的双腿说话的时候毫无风韵可言。她说：

"黑兹那个女人，那个大婊子，那个老娘们，那个讨厌的妈妈，那个——又老又蠢的黑兹不再是你愚弄的人啦。她已经——她已经……"

我的美貌的指控者停下来，把她的怨恨和泪水都咽下肚去。不管亨伯特·亨伯特说什么——或企图说什么——都无关紧要。她接着往下说道：

"你是个恶魔。你是个讨厌、可恶、不道德的骗子。要是你敢靠近——我就要朝窗外大声喊叫。走开！"

我想再说一句，不管亨·亨小声咕哝了一些什么，也都可以省略。

"今晚我就离开。这一切都是你的。只是你绝不会，绝不会再见到那个不要脸的小鬼啦。滚出这间房去。"

读者，我就走出房去。我上楼来到以前的工作室兼卧室，双手叉腰，相当镇静沉着地站了一会儿，从房门口仔细察看那张遭到洗劫的小桌子，抽屉给拉开了，锁眼里挂着一把钥匙，桌面上还放着另外四把家用的钥匙。我穿过楼梯平台，走进亨伯特夫妇的卧室，镇静地把我的日记从她的枕头下面拿出来，放进口袋。接着我开始下楼，但走到一半又站住脚。电话正好安装在起居室的房门外面，她正在打电话。我想听听她说些什么：她取消了订购的什么物品，又回进客厅。我重新调整好自己的呼吸，穿过过道，走进厨房。我在那儿开了一瓶苏格兰威士忌。她从来也无法抵挡苏格兰威士忌的吸引力。接着，我走进饭厅，在那儿透过半开的房门，端详着夏洛特宽阔的后背。

“你这是在断送我的生活和你的生活，”我平静地说，“让我们表现得像有教养的人吧。这都是你的幻觉。你疯啦，夏洛特。你找出来的那些笔记不过是一部小说的片断。你的名字跟她的名字完全是偶然放进去的。就因为你们的名字正好现成。好好想想吧。我去给你拿杯酒。”

她既没有回答也没有转过身子，只是继续飞快而潦草地不知写些什么。大概是第三封信（两封装在贴好邮票的信封里，已经放在桌上）。我又回到厨房。

我摆好两个玻璃杯（为圣阿尔杰布拉呢？还是为洛？），拉开冰箱的门。在从冰箱的冷冻室里往外取出冰块的时候，冰箱恶狠狠地朝我吼叫。重写一下。让她再看一遍。她不会记得细节的。改动一下，编造一番。写个片断，拿给她看，或者随便丢在一旁。为什么水龙头有时会这么吓人地哀叫呢？真是一个糟糕的局面。那一小块一小块枕头形状的冰——是供玩具北极熊洛使用的枕头——在受到温水的作用从小格子里掉出来的时候，发出咔嚓咔嚓、噼噼啪啪、遭受折磨的声音。我把两个玻璃杯碰撞着并排放下，倒进威士忌
97/1 和少量的苏打水。她不准我多喝酒。冰箱发出乒乒乓乓的声响。我拿着玻璃杯穿过饭厅，隔着客厅的门说话。客厅的门开了一条缝儿，连我的胳膊肘儿也伸不进去。

“我给你调了一杯酒。”我说。

她没有回答，这个发疯的泼妇；于是我把杯子放在电话机旁边的餐具柜上，这时电话铃响了。

“我是莱斯利。莱斯利·汤姆森，”喜欢在天亮时游水的莱斯利·汤姆森说，“先生，亨伯特太太给车撞了。你最好赶快前来。”

我也许有点儿急躁地回答说我妻子安然无恙，同时我一手握着听筒，推开房门，说道：

“这个人打电话来说你给车撞死了，夏洛特。”

可是夏洛特并不在起居室里。

97/1 不准我多喝酒（tabooed my pin）：my pin是杜撰的词；亨·亨最喜欢的酒是菠萝汁（pineapple juice）和金酒（gin）的混合（第72页）。他在第101和193页上也提到了这种“酒”（pin）。

二三

我冲出门去。我们那条陡峭的小路的那头呈现出一片奇特的景象。一辆又大又亮的黑色帕卡德牌汽车与人行道（一条格子花呢的旅行毛毯揉作一团丢在那儿）形成斜角，冲上了奥波西特小姐倾斜的草地，待在那儿，在阳光下闪闪发光，车门像翅膀似的张开，前轮深深陷入常青的灌木丛中。在这辆汽车的右边，倾斜的草地整洁的草皮上，有个衣着讲究——双排纽扣的灰色套装，圆点花纹的领结——留着白色八字须的老先生仰卧在那儿，他的两条长腿并在一起，看上去就像一个毫无生气的蜡像。我必须把当时一瞬间对视觉造成的影响用一连串的词句表达出来；它们在一页纸上有形的堆砌损害了当时一瞬间的实际感受，损害了那种印象的鲜明的统一：一堆毛毯、汽车、玩偶似的老人以及手里拿着一个半空的平底玻璃酒杯、窸窸窣窣地跑回装了纱窗的门廊上去的奥小姐的护士——可以想象，那个撑起身来、足不出户的衰老的女人正在门廊上尖声喊叫，但声音不够响亮，无法盖过废品旧货商家那头猎狗的有节奏的叫声。那头猎狗从一群人跑到另一群人面前——从一群已经聚集在人行道上、靠近那一小块格子花毛毯的邻居面前又回到它最终追捕到的那辆汽车面前，随后又回到草地上的另一群人面前。这群人里有莱斯利、两名警察跟一个戴着玳瑁眼镜、身体健壮的男人。在这方面，我应当解释一下，巡警之所以在事故发生后几乎还不出一分钟就迅速到场是因为他们正在这片斜坡下面两个街区以外的一条狭窄的横路上向违章停放的汽车开发违章通知；戴眼镜的那个人名叫小弗雷德里克·比尔，就是驾驶那辆帕卡德牌汽车的人；而躺在那片绿油油的草地斜坡上、刚被护士用水泼过的那个老人，则是他的七十九岁的父亲——一个所谓为银行提供资金的银行家——他并没有昏死过去，只是刚发了或者可能要发轻度的心脏病，这会儿正舒舒坦坦、有条不紊地在恢复。最后，人行道上的那条旅行毛毯（她过去常常不以为然地指给我看人行道上那些弯弯曲曲的绿色裂纹）正掩盖着夏洛特·亨伯特血肉模糊的遗体。她在匆匆过街到奥波西特小姐的草地角上的那个邮筒去投三封信的时候，给比尔的汽车撞倒了，还给带出去了好几英尺。有个面目清秀、穿着一件肮脏的浅红色上衣的孩子把那几封信拾起来，递给了我。我在裤子口袋里把它们撕成碎片。

三个大夫和法洛夫妇不一会儿也赶到现场，把这件事接

[1] 指亨伯特自己。

过手去。这位鳏夫[1]是一个特别善于自我克制的人，既没有哭泣，也没有叫骂。他走路有点儿蹒跚，这就是他的表现；但他张开嘴巴只是为了对一切与验明、检查和处置一个亡故女人有关所绝对必需的手续作出指示或提供信息；这个女人的头顶心已经混杂成一堆模糊的骨头、脑浆、红褐色的头发和血肉。等他被两个朋友，温和的约翰和眼泪汪汪的琼，安顿在多莉房间里的床上时，太阳仍然红得耀眼。约翰和琼为了守在附近，就退到亨伯特夫妇的卧室去过夜。据我所知，他们可能并没有像这种严肃的场合所要求的那样纯洁无瑕地度过那一晚。

在这部十分特殊的回忆录中，我不必详细叙述葬礼以前不得不处理的那些繁文缛节，或是葬礼本身；那场葬礼实际跟婚礼一样平淡。不过在夏洛特这么轻易地死去以后的那四五天里，有几桩小事却值得一提。

我丧妻后的第一晚喝得烂醉，睡得就跟以前睡在那张床上的孩子一样香甜。第二天早上，我急忙查看口袋里那三封信的碎片。它们已经完全混杂在一起，根本无法再整理成三封完整的信。“……你最好把它找回来，因为我无法买……”我猜想这是写给洛的一封信上的话。其他一些碎片似乎表明，夏洛特打算带着洛逃到帕金顿去，甚至返回皮斯基，以免这个贪婪的家伙夺去她心爱的小宝贝。另外一些碎片纸条（我从来没有想到我的手指这么强劲有力）显然是一份申请书，不是写往圣阿[1]，而是写往另一所寄宿学校的。据说，那所学校的教学方法非常严厉、陈旧和贫乏（尽管也提供在榆树下的槌球游戏），因而博得了“少女教养院”的绰号。最后，第三封信显然是写给我的。我辨认出了诸如“……经过一年的分居以后，我们可以……”“哦，我最最亲爱的人儿，哦，我……”“甚至比你另外养个女人还要恶劣……”“……或者也许，我会死去……”等这么几条。可是，总的说来，我搜集到的这些零星的材料并没有多少意义；我手掌心里这三封仓促写成的书信形状各不相同的碎片，就跟它们的各条内容在可怜的夏洛特的头脑里一样混乱。

[1] 指圣阿尔杰布拉。

那天，约翰得去会见一个主顾，琼得回去喂狗，于是我暂时失去了朋友的陪伴。那些可爱的人生怕我一个人待着可能会寻短见，而因为找不到别的什么朋友（奥波西特小姐无法出门，麦库夫妇正在几英里外忙着修建一幢新房子，而查特菲尔德夫妇新近又因自己家里的一场纠纷给叫到缅因州去了），就委托莱斯利和路易丝来跟我做伴，借口帮我整理收拾许多失去了主人的什物。我突然灵机一动，把我从夏洛特的遗物中找出来的一张夏洛特的小照片拿给宽厚、轻信的法洛夫妇看（我们正等着莱斯利受雇前来赴他和路易丝的约会）。她坐在一块圆石头上，在被风吹起的秀发间微笑。那是在一九三四年四月，一个值得记忆的春天照的。当时我因为公务到美国来，曾有机会在皮斯基住了好几个月。我们相识了——产生了一场疯狂的恋情。唉，当时我已经结婚，而她也和黑兹订了婚；可是等我回到欧洲以后，我们通过一个如今已经去世的朋友互相通信。琼望着那张照片小声说她也听到过一些传闻，随后一边望着，一边把它递给约翰。约翰拿下嘴里的烟斗，望着可爱而放荡的夏洛特·贝克尔，接着把照片递还给我。随后，他们离开了几个小时。快乐的路易丝正在地下室里格格笑着，责骂她的情人。

法洛夫妇刚走，一个下巴颏儿发青的牧师就来了——我既不想伤害他的情感，也不想引起他的怀疑，所以设法使这次会面短暂而又与上述两个愿望相符。对，我会把一生都致力谋求那个孩子的幸福。顺便说一句，这是一个我和夏洛特·贝克尔都还年轻的时候她给我的小十字架。我有一个表姐，在纽约是个体面的老处女。我们要在那儿为多莉找一所好的私立学校。噢，多么狡猾的亨伯特！

为了做给莱斯利和路易丝看（他们可能而且也的确向约翰和琼作了报告），我用异常响亮的声音，十分逼真地打了一个长途电话，假装跟雪莉·霍姆斯谈了一次。等约翰和琼回来的时候，我有意杂乱无章、叽叽咕咕地告诉他们洛跟着中级组去作一次为期五天的远足，一时无法找到，完全把他们给糊弄了。

“主啊，”琼说，“我们该怎么办呢？”

约翰说这非常简单——他去请克赖马克斯的警察部门帮着寻找远足的人——这要不了他们一个小时。其实，他对那一带乡野也很熟悉，而且——

“嗨，”他接着说，“我干吗不现在就开车上那儿去呢？你可以跟琼一块儿睡”（实际上他并没有加这么一句，不过琼异常热情地支持他的提议，因此这可能是不言而喻的）。

我完全垮了。我请求约翰让事情顺其自然。我说让那个孩子待在我的身旁，哭哭啼啼，老缠着我，我可受不了。她那么容易紧张，这种经历可能会对她的未来产生影响，精神病大夫分析过这类病例。突然都没人说话了。

“好吧，你是大夫，”约翰有点不客气地说，“不过我毕竟是夏洛特的朋友和顾问。我们想要知道你好歹打算把那孩子怎么办。”

“约翰，”琼喊道，“她是他的孩子，不是哈罗德·黑兹的孩子。你难道不明白吗？亨伯特是多莉真正的父亲。”

“我明白了，”约翰说，“真对不起。是呀，我明白了。我先没有认识到这一点。这样当然使问题变得简单了。不管你有什么看法都不会错。”

这个心烦意乱的父亲继续说等到葬礼过后，他会立刻去接他的娇弱的女儿，并且会尽力让她在完全不同的环境愉快地生活，也许到新墨西哥或加利福尼亚去旅行——当然，只要他还活着。

我装扮的彻底失望时的镇静跟疯狂发作前的沉寂十分逼真，因此这对完美无瑕的法洛夫妇就硬把我接到他们家去了。他们有一个很好的酒窖，就像这一带的酒窖那样。这很有用处，因为我害怕失眠和鬼魂显灵。

现在我必须解释一下我不要多洛蕾丝回来的原因。自然，起先夏洛特刚给除去，我成了一个自由的父亲，重新走进那幢房子，一口喝下我调好的那两杯威士忌苏打，又加上一两品脱我“小桶里的酒”，随后走进浴室，避开邻居和朋友们，那时我心里只有一个想头——就是我知道再过几个小时，热情的、褐色头发的、我的、我的、我的洛丽塔就会投入我的怀抱，扑簌簌掉下泪来，我会把她流下来的泪水吻掉，甚至比泪水往外涌得还要快。可是我正睁大眼睛、满脸通红地站在镜子面前，约翰·法洛轻轻地敲了敲门，问我是否人不舒服——我立刻认识到要是我让她待在屋子里那简直是发疯；周围有这么许多爱管闲事的人四处乱转，老图谋着把她从我身边带走。说真的，难以捉摸的洛本人也可能会——谁知道呢？——对我表现出某种愚蠢的猜疑、突然产生的厌恶、莫名的恐惧等等——那样一来，在胜利的时刻就会失去这个迷人的猎获物。

说到爱管闲事的人，我还有另一位来客——朋友比尔，就是把我妻子除掉的那个家伙。他身体笨重，神情严肃，样子像个助理行刑官，他长着一个斗牛犬的下颌和一双乌黑的小眼睛，戴着一副厚边框的眼镜，还有两个十分显眼的鼻孔。约翰把他领了进来，接着便十分乖觉地关上房门，离开了我们。我那形状怪异的客人温文尔雅地说他有一对孪生女儿在我继女的班里，接着便展开了一大幅他为那场事故所画的示意图。这幅示意图正如我继女会说的那样，真是“一个绝妙的玩意儿”，上面有用不同颜色的墨水画的各种给人深刻印象的箭头和虚线。亨·亨太太的轨迹是用一串安排在好几个位置的草草勾勒出的小人儿——像布娃娃那样极小的职业妇女或陆军妇女队队员——就是在统计学中用作直观教具的用品——来表示的。这条路线十分清楚、确凿无误地与一条画得相当醒目、表现了两个连续转向的曲线接触——一个转向是比尔的汽车为了躲开废品旧货商的那条猎狗而作出的（狗并没有给画出来），另一个转向是第一个的一种夸张的延续，表明他想避免这场悲剧。一个漆黑的十字形记号标示出那个勾勒出的苗条的小人儿最终在人行道上安息的地点。我想寻找用来表示我的来客那身材高大、犹如蜡像一般的父亲仰卧在路堤上的那个地点的类似记号，但一无所获。可是那位先生却也作为见证人在这份文件上签了名，他的名字就签在莱斯利·汤姆森、奥波西特小姐和其他几个人的名字下面。

弗雷德里克把他那支蜂鸟似的铅笔既熟练又灵巧地从这点飞到那点，用以说明他的完全无辜和我妻子的轻率鲁莽：在他避开那条狗的时候，她已经在新洒过水的柏油路面上滑了一下，向前冲去，但她应该做的是朝后退去而不是向前直冲（弗雷德[1]把自己戴了护垫的肩头猛地一扭，作了个示范）。我说这当然不是他的过错，验尸人员也与我的看法相同。

[1] 弗雷德里克的爱称。

他那乌黑、紧张的鼻孔里呼出急促的气息，他摇了摇头，
握了握我的手，随后便以一种savoir vivre、颇有绅士风范的 102/1
豪爽气派提出支付殡仪馆的费用。他一心指望我会拒绝他的提议。而我却晕头晕脑、感激涕零地接受了他的提议。这叫他吃了一惊。他慢吞吞地、不敢相信地把他刚说的话重复了一遍。我再次向他表示感谢，显得甚至比先前还要热诚。

102/1 savoir vivre：法语；温文有礼，有教养。

由于这场不可思议的会见，暂时消除了我心灵上的麻木。这也并不奇怪！我实际上见到了命运的代理人。我触摸到了命运的肉身——以及它那戴着护垫的肩膀。一场非凡、可怕的变故突然降临，而工具就在那儿。在这个错综复杂的格局里（急匆匆的家庭主妇、滑溜溜的路面、一条讨厌的狗、陡坡、大型轿车、车轮旁那个丑陋难看的人），我隐隐约约地看出自己所起的卑劣的作用。如果我不是那么一个傻瓜——或者那么一个有直觉力的天才——保存下那本日记，那么复仇的怒火和热辣辣的羞辱所产生的血液就不会在夏洛特跑向邮筒的时候遮蔽了她的视线。可是就算她的视线给遮蔽了，假如命运那个同步的幽灵没有恰好把那辆汽车、那条狗、阳光、
103/1 树荫、湿地、虚弱的人、强壮的人和石头等都混合在那个升
103/2 华锅里，那么仍然可能什么都不会发生。再见吧，玛琳！（正如比尔在离开房间前所再现的）与丰盈的命运的正式握手使我不再麻木不仁；我哭了。陪审团的女士们和先生们——我哭了。

103/1 升华锅：用来蒸馏或精炼的任何物件。

103/2 再见吧，玛琳：指玛琳·黛德丽；见9/4。

二四

突然刮起一阵大风，榆树和白杨都把它们那给风吹得起伏飘动的背部转了过来，一片乌黑的雷雨云砧隐隐出现在拉姆斯代尔白色的教堂钟楼的上空，这时我最后一次环顾四周。只不过十个星期之前，我在这幢青灰色的房子里租了一个房间；如今为了从事不为人知的冒险，我要离开这幢房子。遮阳窗帘——俭朴、实用的竹帘——已经给放了下来。不管在门廊上还是在房子里，竹帘那意味深长的结构都增添了现代戏剧的情趣。此后这幢天堂之屋一定会显得空空洞洞。一滴雨点掉在我的指关节上。我又回进房子去找什么东西，约翰正把我的旅行包放进汽车，这时发生了一件有趣的事。我不知道在这份悲惨的记录里，我是否充分强调过作者那英俊的
容貌——假凯尔特人[1]、十分类似人猿、男孩子似的威武气 104/1
概——对各个年龄和各种环境中的女人所具有的那种特殊的“传送”影响。当然，用第一人称宣布这种情况听起来也许相当可笑。可是每隔一阵子，我就不得不提醒读者我的仪表，那种情形颇像一个职业小说家，他给自己笔下的一个人物安

[1] Celt，公元前一千年左右居住在中欧、西欧的部落群体，其后代现在散布在爱尔兰、威尔士、苏格兰等地。

104/1 类似人猿：像猴子或猿的。纳博科夫在玩弄着邪恶自我的双重身份这种传统说法；亨·亨不应该是“类似人猿”，因为奎尔蒂才是坏人。

排了某种怪癖或一条狗，每逢这个人物在故事发展的过程中出现的时候，他就得继续提到那条狗或那种怪癖。在目前这种情况下，也许还不止于此。如果我的故事想得到正确的理解，那就应当把我忧伤、漂亮的容貌牢记在心。青春焕发的洛就像被打呃似的音乐疯魔了似的被亨伯特的魅力弄得神魂颠倒；而成年的洛特则带着成熟的、充满占有欲的激情爱我，如今我心里对这种激情所感到的悔恨和尊重我都不愿意再说出口来。琼·法洛这时三十一岁，非常容易激动，她对我似乎也产生了一种强烈的好感。她生着赤褐色的皮肤，像个雕刻出来的印第安人那么健美。她的嘴唇像个深红色的大珊瑚虫；每逢她发出特殊的狗叫般的笑声，就会露出没有光泽的大牙齿和苍白的牙床。

她身材很高，不是穿着宽松长裤和凉鞋就是穿着飘动的裙子和芭蕾舞鞋，能喝下不管多少数量的随便哪种烈酒，曾经小产过两次，写过一些动物故事，而且像读者知道的那样，也画过一些风景画。她已经在调治癌症，后来到三十三岁的时候还是不治身亡；她对我根本没有什么吸引力。因此在我离开前一刹那（她和我都站在门道里），当琼用她那老是颤抖的手指捧住我的两鬓，亮闪闪的蓝眼睛里含着泪水，想要亲吻我的嘴唇的时候，想想看当时我有多么惊慌，但她并没得手。

“你自己多保重，”她说，“替我亲亲你的女儿。”

一声巨雷在房子里回响。她又说道：

“说不定将来有一天，在什么地方，在一个不这么痛苦的时刻，我们会再次相见。”（琼，不管你在干什么，不管你在哪儿，在负时空里还是在正灵魂时间里，请原谅我说的这一切，包括这个括号内的词语。）

不一会儿，我就在马路上，在那条有坡度的马路上跟他们夫妇俩握手告别。在渐渐逼近的那阵白茫茫的大雨降临之前，一切都在旋转、飞舞。有辆载着一张床垫从费城开来的卡车正信心十足地往下驶进一幢空房，尘土就在夏洛特倒下的那块石板上飞扬飘洒。那天他们为我掀起那条旅行毛毯的时候，夏洛特就在那个地方出现在我的眼前，她身子蜷曲，两眼完好，黑色的睫毛仍然湿润地缠结在一起，就像你的睫毛那样，洛丽塔。

二五

大家可能会以为既然排除了所有的障碍，眼前只有一片令人兴奋、无限欢乐的前景，我一定会安下心来，发出
105/1 一声舒坦轻松的叹息。Eh bien, pas du tout! 我并没有在笑盈盈的“机遇”的光辉下感到温暖，反而受到各种纯道德的疑虑和畏惧困扰。比如，始终不让洛参加她的直系亲属的喜庆和丧葬的仪式，会不会叫人家感到奇怪？你记得——我们没有让她参加我们的婚礼。或者，另一件事：就算“巧合”那毛茸茸的长胳膊伸出来把一个无辜的女人干掉，“巧合”难道不会在一个野蛮的时刻无视它的另一只胳膊的所作所为，过早地把一封吊唁的信交给洛呢？不错，只有拉姆斯代尔《日报》报道了这场事故——帕金顿《记事报》
105/2 或克赖马克斯《先驱报》都没有报道；奎营地又在另外一州，而且地方上的死讯并不像联邦政府的新闻那么叫人感兴趣；可是我仍禁不住设想多莉·黑兹不知怎么已经知道了这个噩耗，而且就在我开车去接她的时候，她正由我不认识的一些朋友开车送回拉姆斯代尔。而比所有这些猜测

105/1 Eh bien, pas du tout!：法语；嗐，压根儿不是这样！

105/2 克赖马克斯（Climax）：无论人们如何就此开玩笑（Climax意为“性高潮”。——译注），但是在美国竟然有七个城镇叫这个名字（得克萨斯州还有个洛丽塔镇）。《爱达或爱欲》主角的父亲德蒙·维恩曾经回到他“得克萨斯的洛丽塔附近我姨妈的牧场”（第14页），这个小镇上无疑不会有书店和图书馆。

和忧虑更令人不安的是，亨伯特·亨伯特这个欧洲原籍不明的全新的美国公民，还没有采取任何要作他亡妻的女儿（十二岁零七个月）的合法监护人的步骤。我敢采取这些步骤吗？每逢我想象自己赤身露体地在习惯法那冷酷无情的逼视下，被一些难以理解的法令团团围住，我就禁不住打了个寒噤。

我的计划是原始艺术的一个奇迹：我要风驰电掣地赶到奎营地，告诉洛丽塔她母亲要在我虚构的一家医院里经受一次大手术，随后就跟我那瞌睡蒙胧的性感少女不断地从一家客店迁到另一家客店，而她母亲的病情则日渐好转，但最终还是死了。可是我朝营地驶去的时候，心里越来越感到焦虑不安。想到我在那儿可能找不到洛丽塔——或者相反，找到的是一个惊慌失措的洛丽塔，又叫又吵地要她们家的一位朋友：不是法洛夫妇，谢天谢地——她几乎还不认识他们——但会不会有其他几个我没有考虑到的人呢？想到这些，我就受不了。最后，我决定照我几天前装得那么像的那样去打一个长途电话。雨下得很大，我在帕金顿泥泞的郊区的岔道口停下汽车，其中一条岔道绕过市区，通向那条越过山地直通克赖马克斯湖和奎营地的公路。我啪嗒一声关上点火装置，在车子里坐了好一会儿，为要打的那个电话做好准备，同时

目不转睛地望着外面那阵雨，望着被雨水淹没的人行道，望着一个消防龙头。那真是一个丑陋的玩意儿，涂着厚厚的银
106/1 漆和红漆，伸出它的曲柄的红管子让雨水给它们上光，而雨
106/2 水则像鲜红的血水似的滴落在它那银白色的链条上。难怪停在这些可怕的、残缺破碎的东西旁边是禁忌的。于是我把车开到一个加油站。硬币终于令人满意地丁丁当当地落下去，而且有个人的声音也对我作出回应，这时有桩意想不到的事正等着我。

营地女主任霍姆斯告诉我多莉星期一（今天是星期三）已经跟她的小组到山区远足去了，预计当天相当晚的时候回来。我好不好明儿再去，究竟有什么事情——我没有细讲，只说她的母亲给送进了医院，病情相当严重，但这一点可别告诉孩子，就让她做好准备，明儿下午跟我离开。两个人的声音接着便在一阵热情洋溢、互致问候的话语中分离；我的所有的硬币由于某种反常的机械方面的缺陷，带着一阵中奖的噼里啪啦的声响又滚回我的手中；虽然对于不得不推迟我的幸福感到有些失望，但这桩事却几乎把我给逗笑了。大家可能会想，既然我像现在这样在根本没有听说什么之前，就虚构了那次小小的探险，那么，这些忽然滚出来的硬币，这种突发的退款，在麦克费特的心里，不知是否多少也与那种

106/1 鲜红的血水（stylized blood）：任何红色的东西都能说是“stylized”。

106/2 银白色（argent）：古体形式；银色，银白色，闪光的——同法语。

虚构有关。

下一步该怎么办？我把车开到帕金顿的商业中心，整个下午（天气已经放晴，湿漉漉的市镇真像银子和镜面）都用于为洛购买一些漂亮的衣物。天哪，亨伯特当时对格子图案的织物、色彩鲜艳的棉布、衣服的饰边、蓬起的短袖、软褶、合体的紧身胸衣和有着十分宽大的下摆的裙子所具有的强烈爱好，促使他作出多么疯狂的购买啊！哦，
洛丽塔，你是我的姑娘，正如维是坡的姑娘，比阿是但丁 107/1
的姑娘一样；哪个小姑娘不喜欢穿着一条圆裙子和短裤旋转呢？我心里还想买什么特别的东西吗？好些娇媚的声音问我。游泳衣吗？我们有各种颜色的游泳衣。梦幻似的粉
红色、像霜一样的水绿色、阴茎头似的红紫色、郁金香的 107/2
鲜红色、oolala的黑色。运动装怎么样？衬裙呢？不要衬 107/3
裙。洛和我都讨厌衬裙。

在这些问题上，我依靠的指南就是洛的母亲在她十二岁
生日那天所写的一份人体测量记录（读者还记得《了解你的 107/4
孩子》那本书）。我感到夏洛特出于嫉妒和厌恶这些不可告人的动机，在这儿添了一英寸，又在那儿加了一磅；不过，既然这个性感少女在过去七个月里无疑稍微长大了一点，我想我可以放心地接受一月里测量的大部分尺寸：臀围，二十九

107/1 维……比阿：见43/5和19/9。有关爱伦·坡典故的概述，见9/2。

107/2 阴茎头：解剖学用词；构成阴茎顶端的圆锥形血管结构。

107/3 oolala的黑色：伪造的法语词，指“性感”的黑色饰边。

107/4 人体测量记录：人体测量是一种测量人体及其部位的学科。

英寸；大腿围（就在臀肌沟下面），十七英寸；小腿围和颈周，十一英寸；胸围，二十七英寸；上臂围，八英寸；腰围，二十三英寸；身高，五十七英寸；体重，七十八磅；体形，细长；智商：一百二十一；阑尾存在，谢天谢地。

除了这些测量的尺寸，我当然也能凭着清晰的幻觉想象出洛丽塔的样子；她那长着一头秀发的头有一两次靠在我的身上，正好齐我心房的位置，所以当时我小心地按着胸骨上刺痛的那个确切的位置，同时也实际感觉到了她那坐在我的膝头温暖的身体的重量（因此，从某种意义上说，我一直"跟洛丽塔待在一起"，就像女人"怀着孩子"那样），后来发现我的计算多少都很正确，倒也并不感到奇怪。何况我还研究过仲夏季节的一本商品目录，因此我带着颇为内行的神气细细察看各种漂亮的商品：运动鞋、旅游鞋、揉皱了的小山羊皮鞋用的小山羊皮楦子。为我的所有这些迫切的需要服务的那个涂脂抹粉、穿着一身黑衣服的姑娘，把做父母的学识和准确的描述转化成商业性的委婉用语，比如"petite [1]"。另一个年纪大得多的女人穿着一身白衣服，用混粉饼化了妆；我对少女时装的了解好像给她留下了特别深刻的印象。也许，我有一个娇小的情妇；因此，当她们把一条前面有两个"漂亮的"口袋的裙

[1] 法文，小了。

子拿给我看的时候，我故意问了一个幼稚的男性问题，结果博得她们一笑，并且用行动来说明裙子背后那条拉链的拉法。接着，我对各种短裤和内裤产生很大的乐趣——好些虚幻的小洛丽塔在翩翩起舞，倒了下去，像雏菊似的布满整个柜台。我要了一条流行的那种小贩款式的整洁的棉布睡衣裤，从而完成了这笔交易。亨伯特这个颇受欢迎的小贩。

在那些大商店里，有一点儿神话中的、令人着迷的气氛。根据广告所说，一个职业妇女可以在那儿买到从办公到约会穿戴的全部服装，而小妹妹也可以在那儿梦想有朝一日，自己穿的羊毛运动衫会使坐在教室后排的男同学们大为兴奋。跟真人一般大小的塌鼻子的儿童塑料模型，带着一张张暗褐色、淡绿色、棕色小点、农牧神似的脸，在我的四周飘浮。我发现我是那个相当阴森可怕的地方唯一的顾客，像
108/1 条鱼似的在一个海绿色的水族馆里走动。我感觉到奇怪的 108/1
想法正在那些无精打采的女士的头脑里形成，她们陪着我从一个柜台走到另一个柜台，从突出的岩石走到海草中间；我挑选的腰带和手镯似乎从女海妖的手里掉进了透明的水中。我买了一个漂亮精美的小旅行包，把我买好的物品都放进去，随后就去最近的那家旅馆，对自己度过的这一天

108/1 海绿色的（glaucous）：一种淡黄绿色调。

感到十分满意。

不知怎么，由于我在那个安静的、富有诗意的下午十分

108/2 挑剔地四处采购，我竟然想起了具有“着魔的猎人”这个吸引人的字号的旅馆或客店，夏洛特在我获得自由前不久偶然对我提过这家旅馆或客店。凭借一本旅行指南的帮助，我在布赖斯兰那个僻静的小镇上找到了它，从布赖斯兰到洛的营地开车要四个小时。我本来可以打个电话，但又怕自己的嗓音可能会失去控制，讲出一些吞吞吐吐、低沉嘶哑、很不流利的英语，就决定发一份电报，订一间明天晚上的双人房。我是一个多么滑稽、笨拙、犹豫不决的白马王子啊！要是我告诉读者我在拟定那份电报的措词时感到十分为难，他们有些人准会对我大肆嘲笑！我该怎么写呢：亨伯特和女儿？亨伯格和小女儿？杭伯格和未成年的姑娘？杭布格和孩子？这个滑稽可笑的错误——结尾的“格”——最终还是发了出去，也许是我这种犹豫不决的心灵感应的回声。

随后，在夏天的一个舒适宜人的夜晚，我对身边所带的春药寻思琢磨！哦，吝啬的汉伯格！在他暗自思索他的那盒神奇的弹药时，难道他不是一个“着魔的猎人”吗？为了击退失眠这个鬼怪，他是否应该试服一颗这种紫色胶囊呢？总共算来，有四十颗——四十个夜晚都有个身体虚弱的小人儿

108/2 着魔的猎人（The Enchanted Hunters）：请注意这里的复数词（指亨·亨、奎尔蒂，以及从另一种意义上来说，作者本人）。有关“着魔”，见45/3。奎尔蒂根据这家旅店给自己的剧作取名（第200—202页），还用了根据这个词的换音构词作为自己许多笔名中的一个（251/13）；洛丽塔婚后居住在“猎人大道”上（第268页）。

睡在我不住悸动的身子旁边。我能不能剥夺自己一个这样的夜晚，以便自己现在安睡呢？当然不能：每颗小小的李子[1]，每个带着活生生的星尘的微小的天象仪，都太宝贵了。哦，让我暂且悲切伤感吧！我对冷嘲热讽已经十分厌倦。

[1] plum，作俚语用是“最好的东西，最希望得到的东西”意。

二六

在这个坟墓般的监狱的晦暗的空气中，每天这样头痛搅得人心神不安，但我必须坚持下去。我已经写了一百多页，还没有取得多少进展。我的日程表全都乱了。那一定是一九四七年八月十五日前后。不要以为我还能继续写下去。
109/1 心脏，头脑——一切。洛丽塔，洛丽塔，洛丽塔，洛丽塔，洛丽塔，洛丽塔，洛丽塔，洛丽塔，洛丽塔。印刷工人，重复下去吧，直到把这一页全都排满。

109/1 心脏、头脑——一切："'面具'是关键词吗？"亨·亨在第53页上问道（见4/4）。随着叙述接近同洛丽塔共度的第一个夜晚，亨·亨被焦虑压倒了，在第二十六章——全书最短的一"章"——仅仅六行字中他失去了控制，一时间面具脱落了。直到这段话结尾，说话者的声音才重新恢复得像我们"哼小曲的亨"，此时"心脏、头脑——一切"所表达的绝望突然让位于具有弹性戏剧效果的对印刷工的要求。这一次，亨·亨当着读者的面戴上了面具，读者瞥见了那"一双催眠的眼睛"（引用约翰·雷的话［第3页］）并且看见了眼中的痛苦。《洛丽塔》这部小说能够如此深切地打动人心，就是因为我们清楚地意识到亨·亨无声的绝望与补偿式快乐之间的强烈张力。"罪行与双关语"（Crime and Pun）是《绝望》里杀人的叙述者考虑为自己的文稿要取的标题之一，这也同样能为亨·亨所用，因为语言对于他是一种防守，正如象棋之于大师卢仁。但是即使当亨·亨让面具脱落，人们看见的也只是他的绝望而非"真实的"亨·亨或者操纵全书的作者。纳博科夫在《尼古拉·果戈理》第五章中也进行了类似的比较，谈到了《外套》中的阿卡基·阿卡基耶维奇（Akaky Akakyevich）与叙述结构中的"漏洞"和"空缺"，正如他所言："我们并不指望在一连串令人头晕目眩的面具中，有一个面具会变成真正的脸，**或至少是那张脸应该所在的地方**"（强调语气为我所加——阿·阿）。如果印刷工听从了亨·亨的要求，用洛丽塔的名字来排满这一页，那我们就会有二十世纪的一页文字来对应斯特恩的《项狄传》（1767）中完全自我映照的空白或花饰。

二七

我仍然待在帕金顿。最后，总算睡了一个小时——却因为无缘无故、令人异常疲惫地与一个毛茸茸的身材矮小的两性人，一个完全陌生的人交合而从睡梦中惊醒。那会儿已经清晨六点；我突然想到要是比我说的时间早一点儿到达营地，也许是一个好办法。从帕金顿出发，我还有一百英里要走，而到烟雾山和布赖斯兰的路程就更长了。如果我说下午去接多莉，那只是因为我异想天开，执意要受欢迎的夜晚尽快降临，好遮掩我那迫不及待的样子。可是这时，我预见到了各种各样的误会，浑身紧张不安，唯恐耽搁会给她机会抽空往拉姆斯代尔打一个电话。然而，上午九点三十分，我打算出发的时候，电池偏偏用完了；快到中午，我才终于离开帕金顿。

两点半左右，我到达了目的地，把汽车停在一片松树林
110/1 中。有个穿着绿衬衫的红头发小顽童正绷着脸独自站在那儿
丢马蹄铁玩。他简明扼要地告诉我怎样到一幢灰泥小屋里的
办事处去。我只好死气沉沉地忍受了好几分钟营地女主任的

110/1 红头发……顽童：结果查理·霍尔姆斯是洛丽塔的第一个情人（第137页）。

同情的询问。营地女主任是一个衣衫邋遢、面容憔悴的女人，长着一头铁锈色的头发。她说多莉已经收拾好了自己的行装，准备上路。她知道她母亲病了，但并不危急。黑兹先生，我是说亨伯特先生，是否愿意去见见营地上的辅导员？或者去看看女孩子们住的小屋？每座小屋都要献给迪士尼乐园中的一个小家伙。要不要去参观一下中心楼？或者要不要打发查利去把她找来？姑娘们刚把饭厅布置好，准备举行一场舞会。（也许，往后她会对什么人说："那可怜的家伙看上去就像他自己的鬼魂。"）

让我保留一会儿当时那个场面中所有琐碎和重大的细节：母夜叉霍姆斯开了一张收据，搔了搔头，拉出办公桌的一个抽屉，把找的钱倒到我那不耐烦的手掌中，随后利索地把一张钞票摊开放在零钱之上，一面欢快地补上一句："……还有
110/2 五元！"一些女孩子的照片；一个艳丽的飞蛾或蝴蝶，仍然 110/2
活着，安全地给钉在墙上（"自然课"）；装在镜框里的营地营养师的证书；我那颤抖的双手；能干的霍姆斯拿出来的一张报告多莉·黑兹七月份表现的卡片（"中到良；爱好游泳和划船"）；一阵树声和鸟声，还有我那怦怦乱跳的心……我背对着敞开的房门站在那儿。接着我听到身后她的呼吸声和嗓音，感到热血一下子涌上我的头。她连拖带撞地提着沉重的手提

110/2 飞蛾或蝴蝶：此处提醒读者亨·亨并非昆虫学家。见6/1。纳博科夫曾经强调过"亨伯特完全不能分辨锤角亚目和异角亚目"。

箱走来了。“你好！”她说，随后站定了，用调皮、喜悦的目光望着我，两片娇嫩的嘴唇在一丝有点儿傻气但又非常讨人喜欢的微笑中张开了。

她显得瘦了一点，高了一点。有一刹那，我觉得她的脸
庞不如这一个多月以来一直珍藏在我心中的那个印象那么妩
111/1 媚：她的脸蛋儿像是凹了下去，而过多的雀斑又遮掩了她那
红润、纯朴的面容。最初的这个印象（在强劲有力的两下心
跳之间的十分短暂的间歇）具有下面这层清楚的含义，即鳏
夫亨伯特不得不做，想做或会做的一切，就是要给这个皮肤
111/2 给太阳晒黑但却显得毫无血色、aux yeux battus（甚至就连眼
111/3 睛下面那些plumbaceous umbrae上也有雀斑）的小孤女一种健
全的教育，一个健康、幸福的童年，一个干净整洁的家，一
些和她年龄相仿的有教养的女友；在她们中间（如果命运肯
屈尊来对我作出回报），我也许可以单为亨伯特博士先生找
111/4 到一个漂亮的Mägdlein。可是，正如德国人所说的，“一眨眼
的工夫”，这种天使般的行动方针就给抹去了，我赶上我的
猎物。（时光超越了我们的幻想！）于是她又是我的洛丽塔
了——实际上，比以往任何时候都更是我的洛丽塔。我把手
放在她那暖烘烘的赤褐色的头发上，提起她的旅行包。她气
色红润，十分可爱，身上穿着她最鲜亮的有几个小红苹果图

111/1 雀斑：皮肤斑点状的色素沉着。
111/2 aux yeux battus：法语；有着黑眼圈。
111/3 plumbaceous umbrae：拉丁语；铅灰色的阴影。
111/4 Mägdlein：德语；小妞儿。

案的方格棉布衣服，她的胳膊和双腿都现出很深的金褐色，上面有一些搔痕，看去就像凝固的红宝石上细小的、有圆点的纹路，而她的白色短袜的罗纹翻边仍在我记得的那个地方往下一翻；由于她那孩子气的步态，或者由于我记得她一向总穿平底鞋，如今她穿的那双鞍脊鞋不知怎么对她显得太大，鞋跟也太高了。再见了，奎营地，欢乐的奎营地。再见了，清淡的、不卫生的食物，再见了，小伙子查利。在热烘烘的汽车里，她挨着我坐下，啪的一声把迅速飞到她可爱的膝头的一个苍蝇打掉；接着嘴里用劲嚼着一块口香糖，她迅速摇下她旁边的车窗玻璃，随后才舒适地往后一靠。我们迅速驶过阳光照出一条条纹路的、斑驳的树林。

"妈妈怎么样了?"她孝敬地问道。

我说大夫们还不大清楚究竟是什么毛病。反正总是腹部的什么疾病。糟透了的? 不，是腹部的[1]。我们得在附近待一阵子。医院在乡下，靠近勒平维尔那个欢乐的市镇，十九 112/1
世纪初期有个了不起的诗人曾经住在那儿，我们可以在那儿观看所有演出的节目。她觉得这真是个绝妙的好主意，不知我们能否在晚上九点以前赶到勒平维尔。

"晚饭的时候，我们应该到了布赖斯兰，"我说，"明儿我们就去游览勒平维尔。这次远足怎么样? 你在营地过得

[1] "腹部的"，英文是abdominal，"糟透了的"英文是abominable。两词读音相近。

112/1 勒平维尔……十九世纪……诗人曾经住在那儿：关于这位诗人的"身份"，纳博科夫回答说，"这位诗人显然是勒平（Leping），他曾经去捕捉蝴蝶（go lepping，也即捕捉鳞翅目昆虫［Lepidoptera hunting］），但人们对他的了解也就仅此而已"。见141/1。

快活吗?”

“嗯——嗯。”

“离开感到惋惜吧?”

“嗯——嗯。”

“说话呀，洛——别净哼哼。对我说点儿情况。”

“什么情况，爹?”(她含讥带讽地故意让那个词拖得很长。)

“随便什么过去的情况。”

“我这么叫你，成吗?”(眼睛眯成一条缝，望着公路。)

“当然成。”

“这是一出诙谐的短剧，你知道。你什么时候爱上我妈妈的?”

“洛，将来有一天，你会明白许多情感和处境，比如说精神关系的和谐、美好。”

“呸!”这个专爱挖苦人的性感少女说。

谈话出现了表面的停顿，我们都看着四周的景色。

“洛，看那边山腰上的那些牛。”

“要是我再看着一头牛，大概就要呕吐了。”

“你知道，洛，我非常想你。”

“我倒没有。实际上，我对你可不忠实到极点，但这一点也没有关系，因为反正你已经不喜欢我了。你开得比我妈妈

113/1 backfisch：德语；一个未成熟的少女；十多岁的女孩。

113/2 模仿：假装；貌似。

113/3 心理疗法大夫和强奸犯（psychotherapist ... rapist）：亨·亨让我们注意到心理疗法大夫中的强奸犯。纳博科夫在《绝望》中采用了同样的语义成分来提出一个明智的问题："What is this jest in majesty? This ass in passion?"（这种庄严中的玩笑是什么？激情中的蠢货是什么？）（第46页）。

快多了，先生。"

我减慢车速，从盲目的七十英里降到半盲目的五十英里。

"你为什么觉得我不再喜欢你了，洛？"

"唔，你还没有亲过我，对吧？"

我心里充满渴望，心里不住呻吟，一眼瞥见前面路旁有一片相当宽阔的地段，就颠簸摇晃着开进了野草丛。记住她只不过是一个孩子，记住她只不过是——

汽车刚一停下，洛丽塔就主动倒到我的怀里。我不敢，不敢尽情放肆——甚至不敢让自己认识到这（甜蜜湿润的感觉和颤动的火焰）就是那种无法言传的生活的开端；在命运的巧妙帮助下，我终于促使那种生活成为现实——实在不敢吻她，我就极为虔诚地碰了碰她那炽热、张开的嘴唇，只是微微的一吮，丝毫没有淫荡的意思；可是她不耐烦地身子一扭，把嘴唇使劲儿贴在我的嘴上面，弄得我都感到了她的大门牙，而且也分享到她唾液中的薄荷味。我当然明白这不
过是她的一种天真无邪的把戏，有几分backfisch模仿骗人的 113/1、113/2
爱情故事中某种假象的傻气。既然（正如心理疗法大夫和强 113/3
奸犯[1]都会告诉你的那样）这种少女卖弄风情的界限和规则是变动不定的，至少孩子气地微妙得叫年长的同伴难以把握——因而我非常害怕自己会做得过分，使她在厌恶和惊恐

[1] 英文"治疗专家"是therapist，该词拆开拼写成the rapist便是"强奸犯"意，所以亨·亨这么说。

中往后退缩。再说，我特别饱受折磨地急于想把她悄悄带到“着魔的猎人”那个不受外界影响的僻静去处，而我们还有八十英里的路要走，该死的直觉使我们不再拥抱在一起——转瞬间，一辆公路巡逻警车在我们车旁停下。

脸色红润、眉头紧皱的司机盯着我，问道：

“你瞧见一辆跟你式样相同的蓝色轿车在路口前超过你们吗？”

“怎么，没有。”

“我们没有看见，”洛急切地把身子从我边上探过去说，她的天真的手搁在我的腿上，“但你肯定是蓝色的吗，因为——”

113/4 警察（他在追踪什么跟我们极为相似的车辆？）朝着这个小姑娘十分和蔼地笑了笑，把车子掉过头去。

113/4 追踪什么……极为相似的……？：在传统的双重身份小说中，应受到指责的自我常常被想象为一个影子，例如安徒生的《影子》。亨·亨总是玩弄着传统和习俗。

我们继续往前开去。

“这个傻瓜！”洛说，“他本该把你抓起来的。”

“看在上帝分上，为什么要抓我？”

“嗨，这个该死的州里规定的车速是五十，而且——别，别慢下来，你这蠢货。他这会儿已经走啦。”

“我们还有很长一段路要走，”我说，“我要在天黑之前赶到那儿。所以做个好姑娘吧。”

“坏，坏姑娘，”洛愉快地说，“少年犯，但坦率而迷人。

那是红灯。我还从没有见过这样开车的。”

我们寂静无声地开过一个寂静无声的小镇。

“哎呀，要是妈妈发觉我们俩是情人，她会不会大发雷霆?”

“天哪，洛，我们别这样说话。”

“但我们是情人，对吗?”

“据我所知不是。我想不久又要下雨了。你就不想跟我说说你在营地上干的那些调皮捣蛋的事吗?”

“你说话文绉绉的，爹。”

“你一直在干些什么？我一定要你跟我说说。”

“你是不是很容易大惊小怪?”

“不。说吧。”

“我们把车转到一条僻静的小路上去，我再告诉你。”

“洛，我必须严肃地请你别瞎胡闹。唔?”

“噢——我参加了那儿提供的各种活动。”

114/1 Ensuite?：法语；后来呢？

“Ensuite?” 114/1

[1] 即Ensuite，洛丽塔读音不准，把它说成了Ansooit。

“Ansooit，[1] 他们教我要跟别人一起快快乐乐、丰富充实地生活，并且要养成健全的人格。其实就是做一个妖媚的姑娘。”

“对。我在小册子里看到那样的话。”

“我们喜欢在那个石头大壁炉的炉火周围，或者在他妈的星光下举行合唱会，每个姑娘都把自己快乐的精神融入集体的声音之中。”

“洛，你的记性真好极了，但我不得不请你费神别说那些粗话。还有什么别的吗？”

“女童子军的训词，”洛狂热地说，“也就是我的格言。我用值得一做的事儿充实我的生活，比如——喔，别管什么事吧。我的责任就是——要对人有帮助。我是所有雄性动物的朋友。我服从命令，为人开朗。又是一辆警车。我很节俭，思想和言行都十分肮脏。”

“我希望你要说的就是这些吧，你这个机灵鬼。”

“对。就是这些。不——等一下。我们还在一个反光的烤炉里烤面包。这挺了不起吧？”

“唔，这好一些。”

“我们洗了千千万万个盘子。‘千千万万’，你知道就是女教师用来表示许许多多的俚语。对啦，最后但同样重要的一件事，正像妈妈所说的——让我想想——究竟是什么呢？我
114/2 晓得了：我们还制作影像图。咦，多有趣啊。”

115/1 “C’est bien tout？”

“C’est。只有一件小事，告诉你的话就非臊红了脸不可。”

114/2 影像图：业余爱好者的X光图片。女孩互相拍摄彼此的骨骼；这并非杜撰，而是1950年左右在“先进的”夏令营里进行的真实的“教育”娱乐活动。

115/1 C’est bien tout?：法语；都说完了吗？回答“C’est”（是的）是不正确的法语，是直接照搬英语句法。

“你往后肯告诉我吗?”

“要是我们坐在黑地里，你让我小声说，我就告诉你。你睡在你原来的房间里，还是和妈妈挤在一块儿?”

“睡在原来的房间里。你妈妈也许得接受一次大手术，洛。”

“在那家糖果店停一下，好吗?”洛说。

洛丽塔坐在一张高脚凳上，一道阳光掠过她裸露的褐色前臂。她要了一份精心配制的冰淇淋混合饮料，顶上浇了一些合成果汁。那是一个满脸脓包的粗野的小伙子竖放着给她端来的，他打着一个油污的蝴蝶领结，色眯眯地仔细打量着我那穿着薄棉布连衣裙的娇弱的孩子。我想赶到布赖斯兰和“着魔的猎人”去的那种不耐烦的心情变得简直叫我无法忍受。幸好，她用平时那种敏捷的速度把那份饮料喝完了。

“你有多少现钱?”我问。

“一分都没有。”她难过地说，同时扬起眉毛，把里面空空的钱包翻给我看。

“这是一个到了适当时候就会得到改善的问题，”我狡黠地回答说，“可以走了吗?”

“哎，我不知道他们有没有一个盥洗室。”

“你别上那儿去，”我坚决地说，“那肯定是个十分糟糕的地方。走吧。”

总的说来，她还是一个听话的小姑娘；回到车上以后，我吻了吻她的脖子。

“不要这样，”她由衷感到惊讶地望着我说，“不要把口水弄到我的身上。你这肮脏的家伙。”

她耸起一边肩膀蹭了蹭那块地方。

“对不起，”我嘟哝道，“我很喜欢你，就是这么回事。”

我们在阴沉的天空下开上一条迂回曲折的路，接着又开出去。

“唔，我也有点儿喜欢你。”洛丽塔用缓慢、柔和的声音说，像在微微叹息，坐得也靠我近了一点。

（哦，我的洛丽塔，我们永远也到不了那儿！）

暮色渐渐开始笼罩着美丽的小布赖斯兰，笼罩着它那仿殖民地时期式样的建筑、古玩店以及从国外输入的遮阳树，我们开车穿过灯光暗淡的街道，寻找“着魔的猎人”。尽管不停地下着蒙蒙细雨，弄得到处都是雨珠，但空气却温暖而清新。有一群人，主要是儿童和老人，已经在一家电影院的票房前排好了队，身上湿淋淋地布满了闪亮的宝石似的雨珠。

“噢，我也想看那部影片。吃完晚饭我们就去吧。噢，我们去吧。”

“也许可以。”亨伯特单调地说——这个狡猾的、身子膨脝的恶魔十分清楚，到九点钟，等他的节目开始，她就会毫无生气地依偎在他的怀里。

“慢点！”洛喊道，猛地把身子朝前一探，原来我们前面有辆讨厌的卡车在一个十字路口停下，车后的红灯不住地闪动。 116/1

116/1 红灯（carbuncles）：借用了医学词；指“皮下组织疼痛的局部炎症，比疖更大更严重；因放纵而引起的粉刺或红斑”。最初指红宝石等宝石。亨·亨此处当然是指卡车停车灯。

如果我们不能很快、立刻、神奇地在下一个街区就抵达那家旅馆，我觉得我就会对黑兹这辆刮水器失效、刹车反复无常的破汽车完全失去控制；但是我向其请教该怎么走的过路人要么自己是外地人，要么皱起眉头问道：“着魔的什么？”好像我是一个疯汉；再不然，他们就用几何学的手势、地理学的概述跟绝对地方性的线索（……你走到法院那儿，然后就往南走……）作出万分复杂的说明，弄得我无法不在他们好意的含糊不清的话语的迷宫中迷路。洛那可爱的、晶莹透明的内脏已把那些甜食消化掉了，这会儿她正指望吃上一顿丰盛的晚餐，开始变得有些烦躁不安。就我而言，尽管我早就习惯于一种次要的命运（不妨称作麦克费特的不称职的秘书）卑劣地干扰上司的豪爽宏伟的计划——但在布赖斯兰的街道上驾着车吱嘎吱嘎地摸索前进，却大概是我从未面临过的最令人作恼的严峻考验。后来几个月里，每当我回想起自己那么固执地孩子气地一心要到那家名称特别的客店去，就为自己的缺乏经验而发笑。因为在我们开过的路旁，无数家汽车旅馆在霓虹灯光下都表示它们尚有空房，准备为推销员、逃犯、虚弱乏力的人、一个个家庭团体以及最伤风败俗、充满活力的那一对对男女提供膳宿。嗳，温文尔雅的人驾车穿过夏天漆黑的夜晚，假如舒适的小屋突然退去颜色，变得像玻璃盒一样透明，那么，你们会从毫无缺陷的公路上看到何等的狂欢，何等花样奇特的淫欲啊！

我渴望的奇迹总算发生了。一个男人和一个女孩在湿淋淋的树下的一辆熄了灯的汽车里几乎搂作一团；他们告诉我们我们到了公园的中心，只要在前面一个红绿灯处向左一转就到了。我们并没有看见前面有什么红绿灯——实际上，公园就跟它所掩盖的罪恶一样黑暗——但是在开上一条相当平坦、滑溜的弯道后不久，旅行的人便透过雾气看到一片钻石似的亮光，接着就出现了池水的微光——那儿，既叫人感到惊奇又显得相当冷漠，坐落在幽灵似的树木下面，位于一条沙砾车道的顶端——正是“着魔的猎人”那座灰白色的华厦。

一排停放着的汽车好像紧挨在饲料槽边上的猪似的，乍

一看，似乎已经没有地方好停车了，但就在这时，好像施了
魔法似的，一辆庞大的折篷汽车开动了，在灯光照射下的雨 117/1
中有如红宝石那样闪闪发光——接着被一个宽肩膀的开车人
猛地倒了出来——于是我们十分感激地悄悄开进它留下的那
片空隙。我立刻为自己的匆忙感到懊悔，因为我发现原来的
那辆汽车这时已经开进附近一个车库似的棚里，那儿的空间
足以再停一辆汽车，但是我急不可待，不愿再照他的样子
去做。

“哟！看上去挺气派。”我那粗俗的宝贝儿眯起眼睛看了
看外面的拉毛粉饰说，一面钻出汽车站在淅淅沥沥的雨中，
用一只幼稚的手把紧贴着胯裆的连衣裙的裙褶扯扯松——引 117/2
用一句罗伯特·勃朗宁的诗句。在弧光灯下，变大了的显得
十分逼真的栗树树叶在白柱子上起伏、摆动。我打开汽车后
面的行李厢。有个头发花白的驼背的黑人，穿着一身粗陋的
制服，拿起我们的旅行包，用小车慢慢地把它们推进旅馆大
厅。那儿尽是上了年纪的妇女和教士。洛丽塔蹲下身去，抚
摸一条白脸、蓝斑、黑耳朵的小猎狗，在她的爱抚下，那条 117/3
狗竟晕乎乎地伏在那块花地毯上——谁又不会这样呢，我的
宝贝儿——这当儿我清了清嗓子，穿过人群朝服务台走去。有
个肥猪似的秃顶老头儿——在这家老旅馆中，每个人都显得 117/4

117/1 魔法……红宝石（magic ... rubious）：此处修改了拼写错误（1958年版是rubous）。这个红宝石般的折篷汽车是奎尔蒂的，在夜色和雨中闪着暗红色。31/9列举了所有他出现的场景。

117/2 连衣裙的裙褶……勃朗宁：此处并非引用，而是暗指英国诗人罗伯特·勃朗宁（1821—1889）的韵文戏剧《皮帕经过》（*Pippa Passes*，1841）：

> 每一边都出现了蕴含深意的宝石
> ——树、花——或者果实——
> 有些玫瑰色，延续着桃红，
> 在枝干上像蜜蜂般弯曲；好似玫瑰色的四肢，
> 倚靠着，在树叶中偎依；刹那间
> 从绽开的玫瑰-仙桃中跳出了全部的树神。（87—92行）

树神是树林之神（见121/2）。有关仙女，见16/6。有关勃朗宁，见201/2、242/1、245/1。

117/3 小猎狗：老妇人的狗（第118页）。见246/1和261/4。

117/4 肥猪似的：前一段第一句话里已经提到了猪的形象。

年纪很老——在服务台边带着殷勤的笑容仔细打量了一下我的容貌，随后不慌不忙地拿出我的那份（歪曲事实的）电报，与心里产生的一些疑窦作了一番斗争，回过头去看了看钟，最后开口说他很抱歉，他把那个有两张床的房间一直保留到六点半，如今已经租出去了。他说有个宗教会议跟布赖斯兰的

118/1 一场花展正好撞上，而且——“那个姓氏，”我冷冷地说，“不是亨伯格也不是亨巴格，而是赫伯特，我是说亨伯特，随便什么房间都成，只要能给我的小女儿放上一张小床。她才十岁，都累坏了。”

那个脸色红润的老家伙和善地瞅了瞅洛——她仍然蹲在那儿，嘴巴张着，侧着脸在倾听那条狗的女主人，也就是一个裹着淡紫色的面纱的老太太，从一张很深的印花装饰布的安乐椅中对她所说的话。

不管那个讨厌的家伙心里还有什么疑问，都被眼前这种花儿一般美好的景象弄得一扫而空。他说他可能还有一个房间，实际上的确有一个房间——里面有张双人床。至于小床——

“波茨先生，我们还有多余的小床吗？”波茨也是一个脸色红润的秃顶的老家伙，耳朵和其他的洞眼里都长出了白毛，他会去看看有什么办法。他走过来跟我说话，而我却转开了

118/1 不是亨伯格：亨·亨纠正了前台服务员的错误，因为他冷冷地将一个听上去像犹太人的名字安放在他身上。这家旅店有着委婉的限制（见261/4），所以“亨巴格教授”发现所有房间都“客满”（第261页）。

自来水笔的笔套。迫不及待的亨伯特啊！

“我们的双人床实际上可以睡三个人，”波茨亲切友好地说，一面把我和我的孩子塞进房去，“有一个客人特别多的晚上，我们也曾安排三位女士跟一个像你孩子这么大的小孩睡在一起。我想其中有位女士是一个男人假扮的（我的指责）。不过——斯温[1]先生，四十九号房间里还有多余的小床吗？”

“大概给斯伍恩家要去了。”最初那个爱开玩笑的老家伙斯温说。

“我们总会有办法的，”我说，“我太太往后可能也来——不过就连那样，我想我们也有办法。”

这两头肤色红润的猪如今都成了我最好的朋友。我用罪
恶的手缓慢、清楚地写道：埃德加·亨·亨伯特博士和女 118/2
儿，拉姆斯代尔草坪街三四二号。一把钥匙（342！）只让 118/3
我见到一半（魔术师在展示他就要藏在手心里的东西）——
便交给了汤姆大叔。洛站起身来，离开了那条狗，有一天她
也会这么离开我；一滴雨点落在夏洛特的坟上；一个年轻漂
亮的女黑人拉开电梯门，那个在劫难逃的孩子走进电梯，后
面跟着她那老在咳嗽清嗓子的父亲和提着旅行包的举止怯懦
的汤姆。

[1] 斯温，原文是Swine，意思是“猪”。

118/2 埃德加·亨·亨伯特博士和女儿：亨·亨登记用的名字是对埃德加·爱伦·坡和他的少女新娘表示敬意（见43/5）。亨·亨在别处也用到了“埃德加”（见75/5和189/3）。有关对爱伦·坡的暗指之处，见9/2。

118/3 一把钥匙（342！）：尽管亨·亨竭力不失去对语言的控制，如他在第109页上那样，但是此处他（或者另一人）让我们得知亨·亨如何得到了斯温先生（Mr. Swine）的服务，协助斯温的是波茨（Potts），他找不到一张小床（cots），因为斯温把小床全都送到斯伍恩（Swoons）家去了（见212/2）。另一个“巧合”则立即为这种不同寻常的语言控制能力的意义提供了“解锁关键”：房间号码与黑兹家的号码相同。通过将这个号码置于引号中，亨·亨很快将提供一个比喻性的钥匙，这当然是唯一处理虚构的方式（第123页）。“麦克费特”又再一次拿出了“342”；见248/2。这样的巧合起到两重作用：既指向编造了巧合的作者的意识，也能被想象为位于时空中的协调物，标注某个角色无法逃脱的迷宫。

119/1 一条模拟出来的旅馆走廊。模拟出来的寂静与死亡。

“嗨，这正是我们家的门牌号码。”兴高采烈的洛说。

房间里有一张双人床，一面镜子，镜子里映出一张双人
119/2 床，一个壁橱，橱门上有面镜子，浴室门上也有一面镜子，
一个蓝黑色的窗户，窗玻璃上映现出一张床，壁橱门上的镜
子里也映现出一张床，两把椅子，一张玻璃面的桌子，两个
床头柜，一张双人床：说得确切一点，是一张有着嵌板床架
的大床，上面铺着一条托斯卡纳[1]玫瑰色绳绒线织的床单，
一左一右，还有两盏饰有荷叶边的粉红灯罩的小灯。

[1] Tuscany，意大利中西部的一个地区，以前是个大公国。

我很想把一张五块钱的钞票放在那个深褐色的手掌心里，
但转念一想，作出这样的赏赐可能反会引起误解，于是就放
了一个两毛五分的硬币。又加了一个。他退出房去。门咔嗒
119/3 一声。Enfin seuls.

“我们睡在一间房里吗?”洛说，每当她想使一句问话具有什么强烈的意义，她的眉目总是那么强烈有力地抽动起来——倒不是乖戾或厌恶（不过显然已经到了乖戾或厌恶的边缘），只是强烈有力。

“我已经叫他们添一张小床。你要是愿意的话，我就睡那张小床。”

“你疯了。”洛说。

119/1 一条模拟出来的旅馆走廊……与死亡：在亨·亨看来是模拟，因为在这个最关键的夜晚，在他眼里看来似乎没有什么是“真实的”；在纳博科夫看来是模拟，因为艺术作品中的世界是“非真实的”（见《导言》）。但是我们可以复述玛丽安·摩尔著名的话：诗歌是“想象的花园，里面有真实的蛤蟆”，纳博科夫的小说是模拟的死亡，其中有真实的痛苦——亨·亨和洛丽塔。

119/2 一面镜子：这个房间是镜子构成的小牢房，比喻他的唯我主义和牢牢掌控了他的痴迷。“‘这一下又没出路了’［到了你撞破鼻子的那面镜子前边］，”精疲力竭的亨·亨抓住洛丽塔撒谎后这样对她说（第225页）。见51/2和294/2。“在我们世俗的住宅里，窗户被镜子取代。”纳博科夫在《天赋》里这样写道（第322页）。他的角色持续在原本希望能看见窗户的地方见到镜子，而试图超越唯我则是纳博科夫的主题之一。作为文学形象和最为突出的比喻，镜子是纳博科夫小说形式和内容的核心；在《爱达或爱欲》中，它描述了宇宙，因为反地界的姐妹星球地界被想象为“一面映照我们这个扭曲土地的扭曲的镜子”（第18页）。如果我们根据空间来感知《微暗的火》，约翰·谢德的诗在“左边”，查尔斯·金波特的评注在“右边”，诗歌是被感知的物体，评注则是因为心灵而被扭曲的棱镜——摆在一个客观“现实”前的恶魔般的凹面镜。《绝望》的叙述者痛恨镜子，避免看到镜子，评论那些“魔鬼般的镜子”是“邪恶的东西”，人在里面会被剥去衣服、挤扁，或者被“像面团那样拉出来，扯成两半”（第21页）。纳博科夫将这些扭曲的映照者置于小说各处：双重身份和模拟双重身份、戏仿和自我戏仿（文学被囚禁在游乐园的镜子里面）、作品中的作品、世界折射世界、词语扭曲词语，也即翻译（纳博科夫称之为艺术“疯狂的镜子”）和语言游戏（见34/2）。《微暗的火》的创造性语言是“镜子的喉舌”，而这种混合双关词则是《洛丽塔》的主要镜像语言。见3/3。

119/3 Enfin seuls：法语，意为“终于单独待在一起了”，这是度蜜月者的陈词滥调。

“怎么啦，亲爱的?”

“因为，亲爱的，如果亲爱的妈妈知道了，她会跟你离婚，还会把我掐死。”

只是嘴上强烈有力。并没有真的把这个问题看得有多严重。

“你听我说。”我说道，一边坐了下来，而她则站着，离开我有几英尺，正心满意足地盯着自己直看，对自己的外貌并没有感到什么不愉快的惊讶，而壁橱门上的镜子里却惊讶而愉快地充满了她红润的容光。

“听着，洛。让我们把这个问题彻底解决一下。实际上我是你的父亲。我对你有一种十分慈爱的亲情。你妈妈不在的时候，我要对你的幸福负责。我们并不阔绰，外出旅行的时候，我们不得不——我们常常会给凑在一起。两个人合住一个房间，不可避免地要陷入一种——我该怎么说呢——一种——”

“那个词是乱伦。”洛说——说完走进壁橱，接着发出年轻、清脆的格格的笑声，又退出来，打开旁边的一扇门，用她那神情古怪蒙眬的眼睛仔细朝里面瞅了瞅，免得再犯错误，随后钻进浴室。

我推开窗户，急匆匆地脱掉给汗水浸湿了的衬衫，换了另外一件，检查了上衣口袋里那个装药丸的小瓶，打开——

她慢吞吞地走出来。我想要拥抱她：随意地在晚餐前带点儿克制地温存一下。

她说："嗨，让我们免了这套亲吻的把戏，找点儿什么吃的吧。"

就在那时，我才猛然感到十分诧异。

噢，一个多么叫人疼爱的宝贝儿！她朝那个打开的手提箱走去，好像用一种动作缓慢的步伐从远处偷偷地向它挨近，费劲地瞅着远处放在行李架上的那个宝箱。（我不知道她的那双灰色的大眼睛是否出了什么毛病，还是我们两个人都陷入了同一片施了魔法的迷雾？）她向那个手提箱走去，把穿着后跟相当高的鞋子的脚抬得很高，又曲起她那漂亮的好像男孩子所有的膝盖，一面用在水里或者在梦游中行走的人的那
种缓慢的步伐穿过不断扩大的空间。接着，她用手捏着那特 120/1
别短的两个袖子，提起一件紫铜色的、漂亮而又很昂贵的衬衣，用文静的手慢条斯理地把它展开，仿佛她是一个出神发呆的猎鸟人，正屏息瞅着他捏着两个火红的翅膀尖展开的一只惊人的鸟儿。随后（我站在一旁等她的时候），她抽出一条光彩夺目的腰带，看去就像一条缓慢移动的蛇，束在身上试了试。

120/1　缓慢的（lentor）：古体形式。

接着她悄悄地投入我期待的怀抱，容光焕发，身心舒爽，一面用她那温柔、神秘、淡漠、蒙眬而不很纯洁的目光抚慰着我——活脱儿就像轻贱可鄙的俏妞儿之中最轻贱可鄙的一个俏妞儿。因为性感少女所效法的就是这种女子——而我们却呻吟、死去。

“接问有什么吻题?”[1] 我对着她的头发咕哝道（对于讲话已经失去了控制）。

“如果你一定要知道，”她说，“你做的方法不对。”

“告诉我对方的头法。”[2]

120/2 “在适当的时候。”这个小卿卿回答说。

120/3、120/4 Seva ascendes, pulsata, brulans, kitzelans, dementissima. Elevator clatterans, pausa, clatterans, populus in corridoro. Hanc nisi mors mihi adimet nemo! Juncea puellula, jo pensavo fondissime, nobserva nihil quidquam；当然，再过一会儿，我也许就会犯下什么不可收拾的大错。幸好，她又回到那个宝箱跟前去了。

在浴室里，我花了很长时间恢复常态，以便去干一件单调乏味的事。我站在那儿，屏住呼吸，心头怦怦乱跳，听见我的洛丽塔发出“嗬”和“哎呀”之类少女表示快乐的喊声。

她用了那块肥皂，只是因为那是样品。

［1］原文故意把what’s the matter with the kiss（接吻有什么问题）中的matter（问题）和kiss（接吻）两词的首音弄错，成为what’s the katter with the miss，所以译文也作了相应处理。

［2］这句原文又把“对头的方法”（the right way）中right和way的首音弄错，成为wight ray。

120/2 小卿卿（spoonerette）：spoonerism指两个或多个词意外的发音误置（例如“wight ray”）。亨·亨承认自己的发音误置，提醒我们他是一位多么高明的用词巧匠（wordsmith；在《微暗的火》中，约翰·谢德就在华兹史密斯大学［Wordsmith University］教书）。温柔亲切的后缀*-ette*可能令人想到“军乐领队”（*majorette*），还有*spooner*这个词在俗语里的意思指“搂脖子亲嘴”的人（或者如某部字典调皮的解释那样，是“愚蠢和感情外露地充满柔情”）。这个后缀还戏仿诗人龙萨一个容易辨识、被过分使用的矫揉造作的用词，他实际上也曾经在一首诗中用到过“性感少女”（*nymphette*）这个词。见“*vermeillette*”（小小的鲜红缝隙，47/2）和奎尔蒂的“小酒吧间”（*barroomette*，第296页）。

120/3 kitzelans：淫荡的；源自德语*kitzel*，“过度的欲望”；以及*kitzler*，“阴蒂”。见250/11。

120/4 seva ascendes ... quidquam：贺拉斯、卡图卢斯等人的语言（见45/1）很适合这位现代的——即使是歇斯底里的——挽歌作者，他此处的“拉丁文”是混杂了拉丁文、英文、法文、德文和意大利文的稀奇古怪的大杂烩：“元气渐渐上升，不断涌动，火辣辣的（*brulans*源自法语*brûler*，意为“灼烧”），充满渴望，完全失去理智，电梯咔哒咔哒直响，停了下来，又咔哒咔哒直响，

“好啦，走吧，亲爱的，要是你也像我一样饿了。”

于是就朝电梯那儿走去，女儿挥舞着她白色的旧提包，
父亲走在前面（nota bene：从不走在后面，她不是一位女 121/1
士）。当我们站在那儿（此刻肩挨着肩），等着电梯把我们送下楼去的时候，她把头向后一仰，毫无拘束地打了个呵欠，摇了摇她的那头鬈发。

“在那个营地上，他们要你们几点起床？”

“六点——”她忍住另一个呵欠——“半”——打了个大呵欠，浑身上下都颤动起来。“六点。”她重复道，嗓子眼里又堵住了。

餐厅迎面飘来一股油煎肥肉的味道，眼前还有一张笑容暗淡的脸。那是一个宽敞、浮华的地方，四周墙上的令人伤感的壁画描绘了摆出各种不同的姿势、陷入各种不同的着魔状态的着魔猎人，他们周围有一群庞杂的毫无生气的动物、
林中仙女和树林。稀稀落落的几个老太太、两个教士和一个 121/2
穿着运动上衣的男人正在默不作声地把他们的饭菜吃完。餐厅九点关门。穿着绿色制服、面无表情的女服务员巧妙地、急匆匆地想尽快把我们打发走。

“他是不是看上去活像，完全就像是奎尔蒂？”洛低声说，她并没有用尖尖的褐色的胳膊肘儿去指，但却显然心急火燎

走廊里有不少人。除了死神，谁也不能把这个人儿（洛丽塔）从我手里夺走！身材苗条的小姑娘，我十分怜爱地想着，她什么也没看见。”在极端关键的时刻，亨·亨语无伦次地嘟嘟囔囔，失去的不止是借用的英语；他想“一劳永逸地确定性感少女危险的魔力”（第134页）的企图几乎完全同语言相抵触，将他带到了非语言和比喻性沉默的边缘。因此，亨·亨意味深长地宣布这个场景是“模拟出来的寂静”（第119页），绝非胡言乱语。接下来的“拉丁文”是戏仿式意识流，对某种令纳博科夫感到不满意的技巧提供简短的批评性评论，哪怕这种技巧是出现在他所尊重的乔伊斯的小说中（“可怜的意识流，现在成了黑流。”纳博科夫在《爱达或爱欲》中一个类似的戏仿快要结尾时写道［第300页］）。“我们不是用词来思想，而是用词的影子来思想，”纳博科夫说，“詹姆斯·乔伊斯在他那些本该非常精彩的内心独白中犯下的错误，在于他给予了思想过多的词汇。”（《花花公子》访谈）在纳博科夫看来，冲击心灵的不相关的印象和联想是非理智的，直到被有意识地有序安排，而在艺术中对它们有序安排实际上就是履行道德义务，因为假设没有理智的语言，人就“成了道地的/不会游泳的鱼，没有语言，/一个魔鬼”，正如莎士比亚的《特洛伊罗斯与克瑞西达》中忒耳西忒斯如此形容埃阿斯。甚至辛辛纳特斯在被判死刑之后，也“已经在想象该如何制定一种字母”，可以使《斩首之邀》的反乌托邦世界人性化（第139页）。见9/2的第二部分。

121/1 nota bene：拉丁文；请注意。1958年版中错误地将这两个词拼写在一起。

121/2 林中仙女和树林：见117/2。

地想要指出坐在餐厅远处角落里的那个穿着花哨的方格子衬衫单独用餐的客人。

“像拉姆斯代尔我们的那个胖牙科大夫吗?”

洛含着刚喝进嘴去的那口水，把晃动的玻璃杯放下。

121/3 “当然不像，”她快乐得唾沫四溅地说，“我指的是骆驼牌香烟广告上的那个剧作家。”

121/4 噢，名声！噢，Femina！

等甜点心给端来砰地放下后——给年轻姑娘的是一大块樱桃馅饼，给她的保护人的是香草冰淇淋，不过大部分也给她在吃完馅饼后迅速地吃掉了——我拿出一个里面装着“爸爸的紫药丸”的小玻璃瓶。我如今回想到那个奇怪、可怕的时刻，那些令人眩晕的壁画，我只能用一颗错乱的心在其中旋转的那种梦幻的真空作用来解释我那时的行为，但当时，一切在我看来似乎都十分简单，也难以避免。我朝四周瞥了一眼，看清最后一个用餐的人已经离开，便拔开瓶塞，动作十分审慎地把春药倒在我的手掌中间。我对着镜子仔细练过很多次这个动作：把一个空手掌对着张开的嘴一拍，(假装)吞下一颗药丸。正如我所预料到的那样，她一把抓住那个装着饱满的、颜色鲜艳的胶囊的药瓶，瓶里那一颗颗胶囊里充满了美人香睡剂。

121/3 骆驼牌香烟广告……剧作家（the writer fellow in the Dromes ad.）：指克莱尔·奎尔蒂（见69/2）。此处纠正了“Dromes”的拼写错误（1958年版是“Droms”）。有关奎尔蒂的暗指之处，见31/9。

121/4 Femina：拉丁文；女人。

“蓝色的！”她喊道，“浅紫发蓝的。是什么做的？”

“夏天的天空，”我说，“还有李子和无花果，以及帝王的深紫色的血液。”

“别这样，认真一些——求你了。”

122/1 “噢，不过是爸爸的紫药丸。维生素X。能叫人身体结实得像头牛或者像把斧头。你想尝一颗吗？” 122/1

洛丽塔伸出手来，使劲点了点头。

我原来指望药会迅速生效。果然如此。在营地她曾度过了十分漫长的一天，早上跟巴巴拉一起去划船，巴巴拉的姐姐是湖滨区的总监，这个讨人喜欢、容易接近的性感少女一面强忍住使上腭拱起的呵欠，一面开始断断续续地告诉我这一切，她的呵欠越打越大——哦，这种魔药的效果有多快啊！——而且在其他方面也很有效。在我们像涉水似的走出餐厅的时候，先前隐约出现在她脑海中的那场电影，自然已经给忘了。我们上了电梯，她微微笑着，靠在我的身上——你想不想要我告诉你？——半闭起她那有着黑眼睑的眼睛。“倦了吗？”汤姆大叔问道，他正把这个有着法国–爱尔兰血统的文静的先生跟他的女儿以及两个脸色憔悴的女人，种玫瑰花的专家送上楼去。他们都十分怜爱地望着我那身体娇弱、皮肤黝黑、脚步不稳、神情恍惚的玫瑰花似的宝贝儿。我几

122/1 爸爸的紫药丸（Purpills）：前一段中“爸爸的紫药丸”（Papa’s Purple Pills）的浓缩词。

乎把她抱进我们的房间。她在房里的床边坐下，微微摆动着身子，一面用鸽子般低沉的拖得很长的声调说话。

“要是我告诉你——要是告诉你，你肯答应（倦了，倦极了——头垂下来，眼睛都快闭上了），答应你不会抱怨吧?”

“以后再说吧，洛。现在睡吧。我把你留在这儿。你上床睡吧。给你十分钟。”

“噢，我是个非常叫人讨厌的姑娘，”她继续说道，一边抖了抖她的头发，用不灵巧的手指把一条丝绒的头带解下。“我来告诉你——”

“明儿再说吧，洛。上床睡吧，上床睡吧——看在上帝分上，上床睡吧。”

我把钥匙放进口袋，走下楼去。

二八

陪审团的女士们！耐心听我说一下！让我只占用一点儿
你们宝贵的时间！这就是le grand moment。我让我的洛丽塔 123/1
仍然坐在那张深渊似的床的边沿，瞌睡蒙眬地抬起一只脚来，
摸索着鞋带，并且在这么做的时候，把大腿下侧一直露到她
的短裤裤裆那儿——在暴露大腿的问题上，她一向特别心不
在焉或不知羞耻，或是两者都有。这其实就是我弄清了门里
面没有插销以后锁在屋里的她那不受外界影响的倩影。那把
挂着刻有号码的木牌的钥匙立刻成为进入一片令人销魂而又
畏惧的未来的重要芝麻[1]。它是我的，是我滚热的长满汗毛 123/2
的手的一部分。再过几分钟——比如说，再过二十分钟，就
算半个小时，sicher ist sicher，像我舅舅古斯塔夫常说的那 123/3、123/4
样——我就开门走进那个“342”号房间，看到我的性感少女，
我的美人儿和新娘给禁锢在她那水晶般的睡梦之中。陪审员
们！假如我的幸福可以开口说话，它准会让这家时髦的旅馆
充满震耳欲聋的笑声。今天我唯一感到懊悔的是，那天晚上
我没有把“342”号的钥匙悄悄放在办公室里，随后离开这个

[1] “芝麻，开门”，是《一千零一夜》中《阿里巴巴和四十大盗的故事》里强盗念的开门咒语。

123/1 le grand moment：法语；伟大的时刻。

123/2 滚热的长满汗毛的手：奎尔蒂也有明显的长满汗毛的手（第295页）。

123/3 sicher ist sicher：德文；确切无疑。

123/4 我舅舅古斯塔夫：古斯塔夫·特拉普，有时也作“表亲”，亨·亨曾误认作奎尔蒂（见第139页）。母亲的表亲既可以说是表亲，在某种意义上，也可以说是舅舅。

市镇，这个国家，这片大陆，这个半球——甚至这个世界。

让我解释一下。我并没有因她自责的暗示而感到过分不安。我仍然坚决地想要推行我的方针，只在夜深人静的时候，而且只对一个完全受到麻醉的裸体小人儿暗暗行动，而不伤害她的童贞。克制和尊崇仍然是我的箴言——即使这种（顺带提一句，已被现代科学完全揭穿了的）“童贞”由于她在那个可恶的营地上某种幼稚的性爱经验——无疑是同性恋的性
124/1 爱经验——而稍微受到一点儿损害。当然，我，让-雅克·亨伯特，按照我那老派的、旧世界的习惯，在头一次遇见她的时候，就认定她是清白之身，就跟纪元前的古老世界和它的种种令人着迷的习俗可悲地终结以后我们对“正常儿童”的传统看法一样。在我们这个开明的时代，我们四周并没有簇拥着许多花儿般的幼小的女奴，可以供我们在办公和沐浴之间随意采摘，就像在古罗马时代那样；我们也不像尊严的东方人在更为奢靡的时代里所做的那样，在吃羊肉和喝玫瑰色的果子露之间使用不少幼小的优伶唱歌跳舞。总的要点就是，成人世界与儿童世界之间古老的联系如今已被新的习俗和法律完全割断。尽管我了解一点精神病学和社会工作的皮毛，但我实际对儿童所知甚少。不管怎么说，洛丽塔才十二岁，而且无论我在时间和地点方面作出什么样的迁就——甚

124/1 让-雅克·亨伯特：源自让-雅克·卢梭（1712—1778），出生在瑞士的法国哲学家和著名《忏悔录》的作者。

至把美国中小学生的粗野举动也牢记在心——我仍然觉得，不管那些没有教养的小娃娃之间发生什么，也都是在一个较晚的年龄、一个不同的环境中发生的。因此（重新回到这番解释的思路上来），我这个道学家抱定我们惯常认为十二岁的小姑娘应该如何的观念而回避这个问题。我这个儿童治疗专家（一个冒充内行的人，像大多数儿童治疗专家一样——但没有关系）机械刻板地重复新弗洛伊德主义[1]的杂乱无章的观点，并且设想出一个处于少女“性潜伏”期的爱好幻想和夸张的多莉。最后，我这个纵欲好色的人（一个真正的疯狂的恶魔）对于他的猎物的某种堕落的行为也不表示异议。可是在那种剧烈的欣喜后面某处，感到困惑的幽灵在窃窃私语——我并没有加以注意，这一点我深为后悔！人啊，请注意！我早该明白洛丽塔已经是一个跟天真无邪的安娜贝尔差别很大的姑娘，而且仙女的邪恶的气息正从我预备秘密享用的这个小精灵似的孩子的所有毛孔里往外散发，这样一来，就根本无法保守秘密，甜美的享受也会断送人的性命。（从洛丽塔——真正的孩子洛丽塔或是在她身后某个形容枯槁的天使——身上的某种气质向我显示出的那些征兆来看）我早该知道我从期待的销魂中所得到的结果只会是痛苦和厌恶。噢，陪审团高尚的先生们！

[1] 强调家庭、社会制度和文化对精神病致病影响的奥地利精神病学家弗洛伊德的信徒信奉的学说。

可她是我的，她是我的，那把钥匙就在我的手中，而我的手在我的口袋里，她是我的。在我为其奉献了多少个失眠之夜的幻想和计划的过程中，我已经逐渐清除了所有多余的污迹，并且通过一层层堆积半透明的幻象，已经设想出一幅最后的画面。除了一只短袜和她美丽的小手镯外，她整个身子都裸露在外，正摊开手脚躺在床上，被我的春药击倒了——我就这样预想着她的模样；她手里仍然握着一条丝绒发带；她那蜜黄褐色的身体，露出游泳衣在她身上留下的与她那晒成褐色的部位形成对照的白色痕迹，并向我展示出苍白的蓓蕾似的乳房；在粉红色的灯光下，一小撮细小的阴毛在隆起的丰满的下腹部闪闪发亮。那把冰凉的钥匙带着附属于它的温暖的木牌，就在我的口袋里。

我在各个不同的公共厅堂里转悠，下面灯光明亮，上面光线暗淡，因为欲望的外表总是阴暗的。欲望从来不能十分
125/1 肯定——甚至当那个肌肤柔软的牺牲者给锁在你的地牢里也是如此——肯定不会有哪个敌对的恶魔或富有权势的神明来破坏你预备取得的成功。照普通的说法，我需要喝点儿酒，但在这个古老的场所尽是浑身流汗的市侩和过去某一时代的物品，根本没有酒吧。

125/1 地牢……敌对的恶魔：奎尔蒂是亨·亨“敌对的恶魔”，也住在“着魔的猎人”旅店，下一页将出现。从亨·亨的“地牢”里比喻性地发散出来的欲望要到很后面才得到具体化：“我一直把克莱尔·奎尔蒂的脸庞隐藏在我黑漆漆的地牢里”（见290/2）。

我走进男厕所。有个穿着教士穿的黑衣服的人——

comme on dit一个“劲头十足的人”——正在维也纳[1]的协 125/2
助下想要查明自己是否还有性本能；他问我喜不喜欢博伊
德博士的讲话，听到我（国王西格蒙德二世）说博伊德真是 125/3
个好小伙子的时候，显得相当困惑。看到他这种神态，我利索地把用来擦我敏感的手指尖的那张草纸扔进专为它设置的容器，随后便朝旅馆大厅走去。我把胳膊肘儿舒舒服服地搁在柜台上，问波茨先生他是否肯定我妻子没有来过电话，还有那张小床究竟怎么样了。他回答说我妻子并没有来过电话（当然，她已经死了），小床明天就会放好，要是我们决定住下去的话。从一个被称作“猎人大厅”的开阔而拥挤的场所，传来许多人谈论园艺或来世的声音。另一间屋子被称作“山莓大厅”，那儿灯火通明，摆着好多张光亮的小桌子和一张上面放着“点心”的大桌子，除了一位女主人（那种脸上挂着呆滞的笑容、讲话的样子就像夏洛特的形容憔悴的女人），里面仍然空空荡荡。她轻快地走到我的面前，问我是不是布雷多克先生，如果我是这位先生的话，比尔德小姐正在找我。“一个女人竟有这么个姓[2]。”我说，接着就慢慢地走开了。

彩虹般的血液在我的心里汹涌进出。到九点半的时候，我就要去向她作出奉献。回到旅馆大厅，我发现那儿起了变化：许多穿着花衣服或黑教士服的人在各处三五成群地聚在

[1] 这里的“维也纳”可能借指弗洛伊德的学说。弗洛伊德认为性本能冲动是行为的基本原因。

125/2 comme on dit：法语；正像俗话说的。
125/3 国王西格蒙德：西格蒙德·弗洛伊德（1856—1939），心理分析学的创始人。见5/6和35/1。

[2] 比尔德，原文为Beard，意思是“胡须”，所以这么说。

一起。一个神奇的机会使我看见一个跟洛丽塔年岁相仿的讨人喜欢的孩子，身上也穿着洛丽塔穿的那种连衣裙，不过是纯白色的，黑头发上还扎着一条白缎带。她并不漂亮，但她是一个性感少女；她那温润白皙的双腿和洁白可爱的脖子在令人难忘的瞬间与我对肤色棕黄发红、充满生气、受到玷污

126/1 的洛丽塔的欲望形成十分令人愉快的交互唱和（用脊髓音乐的术语来说）。那个脸色苍白的孩子注意到我的目光（那其实是十分随便和温和的），却滑稽可笑地变得忸忸怩怩，完全失去了镇定；她眼睛骨碌碌乱转，用手背擦擦她的脸蛋儿，又拉拉她裙子的绲边，最后把她那瘦削的动来动去的肩胛骨冲着我，装着一本正经地在跟她那母牛似的妈妈说话。

我离开了嘈杂喧闹的旅馆大厅，站在外面白色的台阶上，

126/2 望着无数带有粉末的小虫在充满嗡嗡嘤嘤的声音的那个潮湿的黑夜里围着灯盘旋。我所要做的一切——我所敢做的一切——就是这么一点儿……

突然，我发现在我旁边的那片黑暗中，有个人正坐在有

126/3 柱子的门廊上的一把椅子上。我其实并不能看见他，但让我知道他在那儿的，是把螺钉转下发出的擦刮声，接着传来一阵谨慎的咯咯声，最后是把螺钉转还原的平静的声音。我正预备走开，他开口对我说起话来：

126/1 交互唱和：一种音乐应和；由合唱队分两个部分轮流演唱的乐曲。

126/2 带有粉末的小虫：纳博科夫说，“绕着灯飞舞的‘带有粉末的小虫’是潮湿的夜色中围着电灯打转的夜蛾和其他翅膀看上去粉扑扑的蛾子（因此也称为“millers”，这个词也许就出自动词［指mill，意为“打转”。——译注］)”。“Bugs”是美式英语，指任何昆虫。在英国，这个词通常指臭虫。关于昆虫学典故，见6/1。

126/3 有个人正坐在……门廊上的一把椅子上：指奎尔蒂。他俩在第127页上的对话遥远地投射了彼此的追逐，预示了第293—305页上的身体搏斗。31/9列举了所有关于奎尔蒂的暗指之处。

“你究竟是打哪儿把她弄来的？”

“对不起，你说什么？”

“我是说：天气就是转晴了。”

“看上去是这样。”

“那小妞儿是谁？”

“是我女儿。”

“你撒谎——她不是。”

“对不起，你说什么？”

“我是说：七月里很热。她母亲在哪儿？”

“死了。”

“是这样。对不起。顺便说一声，你们俩明儿何不跟我一块儿吃午饭。那伙讨厌的人到那时就都走了。”

“我们也走了。晚安。”

“对不起。我醉了。晚安。你的那个孩子需要好好睡一阵
子。睡眠像一朵玫瑰，正如波斯人所说的那样。抽烟吗？” 127/1

127/1 一朵玫瑰，正如波斯人所说的那样：指有预言能力的花，也暗指《鲁拜集》（见262/8）。

“现在不抽。”

他划了根火柴，但因为他醉了，或者因为有风，火苗照亮的不是他，而是另一个人，一个很老的老头，是一个老旅馆中的那种常客——跟他坐的白色摇椅。谁都没说什么，黑暗又回到了原处。接着，我听见那个老人咳嗽起来，吐出一

些叫人感到毛骨悚然的黏液。

我离开门廊。总共至少已经过了半个小时。我该去喝口酒的。紧张开始产生了影响。假如一根小提琴弦也能感到疼痛，那我就是这根琴弦。不过，露出急急忙忙的样子会很不
127/2 得体。在我穿过旅馆大厅角落上的一群站着不动的人时，有道耀眼的亮光忽然一闪[1]——于是满面笑容的布雷多克大夫，两个佩戴着兰花的主妇，那个穿白衣服的小姑娘，大概还有在那个像新娘似的小妞和着魔的教士之间侧身走过的龇牙咧嘴的亨伯特·亨伯特，全都变得名垂千古——就小城镇报纸的质地和印刷可被视作传诸久远而言。一群喊喊喳喳的人聚在电梯旁边。我选择了从楼梯走上楼去。342号房间就在太平门旁边。你还可以——但是钥匙已经插到锁里，接着我进了房间。

127/2 有道耀眼的亮光忽然一闪……全都变得名垂千古：有关此处的摄影，见263/1。亨·亨并没有因此而名垂千古。

[1] 指用闪光灯拍照。

二九

浴室的门半开半掩，里面还亮着灯；除此之外，屋外的弧光灯透过软百叶帘射进一片稀疏的红光。这些交叉的光线划破卧室里的黑暗，展现出下面这番景象。

我的洛丽塔穿着一件旧睡衣，侧身躺在床的中央，背对着我。她那薄薄盖住的身体和光胳膊光腿形成一个“Z”形。她把两个枕头都放在她那黑发蓬乱的头下面；一束惨白的光掠过她脊椎骨的顶端。

我立刻脱下衣服，穿上睡衣，速度难以相信地快得就像在电影摄影的场面里，更衣过程给删剪时所暗示的那样。我已经把一个膝盖跪到床边上，洛丽塔忽然回过头来，透过被一道道微光掠过的黑暗目不转睛地看着我。

这是闯进房来的那个人所没有料到的情况。药丸招揽生
意的宣传（entre nous soit dit，一个相当卑鄙的勾当），目的在 128/1
于叫人迅速安睡，就连一大群人也不会把服药的人吵醒，而这会儿，她却目不转睛地看着我，口齿不清地把我叫作“巴巴拉”。巴巴拉[1]穿着我的对她来说未免太紧的睡衣，仍然

128/1 entre nous soit dit：法语；只在我们之间说说。

［1］指被当作巴巴拉的亨伯特。

十分镇定，一动不动，面对着这个说梦话的小人儿。多莉绝望地叹了口气，缓缓地转过脸去，恢复了原来的姿势。至少有两分钟，我在床边神经紧张地等着，就像四十年前那个裁缝带着自制的降落伞准备从埃菲尔铁塔上跳下去时那样。她轻微的呼吸具有睡眠的节奏。最后，我勉强把身子挪到狭窄的床边上，悄悄拉着堆在我冰凉的脚后跟以南的那点儿被褥——洛丽塔抬起头来，目瞪口呆地望着我。

我后来从一位给了我不少帮助的药剂师那儿得知，紫色的药丸甚至都不属于巴比妥酸盐[1]那个庞大崇高的门类。神经病人认为它是一种效果很强的麻醉药，虽然它可能会让一个神经病人入睡，但却依然是一种过于平和的镇静药，不会长时间地对一个尽管疲惫但却依然相当警觉的性感少女产生影响。拉姆斯代尔的那个大夫究竟是个江湖郎中，还是个精明的老骗子，这一点实际上现在和过去都无关紧要。要紧的是，我受了骗。等洛丽塔又睁开眼睛的时候，我意识到不管这种药在下半夜是否还会产生作用，我所依赖的安全措施已不可靠。她的头又缓缓转过去，倒在过高的枕头上。我静止不动地躺在床边，仔细地看着她乱蓬蓬的头发，看着她那隐隐露在外面的半边大腿和半边肩膀的性感少女肌肤上的微光，一面想要根据她的呼吸的速度推测出她睡得有多么熟。过了

[1] 一种镇静剂和催眠药。

好一会儿，什么都没有改变，我决定冒险朝那片可爱的、令人发狂的微光挨近一点；可是我还没有挪到它那温暖的外围，她的呼吸就又暂停下来。我有一种讨厌的感觉，觉得小多洛蕾丝完全清醒，只要我用自己肮脏的身体的任何部位碰她，她立刻就会尖声喊叫。读者啊，不管你对我书中的这个心肠软弱、病态敏感、无限谨慎的男主人公多么恼怒，请你可别跳过这必不可少的几页！想象一下我的情况。如果你不去想象，那么我就不会存在；试着辨别出我身上的那种好像母鹿似的品质，在自己邪恶的树林中索索发抖；还是让我们稍微笑一笑吧。不管怎么说，笑笑并没有什么害处。例如（我几乎写成了“列如[1]”），我没有地方好搁我的头，而心口灼热
（人们把这种煎熬称作“法国式的”，grand Dieu！）又给我的 129/1
不适火上浇油。

她又睡熟了，我的性感少女。但我仍然不敢开始我着魔
的航行。La Petite Dormeuse ou L’Amant Ridicule. 明儿，我要 129/2
把先前叫她妈妈那么彻底地失去知觉的那种丸药喂给她吃。在汽车上的贮物箱里——还是在那个铰合式手提旅行包里？我是不是应该足足等上一个小时，随后再悄悄向前移动？对性感少女的痴迷狂想是一门精确的科学。实际接触在不多不少的一秒钟里就可以完成。一毫米的间隙在十秒钟里就可以

[1] 作者把for instance（例如）写成了frinstance。

129/1 grand Dieu：法语；天哪！

129/2 La Petite ... Ridicule：《熟睡的少女或可笑的情人》，并没有什么画作有此标题。模拟的标题和主题均戏仿十八世纪的风俗版画。

完成。我们且等着看吧。

什么都不像一家美国旅馆那么嘈杂。而且，请注意，这儿还被看作是一家安静、舒适、宾至如归的老式场所——“风雅得体的生活方式”以及诸如此类的各种东西。电梯门开关的哐当声——就在我头东北二十码左右的地方，但听上去却清楚得就像在我左边太阳穴里似的——跟电梯上下的轰响声和嗡嗡声此起彼伏，一直持续到午夜以后很久。每隔一会儿，就在我左耳的正东面（假如我始终仰面躺着，不敢把自己较为邪恶的一侧对着我的同床人那朦胧的臀部），走廊里就会充满欢快、响亮、愚蠢的喊叫以及末尾的一连串道晚安的声音。等这阵嘈杂声过去以后，我小脑正北方的一个抽水马桶又取而代之。那是一个强劲有力、声音深沉的抽水马桶，给使用了好多次。它的汩汩声和冲泻声以及随之而来的长时
130/1 间的充水声使我身后的墙壁也震动起来。接着，南面哪个人又病得相当厉害，喝酒喝得几乎把命都咳掉了。他房间里的抽水马桶就在我们浴室的隔壁，冲起水来活像真正的尼亚加拉大瀑布[1]。最后，所有的瀑布都停止了，着魔的猎人也都酣畅地睡着了，我却仍然无法入睡，在我西面，窗下的那条林荫道——一条两边都是参天大树、沉静肃穆的高尚住宅区的街道——竟成了轰隆隆地穿过潮湿、刮风的夜晚的巨型卡

130/1 哪个人……我们浴室的隔壁：指克莱尔·奎尔蒂（见248/4）。奎尔蒂在293/4也制造出了一阵“瀑布”。有关他出现场景的概述，见31/9。

[1] Niagara Falls，加拿大和美国之间的一个大瀑布。

车穿梭来往的可鄙的通道。

离我和我燃烧的生命不到六英寸远的地方，就是朦朦胧胧的洛丽塔！经过漫长的一动不动的守候，我的触角又朝她移去。这次，床垫吱吱嘎嘎的声音并没有把她吵醒。我设法把我贪婪的身躯移得离她那么近，因而我都能感到她那裸露的肩膀的气息像一股暖气拂到我的脸颊上。随后她突然坐起身来，气喘吁吁，用不正常的飞快的速度嘟哝着什么关于小船的事，用劲拉了拉被单，又重新陷入她那香甜、黑暗、年轻的昏睡中去了。在她酣睡着翻动身子的时候，她的一只新近赤褐色的如今月白色的胳膊横打到我的脸上。有一刹那，我抱着她。她从我搂抱的阴影中脱出身去——她这么做并无意识，也不用劲，也不带有任何个人的反感，只发出一个要求正常休息的孩子的那种平常的哀怨的嘀咕。一切又恢复原状：洛丽塔弯曲的脊梁骨对着亨伯特，亨伯特用一只手托着头，给欲望和消化不良弄得浑身发烧。

消化不良逼得亨伯特要到浴室去喝一口水；我知道，也许除了牛奶配小萝卜以外，这是对我的病症的最有效的药物。等我再回到那个奇异的、充满一道道惨淡的光线的堡垒中（洛丽塔的新旧衣服以各种不同的着魔姿态搭在那儿的一件件看去似乎模模糊糊地在飘浮的家具上），我那不好对付的女儿坐起身来，用清晰的声调也要水喝。她用模模糊糊的手接过那个富有弹性的、冰凉的纸杯，感激地一口喝下了杯里的水，她的长长的睫毛正对着纸杯，随后，小洛丽塔做了一个比任何肉体的爱抚更令人销魂的娇憨动作，在我的肩膀上擦了擦她的嘴。她重新倒在她的枕头上面（趁她喝水的时候，我已经把我的枕头抽了出来），马上又睡着了。

我不敢再给她吃一颗那种药，心里并没有放弃希望，以为第一颗药仍然会叫她睡得很熟。我开始把身子朝她移去，作好接受任何失望的准备，心里知道我最好继续等待，但又无法等待下去。我的枕头上散发出她头发的气味。我朝着我那隐约闪现的宝贝儿移过去，每当我觉得她动了或正要动的

131/1 时候便停下来，或者后退。从仙境吹来的一丝微风已经开始影响我的思绪。当时，我的思绪似乎潜伏在斜体字当中，仿佛反映出我思绪的水面被那阵风的幻影吹皱了。我的意识一次次地朝相反的方向折叠，我那不断挪动的身体进入了睡眠的境界，又摆脱出来，有一两次，我发现自己迷迷糊糊地发出一阵凄凉抑郁的鼾声。温柔的薄雾笼罩着渴望的群山。时而，我觉得那个着魔的猎物就要跟这个着魔的猎人在半路上相遇，她的臀部在一片遥远的、传说中的海滩上那些松软的沙砾下正缓缓地向我移来。接着，她那泛起波纹的朦朦胧胧

131/1 从仙境吹来的一丝微风：有几处提到了刘易斯·卡罗尔（英国作家、数学家和恋童癖［见264/1］查尔斯·L.道奇森［1832—1898］）的《爱丽丝梦游仙境》（1865）。“我总是称他刘易斯·卡罗尔·卡罗尔，”纳博科夫说，“因为他是第一位亨伯特·亨伯特。”纳博科夫曾经将《爱丽丝梦游仙境》翻译成俄语（柏林，1923）。“我拿到了五美元（这在通货膨胀年代的德国是很大一笔钱）。”他回忆道（《说吧，记忆》，第283页）。在《塞巴斯蒂安·奈特的真实生活》中，有一位角色“以刘易斯·卡罗尔的百足虫似的诡辩口吻”说话（第123页），《爱达或爱欲》中提到了“爱达在仙境”（第129页）、“爱达漫游爱达境”（第568页），还有《仙境的官殿》（第53页）和《爱丽丝在暗箱》（第547页）等各种“标题”（最后一个是戏弄《黑暗中的笑声》的标题）。“同许多其他英国儿童一样（我也是个英国儿童），我一直非常喜欢卡罗尔。”他在《威斯康星当代文学研究》访谈中说道。“不，我不认为他发明的语言与我［在《庶出的标志》和《微暗的火》中］的语言有任何共同根源。他与亨·亨有着可悲的亲和力，但是出于某种奇怪的谨慎，我在《洛丽塔》中不愿提到他悲惨的变态以及那些他在昏暗的房间里拍摄的暧昧的照片。他没有受到惩罚，正如其他众多维多利亚时代的人们没有因为鸡奸和恋童癖受到惩罚一样。他那都是些悲伤瘦弱的性感少女，蓬头垢面、衣冠不整，或者随便乱披一块布，好像在参加一场灰扑扑乱七八糟的字谜游戏。”但似乎纳博科夫在《洛丽塔》中的确暗指了卡罗尔，

的身体就会动上一下，我就知道，她比任何时候都离我更为遥远。

我相当详细地叙述那个遥远的夜晚的激动和摸索，只是因为我坚持想要证明我现在不是、过去也从来不是，而且过去也绝不可能是一个蛮横的恶棍。我悄悄穿过的那些温和朦胧的境地是诗人留下的财产——不是罪恶的渊薮。假如我达到了我的目标，我的狂喜便会化作全部的柔情，成为一个内心燃烧的实例；这种内心燃烧的热力，即使在她完全清醒的时候，她也几乎感觉不到。可是我仍然希望她会逐渐陷入完全的昏睡之中，这样我就可以在她身上体味到更多的东西，而不只是那么一丁点儿。因此，在作出试探的接近中间，由于混乱的视觉把她转 132/1
变成斑驳的月光或一片蓬松的开满花儿的灌木，我总梦想着自己重新恢复知觉，梦想着自己躺在那儿等待。

在午夜过后的那几个小时里，那个不安定的旅馆的夜晚出现了暂时的平静。四点左右，走廊里厕所的抽水马桶像小瀑布似的响了起来，接着门也乒乒乓乓。五点刚过，一番发出回声的滔滔不绝的议论便分为几次从一个院子或停车场上开始传来。其实那不是一番滔滔不绝的议论，因为讲话的那个人每隔一会儿就停下来，（大概是）听另一个人说话，只是那另一个人的声音我听不见，因此从听到的那部分话语得不

通过可以被称为“摄影主题”的内容：亨·亨珍惜他破旧的安娜贝尔的照片，在某种意义上与这张“静物画”生活在一起，并试图让洛丽塔与之相配，经常哀叹没能够用摄影捕捉她的身影。还点明了奎尔蒂的嗜好是“摄影”，他在达克达克农庄制作的无法形容的影片似乎能够满足卡罗尔最狂野的需求。纳博科夫被问及这些时回答说，“当我在《洛丽塔》中提到摄影的使用时，我并非有意识地想到了卡罗尔的嗜好”。

“我只好玩弄文字了。”亨·亨哀叹道（第32页），有些读者会不由自主地称接下来的文字游戏为“乔伊斯式”——这很宽泛，因为“卡罗尔式”几乎也行，考虑到纳博科夫喜好发音上的文字游戏和根据拼音而拼凑的词，而且后一种方式恰好就是卡罗尔杜撰的。在塞巴斯蒂安·奈特非常整洁的书架上，家族谱系一清二楚，《爱丽丝梦游仙境》和《尤利西斯》放在一起，还有其他一些纳博科夫喜爱的作家（史蒂文森、契诃夫、福楼拜、普鲁斯特、威尔斯和莎士比亚，在书架的两端分别是《哈姆雷特》和《李尔王》［第41页］）。有关莎士比亚，见284/4。

132/1 转变：见16/6。

出什么真实的意义。然而，那乏味的语调却带来了黎明。房间里已经充满了淡淡的紫灰色，好几个勤劳的抽水马桶也一个接一个地开始工作。哐当哐当和嘎嘎作响的电梯开始接送早起上楼和下楼的客人。我可怜地打了几分钟瞌睡，梦见夏洛特成了一个绿水池里的美人鱼，而在走廊里的什么地方，博伊德博士用圆润的嗓音说，“你们早上好”，鸟儿在树上飞来飞去。接着，洛丽塔打了一个呵欠。

陪审团冷漠的女士们！我原来以为要过好几个月，也许要过好几年，我才敢对多洛蕾丝·黑兹暴露出我的真面目；可是六点钟的时候，她已经完全清醒，到了六点一刻，我们实质上已经成了情人。我来告诉你们一件十分奇怪的事：是她勾引了我。

听到她清早打的第一个呵欠，我立刻假装侧脸睡得很香。我只是不知道该怎么办。她发现我睡在她的身旁，而不是在另一张床上，会不会感到震惊？她会不会拿起她的全部衣服，把自己锁在浴室里？她会不会要求立刻把她送到拉姆斯代尔——送到她母亲的床边——或者送回营地？可是我的洛是一个淘气的小妞儿。我感到她的眼睛紧盯着我。等她终于发出她的那种可爱的格格的欢笑声的时候，我知道她的眼睛一直充满笑意。她滚到我的身旁，她那暖烘烘的褐色头发拂到了我的锁骨上。我不大成功地装着刚醒过来。我们平静地躺着。我轻轻地抚摸她的头发，我们轻轻地接吻。叫我神思昏昏、相当窘困的是，她的吻具有一种相当有趣的紧张、试探的精妙的意味，这使我断定她在很小的年龄就经过一个小女同性恋的指点。一个叫查利的男孩子不可能教她那一套。好像想看看我是否尽兴，是否学过这一课，她缩回身去，细细打量着我。她的颧骨发红，饱满的下嘴唇闪闪发光，我马上就要崩溃了。突然，在一阵粗野的欢快声（性感少女的特征！）中，她把嘴凑到我的耳边——但有好一阵子，我的头脑无法从她那炽热的惊雷似的耳语中辨别出什么话来。她又哈哈大笑，拂去脸上的头发，又把话说了一遍。等我听明白她暗示的事情后，我渐渐颇为奇特地领悟到自己生活在一个崭新的、新得荒诞的梦境中，没有什么事在那儿是不可行的。我回答说我不知道她和查利玩过什么游戏。“你是说你从来没有——？”她的脸蹙了起来，厌恶不信地睁大眼睛望着我。“你从来没有——”她又开口说道。我趁空用鼻子去闻闻她。“别这样，好吗？”她带有鼻音地嘀咕道，迅速把她褐色的肩膀从我嘴边移开。（除了接吻或赤裸裸的交欢，她把所有的亲热爱抚看作不是“浪漫的胡搅”，就是“反常变态”——有很长一段时期，一直如此，这种方式相当古怪。）

“你是说，”她跪起身子，对着我，追问道，“你是个孩子的时候从来没有干过这种事吗？”

“从来没有。”我相当坦率地答道。

“好吧，”洛丽塔说，“那么我们就从这儿开始。”

可是，我不想详细描述洛丽塔的放肆，叫有学问的读者感到厌烦。只说我在这个漂亮的、几乎还没有发展成熟的年轻姑娘身上没有看到一丝端庄稳重的痕迹，也就够了。现代的男女同校教育、青少年的风尚、营火旁的欢宴等已经叫她这样的姑娘不可救药地彻底堕落了。她把那种赤裸裸的行为只看作不为成年人所知的年轻人的秘密世界的一部分。成年人为了传宗接代所做的事跟她毫不相干。我的生命被小洛用充满活力、切合实际的方式操纵着，仿佛那是一个与我无关的没有知觉的精巧的装置。虽然她急于想让我对粗暴的少年世界获得深刻的印象，但却并没有对一个孩子的生活跟我的生活之间存在的某些差异作好准备。只是出于自尊心，她才没有放弃；因为处在那种不寻常的困境中，我装着十分愚蠢，由她任意摆布——至少在我还能忍受的时候。可是说实在的，这些都是不相干的问题。我对所谓的“性行为”压根儿就不在意。任何人都可以想象那些兽性的成分。一项更大的尝试引诱我继续下去：一劳永逸地确定性感少女危险的魔力。

三〇

我不得不谨慎小心地行走。我不得不低声说话。噢，你
这老练的犯罪报道的记者，你这神情严肃的老引座员，你这
一度颇受欢迎的警察，在给学校门前的那个十字路口增光添
彩了多年以后，如今却遭到单独监禁，你这靠一个男孩子读 134/1
书给你听的不幸的荣誉退休教授！让你们这些家伙狂热地爱
上我的洛丽塔，这绝不成，对吧！如果我是一个画家，如果
“着魔的猎人”的管理人员在夏季的一天失去理智，委派我用
我自己创作的壁画重新装饰他们的餐厅，那么下面就是我可
能会设想出的画面，让我列出一些片断：

壁画上会有一片湖水。在火红色的花朵中会有一座凉亭。
会有一些自然风景画——一头老虎追赶一只极乐鸟，一条令
人窒息的蛇完全缠绕住小猪剥了皮的躯干。会有一位苏丹， 134/2
脸上现出巨大的痛苦（可以说跟他做出来的爱抚并不相符），
正在帮助一个臀部好看的小奴隶爬上一根缟玛瑙的柱子。会 134/3
有出现在自动唱机的乳白色两侧的那些性腺灼热的亮晶晶的 134/4
液滴。会有中级小组的各种营地活动：划独木舟，跳库朗特 134/5

134/1 一个男孩子读书给你听的不幸的荣誉退休教授：仿效艾略特的诗歌《小老头》的开头：“我在这里，干燥月份的一位老头，/一个男孩子读书给我听……”见16/3。

134/2 小猪（shoat）：小猪；阉公猪。

134/3 一个臀部好看的小奴隶……缟玛瑙的柱子（callypygean slave ... onyx）：或拼作callipygian；“有形状好看的臀部”。缟玛瑙是玛瑙的一种，是一种半宝石。亨·亨此处无疑指玛瑙纹大理石（onyx marble），即雪花石（alabaster），见137/1。

134/4 性腺灼热的（gonadal glow）：gonad是性腺；卵巢或者睾丸。亨·亨在想象一个1947年的沃立舍自动唱机下方的霓虹灯管，这种唱机在1991年是昂贵的“收藏品”。

134/5 划独木舟，跳库朗特舞（canoeing, Coranting）：第二个词是亨·亨对courant的变异体，courant指“一种源于意大利的舞蹈，特点是快速的舞步，”也是英语俗语，形容“嬉戏”（romping）和“狂欢”（carousing）。亨·亨还在读《女子百科全书》的C卷（见第92页）。

舞，在湖边的阳光下梳理鬈发。会有白杨树和苹果树，星期天的郊外风光。会有一块火蛋白石[1]在一个泛起阵阵涟漪的水池中融化，最后一次震颤，最后一次敷色，刺眼的鲜红，令人难受的粉红，一声叹息，一个畏缩的孩子。

[1] 蛋白石是非晶质的矿物。火蛋白石一般为红色或黄色，带有火样的反射。

三一

我尽力把这一切描述出来，倒并不是为了在我目前无限的痛苦中重新经历一次，而是为了在那个奇特、可怕、叫人发狂的世界里——性感少女的性爱中——区分出地狱和天堂。兽性和美感在某一点交融在一起，而我想确定的就是这条界限，但我感到自己完全做不到这一点。为什么呢？

根据罗马法的规定，一个女孩子可以在十二岁结婚， 135/1
教会采纳了罗马法的这条规定，而且在美国的某些地方仍 135/2、135/3
然心照不宣地受到奉行。十五岁则在无论何处都是合法的。 135/4
如果一个四十岁的粗野放浪的汉子，经过当地牧师的祝福，又喝了一肚子酒，脱下他那已被汗水浸透的华丽衣衫，把他的阳物猛地插到他那年轻的新娘的体内，两个半球上的居民都会认为这并没什么不对。“在圣路易、芝加哥和辛辛那提这些促进身体成长的温和的气候区域（这所监狱图书馆里的一本旧杂志上这么说），女孩子大概到了十二足岁就成熟了。”多洛蕾丝·黑兹出生在距离促进身体成长的辛辛

135/1 罗马法……女孩子可以在十二岁结婚：这一段提供的法律意见混杂了事实和虚构（见19/1）。第一条是真实的，尽管法律问题及其历史比亨·亨所说的要复杂得多。见科贝特著《罗马婚姻法》（Corbett, *The Roman Law of Marriage*，1930），第51—52页。

135/2 教会采纳了：也属实；见布斯卡伦和埃利斯著《教会法规：检验与评论》（Bouscaren and Ellis, *Canon Law: A Test and Commentary*，1957），第513页。

135/3 在美国的某些地方……受到奉行：只有十个州如此（科罗拉多、佛罗里达、缅因、马里兰、马萨诸塞、田纳西、弗吉尼亚、爱达荷、堪萨斯、路易斯安那）。见威尼尔著《美国家庭法》（Vernier, *American Family Laws*，1931），第115—117页。

135/4 十五岁则在无论何处都是合法的：在以下州不合法：阿拉斯加、亚利桑那、加利福尼亚、康涅狄格、特拉华、伊利诺伊、印第安纳、密歇根、明尼苏达、蒙大拿、内布拉斯加、内华达、新墨西哥、俄亥俄、宾夕法尼亚、西弗吉尼亚，或者怀俄明，年龄是十六岁，或者新罕布什尔或新泽西，年龄是十八岁。但是准许例外，如果女孩怀孕；或者自己愿意的话，而且如果实际上已经同房，十二岁就行。既然这些都不（除了同房）符合洛丽塔的情况，似乎亨·亨自信满满的法律学问不堪一击，见威尼尔，同上，第116—118页。当然，这些法律均与亨·亨所处的时代有关，现在可能有变动。

那提不到三百英里的地方。我只不过顺应自然。我是自然忠实的猎狗。那么为什么我不能摆脱这种恐惧呢？我夺去了她的花蕊吗？陪审团敏感的女士们，我甚至都不是她的头一个情人。

三二

135/5 die Kleine：德语；小家伙。
135/6 moue：法语；撅嘴，做鬼脸。

她告诉了我她是怎样失身堕落的。我们吃着没有什么
滋味的粉状香蕉、被碰伤的桃子和非常好吃的土豆片，die 135/5
Kleine把一切都告诉了我。她一边流利而毫无条理地讲着，一
边脸上做出许多滑稽可笑的moue。我想我已经说过，我特别 135/6
记得她喊了一声“哟”后所做的一个苦脸：果冻似的嘴巴向一边咧去，眼睛朝上转动，习惯地既带着可笑的反感和无可奈何的神气，又有着对年轻人意志薄弱的容忍。

她惊人的故事开头先介绍了前一年夏天在另一个营地，一个她说“很不容易参加的”营地上跟她睡在同一个帐篷里的一个伙伴。这个伙伴（“一个受到遗弃的人物”，“有点儿疯狂”，但却是一个“顶呱呱的孩子”）教了她各种不同的手淫方法。开始，忠实的洛不肯把她的姓名告诉我。

“是不是格雷斯·安吉尔？”我问。

她摇了摇头。不，不是的，是一个大人物的女儿。他——

“也许是罗斯·卡迈因吧？”

“不，当然不是。她父亲——”

“那么，大概是艾格尼丝·谢里登吧？”

她咽了一口唾液，摇了摇头——随后才吃了一惊。

“哎，你怎么会知道所有这些姑娘？”

我作了解释。

“唔，”她说，“她们都很坏，学校那伙人里的有些人，但还没有坏到这样。如果你一定要知道，她的名字叫伊丽莎白·塔尔博特，现在她转到一所十分气派的私立学校去了。她的父亲是一个行政官员。”

我怀着一阵难以解释的痛苦回想起可怜的夏洛特过去时常在朋友聚会的闲谈中把这类美妙的趣闻告诉大家，比如“我女儿去年跟塔尔博特家的那姑娘出去远足时”。

136/1 我想知道双方母亲是否有哪一位晓得这种女同性恋的消遣。

“当然不晓得。”软弱无力的洛轻声说道，装着害怕而又宽慰的样子，把一只假装颤抖的手紧紧按着胸部。

可是，我却对她异性恋的经历更感兴趣。十一岁时从中西部搬到拉姆斯代尔后不久，她就成了六年级的学生。她所说的“很坏”究竟是什么意思？

136/2 噢，米兰达家的孪生姐妹好多年都睡在同一张床上；唐纳德·斯科特这个学校里最蠢笨的男孩跟黑兹尔·史密斯在

136/1 女同性恋的消遣（sapphic diversions）：指与莱斯博斯岛上希腊抒情女诗人萨福（Sappho，约公元前600年）相关的群体的女同性恋。

136/2 米兰达家的孪生姐妹：出现在洛丽塔的班级名单里，第52页（见52/3）。

他叔叔的车库里干了那事；而肯尼思·奈特——班上最聪明的学生——则不论在什么地方，只要遇到机会，就裸露自己的下体，而且——

“让我们来谈谈奎营地吧。”我说。不一会儿，我就知道了全部情况。

巴巴拉·伯克，一个比洛大两岁的体格健壮、肤色白皙、金发碧眼的姑娘，显然是营地上游泳游得最好的孩子。她有一条十分独特的小划子，跟洛一块儿划着玩，“因为除她以外，我是唯一能游到柳林岛去的姑娘”（我想是指一场游泳测验）。七月里的每天早晨——请注意，读者，每个令人愉快的早晨——巴巴拉和洛都在查利·霍姆斯的帮助下，把小划子抬到奥尼克斯或埃里克斯（树林里的两个小湖）去，查 137/1
利·霍姆斯十三岁，是营地女主任的儿子——而且也是方圆两三英里内唯一的男性（除了一个温顺的、耳朵完全聋了的老杂务工跟一个庄稼汉，他驾着一辆福特牌旧汽车，像种庄稼的人所做的那样，有时把鸡蛋卖给露营的人）。每天早晨，我的读者啊，这三个孩子总抄近路穿过美丽的没有危险的树林，林中充满了青春的各种标志、露水、鸟鸣。在茂密的矮树丛中，洛总给留在一个地点放哨，而巴巴拉和那个男孩则在灌木丛后面交欢。

137/1 把小划子抬到奥尼克斯或埃里克斯（boat to Onyx or Eryx）：并没有这样的湖泊。*Onyx*（缟玛瑙）经常用来做浮雕，而*Eryx*则指古代埃里克斯对阿弗洛狄忒（维纳斯）的崇拜。埃里克斯是伊利米人在西西里岛西部一座山上的居住地，俯瞰德莱帕那（Drepana），建于阿弗洛狄忒神庙之下。阿弗洛狄忒是爱与美之女神，洛丽塔常常被比作她；“维纳斯来了又走了。”亨·亨在第168页上这么说；超现实主义杂志图片“米洛的维纳斯的石膏复制品，一半埋在沙里”，比喻性地预设了洛丽塔与他共同的生活（第58页）。见250/11，此处亨·亨间接地告诉读者埃里克斯神庙的女祭司是妓女。

开始，洛不肯“尝试那是怎么个情形”，但好奇心和彼此间的情谊占了上风；不久，她和巴巴拉就轮流跟那个沉默寡言、粗鄙、阴沉而不知疲倦的查利干起来。查利具有跟生胡萝卜一样多的性的魅力，他炫耀着搜集到的一大堆叫人着迷的避孕用品。他经常从附近的另一个湖，一个面积更大、周围居民更多、被称作克赖马克斯湖（用的就是那座迅速发展的年轻的工厂城镇的名称）的湖面上捞到这样的用品。虽然洛丽塔承认这“有那么点儿好玩”，而且“可以让人容光焕发”，但我很高兴地要说，她对查利的智力和举止十分轻蔑。她的性情也没有给那个淫猥的小恶棍所激发。事实上，尽管“好玩”，我想她的性情只给他弄得有些茫然。

那时已经快十点了。随着欲望的减退，我渐渐有了一种苍白、畏惧的感觉，在我的太阳穴里嗡嗡作响。那是一个灰蒙蒙的、叫人神经疼痛的日子，这种死气沉沉的现实状况助长了我的那种感觉。肤色棕黄、一丝不挂、虚弱无力的洛双手叉腰、（穿着毛皮面的新拖鞋的）双脚分开地站在那儿，她那窄小雪白的屁股对着我，她那板着的脸对着门上的镜子，正透过挂在前额上的一绺秀发毫无新意地对着镜子里的自己扮鬼脸。走廊里传来正在干活的黑人女仆低声说话的声音。不一会儿，她们轻轻地想要打开我们的房门。我叫洛到浴室去用肥皂洗一个十分必要的淋浴。床上乱七八糟，到处都有土豆片的碎屑。她先试穿上两件一套的藏青色的毛料衣服，又试穿上一件无袖衬衫和一条旋动式的格纹裙子，但前一套太紧，后一套又太宽大。我请她动作快一点（那种局面开始叫我感到惊慌），她竟恶狠狠地把我的那些美好的礼物一下子扔到房间角落里，穿上昨天穿的那身衣服。最后她总算打扮好了，我给了她一个漂亮的仿小牛皮的新钱包（我还悄悄在里面放了好几个分币和两个崭新发亮的一角银币），叫她到旅馆大厅去给自己买一本杂志。

“我马上就下来，”我说，“还有，我要是你的话，亲爱的， 138/1
就不和陌生人说话。”

除了我的那些可怜的小礼物，其实并没有多少东西需要收拾；但我还是迫不得已，花了长得危险的时间（她是不是在楼下搞什么名堂？）去整理床铺，弄得看上去像是一个辗转反侧的父亲跟他顽皮的女儿所丢下的卧榻，而不是一个出
狱罪犯跟两三个肥胖的老娼妇恣意放浪的场景。随后，我穿 138/2
好衣服，叫那个头发花白的侍者上来帮我拿行李。

一切都很顺利。在旅馆大厅里，她正深深地坐在一张填料塞得很厚的血红色的扶手椅中，埋头在看一本装帧俗艳的
电影杂志。有个身着花呢衣服、年龄跟我相仿的家伙（那个 138/3

138/1 我要是你的话……就不和陌生人说话：32/1和309/1均回应了这句话。这个建议依旧有效。

138/2 恣意放浪的场景（saturnalia）：指古代罗马农神萨杜恩（Saturn）的节日，庆祝活动包括宴饮和狂欢；淫荡的情景。

138/3 年龄跟我相仿的家伙：指奎尔蒂（见31/9）；“血红色的扶手椅”应该使读者警醒。亨·亨强调了他俩年龄相仿；见218/1。

地方的格调一夜之间转变成一种虚假的、乡绅的气氛），正越过他熄灭了的雪茄烟和过时的报纸目不转睛地看着我的洛丽塔。她穿着学生穿的白色短袜、两色的浅口便鞋和那件方领口的色彩鲜艳的印花布连衣裙。倾泻而下的一道绿黄色的灯光照出了她温暖的褐色胳膊和腿上的金黄色汗毛。她坐在那儿，漫不经心地高高地交叉着双腿，她那浅色的眼睛掠过字里行间，不时眨上一下。比尔的妻子在他们会面前早就从
138/4 远处对他表示崇拜。事实上，这个著名的年轻演员在施瓦布杂货店吃圣代的时候，她就经常暗暗对他表示爱慕。没有什么比她那短平的翘鼻子、满是雀斑的脸，或是光溜溜的脖子
139/1 上那略微发紫的斑点更孩子气的了，那是童话中的吸血鬼在她的脖子上痛饮一顿的结果；没有什么比她无意识地用舌头去舔自己肿胀的嘴唇两旁那玫瑰色皮疹的动作更为娇憨的了；没有什么比阅读有关吉尔的文章更为无害的了，她是一个充满活力的小明星，自己会做衣服，喜欢研读严肃的文学；没有什么比那头富有光泽的褐色头发在鬓角处那柔软光润的部分更为天真无邪的了；也没有什么更为自然纯朴的了——可是，假如那个淫乱好色的家伙，且不管他是谁——想想看，他有点儿像我的瑞士舅舅古斯塔夫，古斯塔夫也是
139/2 一个对le découvert极为赞赏的人——知道我身上的每根神经

138/4 施瓦布杂货店（Schwab's drugstore）：此处修订了作者的一个错误（a而非1958年版的o）。施瓦布是好莱坞连锁杂货店（现已停业），是电影界人士和有志于电影的年轻人见面的地方。在三四十年代，有些后起之秀就是在此被发现的，有些——据传说——是在吃圣代冰淇淋或喝饮料时被发现的。

139/1 童话中的吸血鬼：有关童话主题，见31/3。

139/2 le découvert：法语；裸体。

仍然有着被她的身体——那个装扮成一个女孩儿的长生不死 139/3
的恶魔的身体偎依挨擦的感觉，那么他会感到多么令人作呕的嫉妒。

脸色红润、肥猪似的斯伍恩先生是否完全肯定我太太没有来过电话？他能肯定。如果我太太打来电话的话，他可
不可以告诉她我们已经出发到克莱尔姑妈家去了？他当然会 139/4
的。我结了账，把洛从椅子上叫起来。她眼睛一直不离杂志地上了车。她给开车送到南边几个街区以外的一家所谓小餐馆，一路仍在看杂志。噢，她胃口不错，吃的时候甚至把杂志放到一边，但她平时那种欢快的样子被一种古怪的无精打采的神气所取代。我知道小洛有时脾气很坏，因此我鼓起勇气，张嘴笑了笑，等着她高声喊叫。我没有洗澡，没有刮脸，也没有去出恭。我的神经十分紧张。我不喜欢我的小情人在我想要随便闲聊的时候做出的那种耸起肩膀、张大鼻孔的样子。菲利斯到缅因州去和她的父母团聚前知道内情吗？我面带微笑地问。“嗨，”洛做了个哭丧的鬼脸说，“我们还是不谈这事吧。”我又接着想要——也没成功，不管我怎么咂嘴——引起她对那幅公路图的兴趣。让我提醒我的耐心的读者，洛就应当学习你的这种温顺的脾气，我们的目的地是那个欢乐
的市镇勒平维尔，就在一所假设的医院附近。这个目的地本 139/5

139/3　女孩儿……长生不死的恶魔：见16/6。

139/4　克莱尔姑妈家：亨·亨这位狡猾的爱逗乐的人提到奎尔蒂的名，给读者的不仅仅是暗示。请参见31/9了解暗指奎尔蒂之处的概述。

139/5　假设的医院："假设"是最佳字眼，因为亨·亨可以随自己的意思给它取个名字。

身就是完全随意选定的一处（唉，就像以后那么许多目的地一样）；我战战兢兢，不知道怎样才能使整个安排显得合理可信，而且等我们看完勒平维尔上演的所有影片以后还能编出别的什么合理可信的目标。亨伯特越来越感到不自在。那是一种相当特殊的感觉：一种受到压抑、令人局促不安的紧张的感觉，好像我正跟自己刚杀死的一个人的小小的鬼魂坐在一起。

洛回到汽车上去的时候，脸上掠过一种痛苦的神情。等她在我旁边坐下的时候，脸上又掠过了这种神情，显得更加意味深长。无疑，她为了让我知道才又这么做的。我傻乎乎地问她怎么回事。"没什么，你这粗暴的家伙，"她回答说。"你什么?"我问道。她没有作声。我们离开了布赖斯兰。平日很爱开口说话的洛一声不响。我的后背上好像有不少冷冰冰的惊慌的蜘蛛在往下蠕动。这是一个失去父母的孩子。这是一个孤苦伶仃的孩子，一个完全无家可归的儿童，而一个四肢粗壮、气味难闻的成年人那天早上竟然劲头十足地跟她干了三次。且不管毕生所抱的梦想的实现是否超过了原来的期望，从某种意义上说，这确实做过了头——陷入了一场噩梦。我一直粗心大意、卑鄙愚蠢。让我相当坦率地说一下：在那片黑暗骚动的底层某处，我又感觉到欲念的蠕动，我对这个可怜的性感少女的欲望竟然这么强烈。跟一阵阵的内疚混杂在一起的是一个叫人十分痛苦的念头：等我一旦找到一段合适的可以不受打扰地把车停下的乡间道路时，她的这种情绪可能会阻止我再次向她求欢。换句话说，可怜的亨伯特·亨伯特非常不快活，他一边平稳地、茫然地驾车朝勒平维尔驶去，一边不断苦苦思索，想找一句俏皮话说，好在这句机敏的话儿的遮掩下大胆地转向他的同座。然而，倒是她后来打破了那阵沉默：

"啊呀，一只压扁了的小松鼠，"她说，"真可惜。"

"是啊，可不是嘛。"（急切的、满怀希望的亨说。）

"我们在下一个加油站停一下吧，"洛继续说，"我要到厕所去一下。"

"你要停在哪儿我们就停在哪儿。"我说。接着，在一片荒凉、秀丽而盛气凌人的小树林中（大概是橡树，美国的树木那么大小的时候，我还说不出个名称）开始充满生气地回响起我们汽车奔驶的声音，右首有条长满羊齿草的红土路在斜伸进那片林地前转了向。于是我提议我们也许可以——

"朝前开。"我的洛尖声叫道。

"行。不要着急。"（泄气了，可怜的畜生，泄气了。）

我朝她瞥了一眼。谢天谢地，这孩子露出笑容。

“你这傻瓜，”她说，一面甜甜地朝我笑了笑，“你这讨厌透顶的家伙。我本是个生气勃勃的姑娘，瞧瞧你都对我做了些什么。我应该把警察找来，告诉他们你强奸了我。噢，你这肮脏的、肮脏的老家伙。”

她只是在开玩笑吗？她的愚蠢的话中带着一种不祥的、歇斯底里的声调。不久，她嘴里发出咝咝的声音，开始抱怨疼痛，说她无法坐着，说我把她体内什么地方戳伤了。汗水沿着我的脖子往下流淌，我们差点儿把一个翘着尾巴穿过大路的小动物轧死，我那脾气暴躁的同伴又骂了我一句。我们在一个加油站停下汽车，她一句话也没说就钻了出去，很长时间都没回来。有个鼻子摔破了的年长的家伙慢吞吞地、仔细地给我擦了擦挡风玻璃——各个地方，这类人的做法都不一样，用具从鹿皮揩布到肥皂刷都有，而这个家伙用的是一块粉红的海绵。

她总算露面了。“喂，”她用那种深深刺痛了我的冷漠的声音说，“给我几个银币和镍币[1]。我想给住在那家医院里的妈妈打个电话。号码是多少？”

“坐进车来，”我说，“那个号码你不能打。”

“为什么？”

[1] 指美国的五分镍币。

“坐进车来，关好车门。”

她坐进汽车，砰的一声关上车门。那个老加油工对她露出笑容。我驾车转上公路。

“要是我想给妈妈打个电话，为什么不行呢？”

“因为，”我回答说，“你妈妈死了。”

三三

141/1 在勒平维尔那个欢乐的市镇上，我给她买了四本连环画、一盒糖果、一盒卫生巾、两罐可口可乐、一套修指甲的用具、一个夜光面的旅行钟、一个上面嵌了一块真黄玉的戒指、一把网球拍、一双白色高帮旱冰鞋、一副双筒望远镜、一个手提收音机、口香糖、一件透明的雨衣、太阳眼镜，又添了一
142/1 些衣服——看了叫人心醉神迷的衣服、短裤、各种各样的夏天穿的连衣裙。在旅馆里，我们要了两间房，但是半夜里她呜咽着跑进我的房间。我们又温情脉脉地和好了。你们知道，她实在没有别的地方可去。

141/1 勒平维尔……欢乐的（gay ... Lepingville）：见112/1。亨·亨的“捕蝶活动”（lepping）已经结束了；这个市镇的名称和欢乐意味着随着第一部的结束，亨·亨已经牢牢掌控了他的战利品。

142/1 叫人心醉神迷的衣服（swooners）：这是亨·亨对名词swoon的变异，其涵义能扩展至包括能令人痴迷昏倒（swoon）的衣服。十多岁的青少年因为弗兰克·辛纳屈的低吟浅唱而激动得昏倒（这个词是teen-swooning，由teen［十多岁的青少年］和swooning（昏倒）构成。——译注），也是四十年代常见的新闻内容。

第二部

一

从这时起，就开始了我们游遍美国的广泛旅行。在各种类型的旅馆中，我不久就变得特别喜欢实用的汽车旅馆——干净、整洁、安全僻静的角落，是睡眠、争吵、和好、无法满足的私通的理想去处。起初，我怕引起人家怀疑，总热切地支付两组一套中两组卧室的租金，每一组里都有一张双人床。我不知道这种安排究竟是打算给哪一类的四个人合住的，因为凭借不完整的隔板把那个屋子或房间分隔成两组互通的爱巢，所能

145/1 获得的也只是一种外表不受干扰的清静假象。不久，这种正当的男女杂居所暗示的各种可能出现的情况（两对年轻男女快乐

145/2 地交换伙伴，或是一个孩子假装睡着，以便亲耳听到哼哼唧唧的声音）使我胆子大了起来。偶尔，我会租下内有一张单人床加一张小床或是两张成对的单人床的屋子；那是天堂的牢房，黄色的窗帘给放了下来，好造成充满阳光的威尼斯清晨的幻觉，而实际上，那是宾夕法尼亚州，外面正在下雨。

145/3 我们逐渐知道了——nous connûmes，用福楼拜的语调来说——修建在被汽车协会《旅行手册》描述为“阴凉”、“宽

145/1 外表不受干扰的（pharisaic）：自以为是的，一本正经的；类同法利赛人（Pharisees），古代犹太人的一个派别，因严格遵守仪式、礼仪和传统而著名。

145/2 亲耳听到（earwitness）：这是词典上有的词（早在1594年就用过），但很好笑，因为现在从来不会有人这样说。

145/3 nous connûmes：福楼拜在《包法利夫人》（1851）中曾用到*connaître*这个词作为简单过去时，描写她对各种消遣的不幸的尝试，尤其是她的情人们及其各种活动。有关其他相关暗指之处，见47/1、202/2、265/2。纳博科夫无意暗指弗雷德里克·莫罗（Frédéric Moreau）在《情感教育》（1869）中的旅行；“那并非感官教育，”他说，“只是一本我模糊记得一点的糟糕小说。”《王，后，杰克》中有双关提及《包法利夫人》之处，《爱达或爱欲》中也戏谑过“福楼伯格”（Floeberg，第128页）。尽管金波特将格拉杜斯在时空中的旅行与谢德撰写《微暗的火》诗篇的各个阶段同步，但是当谢德同样变换了两个主题时，他却埋怨道：“同步进行的手法早已让福楼拜和乔伊斯用滥了”（第196页）。

敞”或“环境幽美的”庭园中，坐落在夏多布里昂[1]笔下的 145/4
那些参天大树之下的石头小屋、砖块建筑、土坯建筑、灰泥天井。有种木头房子用多节的松木造成；它那金棕色的光泽让洛想到了油炸小鸡的骨头。我们看不上那种用护墙板修建的朴素的用石灰粉刷过的小木屋，它们总隐隐有一股阴沟气味或是什么别的朦胧的、不自然的恶臭；根本没有什么可以自诩之处（除了“舒适的床”），而一个面无笑容的女店主随时准备她的馈赠遭到客人拒绝（“……唔，我可以为你们……”）。

Nous connûmes（这是一个绝妙的玩笑）那些自以为颇有吸引力的千篇一律的旅店字号——诸如“夕阳汽车旅馆”“铀光别墅”“山峰旅社”“松涛旅社”“山景旅社”“天边旅社”“公园广场旅社”“绿野”“麦克旅社”。有时候，介绍中会有一行别出心裁的文字，比如，“欢迎儿童，可带宠物”（欢迎你们，可来住宿）。那种旅店的浴室大多是铺了瓷砖的淋浴设备，喷
头装置形状各异，但都有一个共同的绝对非老底嘉教会的特 146/1
点，一种倾向，你正洗着，水会一下子变得滚烫，一下子又冷得要命。这完全取决于你隔壁的人拧开了冷水还是热水，因为那样一来，就把你十分仔细地调节好的水流中一种必不可少的成分抽走了。有些汽车旅馆在抽水马桶上面贴着通告（纸巾很不卫生地堆在水箱上），要求客人不要把垃圾、啤酒

[1] François-René de Chateaubriand（1768—1848），法国浪漫主义作家，他曾访问过美国，对美洲参天的大树有很深的印象。

145/4 夏多布里昂笔下的那些参天大树：最早去美国的欧洲作家和画家都对其树木高大印象深刻，亨·亨无疑从《阿达拉》（*Atala*，1801）（夏多布里昂所著《基督教真谛》[*Le Génie du Christianisme*，1802]中抽出的一个独立出版的部分）中借鉴了这个形象，《微暗的火》中则提到了他抵达美国的情景（第247页）。在《〈叶甫盖尼·奥涅金〉评注》中，纳博科夫称《真谛》的另一个部分《勒内》（*René*）为“同时代最杰出的法国作家的天才之作”（第3卷，第98页）。见70/5。虽然没有指明，但是在《爱达或爱欲》的阿迪斯庄园有许多“夏多布里昂笔下的参天大树”，而且故意如此设计，因为夏多布里昂之于《爱达或爱欲》，就如爱伦·坡和梅里美之于《洛丽塔》。凡·维恩读了爱达的那本《阿达拉》（第89页），而《勒内》及其“微妙的乱伦气味”（《〈叶甫盖尼·奥涅金〉评注》，第3卷，第100页）则直接提到了它（第131和133页）。拉里维耶尔小姐是维恩可笑的家庭女教师，她写了一本小说和一部电影剧本，其中的主角名叫“勒内”（见第198—199、217、249和424页），因为“incest”（乱伦）和“insect”（昆虫）可以互相换音重组（第85页），有种蚊虫就以夏多布里昂命名——查尔斯·夏多布里昂，但“与那位杰出的诗人和回忆录作者无关”（第106页）。有关夏多布里昂和《爱达或爱欲》的更

罐、纸盒、流产的婴儿扔进马桶；别的汽车旅馆还在镜子下面贴着特别通告，比如“重要事项”（驾车：你经常会看见驾车的游客驶过大街，从一次浪漫的月光下的漫游中归来。“经常是在凌晨三点。”毫无浪漫情绪的洛讥笑说）。

Nous connûmes各种类型的汽车旅馆的经营人：男性中有
改过自新的犯人、退休教师和事业上失败的人；女性中有慈
146/2 母似的、装作贵妇人的和老鸨似的各种不同的人。有时，火
车会在异常湿热的夜晚带着撕心裂肺的不祥的隆隆声，发出
一声绝望的长啸，其中混杂着力量和歇斯底里。

我们避开殡仪馆的乡下亲戚旅游客店[1]，这种客店式样
雅致、老式，但无淋浴设备，在令人消沉的红白两色的小卧
146/3 室里摆着精致的梳妆台以及女店主的孩子们童年各个时期的
照片。不过，我有时还是迁就洛对“真正的”旅馆的偏爱。当汽车停在一条暮色苍茫的、神秘的小道上，四周一片寂静，我在车里抚爱她的时候，她就会挑出手册上的一家受到大力推荐的湖滨旅馆，那儿提供的各种方便，诸如情投意合的伴侣、两餐之间的点心、户外野餐会都被她用手电筒照着看过去而夸大了——但在我的心中却只浮现出一片可憎的景象，一群穿着圆领长袖运动衫的讨厌的中学男生，用火红的面颊紧贴着她的脸蛋儿，而可怜的亨伯特博士，除了抱着自己那

多讨论，请参见我发表在《三季刊》上的文章《描述爱达》（“*Ada* Described”，《三季刊》，第17期，冬季刊，1970）。有关《洛丽塔》中另一个暗指夏多布里昂之处，见210/1。

146/1 非老底嘉教会：在《圣经·新约·启示录》3：14—16中，老底嘉教会的特征被描述为在宗教事务上“温吞，不冷不热”。

[1]“旅游客店”原文是Tourist Home，指房间分租给旅游者的客店；殡仪馆是Funeral Home，所以这么说。

146/2 老鸨似的（madamic）：亨·亨的杜撰，指妓院的鸨母或主人。

146/3 时期（instars）：昆虫或其他节肢动物两次蜕皮之间的形状，蝴蝶的蛹就可称为instar。

两个结实的膝盖外，什么都抱不到，只好冷清地坐在潮湿的草地上迁就他的痔疮。最叫她感兴趣的，还有那些“殖民地时期”的客店，除了“优雅的气氛”和观景窗[1]以外，这种客店还提供“不限数量的精美可口的食品”。我珍藏在心底的对父亲那宫殿似的饭店的回忆有时也使我想在我们游历的这个奇异的国度寻找一家可以与其媲美的旅馆。不久我就失去了信心，只是洛仍不断追踪丰盛的食品的广告，而我却从道旁诸如**廷伯大旅馆**，十四岁以下的儿童免费接待这类招牌上得到了一种并不全然是省钱合算的乐趣。另一方面，每当想起在中西部某州的那家soi-disant[2]“高级的”场所，我总不寒而栗；那家旅馆用广告宣传被喻为“洗劫冰箱”的午夜小吃，人们还因为我的口音而产生兴趣，想要知道我的亡妻和亡母娘家的姓。在那地方住了两天，竟花了我一百二十四美元！你记得吗，米兰达，另外那个“极端时髦的”、有着免费赠送的早咖啡和流动供应的冰水、不接待十六岁以下儿童（当然不接待洛丽塔那样的姑娘）的强盗窝？ 147/1

汽车旅馆成了我们常去寄宿的地方。在到了一家比较普通的汽车旅馆以后，她不是让电风扇呼呼转动，就是说动我朝收音机里丢一个两角五分的硬币，再不然就看完所有的标牌，随后哀怨地问我为什么她不能去骑马走上广告上说的一

[1] picture window，一种大型窗户，通常占一堵墙的极大部分，可以让人把窗外的景色尽收眼底。

[2] 法文，所谓。

147/1 你记得吗，米兰达：此处回应贝洛克（Hilaire Belloc，1870—1953）的诗《塔兰台拉舞》（*Tarantella*，1923）的起句和叠句；“你记得一家客店吗，/米兰达？/你记得一家客店吗？”见第185页。

条山路或到当地那个温暖的矿水池去游泳。最常见的情形是，洛带着她养成的那种懒懒散散、百无聊赖的神气伏下身子，十分撩人地倒在一张红色弹簧椅、一张绿色躺椅、一张有搁脚板和华盖的条纹帆布躺椅、一张软躺椅或是露台上一把遮阳大伞下的任何其他草坪躺椅上。要花上好几个小时的甜言蜜语、威吓和许诺，才能在她不理会我可怜的欢乐而宁愿做任何其他事以前，在那个五美元租金的僻静的房间里把她那褐色的胳膊和腿交给我一会儿。

洛丽塔把天真和欺诈、妩媚和粗俗、阴沉的愠怒和开朗的欢笑结合到了一起，只要她愿意，可以成为一个叫人十分恼火的小淘气。对于她的时时发作的毫无规律的厌烦情绪，来势汹汹的强烈的不满，她那种摊手摊脚、无精打采、眼神迟钝的样子，以及所谓游手好闲的习性——一种她认为像年轻无赖的小伙子一样强横的散漫、可笑的态度——我确实并没什么准备。从智力上说，我觉得她是一个讨厌的普通的小姑娘。悦耳动听、节奏急促强烈的爵士乐、方形舞[1]、又甜又腻的圣代冰淇淋、音乐片、电影杂志等——这些是她所爱好的事物清单上显著的项目。天知道我们每次吃饭，我对当时出现的那些华丽的八音盒丢了多少个五分镍币！现在我依
148/1 然听到那些看不见的人用鼻音向她唱着小夜曲，那些名叫萨

[1] 指由四对男女跳的方形舞。

148/1 鼻音：因为“我猜等这本书被人阅读时，总也得是公元两千年的最初几年”。（如亨·亨所言［第299页］）没有幸运地在1947—1952年间度过青春时代的读者可能无法说全那些对她唱着小夜曲的“看不见的人”的名字。雷克斯只是杜撰的人名，萨米是萨米·卡伊（Sammy Kaye，1910—1987），他并非歌手，他那非常流行非常平庸的伴舞乐队由一连串催泪歌手演唱一些流行歌曲，例如1947年的《我表面在笑》（但内心在哭），这个标题绝妙地概括了亨·亨的修辞面具。其他歌手是乔·斯塔福德（Jo Stafford，出生年月保密）、埃德温·杰克·“埃迪”·费希尔（Edwin Jack “Eddie” Fisher，1928—2010）、托尼·贝内特（Tony Bennett，原名安东尼·贝内托［Anthony Benedetto］，1926—　）、佩吉·李（Peggy Lee，原名诺玛·艾格斯托姆［Norma Egstrom］，1920—2002）、盖伊·米切尔（Guy Mitchell，1927—1999）和帕蒂·佩奇（Patti Page，原名克拉拉·安·富勒［Clara Ann Fowler］，1927—2013），她最为成功的歌曲录音《田纳西华尔兹》（1950）在《爱达或爱欲》中有所念及，其中提到了“田纳西华尔兹学院一位进步的驻校诗人”（第134页）。如乔伊斯在《芬尼根的守灵夜》里所言，“用你所知道的来擦拭你的词汇”。但是这些信息并不陈旧可笑，如果你不知道这些“看不见的人”是谁，不知道他们那些感伤的爱情浪漫歌曲全是陈词滥调，且因为这样一连串排列在一起而更显得可笑可恶。因为纳博科夫经常使用一种类似速记法的方式来挑剔洛丽塔的流行文化，今日年轻一点的读者需要一些先期准备，因为他们真的相信五十年代早期的流行音乐是“软”滚石乐——如电视节目《幸福时光》中那样。

研究指南：《流行歌曲排行榜》（*Your Hit Parade*），是时代生活音乐出版公司自1988年开始连续发行的唱片集，最终涵盖了四十和五十年代的每一年。1951年的唱片包括帕蒂·佩奇的《迂回》，盖伊·米切尔的《我的心为你哭泣》，托尼·贝内特的《因为有你》和《冰冷冰冷的心》。后一首歌曲是对一位不在场的冷酷情人的呼唤，也可以算是某种更低层次的彼特拉克十四行诗——恰好是会遭到亨·亨蔑视的那种歌曲。在读《洛丽塔》的时候不妨播放一些这种歌曲，作为讽刺性旁白，例如第277页上重要的重逢场景，亨·亨说他们谈话时，她的一首歌曲从收音机里传出来。有关插图版青少年文化概述，可参见时代生活出版的《这个神奇的时代》（*This Fabulous Century*：1950—1960［1970］），尤其是那些从洛和朋友们大量消费的电影杂志上照搬的画页。这些出版物提供的那种程序化的天真会令年轻一代读者感到非常惊讶，因为他们期待的是丑闻；也会令年老的一代感到惊讶，因为他们此前从来没有见过这种东西，只是到了现在才完成了自己在这方面的教育——的确，如果他们想要充分理解《洛丽塔》的话。1958年版中作者误作“Patty”，此处纠正为“Patti”。

米、乔、埃迪、托尼、佩吉、盖伊、帕蒂和雷克斯的人，唱的都是一些多愁善感、风靡一时的歌曲；但在我听来却并无差异，就像她吃的各种各样的糖果在我嘴里的味儿一样。她带着一种天国中的信心深信《影坛爱情》或《荧屏天地》上

148/2 刊登的任何广告或意见——治疗脓包的冷冻油膏，或是“你们最好留神看看你们的衬衣下摆是否放在牛仔裤的外面，姑娘们，因为吉尔说你们不该如此”。如果路旁有个招牌上说：**请来参观我们的礼品商店**——我们就非得去参观不可，非得去购买里面的印第安古玩、布娃娃、铜制饰物、做成仙人掌的糖果。“新颖小巧的玩意儿和纪念品”这样的词汇仅以其

148/3 顿挫抑扬的节奏就叫她神迷心醉。如果有家酒馆的招牌上说供应“冰镇饮料”，她就会自行兴奋起来，尽管各个地方的饮料都是冰镇的。广告就是为她这种人而做的：理想的消费者，既是各种讨厌的广告招贴的主体，又是其客体。她还试图——但没成功——只光顾漂亮的纸餐巾及顶上放了农家鲜

148/4 干酪的色拉上被亨肯·丹斯的圣灵所降临的那些餐馆。

当时，她和我都还没有想到后来对我的神经和她的品德造成那么严重损害的那种用钱行贿的办法。当时我依靠三种别的方法控制我那妙龄的情妇，让她听话，也不乱发脾气。几年以前，在视线模糊的费伦小姐的看管下，她曾经在阿巴

148/2 冷冻油膏（Starasil）：一种真的油膏。

148/3 顿挫扬抑的节奏（trochaic lilt）：在韵律学上，*trochee*（长短格）是两个音节的音步，第一个音节重音或半重音，第二个非重音。

148/4 亨肯·丹斯（Huncan Dines）：这个首音误置很容易令人看出是邓肯·海因斯（Duncan Hines，1880—1959），他是《美食探源》《夜宿》和《邓肯·海因斯的食品之旅》等指南的作者。

[1] Appalachia，北美洲东部的一条山脉，从加拿大的魁北克省绵延到美国的亚拉巴马州北部。

拉契亚山[1]一个破败的农舍里度过一个阴雨绵绵的夏天，那个农舍多年以前属于一个乖僻的姓黑兹或别的什么的人，如今仍然耸立在它那满是金黄色的枝条和杂草的土地上，离开最近的小村庄二十英里，位于一条老是那么泥泞的道路尽头，一片没有花儿的树林边缘。洛总十分厌恶地回想起那所稻草人似的屋子，那分孤寂，那些湿润的老牧场，那种风声，那片膨胀的荒野。那种厌恶总使她扭歪了嘴，把露出一半的舌头翻起。我经常警告她，只要她“目前的态度”不有所改变，她就要跟着我离乡背井，需要的话，就要在那儿住上好几个月，好多年，跟我学习法文和拉丁文。夏洛特，我现在理解你了！

洛是一个单纯的孩子，每逢我要制止她那大肆发作的脾气，在公路中间把车子掉过头去，暗示要径直把她送到那个黑暗、凄凉的住处去的时候，她总尖叫着说 :“不 !”一面疯狂地揪住我开车的手。然而，我们往西走去，离开那个地方越远，那种威胁也就越难实现了。于是我不得不采用其他劝说的方法。

其中，用感化院威胁是我回想起来最觉得羞愧的一种。从我们刚会合在一起的时候起，我就机敏地认识到，我必须取得她的完全合作，好把我们的关系保密，而且这应当成为她的第二天性，不管她对我产生什么怨恨，也不管她可能会去寻求什么别的快乐。

“过来亲亲你的老爸，”我常这么说，“别提那些闹别扭的废话。早先，当我还是你的理想情人的时候（读者一定注意到我费了多大心思才用洛的那种说话方式说话），你对你同年龄的人中（洛问：“我的什么？讲英语。[1]”）头号叫人振奋与呜咽的偶像神魂颠倒得破了纪录。你认为你的好朋友们的那个偶像听起来就像亨伯特老朋友。可是现在，我只是你的老爸，一个理想的爸爸保护着他理想的女儿。

149/1 “我的chère Dolorès！我要保护你，亲爱的，不让你遭到小
149/2 姑娘们在煤房和小胡同里，以及，哎呀，comme vous le savez trop bien, ma gentille，在天色最蓝的夏季在乌饭树林里所遭到的各种可怕的事情。在任何艰难的情况下，我都要当你的监护人；如果你听话，我希望法院不久就会使我的监护人身份合法化。不过，多洛蕾丝·黑兹，让我们忘了所谓的法律术语，把‘淫猥与放荡的同居’这种说法视为合理的那种术语。
150/1 我不是任意糟践一个孩子的性精神变态的罪犯。强奸犯是查利·霍姆斯。我是治疗专家——两者的差别就在于微妙的间隔。我是你爹，洛。瞧，我这儿有一本专讲你们年轻姑娘的书。瞧，宝贝儿，瞧它上面说点儿什么。我来摘引一段：正

[1] “同年龄的人”，亨·亨用了coeval这个词；洛以为他说的是法语，所以这么说。

149/1 chère Dolorès：法语；亲爱的多洛蕾丝——对于双语读者来说，这是侮辱人的译法。

149/2 comme ... gentille：法语；正如你知道得实在太清楚的那样，可爱的人儿。

150/1 强奸犯……治疗专家（rapist ... therapist）：将先前的双关语略微变动了一下；见113/3。在《爱达或爱欲》中，那些思考地球存在的思想家被称为“地球专家”（*terrapists*）（第341页）。

常的姑娘——正常的，你注意——正常的姑娘平时总非常急
切地想讨她父亲的欢心。她在父亲身上感到了那个自己想望
的、难以捉摸的男子的前身（在波洛纽斯看来，“难以捉摸” 150/2
是有好处的！）。聪明的母亲（你那可怜的母亲如果活着，一
定会很聪明）总鼓励父女之间的友谊，她认识到——请原谅
这种粗野的方式——姑娘就是从与她父亲的接触中形成自己
对恋爱和男子的理想。那么，这本有趣的书上所说的——和
推荐的，究竟是什么接触呢？我再摘引一句：西西里人把父
女之间的两性关系当作一件理所当然的事加以接受，而具有
这种关系的姑娘也不会遭到她身处其中的社会的非难。我十
分钦佩西西里人，他们是优秀的运动员，优秀的音乐家，优
秀而正直的民众，洛，而且也是十分懂得爱情的人。但我们
还是不要把话扯开。就在几天前，我们从报上看到一篇有关
一个中年道德犯的信口雌黄的文章，他为违反了《曼法案》， 150/3
出于不道德的目的——且不管目的是什么——把一个九岁姑
娘运送到州界以外而供认有罪。多洛蕾丝宝贝儿！你并不是
九岁，而是快十三岁了。我可不会劝你把你自己看作我横越
全国的奴隶。我为《曼法案》而叹息，因为它被一个糟透了的
双关语钻了空子，成为语义学诸神对扣紧拉链的非利士人[1]
所进行的报复。我是你的父亲，我在说英语，而且我爱你。

150/2 在波洛纽斯看来：他是《哈姆雷特》中那位多嘴多舌且自以为是的老家伙。此处可能指他给自己女儿奥菲丽亚的警告，有关男人的狡诈行为。见31/6。

150/3 《曼法案》（*Mann Act*）：此处明显的“糟透了的双关语”是“曼”（Mann）：男人（man）。“法案”（Act）一词在1958年版中没有大写；此处纠正了错误。

[1] the Philistines，古代地中海东岸的居民，常指市侩、庸人。

“最后，让我们来瞧瞧，要是你，一个未成年的孩子，被控在一家体面的客店里败坏了一个成年人的品行，那会发生什么；要是你向警方报告说我拐骗了你，强奸了你，那会发生什么？让我们假定他们信了你的话。一个未成年的少女让一个二十一岁以上的男子在肉体上占有了她，就使她所指控的人犯了强奸幼女罪或二级鸡奸罪（取决于法律条文）；最大的处罚是十年监禁。那么我就去坐牢。行啊，我去坐牢。可是你怎么办呢，我的失去父母的孩子？噢，你比较幸运。你就成为受公共福利部监护的人——恐怕那听起来有点儿凄惨。一个费伦小姐一类（不过比她更为苛刻，而且也不喝酒）的正经、严厉的女舍监会把你的口红和花哨的衣服全都拿走。也不能再四处游荡了！我不知道你有没有听说过针对尚未独立、无人照顾、屡教不改的犯罪儿童的法律。当我站在牢里紧抓住铁栅的时候，你这无人照管的幸运的儿童就有机会，从那些名称不同、实质大都一样的住处，诸如教养学校、感化院、少年拘留所或是那些绝好的少女感化院中选择一处。你在那儿编织活计、唱赞美诗、星期天吃几张腐臭的烙饼。
151/1 你就得去那儿，洛丽塔——我的洛丽塔，这个洛丽塔就会离开她的卡图卢斯到那儿去，你这不听话的孩子。说得明白一点，如果我们俩的事儿给人家发觉了，他们就会用精神分析法

151/1 我的洛丽塔……她的卡图卢斯：拉丁爱情诗歌的主题；见66/1。

151/2 c'est tout：法语；就是这么一回事。
151/3 其他三十九个傻瓜：包括洛总共四十，与拉姆斯代尔班级人数相同（第51页）；还有失眠的夜晚（第109页）——全是精心设计的“巧合”。

治疗你，把你关到一所教养院去，我的宝贝儿，c'est tout。你 151/2
就会住在，我的洛丽塔就会（过来，我的褐色花儿）跟其他 151/3
三十九个傻瓜在一些可怕的女舍监的管教下，住在一所肮脏的宿舍里（不，请你让我把话说完）。情况就是这样，只有这么一种选择。你想想，在这种情况下，多洛蕾丝·黑兹是不是还是守着她的老爸比较好呢？”

我反复讲着这一番话，成功地把洛吓唬住了。洛的行为虽然有几分莽莽撞撞的机灵，有时候还会现出一阵机智，但她并不像她的智商所显示的那样，是一个聪明的孩子。不过就算我设法和她建立起了那个共同保密、共同犯罪的背景，但我却没能相当成功地使她心情欢畅。在我们整整一年的旅行中，每天早晨，我必须设想出一件事儿，空间和时间中的某个特殊的目标，让她去指望，让她好一直过到上床睡觉的时候。否则，失去一个具体的、持久的目标，她生命的框架就会坍塌崩溃。她指望的目标可以是随便什么事物——弗吉尼亚州的一座灯塔、阿肯色州改成一家小酒馆的一座天然洞穴、俄克拉何马州某地的枪支和小提琴的藏品陈列、路易斯安那州仿造的卢尔德[1]洞穴、落基山某个胜地的博物馆中收藏的富矿脉开采时期的破旧照片，无论什么东西——一定得像一颗恒星似的放在我们的眼前，不过等我们到了目的地，洛多半又会假装畏缩不前。

[1] Lourdes，法国西南部的一个城市，以产生奇迹的治疗方法闻名的罗马天主教圣地。

我一连几个小时费尽心力地为她讲解美国的地理，让她获得“正在游历各处”，正在开往一个明确的目的地、一个异常有趣的地方的印象。我从来没有见过这时伸展在我们面前
152/1 的如此平滑可爱的道路，它们越过杂乱的百衲被似的四十八个州。我们贪婪地吞掉那一条条长长的公路，屏息肃静地开过它们那光滑的、舞池似的黑色路面。洛非但无意观看风景，而且还气冲冲地怨恨我叫她注意景色中的这点或那点迷人之处。明媚艳丽的景色经常出现在我们不配观赏的旅途边缘，我自己也只是在面对这种美景好一阵子后，才知道去识别那些迷人之处。由于一种似是而非的形象化的想法，北美乡间的普通低地最初在我眼里，是一种因为愉快的熟识而看了叫我颇为吃惊的事物，那些从前由美洲输入的彩绘漆布就挂在中欧地区的儿童室的脸盆架上方，上面描绘的苍翠的乡村风光把一个上床睡觉的瞌睡的小孩弄得如痴如醉——不透光的、虬曲的树木、一座谷仓、几头牛、一条小溪、朦胧的果园里开着晦暗的白花，也许还有一堵石头围墙或淡绿色水彩画颜料的小山。可是，渐渐地，我越是从近处了解乡村生活的那些典型的基本特色，它们在我眼中就越来越显得陌生。在受到耕种的平原那头，在犹如玩具似的一排排屋顶那头，总会
152/2 缓缓地布满一片inutile美好景象，银灰色的雾霭中的一个低低

152/1 杂乱的百衲被似的四十八个州（crazy quilt of forty-eight states）：第二部第一个暗指奎尔蒂之处是这个地理上的比喻，这很恰当，因为亨·亨与他的复仇者在“杂乱的百衲被”上互相来回追逐。当所有的旅行结束之后，他是盖上被子的奎尔蒂（quilted Quilty，第306页）。后来又出现了“杂乱的百衲被”（第307页）。

152/2 inutile：法语；无用的，无益的。

的太阳，用温暖的、剥了皮的桃子的色彩，把跟远处情意绵
绵的薄雾融在一起的那道平面的、鸽灰色云层的上部边缘染
红。也许会有一排凸现在地平线上的互有间距的树木，而寂
静、炎热的晌午笼罩着一片长满红花草的荒野。克洛德·洛 152/3
兰笔下的浮云在远处渗入雾霭迷蒙的碧空，只有堆积的部分
在逐渐淡下去的昏暗背景的衬托下还很明显。再不然，也可
能是一道埃尔·格列柯笔下的那种风格刚劲的地平线，饱含 152/4
着墨黑的雨水，有个脖子干瘪的庄稼汉一闪即逝，四周围交
替更迭地出现一道道水银似的水流和扎眼的嫩玉米穗，整个
这片景象都像一把打开的扇子，出现在堪萨斯州的某处。

在那些辽阔的平原上，有时参天大树会朝我们迎来，羞
涩地聚集在路旁，给野餐桌洒下一点儿仁慈的绿荫，棕色的
地面上只看见斑驳的阳光，乱扔在各处的被踏扁了的纸杯、
翅果和丢弃的冰淇淋小棍。我那马虎草率的洛常常使用路旁 153/1
的厕所，老是受到厕所旁的一些招牌吸引——小伙子–姑娘、
约翰–简、杰克–吉尔，甚至雄鹿–雌鹿；而我则沉浸在艺术家
的梦境中，目不转睛地看着那片苍翠的橡树前面加油站的朴
实明亮的设备，或者看着一座远处的小山——虽然满是伤疤
但仍未被驯服——从想要吞没它的那片不断发展农业的荒野
上挣脱出来。

152/3 洛兰笔下的浮云（Lorrain clouds）：克洛德·洛林（Claude Lorrain，1600—1682），原名克洛德·热莱（Claude Gelée），是居住在罗马的法国画家，他使风景油画成为一种值得尊重的形式。他抒情般地运用开阔的风景、光线和气氛，影响了普桑等人。《王，后，杰克》（1928）中的一个角色指着某件东西，“有着伦勃朗的气氛，表明是一幅克洛德·洛林的画”（第91页），令读者想到纳博科夫始终如一的观念。

152/4 埃尔·格列柯笔下的那种……地平线……脖子干瘪的庄稼汉：格列柯是著名画家（1541？—1614？），出生在希腊，在意大利受教育，居住在西班牙。亨·亨在堪萨斯发现了格列柯笔下动荡起伏的托莱多似的风景，他描写庄稼汉好似“埃尔·格列柯笔下的人物”——拉长的“干瘪的脖子”是这位艺术家视觉上扭曲的风格。鉴于许多早期读者，尤其是英国和法国读者认为《洛丽塔》是坚决“反美”之作，纳博科夫督促我注意该书温柔的景色细节描写，以及对“充满信任、迷人的辽阔国土”的致意（第176页）。亨·亨的致意具有关键重要性。约翰·雷正确地看到的“道德尊崇”（第5页）与亨·亨对乡村最为欣喜的描述（第307—308页）完全相符；尽管第152页上描述的景色始终是“双维度”的（亨·亨自己的话），因为它基本上是无人的（庄稼汉不算人）——相对于第307—308页上那三维度的景色，是纯粹的美学上的景象。在那里，纳博科夫完成了一位小说家，而非浪荡的风景艺术家或技工的画面。

153/1 翅果：干硬、带翅的果实，如梣树或榆树果实。

夜晚，高大的卡车点缀着五颜六色的灯，好像巨大骇人的圣诞树，在黑暗中隐隐出现，从这辆夜晚还在赶路的小轿车旁边隆隆地开过。第二天，又是一个云层稀薄的天空，仿佛要在头上融化，热气驱散了蔚蓝的天色。洛总吵着要喝水，两颊对着麦管因为使劲而瘪了下去。我们再回到汽车上的时候，里面总像一个火炉，前面的道路发出闪闪烁烁的微光，远处有辆汽车在路面强光的反射下像海市蜃楼似的改变了形状，有一刹那，好似一辆老式的又方又高的汽车悬在炽热的雾霭中。我们朝西开去的时候，被加油站工人称作“艾灌丛”的一片片灌木丛出现了，接着是一些桌子似的山的神秘轮廓，随后是上面像墨迹似的长满刺柏的红色峭壁，随后是一道山脉，从暗褐色渐次变成蓝色，从蓝色又变得一片朦胧；而后沙漠前来迎接我们，刮起一阵持续不变的大风和沙尘，出现了灰色的荆棘丛和令人厌恶的卫生纸碎片，它们挂在公路沿途被风蹂躏的枯茎败秆的棘刺上，看去好像白花；公路中间，往往站着几头迟钝的牛，摆出那么一种姿势动也不动（尾巴在左，白眼睫毛在右），妨碍了人类所有的交通规则。

我的律师提议我对我们所走的路线做一清楚、坦率的叙述。我想至此我已不能回避这项烦琐的工作。粗略地说，在那疯狂的一年里（一九四七年八月到一九四八年八月），我们

开始的路线是在新英格兰所作的一系列摆动和盘旋，随后蜿
蜒向南，忽上忽下，忽东忽西，又往下深入到ce qu'on appelle 154/1
迪克西兰[1]的地方，避开佛罗里达州，因为法洛夫妇住在
那儿，接着转向西面，迂回曲折地穿过玉米产区和棉花产
区（这么说恐怕不太清楚，克拉伦斯，但我并没有保留什么
笔记，手头只有一部残缺得十分厉害的三卷本旅行指南——
几乎就是我的残缺破碎的过去的象征——好用以核对这些回
忆），两次横越落基山，在南方的沙漠里漂泊，度过冬天；后
来到了太平洋沿岸，转向北方，沿着树林中的道路穿过蓬松
的白丁香花盛开的灌木，几乎到了加拿大边境；随后又往东
走，穿过肥沃的土地和贫瘠的土地，回到广阔的农业区域，
尽管小洛尖声抗议，但我们还是避开了她那位于一片出产玉
米、煤和猪的地区的出生地；最后我们回到东部的怀抱，在
比尔兹利那座大学城里渐渐安定下来。

[1] 指美国南部各州。

154/1 ce qu'on appelle：法语；所谓。

二

现在，在阅读下面的陈述时，读者应该记住的不仅是上
文勾勒出的那次周游的梗概，包括许多附带的行程、大敲旅
客竹杠的场所、再次绕圈和变幻不定的偏差，而且还有这一
154/2 事实：我们的旅行绝不是一次懒懒散散的partie de plaisir，而
154/3 是一场艰苦、曲折的目的论[1]的产物，它唯一raison d'être
（这些法文的陈词滥调表明一些问题）就是让我的伙伴在两次
接吻之间保持不错的心情。

我翻阅着那本破旧的旅行手册，模模糊糊地想起叫我花
了四块钱的位于南方某州的木兰公园。根据手册上的广告，
154/4 有三个理由该到那儿去游览一次：首先因为约翰·高尔斯
华绥（一个毫无生命的平庸作家）称道它是世上最美丽的花
园；其次因为一九〇〇年它被《贝德克尔指南》[2]标了星
号；最后，因为……噢，读者，我的读者，你猜猜看！……
因为儿童（哎哟，我的洛丽塔不也是一个儿童吗！）会“充
满幻想、恭恭敬敬地走过花园，预先尝到天堂的滋味，陶醉
于可以影响他一生的美景之中”。“对我的一生可没有。”冷酷

［1］目的论，一种唯心主义哲学理论，认为任何事物均为其自身的目的或某种外在的目的所支配和决定。

［2］指德国出版商贝德克尔（Karl Baedeker，1801—1859）和他的继承人等出版的一系列旅行指南。

154/2 partie de plaisir：法语；出游，野餐。

154/3 raison d'être：法语；存在的理由，正当理由。

154/4 约翰·高尔斯华绥：英国小说家（1867—1933），《福尔赛世家》（1922）的作者。

的洛说，一面在一张长凳上坐下，可爱的膝头摊着两张星期天的报纸。

我们一次又一次地路过美国道路旁的所有各种餐馆，从
低级的挂着鹿头（内眼角上有道深色的泪水痕迹）的“小吃 155/1
店[1]”一直到价格昂贵的餐馆。小吃店里到处是展示着“库 155/2
罗尔特”式背部的“幽默的”美术明信片、插在铁签上的客
人的账单、救生圈、太阳眼镜、广告撰写人想象中天堂里的
圣代，玻璃下有半块巧克力蛋糕，几只非常老练的苍蝇在
肮脏的柜台上那片倾倒出来的黏糊糊的糖浆上蜿蜒地爬行；
而价格昂贵的餐馆里则灯光柔和，只是铺着质地极差的桌
布，跑堂儿都很蠢笨（刑满释放的罪犯或男大学生），贴着
一个电影女演员的红棕色后背以及她当时的男伴的黑色眉毛 155/3
的照片，还有穿着佐特套装、拿着小喇叭的乐手组成的管弦
乐队。

我们参观了一个洞穴里的世上最大的石笋，东南三个州正在那儿举行家属联欢会；门票根据年龄而定；成人一元，儿童六角。有块纪念蓝李克斯战役的花岗石方尖碑；附近的博物馆里收藏着古老的遗骸和印第安陶器，洛付了一角钱门票，十分公道。目前的这座小木屋是对林肯在其中出生的过去那座小木屋的大胆的模仿。有块巨石，上面安了一块饰板，

[1] 美国高速公路两旁的快餐店墙壁上往往挂着鹿头，据说是雄性的象征。

155/1 内眼角：眼角，上下眼睑相交的地方。

155/2 “库罗尔特”（Kurort）式：德语；疗养地，浴场。

155/3 红棕色后背……穿着佐特套装、拿着小喇叭的乐手组成的管弦乐队（roan back ... an orchestra of zoot-suiters with trumpets）：roan是一种颜色，夹杂着灰色或白色的栗色——形容马；也是一种低品质的羊皮，经过鞣制和染色来模仿未染色的山羊皮。佐特套装是四十年代流行的男性时尚，源于1942年洛杉矶的西班牙帕丘卡（pachuco）黑帮。佐特套装包括礼帽、宽肩和长及大腿的外套，宽大鼓起、下部锥形和“收紧”（扎紧）的长裤，还可以选择挂一条长表链。亨·亨的文字漫画令人想起一个十六人的爵士乐队最多有四或五位小号手。佐特这位在《木偶总动员》（*The Muppets*）中吹萨克斯的木偶并非向时尚致敬，而是向杰出的高音萨克斯乐手约翰·哈利（佐特）·西姆斯（John Haley [Zoot] Sims，1925—1985）致敬。

155/4 纪念《树》的作者（这时我们来到了北卡罗来纳州的杨树湾，是经由被我那本温和、宽容、通常极为谨严的旅行手册气愤地称作“一条保养得很差的非常狭窄的道路”抵达的，尽管我并不是基尔默之类人士[1]，却也赞同这种看法）。我租了一条汽艇，由一个岁数不小、样子却仍英俊得令人反感的白俄，据说是一个男爵（洛的手心变得湿漉漉的，小傻瓜）驾驶，他在加利福尼亚州结识了善良的马克西莫维奇和瓦莱丽亚[2]；在那条汽艇上，我们可以辨别出位于佐治亚州海岸外不远处一座岛上的那个无法进入的“百万富翁聚居地”。我们还参观了密西西比州某度假胜地的一家专门陈列人们业余爱好的博物馆，里面搜集了一批欧洲饭店的美术明信片。我在那儿发现了我父亲的米兰纳大饭店的一幅彩色照片，不禁感到一阵兴奋得意，照片上可以看到饭店那有条纹的凉篷，饭店的旗帜在经过修整的棕榈树上面飘扬。“那又怎么样?”洛说，一
156/1 边斜眼看着皮肤晒成古铜色的一辆豪华轿车的车主，他跟在我们后面进了业余爱好博物馆。棉花时代的遗物。阿肯色州的森林。在她的褐色肩膀上，鼓起一个又紫又红的肿块（是给蚊子叮的），我用长长的大拇指指甲掐出其中美丽透明的毒汁，随后用嘴去吮，直到我满嘴都是她的香喷喷的血液。波旁街（在一座名为新奥尔良的城市里）的人行道上，据旅行

[1] 指赞同基尔默意见的人。

[2] 亨·亨的前妻和她的第二个丈夫。

155/4 《树》的作者：指乔伊斯·基尔默（Joyce Kilmer，1886—1918），美国诗人，他最著名的就是亨·亨此处提到的这首伤感诗作。

156/1 皮肤晒成古铜色的一辆豪华轿车的车主：虽然到处找寻奎尔蒂蛛丝马迹的人或许会觉得这个人也很可疑，但纳博科夫说那绝对不是奎尔蒂。

手册上说，“可以（我喜欢“可以”这个词）看到黑人小孩表演节目，他们会（我更喜欢“会”这个字）跳踢踏舞来挣几个子儿”（多有意思），而“为数众多的私人开设的小夜总会里总挤满了顾客”（猥亵下流）。还有边远地区传说集。南北战争前[1]带有铁格子结构的阳台和手工做的楼梯的住宅；那种楼梯就是肩部受到阳光照射的电影女郎在色彩艳丽的影片中用两只小手以独特的方式提起带着荷叶边的裙子正面跑下去的楼梯，往往还有个忠心耿耿的黑人女仆站在楼梯高处不住地摇头。门宁格基金会其实是一个精神病诊所，叫这么个名字只是为了闹着玩儿。一块非常好看地受到侵蚀的泥土；丝兰
花那么纯洁，那么柔软，但却招来那么许多蠕动的白色苍蝇。 156/2
密苏里州的独立城是古老的俄勒冈小道的起点。堪萨斯州的 156/3
阿比林是那个狂热的比尔·某某·罗迪奥的家乡。远处的山。近处的山。更多的山；从未被人攀登的或是不断变成一座座有人居住的山岗的瑰丽青山；东南走向的山脉，随着一座座峰峦远去，高度逐渐降低；令人动情地高耸入云、有着白雪纹理的灰色石头巨像，以及严酷无情的峰峦在公路转弯处蓦然出现；林木幽深的险恶的大山覆盖着一片整齐、交叠、黑森森的冷杉，有些地方中间还夹杂着一些苍白、蓬松的杨树；
还有组合成的一丛丛粉红和淡紫的植物，法老似的、阳物似 156/4

[1] 指1861—1865年美国的南北战争。

156/2 招来那么许多蠕动的白色苍蝇：纳博科夫指出：“可怜的亨伯特误作‘蠕动的白色苍蝇’的昆虫是在生物上令人着迷的大黄夜蛾属的小蛾子，这种可亲且不可缺少的雌蛾传送花粉使丝兰花受精（可参见任何好一点的百科全书中的“丝兰蛾”条目，但亨伯特并没有这样做）。”有关鳞翅目昆虫典故，见6/1。

156/3 独立城……阿比林：这两个地方也对应美国连续两任总统的“起点”：杜鲁门（1884—1972）和艾森豪威尔（1890—1969）的故乡。

156/4 淡紫……阳物似的（lilac ... phallic）：亨·亨持续提醒我们他只能“玩弄字眼”（第32页）。他的“阳物似的”（*phallic*）是基于“淡紫”（*lilac*）和法老似的（*Pharaonic*，或与法老有关的；法老是古代埃及王的头衔）的语义成分而构成的。

的，“古老得无法用语言表达”（无动于衷的洛）；黑色熔岩形
156/5 成的孤山；早春的山峦，山脊上满是小象的细毛；夏末的山
峦完全隆起，它们那沉重的埃及式的四肢在黄褐色的、蛀坏
156/6 了的毛绒衣服的褶层中交叠在一起；米灰色的小山，点缀着
粗壮的绿色橡树；最后一座赤褐色的大山，山脚处有一片繁
156/7 茂的苜蓿。

此外，我们还参观了位于科罗拉多州内某处的小流冰湖，
看到被雪覆盖的湖岸，一片片高山地带的小花和更多的积雪；
洛戴着红色尖顶软帽，大声尖叫着想要滑下覆满积雪的山坡，
157/1 结果几个少年朝她扔起了雪球，于是comme on dit，她也如法
炮制地加以回敬。受到焚烧的杨树的枯干，一片片锥形的蓝
花。一次观光旅行，形形色色的项目。上百次观光旅行，上
千条熊溪、苏打泉、色彩鲜明的峡谷。得克萨斯州是一片干
旱的平原。世界上最长的洞穴里的水晶宫，十二岁以下的儿
童免费，洛完全被它迷住了。当地一个女子的自制雕塑展览，
在一个天气恶劣的星期一早晨闭馆，周围只有尘土、风和贫
瘠的土地。胚胎公园坐落在墨西哥边境的一座小城里，我没
157/2 敢越过边境。那儿跟别的地方，黄昏时分出现了好几百只灰
157/3 色的蜂鸟，探索着一些朦朦胧胧的花儿的脖子。莎士比亚是
新墨西哥州一座阴森可怕的小城，七十年前，俄国坏蛋比尔

156/5 细毛（lanugo）：解剖学用词；严格意义上，指本来不长毛的动物幼儿时期生长的绒毛。

156/6 米灰色（rufous）：明亮的褐色或棕橙色调。

156/7 苜蓿（lucerne）：一种扎根很深的欧洲野草，有蓝紫色花；在美国通常称为alfalfa。

157/1 comme on dit：法语；正像俗话说的。

157/2 好几百只灰色的蜂鸟：纳博科夫指出，这些并非鸟，“而是鹰蛾，的确完全像蜂鸟一样飞动（蜂鸟既不是灰色的，也不在夜色中出现）”。有关昆虫学典故，见6/1。

157/3 莎士比亚是新墨西哥州……小城：这并非杜撰；是1870年建立的采矿小镇，此前这块土地曾经涉及当时西南地区最大的失败的采矿投机项目之一，现在是座“鬼城”，不再收入任何地图中。

就给引人注目地绞死在那儿。鱼苗养殖场。住人的崖洞。一
个孩子（跟佛罗伦廷·比阿同时代的印第安人）的木乃伊。 157/4
我们经过的第二十个地狱的峡谷。我们进入某地的第五十个 157/5
入口，那本旅行手册翔实地说，它的封面这时已经消失不见。我的腹股沟处跳动了一下。总有那么三个老人，戴着帽子，穿着背带裤，在公共喷泉池边的树下消磨夏天的午后时光。在一座山口的栅栏外，有片雾蒙蒙的蓝色景致，还有正在欣赏这片景致的一家人的背部（洛热烈、快乐、狂热、紧张、充满希望又不抱希望地低声说道——“瞧，是麦克里斯特尔家，我们去和他们谈一会儿，求求你”——我们去和他们谈一会儿，读者！——“求求你！你要我做什么我就做什么，噢，求求你……”）。印第安人礼仪性的舞蹈，变得完全商业化了。ART：美国冰箱运输公司。显然到了亚利桑那州，印第安人的村落住房，土著居民的石壁画，荒凉的峡谷中一条恐龙的踪迹，三千万年前就留在那儿，那时我还是个孩子。一个六英尺高、身材瘦长、脸色苍白的男孩长着一个活跃的喉结，盯着洛和她裸露出的橙褐色的腹部看了半天；五分钟后我亲了亲那个地方，杰克。荒漠中仍是冬天，山麓小丘上已是春天，杏花正在盛开。雷诺是内华达州的一座沉闷的城
市，据说那儿的夜生活是“世界性的和成熟的”。加利福尼亚 157/6

157/4 佛罗伦廷·比阿同时代的……：这是十三世纪的木乃伊。佛罗伦廷·比阿指但丁的比阿特丽斯（见19/9）。

157/5 我们经过的第二十个地狱的峡谷：见296/5。

157/6 加利福尼亚州的一家酿酒厂……酒桶：的确存在。亨·亨和洛丽塔穿越内华达进入死亡谷，去洛杉矶，然后再朝北一直前往加利福尼亚海岸，再去俄勒冈（火山口湖，第158页）。大多数亨·亨对“本地色彩”（纳博科夫的话）的观察不作注释，除非特别多彩或晦涩之处。

州的一家酿酒厂，连那儿的教堂也建成酒桶的样子。死亡谷。
157/7 司各特的城堡。一个姓罗杰斯的人经过多年努力所搜集到的
158/1 艺术品。标致的女演员，难看的别墅。罗·路·史蒂文森在
158/2 一座死火山上的脚印。多洛蕾丝传教团：多好的书名。海浪
158/3、158/4 冲击成的砂岩花彩雕饰。有个男子突然癫痫发作倒在俄罗斯
峡谷州立公园的地上。碧蓝、碧蓝的火山口湖。爱达荷州一
家鱼苗养殖场和州的监狱。昏暗的黄石公园[1]，它那色彩缤
纷的温泉、小间歇泉、冒泡的泥浆所形成的彩虹——都是我
激情的象征。一群躲在一个野外生活的隐匿藏身之处的羚羊。
我们参观的第一百个大洞穴，成人一元，洛丽塔五角。一个
法国侯爵在北达科他州修建的一座城堡。南达科他州的“玉
158/5 米宫”；刻在高大的花岗岩上的总统的巨大头像。“长胡子的
女人”念了我们音韵铿锵的语句，就不再独身一人了。在印
第安纳州的一所动物园里，一大群猴子聚居在用混凝土仿制
158/6 的克里斯托弗·哥伦布的旗舰上。沿着那片冷冷清清的沙岸，
每家小餐馆的每个窗户里都有无数已死或半死的、散发着一
股腥味的蜉蝣。从“切博伊甘市号”渡轮上可以看到栖息在大
石头上的肥硕的海鸥，渡轮那羊毛似的棕色浓烟又缭绕着飘
到它投在海蓝色湖面上的绿荫之中。有家汽车旅馆，其通风
管道竟从城市的下水道下面通过。林肯的家，里面的陈设大

[1] Yellowstone Park，美国怀俄明州西北部的一座国家公园。

157/7　司各特的城堡：沃尔特（“死亡谷”）· 司各特在二十年代建造的巨大古怪的建筑，最初是为了水牛比尔（Buffalo Bill）的西部野外演出而建造。该城堡半途而废，因为当某个神秘的“金矿”耗尽时，他失去了资金来源。

158/1　罗·路·史蒂文森在一座死火山上的脚印：这位苏格兰作家（1850—1895）追随他所爱的女子去加利福尼亚，在那里生活了一年（1879—1880）。詹姆斯·哈特编辑的《从苏格兰到西尔佛拉多》（*From Scotland to Silverado*, James Hart, ed.，1966）中收集了他有关这个州的作品。史蒂文森葬在萨摩亚瓦伊的瓦亚火山上；但是亨·亨可能知道也可能不知道这一点，此处指的是他在加利福尼亚圣赫勒拿山度过的蜜月，通常人们认为这是座死火山（实际上不是）。那里还有座史蒂文森纪念碑，但他并没有留下过足迹。亨·亨刚才还注意到了“标致的女演员难看的别墅”，无疑更会注意到好莱坞格劳曼的中国剧院外面水泥地上永久留下的电影明星的足迹和手印。更多有关史蒂文森的典故，见184/2和206/3。

158/2　多洛蕾丝传教团：多好的书名：当然指本书。亨·亨看见的这个传教团的确存在，在旧金山。

158/3　花彩雕饰：在建筑上塑造或雕出来的装饰，表现弯曲下垂的花圈或花环。亨·亨观察的是蒙特利的海岸。

158/4　俄罗斯峡谷州立公园：在加利福尼亚的索诺马，由俄国殖民者命名。

158/5　“长胡子的女人”念了我们音韵铿锵的语句，就不再独身一人：亨·亨合并路边一系列铂马剃须刀公司竖立的广告牌，或者杜撰自己的版本。萨莉·亨德森（Sally Henderson）和罗伯特·兰道（Robert Landau）在《广告牌艺术》（1981）中说道：“连续广告的第一种形式，以幽默和机智的新方式同公众说话。小广告牌一套六幅放置在路边，当汽车以每小时三十五英里的速度行驶时，需要大约十八秒来阅读它们。”1925年至1963年间，铂马剃须刀广告牌点缀着乡村道路。洛丽塔会对这一类系列广告感兴趣：“长胡子的女人/试用了一罐/铂马剃须膏/现在是著名的/电影明星。”破旧的铂马剃须刀广告牌现在会出现在“古董”店里，的确有种非常温馨的光彩。现在旧时的道路及其媚俗和杂乱无章已经让步于时髦的高速公路及其标准化便利设施，曾经遭到蔑视的过去的餐馆、加油站和杂七杂八的汽车旅馆被悲伤怀旧的人们和某种民主文化的学生/膜拜者视为民间艺术和考古。约翰·马戈利斯（John Margolies）的《公路尽头：消失的美国公路建筑》（*The End of the Road: Vanishing Highway Architecture in America*，1981）和迈克尔·沃利斯（Michael Wallis）的《66号公路：母亲路》（*Route 66: The Mother Road*，1990）也可能记载了《洛丽塔》和杰克·凯鲁亚克更为浪漫的小说《在路上》（1957）里面所描写的业已消失的跨越全国的日常世界。罗伯特·弗兰克斯的《美国人》（1959）的摄影则帮助完成了亨·亨最为忧郁的卧室和沉思的画面（rooms and ruminations），如他会表达的那样。

158/6　克里斯托弗·哥伦布的旗舰：这个动物园的确存在，位于印第安纳州的伊万斯维尔。这里的猴子——四月到十一月间在室外的船上放养——一直是动物园最受欢迎的看点。

半都是假的，会客厅里陈列着书籍和当时式样的家具，大多数参观的人都虔诚地相信这都是他个人的财物。

我们也发生争吵，有时大吵有时小吵。我们吵得最厉害
158/7 的几次发生在弗吉尼亚州的“花边木屋”；小石城的派克大街，靠近一所学校；科罗拉多州一万零七百五十九英尺高的米尔纳山口；亚利桑那州菲尼克斯市的第七街和中央大街转角的地方；洛杉矶的第三街，因为某个美术品陈列馆的票都已卖完；犹他州一家名为“杨树荫下”的汽车旅馆，那儿的六棵正在生长发育的小树几乎还没有我的洛丽塔高；她在那
158/8 儿à propos de rien问我，我们这样在闷热的小木屋里生活，一起干着龌龊的勾当，行为举止始终不能像正常人那样，究竟还要过上多久；我们的争吵还发生在俄勒冈州伯恩斯市的北百老汇街上，西华盛顿街的转角，面对着一家名叫“塞夫韦”的食品杂货店；在爱达荷州太阳谷的一座小镇上，一家砖造的旅馆门前，这家旅馆红白两色的砖块相间，显得十分协调，旅馆对面有一棵杨树，它的树影在当地的忠烈碑上不住闪动摇曳。我们的争吵还发生在松树谷和法森之间的一片长满艾灌丛的荒野上；在内布拉斯加州某处的大街上，靠近一八八九年成立的第一国家银行，从那儿可以看见那条街远处一个铁路道口的景象，以及道口那边一座多功能筒仓的白

158/7 小石城……靠近一所学校：纳博科夫在1968年重新读到这一段时，称之为“很好的预示效果”（更大的“争吵”涉及学校决定废止男女分班，1957年9月）。有关更多的“预示”，见226/3。

158/8 à propos de rien：法语；无缘无故地；随意地。

色风琴管式的通风管道。我们的争吵也发生在密执安州一座
跟他同名的城市里，惠顿大街转角处的麦克尤恩街上。 159/1

我们渐渐了解了路旁各种古怪的人物——要求搭车的人， 159/2
那些科学上的homo pollex，包括许多亚种[1]和派生形式：服
饰整洁、神态谦恭的军人平静地等候着，平静地意识到卡其
军服在旅行中的吸引力；希望过两个街区的中小学生；希望 159/3
走两千英里路的杀人犯；神秘、紧张的年长绅士，他们提着
崭新的皮包，留着修剪过的八字须；三人一组乐观的墨西哥
人；炫耀着假期户外工作留下的污垢的大学生，样子就跟炫
耀弓形地印在他们那圆领长袖运动衫正面的那所名牌大学的
校名一样得意；精疲力竭、不顾一切的女子；整洁好看、头
发溜光、目光诡诈、脸色雪白的浮浪子弟，他们穿着花哨的
衬衫和上衣，有力地，几乎是冲动地伸出紧张的大拇指，用种 159/4
种异想天开的恳求方式引诱孤身女子或不中用的推销员。

“我们就带上他吧。”在看到一个特别讨厌的搭车人，一
个年龄与我相仿、肩膀也与我一样宽阔、长着一张失业演员 159/5
face à claque的男人，正往回走来，实际上正在我们的车所行
驶的道路上的时候，洛常这么恳求，还习惯地把两只膝盖相
互摩擦。

噢，我不得不对洛留神注意，这个娇弱的小洛！也许由

[1] 生物学术语，指“种”的进一步分类。

159/1 跟他同名的城市：“他”指奎尔蒂。密执安州的克莱尔是真实的城市。

159/2 各种……homo pollex：亨·亨结合了熟悉的拉丁字*homo*，“包括人在内的哺乳动物”，和*pollex*，或曰“拇指”。

159/3 旅行中（viatic）：亨·亨继续使用他“科学的”（scientific）词汇；这个词杜撰自拉丁语词根*via*。Viaticum则是英语——旅行津贴——但是亨·亨回到了拉丁词*viaticus*，专指道路。

159/4 冲动地（priapically）：源自生殖之神普里阿普斯（Priapus）；见42/4。

159/5 年龄与我相仿……face à claques：奎尔蒂有一张“该挨打的脸；丑陋的、恶作剧的脸”。有关他外貌描写的索引，见31/9。

于经常卖弄风情，尽管她的外表还十分稚气，但她散发出的某种独特的柔媚的神采却已撩拨得加油站的工人、旅馆小厮、度假游人、坐着豪华汽车的傻瓜、待在蓝色水池附近的黑人

159/6 白痴都起了一阵阵的欲火，这种色欲倘若没有激起我的妒忌，倒可能会叫我感到相当得意。因为小洛十分了解自己身上的这种神采，我常常发现她朝着一个和蔼可亲的男人，一个生着强壮的金褐色前臂、手腕上戴着手表、满身油污的淘气鬼

159/7 coulant un regard。我刚转过身子，预备去给洛买一根棒糖，就听见她和那个肤色白皙的机械工放声唱起一首俏皮的美妙情歌。

159/6 欲火：充满欲望。

159/7 coulant un regard：法语；偷偷瞥上一眼。

在我们待的时间比较长的地方，清晨经过一次特别热烈的缱绻后，我总要松散一下，并且出于我获得平静后心头的善意，总让她——溺爱的亨啊！——跟汽车旅馆隔壁的相貌平凡的小玛丽和玛丽八岁的弟弟到街对面的玫瑰园或儿童图书馆去闲逛，洛总在一个小时后回来，光脚的玛丽远远地跟在后面，而那个小男孩却变幻成两个瘦长、金发的高中丑八怪，浑身肌肉发达，患有淋病。当她——相当犹豫地，我承认——问我她是否可以跟卡尔和艾尔去旱冰场溜冰时，读者完全可以想象得到我是怎样回答我的宝贝儿的。

我记得头一次让她到那种溜冰场去，是在一个刮风的、

尘土飞扬的下午。她十分狠心地说如果我陪着她，就毫无乐趣，因为一天中的那个时候是专供青少年游玩的。我们争吵了一番，达成一个折衷的办法：我留在汽车上，待在其他车头都对着那个帆布顶篷的露天溜冰场的（空）车群中。场上大约有五十个年轻人，许多都成双结对，正和着呆板单调的乐曲无休无止地转来转去，风给树镀上了银色。多莉穿着蓝牛仔裤和白高帮鞋，跟大多数别的姑娘一样。我不停地数着旋转的溜冰人群所转的圈数——突然，她不见了。等她再溜过去的时候，身边已跟着三个小流氓。就在一会儿工夫以前，我听见他们在场外议论溜冰的姑娘们——并且嘲笑一个可爱的、双腿细长的年轻小妞儿，因为她没有穿牛仔裤或便裤，而穿着一条红色短裤就上场了。

在进入亚利桑那州或加利福尼亚州境内公路的检查站那儿，一个警察的伙伴总那么目不转睛地盯着我们，弄得我可怜的心都颤抖起来。“有标致姑娘吗?”他总这么问道。每次，我那可爱的小傻瓜都格格笑起来。我脑海中仍然浮现着一幅图像——随着我的视觉神经一起颤动——洛骑在马背上，沿着一条马行道由人领着走了一小段路：洛驾着马一颠一颠地慢步走着，有个老婆子骑马走在前面，后面是一个淫荡好色的红脖子的度假牧场的经理。我跟在他后面，对他那穿着花

160/1 衬衫的肥胖的后背充满怨恨，甚至比一个驾车人对山路上一辆慢悠悠的卡车所有的怨恨还要强烈。再不然，在一家滑雪小旅馆里，我会看见她坐在一辆轻盈的有座位的架空滑车里面，从我眼前孤孤单单、像在天上似的飘然而去，不住往上，直到抵达一座闪闪发亮的峰巅，几个光着上身、嘻嘻哈哈的运动员正在那儿等她，等她。

不论我们在哪个城市停留，我总用欧洲人那种温文有
161/1 礼的态度打听游泳池、博物馆和当地学校的位置，以及最近的学校里有多少学生等等。在学校班车到来的时候，我就面带笑容、有点儿抽搐地（我发现了这种tic nerveux[1]，因为冷酷的洛第一个学样取笑）把车子停在一个便于看到孩子们放学离开的战略位置，由我那四处漂泊的女学生坐在我的身旁——这总是一幅美丽的景象。这种做法不久就让我那极易感到厌烦的洛丽塔厌烦起来。她对别人异想天开的念头孩子气地缺乏同情，总在穿着蓝色短裤、长着一双蓝眼睛的肤色浅黑的小姑娘，穿着绿色茄克衫、头发红棕色的女孩儿，以及穿着褪色的宽松裤、身上有些污迹、男孩子气十足的金发碧眼的小妞儿在阳光下走过的时候，侮辱我及我想要她抚爱的欲望。

作为一种折衷，我慷慨地提议她无论何时何地，只要

160/1 山路上一辆慢悠悠的卡车：见229/2；在遭遇“特拉普”（奎尔蒂）之后，亨·亨发现自己跟在这样一辆卡车后面。

161/1 游泳池：原文为natatoriums。

[1] 法文，神经质的抽搐。

161/2 清晨的（matitudinal）：亨·亨杜撰的词，源自matin，早上履行的教会的职责，或者，虽然这种用法很稀少，指（鸟儿）清晨的呼唤或歌声。

161/3 mais je divague：法语；但是我离题了；随意写。

可能，就跟其他的小姑娘一块儿去游泳。她非常喜欢晶莹闪亮的水，又是一个异常敏捷的会跳水的孩子。我拘谨地在水里泡了一阵以后，总舒适地穿上浴衣，在午后浓密的树荫下安顿下来，拿着一本摆摆样子的书或者一袋糖果，或是二者兼备，或是两手空空，就带着兴奋的性腺坐在那儿，看着她蹦蹦跳跳。她头戴橡皮软帽，浑身水珠，皮肤晒得黝黑，穿着匀称合身的缎子短裤，戴着有伸缩性的胸罩，快乐得像广告上的人物。妙龄的心上人啊！她是我的，我的，我的，对
此我多么自鸣得意地感到惊异，并且重温新近清晨的神魂颠 161/2
倒和小野鸽的低声呻吟，一面为傍晚的安排谋划；我眯起被阳光刺射的双眼，把洛丽塔与吝啬的机缘会集在她四周准备供我编纂起来享受和评判的任何其他性感少女加以比较；今天，我痛苦地扪心自问，确实感到她们无论哪一个都无法在娇媚迷人方面胜她一筹，即便胜过她的话，至多也不过两三次，还得借助某种特定的光线，空气中还混合着某种特定的香气——有一次，真没办法，是一个脸色苍白的西班牙孩子，
一个下巴厚实的贵族的女儿，另一次——mais je divague。 161/3

自然，我必须时刻警惕，因为在我神志清醒的猜忌中，我充分认识到那些叫人眼花缭乱的顽皮姑娘所带来的危险。我只好把脸转过去一会儿——比如说，走几步路去看看早上

换过床单以后我们的小屋是否终于收拾好了——而洛呢，瞧

162/1 呀，我回去后总发现她les yeux perdus，懒洋洋地靠在池边的石头上，把指头长长的脚浸在水里踢着，而在她的一旁总蹲着一个brun adolescent，洛丽塔赤褐色的美和她腹部水银似的娇嫩的褶皱肯定会惹得他在未来好多个月里经常出现的梦境

162/2 中se tordre——波德莱尔啊！

我试着教她打网球，这样我们好有较多的共同娱乐活动；不过虽然我盛年时打得不错，但结果我却是个十分糟糕的教练。因此，在加利福尼亚，我付了十分高昂的费用，让她跟

162/3 一个著名的教练上了好多次课。那个教练是一个身体结实、满脸皱纹的老手，手下有一大群拾球的男孩儿。在球场以外他显得十分衰老，可是在授课时，为了使交易显得值得，他有时会打出一个可以说是赏心悦目的春花般的击球，嘣的一声把球送回给他的学生，那股神奇灵妙的实实在在的力量叫

162/4 我回想起三十年前，我在戛纳[1]看见他击败那个了不起的戈贝尔的情景！她去上课以前，我觉得她再也学不会这项运动。我常在各家旅馆的网球场上对洛加以训练；从前，在炽热的大风中，在令人目眩的尘沙中，在古怪的无精打采的时刻，我总把一个又一个球打给快活、天真、文雅的安娜贝尔（闪光的手镯，打褶的白裙子，黑丝绒的发带），我力图再现这种

［1］法国东南部地中海海滨的一座城市。

162/1 les yeux perdus：法语；两眼茫然。

162/2 波德莱尔啊：夏尔·波德莱尔（Charles Baudelaire，1821—1867），法国诗人。梦中的意象和法语词“*brun adolescent*”（深色［棕色头发］的少年）和“se tordre”（惹得人扭动身子）均出自波德莱尔的诗篇《黎明》（*Le Crépuscule du matin*，1851）：*C'était l'heure où l'essaim des rêves malfaisants/Tord sur leurs oreillers les bruns adolescents*（一连串邪恶的梦幻扭曲［或扭转］枕上黑发［或深色头发］的少年）。有关其他暗指波德莱尔之处，见262/1和284/3。《微暗的火》中谢德的诗篇也以变异的形式提到“可怜的波德莱尔”（第167页）；金波特的花匠向往能“阅读波德莱尔和大仲马的原著”（第291页）。《斩首之邀》的标题也出自波德莱尔的《旅行之邀》（*L'Invitation au voyage*），这在该小说中以各种形式提到。《爱达或爱欲》也引用和玩弄了该诗篇起始的诗行（第106页）。

162/3 著名的教练……一大群拾球的男孩儿：指二十年代的一个网球明星（1893—1954），在他的这一门体育运动中的名声之响亮正如雷德·格兰奇（Red Grange）和贝比·鲁斯（Babe Ruth）在他们各自擅长的运动中的名声；他七次获得全美冠军，三次获得温布尔登冠军，五次获得全美双打冠军。他1946年因为道德指控入狱，亨·亨和洛丽塔在他悲剧性的双重生活公开之后遇见了他，此时离他去世也不过几年时间。考虑到这样的语境，“拾球的男孩儿”这样貌似平常的短语和行业就成为了双关语。当被问到是否应该提到死去运动员的名字时，纳博科

往昔的日子。我坚持作出的指导只叫洛感到更加阴郁恼怒。
说也奇怪，她不大喜欢我们的这种运动——至少在我们到达
加利福尼亚州以前如此——而更喜欢跟一个娇小、纤弱、十
分妩媚的同年龄的孩子像个ange gauche似的，玩那种没有固 162/5
定形式的近似跑柱式棒球的运动[1]——主要是对球追抢，而
不是真正击打。我作为一个从旁指点的看客，会走到对面那
个孩子面前，碰碰她的前臂，握住她的满是骨节的手腕，吸
入她身上那淡淡的麝香似的香味，又把她的凉丝丝的大腿左
推右拉，教她反手击球的姿势。这时，洛就弯身向前，把球
拍像瘸子的拐杖似的撑在场地上，让自己那披着阳光的褐色
鬈发垂到眼前，对我的侵扰发出一阵表示反感的“啃”声。我
只好让她们去打她们的球，自己脖子上扎着一条绸围巾在旁
观看，比较着她们奔跑中的身体。我想这是在亚利桑那州南
部的事——天气有一种令人懒洋洋的闷热气息，拙手笨脚的
洛总对着球猛抽，没有抽到就开口咒骂，接着又把一次虚幻
的发球送进网里；在她绝望地挥舞球拍的时候，露出了她胳 163/1
肢窝里湿漉漉的、闪亮的嫩毛；而她的那个更为乏味的伙伴
每次总忠于职守地跑去追球，却一个球也没有回到；但两个
人仍玩得十分开心，始终用清晰、响亮的声音准确报出她们
笨拙的击球的得分。

夫想象他现在是“在极乐世界的草地上……同男孩们扭成一团。我们是否还是放过他的影子为好”。

162/4 戈贝尔（Gobbert）：此处纠正了作者的错误（1958年版中只有一个b）。戈贝尔（André H. Gobbert）是一战前后时期的网球冠军。“1919年或1920年我见过他在温布尔登被帕特森（Patterson）击败”，纳博科夫回忆道。“他发球非常漂亮（老式的）。但在一场球赛中会加倍发球失误，错上四次。我记得他是深色皮肤的大高个，同德库吉斯（Decugis）对布鲁克斯（Brookes）和帕特森双打”（见234/1）。

162/5 ange gauche：法语；笨拙的天使。

［1］一种类似棒球的英国球戏。

163/1 虚幻的（simulacrum）：不真实的想象（亨·亨最喜欢的一个词；见第113和175页）。

我记得有一天我提议回旅馆去给她们拿点儿冷饮，就走上了碎石小路，随后拿了两大玻璃杯菠萝汁、汽水加冰块回来。当我一眼看到网球场上空无一人的时候，胸中突然产生的一种空虚的感觉使我一下子站住了脚。我弯腰把玻璃杯放到一张长凳上，接着不知怎么，我竟看到了夏洛特死时那张冷冰冰的清晰的脸，我四处张望，发现洛穿着白色短裤，正顺着一条树荫斑驳的园中小路走去，旁边还有一个手中拿着

163/2 两只网球拍的高个子男人陪着。我朝他们追去，可是在我冲过灌木丛的时候，眼前却换了另一番景象，仿佛生活的进程老是出现分支，我看到洛穿着宽松裤，她的同伴穿着短裤，正在一小片杂草丛生的地方走来走去，用网球拍拨弄着矮树丛，无精打采地寻找她们刚打丢了的那个球。

我详细叙述这些令人愉快的琐事，主要是想向法官们表明，我曾经尽力做了一切想让我的洛丽塔过得真正快活。看见自己也是一个孩子的她，把她的少数几样本领，比如一种特别的跳绳方法，做给另一个孩子看，那是多么有趣！她用右手在她那没有晒黑的脊背后面握着她的左胳膊，那个小一

163/3 点儿的性感少女，一个玲珑剔透的宝贝儿，在一旁全神贯注

163/4 地看着，就像绚丽多彩的太阳全神贯注于开满了花儿的树木

163/5 下的碎石小路；而我那面有雀斑的、放荡的姑娘就在那众目

163/2 高个子男人：奎尔蒂的幻影。随后玩笑似的模棱两可——究竟跟踪亨·亨的那人是“真实的”还是自视幻觉（见第217页）——则戏仿了小戈利亚德金和陀思妥耶夫斯基的《双重人格》的核心问题（《绝望》的叙述者曾想过将《双重人格》作为这本书的标题，“但是俄国文学已经有这样的标题了。”他说［第201页］）。有关奎尔蒂，见31/9。

163/3 玲珑剔透的：精致到透明或半透明。

163/4 绚丽多彩的：像孔雀那样；虹彩的。

163/5 众目睽睽的：众人眼睛注视的。

163/6 古老的欧洲……城墙上（ramparts of ancient Europe）：此处翻译和诠释兰波的《醉舟》（*Le Bâteau ivre*，1871）：*Je regrette l'Europe aux anciens parapets*（我渴望欧洲和它古老的城墙）。接下来兰波使用的“*parapets*”立即又在另一个对该词语的回应中得到强调（172/1）。参见250/1，了解另一个暗指该诗篇的地方。纳博科夫在《舵》（*The Rudder*）（1928年12月16日）中将其译成了俄语。兰波的诗，以及几乎所有一切，都在《爱达或爱欲》的反地界得到转化；凡·维恩收到了一封信，“在卢浮宫，正好站在博斯的《醉舟》前，就是那幅小丑在帆桅之间醉饮的画（可怜的丹［凡］还以为与布兰特的那首讽刺诗有联系呢！）”（第331页）。爱达和凡都熟记兰波的《回忆录》，这是他俩用来进行编码通信时采用的文本之一（第161页）。见75/6。

睽睽的天堂中央跳绳，重复着我在古老的欧洲那充满阳光、 163/6
洒了水、发出一股潮湿气味的人行道和城墙上所观赏过的那么许多别的孩子所做过的动作。不一会儿，她就把那根绳子递还给她的西班牙小朋友，看着她重复自己刚才教授的动作，一面撩起额前的头发，抱起两只胳膊，把一只脚尖放在另一只上，或者双手松松地放在她那尚不丰满的臀部；我则总去弄清楚那个该死的侍者是否最终把我们的小屋收拾好了。接着，我就朝着我的公主的那个羞怯的黑发小侍女微微一笑，从后面把我那做父亲的手指深深地插进洛的头发，温柔而坚决地用手抓住她的颈背，把我那不太愿意的宝贝儿领进我们的小屋，在晚餐前迅速缱绻一番。

“谁的猫把你这可怜的人抓伤了？”一个那种令人厌恶的成熟、丰满、标致的女人在小旅馆中吃晚餐客饭（我答应洛饭后就和她跳舞）的时候常会这么问我，我对这种女人总特别具有吸引力。这是我想要尽量远离他人的原因之一，而洛相反却竭尽全力地想要把她所能吸引到的潜在的目击者都吸引到她的生活圈子中来。

打个比喻来说，她总摇摇她的小尾巴，其实是摆动一下她的屁股，就像小母狗所做的那样——而一个咧嘴笑着的陌生人就走上前来跟我们攀谈，开始了一场比较研究汽车牌照的欢快的交谈。离家很远吧！喜爱打听的父母为了想从洛的嘴里盘问出我的情况，总提议叫她和他们的孩子一块儿去看一场电影。我们侥幸躲过了好几次危险。这种瀑布般的讨厌
164/1 的事在我们居住的每个汽车旅馆里当然都尾随着我。不过我始终没有认识到旅馆墙壁的材质有多么薄。后来有天晚上，隔壁房间一个男人的咳嗽声充满了我粗声大气的欢娱后的那阵间隙，他的声音非常清晰，我的声音想必也是如此。第二天早上，我正在奶制品柜台边用早餐（洛总起得很晚，我喜欢端一壶热咖啡去，让她在床上喝），前一天晚上的那个邻居，一个老傻瓜，品行端方的长鼻子上架了一副普通的眼镜，上衣翻领上别着一枚会议代表的证章，想法找话来和我搭讪。在谈话中，他问我的太太是否也像他的太太一样，不在农场上的时候就不大愿意早起床。我匆匆地从凳子上站起身来，冷冰冰地回答说谢天谢地，我是一个鳏夫；我躲过了这场可怕的危险；要不是它几乎使我透不过气来，我本来倒会欣赏到他薄薄的嘴唇、饱经风霜的脸上那副古怪的吃惊神态。

164/1 汽车旅馆（caravansaries）：源自波斯词；在东方指客栈，形式是一幢空荡荡的建筑围绕着院子，是车队停下来过夜的地方。

把那壶咖啡端去给她，又要她做完早晨所应做的事儿以后才给她喝，那是多么有趣！而且我还是个十分体贴的朋友，十分慈爱的父亲，十分出色的儿科大夫，照料着我的赤褐色皮肤的小姑娘身上的各种需要！我心里对大自然的唯一的怨

恨就是我无法把我的洛丽塔从里朝外地翻过来，用贪婪的嘴唇去亲她那年轻的子宫、她那未经探究的心脏、她那真珠质的肝脏、她那马尾藻似的肺和她那一对好看的肾脏。在特别炎热的下午，午睡那种闷热难挨的时刻，我把她抱在膝头，很喜欢我那结实、赤裸的身体靠在扶手椅的皮面上所有的那种清凉的感觉。她总坐在那儿，完全是个典型的孩子，用手挖着鼻孔，一面埋头阅读报上比较轻松的版面，对于我的痴迷陶醉毫不在意，仿佛那是一件被她坐在身子底下的东西，是一只鞋、一个布娃娃、一把网球拍的柄，她懒得离开。她的眼睛总追随着她喜爱的连环画中几个人物的冒险经历——
有一个画得很好的懒散的少女，颧骨很高、姿势僵硬——因 165/1
此我不过是在自我享乐。她仔细观看汽车迎面相撞的摄影效果；她从不怀疑配在光着大腿的美女广告图片下面的时间、地点和情况的真实性；她还莫名其妙地对当地一些新娘的照片感到着迷，有些新娘穿着一身结婚礼服，手持花束，戴着眼镜。

一只苍蝇会飞下来，在她的肚脐附近徘徊，或者探测她
柔和、苍白的乳晕。她想用手抓住它（夏洛特的方法），随后 165/2
又转脸对着“我们来探测你的智力”一栏。

“我们来探测你的智力。如果儿童遵守几条戒律，性犯罪

165/1　画得很好的……少女：哈里·亨尼森（Harry Haenigsen，1900—1991）创作的连环漫画《佩妮》（*Penny*）。有关其他连环漫画的典故，见217/5、254/5和254/6。纳博科夫既关注学问，也关注其他，他这位文学解剖家同时也对“低级”艺术形式感到有趣和开心，他的作品中也不在乎有选择地用到这些资料。他在修订版《说吧，记忆》的序文中感叹道，“没有人发现［第一版中］一位杰出漫画家的名字，以及第二部第十一章最后一句话是向他致意。要一位作家本人来指出这样的事情着实叫人尴尬”（第15页）。那是对奥托·索格洛（Otto Soglow）致意，他是《小国王》（*The Little King*）的创作者：“我看见成排的词再次如此闪闪发光，胸脯鼓鼓、制服齐整……［我添加的着重语气——阿·阿］”（第219页）。也暗指了小约翰·赫尔德（John Held, Jr.）（第265页）。纳博科夫在《庶出的标志》导言中说道，“谁会愿意去注意庭院里的小顽童（第7章）是索尔·斯坦伯格（Saul Steinberg）画的呢”（第xviii页）。在《爱达或爱欲》中，一份1871年《卡卢加报》的周日增刊“在连环漫画页上登载现在早已寿终正寝的《晚安孩子们，尼基和潘佩内拉》（一对可爱的同睡一张窄床的小姐妹）”——实际上就是基于一本旧的法国连环漫画（第6页）。在《爱达或爱欲》结尾，九十七岁的凡·维恩描写他如何“带着少年人的心性期待着一满勺小苏打溶于水喝下去的效应，那肯定可以打出三四个饱嗝，响亮得足以和他少年时看的滑稽漫画里的发音气泡媲美”（第570页）。

165/2　乳晕：乳头周围多少有些阴影的狭窄部位。

会不会减少呢？不要在公共厕所周围玩耍。不要拿陌生人的糖果或搭陌生人的车子。如果搭了，记下车牌号码。”

“……以及糖果商标。”我主动说。

165/3 她继续念下去，她的（向后退去的）脸蛋儿挨着我的（往前凑去的）脸蛋儿。这是美好的一天，记住，哦，读者！

“要是你没有铅笔，可是却年龄不小，能读——”

165/4 “我们，”我嘲弄地引述道，“中世纪的水手，在这个瓶子里放了——”

“要是，”她重复道，“你没有铅笔，可是却年龄不小，能读会写——这就是那家伙的意思，对吧，你这笨蛋——想法在道旁潦草地写下那个号码。”

“用你的小爪子，洛丽塔。”

165/3 向后退去的（recedent）：纹章术语，同“往前凑去的”（pursuant）搭配。

165/4 “我们……在这个瓶子里”：“嘲弄”源自这样的事实：水手们不可能知道自己生活在中世纪，正如本注释的读者想象不出二十六世纪会如何称呼我们这个时代。

三

166/1 红棕色……亨伯兰（umber ... Humberland）：这个双关语（见3/3）令人想到并非不常见的地名，诺森伯兰郡（Northumberland，英格兰；新罕布什尔州；弗吉尼亚州；宾夕法尼亚州）。

166/2 "冷漠女王"……公主：一家真实奶品店的名称，纳博科夫曾记载在一个黑色小笔记本上。"公主"暗指"安娜贝尔·李"（9/7），当她与弗洛伊德搅在一起时，则又一次处于该小说突出的位置："寻找一个海滨王国，一个理想化的里维埃拉或诸如此类的地方"（第167页）。

她怀着轻率的好奇心进入了我的天地，红棕色和黑色的亨伯兰。她感到既有趣又厌恶地耸了耸肩，仔细察看了一番。166/1
我觉得她好像带着一种近乎明显的反感准备离开。她在我的抚摸下从不颤动，我辛辛苦苦所得到的补偿只是一句刺耳的"你想想你在做什么"。我的小傻瓜喜欢最粗野的电影，那种最叫人腻烦的胡编乱造，而不喜欢我提供的美妙仙境。想想看，在汉堡包和亨伯格之间，她会——带着冷冰冰的明确态度，始终如一地——选中前者。再没有比一个受到宠爱的孩子更凶狠无情的了。我有没有提到我刚去过的那家奶品店的
字号？偏巧它的名字就叫"冷漠女王[1]"。我有点儿伤感地笑 166/2
了笑，把她称作"我的冷漠公主"。她并不理解这个欲望不能得到满足的玩笑。

噢，别皱起眉头望着我，读者，我可无意给人印象，以为我并不想方设法过得快活。读者必须理解，在占有并奴役一个性感少女的时候，那个着魔的旅客可以说是处在超幸福的状况中。因为世上没有其他的幸福可以和抚爱一个性感少女相比。

[1]"冷漠"，原文为frigid，形容女性时，有"性欲冷漠"意。

166/3 那种幸福是hors concours，它属于另一类，属于另一种感受水平。尽管我们发生口角，尽管她性情乖戾，尽管她大惊小怪，老是做出一脸怪相，尽管这一切都粗俗下流，充满危险，根本没有希望，但我还是深深地藏在我选定的天堂中——一座天空充满了地狱之火的颜色的天堂——但仍是一座天堂。

研究我这种病例的那个能干的精神病大夫——如今，
166/4 我相信，亨伯特博士已经使他陷入一种野兔似的痴迷的状态——无疑急于要我带着我的洛丽塔到海边去，让我最终在那儿获得自己毕生追求的欲望的“满足”，彻底摆脱儿时最初跟幼小的李小姐[1]所未完成的恋情那“下意识的”困扰。

嗨，朋友，让我告诉你，我确实想寻找一片海滩，不过我也必须承认，等我们到了那片灰色的海水的幻景中，我的旅伴已经给了我那么许多快乐，因此，寻找一个“海滨王国”，一个“理想化的里维埃拉”或诸如此类的地方已经完全不是下意识的冲动，而成了对纯理论的欢乐的合理追求。天使们知道了这一点，因而相应地作了安排。对大西洋边一个似乎不错的小海湾的游览却给恶劣的天气完全打乱了。阴霾、潮湿的天空，浑浊的海浪，感到漫无边际却又相当实在的薄雾——还有什么比我的里维埃拉恋情那新鲜的魅力、天蓝色的机遇和玫瑰色的邂逅更为遥远的呢？墨西哥湾的几处亚热

166/3 hors concours：无与伦比的：某样东西在展览会上展示（例如牲口、郁金香），但又因远比展览会上其他东西优秀而无法获得奖赏或奖励。

166/4 leporine：野兔似的痴迷；像野兔似的。“能干的精神病大夫”被催眠，就像兔子被蛇（亨·亨）催眠。

[1] 指安娜贝尔。

167/1 海牛（manatee）：水生哺乳动物，例如海牛。

带海滩虽然阳光明媚，但是却给一些恶劣的小动物弄得斑斑
点点的满是污迹，又时常受到飓风的扫荡。最后，在加利福
尼亚州的一片面对虚无缥缈的太平洋的海滩上，我在一个洞
穴里偶尔发现了一处相当邪恶的幽静的所在。你在那儿可以
听到好多女童子军的尖叫声，她们待在海滩上面单独划出来
的一块地方的腐朽的树木后面，头一次在拍岸的海浪中洗澡。
可是浓密的大雾好似一条湿漉漉的毛毯，沙地又硬又黏，洛
起了一身鸡皮疙瘩，身上还粘满了沙粒，我平生第一次对她
像对一头海牛似的，不再有什么欲望。说不定我的学识渊博 167/1
的读者会变得活跃起来，假如我告诉他们即使我们在哪儿发
现一片合乎心意的海滨，那也为时已晚，因为我真正的解放
在很早很早的时候就已经发生：实际上，就在安娜贝尔·黑
兹，又叫多洛蕾丝·丽，又叫洛丽塔，在一种虚构不实却又
十分令人满意的海滨部署中（尽管那儿除了附近一个平凡的
小湖，什么也没有），肤色金褐、跪着身子、仰起脑袋，在那
个破旧的门廊上出现在我眼前的时刻。

这些特殊的感觉即便不是由现代精神病学的原则而产生的，至少也受其影响；我对这些感觉就谈到这儿为止吧。因此，我离开了——领着我的洛丽塔离开了——海滩，因为那些海滩不是在人迹稀少的时候过于凄凉，就是在人声喧嚣的

时候过于拥挤。然而，每当回忆起自己常不抱希望地到欧洲公园里去转悠，我想我仍对户外活动有着强烈的兴趣，渴望找到合适的露天活动场所，尽管那些地方令我狼狈不堪。这儿，我也同样受到阻挠。现在我必须记下的失望（因为我温和地想把我的故事逐渐表现为贯串在我的幸福中的持续不断的冒险和恐惧）丝毫不应当影响那片具有抒情、史诗、悲剧
168/1 的色彩但却绝对没有田园牧歌情调的美国荒野。那些荒野美丽非凡，令人心碎，它们那种天真纯朴、默默无闻的柔顺品质是我那表面光洁、像玩具一样鲜亮的瑞士村庄和受到详尽无遗地赞誉的阿尔卑斯山所不再具备的。无数情侣曾经在欧洲山腰漂亮的草皮上，在富有弹性的苔藓上，在邻近干净的
168/2 小溪旁，在树干上刻着姓名首字母的橡树下的粗木长凳上，
168/3 在那么多山毛榉林中的那么多cabanes内拥抱接吻。可是在美国的荒野上，野外的情人会发现要想沉湎于最古老的罪恶和娱乐，并不怎么容易。有害的植物会使他心上人的屁股感到火辣辣的，叫不出名字的昆虫又刺疼了他的臀部；森林里地面上尖利的东西会戳痛他的膝盖，而昆虫又会来咬她的膝盖；
168/4 四周老传来潜在的毒蛇——que dis-je，是半灭绝的龙——持续不断的沙沙声。而巨大的花朵那像螃蟹似的花籽，外面包了层难看的绿色外壳，紧紧粘在吊袜带吊着的黑色短袜和沾

168/1 田园牧歌情调……荒野（Arcadian ... wilds）：源自Arcadia（阿卡狄亚），希腊田园牧歌似的地区，是牧场简单生活的古典形象。“连我也出现在阿卡狄，墓碑碑文上的死神如是说。”金波特在《微暗的火》中说道（第174页）。
168/2 小溪（rill）：非常小的溪流。
168/3 cabanes：茅屋；简陋的小屋。
168/4 que dis-je：法语；依我看。

满泥浆的白色短袜上。

我稍微有点儿夸张。夏天的一个中午，就在林木线以下，
我乐意称作飞燕草的那种色彩艳丽的花密密麻麻地长在一条
水声潺潺的山溪旁。洛丽塔和我，我们找到了一个僻静的浪
漫的所在，位于我们停放汽车的那个山口往上一百英尺左右
的地方。这片山坡似乎还未有过人的足迹。最后一棵气喘吁
吁的松树在它伸展到的一块岩石上得到应有的休息。一只土 168/5
拨鼠对着我们叫了一声又缩了回去。我给洛铺好旅行毛毯；
干枯的花儿在毯子下面轻微地发出噼噼啪啪的声响。维纳斯 168/6
来了又走了。高耸在上面的斜坡上的参差不齐的悬崖跟蔓延
在我们脚下的一团乱蓬蓬的灌木，似乎既为我们遮挡阳光，
也为我们遮挡闲人。啊呀，我没有预料到在离我们几英尺外
的灌木和乱石丛中，影影绰绰的有条悄悄地蜿蜒向上的小径。

168/5 marmot：土拨鼠：旱獭类啮齿动物，例如土拨鼠。

168/6 维纳斯来了又走了：亨·亨玩弄字眼，有关性高潮。

就在那会儿，我们比以往任何时候都更易于被人发觉，难怪这番经历永远抑制了我对野合的渴望。

我记得交合完毕，完全完毕后她伏在我的怀里哭泣——在其他方面都十分美满的那一年中，她变得三天两头儿生闷气，当时就是在这么发作过后的一阵缓解的呜咽！我刚刚收回了她迫使我在轻率、焦躁、热情冲动的时刻所作的一个愚蠢的承诺，她就摊开手脚躺在那儿呜咽，拧着我抚爱她的手，

我则快乐地笑着，但我现在了解的那种可怕的、难以置信的、无法忍受的而且我看还是永无休止的恐怖当时还只是我幸福的碧空中的一个黑点；我们那样躺着。忽然我大吃一惊，就是叫我可怜的心房失常地乱跳的那种震惊，我看见两个陌生而美丽的孩子那一眨不眨的黑乌乌的眼睛；他们看上去像小牧神[1]和小仙女似的，他们完全相同的平伏的深色头发及没有血色的脸蛋儿表明他们即便不是孪生兄妹，也是同胞手足。他们蹲在那儿，目瞪口呆地看着我们，两个人都穿着跟山花交融在一起的蓝色的运动衫裤。我急忙拉起毯子，拼命想要遮住身体——而就在那同一瞬间，有个好像圆点花纹推球[2]的玩意儿在几步外的矮树丛中开始转动起来，变成一个梳着乌黑短发逐渐直起身来的矮胖的女子。她一边无意识地往她的花束里添了一朵野百合，一边回头从她那仿佛用蓝砂岩塑成的可爱的孩子身后目不转睛地看着我们。

[1] 罗马神话中，牧神是一个半人半兽状的神明。

[2] 推球游戏中使用的球，直径为六英尺。

如今我为一种全然不同的困境而感到心中难受，我知道我是一个勇敢的人，可是当时我对此并不清楚，只记得为自己的冷酷而感到吃惊。我用一个人在最狼狈的处境中对一头汗水淋漓、心慌意乱、畏畏缩缩、训练有素的动物发出的那种低声细语的命令（是什么疯狂的希望或仇恨使那头幼小的牲畜的两胁颤动，是什么不祥的命运刺穿了驯养人的心脏！），让洛站起身来。我们先端庄得体地迈着步子，接着便很不雅观地急匆匆地跑到汽车跟前。在我们的汽车后面，停着一辆漂亮的客货两用轿车。一个留着一小把蓝黑色的胡须
的相貌英俊的亚述[1]人，un monsieur très bien，穿着绸衬衫 169/1
和洋红色的宽松裤，大概是那个肥胖的植物学家的丈夫，正在一本正经地拍摄一块说明这条山路高度的路牌。上面写着约有一万英尺以上的高度，我真要喘不过气来了；我们咔嚓嚓向旁滑了一下，驾着车子离开了，洛仍在挣扎着穿衣服，一边还对我骂骂咧咧，用的语言是我连做梦也想不到女孩子会知道的，更不用说使用了。

还有其他一些不愉快的事件。比如有一次是在电影院。洛当时仍然非常爱看电影（这种爱好到中学第二年才逐渐衰退，成了不太热心的赏光）。我们在那一年一味追求感官享受、不加选择地看了，噢，我也说不上来，一百五十或两百部影片。在一些经常去看电影的时期，有许多个新闻短片我们都看了五六遍，因为每周的同一集新闻短片总在不同的主要影片前放映，老是尾随着我们从一个城市到另一个城市。她最爱看的电影类别按照以下的顺序排列：音乐片、下层社会片和西部片。在第一类影片中，真正的歌手和舞蹈演员在一个基本上无忧无愁的生活领域里度过不真实的舞台生涯，死亡和真理在那儿均

[1] Assyria，古代亚洲西南部的一个国家。

169/1 un monsieur très bien：法语；道地的绅士（这是非常自命不凡和资产阶级的说法）。

遭到禁止，一个白发苍苍、易动感情、严格说来长生不死、对自己那热衷表演的女儿起初很不情愿的父亲最后总为她在难以置信的百老汇成为完美的典型而拍手叫好。下层社会是一个完全不同的世界：在那儿，英勇的新闻记者遭受折磨，电话账款高达几十亿元，在枪法不精的喧闹的气氛中，歹徒们被病态地无所畏惧的警察追得在下水道和仓库里乱跑（我可不会给警察那么多操练）。最后是西部片中赤褐色的风光，那些脸色红润、眼睛碧蓝的出色骑手，来到咆哮谷中的那个一本正经的漂亮的小学女教师，用后腿直立起的马儿，壮观的踏游年会[1]，从颤动的窗玻璃外塞进来的手枪，惊人的搏斗，轰然倒下的堆积如山、覆满灰尘的老式家具，用作武器的餐桌，正合时机的筋斗，仍在摸索掉落的单刃猎刀的被按住的手，嘴里发出的咕噜声，拳头打在下巴上的可怕的啪啪声，肚子上挨到的一脚，凌
170/1 空的争抢，紧接着一阵简直会叫一个赫拉克勒斯[2]住进医院的过度的疼痛（我现在应该知道是怎么一回事了），就没什么可以表现的了，只有那个精神振作的英雄抱着他那打扮华丽的边疆新娘，古铜色的脸颊上还有着颇为相称的瘀伤。我记得在一个空气不流通的小剧场里看过一场午后的演出，剧场里挤满了孩子，弥漫着爆玉米花的热气。月亮是黄的，悬在围着围巾
171/1 的低吟歌手的头上，他的手指搁在琴弦上，一只脚踏在一根松

［1］美国西部和加拿大一年一度的民间欢庆会，有牛仔竞技表演、各种比赛、展览、跳舞等。

［2］Hercules，希腊神话中的力大无比的英雄，以完成十二项英雄业绩而闻名。

170/1 住进医院……疼痛：指第299页上亨·亨与奎尔蒂那场西部电影式的打斗。

171/1 琴弦（strumstring）：亨·亨杜撰的词；这位低吟歌手是吉恩·奥特里（Gene Autry）。

木上，我并无什么邪念地搂住洛的肩膀，把嘴凑近她的鬓角。这时坐在我们背后的两个恶婆娘开始嘟哝起再可疑不过的话 171/2
儿——我不知道我是否理解对了，不过我自以为理解了的意思使我把轻柔的手抽了回去。当然，后来演的一切我都没看清楚。

我记得的另一件叫我深为吃惊的事与我们返回东部的旅程中夜晚经过的一个小镇有关。在离那个小镇大约还有二十英里的地方，我碰巧告诉她，她在比尔兹利要上的那所私立走读学校是一所相当高级的女子学校，没有现代的胡搅乱闹。洛听了这话，就言辞激烈地对我慷慨陈词，时而央告，时而辱骂，时而自以为是，时而模棱两可，时而粗鄙恶毒，时而幼稚绝望，所有这些都给交织在一种令人恼火、貌似合乎逻辑的话语中，促使我也只好表面上作番解释。我耳朵里充满了她愤怒的话语（绝妙的机会……我要是把你的意见当真，我就是个傻瓜……讨厌的家伙……你可差遣不了我……我并不把你放在眼里……），继续像在平滑的公路上飞驶似的以每小时五十英里的速度开过那个熟睡的市镇，突然有两个巡警把聚光灯照在我们的车上，叫我把车开到路边。洛仍在不假思索地怒吼乱骂，我对她嘘了一声，叫她安静。那两个人不怀好意地好奇地打量着我和她。突然她面带酒窝地朝着他
们甜甜地一笑，她对我这个犹如兰花似的男子却从没做过这 171/3

171/2 恶婆娘（harpies）：源自古希腊神话；丑恶的东西，半人半鸟，窃取死人灵魂，污损或抢夺受害者的食物。

171/3 犹如兰花似的男子（orchideous masculinity）：属于兰花（*Orchis*）类植物的自然品性，其希腊语词源增加了喜剧性，因为*orchis*词义既可为植物，也可作“睾丸”解。这个词中的“*hideous*”（丑陋的）增加了幽默感。

样的表示；因为从某种意义上说，洛甚至比我更怕司法人员——后来那两个和善的警官宽恕了我们，我们十分恭顺地缓缓往前开去，她阖上眼睛，眼皮不断颤动，装着虚脱无力的样子。

眼下，我要作一番古怪的供述。你会发笑的——可是，说实在地，我不知怎么始终没有相当确切地弄明白法律的规定究竟是怎样的。现在我也不清楚。噢，我只是零零星星地知道一点。亚拉巴马州禁止监护人在没有法院命令的情况下更改被监护人的住址；明尼苏达州（我要向它脱帽致意）规定亲属对任何一个十四岁以下的儿童承担了永久的照管和监护以后，法院便不再过问。试问：一个非常叫人疼爱的妙龄宝贝儿的继父，一个只当了一个月时间的继父，一个财产不多却足以衣食无忧的患有神经官能症的中年鳏夫，有过见识
172/1 欧洲的低矮护墙、一次离婚和进过几家精神病院的经历，他
是否可以被视为亲属，从而被视为当然的监护人呢？如果不行，我是不是必须，是不是能够合情合理地通知一个福利委员会，大胆地提出申请（你怎样提出申请？）让一个法院人员来调查我这个温顺、可疑的人和危险的多洛蕾丝·黑兹呢？我在大小城市的公共图书馆里做贼心虚地查阅过的那许多有关婚姻、强奸、领养等的书籍，除了隐隐约约地暗示国

172/1 欧洲的低矮护墙：这是兰波式回应；见163/6。

家是未成年儿童的最高监护人以外，什么也没有告诉我。皮尔文和扎佩尔（要是我没记错他们姓氏的话）在一部给人深刻印象的论述合法婚姻的书里完全无视那些需要照顾失去母亲的女儿的继父的情况。我最好的朋友是一部有关社会服务的专题著作（芝加哥，一九三六年），一个纯朴的老姑娘费了不少气力替我从一个满是灰尘的藏书地方把它找了出来，那部专著上说："并没有原则规定每个未成年人都必须有一个监护人；法院是被动的，只在儿童的境况明显有危险的时候，才介入这场纷争。"于是我断定，只有在某人庄严而正式地表示他有这种愿望时才指派他当监护人；不过，在他接到通知出庭听取裁定，长出一双灰色的翅膀以前，可能过去了好几个月；而在这段时间里，那个漂亮、淘气的孩子在法律上讲是无人照管的，这不管怎么说正是多洛蕾丝·黑兹的情况。接着就是听证。法官问了几个问题，律师作出几个令人安心的答复，笑了一笑，点了点头，外面下着蒙蒙细雨，监护人就这么指定了。但我仍然不敢。离远一点，像只老鼠，蜷起身子藏在洞里。法院只在牵涉到某种金钱的问题时才变得过度活跃：两个贪婪的监护人，一个遭到劫掠的孤儿，还有一个更为贪婪的当事人。可是我们，一切都井井有条，财产目录已经编好，她母亲的那点微薄的财产正原封不动地等着多洛蕾丝·黑兹长大去继承。最好的策略似乎是不提任何申请。要不如果我过分保持沉默，会不会有哪个爱管闲事的人，哪个慈善协会插手干涉呢?

老朋友法洛多少算是一个律师，本应可以给我一些可靠的意见，但他为了琼的癌症忙得不可开交，根本没有工夫去做他没有应允的事；他所应允的事——明确地说就是在我从夏洛特凶死所遭受的打击中逐渐恢复过来以前，照管好夏洛特微薄的产业。我已经让他习惯地认为多洛蕾丝是我亲生的孩子，因此不能指望他为我的这种情况操心。读者这会儿一定已经得出印象，我是一个可怜的生意人；不过无知和懒散都不应当妨碍我从别处去寻求专业人员的意见。阻止我采取行动的是一种可怕的感觉，即如果我用任何方式干预命运，想使命运的美妙的礼
173/1 物变得合理，那么这样礼物就会像东方故事中山顶上的那座宫殿似的给夺走。每逢一个可能成为主人的人向宫殿的看守人打听，怎么会从老远就清晰地看见黑色的岩石和房基之间那窄窄的一条充满晚霞的天空，宫殿就消失不见了。

173/2 我决定到比尔兹利（比尔兹利女子学院的所在地）以后，
173/3 就去查阅一些我还没能研究过的参考著作，比如，沃纳的论文《论美国的监护法》和一些美国儿童机构的出版物。我还认定，对洛来说，随便什么都比她那种品德日益败坏的游手

173/1 东方故事：纳博科夫的杜撰。
173/2 比尔兹利：根据奥布里·比亚兹莱（Aubrey Beardsley）命名；见52/3。
173/3 沃纳的论文：纳博科夫告诉笔者，该论文的确存在。

好闲的日子要好。我可以说动她去做那么许多事儿——开列
的项目可能会叫一个职业教育家大为惊奇；但不管我怎样恳
请或怒吼，我始终没能让她阅读那些所谓的连环漫画册或美
国妇女杂志上的故事以外的任何东西。任何程度稍高的文学
作品在她看来都带着上学的味儿，尽管从理论上讲，她愿意
欣赏《僵直的姑娘》《一千零一夜》或《小妇人》，但她相当 173/4
肯定自己不会用这种趣味高雅的读物糟蹋她的“假期”。

现在我认为再次回到东部，让她去上比尔兹利的那所私
立学校，真是一个巨大的错误。我应当趁着依然适宜攀登的
时候越过墨西哥边界，在亚热带的乐园中隐匿几年，直到可
以安安稳稳地跟我的小克里奥尔人[1]结婚，因为我必须承
认，凭借我自身的腺和神经节的情况，我可以在同一天中从 174/1
精神错乱的一极转向另一极——从想到一九五〇年前后我就
只好以某种方式摆脱一个难以相处、身上已经没有那种神奇
的性感少女气质的少女——转而想到凭着耐心和运气，我或
许可以使她最终生出一个精细的血管里流着我的血的性感少
女，洛丽塔第二，一九六〇年前后她就会八九岁，那时我仍然
dans la force de l’âge；确实，我的心灵或非心灵的远视能力仍 174/2
足以在遥远的时光中辨别出一个 vieillard encore vert——或者 174/3
会不会是个脸色发青的衰朽的人？——古怪、温柔、流着口

[1] the Creole，生于拉丁美洲的欧洲人后裔，或美国墨西哥湾沿岸各州早期法国殖民者的后裔。

173/4 《僵直的姑娘》（*A Girl of the Limberlost*）：波特（Gene Stratton Porter，1863—1924）著，曾经是女学生最喜爱的作品之一（1914年出版）。《小妇人》（1869），奥尔科特（Louisa May Alcott）著，现在依旧有人读。

174/1 神经节（ganglia）：是ganglion的复数形式，解剖学和动物学用词；“一团包含神经细胞的神经组织”；力量和能量的中心。

174/2 dans ... l’âge：法语；成年时（最年富力强时）。

174/3 vieillard encore vert：法语；字义是，“仍然青绿的老人”——指性能力充沛。

水的亨伯特博士对非常惹人疼爱的洛丽塔第三练习做爷爷的技巧。

在我们那次疯狂漫游的日子里，我毫不怀疑自己在当洛丽塔第一的父亲时十分可笑地失败了。我全力以赴；为了洛丽塔的十三岁生日，我在一家书店里给她买了一本精装的安
174/4 徒生的《小美人鱼》，其中附有几幅商业上的“美丽”插图；我在那家书店里还买了一本无意中取了个圣经式名称的书：
174/5 《了解你自己的女儿》；我反复阅读着这本书。可是就连在最美好的时刻，比如我们在一个阴雨的日子坐着看书（洛的目光从窗户落到她的手表上，又从手表扫向窗户），或者在一个拥挤的小饭店里平静地吃着一顿丰盛的饭菜，或者玩着一场幼稚的牌戏，或者到商店里去买东西，或者跟其他的汽车游客和他们的孩子一起默默地瞅着沟里的一辆撞得粉碎、溅满血迹的汽车跟一只年轻女人的鞋（等我们继续往前行驶的时候，洛会说：“那正是我极力想向商店里的那个笨蛋说明的那种式样的鹿皮鞋”）；在所有这些偶然的场合，我在自己眼里是个难以叫人相信的父亲，正如她在自己眼里是个难以叫人相信的女儿。也许，是良心不安的迁徙流动致使我们无力扮演好自己的角色？等到有了固定的住处跟女学生每天上学的常规，情况是不是就会好转？

174/4 《小美人鱼》：任何熟悉丹麦寓言家安徒生（Hans Christian Andersen，1805—1875）这个童话故事的人都会知道亨·亨的礼物是精心挑选的，也有数种讽刺之意。小美人鱼渴望“吸引一个凡人的心”，即王子，并以此获得不朽的灵魂。洛丽塔在这方面太成功了；但无论是亨·亨、奎尔蒂还是将带她去阿拉斯加的丈夫迪克·希勒都不能胜任童话故事《洛丽塔》中王子的角色。安徒生童话结尾，美人鱼变成了一个自由旋转的空气之子，必须飘浮三百年才能获准进入天国。但是他们也有机会早点进去，正如有人在故事结尾所解释的那样：“我们不为人所见，飘浮进入有儿童的凡人的房屋，每当我们发现一个使父母高兴、配得到父母之爱的小孩，上帝就会缩短考验我们的时间。小孩不知道我们什么时候会飘浮经过房间，当我们快乐地在房屋之上微笑时，就会从那三百年中减去一年。但是如果我们看见一个顽皮邪恶的小孩，就必须悲伤地哭泣，每一滴眼泪都会增加一天考验的时间”（摘自阿尔弗雷德和玛丽·伊丽莎白·戴维编，《十二个跳舞的公主和其他童话故事》[Alfred and Mary Elizabeth David, eds., *The Twelve Dancing Princesses and Other Fairy Tales*, New York，1964]，第274页）。亨·亨后来流下了“雄人鱼的”眼泪（255/1），他无疑希望洛丽塔会记住这个。也见《解锁》，第134等页。有关童话故事主题，见31/3。

174/5 《了解你自己的女儿》（*Know Your Own Daughter*）：纳博科夫说，该“《圣经》式”名称是真实存在的，尽管无法找到实证。有许多类似的标题，都容易令人联想到有性意味的双关语：弗兰西斯·马丁

我选择比尔兹利，不仅因为那儿有所相当严肃的女子学
校，而且也因为有那所女子学院。我想让自己casé，以某种 174/6
形式依附在我那条纹衣服[1]会与之混合的某个有图案的表面，于是我想到了我在比尔兹利学院法语系所认识的一个人。他相当好心地用我编的课本作他的教材，并曾想要请我去作一次学术报告。我并不打算这么做，因为，正如在写这些自白的过程中有一次我提到的那样，几乎没有什么比一般女大学生的松垮笨重的骨盆、粗壮的小腿和惨淡的肤色叫我感到更为厌恶的体形了（大概因为我在她们身上看到了粗糙的女性肉体的棺木，而我的性感少女就给活埋在里面）；但我确实渴望有个标记，有个背景，有个幻影，而且正像不久就会变得十分清楚的那样，有一个理由，一个相当荒唐的理由，可以说明何以跟老加斯东·戈丹待在一块儿会特别安全。

最后还有钱的问题。我的收入在我们驾车四处兜风这样过度的花费下正越来越少。不错，我坚持挑便宜的汽车旅馆住宿，但有时也会住进一家喧闹豪华的饭店，或一个讲究排场的度假牧场，耗费掉大量我们的预算费用。另外，花在观光游览和洛的衣服上的钱款数目也大得惊人，而黑兹的那辆旧汽车尽管还算强健、忠实，但却仍然需要不少大大小小的修理。在监狱当局为了让我写供词而宽厚仁慈地允许我使

的《了解你的孩子》（Frances K. Martin, *Know Your Child*, 1946）；C. 刘易斯，《我们能够多么了解自己的孩子？》（C. Lewis, *How Well Can We Know Our Children*, 1947）；C. W. 杨，《了解你的学生》（C. W. Young, *Know Your Pupil*, 1945）；E. D. 阿德勒布卢姆，《通过你的孩子的游戏了解他》（E. D. Adlerblum, *Know Your Child Through His Play*, 1947）。见81/1。（《圣经》中“know”这个词也有“发生性关系”之意。——译注）

174/6 casé：安顿下来。

[1] 指犯人穿的衣服。

用的文件中，恰巧还留着我的一张路线平面图，我在上面找到一些匆匆写下的笔记，可以帮我计算出下面这笔账。在一九四七年八月到一九四八年八月那大肆挥霍的一年里，伙食和住宿花掉我们大约五千五百美元；汽油、润滑油和修车花掉一千二百三十四美元，其他各种额外的开销，数目几乎也差不多；因此，在大约一百五十天的实际旅程中（我们
175/1 行驶了大约两万七千英里！），外加中间的大约两百天停留
175/2 时间，我这个节俭的rentier花了八千美元左右，或者最好说一万美元，因为像我这么一个不善动手实干的人，一定忘了不少项目。

于是我们驶到了东部；我在情欲上得到了满足，我的感受却主要是身心交瘁，而不是精神振奋，而她身上却焕发着
175/3 健康的气息，两边髂骨形成的花环依然像男孩子的一样短小，尽管身高增加了两英寸，体重增加了八磅。我们到过各个地方，实际上却什么也没有看到。今天我总认为我们的长途旅行只是用一条弯弯曲曲的蜒蚰黏液条痕玷污了这片充满信任、梦幻一般迷人的辽阔国土，回想起来，这片国土当时在我们的眼中不过就是搜集在一起的折角地图、破旧的旅行指南、旧轮胎和她在夜晚的抽泣——每天夜晚，每天夜晚——在我刚假装睡着时就开始的抽泣。

175/1 两万七千英里：见31/15。

175/2 rentier：依靠股息生活的人（通常指退休老人）。

175/3 两边髂骨形成的花环依然像男孩子的一样短小：指髂骨顶端最突出的两点。亨·亨玩弄着《致一位英年早逝的运动员》（*To an Athlete Dying Young*）中的最后一行（“比一位女孩的花环更短小”［The garland briefer than a girl's］），出自英国诗人，剑桥古典学者A.E.豪斯曼（A.E. Housman，1859—1936）的《什罗普郡少年》（*A Shropshire Lad*，1896）（见《说吧，记忆》，第273页；《微暗的火》，第269页）。该诗篇的基调是同性恋，但其失落的主题与亨·亨的主题以及他青春易逝的感觉相似。他的运动员（轮滑、网球）在这一段里比喻性地死去；性感少女在长大。亨·亨能够理解英国同性恋的双重生活（豪斯曼尝试过婚姻）、焦虑以及遭受的法律上的迫害（奥斯卡·王尔德曾经在1895年入狱）。加斯东·戈丹的阁楼（181/4）就基于这位豪斯曼。

四

我们穿过种种光亮和阴影所形成的装饰，把车开到塞耶街十四号门前，一个阴沉的小男孩拿着钥匙和加斯东的一封短信迎上前来，加斯东替我们租好了这幢房子。我的洛对她的新环境连一眼也不看，毫不在意地凭着本能打开了收音机，在起居室的沙发上躺下，接着用同样不以为意的准确的方式把手伸进上面放着台灯的桌子下面的架子，捞到一批旧杂志。

只要能把我的洛丽塔关在一个地方，我对住在何处实在并不在意；但是，我想在和捉摸不透的加斯东的通信中，我曾经模模糊糊地设想到一幢砖墙上爬满常春藤的房子。实际上，这个地方令人沮丧地跟黑兹家很像（相距不过四百英里），也是那种同样暗淡的灰色木板房子，上面是木瓦屋顶，还有晦暗的绿色斜纹布遮篷；房间比黑兹家的小一些，室内的陈设布置也比黑兹家更加舒适些，但安排的次序却几乎完全一样。不过我的书房却大多了，从地板到天花板排列着大约两千册左右的化学书籍。我的房东在比尔兹利学院教化学（眼下这一年正在休假）。

比尔兹利女子学校是一所收费昂贵的私立走读学校，供应学生午餐，还有一座令人向往的体育馆。我原来希望这所学校在锻炼所有这些年轻人的身体的同时，也对她们的智力
176/1 提供一种正规的教育。加斯东·戈丹对美国habitus的判断难得正确，他曾经提醒我说这所学校很可能会是一所，正如他带着一个外国人对这类事情的喜好所说的，“不教姑娘们好好拼单词，只教她们好好散发香味儿”的那种学校。我想她们连这点也没有做到。

我初次和女校长普拉特会面时，她夸赞我的孩子的“好看的蓝眼睛”（蓝的！洛丽塔！）以及我跟那位“法国天才人物”（天才人物！加斯东！）的友谊——接着在把多莉交给一
177/1、177/2 位科莫兰特小姐后，她皱起眉头，露出一种recueillement的神情，说道：

“我们所关心的，亨伯德先生[1]，倒不是让我们的学生成为书呆子，或者能够滔滔不绝地背出谁也记不住的欧洲国家所有首都的名称，或者把早被遗忘的战役的日期牢记在心。我们关心的是孩子适应集体生活的能力。因此，我们强调四个‘D’：演戏、舞蹈、辩论和约会[2]。我们面临某些事实。你的可爱的多莉不久就会加入一个同年龄学生的小组，在小组里，约会、赴约、约会服装、约会记事册、约会礼节，对

176/1 habitus：一个并非不常见的拉丁词，意为道德条件、状况、素质、性格等。

177/1 科莫兰特小姐（Miss Cormorant）：她的名字源于贪婪的海鸟鸬鹚（cormorant）。

177/2 recueillement：自省，“镇定”。

[1] 校长把“亨伯特”说成了“亨伯德”（Humbird），意思是，“吱吱叫的鸟儿”。

[2] 演戏、舞蹈、辩论和约会，英文是Dramatics，Dance，Debating and Dating，四个词的第一个字母都是“D”。

于她就跟，比方说吧，业务、业务关系、业务成就对于你一样重要，或者就像（笑盈盈地）我的女学生们的幸福对于我一样重要。多萝西·亨伯德已经卷入了社会生活的整个体系；不管我们喜不喜欢，这个体系包括热狗摊、街角的杂货店、麦乳精饮料和可口可乐、电影、方形舞会、海滩铺毯会，甚至还有理发会！自然，在比尔兹利学校，其中有些活动我们并不赞成，而其他那些活动则被我们重新引向更富建设性的方向。不过我们确实竭力背对浓雾，直接面向阳光。说得简单一点，尽管我们采用某些教学方法，但我们所感兴趣的是交际而不是作文。那就是说，在对莎士比亚和其他的人物给予适度的尊敬以后，我们要我们的女学生跟周围的生气蓬勃的世界自由地交际，而不是一头扎进发霉的旧书堆里。也许我们还在探索，但我们是理智地在进行探索，就像妇科大夫摸索肿瘤一样。亨伯格博士，我们是用有机体和组织的词汇来思考的。我们已经清除了传统上摆在年轻姑娘们面前的那一大堆不相干的论题，从前，这些论题根本没有给她们为了安排自己的生活和——玩世不恭的人会添上一句——她们丈夫的生活所需要的常识、技能和态度留下一点儿地方。亨伯逊先生，让我们这样说吧：一个星球的位置固然重要，但是，冰箱摆在厨房里的最实用的地点对于未来的家庭主妇也许更为重要。你说你指望孩子从学校所得到的一切就是完善的教育。可是我们所说的教育究竟是什么意思？从前，它主要是一种文字现象。我是说，你可以叫孩子把一部完备的百科全书都背出来。他或是她记住了学校所能提供的全部知识，也许还多。亨默博士[1]，你有没有认识到，对现代的青春前期的儿童来说，中世纪的日期还没有周末的约会更有价值（眨了眨眼）？——让我再说一遍几天前我听见比尔兹利学院的精神分析学家破例所说的那句双关语[2]。我们不仅生活在思想的世界中，而且也生活在物质的世界中。没有经验的空话
178/1 毫无意义。多萝西·亨默逊对希腊和东方以及那儿的妻妾和奴隶，究竟会有什么兴趣呢？”

这一套纲领叫我大吃一惊，但我对两位都跟这所学校有点儿关系的、很有头脑的女士讲起这一点，她们肯定地说女学生们踏踏实实地念了不少书，而那种“交际”方针多少是一种夸大其词的宣传，目的是给老派的比尔兹利学校一些在经济上会有好处的现代风格，尽管它实际上仍然非常拘泥古板。

把我吸引到这所学校去的另一个原因在有些读者眼里也许显得滑稽可笑，可是这个原因对我却很重要，因为我生来就是这么一个人。在我们这条街的对面，就在我们房子的前边，我发现有一小块杂草丛生的荒地，上面有些富于色彩的

［1］校长根本记不住他的姓，一会儿称他“亨伯逊先生”，一会儿称他“亨默博士”，下文又管洛丽塔叫“多萝西·亨默逊”。

［2］英文date一词，除作“日期”解，又有“约会”的意思。

178/1 妻妾和奴隶：当然她会有兴趣，亨·亨已经将她的命运与之相比了。

矮树丛、一堆砖头和几块散放着的木板，路边还有那片泡沫似的寒伧的紫红和铬黄的秋花；越过那块荒地，你可以看见跟我们塞耶街平行的校园大街上微微发亮的一段路面，路那边就是学校操场。这种总的布局可以使多莉一天都靠我很近。除了这种布局带给我的心理上的安慰外，我还立刻预见到我会有的另一种乐趣。那就是在课间休息时，我可以用高倍数的双筒望远镜从我的书房兼卧室里辨别出在多莉四周玩耍的女孩子中的性感少女，她们从统计学方面来说不可避免会占有一定的百分比。不幸的是，就在开学的头一天，来了一些工人，沿着那块荒地修了一小段围墙，不久，围墙里面便恶毒地耸立起一座黄褐色的木头建筑，完全挡住眼前神奇美妙的景致；但等他们架设起足以破坏一切的数量的材料后，那些荒唐的建筑工人中止了工作，就此没再露面。

五

在一座令人愉快的学院小城镇的绿色、浅褐色和金黄色的住宅区，在一条叫作塞耶街的街上，你必然会碰到几个和蔼可亲的人大声向你问好。我为自己跟他们保持的恰到好处的关系感到得意：从不粗鲁无礼，保持一定距离。我西门外的邻居可能是个做买卖的人或大学教师，或身兼二职，偶尔，在他修剪花园里的一些晚开的花木，冲洗他的汽车，或者在后来的日子里，在给车道除霜时（我并不在意这几个动词是不是都用错了），他总和我聊上几句，但是我简短的咕哝声只足以显得像是客套的赞同或疑问的踌躇，因而排除了发展亲密友好的关系的任何可能。至于街道对面那一小块长满矮树的荒地两旁的那两幢房子，一幢关着，另一幢里面住着两个
179/1 英语教授，爱穿花呢服装、梳着短发的莱斯特小姐和容颜憔悴的费比恩小姐，她们跟我在人行道上三言两语的交谈的唯一话题就是（愿上帝保佑她们的圆滑世故！）我女儿多么年轻可爱，加斯东·戈丹又多么憨厚有趣。我东门外的邻居显然是最危险的人物，这个尖鼻子的女人的去世的哥哥曾经在

179/1 莱斯特……费比恩（Lester ... Fabian）：两者的第一个和最后一个音节构成“lesbian”（女同性恋）（见《解锁》，第96页）。有关其他类似的效果，见195/2。

学院里担任总务处长。我记得她曾经在路上拦住多莉，当时我正站在起居室的窗户面前，急躁地等着我的宝贝儿从学校回来。那个讨厌的老处女极力想在一张讨人欢喜的友好的假面具下，掩盖她病态的好奇心。她拄着细长的雨伞（那阵冻雨刚停，悄悄地闪现出一道寒冷湿润的阳光）站在那儿。尽管天气阴冷，但多莉仍然让她的褐色上衣敞着，手里拿着的一堆叠起的书紧紧贴着她的肚子，笨拙的橡胶雨靴上面露出粉红色的膝盖，在她那张长着一个狮子鼻的脸上时常一闪即逝地露出一丝惊恐、腼腆的笑容。她站在那儿应付莱斯特小姐的各个问题："你妈妈在哪儿，亲爱的？你可怜的父亲是干什么的？你们以前住在哪儿？"这时她那张脸——也许由于冬天惨淡的光线——带着一个乡村的德国少女似的神情几乎显得相当单纯。另一次，那个讨厌的女人发出一声表示欢迎的哀号，走上前来跟我攀谈——但我避开了她；几天以后，她送来一封短信，装在一个蓝边信封里，毒药和糖浆的巧妙的混合物，她提议多莉哪一个星期天到她家去，蜷缩在一把椅子上，翻阅"我小时候我亲爱的母亲给我的许多美丽的图书，而不要把收音机开足音量一直听到深夜"。

对于打杂女工和勉强凑合的厨娘霍利甘太太，我也得小心提防，她和那个真空吸尘器都是以前的房客留给我的。多莉在学校吃午饭，所以这没有什么问题。我只消给她安排一顿丰盛的早餐并且把霍利甘太太临走前准备好的晚餐热一热，对此我已经十分在行。那个和蔼善良的女人，感谢上帝，视力相当模糊，细小的东西全都看不见，而我已经成为一个熟练的铺床能手，但我仍然老被一种感觉困扰，生怕什么地方留下泄漏天机的污渍，或者偶尔霍利甘来的时候，恰巧洛也在家，在厨房里的亲切友好的闲聊中，头脑简单的洛可能会在那个胸部丰满的女人的同情下说出什么来。我时常觉得我们是住在一幢灯光明亮的玻璃房子里，随时会有一张嘴唇很薄、羊皮纸似的人脸从一扇因为粗心而没有遮挡住的窗户往里张望，随意看上一眼最放荡的voyeur [1] 要花一小笔钱才能观看的情景。

[1] 法文，喜爱偷看猥亵场面的人。

六

现在来讲讲加斯东·戈丹。我乐意——或者至少安心地 181/1
容忍——和他交往，主要是因为他为人宽厚，让我的隐私有了绝对的安全感。倒并不是他知道了一切；我没有特殊的理由向他透露，而他也太只顾自己，超然物外，根本没有察觉或怀疑什么可能会导致他坦率地发问、我坦率地回答的情况。他对比尔兹利的人说了我不少好话，他是我很好的信使。即
便他发现了mes goûts和洛丽塔的身份，那么引起他关注的也 181/2
不过是稍许明白了点儿我待他的那种直率的态度，那种态度既没有彬彬有礼的意味，同样也没有下流的暗示；因为，虽然他见解平庸，记忆模糊，但他大概清楚，比尔兹利的市民可不像我那么了解他的情况。他是一个肌肉松弛、脸如面团、心情忧郁的单身汉，身体下宽上细，长着两个狭窄的、高低不大对称的肩膀和一个圆锥形的梨子似的脑袋，一边有些乌黑油亮的头发，另一边只有几缕，紧贴着头皮。他的下半部身体却很臃肿；他凭着两条惊人的粗壮结实的腿奇特、笨重
地悄悄迈着步子。他总穿着一身黑颜色的衣服，就连领带也 181/3

181/1 加斯东·戈丹：他在“比尔兹利的生活”（第183页）也是比喻性的，因为他也很可能出自奥布里·比尔兹利笔下。亨·亨的漫画式描写近似于有名的《阿里巴巴》的封面画（有关曾计划出版但从未兑现的《阿里巴巴四十大盗》的版本［1897］），以及奥斯卡·王尔德，他出狱后的化名被用在了亨·亨的汽车上，见227/4。加斯东·戈丹在很多方面都是20世纪末的人物，如第181—182页所表明。

181/2 mes goûts：法语；我的癖好。

181/3 他总穿着一身黑颜色的衣服：这是亨·亨的着装，见第295页。

是黑的。他难得洗澡，讲的英语十分滑稽可笑。尽管如此，大家仍然认为他是一个非常可爱、可爱而古怪的家伙！邻居们对他相当宽容；他知道我们附近一带所有男小孩子的名字（他住的地方离我只有几条街），并且叫其中的几个孩子来打扫他房子外面的人行道，焚烧他后院里的枯树叶，把他棚里的柴火拿来，甚至还干一些屋子里的简单杂活儿。他总拿里面有真正的甜酒的高级酒心巧克力给他们吃——他的地下室里有间布置成东方风格的私室，在有着挂毯装饰的、发霉的墙上，挂着一些好玩的匕首和手枪，周围是经过掩饰的热水管。楼上他有一间工作室——他还画点儿画，这个老骗子。他用沉思的安德烈·纪德、柴可夫斯基、诺曼·道格拉斯、
181/4 其他两个著名的英国作家、尼金斯基（只看见大腿和遮羞布）、
哈罗德·道布尔内姆（中西部一所大学里的一个眼神恍惚的
181/5 左翼教授）和马塞尔·普鲁斯特的大幅照片装饰着工作室倾
斜的墙壁（那其实不过是一个顶楼）。所有这些可怜的人似乎就要从倾斜的墙面上倒到你的身上。他还有一本照相簿，上面贴着附近所有那些小男孩和小女孩的照片，当我随意用手翻看那本照相簿，并信口品评上两句的时候，加斯东总噘起
182/1 他的厚嘴唇，渴望地嘟着嘴咕哝道："Oui，ils sont gentils."他
的褐色的眼睛还扫视着四周各种充满感伤色彩、富有艺术性

181/4 其他两个……英国作家：其中之一是威廉·萨默塞特·毛姆（1874—1965），著有《人性的枷锁》（1915），纳博科夫说如果不是因为他依旧在世，也会提到他的名字。纳博科夫告诉我，另一位是英裔美国诗人奥登（1907—1973）。"这些可怜人"，亨·亨说（第184页）。

181/5 大幅照片：这些照片构成了道地的同性恋艺术家神殿：法国作家安德烈·纪德（1869—1951），著有《伪币制造者》，1947年获诺贝尔文学奖；柴可夫斯基（1840—1893），俄国作曲家，纳博科夫无法忍受他"邪恶"和"愚蠢"的歌剧《叶甫盖尼·奥涅金》（《〈叶甫盖尼·奥涅金〉评注》，第2卷，第333页）；诺曼·道格拉斯（1868—1952），英国作家，著有《南风》（1917）；尼金斯基（Waslaw Nijinsky，1890—1950），波兰裔俄国芭蕾舞演员（见第303页），后精神失常，他也是佳吉列夫的恋人（后者在《爱达或爱欲》中是芭蕾舞大师丹格尔利夫［第430页］）；还有马塞尔·普鲁斯特（见16/4）。

182/1 Oui, ils sont gentils：法语；是呀，他们挺可爱。

的小摆设和他自己平庸的toiles（用传统手法画的风格稚嫩的 182/2
眼睛、拆开的吉他、蓝色的乳头和现代的几何图案）。他常对
着一个着了色的木碗或有纹理的花瓶模糊地做个手势，说道：
“Prenez donc une de ces poires. La bonne dame d’en face m’en 182/3
offre plus que je n’en peux savourer.” 或者说：“Mississe Taille
Lore vient de me donner ces dahlias, belles fleurs que j’exècre.” 182/4
（忧郁、伤感、充满厌世的意味。）

我们每个星期总下两三次国际象棋，为了显而易见的原
因，我喜欢在自己家里下。他坐在那儿，两只胖鼓鼓的手放
在膝头，目不转睛地看着棋盘，好像那是一具死尸。这种时
候，他看上去真像一个给砸坏的老偶像。他呼哧呼哧地喘着
气，一连思考了十分钟——接着走出导致失败的一步棋。或
者，那个好人经过更长时间的思考，会喊上一声，au roi！听 182/5
上去就像一条反应迟钝的老狗低沉的叫声，其中有一种咕
噜噜的喉音，弄得他的下颌也跟着颤动起来。等我向他指
出是他自己被我将军的时候，他总扬起弯曲的眉毛，深深
地叹一口气。

有时，从寒冷的书房里我们坐的地方，我可以听到洛光着脚在楼下起居室里练习舞技，但加斯东外在的知觉正相当迟钝，并没觉察那些赤脚的节奏——一、二，一、二，重量移

182/2　toiles：法语；油画。

182/3　Prenez ... savourer：“请尝一个这种梨子，住在街对面那位好太太给了我好些，我可尝不了这么多。”（加斯东的法语陈旧过时，内容也很颓废，尤其是接下来的话。）

182/4　Mississe Taille Lore ... j’exècre：“泰勒太太（故意拼作Taille来表明加斯东的外国口音）刚给了我这些大丽花，我很不喜欢的美丽的花儿。”

182/5　au roi!：将军。

到挺直的右腿，抬起腿来，侧伸出去，一、二；只有在她开始跳跃，跳到空中叉开双腿，一条腿曲着，另一条腿伸展出去，飘然飞舞，而后脚尖落地——只有在这种时候，我那脸色苍白、自命不凡、闷闷不乐的对手才会搔搔头或脸颊，仿佛把远处的砰砰声误当作棋盘上我那威风凛凛的王后厉害的一击。

有时我们正对着棋盘思考，洛会没精打采地走进来——
每次看见加斯东的那副样子，真叫人乐不可支；他那大象似
的眼睛仍然盯着他的棋子，只是出于礼节地起身和她握手，
随即松开她柔软的手指，连看都没有看她一眼，便又坐到椅
子里，跌进我为他布下的陷阱。圣诞节前后的一天，当时我
183/1 大约已经有两个星期没有见到他了，他问我："Et toutes vos
fillettes, elles vont bien?" 从他的这句问话中，我才明白，我的
独一无二的洛丽塔有时穿着蓝布牛仔裤，有时穿着裙子，有
时穿着短裤，有时又穿着有衬里的晨衣一次又一次地出现，
于是他那低垂的忧郁的目光瞥见了各种不同的服装，凭着服
装种类的数目，他把洛丽塔当成了好多个人。

我真不愿意用这么长时间详细谈论这个可怜的家伙（说
183/2 来遗憾，一年以后，他到欧洲旅行期间，偏偏在那不勒斯卷
进了一件sale histoire，就此没有回来）。要不是因为他在比尔

183/1 Et toutes ... bien?：法语；你的那些小姑娘，她们都好吗？

183/2 偏偏在那不勒斯……sale histoire：后一半是法语；卑鄙龌龊的事（与性有关），而且居然会发生在那不勒斯，这地方曾经因其在海港出没的青年男性而臭名昭著，他们有些是男妓。加·戈（G.G.）与亨·亨的关系是这场游戏的另一个"虚假的线索"，是给某些读者设下的陷阱，因为他们会相信第33页上有关亨·亨精神状态的诊断（"潜在的同性恋"）。我认识的数位信奉弗洛伊德的人的确将性感少女诠释为男孩的替身。

兹利的生活和我的案件具有如此离奇古怪的关系，我压根儿就不会提到他。我需要他来为我辩护。他待在那儿，缺乏无论何种才干，只是一个普普通通的教师，一个微不足道的学者，一个愁眉苦脸、令人厌恶、又老又胖的同性恋者，对美国的生活方式不屑一顾，对英国语言又得意地茫无所知——他待在一本正经的新英格兰，受到老年人的抚慰和青年人的爱戴——噢，他生活得十分快活，愚弄了所有的人。而如今我却困在这儿。

七

现在我面临这件令人不快的工作：要来明确地记录洛丽塔品行的堕落。假如在她所激发起的热情中她从来没有占多少份儿，那么纯粹的金钱收益也从来不占什么显著的地位。
183/3 可是我既软弱，又不聪明，我那个在学校上学的性感少女让我成了她的奴隶。随着人的活动天地逐渐减少，情欲、温情和苦恼反而增强了。而她就利用了这一点。

她履行了基本的义务以后每周给她的零用钱在我们初到比尔兹利的时期是两角一分——在那个时期结束前提高到一元五角。她经常从我手里得到各种各样的小礼物，而且只要开口要求，就能吃到天底下的随便什么糖果，看到天底下的随便什么电影，因而那是一个非常慷慨大方的安排——当然，在我知道她眼巴巴地想要得到少年人的某种娱乐时，我也可能亲昵地要她多吻我一次，甚至一系列各种各样的抚爱。可是，她真不容易对付。她每天只是无精打采地挣着她那三个子儿——或是三个五分镍币。事实证明，每当她有权拒绝给我某种救援性命的、奇特的、慢性的、带来完美快乐境界的

183/3 我那个在学校上学的性感少女让我成了她的奴隶：亨·亨是在仿效济慈《无情的美女》（*La Belle Dame sans Merci*，1820），这一节诗描写叙述者在美女引诱他去"精灵的山洞"入眠之后的梦境：

我看见苍白的国王，还有王子，
苍白的武士，他们全都死一般苍白；
他们呼喊道，"无情的美女，
让你成为奴隶！"

亨·亨这位自怜自爱、言不由衷的人此处注意到诱惑他的女孩——技术上说，是个巫女——正在耗尽他的金钱和人性："随着人的活动天地……（第183页）"。《助理制片人》（1943）中的舞台和电影女歌手拉·斯拉夫娃则是"富有同情心的美女"（《纳博科夫的"一打"》，第77页）。

迷魂药时，她是一个十分冷酷的谈判者；离了这种药，我至多只能活上几天，而对这种药，由于爱的那种倦怠本质，我又无法强行去加以夺取。她知道自己那张柔软的嘴的魔力，便设法——在一个学年的时间里——把一次特别亲昵的拥抱的额外代价提高到三块，甚至四块钱。读者啊！在你想象着我在寻求欢乐的折磨下，好像一架丁当作响、完全失常、喷吐财富的机器，丁丁当当地丢出一角、两角五分硬币和数目大得多的一元大银币的时候，可别哈哈大笑；而在那种跳跃的癫痫快要发作的时候，她的小拳头里总紧紧地抓着一把硬币，事后我倒总能把她的小手扳开，除非她一下子溜走，匆匆忙忙地去藏好她的赃物。每隔一天，我都要到学校区域周围转悠，拖着麻木的脚去光顾杂货店，张望着雾气蒙蒙的小巷，倾听着自己心房的跳动和落叶声之间出现的远去的姑娘们的笑声；我还不时潜入她的房间，细看废纸篓里画着玫
瑰花的撕碎的纸片，又在我刚铺好的没人碰过的床上的枕头 184/1
下面搜寻。有一次，我在她的一本书（适当地说——《金银
岛》）里找到八张一元的钞票。还有一次，我从惠斯勒的《母 184/2、184/3
亲》后面的墙洞里找出多达二十四元和一些零钱——大约是二十四元六角——我悄悄地都拿走了。这样一来，第二天，她就对我指控诚实的霍利甘太太是卑鄙的小偷。最终她总算

184/1　画着玫瑰花：即使最小的细节也前后一致；见52/5。

184/2　《金银岛》：史蒂文森的儿童经典（1883年出版）。见158/1。

184/3　惠斯勒：惠斯勒（James McNeill Whistler，1834—1903），英裔美国画家和蚀刻版画家。那幅描绘他母亲的著名油画其实标题为《灰与黑的协奏曲》（*Arrangement in Grey and Black*）。

没有辜负她的智商，找到一个更安全的收藏钱财的地方，始终没被我再发现；不过那时，我已经大幅度地降低了她的身价，要她艰苦而令人作呕地赢得参加学校演戏活动的许可，因为我最担心的，倒不是她会毁了我，而是她会积攒起足够的现钱跑掉。我相信这个可怜的、目光凶狠的孩子已经明白，只要钱包里有五十块钱，她就可以设法到达百老汇或好莱坞——或者到达一家（正在招工的）小餐馆的臭烘烘的厨房，坐落在一个景物凄凉、以前是大草原的州里，风呼呼地刮着，
185/1 星光闪烁，眼前只有汽车、酒吧和酒吧间的男招待，一切都肮脏，破裂，死气沉沉。

185/1 汽车、酒吧……男招待（and the cheers, and the bars , and the barmen）：佻达的内在韵律戏仿贝洛克的诗《塔兰台拉舞》（147/1）：“年轻马夫的欢声和闹声……（And the cheers and the jeers of the young muleteers ...）”亨・亨在诠释他自己的诗句；完整的版本洋洋洒洒地出现在第255—257页上。

八

阁下，我尽了一切努力去处理男孩子的问题。噢，我甚

185/2 《星报》：在1958年版中该报纸的标题未用斜体；已修订。

至常常阅读比尔兹利《星报》上的所谓“青少年专栏”，想知 185/2
道应该怎样举止适宜！

对父亲们的忠告。不要把女儿的朋友吓跑。也许要你明白现在男孩子们觉得她很迷人，有点儿不大好受。在你眼里，她仍然是一个小姑娘。在男孩子的眼里，她娇媚有趣，既可爱又快乐。他们喜欢她。今天，你坐在经理办公室里决定好些大买卖，可是昨天，你也只是替简拿着课本的中学生杰姆。记得吗？现在轮到你女儿了，难道你不想她在她喜欢的男孩子们的爱慕和陪伴下感到快乐吗？难道你不想他们一起有益身心健康地玩得开心吗？

有益身心健康地玩得开心？天哪！

为什么不把这些年轻小伙子当作你家里的客人看

待？为什么不和他们谈谈？引他们说话，逗他们笑，让他们感到轻松自在？

欢迎，年轻人，到这家妓院来。

如果她不守规矩，不要当着与她一起做坏事的伙伴的面大声发作。让她在没有旁人在场的情况下听到你对她表示的不快。不要让男孩子们觉得她是一个老恶魔的女儿。

首先这个老恶魔拟订了一份“绝对禁止的”事项清单，又拟订了一份“勉强允许的”事项清单。绝对禁止的是一对、两对或三对男女的约会——下一步当然就是大规模的狂欢作乐。她可能会跟她的女朋友去逛糖果店，在那儿跟一些偶然遇到的男青年说说笑笑，而我则隔开一段适当的距离，坐在汽车里等候；我还答应如果巴特勒男子中学的一群在社交方面可以接受的男学生邀请她的小组去参加他们每年举行的舞会（当然是在好些年长的妇女陪同之下），我会考虑一下一个十四岁的女孩儿是否可以穿上她头一件“夜礼服”（一种叫十多岁的胳膊细瘦的姑娘看上去像火烈鸟[1]似的长袍）。此外，

[1] 一种涉禽，有粉红色、深红色和黑色羽毛。

我还答应她在我们家举行一次宴会，她可以邀请她的那些比较漂亮的女朋友和在巴特勒的舞会上相识的那些比较有教养的男孩子。不过我相当明确地表示，只要我的管教持续下去，就永远，永远不会允许她跟一个初解风情的小伙子去看电影，在汽车里搂着脖子接吻，到同学家去参加男女混杂的宴会，或者在我听不见的地方，沉迷在男孩与女孩的电话交谈中，即便“只是谈论他和我的一个朋友的关系”。

洛对这一切火冒三丈——把我称作卑鄙下流的无赖和比这更糟的名称——要不是我十分欣慰地很快发现真正叫她感到生气的，不是我剥夺了她哪样具体的乐趣，而是总的权利，我本来大概会动怒的。你知道，我侵害了常规的计划、普通的消遣、“大家都做的事”、年轻人的日常活动，因为什么都不像一个孩子，特别是一个女孩那么保守，就算她是十月果园的雾霭中肤色最为赤褐、最能产生神话的性感少女。

不要误解我的意思。我无法绝对肯定整个冬天，她没有设法随便地去跟陌生的年轻小伙子产生不适当的接触；当然，不管我多么严密地控制她的空闲时间，仍然经常出现一些没
有得到说明的时间漏洞；回想起来，她总用过于详尽的解释 186/1
去加以填补；当然，我的嫉妒的锯齿状的爪子也老给性感少女不诚实的那块精细的织物钩住；但我确实感到——现在仍

186/1 时间漏洞：与奎尔蒂一起度过的时间。有关他出场的索引，见31/9。

可以证明我的感觉的准确性——并没有什么真正叫人感到惊慌的理由。我这么想，倒不是因为我从未发现什么容易察觉的刺耳的年轻嗓音杂在幕后忽隐忽现的那些沉默无语的男人中，而是因为有一点在我看来“明显得出奇”（这是我姑妈西比尔的一句口头禅），所有各种不同类型的中学男生——从“一握手”就激动得浑身冒汗的傻瓜，到驾着一辆加大马力的汽车、满脸粉刺、傲慢自负的强奸犯——一律都叫我那老于世故的小情人感到厌烦。“所有这些关于男孩子的议论令我作呕。”她在一册课本的封面里面潦草地写了这么一句；下面还
187/1 有莫娜（莫娜现在随时都会出现）写的那句俏皮话：“里格怎么样？”（里格也会出现。）

我碰巧看到跟她待在一起的那些公子哥儿都是不知道姓名的。比如“红毛衣”，他有一天，就在下第一场雪的那天——送她回家；我从客厅的窗户里看到他们在我们的门廊旁边交谈。她穿着她的头一件有皮领的棉布外套，梳着我最喜爱的那种发式：前面有着刘海，两边是盘绕拳曲的秀发，后面是生来的鬈发，上面戴着一顶棕色小帽；她那潮乎乎的深色软帮鞋和白色短袜比平时还要邋遢。她在讲话或听对方说话的时候都像往常一样把手里的书紧紧抱在胸前，两只脚始终动个不停：她把右脚大脚趾踏在左脚背上，向后移去，

187/1 俏皮话……里格：里格牧师（The Right Reverend Rigger）（在有些版本中是“麦克特里格”［Reverend MacTrigger］）是一首古老的五行打油诗中的人物，开始是：“有一个忠实的老黑鬼”（There was a right royal old nigger）。“他的五个老婆/日子都过得乐呵呵”，接下来的话都太下流，不适合出现在这里。但可参见乔伊斯的《尤利西斯》，其中布鲁姆曾引用过这首诗（1961年兰登书屋版，第171—172页）。有关暗指乔伊斯之处的概述，见4/11。

双脚交叉，微微一晃，像勾勒草图似的在地上挪动几步，随后又把整个这套动作再做一遍。有个星期天下午，“防风茄克衫”在一家餐馆前和她交谈，而他的母亲和妹妹则想把我引开去跟她们闲聊；我慢吞吞地向前走去，不时回头看看我唯一的情人。她已经养成了不止一种习惯动作，比如把头点上一点，是青少年礼貌地表示简直笑得“直不起腰来”的方式，因此（她一听到我的叫唤），仍然装作忍俊不禁，往后走了几步，随后转过身来，笑意渐渐消逝地朝我走来。另一方面，我非常喜欢——也许因为这总叫我想起她的令人难忘的首次坦白——她的这种习惯，即用诙谐、沉思、听天由命的神气叹息着说上一声“啊呀”，或者在命运的打击真的降临时，用深沉的、几乎气势汹汹的低音发出一声长长的“不”。而我最喜欢的是——既然我们谈到动作和青春——看她骑着她那辆新簇簇的漂亮的自行车在塞耶街上转来转去：直着身子踩在踏板上面，十分起劲地不住蹬着，随后娇弱无力地坐到车座上，而自行车的速度也慢了下来；接着，她会停在我们的信箱旁边，身子仍然跨坐在车上，把她在信箱里找到的一本杂志，匆匆翻阅一遍又放回去，舌头抵着上嘴唇的一侧，用一只脚一撑就骑着车走了，再次飞快地穿行在阳光和暗淡的树荫之下。

总的说来，考虑到我宠坏了的这个小奴隶，考虑到前一年冬天在加利福尼亚州，她娇憨地装出的那种摆弄手镯的举动，我觉得她对周围环境的适应比我原来希望的要好。尽管我永远也不可能适应犯了错误的、伟大的、心肠软弱的人所过的那种始终充满焦虑的生活，但我觉得我正在尽力仿效。经过在洛丽塔冷冰冰的卧室里的一阵倾慕和失望以后，我总躺在狭窄的长沙发上，检阅在我那涨红的心灵的眼睛前面蹑手蹑脚而不是堂而皇之经过的自己的形象，来回顾刚结束的一天。我看着皮肤黝黑、相貌堂堂的亨伯特博士，属于凯尔特族的、大概还是高教会派[1]的且很可能是极端的高教会派的亨伯特博士送他的女儿去上学。我看着他缓缓地露出笑容，和蔼可亲地扬起好似广告画上的浓密的黑眉毛，朝善良的霍利甘太太打招呼；她身上有一股瘟疫的气味（而且，我知道，一有机会，她就会去拿主人的杜松子酒喝）。韦斯特先生，一位退休的法院执行官或是宗教小册子的撰写人——谁在乎呢？——我看见跟他在一起的还有一个邻居（他姓什么来着），他们大概是法国人或瑞士人——在他那有着可以一览无遗的大玻璃窗的书房里坐在打字机前沉思，他的侧面显得相当瘦削，苍白的额头上有一绺几乎是希特勒式的翘着的头发。周末，大家可能会看见亨教授穿着精心裁制的大衣，戴

[1] High Church，英国国教的一派，重视教会权威及仪式，主张在教义、礼仪和规章上尽量保持天主教的传统。

着棕色手套，跟他的女儿一起闲逛到沃尔登饭店（那儿的束着紫色缎带的瓷兔子和装潢漂亮的巧克力纸盒十分有名，你可以在其中坐下，等候一张上面仍然脏巴巴地散布着先前顾客的面包屑的“双人桌”）。平常的日子下午一点左右，大家可
能会看见他一边举止庄严地向目光锐利的伊斯特打招呼，一 188/1
边把汽车倒出车库，绕过那些该死的常绿植物，朝前开上那条路面光滑的道路。在极其闷热的比尔兹利学院图书馆里，他从书本上抬起冷冰冰的目光望着墙上的钟，四周都是呆瞪瞪地陷在人类知识海洋中的一些身材臃肿的年轻女子。他和学院教士里格牧师（他也在比尔兹利中学教授《圣经》）一起
走过校园。“有人告诉我说她母亲是一位著名的演员，在一次 189/1
飞机失事中去世了。噢？大概我弄错了。是这样吗？我明白了。多惨。”（让她的母亲成为理想化的人物，呃？）大家会看见我缓缓地推着手推车跟在W教授的后面，穿过迷宫似的超级市场，W教授也是一个行动缓慢、性情温和的鳏夫，生着一双山羊似的眼睛；大家会看见我只穿着衬衫铲雪，脖子上围着一条黑白两色的大围巾；大家会看见我没有一点儿贪婪急切的样子（甚至从从容容地在草垫上擦了擦脚）跟着我那是个中学女生的女儿走进家去；大家会看见我带着多莉去找牙科大夫看牙——漂亮的护士满脸堆笑地望着她——有不

188/1 目光锐利的（Argus-eyed）：“富有观察力的”；源自希腊神话中的百眼妖魔阿尔戈斯，他被安排监看宙斯喜爱的女孩伊俄。在《黑暗中的笑声》里，欧比纳斯在阿尔戈斯电影院遇见他致命的恋人，她是那里的领票员（第22页）。“我后背满是阿尔戈斯的眼”（My back is Argus-eyed），《俄罗斯诗歌的黄昏》中的叙述者这样说（见3/3）。在《微暗的火》中，杀手格拉杜斯的绰号之一是“达尔戈斯”（d'Argus）；《绝望》中的赫尔曼想象“百眼的天使”（argus-eyed angels）（第101页）；《塞巴斯蒂安·奈特的真实生活》中的主角“似乎有一百只眼”（seems argus-eyed）（第95页）；爱达和凡害怕“去充满机警的目光的地方旅行”（traveling together to Argus-eyed destinations）（《爱达或爱欲》，第425页），凡在探寻自然和时间之意义时，驾驶着一辆“阿尔戈斯”牌汽车（第551页）。

189/1 著名的演员：暗指她像玛琳·黛德丽（第103页）。

189/2、189/3 少旧杂志——ne montrez pas vos zhambes；大家会看见埃德加·亨·亨伯特带着多莉在城里吃饭，按照欧洲大陆用刀叉的方式吃着牛排；大家会看见我以双重身份去欣赏音乐会：两个脸色冷漠、神态平静的法国人并排坐在那儿，亨·亨先生的爱好音乐的小姑娘坐在她父亲的右边，W教授（这位在
189/4 普罗维登斯度过一个有益健康的夜晚的父亲）的爱好音乐的小男孩坐在G. G先生的左边；大家会看见我打开车库，出现了一片把汽车吞没随即又消失了的亮光；大家会看见我穿着色彩明亮的睡衣，在多莉的卧室里猛地拉下窗帘；星期六早晨，我没被人看见，神态严肃地打量着浴室里冬天皮肤变白了的小妞儿；星期天早晨，大家还会看见和听到我这个根本不按时上教堂去做礼拜的人对正朝那个有顶篷的院子走去的多莉说，别太晚了；大家会看见我让多莉的一个目光异常敏锐的同学进门："我还是头一回看见一个男人穿吸烟衫，大伯——当然，在电影里见过。"

189/2 ne montrez pas vos zhambes：法语；别露出你的腿来（按照发音拼成*jambes*来表示美国口音——想到了夏洛特；见44/1）。

189/3 埃德加：对爱伦·坡表示敬意；见75/5和118/2。有关暗指爱伦·坡之处的概述，见9/2。

189/4 普罗维登斯度过一个有益健康的夜晚：当时在罗得岛的普罗维登斯有很大一片红灯区。

九

我期待见到的她那几个女朋友，结果总体上令我大失所望。她们中包括奥珀尔·某某、琳达·霍尔、阿维斯·查普 189/5
曼、伊娃·罗森和莫娜·达尔（当然，除了一个人的姓名， 190/1
其他所有这些人的姓名都声音近似）。奥珀尔是一个羞羞答答、身材难看、戴着眼镜、满脸粉刺的小人儿，十分喜欢多莉，但多莉却总欺负她。琳达·霍尔是学校里的网球冠军，多莉每周至少跟她进行两次单打比赛。我觉得琳达是个真正的性感少女，可是不知为了什么原因，她并没有上我们家来——也许家长不许她来，因而她在我的回忆当中只像室内球场上闪现过的一道自然的阳光。其余的人，除了伊娃·罗森，谁都没有做性感少女的资格。阿维斯是一个丰满的、胖乎乎的孩子，长着两条汗毛浓密的腿。莫娜尽管粗俗肉感，相当健美，而且也只比我那成熟的情人大一岁，但即使她曾经是一个性感少女，如今显然也早已不是了。另一方面，伊娃·罗森，从法国来的一个背井离乡的小人儿，却是一个典型的不太引人注目的漂亮的孩子，目光锐利的好色之徒，从

189/5 阿维斯·查普曼：纳博科夫说："在给偶然的角色取名字时，我喜欢给他们一些有助于记忆的手段，一种私人的标记：因此，我心里将'阿维斯·查普曼'依附于南欧的查普曼黄星绿小灰蝶（*Callophrys avis* Chapman，查普曼当然是最早描述这种蝴蝶的人）。"有关昆虫典故，见6/1。

190/1 除了一个人的姓名……声音近似：指莫娜·达尔。因为她是洛丽塔进行欺骗的同谋，是一个为奎尔蒂（Quilty）打掩护（或蒙被子［quilt］！）的人，亨·亨的报复是将莫娜的名字公之于众。

她身上可以看出性感少女的魅力中的一些基本成分，比如，青春发育期的完美的身材、情意绵绵的眼睛和高高的颧骨。她那光滑的红棕色头发具有洛丽塔的头发的那种丝绸似的光泽，而她那娇嫩的乳白色脸上的眉眼，包括粉红的嘴唇和银鱼似的睫毛，都不如她的同类——种族内部那一大群红头发的孩子——的眉眼性感迷人。她也不炫耀她们的绿色制服，而是像我所记得的那样，经常穿戴许多黑色或深红色的衣物——比如一件十分漂亮的黑色套衫，一双高跟黑皮鞋，涂着深红色的指甲油。我跟她讲法语（让洛非常反感）。这个孩子的音调还极为纯净，但是说到学校和游戏，她就采用通行的美国英语，这时她的言语中会突然出现一种轻微的布鲁克林口音，这在一个到新英格兰的一所私立学校来上学的小巴黎人身上显得相当有趣；这所学校抱着虚假的英国办学宗旨。不幸的是，尽管"那个法国孩子的叔叔"是个"百万富翁"，但我还没有来得及在亨伯特的欢迎来客的住宅里用我那适中的方式欣赏伊娃的芳泽，洛就为了什么原因不跟她来往了。读者知道，对于围绕在我的洛丽塔周围的一群侍从一般的女孩儿、安慰奖似的性感少女，我有多么重视。有一阵子，我尽力想让自己的感官对莫娜·达尔产生兴趣，她常到我们家来，特别是在洛跟她都对演戏十分起劲的那个春季学期。我常感到纳闷，不知道诡诈得叫人无法忍受的多洛蕾丝·黑兹对莫娜说过些什么秘密，因为有次在我一再催促并付了很高代价的要求下，她对我脱口说出了莫娜在海滨跟一个海军陆战队士兵发生的风流韵事中着实令人咋舌的各种细节。洛选择这个漂亮、冷漠、放浪、老练的年轻女孩做她最亲密的好友，相当符合她的特性；有一次我听见莫娜（洛发誓说我听错了）在门厅里欢快地对洛说（在听了洛说自己的毛线衫是纯羊毛的以后）:“也是你身上唯一纯洁的东西，小家伙……”她天生一副出奇嘶哑的嗓音，一头烫成波浪形的暗黑色头发，长着一双突出的琥珀色的眼睛和两片富有诱惑力的嘴唇，耳朵上还戴着耳环。洛说老师们曾经因为她身上戴着那么许多人造珠宝饰物而对她加以告诫。她的两只手老是发抖。她的智商是一百五十，为此而心里十分烦恼。我还知道在她那像成年女子似的后背上有颗极大的深褐色的痣，那是在洛跟她穿着领口开得很低、色彩柔和、薄如轻纱的衣服去参加巴特勒中学举行的舞会的那个晚上我看到的。

我现在要讲那一学年的事稍微早了一点儿，但我还是禁不住要去回忆那一学年的全部经过。达尔小姐对于我想要探听出洛认识些什么样的男孩子的尝试，巧妙地闪烁其词。洛到琳达的乡间俱乐部去打网球了，先前曾打电话回来说她可能要晚回来整整半个小时，所以问我可不可以招待一下莫娜，因为莫娜要来跟她排练《驯悍记》[1]中的一场戏。漂亮的莫娜运用抑扬顿挫的嗓音、她所能施展出的全部妖媚的态度和声调，两眼紧盯着我，眼神里也许还微微带着——我会不会看错了？——一丝清晰的嘲讽色彩，回答说："噢，伯父，其实，多莉对男孩倒并不十分在意。事实是，我们是竞争对手。她和我都迷上了里格牧师。"（这是一个玩笑——我已经提到过这个愁眉苦脸的巨人，长着个马儿似的下巴。在为家长举行的一次茶话会上——我现在记不起确切的时间了——他所谈的对瑞士的印象叫我厌烦得几乎想要杀人。）

那场舞会怎么样？噢，它成了一场狂欢。一场什么？一场恐慌。总之，十分可怕。洛跳了好多次吗？噢，并不多得惊人，只是能跳多少就跳了多少。她，倦怠乏力的莫娜，觉得洛怎么样？伯父？她觉得洛在学校里的表现好吗？啊呀，她确实还是个小孩子。但她的一般表现是……？噢，她是一个顶呱呱的孩子。但到底怎么样？"噢，她是个小宝贝。"莫娜最后说道，突然叹了口气，拿起恰巧就在手边的一本
192/1 书，改变了脸上的神情，假装皱起眉头，问道："给我讲讲鲍尔·扎克吧，伯父。他真的那么出色吗？"她把椅子挪得离我的椅子那么近，因而我透过润肤液和乳霜闻出了她那令人兴

[1] 莎士比亚1593—1594年写成的一部喜剧。

192/1 鲍尔·扎克（Ball Zack）：法国小说家巴尔扎克（Honoré de Balzac，1799—1850）。

味索然的肌肤的气息。一个突如其来的古怪的念头刺伤了我：我的洛是不是在充当拉皮条的角色？要是这样，她可找错了替身。我避开了莫娜盯着我的冰冷的目光，谈了一会儿文学。后来多莉回来了——眯起她的暗淡无神的眼睛朝着我们看了看。我让这两个朋友去干她们想干的事。楼梯转弯处一扇布满蜘蛛网的门式小窗上的一个方格子里安了一块深红色的玻璃，处于众多未被沾污的长方格子中间的这块血淋淋的伤口，以及它那不对称的位置——骑士从顶端所走的一步[1]——总奇怪地叫我感到心神不定。

[1] 指国际象棋中骑士走的一步一般是直行两方格加上横行一方格，或者横行两方格加上直行一方格，所以是“不对称”的。

一〇

有的时候……别瞎扯啦，准确地说究竟有多少次，伯特？你能想起四次、五次，或者更多次这样的时刻吗？或者，就没有人的心能经受两次或三次吗？有的时候（我对你的这个问题没有什么话要说），洛丽塔偶然在家预备她的家庭作业，嘴里含着一支铅笔，懒洋洋地侧身坐在一张安乐椅中，两条腿架在椅子扶手上，我总摆脱我所有的教师的约束，不顾我们所有的争吵，忘掉我所有的男性自尊——确确实实地
192/2 爬到你的椅子跟前，我的洛丽塔！你总看我一眼——阴沉、可怕、询问的一眼："当然不行，不要再这样子"（怀疑，恼怒）；因为你从来不肯相信我会没有什么具体的意图，而只是渴望把我的脸埋在你的格子呢裙子里，我的宝贝！你的那两只纤弱的光胳膊——我多么渴望抱着它们，抱着你所有的晶莹可爱的四肢，像一匹给抱起来的小马，把你的头捧在我那一无可取的双手之间，随后把太阳穴处的皮肤朝两边抹去，亲吻你眯缝着的眼睛，你总说："求你了，别来缠我，好不好？看在上帝分上，别来缠我。"我总在你的注视下从地上站

192/2 我的洛丽塔：这个短小的一章听上去好似所谓"真正爱情"主题中一阵急促的和弦。这个简洁的"拉丁"熟语（见45/1）出现在第32、44、53、66、79、80、92、111、115、128、134、154、166、167、176、190、198、199、207、231、241、247、167、177、178、184、193、309、311页。"我独一无二的洛丽塔"（第183页），"我那孤独、轻盈的洛丽塔"（第285页）和"我那墨守成规的洛丽塔"（第287页）则是该格式的变换。

起来，你的脸还故意抽动，模仿我的tic nerveux [1]。可是没有关系，没有关系，我只是个野蛮的人，没有关系，让我们把我的悲惨不幸的故事说下去吧。

[1] 法文，神经质的抽搐。

一一

有个星期一上午，大概是在十二月，普拉特请我到学校去谈一次。多莉最近的成绩很差，我知道。可是，对于这次邀请，我并不满足于这样一种似乎相当有理的解释，而是想象出各种各样的可怕情形，只好用一品脱我“小桶里的酒”壮一壮胆，才敢去面对这次会谈。我心怀鬼胎，慢吞吞地走上绞刑架的梯级。

她是一个身材高大的女人，头发花白，衣衫不大整洁，长着一个宽大扁平的鼻子和两只小眼睛，戴着一副黑边眼镜——“坐下吧。”她说，指着一张日常使用的、羞辱性的踏脚凳，自己则笨重而充满活力地坐到一把橡木椅子的扶手上。她面带笑容、十分好奇地瞅了我一会儿。我想起来我们初次见面的时候，她也曾这样，但当时我还能不冒风险地沉下脸来回望着她。她的目光离开了我。她陷入了沉思——大概是假装的。她拿定了主意，在膝盖上一叠又一叠地揉着她的深灰色的法兰绒裙子，想去掉粉笔灰或什么别的痕迹。随后，她仍然揉着，并没有抬起头来，说道：

“我来问你一个坦率的问题，黑兹先生。你是欧洲大陆来的一位老派的父亲吧?”

193/1 “呃，不，”我说：在1958年版中“不”后面没有逗号，现已修改。

“呃，不，”我说，“也许有点儿保守，但不是你所说的 193/1
老派。”

她叹了口气，皱起眉头，用咱们言归正传的方式把两只胖乎乎的大手一拍，又用她那亮晶晶的小眼睛紧盯着我。

“多莉·黑兹，”她说，“是个可爱的孩子，但性成熟的突然到来好像给她带来了麻烦。”

我微微欠了欠身。我还能做些什么呢?

“她仍在生长发育的肛门和生殖两个区域之间来回摆动，”普拉特小姐说，一边还用她那两只布满赤褐色斑点的手比划着，“她基本上还是个可爱的——”

“对不起，”我说，“什么区域?”

“瞧你这老派的欧洲人!”普拉特喊道，一边朝我的手表上轻轻拍了一下，蓦地露出了她的假牙，“我所说的就是那种生物和心理的欲望——你抽烟吗? ——并没有在多莉的身上相互交融，可以说是还没有进入一个匀称圆满的形式。”她的双手有一刹那好像捧着一个看不见的甜瓜。

“她讨人喜欢，相当聪明，不过也很粗心，”(这个女人依然高坐在那儿，呼吸粗重，抽出时间看了看她右手办公桌上那个可爱的孩子的成绩报告单。）“她的分数越来越差。我很纳闷，黑兹先生——”她又假装沉思起来。

“噢，”她兴致十足地继续说道，“至于我，我也抽烟，而且，正如可敬的皮尔斯博士过去常说的那样：我并不为此感到得意，但我就是喜欢。”她点着了香烟，从鼻孔里喷出来的烟气好像一对獠牙。

我来给你说几件小事，这不需要花多少时间。现在让我来瞧瞧（在她的文件堆里东翻西找）。她根本不听雷德科克[1]小姐的话，对科莫兰特小姐也粗鲁得简直叫人难以相信。这是我们的一份特别研究报告：喜欢跟着全班集体唱歌，不过似乎心不在焉；双腿交叉，按着节拍晃动左腿；常用的词语种类：最普通的青少年俚语范围内的二百四十二个单词，外面则有一圈显然是欧洲的多音节词；上课时老是唉声叹气。让我来瞧瞧。对。现在讲的是十一月的最后一个星期。上课时老是唉声叹气；使劲儿嚼口香糖；没有咬她的手指甲，不过如果咬了，那倒与她的一般表现更为吻合，当然是科学地说；行经，据本人说，完全正常；目前并没有加入任何教会组织。顺便问一句，黑兹先生，她母亲是——？噢，我明白了。那么你是——？无人负责的事，我想，上帝就该负责。我们想要了解一些别的情况。我知道她在家里没有一定的分

[1]“雷德科克”，原文是Redcock，意思是“红公鸡”。

内工作。你让你的多莉成了一位公主，黑兹先生，是吗？唔，我们还搜集到一些什么别的情况？爱惜书籍；嗓音悦耳；常常格格发笑；有点儿精神恍惚；自己私下开一些玩笑，比如把有些老师姓名的头一个字母调换；头发很薄，是深褐色的， 195/1
富有光泽——唔（扑哧一笑），这一点你大概知道；鼻子并不堵塞，脚掌弧度很大，眼睛——我来瞧瞧，我在哪儿还有一份最近的报告。啊，在这儿。戈尔德小姐说多莉打网球的姿势十分优异出色，甚至比琳达·霍尔的姿势还要好，可是在思想集中和积分方面的成绩却只是“差到中等”。科莫兰特小姐无法断定多莉有没有异常的控制感情的能力或者压根儿就没有。霍恩小姐报告说她——我指的是多莉——不会用词语 195/2
表达自己的感情，而据科尔小姐说多莉的新陈代谢功能是极好的。莫娜小姐认为多莉有些近视，应该找一个好的眼科大夫看看，但雷德科克小姐坚持认为这个姑娘是假装眼睛疲劳，好让老师不对她的学业成绩不好加以追究。最后，黑兹先生，我们的研究人员对一个真正关系重大的问题感到纳闷。现在，我想问你一件事。我想知道你已故的妻子或是你自己，或是家里的任何别人——我知道她在加利福尼亚有几个姨母和一个外祖父，是吗？——噢，曾经有过！——真对不起——哎，我们都感到纳闷，不知家里有没有谁向多莉讲解过哺乳动物

195/1 老师姓名的（teachers'）：1958年版中少了省文撇。

195/2 霍恩小姐……科尔小姐（Miss Horn ... Miss Cole）：两位老师姓名的第一个字母对调了。如果“纠正过来”的话，这两个姓就构成一个下流动词（将Horn同Cole的第一个字母对调，组成新词cornhole，美国俗语，意为“肛交”。——译注）。有关类似的换音构词，见179/1。

的繁殖过程。总的印象是十五岁的多莉对两性问题仍然病态地不感兴趣，或者说得确切一点，抑制住她的好奇心来维护她的无知和自尊。好吧——十四岁。你瞧，黑兹先生，比尔兹利中学并不相信蜜蜂和鲜花以及鹳和相思鸟那一套，但却相当坚决地认为应该让学生们对男女满意地结为夫妇、成功地生儿育女有所准备。我们觉得只要多莉肯把心思放在她的功课上，她就能取得极大的进步。科莫兰特小姐的报告在这方面值得注意。说得婉转一些，多莉往往爱好放肆无礼。可是大家都觉得，primo [1]，你应该让你的家庭大夫把生活常识告诉她；secundo，你应该让她乐于在青少年俱乐部或里格博士的组织里，或者在我们家长的美好的家里跟她同学的兄弟交往。

“她可以在她自己美好的家里会见男孩子。”我说。

“我希望她这样，”普拉特轻松愉快地说，“我们问起多莉有什么烦心的事，她总不肯谈论家里的情况，但我们跟她的一些朋友谈了。真的——唔，比如说吧，我们坚持要你不要
196/1 反对她参加戏剧小组的活动。你必须允许她参加演出《猎获的魔术师》。在预演中，她是那么一个完美无瑕的小仙女。春天某个时候作者要到比尔兹利学院来待几天，可能会在我们的新礼堂里看一两次排演。我是说那也完全是年轻、活泼、

[1] 拉丁文，首先；下文secundo的意思是“其次”。

196/1 《猎获的魔术师》(*The Hunted Enchanters*)：“作者”是奎尔蒂（见第200页），虽然普拉特把标题说错了（其实是《着魔的猎人》，依据的是旅店的名称和那些狂热追求者，有常见和不常见的变异［见108/2］）。但在比喻的意义上，她是正确的，因为奎尔蒂的确是在猎获施魔法的人（洛丽塔），由她的看护者普拉特来犯下这个准确的“错误”是很恰当的。有关暗指奎尔蒂之处的概述，见31/9。

美丽的人儿玩乐的一部分。你必须理解——”

“我一向以为，”我说，“自己是一个十分通情达理的父亲。”

“噢，当然，当然，但科莫兰特小姐认为，而我也比较同意她的看法，多莉受到找不到发泄方法的性的观念的困扰，就戏弄和折磨其他的女孩子，甚至我们年轻的教师，因为她们确实也跟男孩子们有一些清白无邪的约会。”

我耸了耸肩膀。一个卑鄙的流亡人士。

“让我们共同商量一下，黑兹先生。这个孩子到底哪儿出了问题?”

“在我看来，她相当正常，也很快乐。”我说（大祸终于临头了吗? 我给发觉了吗? 她们找了施行催眠术的人吗? ）。

“叫我烦心的是，”普拉特小姐说，一边看着她的手表，又开始把整个话题重复一遍，“老师和同学都觉得多莉总很敌对，心怀不满，不肯暴露思想——大家都不知道你为什么那么坚决地反对一个正常孩子的所有自然的娱乐活动。”

“你是说性游戏吗?”我在绝望中故作轻快地问道，成了一个走投无路的老耗子。

“唔，我当然欢迎这个文明的术语，”普拉特咧嘴笑着说，“不过问题并不在这儿。在比尔兹利中学的主持下，演戏、舞蹈和其他正常的活动严格地讲都不是性游戏，不过女孩子们的确会遇到男孩子，如果这就是你所反对的事儿。”

“好吧，”我说，我的踏脚凳也发出一声疲乏的叹息，“你赢了。她可以去演那出戏。只要男性的角色都由女性扮演。”

“我一贯总被外国人，”普拉特说，“至少是入了美国籍的外国人，运用我们丰富语言的那种令人钦佩的方式所吸引。我相信负责戏剧小组的戈尔德小姐准会高兴得不得了。我注意到她是少数几个似乎还喜欢——我是说似乎觉得多莉还好管教的老师之一。我想这只解决了一般的问题；现在有一个特殊的问题。我们又遭到了麻烦。”

普拉特恶毒地停了下来，接着便用食指在鼻孔下面揉着，使的劲儿那么大，弄得她的鼻子好像跳起一种战争的舞蹈。

“我是一个直率的人，”她说，“可是习俗总是习俗。我觉得很难……让我这么说吧……沃克夫妇，就是住在被我们这一带称作公爵府的那座房子，你知道，就是山上那所灰色大宅子里的那对夫妇——他们把两个女儿送到我们学校来念书，而穆尔校长的侄女也在我们学校就读；她可真是个娴雅有礼的孩子，且不提其他一些十分出色的孩子。在这种情况下，发现样子像个有身份的小姐的多莉竟然使用一些你这个外国人大概根本不知道或者不懂的词，那真叫人感到十分震惊。

也许，这样说不定好一些——你希望我现在就把多莉叫到这儿来一起谈谈吗？不要？你知道——好吧，我们就开诚布公地谈谈，把这件事解决掉吧。雷德科克小姐六月里就要结婚了，多莉用口红在雷德科克小姐分发给女学生们的一些健康手册上写了一个非常下流的四个字母的词；据我们的卡特勒博士告诉我，那是粗俗的墨西哥西班牙语中用来表示小便池的脏词。我们认为她应当放学后留在学校里——至少留半个小时。但如果你愿意——”

“不，”我说，“我不想破坏校规。过后我会和她谈的。我会把事情弄清楚的。”

“行。”这个女人从椅子扶手上站起身来说。

“说不定我们不久就会再次碰头；要是情况没有改善，我们也许会请卡特勒博士对她加以分析。”

我是不是应该和普拉特结婚，随后再把她掐死呢？

“……也许你的家庭大夫会乐意检查一下她的身体——只

197/1 她现在在蘑菇室：精明的《舞台名人录》的读者已经知道了；见31/8，这种植物被视为男性生殖器象征。

是一次常规的检查。她现在在蘑菇室——那条走道那边的最 197/1

后一个教室。”

现在不妨来解释一下，比尔兹利中学仿效英国一所著名的女子学校的办法，给它的各个教室都起了“传统的”别号：蘑菇室、八号内室、B室、BA室等等。蘑菇室里散发着一股

198/1 臭气，黑板上方挂着一幅雷诺兹《未解风情》的深褐色的复制品，还有几排样子笨拙难看的课桌。在一张课桌旁边，我
198/2 的洛丽塔正在看贝克《戏剧创作技巧》中“对话”的那一章。四周十分安静，另外还有一个女孩子，裸露着瓷器一般雪白的脖子，长着一头银灰色的秀发。她坐在前面，也在看书，完全脱离了现实世界，一边不停地老把一绺柔软的鬈发绕在一个手指上。我在多莉身旁坐下，正好就在那个脖子和那头秀发后面，解开大衣；花了六角五分，外加对于参加学校戏剧演出的许可，让多莉把她那染了墨水又有粉笔灰的、指节发红的手放到课桌下面。噢，无疑，我多么愚蠢，多么莽撞，但在经受了那番折磨以后，我实在不能不利用一下我知道再也不会发生的结合。

198/1 雷诺兹：雷诺兹（Joshua Reynolds，1723—1792）是英国画家。《未解风情》（*The Age of Innocence*）描绘了一位年轻女孩独自站在树下，而不是出现在这个房间（“散发着臭气”的蘑菇室）。

198/2 贝克：贝克（George Pierce Baker，1866—1935）在哈佛大学教授一门很有名的戏剧写作课程，他的《戏剧创作技巧》（*Dramatic Technique*，1919）是很受欢迎的课本。

198/3 伊尔斯·特里斯特拉姆逊大夫（Dr. Ilse Tristramson）：特里斯丹（Tristram［n］）是凯尔特传奇中一位著名的英雄，特里斯丹和伊索尔德的爱情故事广为传扬。特里斯丹的故事出现在托马斯·马洛礼爵士（Sir Thomas Malory）的《亚瑟王之死》（*Morte d'Arthur*，1485）第10至12卷中。马修·阿诺德（Matthew Arnold）的《特里斯丹和伊索尔德》（*Tristram and Iseult*，1852）、斯温伯恩的《里昂内斯的

一二

圣诞节前后，她患了严重的感冒，莱斯特小姐的一位朋
友，伊尔斯·特里斯特拉姆逊大夫给她作了检查（嗨，伊尔 198/3
斯，你是个可爱的、不爱刨根问底的人，你非常轻柔地抚摸
了一下我的鸽子）。她诊断说是支气管炎，拍拍洛的后背（由
于发烧，她那花朵般的身子挺得笔直），叫她卧床休息一个
星期或更长时间。起初，按美国人的说法，她“体温升高”，
而我却无法抗拒那种给我带来意想不到的乐趣的剧烈的热 198/4
量——Venus febriculosa——尽管在我怀抱里呻吟、咳嗽、颤 198/5
抖的是一个十分倦怠无力的洛丽塔。她刚一复原，我立刻举
行了一场有男孩子参加的晚会。

也许为了迎接这场严峻的考验，我酒喝得稍微多了一点儿。也许我是自己丢人现眼。女孩子们给一棵小枞树作了装饰，把它点亮——这是德国人的风俗，只不过用彩色灯泡取代了蜡烛。挑选好的唱片都放进了我房东的电唱机。漂亮的多莉穿了一条十分好看的灰色连衣裙，上部十分合身，下面的裙子则像喇叭似的展开。我哼着歌曲，退回到楼上我的书

特里斯丹》（*Tristram of Lyonesse*，1871）、丁尼生的《最后一场比赛》（*The Last Tournament*，1871）均涉及了这一主题。亨·亨还提到过“爱情影片中的特里斯丹”（第254页）。特里斯丹的后代们是爱情诗人。给洛丽塔做检查的医生的双关姓名是基于爱情故事和爱情故事戏仿这样一种小说的精神；但是，该姓名还向劳伦斯·斯特恩致意，他那笔法繁复和非现实性的小说《项狄传》（*Tristram Shandy*, 1767）或许可称为第一部现代小说（有关《项狄传》的典故，还可参见《解锁》，第96页）。斯特恩、乔伊斯和纳博科夫在美学上相近，这一点与“文学影响”没有关系，但足以让人们称呼《尤利西斯》和《洛丽塔》为“特里斯丹的后代”。“我喜爱斯特恩，但是我在俄国时并没有读过他。”纳博科夫说（《威斯康星当代文学研究》访谈）。见255/4了解另一个斯特恩典故；另见109/1，此处亨·亨的文字游戏涉及斯特恩。

198/4 热量：“产生和维持身体热度的生理能力”。

198/5 Venus fabriculosa：拉丁文；“微微有点儿发烧的维纳斯”。此处模仿医学术语来描述洛丽塔的病症。见137/1了解其他提到这位罗马爱与美之女神的地方。见第270和274页了解波提切利描绘她的著名油画。

房——随后每隔十或二十分钟，我就像个白痴似的走下楼去待一会儿，表面上为了从壁炉台上拿我的烟斗或寻找报纸；而每往楼下多去一次，这些简单的动作就变得越发难以完成。这叫我想起了非常遥远的日子，当时我总打起精神，随随便便地踱进拉姆斯代尔那所宅子的一个房间，房里正在放《小卡尔曼》。

那个晚会并不成功。受到邀请的三个女孩子中有一个根本没来，而有个男孩子又把他的表弟罗伊带来了，这样就多了两个男孩子；那表兄弟俩对各种舞步都很娴熟，而另外两位则几乎根本不会跳舞；一晚上的大部分时间都用于把厨房里弄得乱七八糟，接着就没完没了、叽叽喳喳地讨论打什么牌。后来，两个女孩子和四个男孩子就打开所有的窗户，坐在起居室的地板上，玩一种猜字游戏，但奥珀尔却怎么也弄不明白，而莫娜和罗伊——一个英俊瘦削的小伙子——却坐在厨房的餐桌上，摆动着他们悬着的腿，喝着姜汁汽水，热烈地讨论宿命论和平均律。等他们都走了以后，我的洛哼了一声，闭上双眼，一屁股倒在一把椅子里，手脚像海星似的摊开，表示出极度的厌恶和疲惫，并发誓说她还从没见过如此叫人讨厌的一群男孩子。为了她说的这句话，我给她买了一把新网球拍。

一月的天气潮湿而温暖；二月的天气愚弄了连翘花：市
民们谁也没有见过这种天气。其他的礼物滚滚而来。我为她
的生日给她买了一辆自行车，就是上文已经提过的那辆母
鹿一般十分可爱的车子——另外还有一部《现代美国绘画
史》。她骑车的姿势，我是指她走近车子的姿势、跨上车时
臀部的动作、那种潇洒的风度等，都给了我极大的快乐；不
过我试图提高她的绘画趣味的努力却失败了。她想知道在多 199/1
丽丝·李的干草堆上睡午觉的那个家伙是不是前景中那个装
着很妖媚的顽皮姑娘的父亲，并且无法理解为什么我说格兰
特·伍德或彼德·赫德的作品好，而雷金纳德·马什或弗雷
德里克·沃的作品则糟不可言。

199/1 多丽丝·李……弗雷德里克·沃：此处谈到的那幅多丽丝·李（Doris Lee，1905—1983）的油画名为《晌午》（*Noon*），表现一个男人用帽子遮着脸，在干草堆上睡觉，前景中有个女孩和另一个男人在干草堆旁做爱（曾刊登于《生活》杂志，1937年9月20日， 第3页 ）。所有这些艺术家都是现实主义画家，但在1950年代就已经过时了。格兰特·伍德（Grant Wood，1892—1942）因细致地描绘突出的美国主题而著名，尤其是《美国哥特式》（*American Gothic*，1930）——“一个好书名”——冷静讽刺地描绘了一对中西部夫妇的肖像。彼德·赫德（Peter Hurd，19004—1984） 的题材主要是西南地区，包括肖像画（1967年他名扬天下，因为当时的约翰逊总统拒绝了赫德给他画的一幅肖像，称之为“我见过的最丑陋的东西”）。雷金纳德·马什（Reginald Marsh，1898—1954） 不知疲倦地记载纽约的平民（如果不是底层民众）生活，风格更写实，但缺少画家的艺术加工（此处修订了他的名字［s而非1958年版的c］）。弗雷德里克·沃（Frederick Waugh，1861—1940）主要创作海洋主题。纳博科夫的角色像其创造者一样（见263/3）通常都很了解艺术并且能随意表达意见。纳博科夫作为一个昆虫学家，很看重精确性，但作为小说家和评论家，他瞧不起别人将非凡的技巧用于平庸。在《普宁》中，雷克先生这样教训说：“达利其实是诺曼·罗克威尔的孪生兄弟，婴孩时期被吉卜赛人拐走了（Norman Rockwell［1894—1978］，美国20世纪早期重要画家及插画家，记录了20世纪美国的发展与变迁。——译注）”（第96页）。

一三

春天用黄色、绿色、淡红色装点塞耶街的时候，洛丽塔再也无可挽回地一心只想演戏。有个星期天，我恰巧看到普拉特和一些人在沃尔登饭店里吃午饭，隔了老远她就看到了我望着她的目光，趁洛没有注意，谨慎而表示好感地做了个轻轻拍手的动作。我讨厌戏剧，认为历史地说，它是一种原始又腐败的形式，一种带有石器时代的礼仪和平民百姓的胡闹的风味的形式，尽管出现了那些个别的注入时代精神的作品，比如
200/1 说，一个关在小屋里的读者从资料中自动发掘出的伊丽莎白时代的诗歌。当时我忙于自己的文学创作，没有费神去阅读《着魔的猎人》的全文，在这出短剧中多洛蕾丝·黑兹被指派扮演
200/2 一个农夫的女儿，她想象自己是林地女巫、戴安娜或什么别的人物，她凭借自己得到的一本催眠术的书，在被一个浪游四方的诗人（莫娜·达尔）的符咒魔力制服前，使许多迷失路途的猎人陷入了各种各样有趣的昏睡状态。我收集到的这点内容都来自洛扔在屋子里各处的七零八落、皱皱巴巴、打字打得乱七八糟的剧本。这个剧本的标题和一家难以忘怀的旅馆名称的

200/1 伊丽莎白时代：那个年代的戏中戏在此处很恰当，因为《着魔的猎人》的作用也是这种形式（第201页上提到的其他“短剧”也如此，尽管后者没那么重要）。见51/1和《导言》，第XXIV页。

200/2 戴安娜：罗马月神，狩猎和童贞的保护神；同希腊女神阿尔忒弥斯。

巧合，多少叫人略带惆怅地感到愉快：我疲乏地想到最好不要
让我的那个迷人精注意到这一点，免得她会厚着脸皮指责我感
情脆弱，这样会比她根本没有注意到这一点更叫我感到痛心。
我以为这出短剧只是某个陈腐的传奇故事的另一个翻版，作者
实际上姓氏不明。当然，什么也不能阻止一个人这样设想，为
了寻找一个引人注目的名称，旅馆创办人直接地、完全地受到
了他所雇用的一个二流壁画家偶然产生的怪念头的影响，随后
旅馆的名称又促使人想出了这个剧本的标题。可是，在我的轻 200/3
信、简单、慈善的心里，我恰巧朝相反的方向牵强附会，实际
上并没有对整个这件事多作思考，就以为那幅壁画、旅馆名称
和剧本标题都是出自共同的来源，出自当地的一个传说，而那
是我这个对新英格兰的口头传说不甚了了的异乡人所无从知晓
的。因此，我有一种印象（所有这一切都很偶然，你知道，完
全无关紧要），这出讨厌的短剧属于曾被多次改编供青少年阅
读的那类奇思异想的玩意儿，就像理查德·罗的《汉泽尔和格 201/1、201/2
雷特尔》、多萝西·多伊的《睡美人》，或莫里斯·弗蒙特和马 201/3
里恩·朗佩尔迈耶的《皇帝的新装》——所有这些剧本都可以
在任何一本《学生常演剧本》或《让我们来演戏》中找到！换
句话说，我并不知道——而且就算知道，我也不会在意——
《着魔的猎人》实际上是一部最近刚完成的、技术上相当新颖

200/3 促使人想出了这个剧本的标题：想出这个标题当然是因为洛丽塔使亨·亨和奎尔蒂两人都着魔；他们在旅店的谈话出现在第126—127页。正如在纳博科夫的小说世界里经常发生的那样，这个标题反映或者折射出的主题在时间上有距离，但在空间上并非如此，只要一切以“诗人……为核心”（《说吧，记忆》，第218页）。塞巴斯蒂安死的那一年，“据说同一个电影看了三次——道地寡淡无味的电影，叫作《着魔的花园》”（《塞巴斯蒂安·奈特的真实生活》，1941年，第182页）。见《导言》，第XXIII—XXIV和LVII页，其他典型的例子见3/3、12/1、188/1和240/1。

201/1 《汉泽尔和格雷特尔》：三个“短剧”均改编自与欺骗和着魔相关的童话故事。

201/2 理查德·罗：佚名的法律诉讼的一方；如果双方真名都不知，则甲方称“约翰·多伊”，乙方称理查德·罗。多萝西·多伊则是无关法律的另一方。

201/3 莫里斯·弗蒙特……朗佩尔迈耶（Maurice Vermont ... Rumpelmeyer）：纳博科夫说，“我隐隐约约却始终记得弗蒙特和朗佩尔迈耶都是真实存在的！”（也许是从电话簿上抓来的名字。）无论“真实”与否，选择这些姓名，是因为它们都可以双关或玩弄皇帝的旧衣装：rumple（弄皱，形成不规则的折纹），Vermont（弗蒙特，一种美利奴羊，羊皮极其多皱褶）。Maurice指向后面的梅特林克，他编造了更多装腔作势的童话故事；而*Rumpelmeyer*也暗指Rumpelstiltskin（《侏儒妖》），是个童话，故事中美丽的主角发现了坏蛋可笑的名字之后才找到答案。有关《洛丽塔》中类似的场景，见第272页。

的作品，就在三四个月前刚由纽约一个自命文化修养高级的剧
组首次上演。在我看来——因为我可以根据我那可爱的人儿扮
演的角色来加以评判——它好像是一部相当沉闷乏味的幻想作
201/4、201/5、201/6 品，好些地方仿效勒诺芒、梅特林克和英国各个温和的梦想家
的作品。那些戴着红帽、穿着完全相同的服装的猎人一个是银
行家，另一个是管子工，第三个是警察，第四个是丧事承办
人，第五个是保险商，第六个是逃犯（你瞧瞧可能会有些什么
人！）。他们在“多莉的幽谷”里思想发生了彻底的变化，只
记得他们的现实的生活跟小戴安娜把他们从中唤醒的梦境或噩
201/7 梦一样；但是第七个猎人（戴着一顶绿帽子，这个傻瓜）是一
个“青年诗人”，他坚持认为戴安娜和她所提供的娱乐（跳舞
201/8 的仙女、小精灵和怪物）都是他这个诗人的创造发明，这叫戴
安娜十分恼火。我知道赤脚的多洛蕾丝非常厌恶这种自以为是
的态度，最后带领穿着格子花的裤子的莫娜到“危险的树林”
后面父亲的农庄上去，向那个吹牛的家伙表明她不是诗人头脑
中的形象，而是一个切切实实的乡村姑娘——最后一分钟的亲
吻用以加强剧作的深刻寓意，也就是说幻想和现实在爱情中融
为一体。我觉得还是不当着洛的面评论短长较为明智：洛那么
充满活力地全神贯注于“表情问题”，又那么娇媚地把她两只
狭长的佛罗伦萨画派的小手合在一起，扑闪着眼睫毛，恳求我

201/4　勒诺芒：Henri René Lenormand（1882—1951）。在两次大战之间那段时期，他是那些关注潜意识动机的法国戏剧家的中心。他被视为弗洛伊德的信徒，但是他声称自己的戏剧是基于情感冲突而非智识系统。勒诺芒相信所有无私行为的动机都是自私的冲动。在他的戏剧中，人被置于大自然中，气候条件被视为塑造人类行为的力量。《时间如梦》（*Le Temps est un songe*，1919）和《邪恶的阴影》（*À l'Ombre du mal*，1924）是他最有名的两部作品。纳博科夫说，此处提到勒诺芒只是泛指。虽然有些勒诺芒的作品深受戏仿者喜爱，但纳博科夫心里却并没有具体想到他的哪一部作品。勒诺芒的戏剧《堡垒之家》（*La Maison des Remparts*）有关一位名叫洛丽塔的女孩，但是纳博科夫从未看过或读过这部戏剧。

201/5　梅特林克：梅特林克（Maurice Maeterlinck，1862—1949）的名声在十九世纪最后十年和二十世纪第一个十年处于顶峰，当时这位生于比利时的作家撰写的反自然主义的象征主义戏剧影响广泛。他努力展示人们内心生活的神秘及其与宇宙的关系，创造出静止的剧场，具有丰富的气氛但少有行动。他获得1911年诺贝尔文学奖，最著名的戏剧包括《佩利亚斯与梅丽桑德》（*Pelleas et Melisande*，1892）和《青鸟》（*L'Oiseau bleu*，1909）：见250/7和301/5。三十年代他应制片人路易·B.梅耶之邀去好莱坞，撰写了一部象征主义电影剧本，结果把梅耶吓坏了，他宣称，“主角居然是一只该死的蜜蜂！”

201/6　英国……梦想家：此处纳博科夫想到的是巴里（Sir James M. Barrie，1860—1937），苏格兰小说家和戏剧家，曾撰写《彼得潘》（1904）和《给灰姑娘的吻》（*A Kiss for Cinderella*，1916）；另外还有刘易斯·卡罗尔（见131/3和264/1）。

201/7　第七个猎人：见249/2和《导言》，第XXV页。这位猎人暗指作者本人。

201/8　小精灵：有关“小精灵”和童话故事主题，见31/3，该主题强调了娱乐的确是“诗人的发明”。

不要像有些可笑的家长那样去看她们排练，因为她想用完美无瑕的首场演出来叫我目眩神迷——而且因为我不论在什么情况下总爱插嘴，说些错话，当着别人的面叫她很受拘束，无法充分发挥她的演技。

有一场十分特殊的排练……我的宝贝儿，我的宝贝儿……五月里欢快地下着阵雨的一天——一切都滚滚而去，我既没理解，也没留下什么记忆。晚半天儿，我后来看见洛跨在自行车上，身子保持平衡，用一个手掌紧紧按着我们草地边上一棵幼小的桦树那湿漉漉的树皮，这时她脸上绽放出的喜悦亲切的笑容给我留下了十分深刻的印象，因而有一刹那，我以为我们所有的烦恼都过去了。“你还记得，”她说，“那家旅馆的名字吗？你知道（鼻子皱了起来），说啊，你知道——就是大厅里有那些白颜色的柱子和大理石天鹅的。哦，你知道（呼气的声音很响）——就是那家你在那儿强奸了我的旅馆。好吧，别再提了。我是说，它是不是（几乎低声耳
202/1 语）叫‘着魔的猎人’？唉，是吗？（沉思地）是吗？”——
接着发出一声多情的充满青春活力的笑声，她啪地打了一下光滑的树身，就往坡上骑去，一直骑到路的尽头，再骑回来，双脚踩在静止的踏板上休息，姿势放松，一只手一动也不动地搁在印花裙子的兜里。

202/1 是吗？：她很高兴，因为意识到奎尔蒂是因为她才如此命名这部戏剧的。

一四

因为弹琴大概跟洛对跳舞和演戏的兴趣密切有关，我允许她去跟着一位埃姆佩罗小姐（就像我们的法国学者可以 202/2
相当方便地这么称呼她的那样）学钢琴；比尔兹利离她那幢有着蓝百叶窗的白色小屋差不多有一英里远，洛每个星期骑车到那儿去两次。快到五月底的一个星期五晚上（就在洛没让我参加的那次特别的排练后一个星期左右），我正在书房 202/3
里居斯塔夫——我是说加斯东——的国王[1]旁边扫荡，电话响了，埃姆佩罗小姐问我下星期二洛去不去，因为她本星期二和今天都没有去上课。我说她一定会去的——便继续下棋。读者完全可以想象得到当时我的才智所受到的影响，又走了一两步棋，轮到加斯东走的时候，我透过满心忧伤的轻烟薄雾发现他可以把我的王后吃掉；他也注意到了这一点，但认为这可能是他的狡猾的对手所设下的圈套，他迟疑了好半晌，呼哧呼哧地喘着气，摇了摇下巴，甚至偷偷地朝我瞅了几眼，把又短又粗、簇在一起的手指踌躇地微微向前伸了一伸——渴望吃掉那个甘甜肥美的王后，却又不敢下手——

[1] 指国际象棋中的王。

202/2 埃姆佩罗小姐（Miss Emperor）：朗玻乐小姐（Mlle. Lempereur）是爱玛·包法利的音乐教师。爱玛借上课之名去鲁昂见莱昂，欺骗丈夫（第三部分，第五章）。也见《解锁》，第25页。有关福楼拜，见145/3。

202/3 居斯塔夫：因为洛丽塔仿效了爱玛的榜样，亨·亨心里还在想着福楼拜（而不是特拉普）。

突然他朝它猛扑过去（谁知道这是否使他学会了往后的一些鲁莽行为？），于是我心情阴郁地花了一个小时才和他下成平局。他喝完了白兰地，不久迈着笨重的步子走了，对这

203/1 盘棋的结局相当满意（mon pauvre ami，je ne vous ai jamais revu et quoiqu'il y ait bien peu de chance que vous voyiez mon livre，permettez-moi de vous dire que je vous serre la main bien cordialement, et que toutes mes fillettes vous saluent）。我发现多洛蕾丝·黑兹坐在厨房里的餐桌旁边，正在吃一块切开的馅饼，两眼盯着她的剧本。这时她抬起始终神色沉静的双眼

203/2 迎着我的目光。对于我发现她逃课，她仍然显得出奇地镇定，并且d'un petit air faussement contrit说她知道自己是个十分淘气的孩子，只是没有能够抵御魅惑，把那些学琴的时间都用

203/3 在——读者啊，我的读者！——跟莫娜去附近的公园排练魔幻的树林那场戏上了。我说了声"好"——就大步走到电话旁边。莫娜的母亲接了电话："是啊，她在家，"接着带着一个做母亲的那种不明确的出于礼貌的愉快笑声退到一旁，没有对着电话机喊道，"是罗伊的电话！"接着莫娜窸窸窣窣地走来，立刻用低沉单调、相当温柔的声音开始责备罗伊说过的什么话或做过的什么事，我连忙打断了她，莫娜马上用最谦恭、最迷人的女低音说道："是，伯父"，"当然啦，伯父"，"这件不

203/1 mon pauvre ami ... saluent：法语；我可怜的朋友，从此我就没有再见到你。虽然你不大有可能会见到我这本书。请允许我告诉你，我十分真诚地和你握手，我的小姑娘们也向你致意。

203/2 d'un ... contrit：法语；虚假的悔恨神色。

203/3 跟莫娜……排练：她在那儿同奎尔蒂见面。见31/9了解有关他出场的概述。

幸的事都得怪我，伯父”（多么能言善辩！多么泰然自若！），“老实说，我也觉得这样很不好”——等等等等，正如那些小妓女所会说的那一套。

于是我走下楼去，清了清嗓子，控制住情绪。这时洛在起居室里，坐在她心爱的那张垫得厚厚的椅子上。她懒散地靠在那儿，咬着手指上的一根倒刺，用无精打采、蒙蒙眬眬的眼睛嘲笑着我，同时用伸在一张小凳子上的那只没穿鞋子的脚的后跟轻轻摇动着那张凳子，这时我蓦地感到一阵十分令人难受的眩晕，发现自从两年前我初次见到她以来，她身上起了多么大的变化。要不这种情况只是最近这两个星期才发生的？Tendresse？[1] 当然，那是一个被戳穿的虚构的信念。她正好坐在我炽烈的愤怒的焦点上。所有贪淫好色的迷雾都给一扫而空，除了这种可怕的清醒，什么都没有留下。唉，她已经变了！如今她的肤色与任何一个粗俗、邋遢的中学女生的肤色没有什么两样；她们用龌龊的手指把大家合用的化妆品抹在自己没有洗过的脸上，对于接触她们皮肤的究竟会是什么肮脏的混合物、什么带脓的表皮一点也不在意，以前她那皮肤光滑娇嫩、充满青春气息的脸蛋显得那么可爱，挂着泪珠的时候又显得那么光艳照人，我常开玩笑地把她那头发蓬乱的脑袋放在我的膝头摆弄。如今那种天真无

[1] 法文，柔情吧？爱情吗？

邪的光彩被一种粗俗的红晕所取代。当地称作“兔热病”的那种疾病使她表示轻蔑的鼻孔边染上了火红色。正如在恐惧时那样，我垂下目光，无意识地顺着她紧张地伸着的那条裸露的大腿下侧望去——她的腿长得多么光滑，多么健壮！她的眼睛像毛玻璃似的灰蒙蒙的，微微有点儿充血。她把这双分得很开的眼睛紧紧盯着我。我看出其中闪现出的那种隐秘的思想：不管怎么说，也许莫娜是对的，她，没有父母的洛，可以揭发我的所作所为，而自身免于处罚。我犯了多大的错误，我有多么恼怒！她周身的一切都同样地叫人冒火，难以捉摸——匀称有力的双腿、袜底肮脏的白色短袜、她不顾屋内闷热穿着的那件厚毛线衫、她的少女气息，特别是她那泛着奇特的红光、嘴唇刚涂过口红的死气沉沉的下半截脸。她的门牙上还留着一些口红的痕迹，我突然回想起一件十分令人不快的往事——出现在脑海里的不是莫尼克的形象，而是好多年前在一家小客栈里的另一个年轻妓女的形象；当时，我还没来得及决定是否仅仅因为她年轻我就该去冒染上某种可怕疾病的危险，她就已经被另一个人抢先叫去了。那个妓女也正好长着
204/1 这种泛出红光的突出的pommettes，也死了妈妈，生着两颗大 204/1 pommettes：颧骨。
门牙，她那土黄色的头发上扎了一小条脏乎乎的红缎带。

“哎，说吧，”洛说，“她的证词让你满意吗？”

"是的，"我说，"完全满意。是的，我不怀疑是你们两个人一起编造出来的。事实上，我毫不怀疑你已经把我们的一切都告诉了她。"

"噢，是吗？"

我屏住呼吸，说道："多洛蕾丝，这种情况必须马上停止。我准备把你拖到比尔兹利外边去，关在你知道的那个地方，这种情况必须停止。我准备一收拾好手提箱就带你走。这种情况必须停止，否则什么事都会发生。"

"什么事都会发生，嗯？"

我一把抢走了她用脚后跟摇晃着的那张小凳子，她的脚砰的一声落到了地板上。

"嘿，"她嚷道，"别发急嘛。"

"你先上楼去，"我也嚷道——同时一把揪住她，把她拉了起来。从这时起，我不再控制自己的嗓音，我们彼此继续朝着对方大声嚷叫，她说了好些粗鄙下流的话。她说她讨厌我。她朝我做了好些丑恶难看的怪相，鼓起两腮，发出恶魔似的噗噗的声音。她说我是她母亲的房客的时候，就好几次想要奸污她。她说她肯定是我谋杀了她母亲。她说她会跟头一个向她提出要求的人上床睡觉，我对此什么办法也没有。我说她得上楼，去把她所有的藏钱的地方都指给我看。那是一个吵吵嚷嚷、充满仇恨的场面。我捏住她尽是骨节的手腕，她不停地把手腕扭来扭去，偷偷地想找到我的弱点，好在一个有利的时刻猛地挣脱出去，但我紧紧地抓住她，事实上弄得她很痛；我希望我的心会为此而腐烂。有一两次，她那么使劲地猛抽她的胳膊，我真怕她的手腕会给拉折；她自始至终用那两只令人难以忘怀的眼睛紧盯着我，心里憋着的怒火和热泪在眼睛里挣扎。我们的声音压过了电话的铃声，等我觉察到它那丁零零的声音的时候，她立刻逃走了。

我似乎跟电影里的人物一起分享电话机和它那突然降临的神灵的功德。这一次原来是一个怒气冲天的邻居打来的。起居室里东面的窗户恰巧大开着，不过窗帘倒令人宽慰地放了下来；窗外，阴冷的新英格兰春季的漆黑、潮湿的夜晚一
206/1 直在屏息静听。我始终以为那种头脑龌龊的黑线鳕似的老处女是现代小说中大量文学近亲繁殖的结果，但现在我深信那个假装正经又一肚子淫欲的伊斯特小姐[1]——或者揭穿她这个隐匿姓名的人，芬顿·莱博恩小姐——在尽力想听明白我们争吵的内容时，大概从她卧室的窗口把身子探出了四分之三。

“……这种喧闹……毫无意义……”电话听筒里呱呱地叫着，“我们可不是住在一幢经济公寓里，我必须强调……”

我为女儿的朋友们这么吵吵嚷嚷表示道歉。年轻人，你

206/1 黑线鳕似的（baddocky）：像鱼的（近似于鳕鱼）；此处作为形容词的用法是亨·亨的杜撰。

[1] “伊斯特”，原文为East，意思是“东面”，“东方”。

知道——说着就把接下去那一声半呱呱声挂断了。

楼下那扇纱门砰地响了一声，是洛吗？逃跑了吗？

透过楼梯上的那扇窗户，我看见一个迅速奔跑的小幽灵悄悄穿过灌木丛；黑暗中有一个银白色的小点——自行车车轮的轮毂——移动起来，一闪一闪，她走了。

那天晚上，汽车恰巧停放在城里商业区的一家修理工场里。我别无选择，只好步行去追踪这个飞速逃跑的人。甚至直到现在，已经过去了三年多的时光，只要心目中一出现春天夜晚的那条街，那条已经那么枝叶扶疏的街，我仍不免惊慌地倒抽一口冷气。莱斯特小姐正牵着费比恩小姐那条患了水肿的dackel在她们的灯光明亮的门廊前散步。海德先生差一点把它撞倒。走三步，跑三步。一阵温热的雨点开始嗒嗒嗒嗒地打在栗树树叶上。在前面那个街角上，有个模糊不清的小伙子把洛丽塔推靠在一道铁栏杆上，搂着她狂吻——不，不是她，我弄错了。我的手指仍然感到热辣辣的，我继续向前飞奔。 206/2、206/3

206/2 dackel：德语；德国小猎狗。

206/3 海德先生：在史蒂文森的《化身博士》（*Dr. Jekyll and Mr. Hyde*，1886）中，海德也同样撞倒了一个小女孩。请注意亨·亨把自己比作史蒂文森这个“双重身份”故事中的邪恶自我。有关史蒂文森，见158/1和《导言》，第LXIX—LXXII页。

在十四号以东半英里左右的地方，塞耶街跟一条私家车道和一条横街交错在一起；那条横街通往市区。在经过的头一家杂货店前面，我看到——心头一下子感到如释重负！——洛丽塔的漂亮的自行车正在那儿等她。我没有拉门，而是推了一下门，再拉一下，再推一下，再拉一下，随后走了进去。看哪！大约十步以外，洛丽塔，隔着电话亭的玻璃（膜状的神灵仍与我们同在），正用手兜着话筒，十分秘密地弓身站着，她眯起眼睛看见了我，就带着她的财宝转过身去，
207/1 赶紧挂断电话，挥了挥手走了出来。

“想往家给你打电话，”她乖巧地说，“已经作出一个重大的决定。不过先给我买杯饮料，爹。”

她看着那个脸色苍白、无精打采的冷饮柜台女伙计把冰块放进杯子，又倒进可口可乐，再加上一点儿樱桃汁——这时我心里充满怜爱、痛苦的情绪。那个娇弱的手腕。我可爱的孩子。你有一个可爱的孩子，亨伯特先生。她走过的时候，我们
207/2 总对她表示赞美。皮姆先生看着皮帕把调制的饮料吸进嘴去。

207/3 J'ai toujours admiré l'œuvre ormonde du sublime Dublinois. 这时，那场雨成了一阵激起淫欲的大雨。

“嗨，”她说道，在我身旁骑着车，一只脚蹭着在黑暗中闪闪发亮的人行道，“嗨，我作了一个决定。我想离开学校。我不喜欢这所学校。我不喜欢这出戏，真不喜欢！再也不回去了。另外找一所吧。马上离开。再去作一次长途旅行。不过这次我想去哪儿，我们就去哪儿，成吗?”

我点了点头。我的洛丽塔。

207/1 赶紧挂断电话：她是在同奎尔蒂通话。

207/2 皮姆……皮帕（Pim ... Pippa）：暗指米尔恩（A. A. Milne，1882—1956）的剧作《皮姆先生走过》（*Mr. Pim Passes By*，1919），以及勃朗宁的《皮帕经过》。也见《解锁》，第20页。参见117/2了解另一个提到《皮帕经过》之处，另外还有《微暗的火》，第186页。有关《我的前公爵夫人》中的弗拉·潘道夫，见《微暗的火》，第246页。

207/3 J'ai toujours ... Dublinois："我一直相当钦佩那位卓越的都柏林人的［奥蒙德］（*ormonde*）作品。"这位卓越的人指詹姆斯·乔伊斯，但是法语中并没有*ormonde*这个词；它指的是都柏林的奥蒙德酒店（Hotel Ormond，没有e），该酒店餐厅为《尤利西斯》中所谓的"塞壬"章节提供了场景，这个名称是最具乔伊斯风格的双关语——*hors*［*de ce*］*monde*（"这个世界之外的"，是进一步的致意）。（也见《解锁》，第20页。）此处表示钦佩的暗指是以间接的乔伊斯方式表达的。同样具有都柏林人精神的则是那辆"乔斯-乔伊斯车"（jolls-joyce），《爱达或爱欲》的主角曾经在一个场景中驾驶着它（第473页），见4/11。在1966年的全国教育电视新闻网访谈中，纳博科夫说，"二十世纪最伟大的杰作是，按以下顺序：乔伊斯的《尤利西斯》；卡夫卡的《变形记》；别雷［（Andrei Bely，1880—1934），俄国小说家。——译注］的《圣彼得堡》；以及普鲁斯特的《追忆逝水年华》的前半部分"。"看完小小的普鲁斯特之后，应该再看大大的乔伊斯，"《爱达或爱欲》中有一句置于括号里的话是这样说的，这是略带嘲讽的爱达自己添加在"文稿"旁的，"爱达可爱的旁注"（第169页）。薇拉·纳博科夫曾见过笔者那本《洛丽塔》翻开的书页，上面用几种颜色的铅笔和墨水写着层层叠叠的评语，使得原书的文字几乎难以辨认。她说："亲爱的，这看上去像你那本《尤利西斯》。"虽然乔伊斯和纳博科夫之间有很强的艺术亲和力，但他否认了形式上"影响"的可能性："我在二十世纪早期曾经偶然瞥见过一眼《尤利西斯》，第一次真正接触它是在三十年代，当时我已经是十足成型的作家，对于任何文学影响都具有免疫力。我是在相当晚的时候才来认真研究《尤利西斯》的，那是在五十年代，当时要为在康奈尔大学授课做准备。这是我在康奈尔大学所受教育的最好一部分"（《威斯康星当代文学研究》访谈）。见221/1。

纳博科夫不止钦佩乔伊斯，还认识他。"三十年代晚期我在巴黎见过他几次。"纳博科夫回忆说，"他的亲密朋友保罗和露西·莱昂也是我的老朋友。有天晚上，他们带他来参加我受邀举行的一个有关普希金的法语讲座，由加布里埃尔·马塞尔主持（后来发表在《新法兰西评论》上）。我是最后一分钟被请去替代另外一位匈牙利女作家的，她在那个冬天非常出名，是一部畅销小说的作者，我还记得书名是《捕鱼猫咪街》（*La Rue du Chat qui Pêche*），但不记得那位女士的名字了。我的几位朋友害怕由于这位女士突然生病，换成了普希金讲座，可能会导致突然空场，就竭力召集了一些他们知道我会喜欢的听众。结果讲座场上就有了一种杂七杂八的感觉，在那位女士的书迷中产生了一些困惑。匈牙利领事把我当成了她的丈夫，我一进去，他就向我冲过来，满嘴唾沫地表示慰问。我一开始说话，有些人就离场了。令人难以忘怀的是看见乔伊斯手臂交叉，眼镜闪着光，坐在那些匈牙利足球队员中间。另一次是我们夫妇俩同他在莱昂饭店就餐，接下来是一晚上友好的长谈。谈些什么我一个字都不记得了，但是我妻子记得乔伊斯问了一种俄国'蜂蜜酒'（*myod*）的确切成分，因为每个人给他的回答都不一样。"

纳博科夫在吉塞尔·弗罗因德（Gisèle Freund）和弗·布·卡尔顿（V. B. Carleton）所著《詹姆斯·乔伊斯在巴黎：最后的岁月》（*James Joyce in Paris*：*His Final Years*, New York，1965）中也有过乔伊斯风格的登场。该书第44—45页上描写了巴黎《尺度》杂志（*Mesures*）编委的一次会议，九位知识界人士围着一张花园餐桌坐着，有标题标注这些人，包括西尔维亚·毕奇（Sylvia Beach）、阿德里安娜·莫尼耶（Adrienne Monnier）、亨利·米肖（Henri Michaux）、让·波朗（Jean Paulhan），还有雅克·奥迪贝蒂（Jacques Audiberti），他是一位高瘦的男人，站在后面，朝下看，他的脸在阴影里，面带一丝微笑，仿佛奇迹般地预知二十八年后的那个标题会将他误作为"奥迪贝蒂"。如此否定本来就已经是笔名的V.西林的存在，从而概括了俄国移民生活沧桑变幻的性质，并且令他扮演花园中神秘男人的角色，这个角色基于穿棕色雨衣的无名男人，是《尤利西斯》中那位神秘男人，"瘦长的笨蛋"（布鲁姆如此称呼他）。此人的名字曾经被一位报纸记者误作"M'Intosh"（雨衣的英文是macintosh，记者拼错了。——译注），结果他却在这个名字下得到了永生。这张照片也收入了《三季刊》（第17期，冬季号，1970年）。

207/4 “由我挑吗？ C’est entendu ?”她问道，一边在我身旁微微晃动了一下身子。只有在她是个十分听话的小女孩的时候才讲法语。

207/5 “好吧。Entendu.[1] 现在快跑，快跑，快跑，勒诺尔，否则你全身都会湿透的。”（我胸中感到一阵哽咽。）

她露出牙齿，并且依照她那女学生的可爱样子，倾身向前，接着就飞快地骑走了，我的小鸟儿。

莱斯特小姐用她那修饰得十分完好的手把门廊的门拉开，

207/6 让一条步履蹒跚、qui prenait son temps的老狗进去。

洛在那棵幽灵似的桦树旁边等我。

“我全身都湿透了，”她放声大叫着说，“你高兴吗？让那出戏见鬼去吧！明白我的意思吗？”

一个看不见的女巫婆伸手砰地关上楼上的一扇窗。

在我们的门厅里，闪耀着欢迎的明亮的灯光，我的洛丽塔脱下身上的毛线衫，甩了甩她那缀满水珠的头发，朝我伸出两只光胳膊，还提起一条腿：

“请把我抱上楼去。今儿晚上我觉得有点儿罗曼蒂克。”

在这当口，我竟有本事——我想是一种十分奇特的情形——在另一场暴风雨中始终涕泪滂沱，生理学家知道了大概会很感兴趣。

［1］法文，说定了。

207/4 C’est entendu?：法语，就这么说定了？

207/5 勒诺尔（Lenore）：虽然爱伦·坡写过一首同名诗歌，但此处主要暗指德国狂飙突进运动时期的诗人布格尔（Gottfried August Bürger，1747—1794）最为著名的戏剧民谣之一中的同名主角。亨·亨回应了其中最有名的一句诗，描写勒诺尔同她的幽灵爱人骑马走远：“现在快跑，快跑，飞奔，飞奔，飞奔，飞奔！……”（第149页）。也参见《解锁》（第141等页）。此处的暗指是讽刺性的，因为勒诺尔为她的情人伤心。纳博科夫在他的《〈叶甫盖尼·奥涅金〉评注》中讨论了这首诗（第3卷，第153—154页）。

207/6 qui ... temps：法语；从容不迫。

一五

刹车重新换过，水管堵塞排除，阀门也启动过，还有许多其他的修理和改进，都由头脑不很呆板但却相当慎重的亨伯特爸爸付钱做了，因此到了准备开始一次新的旅行的时候，已故的亨伯特太太的那辆汽车外表显得相当不错。

我们向比尔兹利中学，古老卓越的比尔兹利中学保证，一等我在好莱坞的聘用期结束就回来（我暗示说，富有创作才能的亨伯特将在拍摄的一部以“存在主义”为题材的影片中担任总顾问，当时“存在主义”还很热门）。实际上，我正胡乱考虑着怎样缓缓穿过墨西哥边境——如今我比去年勇敢多了——到那儿再决定究竟拿我的小情妇怎么办，眼下她身高六十英寸，体重九十磅。我们找出旅行指南和地图。她兴致十足地定下了我们的路线。是不是由于那些演剧活动，她才长大了许多，不再具有青少年的那种厌倦的神气，而变得那么可爱地渴望探索丰富的现实？在那个光线暗淡但相当暖和的星期天上午，我们离开了凯姆教授那幢茫然无知的房子，208/1
沿着大街朝有着四条车道的公路开去，这时我体验到轻松的

208/1 凯姆教授（Professor Chem）：源自“化学”（Chemistry）一词。

梦幻意境。我的情人身上穿的黑白条纹的棉布连衣裙、头上戴的漂亮的蓝色软帽、脚上穿的白色短袜和褐色软帮鞋跟她脖子上戴着的一小条银项链上那一大块雕琢得很美的海蓝宝石不大相配：这是我送她的一样春雨中的礼物。我们经过新饭店，她笑起来。“把你的想头说出来，我给你一个子儿。”我说，她立刻伸出手掌，但就在这时，前面出现了红灯，我只好猛地把车刹住。我们停下来的时候，另一辆小汽车也滑行着停在我们旁边，一个样子十分引人注目、像个运动员似的瘦削的年轻女人（我在哪儿见过她？），脸色红润，梳着一头耀眼的赤褐色的齐肩长发，清脆响亮地说了声“嗨”跟洛招
208/2 呼——随后对着我感情奔放、富有启示地（想起来了！）并且在某几个字上加重了语气说道：“把多莉从这出戏里拉走，
208/3 太不应该了——你应该听一下那个作家在那次排练后说的那些赞赏她的话——”“绿灯啦，你这笨蛋，”洛压低嗓音说，同时，圣女贞德（在我们到当地那家剧院看的一场演出中，她扮演这个角色）挥了挥一只戴着手镯的胳膊欢快地向我们告别，随后猛地把我们抛在后面，突然转进校园大街。

“究竟是谁啊？是弗蒙特还是朗佩尔迈耶？”

209/1 “不——是埃杜萨·戈尔德——给我们辅导的那个姑娘。”

“我不是指她。那出戏究竟是谁编的？”

208/2 富有启示地（想起来了！）（edusively [placed!]）：这是一个拼凑的词，出自*educible*（*educe*：得出、引出；见埃杜萨［*Edusa*］，第209页），杜撰出来与前面“感情奔放”（effusively）一词押韵。通过双关Edusa这个名字，他终于想起了她是谁。

208/3 作家：奎尔蒂。见31/9。

209/1 埃杜萨·戈尔德（Edusa Gold）：根据黄纹豆粉蝶取名，这是一种金桔黄色的欧洲蝴蝶，曾经被称为*Colias edusa*。见231/1。有关昆虫学典故，见6/1。

209/2 是一个老婆子：是奎尔蒂；洛丽塔王顾左右而言他的计策成功了；见273/1。

209/3 自然高潮：回应“创伤”经历；13/3。

“噢！对了，当然。是一个老婆子，大概叫克莱尔什么的。那儿这样的人很多。” 209/2

“那么她夸奖了你吗?”

“夸奖了我的眼睛——她亲了亲我纯洁的额头。”——接着我的宝贝儿就发出那种新的短促尖锐的欢笑声，这种笑声——也许与她的演戏习性有关——是她新近开始喜爱采用的方式。

“你是个古怪的小家伙，洛丽塔，”我说——或是诸如此类的话，“你放弃了那种荒唐的舞台表演活动，我自然非常高兴。不过奇怪的是，你竟然在整个事情的自然高潮只有一个 209/3
星期就要到来时把它丢下了。噢，洛丽塔，你对自己放弃掉的那些事物应当小心谨慎。我记得你为了营地放弃了拉姆斯代尔，又为了驾车兜风放弃了营地。我还可以举出你思想上的其他一些突然的转变。你应当小心谨慎。有些事物永远也不应放弃。你一定要坚持下去。你应当努力对我好一点儿，洛丽塔。你也应当注意你的日常饮食。你要知道，你大腿的周长不应当超过十七英寸半。超过这个数字就可能不可救药（我当然是在开玩笑）。我们现在出发去作一次快乐的长途旅行。我记得——”

一六

我记得童年在欧洲时曾热切地盯着一幅北美洲的地图，
看见“阿巴拉契亚山脉”醒目地从亚拉巴马州向上绵延到新不
伦瑞克[1]，因此它跨越的整个地区——田纳西州、两个弗吉
尼亚州、宾夕法尼亚州、纽约州、佛蒙特州、新罕布什尔州
和缅因州，在我的想象中就仿佛一个巨大的瑞士甚至中国西
藏，山峦起伏重叠，一座座壮丽的钻石似的山峰，巨大的针
210/1、210/2 叶树，披着光灿灿的熊皮的le montagnard émigré，Felis tigris
210/3 goldsmithi，以及待在梓树下的北美印第安人。所有这一切眼
下都归结为一片小得可怜的市郊草地和一座冒烟的垃圾焚化
炉，真叫人感到沮丧。再见了，阿巴拉契亚！我们离开那儿，
210/4 穿过俄亥俄州，三个以字母“I”开头的州[2]以及内布拉斯加
州——啊，第一阵西部的气息！我们从从容容地旅行，花了
一个多星期才抵达大陆分水岭处的韦斯，她热切地希望在那
儿看到标志魔洞季节性开放的那种礼仪舞蹈，随后至少走了
三个星期才抵达西部某州的胜地埃尔菲恩斯通，她又急切地
210/5 盼望攀登那儿的红岩；新近有个演技成熟的电影明星喝醉了

[1] New Brunswick，加拿大东南部的一省。

[2] 指印第安纳州、伊利诺伊州和衣阿华州，三州英文名称的第一个字母都是“I”。

210/1 le montagnard émigré:“被放逐的山民”，这是一幅夏多布里昂肖像画下面的说明以及他的一首“浪漫曲”（romance，伤感歌谣或歌曲）的标题。*Émigré* 指旅居国外的人；这个词最初指逃离法国革命的保皇派人士（例如夏多布里昂）。《被放逐的山民》最初发表于1806年，后来收入夏多布里昂的故事《阿邦赛拉齐末代王孙的奇遇》（*Les Aventures du dernier Abencerage*），其中有一位年轻的法国战俘吟唱了一些无名的诗篇。有几行诗在《爱达或爱欲》中很重要，实际上出现在叙述阿迪斯庄园那部分的中心；见第138—139和141页（也见第106、192、241、342、428和530页）。更多有关夏多布里昂，见145/4。

210/2 Felis tigris goldsmithi：分类学拉丁词:“哥尔斯密的老虎”（Goldsmith's tiger；*Felis*：属；*tigris*：物种；*goldsmithi*：亚种），暗指哥尔斯密（Oliver Goldsmith，约1730—1774）的长诗《荒村》（“The Deserted Village”，1770）:“蹲俯的老虎等待着不幸的猎物”（该动物其实是美洲狮，而非老虎）。纳博科夫在他的诗歌《发现》（“A Discovery”）中写道:“我将它发现为它命名，我熟谙/分类得当的拉丁文”（6/1）。当然不能这样形容亨·亨，他完全不熟悉这些事情（见纳博科夫的话，6/1）。

210/3 梓树：植物学用词;“美国和亚洲紫葳科的任何一种小亚属树木”。

210/4 内布拉斯加……第一阵西部的气息：戏仿1960年前内布拉斯加州到处可见的口号:“内布拉斯加——西部从这里开始!”

201/5 红岩：最初的岩石出现在第13页上。纳博科夫告诉我说，这个意象完全无意指向《荒原》（第25节）中出现的“红岩”——提到这一点是因为有数人来信询问。

酒跟她的男伴发生争吵后，就从那儿跳下身亡。

我们又受到不少小心在意的汽车旅馆用题写的文字所表示的欢迎，诸如：

“希望各位在此有宾至如归之感。一切设备在你们到来后均经过仔细检查。你们的驾驶执照号码已经记录在案。请节约使用热水。我们保留不事先通知就把任何行为不检的人撵出去的权利。不要把任何废物丢进马桶。谢谢。欢迎再次光临。管理处。附言：我们把我们的客人看作世上最为品格高尚的人。”

在这些吓人的地方，双人房我们要付十元，苍蝇一个接
一个地爬在没有纱门的房门外边，顺利地钻了进来，我们前
面房客的烟灰仍留在烟灰缸里，枕头上有一根女人的头发，
你听见隔壁房里的客人在壁橱里挂他的外套，衣架都被巧妙
地用一圈圈铜丝固定在木条上防止人家偷盗，而最侮辱人的
是成对的两张床上面挂的画也完全是相同的一对。我还注意
到商业风气正在改变。出现了要把小旅馆合并起来逐渐形成
210/6 大客店的趋势。瞧啊（洛并不感兴趣，但读者也许感兴趣），
又添造了一层楼，增加了一个休息厅，小汽车都改停到公共
车库里，汽车旅馆又恢复成完美旧式的客店。

210/6 大客店（caravansary）：见164/1。

我现在告诫读者不要嘲笑我和我的神思恍惚。让读者和

211/1 侦探故事：指勒布朗（Maurice Leblanc，1864—1941）的一部作品，他可以说是法国的柯南·道尔。见250/5。

211/2 未被发觉的人：指奎尔蒂。有关书中暗指他的地方的概述，见31/9。

211/3 飞马（Pegasus）：美孚石油公司的商标；在希腊神话中，飞马珀伽索斯是美杜莎（Medusa）死时从她头里跃出来的带翼飞马，他一脚踏出了希波克林（Hippocrene），美杜莎之泉。他是诗歌灵感的象征。

我在现时解释过去的命运相当容易；但正在形成的命运，说真的，却不是那种你只需密切注意关键情节的普通神秘的故事。我青年时期有一次看过一个法国侦探故事，故事的关键 211/1
情节实际都是用斜体字印出来的，但这可不是麦克费特的方式——即使你确已学会识别某些隐约模糊的征兆。

比如：我不会发誓说在我们到中西部去的那段行程刚刚开始时或之前，她一次也没有设法把某些消息告诉一个或多个未被发觉的人，或者跟一个或多个未被发觉的人取得联系。 211/2
我们曾经在一家招牌上画有飞马的加油站停下，她从座位上 211/3
溜下车去，溜到加油站后部。当时我待在发动机罩后面，弯身看着加油工操作，翘起来的发动机罩有一会儿正好挡住了她，叫我无法看见。我为人比较宽厚，当时只慈祥地摇了摇头，尽管严格地说她这样四处观看是禁忌的，因为我本能地感到，出于某些难以理解的理由，厕所——还有电话亭——都正好是我的命运可能会受到阻碍的地点。我们都有这种决定我们命运的对象——在一种情况下可能是一片反复出现的风景，在另一种情况下可能是一个数字——都是经神明仔细挑选以便我们抓住不少具有特殊意义的事情：在这儿约翰说话总结结巴巴，在那儿简总伤心欲绝。

好了——我的小汽车已经给拾掇好了，我也把车从加油泵旁边开走，好让工人给一辆小型运货卡车加油——这时，在风声萧萧的灰暗的暮色中她的失踪越来越叫我感到心情沉重。不是头一次，也不是最后一次，我紧盯着眼前那些固定不变的平凡琐碎的事物，心里非常郁闷不安，以致它们在我眼里，就像发现自己落入了我这个束手无策的游客视野的大睁着眼睛的乡巴佬，几乎显得有些吃惊：那个绿色的垃圾箱，那些待售的漆黑的、外侧有白圈的轮胎，那些闪亮的汽油罐，那个里面放着各种饮料的红色冰箱，六七个扔在好似没有完成的纵横字谜的木格中的空瓶，还有在办公室的窗户里面耐
211/4 心地直往上爬的那个小虫。收音机里的音乐从办公室敞开的门里传了出来，因为节奏跟被风吹动的草木的起伏、摆动和其他姿态并不一致，让你觉得正在放映一部旧的风光影片，而钢琴或小提琴所依照的乐谱跟颤动的花和摆动的枝条一点也不协调。当洛丽塔身上的连衣裙也逆着这种节奏飘动着从一个完全意想不到的方向转出来的时候，夏洛特临死前的呜咽很不和谐地叫我浑身颤动。洛丽塔刚才发觉这儿的厕所里
212/1 有人，就过街到下一条马路贝壳的招牌下面去了。那儿的人们说他们为自己清洁干净的厕所颇为自豪。他们还说这些邮资已付的明信片是供你们提意见的。没有明信片。没有肥皂。什么都没有。没有意见。

211/4 那个小虫：按照纳博科夫的说法，“这只‘耐心的小虫’不一定是只飞蛾——可以是某种笨拙的大苍蝇或可怜的甲虫。”有关昆虫学典故，见6/1。

212/1 贝壳：壳牌公司的商标。在希腊神话中，波塞冬和安菲特里忒（Amphitrite）的儿子、半海神特里同（Triton）吹奏用贝壳做的喇叭。见227/2。

那天或者是下一天，我们十分沉闷地驾车穿过一片庄稼地，后来到了一个令人愉快的小城镇，就在栗树园旅社歇 212/2
宿——舒适的木屋，湿漉漉的绿色场地，几棵苹果树，一架旧秋千——还有一片广阔的夕阳西下的景象，而那个身子疲乏的孩子根本就不注意这些东西。她原来想要穿过卡斯比姆，因为那个市镇就在她的家乡北面三十英里的地方，但第二天早上，我发现她无精打采，不愿再去看大约五年前她在上面玩“跳房子”的那条人行道了。我本来相当害怕这趟附带的顺路旅行，原因十分明显，虽然我们事先说好不以任何方式引人注目——只待在汽车里，不去看望老朋友。她放弃了这个计划，我真松了一口气，不过这种宽慰又给另一个想头破坏了。我想到，要不是她觉得我可能完全反对到皮斯基去寻访过去的踪迹，就像去年那样，她也就不会这么轻易地放弃了。我叹口气，提到了这一点，她也叹口气，抱怨说身子有些不舒服。她想拿着好多本杂志，待在床上，至少等到吃茶点的时候再起来。那时如果她觉得好点儿，她就建议我们继续西行。我不得不说，当时她懒洋洋的，显得十分可爱，极想吃些新鲜水果，我就决定到卡斯比姆去给她买一份美味可口的盒饭。我们的小屋坐落在一座长满树木的小山顶上，从窗户里可以看见大路蜿蜒而下，接着就像一道头发中

212/2 栗树园旅社：在这整部小说中，即使最微不足道的动词也经历了某种变形（见118/3）。汽车旅馆下面的栗树据说“像玩具一样”，亨·亨的确是在玩弄“栗树”这个词。在第213页上，“栗树园旅社”变成了“栗树堡”，五行之后成了“栗树峰”，第215页上又回到“栗树园”的形式；鉴于第216页的新语境，它又变成了一匹马。见251/12，此时它又变成了“栗树旅馆”。如往常一样，还是纳博科夫自己将这种处理方式形容得最好：“果戈理发明的名字其实都是诨名，是我们在将它们变成姓氏的时候感到非常意外的名字——看见这样的变形总是叫人激动的事情”（《尼古拉·果戈理》，第43页）。

间的缝儿似的笔直穿过两行栗树，伸向那个美丽的市镇。清晨远远看去，那座市镇显得特别清晰，真像玩具似的。你可
212/3 以看清一位像个小精灵似的姑娘骑在一辆像个小虫似的自行车上，还有一条按比例讲未免太大的狗，所有这一切都跟画着青山和红色小人的古画上那些顺着蜡白色的大道曲折前行的香客和骡子一样清楚。我有欧洲人的那种闯劲，在可以不用汽车的时候便安步当车，因此我悠闲地朝山下走去，终于碰上那个骑车的姑娘——一个平凡的胖乎乎的女孩，梳着辫子，身后跟着一头眼窝活像三色紫罗兰的、高大的圣伯纳德狗[1]。在卡斯比姆，一个上了岁数的理发师给我马马虎虎地理了个发。他唠唠叨叨地说着他的一个打棒球的儿子，每遇到爆发音，唾沫就喷在我的脖子上，而且每隔一会儿就在我的围单上擦擦他的眼镜，或者停下他手直打颤的理发活儿，拿出一些褪色的剪报，当时我根本没有注意，因此当他指着放在一些陈年的灰色洗发剂瓶子中间的一个镜框里的照片时，我才大吃一惊地意识到那个留着八字须的年轻棒球手已经死了三十年。

我喝了一杯毫无香味的热咖啡，给我的小淘气买了一串香蕉，又在一家熟食店里待了将近十分钟。等这个往回走的
213/1 矮小的香客出现在通往栗树堡的那条弯弯曲曲的大路上的时

[1] Saint Bernard，一种大狗，以其能在瑞士阿尔卑斯山雪地中营救旅客而知名。

212/3 一位像个小精灵似的姑娘骑在一辆像个小虫似的自行车上：亨·亨刚刚提到他们已经接近洛丽塔的家乡皮斯基（Pisky，发音接近“pixie”［小淘气］；见46/1）；因此小精灵是该地区特产，纳博科夫混合了童话故事主题和昆虫学题材。

213/1 栗树堡：见212/2。

213/2 喜剧……贝托尔多：贝托尔多（Bertoldo）是意大利民众喜爱的传奇中一个著名的小丑，是十六世纪作家克罗齐（Giulio Ceasare Croce）创作的一组诙谐故事《贝托尔多的生涯》（*Vita di Bertoldo*）中的主角。贝托尔多被放置在此，是为了表明亨·亨会很容易理解奎尔蒂后来对意大利喜剧的暗指（第248页）。

213/3 红色的汽车发动机罩：奎尔蒂；魔鬼的在场已经不是转瞬即逝了；见214/2。他的出场概括在31/9中。

213/4 下体盖片似（cod-piece fashion）：十五、十六世纪常见的一片布或一个袋子，起装饰作用，掩盖男人长裤前面开口的地方；*cod-piece*是"阴茎"一词的过时用法（《巨人传》的作者拉伯雷等作家常用）。

候，一定已经过去了至少一个半小时。

我在进城的路上见到的那个姑娘这时捧着一叠亚麻布床单正在帮助一个畸形的男子，这个男子的大脑袋和粗俗的相貌叫我想起意大利低级喜剧中"贝托尔多"的角色。他 213/2
们正在收拾小屋，栗树峰上大约有十二三座小屋，都怡人地相互隔开一点距离地分布在那片青葱茂密的草木丛中。那时正是中午时分，大部分小屋随着纱门最后砰的一响，都已经不再有房客居住其中。一对年纪很大、几乎像木乃伊似的夫妇穿着一身款式非常新颖的衣服，正从邻近一个
车房里缓缓走出来；而有个红色的汽车发动机罩正从另一 213/3
个车房里有点儿像下体盖片似的朝外支着；而在离我们小 213/4
屋更近的地方，有个身体健壮、相貌英俊的年轻男人长着一头乱蓬蓬的黑发和一双碧蓝的眼睛，正把一台轻便的冰箱搬上一辆旅行轿车。不知为了什么，我经过的时候，他忸怩地咧嘴朝我笑了笑。在对面那片开阔的草地上，在枝繁叶茂的树木浓郁的树荫下，那条熟悉的圣伯纳德狗正守着它女主人的自行车，近旁有个已经有好几个月身孕的年轻女人让一个全神贯注的婴儿坐在一架秋千上，正轻轻地摇着，而一个两三岁的嫉妒的小男孩正令人讨厌地极力把秋千板推来拉去，终于弄得自己被秋千板撞倒，仰卧在草

地上哇哇大哭，但他的母亲却继续温和地笑着，对眼前的两个孩子都看也不看。我所以如此清晰地回想起这些细枝末节，大概是因为仅在几分钟之后，我就得全面彻底地核对这些印象；再说，自从比尔兹利那个非常不愉快的夜晚以来，我的内心就时刻提防。那会儿，我不愿由于我的散步所产生的那种心旷神怡的感觉——由于吹拂着我颈背的初夏的清风，由于潮湿的砂砾发出的嘎吱嘎吱的声音，由于我从一只蛀牙中终于吸出的那一丁点儿有汁水的食物，甚至由于我心脏的一般情况所不允许我拿着的那点儿食物的轻飘飘的分量而分心；不过即使我的那颗痛苦的心似乎在舒适地跳动，等我到达我离开多洛蕾丝的那所小屋时，
214/1 我仍然感到——引用可爱的老龙萨的一句话——adolori d'amoureuse langueur。

叫我感到意外的是，我发现她已经穿好衣服起来了，正穿着宽松裤和短袖圆领汗衫坐在床边，望着我好像认不大出我似的。她那娇小的乳房的清楚柔和的形状在松松垮垮的薄衬衣的遮蔽下并不显得模糊，反而给衬托得越加明显，这种不加掩饰的样子叫我十分恼火。她还没有洗过脸；但她的嘴上却新涂了口红，尽管涂得很糟；她的两排宽大的牙齿像酒浸过的象牙或火钳夹下发红的薄木片似的闪闪

214/1 adolori ... langueur："受到爱情的影响而神思恍惚"。龙萨的诗作《爱情》（"Amours"）中"*d'amoureuse langueur*"这个词出现了数次，每次均略有变异。"*Adolori*"是对洛丽塔（*à Dolores*）致意的双关词，当然是亨·亨自行添加的。也可参见《解锁》第137页等。见47/2了解另一个龙萨典故。

发光。她坐在那儿，十指交错紧握在一起的双手放在膝头，脸上神思恍惚地洋溢着一种跟我没有丝毫关系的非常恼人 214/2 的红光。

214/2 非常恼人的红光：指奎尔蒂。亨·亨在那个可笑又可怜的理发师那里剪头发时（第213页），她同奎尔蒂在一起。

我猛地放下手里沉重的纸口袋，站在那儿紧盯着她穿着凉鞋的光脚的脚踝，随后又盯着她那愚蠢的脸，接着又望着她的罪恶的脚。“你出去过了。”我说（凉鞋上沾了不少砂砾）。

“我刚起来，”她回答说，接着截住我朝下望的目光，补充道，“出去了一会儿。想看看你有没有回来。”

她看到香蕉，就朝桌子探过身去。

我会有什么特殊的怀疑呢？确实一点儿也没有——可是她那双蒙蒙眬眬、神情恍惚的眼睛，从她身上散发出的那种特别的兴奋！我什么也没说。我望着那条在窗框里显得如此清晰的蜿蜒曲折的道路……凡是想要辜负我的信任的人都会发现那是一片绝好的景色。洛胃口越来越好地吃着香蕉。突然我想起邻屋那个家伙奉承讨好的笑容。我迅速走出门去。除了他的旅行轿车，所有的小汽车都不见了；他那怀孕的年轻妻子正抱着婴儿跟另外那个多少受到忽略的孩子坐进车去。

“怎么啦？你要上哪儿去？”洛在门廊上喊道。

我什么也没说。我把她柔软的身子推回房间，自己也跟着她走了进去。我剥下她的衬衣，拉开拉链，把她身上其余的衣服统统脱掉，又拽下她的凉鞋。我疯狂地追踪她不忠实
215/1 的影子，但我所寻到的嗅迹那么细微，实际上很难与一个疯人的幻想加以区别。

215/1　影子：一直是这样指称奎尔蒂的。

一七

Gros加斯东喜欢用他那种拘谨刻板的方式送人礼物—— 215/2
就是有点儿拘谨刻板的特殊的礼物，或者他拘谨刻板地认为如此的东西。有天晚上他发现我的棋盒破了，第二天上午他就带着他的一个小男孩给我送来一个铜盒子：盒盖上有一个相当精致的东方图案，盒子可以牢牢地锁上。我一看就知道，
它是那种不知为了什么原因被人称作“金匣子”的便宜的钱 215/3
盒，你可以在阿尔及尔和别的地方买到，买后就不知拿它做什么用了。结果这个盒子太扁了，装不下我的体积很大的棋子，但我还是把它留下——派作一个完全不同的用途。

我隐隐约约地感到自己正陷在某种命运的网罗中，为了打破这张大网，我决定——不顾洛表现出的明显厌烦的神色——在栗树园再住一晚。清晨四点我就完全醒了，断定洛
还睡得很熟（张着嘴巴，对我们大伙儿为她设想出的这种不 215/4
可思议的空虚的生活现出一种呆滞的惊讶的神情），同时查明“金匣子”里珍藏的东西依然安然无恙。那里面，放着一把自动小手枪，用一条白色羊毛围巾紧紧包着：口径点三二，弹

215/2 Gros：法语；肥胖的。

215/3 金匣子（luizetta）：亨·亨的杜撰；源自*louis d'or*，法国金币。

215/4 我们大伙儿……设想出的……生活："我们大伙儿"（=亨·亨、奎尔蒂、麦克费特和纳博科夫）再一次编织缠绕起故事的叙述。见32/7。

匣可装八颗子弹，长度略短于洛丽塔身高的九分之一，枪柄是有格子图案的胡桃木，抛光后完全漆成蓝色。这把手枪是我从已故的哈罗德·黑兹那儿得来的，还附带一份一九三八年的说明书，其中有一处令人愉快地说道："特别适合在家里、汽车上以及对个人使用。"它就放在那儿，随时可以用来射击一个人或几个人，装好了子弹，可以发射，不过滑动枪机正扳在安全位置，以免任何意外走火。我们必须记住，手枪是弗洛伊德学说中原始父亲中枢神经系统的前肢的象征。

这时我为自己把它带在身边而感到高兴——又为两年以前就在我和夏洛特的镜湖四周的那片松林里学会了怎么用它而更为高兴。我常跟法洛在那些偏僻的树林里转悠，他是一个十分出色的射手，用他那支口径点三八的手枪竟然射中了一只蜂鸟，虽然我得说，对此并没有找回多少证据——只有一点儿彩
216/1 虹色的蓬松的羽毛。有个名叫克雷斯托夫斯基的健壮结实的退休警察也加入了我们的行列，他二十多岁的时候曾经开枪打死过两个逃犯；他打到了一只小啄木鸟——顺便提一句，完全不在该有这种鸟的季节。在这两个猎手之间，我当然是一个新手，老是什么也打不中，尽管后来有一次，我独自一人出外打猎，倒打伤了一只松鼠。"你就躺在这儿吧。"我对我那无足轻重的结实的小朋友低声说，接着便用少量的杜松子酒为它干杯。

216/1 名叫克雷斯托夫斯基的……健壮结实的（burley ... Krestovski）：见88/1。这个双关形容词概括了他的主要特征：burly（健壮的、壮实的）加上burley（伯莱芋叶，一种美国烟草，用在香烟和烟草块中）。

一八

读者现在必须忘掉栗树和科尔特，陪同我们一起再往西 216/2
行。接下去的几天，下了好几场大雷暴雨——或者也许只有
一场用笨重的蛙跳式步伐掠过全国的暴风雨，那是我们所无
法摆脱的，就像我们无法摆脱侦探特拉普一样：因为就是在
这段日子里，那辆阿兹特克红色折篷汽车的问题摆在我的面 217/1
前，使洛的情人的主题不免相形见绌。

真怪！我竟对路上碰到的每个男子都感到嫉妒——真怪，
我是怎样误解了命运的指示啊。也许我被洛冬天时的那种端
庄的举止哄骗了。不管怎么说，即便一个十分呆傻的人，要
是认为另一个亨伯特正怀着朱庇特的激情急切地跟着亨伯特 217/2
和亨伯特的性感少女，越过那些丑恶、辽阔的平原，那也太
愚蠢了。Donc我猜测，一英里一英里地跟在我们后面、谨慎 217/3
地保持着一定距离的那辆红雅克牌汽车是由一名侦探驾驶，
他是哪个爱管闲事的人雇来监视亨伯特·亨伯特对他的那个
小继女的所作所为的。正如我在雷暴和噼啪闪电时所会有的 217/4
那样，我出现了幻觉，或许还不只是幻觉。我不知道她或他，

216/2 栗树和科尔特：由于没有任何形容词的牵扯（见212/2），树木、汽车旅馆和前面提到但未说明的手枪的商标在此处能够一起短暂地像马匹那样跳跃（科尔特英文是colt，是一种手枪商标，也指“马驹”。——译注）。“我们面对的是奇妙的现象，简单的语言形式直接产生了活蹦乱跳的动物”，正如纳博科夫形容《死魂灵》（《尼古拉·果戈理》，第78页）那样。

217/1 阿兹特克红色：奎尔蒂的“红色影子”和“红色畜生”（第219页）接下来被指称为“红雅克牌汽车”。

217/2 朱庇特的：在罗马神话中，朱庇特（Jove或Jupiter）是宇宙之神。

217/3 Donc：法语；因此。

217/4 噼啪：爆裂声。

或者他们两人，在我的酒里放了些什么东西；不过有天夜里我肯定有人在敲我们的房门，便猛地把门打开，看到了两样东西——一个是我，身上一丝不挂，另一个是在雨水滴滴答

217/5 答的黑暗中站着的白光闪闪的男人，把漫画中一个相貌怪异的侦探"突下巴"的面具挡在脸的前面。他发出一阵声音低沉的狂笑，就急匆匆地溜走了。我摇摇晃晃地回到屋里，接着又睡着了，直到今天我仍不能肯定，那次拜访是不是毒品所引起的梦幻：我彻底研究过特拉普式的幽默，而那可能是一个貌似真实的范例。哦，粗鄙而又冷酷无情到极点！我想有人正是靠着制作这种通俗的怪物和傻瓜的面具而赚钱的。第二天早上，我不是就看见两个顽童在垃圾箱里翻找，把"突下巴"戴在脸上试着玩吗？我很诧异。这一切也许只是巧合——大概由于大气中的状况而产生的。

217/5 漫画……"突下巴"：这是古尔德（Chester Gould，1900—1985）于1931年创作的连环漫画《迪克·特雷西》中的主角。

女士们，先生们，作为一个具有惊人的但不完整也不正统的记忆的杀人犯，我无法告诉你们究竟是哪一天我头一次确定无疑地知道那辆红色折篷汽车正在尾随我们。不过我倒确实记得头一次我相当清楚地看见车子驾驶人的那一天。有天下午，我在滂沱大雨中缓缓向前开去，不断从我的后视镜中看到那个在我们后面起劲地滑行、晃动的红色幽灵。不一会儿，雨变小了，淅淅沥沥，后来就完全停了。一道破云而

出的阳光唰的一声射到公路上。我需要一副新的太阳眼镜，
就在一个加油站停下车子。当时发生的事是一种疾病，一种
癌症，没有办法避免，因此我干脆不去理会这一事实，即不
声不响地跟着我们的那个人坐在撑起篷的汽车里，在我们后
面不远的一家小餐馆，或酒吧的门口停下；那家店铺取了一
个愚蠢的字号：喧腾，骗人的客满。等我料理完车子的需要
后，我就走进办公室去买那副太阳眼镜，并付汽油费。正当
我在签署一张旅行支票，并且想要知道自己究竟到了哪儿的
时候，我正好从旁边的窗户里朝外瞥了一眼，便看到一个叫
人十分不安的景象。一个肩宽背阔、有些秃顶的男人穿着米
灰色的上衣和深褐色的裤子，正在听洛讲话。洛从车子里探
出身子，正急速地向他说着什么，还伸出一只手的手指，像
她一本正经想要强调时常做的那样上下比划。当时叫我感到
相当难受的是——我该怎么说呢？——是她那种亲昵而流畅
的讲话态度，仿佛他们彼此早就认识——哦，总有好多、好多
个星期了。我看见他搔了搔脸颊，点了点头，转身走回他的折
篷汽车。这个男人肩膀宽阔，身材粗壮，年龄跟我相仿，多少 218/1
有点儿像我父亲在瑞士的一个远亲古斯塔夫·特拉普——同样
光滑的棕褐色的脸膛，比我的脸膛显得丰满，留着两撇黑色的
小胡子，长着一张玫瑰骨朵儿似的腐化堕落的嘴。等我回到

218/1 年龄跟我相仿……玫瑰骨朵儿……嘴：指奎尔蒂；事实和题材都很熟悉。亨·亨曾想过要蓄这样的八字胡（48/1），他们也都有同样的浴衣（第294页）。

车上的时候，洛丽塔正在仔细翻看一张公路地图。

“那个男人问你什么，洛?”

“男人? 噢，那个男人。是啊。我也不知道。他问我有没有一张地图。我猜是迷了路。”

我们继续驾车向前行驶。我说道：

“听着，洛。我不知道你是不是在撒谎，我也不知道你是不是疯了，眼下我并不在意；不过那个人整天一直跟在我们后边，他的汽车昨儿也停在那家汽车旅馆里，我认为他是一个警察。你非常清楚如果警察发现了我们的情况，究竟会出什么事，你就会到哪儿去。现在我想确切地知道他对你说了些什么，你又告诉了他什么。”

她笑起来。

“如果他真是个警察，”她尖声但并非不合逻辑地说，“那么我们最糟的做法就是让他看出我们害怕。别理他，爹。”

“他有没有问我们上哪儿去?”

“噢，这一点他知道。”(嘲弄起我来。)

“不管怎样，”我说，放弃了追问，“现在我已经看清他的脸了。他长得并不漂亮。外表活脱儿像我的一个叫特拉普的亲戚。”

“也许他就是特拉普。换了我是你的话——哦，瞧呀，所有的‘九’一下子就变成了‘一千’。我小的时候，”她出乎我的意料地接着说道，“总认为只要我妈妈同意把汽车倒着开，它们就会停下来，再变回‘九’。”

我想这还是她头一次自动讲起她在跟随亨伯特之前的童年；或许，是演戏教会了她这套把戏；我们又静悄悄地向前行驶，后面并没有人跟踪。

可是下一天，就像一场致命的疾病，随着麻醉药的药效和希望都逐渐消失，疼痛重又袭来，那个富有光泽的红色畜生又跟在我们后面。那天公路上的车辆不多，没人超车，也没有谁试图插到我们谦恭的蓝色汽车和它那专横的红色影子之间——两辆车中间的那段距离似乎给施了魔咒，成了充满邪恶的欢笑和魔法的区域，其精确性和稳定性具有一种几乎富有艺术性的晴雨表似的功效。我们后面的驾车人，衣服的两肩都有衬垫，嘴上留着特拉普式小胡子，看上去就像橱窗里陈列的一个人体模型；他的折篷汽车所以向前行驶，似乎就因为有根无形无声的丝绳把它跟我们那辆寒伧的车子连在一起。我们的汽车要比他那华美、喷漆的汽车差好多，因此
我根本没有想要把它甩掉。O lente currite noctis equi! 噩梦啊， 219/1
轻轻地跑吧！我们爬上了长长的斜坡，又朝坡下驶去，注意车速的极限，让过走得缓慢的儿童，用概括的语言在那些黄

219/1 O lente ... equi：“夜晚的马啊，你慢慢地跑”；亨·亨接下来的“译文”双关拉丁文的字面意义（night mares）。除了*lente*之外，这句话出自马洛（Christopher Marlowe，1564—1593）的戏剧《浮士德的悲剧》（*The Tragical History of the Life and Death of Doctor Faustus*，第5场第2幕，140行）。离永恒的诅咒只有一小时了，浮士德期望有更多的时间。亨·亨并没有尝试“超过”奎尔蒂这位现代梅菲斯特尔。也参见《解锁》，第31—32页。类似的双关语——噩梦（nightmares）和牡马（stallions）——也可见于《爱达或爱欲》，第214页。

色屏幕上重新描绘出扭动的黑色曲线。不管我们怎么开，不管我们往哪儿开，我们中间那段给施了魔法的距离也完完整整、十分精确、犹如幻景似的向前滑行，看去就像一条魔毯
219/2 在公路上的复制品。整个这段时间里，我发现在我右边有股隐秘的光焰：她欢乐的眼神，她火红的脸蛋儿。

219/2 公路上的（viatic）：见159/3。

一名深陷在纵横交叉的十字路口的噩梦中的交通警——下午四点半在一座工厂城市里——是破除那个魔咒的命运之手。他挥手叫我向前开，随后用同一只手拦住了我的影子。二十几辆汽车插到了我们之间。我飞快地向前开去，熟练地转进一条狭窄的小路。一只麻雀衔着一大块面包碎片飞落下来，却受到另一只麻雀拦截，丢失了那块面包碎片。

经过几次讨厌的停顿，又故意迂回曲折地走了一会儿，我才又回到公路上，我们的影子不见了。

洛拉鼻子里哼了一声，说道："如果他是你认为的那种人，那么趁他不备而悄悄溜走有多么傻。"

"我现在有些其他的想法。"我说。

"你应该——嗯——和他保持接触——嗯——由此来核验你的想法，亲爱的父亲。"洛说，在她这么绕来绕去嘲讽挖苦的时候不住地扭动身子。"哎呀，你真坏。"她用平时的声音补上一句。

我们在一个十分肮脏的小屋里很不安稳地过了一夜，外边哗啦啦地下着大雨，中间还夹杂着一种响得和史前时期一样的雷声，不停地在我们头上隆隆作响。

“我不是一位大小姐，并不喜欢闪电。”洛说；她对电闪雷鸣的暴雨的畏惧给了我一些可怜的安慰。 220/1

我们在那个有一千零一个居民的市镇苏打吃了早饭。 220/2

“从最终的数字来判断，”我说，“胖脸蛋儿[1]已经到了这儿。”

“你的幽默，”洛说，“真叫人笑破肚子，亲爱的父亲。”

那时我们到了长满艾灌丛的乡野，出现了一两天轻松愉快的日子（我真是个傻瓜，一切都挺不错，那阵不安只是一阵放不出来的屁）。不久，台地变成了真正的山峦。我们准时 220/3
开进韦斯。

噢，真是糟糕！出了一个差错，她看错了旅行指南上的日期，魔洞的仪式已经举行过了！我必须承认，她相当坚韧地接受了这个事实——我们发现Kurortish韦斯有个夏季剧场 220/4
营业十分兴旺，自然就在六月中的一个美好的夜晚闲逛到那儿去了。我实在无法告诉各位我们看的那出戏的情节。无疑那是一出浅薄无聊的戏，灯光效果很不自然，饰演女主角的演员也不够好。唯一叫我喜欢的那个细节是形成一个花环的七个多少有些呆板但装扮漂亮、四肢裸露的小女神——七个

[1] “胖脸蛋儿”，原文是Fatface，意译是“胖脸”。

220/1 大小姐……闪电：见31/11。对《爱好闪电的女子》和“胖脸蛋儿”的暗指预示了下一段话，亨·亨和洛丽塔观看了奎尔蒂的戏剧。第221页上提到了他及其合作者的名字，他们甚至还出现在舞台上。

220/2 有一千零一个居民的市镇苏打：在加利福尼亚有一个苏打湖，人口未知。魔术般的“一千零一”这个词挑选得好，既是对称的数字（见51/2），也因为另一个缠绕回旋的作品《一千零一夜》，因此暗指童话故事主题（见31/3）。

220/3 放不出的屁（flatus）：肠胃产生的气体。

220/4 kurortish：Kurort是表示“疗养地”的德语词（见第155页）；这种用法是亨·亨自创。

披着各种颜色薄纱的神情恍惚的青春少女，都是从当地招募来的（根据观众中各处出现的捧场的喧闹就可以作出这种判断），意在表现一道活的彩虹，在最后一幕中，那道彩虹始终流连不去，末了才在几重帷幕后面有点儿戏要嘲弄地暗淡下
221/1 去。我记得当时想到，这种给儿童着色的主意是克莱尔·奎尔蒂和维维安·达克布鲁姆两个作者从詹姆斯·乔伊斯小说的一段文字中剽窃来的，而且其中有两种颜色可爱得实在叫
221/2 人着恼——“橘黄色”的那个姑娘始终烦躁不安，而“翠绿色”的那个姑娘在眼睛习惯了我们沉闷地坐在那儿的漆黑的正厅后，突然对着她的母亲或保护人露出笑容。

整出戏刚一结束，掌声——一种我的神经受不了的响声——便在我的四周劈劈啪啪地响起，我赶紧连推带拉地领着洛朝出口走去，我生来十分多情，迫不及待地想在那个令人惊叹的星光灿烂的夜晚领她回到我们那个给霓虹灯照得发青的小屋去。我总以为大自然被它所看到的景象弄得目瞪口呆。可是，多莉–洛却愉快地、神色迷茫地落到了后面，她眯起喜悦的眼睛，她的视觉完全压倒了其余的感觉，因此她的软弱无力的双手在仍然机械地做着的鼓掌动作中几乎根本无法合在一起。我以前也曾在孩子身上见过这种情形，可是，老天在上，她是一个特殊的孩子，她那好像近视似的觑着的

221/1 给儿童着色……詹姆斯·乔伊斯小说的一段文字：光谱的色彩；第220页上有“七个小女神”装扮“活的彩虹”。出自《芬尼根的守灵夜》(*Finnegans Wake*)。万物多样性和统一性的主题是《芬尼根的守灵夜》那不断变化的梦幻世界的核心。光谱的七种色彩代表了多样性，最频繁地由七位“彩虹女孩”拟人化，相对原型母亲安娜·丽维雅·普拉贝尔(Anna Livia Plurabelle)。这本书一开始就是倒转的彩虹；第二段的七个从句每一个均包含一种颜色，从紫色到红色变化。尽管亨·亨没有说错，但提到只有“一段文字”则有些误导，因为该主题贯穿了整部《芬尼根的守灵夜》。将可憎的奎尔蒂从《芬尼根的守灵夜》而非《尤利西斯》中“拎出来”，构成了非常私人的，但却是地道的乔伊斯式玩笑，因为纳博科夫不怎么看好他称之为《普宁根守灵夜》(*Punnigans Wake*)的这部书；在《庶出的标志》中，因为想到了其流动性，将其称之为《维尼派革湖》，涟漪585，维科出版社版本(Winnipeg Lake, ripple 585, Vico Press edition)(第114页)。纳博科夫说，《尤利西斯》高耸于乔伊斯的作品之上，相比它思想与风格的高贵原创性和独一无二的清晰流畅，不幸的《芬尼根的守灵夜》只不过是乱糟糟一大堆无趣的山寨民俗学，一块冷冰冰的布丁一样的书籍，是隔壁房间持续不断的鼾声，对于我这样常常失眠的人来说是种煎熬……《芬尼根的守灵夜》的外墙掩盖了一幢非常循规蹈矩死气沉沉的廉租房，只有偶然出神入化的语调才使其免于彻底的枯燥乏味。我知道我会因为这番话而遭到驱逐(《威斯康星当代文学研究》访谈)。查尔斯·金波特也支持他的创造者的负面意见：“作为君主，竟身穿学袍出现在大学讲台上，向那些脸蛋儿红扑扑的青年讲解《芬尼根的守灵夜》，视其为安格斯·麦克迪米尔德那种‘不连贯处理’和骚塞那种古怪而难懂的行话隐语(诸如“亲爱的斯图姆帕鲁姆佩尔”之类呓语)的怪诞衍伸……”(《微暗的火》，第76页)。

乔伊斯曾经亲自帮助向纳博科夫介绍《芬尼根的守灵夜》。1937年或1938年在巴黎，他给了纳博科夫一本《到处都有孩子》(*Haveth Childers Everywhere*，1930)，这是《芬尼根的守灵夜》完成之前出版的片段之一。未来的评论者无疑会发现《洛丽塔》中有几处对《芬尼根的守灵夜》的回应；但几乎不再会有其他了，因为乔伊斯的这本书如此包罗万象，如此引经据典，(菲尼亚斯·昆比[Phineas Quimby]出现在《芬尼根的守灵夜》的第536页[标准美国版]，《洛丽塔》的第250页——但是有谁没出现在《芬尼根的守灵夜》里呢？)何况，乔伊斯的双关语音变异预设和回应了迄今还没有谁写出来的句子。《芬尼根的守灵夜》的主角是HCE——Here Comes Everybody(此即人人)，Humphrey Chimpden Earwicker(汉弗利·齐姆登·伊厄威克)，通常仅称汉弗利(有点驼背[a humped back])。因为他是“人人”，他的名字有四十种左右哼哼唧唧的变音，而且，除影响之外，有统计数字上的充足理由表明纳博科夫幽默地加以扭曲的“亨伯特”的形式与数个乔伊斯的双关变音词巧合。因此纳博科夫绝妙裁剪的“杭布格”(Homburg，第109页)补充了乔伊斯的“汉伯格”(Humborg，第72页，标准美国版)，乔伊斯的“汉弗利斯”(Humfries，第97页)肯定应该与纳博科夫的亨伯格(Hamburg[s]，第109和261页)相配——但这些都只是巧合，纳博科夫说，因为“总的来说，《芬尼根的守灵夜》只是我记忆镜面上很小很模糊的一点污迹”。唯一持久不去的“污迹”是安娜·丽维雅·普拉贝尔的一丝痕迹。在《庶出的标志》中，奥菲丽亚被想象为与柳树“搏斗”(wrestling)——或如另一位河女之父会说的那样，“扑斗”(wrustling)(第113页)；在《爱达或爱欲》中，同名女主角暗指了自成一体的安·丽·普章节的音乐：“他知道乔伊斯关于两个洗衣妇的书吗？”她问道(第54页)。然而，“儿童着色”构成了《洛丽塔》中唯一对《芬尼根的守灵夜》的特地暗指。有关乔伊斯典故的概述，见4/11。

221/2 橘黄色……翠绿色(Orange ... and Emerald)：我问纳博科夫，他选择这两种特殊颜色，是否因为它们也分别是一种蝴蝶和一种飞蛾的颜色，纳博科夫回答说：“第221页上都柏林人儿童的彩虹本来可以是毫无意义的比喻的混淆，如果不是因为我尝试偷偷地带入一只南方的粉蝶和一只欧洲的飞蛾。我此处唯一的目的就是要营造某种棱镜效果。我是否能指出(冒着装腔作势的危险)我没有看见鳞翅目昆虫的色彩，不像看见那些不那么熟悉的事物那样——女孩、花园、垃圾(同样，棋手眼中的黑与白不是黑与白)；而且，例如，如果我用到了‘闪蝶蓝’，我想到的不是南美众多蓝色闪蝶品种中的一种，而是以更平常的品种那耀眼的翅膀部分做成的装饰品。当一位鳞翅目昆虫学者使用‘蓝色’这个有点俚俗但顺手的词来表示某种灰蝶群时，他并没有意识到这个词的任何色彩关联，因为他知道它们翅膀的反面并非蓝色，而是深褐色、黄褐色、灰色等，有许多蓝蝴蝶，尤其是雌蝶，是棕色，而非蓝色的。就我而言，艺术和科学视觉的差异尤其强烈，因为我其实生来就是个风景画家，而不是像有些人所认为的那样是一位无家可归的流亡作家(此处“风景画家”和“无家可归”原文分别为landscape和landless。——译注)。”更多有关“蓝色”，见263/3；更加笼统的色彩讨论，见56/1。

眼睛对着已经很远的舞台露出笑意，我瞥见台上那两个合作的作者的一些情况——一个男子的无尾礼服，一个老鹰似的、长着一头黑发、身材十分高大的女子的赤裸的肩膀。

“你又拉疼我的手腕啦，你这粗野的人。”洛丽塔悄悄钻到汽车里的座位上的时候小声说道。

“实在抱歉，宝贝儿，我的紫外线的宝贝儿。”我说，一边想要抓住她的胳膊肘儿，但没抓到。接着，为了改变话题——改变命运的方向，噢，天哪，天哪，我又补充说道：“维维安是个很出色的女人。我肯定昨儿我们在苏打水[1]那家餐馆里见过她。”

[1] 因为地方叫苏打，所以玩笑地称它“苏打水”。

“有时候，”洛说，“你真是笨得要命。首先，维维安是那个男的作者，女的作者是克莱尔；其次，她四十岁了，已经结婚，还有黑人血统。”

“我以为，”我打趣地说，“在美好古老的拉姆斯代尔，就在你爱我的那些日子里，奎尔蒂是你的老相好。”

“什么？”洛反驳说，她的脸蹙了起来，“那个胖牙科大夫吗？你一定把我跟哪个别的放荡的小家伙弄混了。”

我暗自寻思，那些放荡的小家伙在我们这些老情人对她们性感少女时期的每一寸光阴依然十分珍视的时候竟然把一切，一切都忘却了。

一九

在洛知晓和同意的情况下，我交给比尔兹利邮政局长作
222/1 为转信地址的两个邮局是韦斯邮局和埃尔菲恩斯通邮局。第 222/1
二天早上我们前往韦斯邮局，不得不站在一行虽不算长却移动缓慢的队伍中等候。神态安详的洛仔细观看陈列的罪犯照片。受到通缉的绑匪是英俊的布赖恩·布赖恩斯基，化名安东尼·布赖恩，又名东尼·布朗，生着淡褐色的眼睛，皮肤白皙；一个目光忧伤的老先生的过失是邮件诈欺，而且仿佛这还不够，他还是个畸形的罗锅儿；脸色阴沉的沙利文的照片下面附有一条警告：据信带有武器，应被视作极端危险。如果你想把我的书摄制成一部影片，那就把其中的一张脸在我注视着的时候渐渐化作我自己的脸。另外，还有一个失踪姑娘的模糊不清的照片，她年龄十四，失踪时穿一双褐色鞋子，这两句话还押了韵[1]。知情者请通知行政司法长官布勒。

我忘了我收到的是什么信；至于多莉，有她的成绩报告单和一个样子十分特别的信封。我相当审慎地打开封套，细看其中的内容。我断定我这么做她早已料到，因为她似乎并

222/1 韦斯邮局和埃尔菲恩斯通邮局（P. O. Wace and P. O. Elphinstone）：= P.O.W and Poe（战俘和坡），以及囚禁的主题。

[1] “年龄十四，失踪时穿一双褐色鞋子”的原文是“... age fourteen, wearing brown shoes when last seen”，fourteen 和 seen 押韵。

不在意，径自朝出口附近的报摊走去。

“多莉–洛：哎，这次演出非常成功。三头猎狗都安安静静地趴着，我猜卡特勒事先给它们灌了少量的麻醉剂。你的台词琳达全都记住。她演得不错，既活泼机灵又善于控制，但不知怎么缺乏我的——和作者的——戴安娜的那种灵敏的反应，那种轻松自在的活力，那种迷人的风韵；但不像上次那样，没有作者来为我们鼓掌，而外面电闪雷鸣的可怕的暴雨又干扰了我们自己后台适度的雷声效果。啊呀，人生确实过得很快。现在一切都已结束，学校、演戏、罗伊的会餐、母亲的分娩（我们的婴儿，唷，没活下来！），这一切好像都是很久以前的事了，尽管实际上我脸上仍有油彩的痕迹。

“后天我们就要去纽约了，我想我没法子不陪父母到欧洲去。我还有更坏的消息要告诉你。多莉–洛！假如你回比尔兹利，那你回到这儿的时候我也许还回不来。爹爹要我趁他和富布赖特住在附近的时候跟一个人和另一个人到巴黎去上一年学；一个你知道是谁，另一个不是你以为知道的那个人。

“不出所料，可怜的‘诗人’在第三场念到那点儿胡扯的

223/1 法语时就结巴起来。你记得吗？ Ne manque pas de dire à ton amant, Chimène, comme le lac est beau car il faut qu’il t’y mène. 幸运的情人！ Qu’il t’y——这是一句多么拗口的台词啊！嗨，

223/1 Ne manque ... Qu’il t’y：暗指奎尔蒂，并且戏仿法国十七世纪古典亚历山大体诗歌，尤其是高乃依（Pierre Corneille，1606—1684）的《熙德》（*Le Cid*）：“别忘了告诉你的情人，希曼娜，那片湖水多么美丽，因为他该带你上那儿去。”希曼娜出自《熙德》，但这行诗是杜撰的。也参见《解锁》，第71页。有关提到奎尔蒂之处的索引，见31/9。

乖点儿，洛丽金丝[1]。接受你的‘诗人’对你表示由衷的爱，
并请向你的老爸致意。你的莫娜。由于各种各样的问题，我
的通信受到严格的控制。因此最好等我从欧洲给你写信后
再回信。莫娜又及。”（就我所知，她再也没有来过信。这封
信里有种神秘的恶意的成分，现在我厌倦得懒得加以分析。 223/2
后来我发现它给保存在一本旅行指南当中，在此列出 à titre 223/3
documentaire。我把信看了两遍。）

[1] 指洛丽塔。

我从信上抬起头来，正准备——哪儿也看不到洛。先前 223/4
在我完全受到莫娜的魔力的吸引时，洛耸了耸肩就不见了。
“你有没有看到——”我向一个正在入口处扫地的驼背的人打
听。他看到了，这个老色鬼。他猜她看到了一个朋友，才急
匆匆地走出去。我也急匆匆地走出去。我站住脚——她却没
有。我又急匆匆地往前走去。接着又站住脚。一切终于发生
了。她再也不回来了。

在往后的岁月里，我常常感到纳闷，不知为什么那天她没有就此走掉。是因为想保留她锁在我的汽车里的那些新的夏令衣服吗？是因为总计划中的某一点还不成熟吗？还是经过通盘考虑，就因为觉得不管怎样还是不妨利用我把她送到埃尔菲恩斯通——那个秘密的终点去？我只知道当时我十分肯定她永远离开了我。那朦朦胧胧地环绕着半个城市的淡紫

223/2 神秘的恶意：莫娜清楚知道奎尔蒂的事情，因此嵌入了他的名字。亨·亨当时应该还不理解植入的“qu'il t'y”，尽管他已经怀疑到有什么可恶的勾当。

223/3 à titre documentaire：法语；仅作为资料参考。

223/4 哪儿也看不到洛（no Lo to behold）：亨·亨玩弄着用滥了的感叹语：“Lo and behold”（瞧啊！），如洛丽塔更早的时候说过的话（50/3）

色山峦，在我眼里，似乎充满了好多个气喘吁吁、往上攀登、高声大笑的洛丽塔，最后她们都在烟雾中消失不见了。在一条横街远处一片陡峭的斜坡上，有一个用白石头堆成的巨大的W，似乎是灾难一词的首写字母[1]。

我刚从里面走出来的那家既新又漂亮的邮局，坐落在一家尚未开始营业的电影院和一排通力合作的杨树之间。当时是山地时间[2]上午九点。眼前的街就是城里的大街。我在大街阴暗的一侧迈着步子，眼睛盯着对面：把大街幻化得美丽非凡的，是那种脆弱的刚开始不久的夏季早晨，是四处闪烁的玻璃以及预示着会有一个酷热难当的晌午的那种颤动的几乎晕乎乎的总的气氛。我穿过大街，可以说是一路闲荡地经过一大片街区：杂货店、房地产公司、时装店、汽车零件店、饮食摊、运动器具店、家具店、器械设备店、西联电报公司、干洗店、食品杂货店。警官，警官，我的女儿逃跑了。跟一
224/1 个侦探勾结串通；爱上了一个敲诈勒索的人。趁着我完全无能为力。我仔细察看了所有的商店，暗自盘算着是否该向街上稀少的行人中哪一个打听一下。我并没有这么做。我在停放着的汽车里坐了一会儿。我仔细看了看东边那个公园，又回到
224/2 时装店和汽车零件店那儿。我带着一阵强烈的讽刺情绪——un ricanement——暗自说道我这么对她猜疑真是疯了，她一会儿

[1] 指英文woes（灾难）一词。

[2] 指美国和加拿大落基山地区的标准时间。

224/1 侦探：特拉普（奎尔蒂）。
224/2 un ricanement：法语；冷笑。

就会回来。

她果然回来了。

我转过身去，甩开那只她带着怯生生的、愚蠢的微笑放在我袖子上的手。

“快上车去。”我说。

她照着我的话做了。我继续踱来踱去，跟脑子里的一些无名的想头抗争，用心盘算着对付她口是心非的办法。

不一会儿，她又离开汽车，来到我的身旁。我的听觉渐渐又听到洛的声音，我发现她正在告诉我她刚才碰到了从前的一个女朋友。

“是吗？谁？”

“比尔兹利的一个女孩。”

“好吧。我知道你那组同学的每个名字。是艾丽斯·亚当 224/3
斯吗？”

“这个女孩不是我那个组的。”

“好吧。我带着一份全体学生的名单。请告诉我她的姓名。”

“她不是我们学校的。她只是比尔兹利城里的一个女孩。”

“好吧。我也带着比尔兹利的姓名地址录。我们在所有姓
布朗的里面查一下。” 225/1

“我只知道她的名字。”

224/3 艾丽斯·亚当斯：布斯·塔金顿（Booth Tarkington，1869—1946）1921年写的一本小说的标题，有关一位小镇上的女孩渴望更好的生活。

225/1 姓布朗的：“姓布朗的”重新出现在第245、251和253页上。

“叫玛丽还是叫简。”

“不是——像我一样，叫多莉。”

“这一下又没出路了。”（到了你撞破鼻子的那面镜子前边。）“好吧。让我们从另一个角度试试。你走开了二十八分钟。这两个多莉干了些什么？”

“我们去了一家杂货店。”

“你们在那儿吃——？”

“噢，就喝了两杯可乐。”

“小心，多莉。你要知道，这件事我们查得出的。”

“至少她喝了。我喝了一杯水。”

“很好。是那个地方吗？”

“对。”

“好，来吧。我们去问一下那个冷饮柜台的伙计。”

“等一下。我想起来了，也许再往前一点儿——就在拐角那儿。”

“反正来吧。请进。唔，我们来瞧瞧。”（翻开一本用链拴着的电话簿。）“崇高的殡葬服务业。不，还没有翻到。在这儿：杂货零售商。希尔杂货店。拉金药房。还有两家。这好像就是韦斯所有的冷饮小卖部了——至少在商业区是这样。好吧，我们全部去查一下。”

“见你的鬼。”她说。

“洛，粗野无礼也没有什么用处。”

“好吧，”她说，“可是你没法叫我上你的当。好吧，我们并没有喝汽水。我们只是谈了一会儿，看了看橱窗里的衣服。”

“哪个橱窗？比如说，是那边那个吗？”

“对，比如说，那边那个。”

“噢洛！我们去仔细看看。”

那的确是一个好看的景象。有个短小精悍的小伙子正给一张质量较差的地毯吸尘，站在地毯上的两个人体模型看上去仿佛刚刚受到大风对它们所造成的严重破坏。其中一个全身赤裸，没戴假发，也没有胳膊。它那相对较小的身材和假笑的姿态说明过去它穿着衣服的时候一定很像（而且如果再穿上衣服的时候还会像）一个和洛丽塔一般大小的女孩儿。可是在目前的情况下，它没有性别。紧挨着它站着一个个子
高得多的戴面纱的新娘，完完整整，intacta，只是缺少一只胳 226/1
膊。地上，在这两个姑娘的脚下，就在那个男人拿着吸尘器费劲地移来移去的地方，堆放着三只细长的胳膊和一副金黄色的假发。其中两只胳膊缠绕在一起，那种姿势似乎表示因恐惧和恳求而双手紧握在一起。

226/1 intacta：亨・亨用了常用词“intact”的拉丁文形式，但借用了其更不常见的意思：“白璧无瑕的处女”。

“瞧，洛，”我平静地说，“好好瞧瞧。这不是某件事的一个相当好的象征吗？不过”——我们回进汽车的时候我继续说道——“我采取了某种防范措施。这儿（灵巧地打开汽车仪表板上的小贮藏柜），在这本拍纸簿上，我已经记下了我们
226/2 那位男朋友的车牌号码。”

我这么个笨蛋，实际并没有记住。留在我脑子里的只有开首那个字母和末尾那个数字，仿佛排列成椭圆形的六个中间凹进去的符号前面有一块有色玻璃，玻璃昏暗得叫人无法看出位于中央的那一系列数字，可是其透明程度恰好叫人可以看出两头的符号——大写的“P”和一个“6”。我不得不讲到这些细节（这些细节本身只会叫一个职业心理学家感觉兴
226/3 趣），要不然，读者（啊，但愿我能把他幻想成一个留着淡黄色胡须、有着鲜红色嘴唇的学者，他一边聚精会神地看我的
226/4 稿子，一边吮着la pomme de sa canne！）可能不会理解在我发现那个“P”已取得了“B”的下半个支撑，而那个“6”也已经给完全擦去了的时候所感到的那份震惊。其余的字也被擦去了部分，显示出铅笔头上的橡皮匆匆擦抹的痕迹，部分数字给擦去了或是由一个孩子的笔迹重新补写过，于是呈现出有刺铁丝网似的一片混乱，无法获得任何合乎逻辑的解释。我只知道那个州——是与比尔兹利所在的那一州相邻的一个州。

226/2 男朋友：奎尔蒂。

226/3 留着胡须的……学者：“又一个小小的预设”（见158/5），纳博科夫说。“这些日子有很多留着胡须的学者”。

226/4 la pomme de sa canne：法语；手杖的圆头。

我什么都没有说，就把那本拍纸簿放回原处，关上小贮藏柜，驾车开出了韦斯。洛已经抓起后座上的几本漫画杂志，沉浸在哪个土包子或乡巴佬最新的冒险经历之中；她穿着飘动的白衬衫，一只褐色的胳膊肘儿支在车窗外面。出了韦斯三四英里，我把车转进一片野餐场地的树荫下，那儿的一张空桌子上洒满了早晨倾泻下的斑驳的阳光；洛带着一丝惊讶的淡淡的微笑抬起脸来。我一句话也没说，就挥起手背狠狠打了她一下，啪的一声正打在她那发烫的坚硬的小颧骨上。

接着便是悔恨自责，抽抽搭搭地表示赎罪和卑躬屈膝地求爱所有的深切甜美的感觉，以及肉体接触的那种毫无希望
的和解。那个黑幽幽的夜晚，在米兰纳汽车旅馆（米兰纳！） 227/1
里，我吻了她那脚趾很长的双脚的发黄的脚底，我惩罚了自己……可是这一切都无济于事。我们两个人的命运都已注定。不久，我就要开始一个新的遭受迫害的周期。

227/1 米兰纳：亨·亨的父亲曾经拥有一家名叫米兰纳的旅馆；见10/5。

在韦斯郊外的一条街上……噢，我相当肯定那并不是错觉。在韦斯的一条街上，我曾瞥见那辆阿兹特克牌红色折篷汽车，要不就是跟它一模一样的另外一辆。车上坐的不是特拉普，而是四五个吵吵闹闹的男女青年——但我什么也没说。离开韦斯以后，出现了一个全新的局面。有一两天，我暗暗着重地提醒自己，我们既没有而且也从未受到他人跟踪，为

此而感到十分开心。后来我十分厌恶地意识到特拉普改变了战术，仍然驾着这辆或那辆租来的汽车紧跟在我们后面。

227/2 他是公路上一个真正的普罗透斯，令人困惑、毫不费力
地从一辆汽车转到另一辆汽车。这种手法暗示有一些专门经
营“公共小汽车”的车行存在，但我始终没能发现他利用的那
227/3 些车行。起初他似乎喜欢使用雪佛兰牌的汽车，开头是一辆
校园式奶油色的折篷汽车，接着又换了一辆天蓝色厢式小客
车，此后就一直使用浪灰色和浮木灰色的车子。不久他转向
其他牌子的汽车，使用了一辆漆成深浅不同的暗淡的彩虹色
的车子。有一天，我发现自己正想辨别出我们那辆梦幻似的
227/4 蓝色的梅尔莫什牌汽车跟他租用的淡蓝色的奥兹莫比尔牌汽
227/5 车之间的细微差异；不过灰色仍然是他最喜欢的隐蔽的颜色。
在令人痛苦的噩梦中，我白费力气地想要准确地区分出诸如克莱斯勒牌的壳灰色汽车、雪佛兰牌的蓟灰色汽车和道奇牌的浅灰色汽车这些幽灵……

我必须时刻留神地寻觅他的小胡子和敞开的衬衫——或者他的秃顶和宽阔的肩膀——这使我对路上所有的车辆都加以深入研究——后面的、前面的、旁边的、过来的、过去的、在跃动的阳光下的各种车辆：后窗里放着一盒“柔软的”手巾纸、安静的前去度假的人的汽车；车里满是脸色苍白的儿

227/2 普罗透斯（Proteus of the highway）：奎尔蒂；源自希腊神话；为波塞冬效劳的具有预言能力的小海神，被抓住后会变出各种形状。

227/3 车行（remises）：马厩改建的房屋。

227/4 梅尔莫什牌汽车：这里有三重暗指。并没有这种牌子的汽车；源自爱尔兰神父和作家马图林（Charles Robert Maturin，1782—1824）的四卷本哥特小说《流浪汉梅尔莫什》（*Melmoth the Wanderer*）（在《解锁》第31页上也提到）。在《〈叶甫盖尼·奥涅金〉评注》中，纳博科夫称马图林的梅尔莫什为“阴郁的流浪汉”（第2卷，第352页）。“这本书尽管比［蒙克·］刘易斯和拉德克利夫太太高明，但根本上还是属于二流，普希金对其评价很高（在法语译本中），那是回应了一种法国时尚。”纳博科夫写道（同上，第353页）。纳博科夫解释“流浪汉梅尔莫什”的“行动”，突出了据此给亨·亨的汽车命名的幽默感：

［约翰·梅尔莫什］和他叔叔是恶毒的流浪汉梅尔莫什（他所到之处一片焦土！他的呼吸使空气燃烧！他饮食之处食物变成毒物！他目光所及，电闪雷鸣……有他在场，面包和美酒会像自杀的犹大濒死时的唾沫一般充满毒汁……）的后代。约翰发现了一卷发霉的手稿，接下来是充满了戏中戏的长篇故事——沉船、疯人院、西班牙修道院——此处我开始打瞌睡了。

…………

梅尔莫什天性骄傲，具有智识荣耀，“无限地追求被禁的知识”，讽刺性的多变令他成为“地狱的小丑”。马图林用尽了撒旦性格描述的所有陈词滥调，同时自己却一

直站在传统的天使一边。他的主角与某个人达成协议，那人赋予他掌控时间、空间和万物（较小的三位一体）的权力，条件是他以解脱来诱惑临终时刻的可怜人，如果他们愿与他交换处境的话。

马图林的小说很可能为奥斯卡·王尔德（1854—1900）提供了他出狱后使用的笔名“塞巴斯蒂安·梅尔莫什”。另外，纳博科夫还说：“梅尔莫什可能源自（在蜂窝中繁殖的）蜡蛾（Mellonella Moth），或者更可能源自（在谷物中繁殖的）谷蛾（Meal Moth）。”有关昆虫学典故，见6/1。

227/5 灰色……他最喜欢的隐蔽的颜色（grays ... his favorite cryptochromism）：“隐蔽的颜色”是杜撰的词；这同样也是作者喜欢的，考虑到那些有关迷雾（Haze）、阴影和深浅条纹（ombre）的双关语。

童、探出一只粗毛狗的脑袋、挡泥板已经扭曲变形的开得飞快的破汽车；车上放满了挂在衣架上的一套套衣服的单身汉的都铎式汽车；一味在前面晃晃荡荡、对后面那一长行充满怒火的汽车毫不在意的宽大的房屋式拖车；年轻的女乘客殷勤地坐在前座中央以便挨近开车的年轻小伙子的汽车；顶上载着一条底部朝天的红色划子的汽车……那辆灰色汽车在我们前面慢了下来，那辆灰色汽车又从后面赶上了我们。

我们开进山区，来到斯诺和钱皮恩之间的一个地方，正在开下一段几乎觉察不出的下坡路，这时我又清晰地看到了侦探兼情夫特拉普。我们后面的灰色薄雾变深了，集中到一辆坚实的自治领牌的蓝色汽车上。突然，就像我驾驶的汽车响应我那可怜的心房的一阵剧痛似的，我们从路的一侧滑向另一侧，汽车底下什么东西还发出一阵无奈的啪啦——啪啦——啪啦的声响。

“有个轮胎漏气了，先生。”洛兴冲冲地说。

我连忙把车停下——正在一座悬崖附近。她合抱起两只胳膊，把一只脚放在仪表板上。我跳下车去，查看了一下右后轮。轮胎的底部已羞涩难看地成了方形的一条边。特拉普在我们后面大约五十码的地方也停下了。他远处的脸看去像是一块欢快的油渍。这是我的机会。我开始朝他走去——十分机灵地想向他去借一个千斤顶，尽管我自己也有一个。他往后退了一点儿。我的脚趾踢在一块石头上——当时有种想要大笑的感觉。接着，一辆巨大的卡车在特拉普后面赫然耸现，从我身旁隆隆驶过——紧接着我就听见它的喇叭给按得发疯似的直响。我本能地朝后望去——看见我自己的汽车正缓缓地移动。我可以辨出洛正滑稽有趣地坐在方向盘的后面，发动机肯定是在转动——尽管我记得我已经熄了火，只是没有扳下紧急刹车；在我赶到隆隆作响的汽车旁去的短暂、激动的瞬间，我忽然想到在过去的两年里，小洛有充足的时间去学会驾驶的基本知识。这时汽车终于停下了。我拧开车门，心里完全肯定她发动汽车是不想让我走到特拉普的面前。可是，她的花招结果白费心思，因为就在我转身追她的时候，特拉普使劲把汽车掉过头去，开走了。我休息了一会儿。洛问我说我是否该谢谢她——汽车是自己开始移动的而且——她没有得到答复，就埋头去看地图。我再次下车，开始经历
229/1 “换轱辘的考验”，正如夏洛特过去常说的那样。也许，我失去理智了。

我们继续这次奇异的旅程。经过一片孤寂不毛的洼地之后，我们一路往上开去。在一片陡峻的斜坡上，我发现不知
229/2 不觉竟已开到先前超过我们的那辆巨型卡车后面。这时它正

229/1 “换轱辘的考验”：指换轮胎。

229/2 巨型卡车……无法超越：担忧得到证实；见160/1。

哼哼唧唧地驶上一条蜿蜒曲折的道路，我无法超越。有一小片光滑的长方形的银色纸——口香糖的里层包装纸——从它的前面飞出来，向后飘到我们的挡风玻璃上。我忽然想到如果我当真失去理智，也许就会以杀人而告终。实际上——安然无恙的亨伯特对挣扎踉跄的亨伯特说——做好准备——把武器从盒子里移到口袋里——也许是十分聪明的——这样就好在精神错乱发作的时候立即加以利用。

二〇

我这个痴情的傻瓜答应洛丽塔去学习表演，就是允许她去培养骗术。现在看来，那不只是学习回答下面这样一些问题，比如《海达·加布勒》[1]一剧的基本冲突是什么？《菩
229/3 提树下的爱情》一剧的高潮出现在哪儿？或者分析《樱桃园》[2]一剧的主要情绪；实际学习的是怎么来背叛我。现在我为自己那么多次目睹她在比尔兹利我们的客厅里所做的那些感觉方面的模拟练习深为后悔；当时我总待在一个十分有利的地点从旁观看，而她则像一个受到催眠的人或一个神秘的仪式的巫师，经过模拟在黑暗中听到一声呻吟，或是初次见到新来的年轻继母，或是尝到她所憎恶的什么东西，比如脱脂牛奶，或是闻到繁茂的果园里被压倒的青草气味，或是用她那双女孩子的纤细、灵巧的小手抚摸幻想的东西时的各种动作，作出好些幼稚虚假的矫揉造作的表演。在我的文件中，还保留着一张油印的纸，提议：

触觉训练。想象自己捡起并拿着：一个乒乓球、一

[1] 挪威剧作家易卜生（Henrik Ibsen，1828—1906）1890年所写的一个剧本。

[2] 俄国作家契诃夫（Anton Chekov，1860—1904）于1903—1904年所写的一个剧本。

229/3 《菩提树下的爱情》：处于易卜生（1828—1906）和契诃夫（1860—1904）著名剧作之间的是根据尤金·奥尼尔（Eugene O'Neill，1888—1953）的《榆树下的欲望》（*Desire under the Elms*，1924）和（柏林的一条大街）“菩提树下”（*Unter den Linden*）拼合而成的剧名。也参见《解锁》第150页等。这个拼凑的剧名在《爱达或爱欲》中也提到了，归于“埃尔曼”（Eelmann，即O'Neill加上Thomas Mann）所作（第403页）。纳博科夫在《尼古拉·果戈理》中表达了对奥尼尔的剧作《悲悼》（*Mourning Becomes Electra*）的不屑（第55页）。

个苹果、一颗黏手的海枣、一个毛茸茸的新网球、一个滚烫的白薯、一小块冰、一只小猫、一只小狗、一块马蹄铁、一根羽毛、一个手电筒。 230/1

用手指捏捏下面这些假想的东西：一片面包、一块橡皮、一个朋友疼痛的太阳穴、一块丝绒样品、一片玫瑰花瓣。

你是一个瞎眼的姑娘。用手摸摸下面这些人的脸：
一个希腊青年、西哈诺、圣诞老人、一个婴儿、一个欢 230/2
笑的农牧神、一个酣睡的陌生人、你的父亲。

可是她在编织那些需要小心处理的时刻，如梦如幻地表演她的着迷和她的本分时，显得多么美妙啊！在比尔兹利某些惊险刺激的晚上，我也曾要她为我跳舞，答应为此给她一样礼物或者请她去吃一顿。尽管她那些常规的叉开腿的跳跃
并不怎么像一个petit rat倦怠的忽停忽动的动作，而更像一个 230/3
足球啦啦队队长的跳跃，但她那尚未完全发育成熟的四肢作出的变化节奏仍叫我感到十分愉快。不过这一切跟她打网球比赛在我心头勾起的那种难以描述的心醉神迷的渴望相比，都算不了什么，压根儿算不了什么——那是一种撩拨人的、兴奋的晃晃悠悠的感觉，简直近乎超自然的范畴，具有近乎

230/1　手电筒（flashlight）：此处纠正了作者的错误（取代了1958年版的torchlight）。

230/2　西哈诺……酣睡的陌生人：纳博科夫于1968年重读了这一段之后，有点滞后地将以下的话放进亨·亨的嘴里："西哈诺的大鼻子，西哈诺鼻子（Cyrano's big nose，Cyranose）。很遗憾我自己竟然错过了这个拼凑词的双关意义。"他又说："一个酣睡的陌生人具有持久扰人的魔力。"埃德蒙·罗斯丹（Edmond Rostand）的著名剧作（1897）（即《大鼻子情圣》。——译注）就是基于法国作家和军人西哈诺·德·贝尔热拉克（Cyrano de Bergerac，1619—1655）的生平。《爱达或爱欲》中的西拉诺妮娜（Cyraniana）（第339页）暗指他最著名的作品《月亮帝国滑稽故事》（*Histoire comique des Etats et Empires de la Lune*［1656年；现代版本为《月亮之旅》，*A Voyage to the Moon*］）。

230/3　petit rat：巴黎歌剧院舞蹈班的学生（九至十四岁）。

超自然的光彩。

尽管她年龄已经大了，但她穿着十二三岁小姑娘穿的网球上衣，露出杏黄色的四肢，却比以往任何时候都更像一个性感少女！高尚的先生们！如果未来产生不出一个像在斯诺和埃尔菲恩斯通之间科罗拉多那个游览胜地时那样的一切都很匀称妥帖的洛丽塔，那也就根本无法接受。当时她穿着小男孩穿的宽大的白色短裤、细长的紧身胸衣、露腰的杏黄色上衣和白色胸罩，胸罩的带子往上从她的脖子上绕过去，在背后打了一个悬荡的结，裸露出她那异常年轻、可爱的杏黄色肩胛骨，裸露出上面那种柔软的汗毛和那些好看的轮廓柔和的骨节，裸露出她那光滑的、往下逐渐变细的后背。她的帽子有个白色帽舌。她的球拍花了我一大笔钱。傻瓜，大傻瓜！我本来可以把她拍摄下来！那样现在我就可以让她在我痛苦和绝望的放映室里出现在我的眼前！

她在发球之前总要先缓一缓，放松一会儿，而且往往还先把球拍一两下，或者用脚在场地上蹭一两下，总显得相当从容，总对分数不怎么在意，总是那么快活，她在家里过的那种阴暗的生活中难得露出这种样子。她的网球是我所能想象的一个年轻人把虚幻艺术发挥到的顶点，尽管就她来说，那大概只是基础现实的几何学。

她的每个优美、明快的动作总有一声清脆的击球声与之配合。每当球进入她控制的范围，不知怎么就变得白了一点，弹性不知怎么也大了一点，而她接球时所采用的那种精准无比的招数也似乎异常富有把握，异常从容不迫。她的姿态确实绝对完美地体现了绝对一流的网球运动——没有任何功利主义的后果。有一次，我坐在一张颤动的硬板凳上观看多洛蕾丝·黑兹和琳达·霍尔打球（而且给琳达打败了），埃杜萨的姐姐伊莱克特拉·戈尔德，一位极其出色的年轻教练当时 231/1
对我说："多莉球拍的肠线中央好像有一块磁石，但她到底干吗这么斯文呢？"嗳，伊莱克特拉，具有这样的风姿，那又有什么关系！我记得我看第一场比赛时全身充满了一种几乎痛苦的吸收美色的骚动。我的洛丽塔在轮到她有充分的时间轻快地发球的时刻，有一种特殊的抬起弯曲的左膝的姿势，这时在阳光中，一只脚尖突出的脚、纯净的腋窝、发亮的胳膊和向后挥动的球拍之间有一刹那总会形成并保持一种充满生命力的平衡姿态，她总抬起脸来，露出闪亮的牙齿，对着那个给高高地抛到了强大优美的宇宙顶点的小球微微一笑；她创造那个宇宙，就为的是用她的球拍像金鞭似的清脆响亮地啪地一下击在球的上面。

231/1 伊莱克特拉（Electra）：纳博科夫说，"这个名字基于黄纹豆粉蝶的一个近亲，同希腊的伊莱克特拉没有关系。"见209/1。有关昆虫学典故，见6/1。

她的那种发球又美又直接，充满青春气息，那道轨迹正统纯净，而且尽管速度飞快，却很容易打回去，因为它在漂亮的长距离的飞行途中，没有旋转也没有冲刺。

我本来可以把她所有的击球动作、她所有的迷人之处都用一段段胶片永远保存下来，这种遗憾今天叫我灰心丧气地不住呻吟。那会比我烧毁的那些照片更有意义！她的凌空截击和她的发球就像结尾的诗节[1]和三节联韵诗之间那样密切相关，因为她，我的宝贝儿，受过训练，会立即用敏捷的充满活力的穿着白球鞋的两只脚嗒嗒地奔到网前。她的正手击球和反手击球不相上下，彼此完全相同——我的腰部至今仍随着那些不断重复的手枪似的清脆回声和伊莱克特拉的喊叫
232/1 声而震颤。多莉在比赛中出色的一招就是内德·利塔姆在加利福尼亚教给她的那手简截的球一落地弹起的截击。

在演戏和游泳中，她喜欢演戏，而在游泳和网球中，她喜欢游泳；然而我坚持认为要不是我捣毁了她内心的某种信念——这并不是说当时我就认识到这一点！——那她就会在完美的姿态以外还有取胜的意志，并且会成为一个真正的青年女子冠军。多洛蕾丝胳膊下面夹着两把网球拍待在温布尔
232/2 登[2]。多洛蕾丝在一个骆驼牌香烟的纸包背面签名。多洛蕾丝变成了职业运动员。多洛蕾丝在一部影片里扮演一个青年女子冠军。多洛蕾丝和她那头发灰白的谦恭而沉默的丈夫兼

［1］指民歌中作为结束语或献词的结尾诗节。三节联韵诗每节八或十行，后有结尾诗节，每节的最后一行和结尾诗节的最后一行相同，且三节采用同一韵律。

232/1 内德·利塔姆（Ned Litam）：是换音构词（倒过来念）而成的笔名，杰出的网球手比尔·蒂尔登［William T.（Bill）Tilden II］以此笔名写作小说。见162/3，洛丽塔曾跟他学网球课。

232/2 在一个骆驼牌香烟的纸包背面签名：像奎尔蒂一样；见69/2。请注意亨·亨如何持续提供含糊的线索；见31/9了解暗指奎尔蒂之处的概述。

［2］Wimbledon，英国英格兰东南部萨里郡北部的一个城市，是著名的国际网球比赛地。

教练老亨伯特。

她的比赛精神中并没有什么不正当或欺骗的意味——除
非你把她对比赛结果所抱的那种欣然而冷漠的态度看作性感
少女的伪装。她在日常生活中那么凶狠，那么狡猾，在比赛
时却显出一副天真坦率的样子，一种心慈手软的击球，令一
个二流的但意志坚定的球员，不论动作多么笨拙，能力多么
差，都可以一路打到胜利。尽管她身材矮小，但只要她进入
对打的节奏，并且能操纵那个节奏，那么她就能轻松自如地
跑遍她那半边场地的一千零五十三平方英尺。不过对手方面 232/3
任何意外的攻击或战术的突然改变都会叫她束手无策。到了
决定胜负的赛点，她的第二次发球——相当有代表性——虽
然总比第一次更为有力，也更漂亮（因为她丝毫没有谨慎的
胜利者表现出的那种缩手缩脚），但总是颤动地打在网绳上一
下子飞出场去。她精心练就的那手短吊也被一个似乎有四条
腿而且挥动着弯曲的球拍的对手接住。她那引人注目的抽杀
和好看的截击总是老老实实地落到对方的脚下。一次又一次，
她总把一个并不难回的球打在网上——接着便做出一个芭蕾
舞中下垂的姿势，让额前的头发披下，欢快地模仿神情惶惑
的样子。她的优雅和抽杀的动作根本没有什么效果，因此她
甚至赢不了气喘吁吁的我和我那老式的高空劈杀。

232/3 一千零五十三平方英尺（fifty-three）：1958年版略去了连字符，该错误已被更正。

233/1 我想我特别容易受到比赛的魅力的影响。在和加斯东下棋的时候，我把棋盘看作一个四四方方的清澈的水池，
233/2 在有着方格花纹的光滑的池底可以看见一些粉红色的、罕
233/3 见的贝壳和珍宝。而这些在我那慌乱的对手眼中，都是淤泥和枪乌贼分泌的黑色液体。同样，我最初让洛丽塔所接受的网球训练——在她经过加利福尼亚那些主要的课程而开窍领悟以前——在我心里仍然留下一些郁闷、痛苦的回忆——不仅因为当时她对我的每项提议都那么令人绝望和气恼地动火发作——而且还因为非常匀称的网球场非但没有反映出她身上潜在的和谐，反而让受到我错误的指导的这个充满怨恨的孩子的笨拙和懒散弄得乱七八糟。现在情
233/4 况不同了，就在那天，在科罗拉多州钱皮恩纯净的空气里，在通往钱皮恩大饭店（那夜我们就在饭店歇宿）陡峻的石级脚下那片绝好的球场上，我感到我可以从隐匿在她天真无邪的外表、心灵和本质的娴雅之下的那场未被发现的背叛我的噩梦中解脱出来。

她像平常那样不怎么费力地挥动手臂，球击得又猛又平，送给我一些飞速掠过球网落点很深的球——一切都那么协调一致，节奏分明，因此把我的步法缩小到几乎就像轻松摇摆的漫步——第一流的球员都会明白我的意思。我

233/1 容易受到比赛的魅力的影响……我把棋盘看作：亨·亨代他的创造者说话，他会希望读者也同意这个将《洛丽塔》视为棋盘的清晰的看法。

233/2 方格花纹：方格镶嵌或马赛克装饰。

233/3 珍宝（stratagems）：纳博科夫在《尼古拉·果戈理》中写道：“美好的词，珍宝——山洞里的宝藏”（第59页）。

233/4 科罗拉多州钱皮恩（Champion, Colorado）：真有这个城镇，纳博科夫选它是因为这是一场冠军赛（a championship game）——亨·亨试图将性感少女的美纳入文字之中。

的大力发球是我父亲教的，他则是向他的老朋友、了不起
的冠军德居吉斯或博尔曼学的。如果我真想叫洛为难，这 234/1
种发球就会叫她难以应付。可是谁愿意为难这样一个玲珑
剔透的宝贝儿呢？我有没有提起她的光胳膊上有个种牛痘
留下的“8”字形疤痕？提起我极其痴情地爱着她？提起她
当时只有十四岁？

一只好奇的蝴蝶飞过来，在我们之间落下。 234/2

两个穿着网球运动短裤的人不知从哪儿钻了出来：一个
红头发的家伙大概只比我小八岁，粉红色的小腿给太阳晒得
黝黑发亮；还有一个皮肤浅黑的懒懒散散的姑娘，长着一张
神情抑郁的嘴和两只冷漠的眼睛，大概比洛丽塔要大两岁。
像规规矩矩的新手常做的那样，他们的球拍都包着套子，装
在木架子里。他们拿着球拍，好像那不是让某些特殊的肌肉
自然而舒适地扩展的用品，而是铁锤、大口径短枪或是螺旋 234/3
钻，或是我自身背负的沉重可怕的罪孽。他们相当随便地在
球场旁边一条长凳上坐下，边上就放着我那讲究的外套，开
始叽叽呱呱地赞赏洛相当单纯地帮我保持下来的大约五十多
个回合的对攻——直到出现一个差错，叫她倒抽一口气，因 234/4
为她的高手扣杀把球打出了界，于是她迷人地露出了欢笑，
我的叫人疼爱的宝贝儿。

234/1 德居吉斯或博尔曼（Decugis or Borman）：德居吉斯（Max Decugis）是杰出的欧洲网球手，常同戈贝尔（见162/4）搭档，他俩是1911年温布尔登网球大赛男子双打冠军。博尔曼是二十世纪第一个十年的比利时冠军。纳博科夫回忆说：“他是左撇子，是第一个采用侧（旋）发球的欧洲选手之一。在瓦立斯·迈尔斯（Wallis Myers）有关网球的那本书（约1913年）中有他一张照片。”我无法找到迈尔斯的书，但是贝尔德曼（George W. Beldman）和韦尔（P. A. Vaile）撰写的《杰出草地网球选手》（*Great Lawn Tennis Players*, New York，1907）一书中谈到了德居吉斯和博尔曼。贝尔德曼惋惜博尔曼缺乏攻击性，姿势不好（是他用整个身体来打旋转球和削球的结果），独特地如此形容他，“我不知道他打出过任何完美的击球，但是他的每一下抽杀对于那些有心想学的人都是一种教育”（第350—351页）。纳博科夫接受了教育，博尔曼在《洛丽塔》中得到了永恒。乍一看（用亨·亨的话来说），这样的细节似乎同金波特的寻章摘句差不多，却是静静地写出来，可作为一种示例，表明纳博科夫的记忆为他说话的精确的方式，同时也表明他如何真的在“想象的花园里面置入真实的蛤蟆”（见119/1）。事实上他一辈子都热爱网球，曾经为有钱的柏林人教授网球课程来补充他作为移民的微薄收入。他令亨·亨将洛丽塔在一个具有几何完美性的场地上的网球赛诗意化，这并非出于偶然，那种完美性就如同画家蒙德里安（Piet Mondrian，1872—1944）营造出的严谨的抽象，有时看上去简直像是网球场的俯视图。

那时我感到口渴，便朝喷泉式饮水器走去；红头发在那儿走上前来，十分谦恭地提议跟我们打一盘混合双打。“我叫比尔·米德，”他说。“那是女演员费伊·佩奇。梅费阳
234/5
伞”——他补一句（一边用他那可笑地罩起来的球拍指着文雅的费伊，她已经在和多莉说话了）。我正想回答说：“对不起，可是——”（因为我不喜欢让我的小姑娘参与到跟粗鄙笨拙的人的乱打乱击之中）这时一声异常悦耳的喊叫转移了我的注意力：有个侍者正轻快地跑下饭店门前的台阶，朝球场走来，一边还向我做着手势。对不起，我有个紧急的长途电话——实际上万分紧急，所以他们没有挂断电话，等着我去接听。当然。我披上外套（里面的口袋里沉甸甸地放着那把手枪），告诉洛我一会儿就回来。她正在把一个球捡起来——按着欧洲大陆的足拍方式，这是我教给她的少数几件好事之一——笑了笑——她朝我笑了笑！

我跟着那个侍者往上到饭店去，一种可怕的平静使我的心飘浮不定。用句美国话来说，这就是那么一回事。在这句话中，暴露、惩罚、折磨、死亡、永恒都以特别令人反感的坚果外壳的形式出现。我已把她留在身手平庸的人的手里，不过现在已经无关紧要。当然我要奋斗。哦，我要奋斗。毁掉一切也比把她交出去好。对，上去真费劲儿。

234/2 蝴蝶：尽管纳博科夫无意于“象征主义”，但它却在亨·亨近于完美无缺地捕捉到洛丽塔的优雅姿态之后出现了。纳博科夫只是评论道：“蝴蝶的确是好奇，它那点水似上下起伏的动作是多个物种的特征。”见6/1。

234/3 螺旋钻：数种打眼工具的统称。

234/4 一个差错（a syncope in the series）：原意指一个词中省去某个读音，或少一两个字母或读音。

234/5 梅费阳伞（Maffy On Say）：美国腔发音的“*ma fiancée*”（我的未婚妻）。

在服务台旁，有个神色庄严、长着鹰钩鼻子的男人把他亲手写下的一个口信递给我；我看他有一段很不清楚的经历，值得好好调查。电话最终还是给挂断了。那张字条上写道："亨伯特先生。伯尔兹雷学校的校长（原文如此[1]！）打来电话。夏季住处——伯尔兹雷2-8282。请立刻回电。极其重要。"

[1] 应为"比尔兹利"，所以这么说。

我走进一个电话亭，关上门，吃了一小颗药，跟幽灵似的接线员争吵了大约二十分钟。于是渐渐可以听清一个四重唱的对话：女高音，比尔兹利没有这个号码；女低音，普拉特小姐正在去美国的途中；男高音，比尔兹利学校没有打过电话；男低音，他们不可能打电话来，因为谁也不知道那天我在科罗拉多州的钱皮恩。经我追问之下，那个长着鹰钩鼻子的人才费心去查问到底有没有一个长途电话。根本没有。但不排除从当地某个电话拨号盘打来的一个假的长途电话。我向他道谢。他说：没问题。我去了一趟水声潺潺的男厕所，235/1
又到酒吧间去喝了一杯烈性酒，随后开始走回去。从第一层平台上，我便看见在底下远处样子好像小学生的擦得不干净的石板那么大的网球场上，闪着金光的洛丽塔正在打一盘双打比赛。她来回奔跑，就像博斯画里三个可怕的瘸子当中的 235/2
一个美丽的天使。其中有个瘸子，就是她的搭档，在换边的

235/1 水声潺潺：溪水流动的声音。

235/2 博斯画里三个可怕的瘸子：其中之一是奎尔蒂。博斯（Hieronymous Bosch，约1450—1516），杰出的佛兰德怪异画家，画作充满了道德和生理上的残疾。"那有箭猪之类动物的佛兰德画派地狱"是诗篇《微暗的火》中一个简要的博斯式场景（第226行）。在《爱达或爱欲》中，丹尼尔·维恩这位艺术收藏家和博斯爱好者想象自己被出自一幅博斯油画中的动物戏弄，终结于"奇怪的博斯式死亡"（第435—436页）。纳博科夫然后长篇大论地评论出现在博斯画作《乐园》中央的蝴蝶。

时候，用球拍开玩笑地在她的屁股上打了一下。他长着一个圆滚滚的脑袋，穿着不大相称的棕色裤子。瞬息之间，出现了一阵慌乱——他看见了我，扔下球拍——我的球拍！——急匆匆地跑上斜坡。他挥动着手腕和胳膊肘儿，滑稽可笑地想要模仿退化了的翅膀，迈着罗圈腿朝街上爬去，他的灰色汽车就在那儿等他。一转眼，他和那辆灰色汽车就都不见了。等我走到下面的时候，余下的三个人正聚在一起，挑选网球。

“米德先生，那个人是谁？”

比尔和费伊两个人都显得神情严肃，他们摇了摇头。

236/1 那个荒唐的不请自来的家伙闯来凑成一盘双打，是吗，多莉？

236/1 那个荒唐的不请自来的家伙……双打：奎尔蒂；双关语：打网球的搭伴和“分身”（*Doppelgänger*）。见243/7。

多莉。我球拍的把手还热乎乎的，叫人厌恶。在回饭店之前，我把她带进一条小路，那儿几乎满是芳香的灌木，开着一些烟雾似的花儿。我正想呜咽啜泣，用最卑下的方式请求她这个冷静地待在梦境中的人儿澄清（不管多么言不由衷）笼罩着我的那种死气沉沉的可怕的气氛，忽然我们发现自己正在捧腹大笑的米德那一对人的后面——相互匹配的人儿，你知道，在古老的喜剧中总在田园诗一般的环境中相遇。比尔和费伊都笑得前仰后合——我们走来的时候，他们秘密的笑话刚刚说完。那实在无关紧要。

洛丽塔说，她想去换上游泳衣，把下午余下的时间都消磨在游泳池里；她说这些话的时候仿佛那确实真的无关紧要，而且显然认为生活带着它的种种例行的乐趣正自动地滚滚向前。真是一个美好的日子。洛丽塔！

二一

“洛！洛拉！洛丽塔！”我听见自己在门口对着阳光喊
叫，带着时间，圆顶笼罩着的时间的音响效果，这种效果赋
予我的喊叫及它那泄露内情的嘶哑声那么无限的焦虑、热情
和痛苦，因此，纵然她死了，那声喊叫在扯开她那尼龙寿衣
的拉链方面也会起到重要的作用。洛丽塔！我在一片修剪整
齐、铺了草皮的台地上终于找到了她——不等我准备好，她
就先跑出来了。哦，洛丽塔！她正在那儿跟一条该死的小
狗玩耍，不是跟我。那条可以算作狗的小狗正用两只爪子捧
236/2 着一个湿乎乎的小红球，把球丢了，随即咬住；它用前爪
在有弹性的草皮上迅速划出一些纹路，随后一下子跳开。我
只想看看她在哪儿。我怀着那样的心情无法游泳，但谁又在
意呢——她在那儿，我在这儿，穿着浴衣——因此我不再叫
237/1 了。可是在她穿着阿兹特克红色游泳裤和胸罩东奔西跑的时
候，她动作的姿态中的什么东西突然引起了我的注意……她
的嬉戏表现出一种欣喜，一种癫狂，简直叫人受不了。就
连小狗也似乎被她过度的反应弄迷糊了。我观察着这种情

236/2 红球：奎尔蒂滚过来的球，他在第237页上重新出现。

237/1 阿兹特克红色：亨·亨想起了奎尔蒂汽车的颜色。见217/1。

况，把一只手轻轻放在胸口。草地后面隔开一段距离的那个青绿色的游泳池，这时不再位于草地后面，而是在我的胸膛里，我的阳物在里面游荡，就像粪便在尼斯碧蓝的海水中漂浮。有个游泳的人已经离开水池，部分身体受到树木展开的树荫遮蔽，正一动不动地站在那儿，捏着裹住他脖子的那条毛巾的两头，用琥珀色的眼睛紧盯着洛丽塔。他站在那儿，在阳光和树荫的掩蔽下，被阳光和树荫改变了外形，也被自己赤裸裸的身子所遮挡，他湿漉漉的黑发或者说是剩下的那点儿黑发紧贴在他的圆脑袋上，他的小胡子是一块潮湿的污迹，他胸口的汗毛像一个对称的图案似的展开，他的肚脐不断颤动，多毛的大腿滴下亮晶晶的水珠；他肥大的阴囊好像
一个遮盖他那颠倒的兽性的护垫似的被朝上往后拉去，就在 237/2
那个地方，他那湿淋淋的紧身黑色游泳裤强健有力地鼓着，好像就要绷开。我望着他那深褐色的椭圆形的脸，忽然想到我正是凭着我女儿的面部表情的反应才认出他来的——现出同样的福至心灵的样子，做着同样的鬼脸，只不过因为他是男人而变得相当丑恶。我还知道那个孩子，我的孩子也知道他在看她，欣赏着他的色眯眯的神情，装出蹦蹦跳跳的欢快的样子，这个下贱而又叫人疼爱的小娼妇。她跑去接球，没有接到，仰面朝天地倒在地上，两条淫猥、娇嫩的腿发疯似

237/2 护垫：就像94/1上的皮制男性生殖器（*olisbos*）；奎尔蒂被看作一个可笑的普里阿普斯（Priapus），他在这段话里将大自然变成了名副其实的阴茎的丛林。下面的普里阿普斯（*Priaps*）是亨·亨的用法。

的在空中乱蹬乱踹；从我站的地方，我可以感到她的兴奋激动所散发出的麝香似的气味，接着我看到（带着某种近乎神圣的厌恶而惊呆了）那个男人闭上眼睛，露出他那小小的——非常小而整齐的牙齿，靠在一棵树上，好多有斑纹的普里阿普斯在那棵树的枝叶中开始颤抖。紧接着就发生了一个令人惊奇的变化。他不再是那个好色的男人，而是一个好性儿的傻乎乎的瑞士远亲，是我提过不止一次的那个古斯塔夫·特拉普。他过去经常凭借举重的技艺去抵消他的“纵饮作乐”（他喝啤酒掺牛奶，这个十足下流的家伙）——在湖边上脚步蹒跚，嘴里叽里咕噜，穿着那件十分潇洒地露出一边肩膀、其他方面都很整齐的浴衣。这个特拉普在远处瞥见了我，用毛巾擦了擦颈背，装出一副无忧无虑的神气走回水池。于是好像太阳已经退出了这场游戏，洛放慢了步子，缓缓地站起身来，不再理会狗放到她面前的那个球。谁能说出我们这么中断嬉戏会叫一条小狗心里有多伤感？我开口说了几句话，接着在草地上坐下，胸口感到一阵剧烈的疼痛，吐出许多棕色和绿色的东西，我始终想不起何时吃过这样一些东西。

我看到洛丽塔的眼睛，其中的神情似乎主要是在算计，而不是感到惊恐。我听见她对一位好心的太太说她父亲正在发病。后来很长一段时间，我都靠在一张躺椅上，一小杯一小杯地喝着杜松子酒。第二天早晨我觉得身体强健，可以开车上路（在后来的岁月里，没有一个大夫相信这件事）。

二二

238/1 我们在埃尔菲恩斯通银马刺旅馆订下的那座两间房的小屋结果竟是我们头一次无忧无虑的旅行中洛丽塔就十分喜欢的那种富有光泽的褐色松木造的；噢，如今情况变得多么不同！我并不是指特拉普或特拉普之类的人。说到头——唔，真的……说到头，先生们，一切变得非常清楚，所有那些令人目眩地不住变换汽车、被我认作同一个人的侦探，都是我这个有受迫害妄想症的人所臆造的人物，是建立在巧合和偶
238/2 然相似的基础上的反复出现的形象。Soyons logiques，我头脑中自以为是的法国气质这么夸口说——并且进而打消这样一个概念：有一个被洛丽塔弄得神魂颠倒的推销员或喜剧中的歹徒正利用暗探在迫害我、欺骗我，再不然就对我和执法人员之间奇特的关系而充分加以利用。我记得当时我哼着曲子把我的惊恐赶走。我记得我甚至为"伯尔兹雷"那个电话想出一个解释……可是，即使我可以摆脱特拉普，就像摆脱我在钱皮恩的草地上的抽搐那样，但我对于在一个新时期，即我的推断告诉我洛丽塔不再是一个性感少女、不再折磨我的时

238/1 埃尔菲恩斯通（Elphinstone）：亨·亨将在此处失去他的"小精灵"（elf）；见31/3。

238/2 Soyons logiques：法语；让我们合乎逻辑。

239/1 巨大仙人掌（saquaro）：一种粗茎，开白花的巨大仙人掌。

239/2 海市蜃楼（fatamorganas）：见10/5。《王，后，杰克》中某个漂亮百货商店里的展示提供了“梦幻般的服饰”（a Fata Morgana of coats，第68页）。

239/3 何塞·利萨拉本戈亚（José Lizzarrabengoa）：卡尔曼抛弃的情人。见45/3、243/4和278/2。

239/4 Etas Unis：法语；美国。

239/5 海斯太太（Mrs. Hays）：亨·亨最初是在黑兹太太（Mrs. Haze）家发现洛的，现在将在同为寡妇的海斯太太的汽车旅馆失去她。

期前夕所感受到的痛苦，即明白她是那么撩人、那么令人难受地可爱而又不可及所感受到的痛苦却束手无策。

在埃尔菲恩斯通，命运相当亲切地为我安排了一场额外的、讨厌的、毫无理由的烦恼。在最后这段行程中——一点也没有受到烟灰色的侦探或是曲折前行的傻瓜污染的两百英里山路——洛一直无精打采，一言不发。她几乎都没有抬眼去看一眼山上突出的那块形状怪异、给映得通红的著名的岩石，那曾是一个喜怒无常的歌舞女郎走向解脱的起跳点。那座市镇是新建的或重建的，位于一片七千英尺高的山谷谷底。我希望这个地方不久就会叫洛感到厌烦，我们就可以继续开往加利福尼亚州，开往墨西哥边境，开往神话般的海湾、长
着巨大仙人掌的沙漠、海市蜃楼。何塞·利萨拉本戈亚，正 239/1、239/2、239/3
如你们所记得的那样，就打算把他的卡尔曼带到Etats Unis。 239/4
我设想出中美洲的一场网球比赛，多洛蕾丝·黑兹和加利福尼亚州各校的好多位女子冠军都将光彩照人地去参赛。用微笑开路的友好观光消除了护照和体育运动之间的区别[1]。为什么我希望我们在海外会幸福呢？改变环境是注定不幸的爱情和肺脏所依赖的传统的谬误。

经营那家汽车旅馆的海斯太太是个活泼的、抹着厚厚 239/5
的胭脂、蓝眼睛的寡妇；她问我是不是赶巧是瑞士人，因

[1]“护照”，英文是passport，“体育运动”是sport，所以这么说。

为她妹妹嫁了一个瑞士滑雪教练。我是的，而我女儿却有一半爱尔兰血统。我作了登记，海斯把钥匙交给我，脸上闪现出一丝微笑，接着仍然带笑地指给我看应该把汽车停放在哪儿。洛慢吞吞地下了车，微微打了一阵哆嗦。傍晚时光线还亮，空气十分凉爽。她走进小屋，在一张牌桌旁的椅子上坐下，把脸埋在一只胳膊弯里，说她觉得很不舒服。我以为她是假装的，无疑是假装了来逃避我的爱抚。我心头十分焦渴；可是当我想要爱抚她的时候，她异常阴郁地抽泣起来。洛丽塔病了。洛丽塔要死了。她皮肤滚烫！我从口腔里给她量了体温，随后查看了我幸好草草抄在一个笔记本里的公式；等我费劲地把那些对我毫无意义的华氏温度换算成我童年时就很熟悉的摄氏温度后，我发现她的体温是四十度四，这至少说明了问题。歇斯底里的小仙女，我知道，可能会有各种体温——甚至超过致命度数的体温。要不是在查看她可爱的小舌头（她身上的珍宝之一）的时候发现它已经通红，我本来会让她呷一口加了香料的热葡萄酒，吃两片阿司匹林，再用亲吻把高烧驱除。我替她脱下衣服。她的呼吸又苦又甜。她褐色的小嘴里有股血腥气味。她从头到脚都在发抖。她抱怨说脊椎骨上半部僵硬发疼——我像任何一个美国家长都会以为的那样以为是小儿麻痹症。我放弃了所有交欢的希望，用

一条旅行毛毯把她裹住，抱上汽车。这时，好心肠的海斯
太太已经通知了当地的大夫。“你真幸运，事情就发生在这
儿。”她说；因为不仅布卢是本地区最好的大夫，而且埃尔菲 240/1
恩斯通医院也是最现代化的医院，尽管不能容纳很多病人。
于是受到一个赞同异性爱的魔王的跟踪，我向医院驶去，一 240/2
路上给低地那边辉煌灿烂的斜阳照得两眼有些发花；给我带
路的是一个身材矮小的老婆子，一个腿脚灵便的女巫，也许
是埃尔柯尼希的女儿，是海斯太太介绍给我的，后来我就再
也没有见过她。布卢大夫的学识无疑大大不如他的名气。他
告诉我说这肯定是病毒感染。我提起她最近得了一次流感，
他简慢地说，这是另一种病菌引起的疾病，他手上就有四十
个这种病例；所有这些病例听起来都像是从前人患的“痁疾”。 240/3
我不知道我是不是应该提一提，漫不经心地笑着提一提我的
十五岁的女儿在和她的男朋友爬过一道难以翻越的围墙时出
过一桩小小的事故。但我知道自己有些醉了，就决定不吐露
这种情况，等到以后必要时再说。我对一个面无笑容、金发
碧眼、婊子一样的女秘书说我女儿的年龄“实际上是十六岁”。
我一不注意，我的孩子就给带走了！我坚持要求在他们该死
的医院一个角落的一块“表示欢迎”的擦鞋垫子上过夜，但白
费力气。我跑上一段段构成主义派[1]的楼梯，竭力想找到我

240/1 布卢（Blue）：源自常见的德国姓氏“布劳”（Blau）。《塞巴斯蒂安·奈特的真实生活》（1941）里的斯达奥沃医生和布卢医生在《微暗的火》中结合成为“那位了不起的斯达奥沃·布卢/把行星扮演的角色视作灵魂着陆”（627—628行）。见200/3。

240/2 赞同异性爱的魔王的跟踪：奎尔蒂。暗指歌德的诗《魔王》（德语Erlkönig，即英语中的Erlking；小精灵之王），其中化作幽灵的魔王追逐一位同父亲骑马在夜色中穿越狂风肆虐的树林的小男孩。魔王无法占有所爱的男孩，就要了他的性命。等父亲“安全”到达农庄时，孩子已经死在他的怀里。在《微暗的火》中，赞巴拉语词“*alfear*”（纳博科夫的杜撰）被定义为“小精灵引起的无法控制的恐惧”（第143页）。约翰·谢德还有一段话（第653—664行）暗指歌德的这首诗，尤其是第662行。查尔斯·金波特也非常喜欢这首诗，将其默诵下来并译成了赞巴拉语（第239页）。见《〈叶甫盖尼·奥涅金〉评注》（第2卷，第235页）。也见《解锁》第138页等。有关“小精灵”，见31/3。

240/3 “痁疾”：剧烈的冷颤。

[1] constructivism，现代西方艺术流派之一，多用玻璃、塑料、木块、电线等构成巨大的抽象立体艺术品。

的宝贝儿，以便告诉她最好不要胡言乱语，尤其在她感到像我们大伙儿都会有的头昏眼花的时候。有一会儿，我对一个十分年轻、脸皮很厚的护士粗鲁得简直可怕；她臀部肌肉过于发达，两只黑色的眼睛亮闪闪的——后来我才知道，她是巴斯克人[1]的后代。她的父亲是个外来的牧羊人，专门训练牧羊犬。最后我只好回到汽车上，在里面不知呆了多少个小时，伛偻着身子坐在黑暗当中，被自己新产生的孤独弄得傻了眼。我张开嘴巴，一会儿朝外望着蹲伏在铺着草地的街区中央那幢灯光暗淡、相当低矮、四四方方的医院大楼，一会
241/1 儿又抬头望着满天星斗和haute montagne的参差不齐的银白色
241/2 土墙；玛丽[2]的父亲，孤独的约瑟夫·洛尔此时就在那儿，正梦见奥洛隆、拉戈尔、罗拉斯——que sais-je!——或者在勾引一头母羊。这类甜美、飘逸的念头在异常艰难困苦的时刻对我始终是一种安慰。尽管我随意喝酒，但只是在我因无尽的黑夜而感到相当麻木以后，我才想到要开车回汽车旅馆。老婆子早就不见了，我对回去的路拿不大准。宽阔的碎石路纵横交叉地越过沉寂的长方形的阴影。我在一片大概是学校的操场上辨别出一个好像绞刑架的侧影似的东西；在另外一片有点儿像荒地似的街区，在寂静中耸立着当地一个教派的灰白色的圆顶教堂。我终于找到了公路，后来又找到了汽车

[1] Basque，欧洲比利牛斯山西部地区的古老居民。

[2] 玛丽就是上文所说的那个护士。

241/1 haute montagne：法语；高山牧场。

241/2 洛尔……罗拉斯（Lore ... Rolas）：此处引入了巴斯克人及其可恶的牧羊犬，还有地名（洛尔等），都是“真实的”，都是纳博科夫在比利牛斯山和洛基山见过的。“*Que sais-je!*”是法语套话（“等等”或“诸如此类”）。

旅馆，无数被称作“粉翅蛾”的一种昆虫正成群地在“客满”字样的霓虹灯四周打转。清晨三点，我洗了一个不合时宜的热水淋浴（这种淋浴就像某种腐蚀剂，只有助于确定一个人的绝望和疲惫），随后便在她的床上躺下；床上有一股栗子、玫瑰花和薄荷的香味，还有我新近允许她使用的那种非常清淡、非常特别的法国香水的气味。我发现自己无法接受这样 241/3
一个简单的事实，那就是两年内这还是头一次跟我的洛丽塔分开。突然我想到她的生病多少是一个主题的发展——与我们的旅途中叫我困惑和痛苦的那一系列互有关联的印象具有同样的风味和色调。我想到那个特工人员、秘密情人、恶作剧 241/4
的家伙、幻觉或者不管他是什么，正在医院四周徘徊——曙 241/5
光女神几乎还没有“焐暖她的手”，正如在我出生的国家那些采摘薰衣草的人所说的那样，我就发现自己又想走进那座土 241/6
牢，去敲敲它绿色的门，没吃早饭，也没拉屎，满心绝望。

那天是星期二、星期三或星期四，她本来就是那么个宝贝，对于某种“血清”（麻雀的精液或儒艮的粪便）作出了极好的反应，病情好多了，大夫说再过几天，她就又会“跳跳蹦蹦”的了。

我去探望了她八次，其中只有最后一次依然鲜明地铭刻在我的心上。到医院去探望成了一桩了不起的大事，因为

241/3　法国香水：指第256页上的“绿色阳光”（Soleil Vert）。

241/4　特工人员……或者幻觉：指奎尔蒂。

241/5　曙光女神（Aurora）：黎明，罗马曙光女神奥罗拉（希腊神话中为厄俄斯［Eos］）。“焐暖的手”的意象指太阳还没有升高到足以晒暖山腰。

241/6　薰衣草：种植在法国南部山坡上的一种香草，可提取香油。

我觉得自己的身子也被当时正在影响我的传染病淘空了。没有谁会知道拿着那束花儿，那个爱情的负担，以及我走了六十英里才买到的那些书所有的那份劳累。那些书是勃朗宁

242/1 的《戏剧作品集》、《舞蹈史》、《小丑和科伦芭茵》、《俄罗斯芭蕾舞》、《落基山的鲜花》、《戏剧协会选集》、十五步就赢得全国少年女子单打冠军的海伦·威尔斯著的《网球》。我正脚步蹒跚地上楼朝我女儿十三元一天的单人病房门口走去，玛丽·洛尔，那个对我表现出毫不掩饰的反感的讨厌的兼职年轻护士端着一个用完早饭的托盘走出来，砰的一声把托盘放

242/2 在走道里的一张椅子上，飞快地一扭屁股又跑回房去——大概是去通知她的可怜的小多洛蕾丝，她那专横的老爸正悄悄地爬上楼来，手里还拿着书和花束。那束花是太阳刚出来的时候我在一个山口亲自用戴着手套的手所采集的野花和美丽的叶子结扎成的（我在那个关键性的星期几乎没有睡觉）。

我的卡尔曼西塔吃得好吗？我朝托盘瞥了一眼。在一个

242/3 沾有蛋黄的盆子上有一个皱巴巴的信封，里面放过东西，因为有一边已经撕开，但信封上没有地址——什么也没有，只有一个不可信的纹章图案，以及用绿色字母印的“庞德罗萨

242/4 旅社”的字样。于是我跟玛丽就chassé-croisé，她这会儿又匆匆忙忙地走了出来——她们行动得那么快，可做的事儿却那

242/1 《小丑和科伦芭因》……《网球》：第一个标题是亨·亨杜撰的（其他则真实存在）。在意大利即兴喜剧（commedia dell’arte）中（见第213页和248/6），小丑普吉内拉（Pulcinella）具有双重性格：机智、好讽刺、有点残酷，但也有些愚蠢，爱讨好人、胆小。科伦芭因是终极版卖弄风情的女孩，她机智敏锐，所以能够施展最复杂的诡计。她常常同小丑做伴，小丑则是易变、捉摸不定的角色，同商人、小贩和贼的保护神墨丘利相关，此处他们与亨·亨、洛丽塔和奎尔蒂的类比是显而易见的。海伦·威尔斯（Helen Wills，1905—1998）是二十年代和三十年代最杰出的网球选手，她年纪轻轻就获得了冠军，她这样的经历加上那本1928年出版的书《网球》显然都是想要进一步鼓励洛丽塔。有关舞蹈的书籍显然是要开启一种新的教育，启发优雅的举止，但亨·亨是看不到了。勃朗宁的那本书肯定包含了《皮帕经过》（见117/2和207/2），书名主角是一位漫游的磨坊女孩，她生性快乐，无论看见什么都会放声歌唱。

242/2 一扭屁股：此处“屁股”的英语用了fundament这个词。

242/3 皱巴巴的信封：信来自奎尔蒂。

242/4 chassé-croisé：来回移动。

243/1 “Je croyais que c’était un bill — not a billet doux”:“我以为那是一张账单——不是一封情书。”（这是对bill［账单］和*Billet doux*［情书］的双关语。）

么少，真叫人感到惊奇，这些大屁股的年轻护士。她生气地瞅着我刚放回去的那个已经平整的信封。

“你最好别碰，”她说，对着那个信封点了点头，“会吃苦头的。”

要对她的话作出回答就降低了我的尊严。我所说的只是：

“Je croyais que c’était un账单——不是一封billet doux。”接着便 243/1
走进那间充满阳光的病房，对洛丽塔说：“Bonjour, mon petit.”[1]

“多洛蕾丝，”玛丽·洛尔跟着我走进房来，从我身旁挤过去，这个胖乎乎的婊子，眨了眨眼，十分迅速地折起一条白色法兰绒毛毯，而后又眨了眨眼说道，“多洛蕾丝，你爸爸以为你收到了我男朋友的信。收到信的是我（洋洋得意地拍了拍她戴的那个镀金小十字架）。我的爸爸也跟你的爸爸一样会parlay-voo[2]。”

她走出房间。多洛蕾丝脸色那么红润，皮肤呈一片赤褐色，嘴唇刚刚涂过口红，头发梳得光灿灿的，两只光胳膊笔直地伸出来放在干净的床罩上，躺在床上正天真地朝着我或者并不朝着什么人微笑。在床边的小桌上，挨着一张纸餐巾和一支铅笔，她的黄玉戒指在阳光下闪烁。

“多么讨厌的葬礼上用的花儿，”她说，“不过仍然要谢谢你。但你是不是可以不讲法语呢？那叫大伙儿都很烦恼。”

那个丰满、年轻的粗野女子又用平时那种急急匆匆的动

［1］法文，你好，我的孩子。

［2］法文，这里玛丽·洛尔不规范地用了一个法文短语，她想表达的意思是“说法语”。

243/2 作跑回房来，身上满是大蒜和尿的气味，手里拿着《德塞雷特新闻报》，她的漂亮的病人急忙接了过去，对我带来的那些有着精美插图的书籍却置之不顾。

243/3 “我妹妹安，”玛丽说（又给那个情况加上一点事后的想法），“在庞德罗萨那地方干活儿。”

243/4 可怜的蓝胡子。那些残忍的弟兄。Est-ce que tu ne m'aimes plus, ma Carmen？她从来就没爱过。那时，我知道我的爱情和先前一样毫无希望——我还知道这两个姑娘是同谋，她们
243/5、243/6 用巴斯克语或曾费拉语密谋应付我那毫无希望的爱情。我要
243/7 更进一步说洛正在耍两面派的花招，因为她也在愚弄感情用事的玛丽。她大概告诉玛丽，她想和她爱开玩笑的年轻舅舅住在一起，而不跟着我这么个冷酷、阴郁的人居住。我始终没有查明的另一个护士，把病床和棺材用车推送到电梯里的那个乡下来的白痴以及候诊室鸟笼里那些愚蠢的绿色相思鸟——所有这些都参预了这个阴谋，这个卑鄙的阴谋。我想玛丽准是以为滑稽有趣的父亲亨伯托尔狄教授正在干涉多洛
243/8 蕾丝与她那位替代父亲、矮矮胖胖的罗密欧（因为尽管吸可卡因，喝酒，罗[1]，你知道，你那时是相当胖的）之间的恋情。

[1] 罗，指上文的罗密欧，指奎尔蒂。

我喉咙疼痛，咽下了一口口水，站在窗边，凝望着大山，凝望着在充满笑意、暗中密谋策划的天空下耸立着的那块富

243/2 《德塞雷特新闻报》：犹他州的确有这份报纸。

243/3 我妹妹安：我们很快就会明白此处亨·亨暗指佩罗（Charles Perrault，1628—1703）的童话故事《蓝胡子》。蓝胡子谋杀了六位妻子。第七个妻子希望自己的两个哥哥来救她，让妹妹安为她放哨；“安妹妹，你看见有人来吗？”是她一直反复说的话。她最后的确看见来人了，“残忍的弟兄”杀死了蓝胡子。也参见《解锁》，第48页。我在撰写这个注释的时候，曾招呼隔壁房间的妻子，问她是否记得《蓝胡子》所有的细节，我七岁的女儿卡伦跑到我的房间里来回答说，“我知道这个故事”（那是1967年）。我把《洛丽塔》的这段话给她看，她在帮助我识别了安之后，又读了读亨·亨关于蓝胡子的那句话。“可怜的蓝胡子，”她读道，“可怜的蓝胡子？他太可怕了！这是什么鬼书？”有关《爱达或爱欲》中《蓝胡子》的典故，见164页和180页，在《王，后，杰克》中的典故，见263—264页。见31/3。

243/4 Est-ce que ... Carmen：“你不再爱我了吗，我的卡尔曼？”何塞在倒数第二次与卡尔曼见面的时候这样对卡尔曼说（第3章）。亨·亨还引用了何塞接下来恳求的话（278/2），有关梅里美，见45/3。

243/5 用巴斯克语……密谋：卡尔曼同何塞当着她那位富有而无所察觉的英国情人的面用巴斯克语密谋，何塞后来杀死了这位情人。

243/6 曾费拉语（Zemfirian）：“吉卜赛人”；亨·亨的杜撰，源自俄国最杰出的诗人普希金（1799—1837）的长诗《吉卜赛人》（1824年，出版于1827年）中的女主人公。这是另一个“卡尔曼”故事：男主人公亚勒科杀死了不忠实的曾费拉（Zemfira）和她的情人（也参见《解锁》，第49页）。这首诗同样强调吉卜赛人的自由，这也是亨·亨说那些合谋的女孩既说巴斯克语，也说曾费拉语的另一个理由。卡尔曼也是吉卜赛人，在临死时宣告了这种自由；《爱达或爱欲》曾经在电影《唐璜最后的狂欢》中扮演具有致命诱惑力的跳舞女孩多洛蕾丝（《爱达或爱欲》第488—490页）。

243/7 两面派的花招：双关语；纳博科夫以一种误导读者、自我戏仿的“双重身份”情景来玩弄这种双关。见《导言》。

243/8 替代父亲：指奎尔蒂；此处戏仿弗洛伊德的“移情”理论，有关女儿将对父亲之爱转移至另一个类似的男人身上，以此消除她的俄狄浦斯情感冲突。据说奎尔蒂沉溺于“雪”——代指可卡因（第244页顶端）。

有浪漫色彩的岩石。

“我的卡尔曼，”我说（以往我有时也这么叫她），“等你可以下床了，我们就离开这个阴冷、恼人的市镇。”

“顺便提一句，请你把我所有的衣服都找来给我。”这个
244/1 gitanilla说，一边弓起双膝，又翻到下一页。

“……因为，说真的，”我继续说，“待在这儿毫无意义。”

“待在随便什么地方都毫无意义。”洛丽塔说。

我在一张印花装饰布的椅子上坐下，翻开那本吸引人的植物学著作，在房里充满热病气息的寂静中，试图识别出我采的那些花。结果无法办到。不久，外面走道里不知什么地方轻轻响起一阵悦耳的铃声。

我想在这家供人参观的医院里至多只有十二三个病人（有三四个是精神病患者，这是洛在较早的时候兴冲冲地告诉我的），医务人员十分空闲。可是——同样为了供人参观的原因——规章制度相当严格。我总是去得不是时候，这也不错。
244/2 能够见到幻象的玛丽（下一次就会是飘然走过咆哮谷的une belle dame toute en bleu）不无隐秘朦胧地恶意地拉住我的袖子，把我领出房去。我望了望她的手；那只手垂了下去。在我离开的时候，自动离开的时候，多洛蕾丝·黑兹提醒我第二天早晨要带给她……她也不记得她要的各种不同的东西放在哪儿……

244/1 gitanilla：西班牙文*gitana*的爱称，指“吉卜赛女郎”，梅里美的《卡尔曼》中经常用到这个词。在《爱达或爱欲》里，奥斯伯格（博尔赫斯）是《吉卜赛姑娘》（*The Gitanilla*）的作者，这是一部令人想到《洛丽塔》的小说（见9/1），有数处暗指奥斯伯格及其对凡·维恩的影响，都是针对批评家将纳博科夫和博尔赫斯捆绑在一起的玩笑。旋转书架上（第371页）陈列着《西班牙姑娘》和几本无疑同样叫人心痒的书（《我们的女士》和《克里希的陈词滥调》，这都是些开玩笑的书名，针对《洛丽塔》的第一个出版商奥林匹亚出版社出版的色情作品）。

244/2 une belle ... en bleu：穿着一身蓝衣服的美貌女子（童贞女的幻象）。“能够见到幻象的”护士玛丽是巴斯克人后裔，她祖辈居住的上比利牛斯省和卢尔德为同一区域，那里许多法国小女孩曾经见过身着蓝衣服的童贞女的幻象，这种现象受到了媒体和流行文学的吹捧。纳博科夫在《庶出的标志》第三章中嘲笑一部描写该题材的畅销书，“……路易·桑塔格的《宣布》是一件华夫饼和棒棒糖的大杂烩，开头是在巴泰勒米的洞穴里，还真不错，但结尾很是搞笑（这个戏仿的对象是弗朗兹·魏菲尔（Franz Werfel）的《伯纳黛特之歌》[*Song of Bernadette*]）。

“带给我，”她喊道（我已经走出房间，门在移动，就要关上，关上了），“那个新的灰色的小提箱和妈妈的大箱子。”可是第二天早上，我在汽车旅馆里那张她只躺过几分钟的床上浑身打颤，痛饮了一番，弄得人都快要死了；在那种往复循环、不断剧烈的情况下，我所能做的充其量就是请那个寡妇的情人，一个身强力壮、为人和蔼的卡车司机把那两个箱子给她送去。我想象着洛向玛丽展示她的宝贝……毫无疑问，我有点儿头晕目眩——下一天，我仍然不住颤抖，而不是稳固不动，因为当我透过浴室的窗户朝外望着邻近的草地时，我看见多莉漂亮的新的自行车用撑架撑着放在那儿，优美的前轮像一贯的那样并不正对着我，有只麻雀停在车座上——但那是女店主的自行车；我笑了笑，对自己这种难以实现的幻想摇了摇可怜的脑袋，跌跌撞撞地走回床前，像圣徒似的平静地躺在床上—— 245/1

245/1 圣徒：以下几行诗戏仿勃朗宁《西班牙修道院独白》（*Soliloquy of the Spanish Cloister*，1842）第4节的前半部分：

圣徒，的确！当褐色皮肤的多洛蕾丝
　　蹲在修道院墙外面
跟桑奇查一起，讲故事，
　　把头发浸在水池里……

有关“当褐色皮肤”（while brown）的花招，见253/1。有关勃朗宁，见117/2和207/2。

圣徒，的确！当褐色皮肤的多洛蕾丝，
在一片充满阳光的草地上
跟桑奇查一起阅读
一本电影杂志上的故事——

——不管多洛蕾丝到什么地方，总有许许多多各种各样的电影杂志。根据一直在燃放的爆竹、真正的炸弹判断，城里有一场盛大的国民庆祝活动。下午一点五十五分，我听见有人在我的小屋半开着的房门附近吹口哨，随后门就给嘭地敲了一下。

原来是大个儿弗兰克[1]。他仍然站在敞开的门口，一只手扶着门框，身体微微前倾。

你好。洛尔护士打来电话。她想知道我是不是好一点了，今儿会不会去？

在二十步外，弗兰克看上去是个非常高大健康的人；五步以外，就像现在，他是一个脸色红润、到处都是疤痕的汉子——在海外经历过种种磨难；可是，尽管受过难以启齿的伤，他却依然能够驾驶一辆巨型卡车，能够钓鱼、打猎、喝酒，并且轻松愉快地跟路旁的女子调情。那天，或许因为那
245/2 是一个盛大的节日，或许只是因为他想要让一个病人高兴，他脱掉了通常戴在左手上的手套（就是按着门框的那只手），向发呆的病人显示他不仅完全缺少第四和第五个手指，而且在他这只残缺的手的手背上还很诱人地刺着一个裸体的姑娘，具有朱红色的乳头，靛蓝色的私处，食指和中指成了她的两条腿，而手腕上刺着她戴着花冠的头。噢，妙极了……斜靠
245/3 在门旁，像一个顽皮的小仙女。

245/4 我请他告诉玛丽·洛尔我整天都得躺在床上，明天什么

[1] 女店主的情人。

245/2 盛大的节日：1949年7月4日。“独立日——洛丽塔的节日。”纳博科夫说。

245/3 像一个顽皮的小仙女：弗兰克可能也跟他的“黑兹”（黑斯）太太调情。他的小精灵女孩刺青让人想起贯穿整部小说的童话故事主题。见31/1了解相关概述。她的裸体和“戴着花冠的头”也同样叫人想到波利尼西亚。

245/4 我整天都得躺在床上：像一位国王，尤其是如果“我觉得……波利尼西亚人”（第246页）。后者指波利尼西亚社会传统的家庭和氏族分工，以及氏族首领监管的广泛复杂的联系网络，在有些岛上这位首领是掌管数个岛屿的国王。一位好的氏族首领当然会查问一个女儿的消失。这句话所指的幽默之处也有赖于他们乱伦禁忌的重要性，而亨·亨肯定会忽略这种禁忌。亨·亨无疑读过玛格丽特·米德（Margaret Mead）的合集《来自南海》（*From the South Seas*，1939）。

时候，假如我觉得自己像个波利尼西亚[1]人，就会和我女儿取得联系。

他注意到我的目光盯着的方向，于是让手背上那个姑娘的右边屁股色情地抽动起来。

“好吧——好吧。”大个儿弗兰克大声说道，用手拍了拍门框，吹着口哨，把我的口信带走了；我继续喝酒，到早晨热度就退了；尽管我跟癞蛤蟆一样一瘸一拐，但我还是把那件紫色的晨衣披在那件浅黄色的睡衣外面，走到办公室的电话面前。一切都很不错。一个欢快的声音告诉我说是的，一切都很不错，我女儿前一天大约两点钟的时候已经付清账目
出院了，她舅舅古斯塔夫先生牵着一条长耳小狗来接她，对 246/1
大伙儿都笑嘻嘻的，他开的是一辆黑色的凯迪-拉克牌汽车， 246/2
用现金付了多莉的账，还叫他们告诉我不要担心，注意保暖，他们按照约定待在老爷爷的牧场上。

埃尔菲恩斯通过去是，我希望现在依然是，一座非常
漂亮的小市镇。它像一个设计模型似的铺展开来，整洁的绿 246/3
绒般的树木和红顶的房子分布在那个山谷的谷底。我在前面曾经提过它的模范学校、教堂，以及一片片宽广的长方形街区。说来奇怪，有些街区只是一些异乎寻常的草场，上面有头骡子或独角兽在七月清晨的薄雾中吃草。十分有趣：在一

[1] Polynesia，大洋洲三个部分之一，包括美拉尼西亚和密克罗尼西亚以东的太平洋各岛屿，从夏威夷群岛直到新西兰。

246/1 古斯塔夫先生……长耳小狗：洛丽塔已经告诉奎尔蒂，亨·亨将他误认作自己的舅舅（或表亲）古斯塔夫·特拉普，因此奎尔蒂早就知道这件事情（见251/4）。在“着魔的猎人”旅店里，洛丽塔很喜欢那位老太太的长耳狗（第117—118页；在第264页上亨·亨对此曾有评论），在一旁偷听的奎尔蒂可能记得，因此给她带来了这条小狗。但是他的三个嗜好之一就是“宠物”（第31页）。有关提到他的地方，见31/9。

246/2 凯迪-拉克牌汽车（Caddy Lack）：显而易见的双关语，但是年轻读者，尤其是21世纪的读者，可能不知道在1947—1952年间，凯迪拉克牌汽车（Cadillac）是当时最豪华的美国汽车，也是“地位的象征”，尽管亨·亨用了其庸俗的昵称（Caddy）来表明并非如此。

246/3 设计模型（maquette）：计划要制作的某种东西的初步小模型，例如舞台模型。

个沙砾沙沙作响的急转弯处，我擦边撞击了一辆停放着的汽
246/4 车，心里暗自说道——而且对那辆汽车两手挥动的车主会心
地（我希望如此）说道——我晚些时候会回来对伯德学校讲
话，伯德，新伯德，杜松子酒叫我的心变得灵敏，但却叫我
246/5 的头脑变得麻木。经过在乱梦颠倒中相当普通的一些差错和
损失以后，我发现自己在接待室里，想把医生痛打一顿，对着躲在椅子底下的人咆哮，还叫嚷着要玛丽出来，算她幸运，当时她不在那儿。许多只粗野的手拉着我的晨衣，撕下一个口袋。不知怎么，我似乎坐到一个秃顶的长着棕色头发的病人身上，我把他错当成了布卢大夫，最后他站起身来，用乖戾反常的声音说道："我倒要问问看，谁是神经病人?"——接着，一个身材瘦削、面无笑容的护士交给我七本美丽的、美丽的书和那条给十分精细地叠好的格子花呢旅行毛毯，要我写一张收条。在那片突然出现的寂静中，我意识到走道里有个警察。刚才被我蹭了一下的那个开汽车的朋友正把我指点给他看，我温顺地在那张非常具有象征意义的收条上签了字，就这样把我的洛丽塔交给所有这些粗野笨拙的人。可是我有什么法子呢? 脑子里有个简单、刻板的念头特别清楚，那就是："眼下自由就是一切。"只要错走一步——我也许就会被迫去解释自己罪恶的生活方式。因此我假装从迷乱中清醒过来，

246/4 暗自（telestically）：心怀目的，有肯定的目标，对自己说。

246/5 麻木（bemazed）：过时的用法；困惑，目瞪口呆。

向那个开汽车的朋友支付了他认为公平的赔偿费用。布卢大夫那时正抚摸着我的手，我含泪地向他讲到自己过于随意地用于维持一个需要慎重对待但不一定有病的心脏的那些酒。对医院里的全体人员，我做了个几乎叫我自己大吃一惊的挥手的动作表示歉意，同时又补充说我跟亨伯特家族其余的人关系并不太好。对我自己，我悄没声儿地说我手里还有枪在，还是一个自由的人——可以自由地去追踪那个逃亡的人，自
247/1 我的兄弟：奎尔蒂。 由地去干掉我的兄弟。 247/1

二三

大约在独立纪念日前一个星期，我们到了埃尔菲恩斯通。卡斯比姆和决定命运的埃尔菲恩斯通之间是一条绵延一千英里的十分平坦的大路。据我所知，卡斯比姆是那个红头发的恶魔早已计划好了首次露面的地方。这段旅程占去了六月里的大部分时间，因为我们每天的行程难得超过一百五十英里，其余的时间都花在各个不同的停留地点，有一次竟停了五天，无疑所有这些也都是事先安排好的。因此，就应当顺着这段
247/2 路程去寻找那个恶魔的踪迹。我在埃尔菲恩斯通附近无情地向四周伸展出去的大路上来回驾车疾驰了好几个不宜多说的日子以后，就一心扑到那段路程上。

想象一下，读者，我那么畏缩胆怯，那么不爱炫耀，生
247/3 来又总那么comme il faut，想象一下，我用颤栗的讨好的微笑掩盖我内心的极度悲伤，同时胡乱想出一个借口，想要翻阅旅馆的住宿登记簿。“噢，”我会说，“我几乎可以肯定我以前在这儿住过——请让我查查六月中旬的记录——不，看来
248/1 我完全搞错了——考塔盖恩，多古怪的一个家乡城市的名称。

247/2 恶魔的踪迹（fiend's spoor）：奎尔蒂的踪迹；“spoor”是野兽留下的踪迹。爱伦·坡和史蒂文森的双身故事里的邪恶自我当然是像野兽一般。在《莫格街凶杀案》（*The Murders in the Rue Morgue*）里，那就是道地的野兽了。

247/3 comme il faut：法语；规规矩矩，行为得体。

248/1 考塔盖恩（Kawtagain）：Caught again（再次被抓）的谐音，不用说，不存在这个城镇。

非常感谢。”或者说：“我曾有个客户住在这儿——我丢失了他的地址——我可不可以……？”而且时常，特别要是碰到那个地方的管理人员是某类生性阴郁的男子，我私下翻阅一下住宿登记簿的请求总会遭到拒绝。

我这儿有份备忘录：在七月五日与我回到比尔兹利去待
几天的十一月十八日之间，我在三百四十二家旅馆、汽车旅 248/2
馆和旅游客店登记住宿，即使实际并没有住宿。这个数字也
包括切斯纳特和比尔兹利之间的几次登记，其中有一次我发
现了那个恶魔的影子（“努·珀蒂，拉鲁斯伊律”）。我不得不 248/3
仔细安排查询的时间，保持一定的间隔，免得引起过度的注
意；我只在服务台打听探询的地方肯定至少有五十处——但
这种调查往往徒劳无功；我宁愿先花钱订下一个根本用不着
的客房，以此建立起一个貌似真实和善意的基础。我的调查
显示在我查阅的三百多本住宿登记簿中，至少有二十本提供
给我一个线索：那个东游西荡的恶魔在路上停留的次数比我
们甚至还多，要不然就是——他完全干得出这样的事——他
添加一些额外的住宿登记，好不断向我提供一些嘲弄的线索。
只有一次，他确实和我们住在同一家汽车旅馆里，离洛丽塔 248/4
的枕头只有几步。在有些情况下，他就跟我们住在同一个街
区或邻近的街区。时常，他埋伏在两个既定场所之间的一个

248/2 三百四十二家：见35/4和118/3，了解模式化“巧合”。

248/3 努·帕蒂，拉鲁斯伊律（N. Petit ... Larousse Ill.）：这是法国插图词典《新编拉鲁斯插图小词典》（*Nouveau Petit Larousse Illustré*）书名的缩写。《爱达或爱欲》中卢塞特的“小拉鲁斯”（Little Larousse）则是法语词rousse（红发）的双关语（第368页）。

248/4 离洛丽塔的枕头只有几步：见130/1。

中间地点。我回想起洛丽塔，就在我们离开比尔兹利之前，趴在客厅的地毯上，研究旅行指南和地图，用口红标出一段段行程和停留地点；这一切多么鲜明清晰！

我很快发现，他早就预料到我会开展调查，所以专门用了一些侮辱性的假名来对付我。在我拜访的头一家汽车旅
248/5 馆庞德罗萨旅社的办公室里，他所登记的混在十二三个显然
248/6 常见的姓名中的姓名是：格拉蒂安诺·福布逊博士，纽约州米兰多拉。当然，这个姓名的意大利喜剧涵义免不了会引起我的注意。女店主纡尊降贵地告诉我说这位先生曾得了重伤风，一连五天卧床不起，他把汽车留在某个汽车修理厂里修理，七月四日他才付清账目离开。对，有个叫安·洛尔的姑娘以前在旅馆里工作，但现在嫁给了锡达城的一个杂货商。有个月色皎洁的夜晚，在一条偏僻的街上，我拦住了穿着白鞋子的玛丽；她像一个机器人似的正要尖声叫嚷，我扑通一声跪在地上，同时发出求她帮助的虔诚的喊叫，以此设法让她具有人性。她赌咒发誓说她什么都不知道。这个格拉蒂安诺·福布逊是谁？她似乎动摇了。我唰地抽出一张一百美元
249/1 的钞票。她把钞票举到月光下面。“他是你的兄弟。”她终于悄没声儿地说。我把钞票从她冰冷的手里一把抢了过来，骂了一句法语的粗话，转身跑开。这件事使我明白只好依靠自己。

248/5 庞德罗萨旅社：这是第242页上那封信件的回复地址。

248/6 格拉蒂安诺·福布逊博士……纽约州米兰多拉（Dr. Gratiano ... Mirandola）：在意大利即兴喜剧中，格拉蒂安诺博士是一位哲学家、天文学家、文学家、犹太神秘哲学家、律师、语法学家、外交家和医生。当这位博士说话时，别人都搞不清楚他究竟是在说拉丁语还是低地布列塔尼语，他还常常胡乱引用一些拉丁语和希腊语典故，他的听众通常必须打断他或者揍他一顿才能阻止他滔滔不绝的所谓“雄辩”。纳博科夫说，城镇米兰多拉并不存在，也同意大利幽默家皮科没有关系；同福布逊一样，他只是意大利喜剧中的小角色。纳博科夫还说，他也没有任何意图影射意大利剧作家卡洛·哥尔多尼（Carlo Goldoni）作品《女店主》（*Mine Hostess*）中的女主角米兰多丽娜（Mirandolina）。见242/1。

249/1 你的兄弟：亨·亨已经如此说过奎尔蒂。

哪个侦探也发现不了特拉普为了适应我的思路和态度而安排的那些线索。我当然不能指望他会留下正确的姓名和住址；但我确实指望他会在自己阴险狡猾的光滑的层面上摔倒，比方说，并非绝对必要地大胆拿出一张色彩相当鲜艳、有关他个人的彩色照片，或者，通过披露出太少信息的那些量的部分的质的总和而披露得过多。不过有一点他成功了：他成功地让我和我莫大的苦恼完全陷在他的恶魔的鬼把戏里。他凭借无穷的技巧摇摆晃动，重新取得难以置信的平衡，总给我 249/2
留下那种逗引我的希望——如果我可以用这样一个词来提到背叛、愤怒、孤寂、恐惧和仇恨的话——以为他下次可能会暴露。他始终没有暴露——尽管有时只差那么一点点。我们都对那个穿着亮晶晶的衣服、具有传统的优美姿态、在云母般的亮光下小心翼翼地在绷紧的绳索上行走的杂技演员称赏赞叹；但那个穿着稻草人的衣服、扮作荒唐的酒鬼、善于在松垂的绳索上行走的人，身上具有多少更为难能可贵的功夫啊！我应该知道的。

249/2 难以置信的平衡：这是非常重要的一段话。贯穿整部《洛丽塔》的构词形式表明纳博科夫在文字构造中无所不在，但是从不出现在文本当中，虽然模仿者“非常接近了”（见201/7），尤其是在下面两页“密码文字的追逐活动”中。“特拉普”的平衡动作清晰地描述了叙述者及其创造者的表演，而“莫大的苦恼”也同样属于约翰·雷的“老派读者”。

他留下的线索虽确定不了他的身份，但却反映出他的个性，至少反映出某种与我具有相同性质的、十分突出的个性。他的风格、他的那种诙谐幽默——至少在最出色的时候——他的思维方式，都跟我十分的相似。他模仿我，嘲弄我。他

的影射暗指当然表现自己文化修养很高。他博览群书，通晓
250/1 法语，精于异想天开地杜撰新词和猜测词意，而且还是个性
学的爱好者。他那手字很像女人写的。他会改名换姓，但不
管他写得多么歪歪斜斜，总掩盖不了自己对“t”、“w”和“l”
250/2 这几个字母的十分特殊的写法。凯尔凯帕特岛是他特别喜欢
250/3 居住的地方之一。他不用自来水笔，任何一个精神分析学家
都会告诉你，这意味着病人是一个受到压抑的水中精灵。人
们慈悲地希望冥河中会有一些水中仙女。

他的主要特点就是爱捉弄人。天哪，这个卑鄙的家伙多
会取笑人啊！他对我的学识表示质疑。我知道自己既然不是
无所不知，就该谦虚谨慎，我为自己知道这一点感到相当得
250/4 意；我认为很可能我在这场密码文字的追逐活动中漏了一些
基本要点。当他那十分难解的谜语从旅馆住宿登记簿里其他
那些普通的没有恶意的姓名中蓦地出现在我面前的时候，我
那虚弱的身体怎样因为欣喜和厌恶而不住颤抖！我发现每逢
他觉得他的谜语对我这样一个解谜能手也太晦涩难解的时候，
250/5 他就会用一个容易的字谜再把我引回去。“亚森·罗宾”在
一个对年轻时所读的侦探故事仍记忆犹新的法国人来说是明
明白白的。你也不必非得是个柯勒律治的研究者，才能欣
250/6 赏“英格兰波洛克城的埃·珀森”这个陈腐的玩笑。像“阿

250/1 杜撰新词和猜测词意（logodaedaly and logomancy）：为了表明他擅长杜撰新词，亨·亨这位善于玩弄辞藻的人（*logomachist*）将 *logo*（词）加上后缀 *-mancy* 构成了他自己的词（“以［特殊的］方式猜测词意”）。

250/2 凯尔凯帕特岛（Quelquepart）：法语；某处。奎尔蒂肯定在那里。见251/5。

250/3 自来水笔……受到压抑的水中精灵……冥河中会有一些水中仙女（fountain pen ... repressed undinist ... water nymphs in the Styx）：这是最充满水分的一段话。Undine是女性水中精灵，可以通过与凡人结婚而获得灵魂。纳博科夫又说：“但是，此处的要点在于，‘undinist’是因为别人（通常是女性）小便而激起性欲的人（通常是男性）（霭理士就是一位“undinist”，或称“fountainist”，布鲁姆也是）。”霭理士是第一位如此使用这个词的人，亨·亨——同奎尔蒂一样是“性学爱好者”——无疑研究过《性心理学》第6卷中有关“Undinism”的部分。在希腊神话中，冥河（Styx）是冥界的主要河流。

250/4 密码文字的追逐活动：奎尔蒂的确喜欢捉弄人，但亨·亨也是如此，他双关地暗指奎尔蒂实际上性无能这一“令人忧郁的真相”（第298页）。因此，亨·亨提到了奎爱“取笑”，“爱捉弄人”（这是他的主要喜好），以及“蓦地出现”的“十分难解的谜语”。“密码文字”（cryptogrammic）这个概括性的词包含“cryptogamic”（“属于或与不开花的植物有关”），既暗指他的密码，也暗指他的性能力。这些游戏也许比其他一些更令人满意，因为小说文本如此广泛地暗示了奎尔蒂的文学资料来源。

250/5 亚森·罗宾：亚森·罗宾（Arsène Lupin）是勒布朗（Maurice Leblanc）塑造的人物（见211/1）。也见《解锁》，第12页。《解锁》第12—19页也讨论了这两页的“追逐游戏”。《亚森·罗宾对夏洛克·福尔摩斯》（*Arsène Lupin contre Sherlock Holmes*，1908）和《亚森·罗宾的隐情》（*Les Confidences d'Arsène Lupin*，1914）是众多亚森·罗宾故事中比较典型的例子。有关柯南·道尔，见64/1。《绝望》的叙述者赫尔曼想知道：“但是他们——道尔、陀思妥耶夫斯基、勒布朗、华莱士——算什么，所有这些撰写小罪犯的杰出小说家……如果同我相比的话？只不过是磕磕碰碰的傻瓜而已！”（第122页）。

250/6 波洛克城的埃·珀森（A Person, Porlock）：英国诗人柯勒律治（Samuel Taylor Coleridge，1772—1834）在长诗《忽必烈汗》的附注中解释他的梦境是如何被打断的：“不巧此时适有波洛克的一个人因事来访，使他的写作中断……”亨·亨的“梦”也同样不可逆转地被奎尔蒂打断。《维恩姐妹》（“Vane Sisters”，1959，收入《纳博科夫的四重奏》［*Nabokov's Quartet*］和《被摧毁的暴君》［*Tyrants Destroyed*］）中，该故事有关心理现象，其中有一位怪异的图书馆员名叫波洛克，“他在自己灰不溜秋生涯的最后几年都致力翻检旧书，找出神奇的印刷错误，例如‘hither’这样的词中第二个h被i取代”。

瑟·雷恩鲍”——显然是滑稽模仿Le Bateau Bleu作者的名字
（让我也笑一笑吧，各位先生）——和因L’Oiseau Ivre而出名
250/7 的“莫里斯·施梅特林”（猜中了，读者！）之类的假名都情
趣不高，但基本上还叫人想到一个有教养的人——不是一名
警察，不是一个普通的蠢汉，也不是一个粗俗的推销员。而
250/8 愚蠢可笑的“纽约州埃尔迈拉市的德·奥尔贡”当然是出自莫
里哀的戏剧；我新近曾想引起洛丽塔对一出十八世纪名剧的
250/9 兴趣，所以又像迎接老朋友似的看到“怀俄明州谢立丹市的
哈里·邦珀”。一本普通的百科全书告诉我那个显得样子相当
250/10 特别的“新罕布什尔州莱巴嫩市的菲尼亚斯·昆比”是谁。任
何一个具有德国姓氏、对于滥用宗教又稍有兴趣的弗洛伊德
250/11 学说的忠实信徒，一眼就该看出“密西西比州埃里克斯市基
茨勒博士”的含意是什么。到此为止，一切还算不错。这类
玩笑质量不高，但总的说来并不针对个人，因而也就无伤大
雅。在那些引起我的注意的住宿登记中，有些本身是确凿无
疑的线索，只在比较细微的方面叫我感到困惑，我不愿意提
出许多，因为我觉得是在一团充满词语的幽灵的迷雾中摸索，
251/1 这些幽灵也许会突然变成活生生的度假的人。谁是“俄亥俄
251/2 州兰博尔市的约翰·兰德尔”？他就是那个笔迹恰好类似“纽
约州卡塔吉拉市的恩·斯·阿里斯托夫”的真实的人吗？“卡

250/7　猜中了，读者！：亨·亨愿意承认读者“领会了”这些“容易”的玩笑；兰波的诗篇《醉舟》（见163/6和172/1）和梅特林克的剧作《青鸟》都被篡改了（见201/5）。亨·亨写过一本有关“彩虹”的书（见75/6了解断章取义的报纸报道，奎尔蒂显然读过它）。*Schmetterling*是“蝴蝶”的德语词（见第301页），梅特林克（Maeterlinck）实际上也是一位业余昆虫学家。

250/8　纽约州埃尔迈拉市的德·奥尔贡（D. Orgon, Elmira, NY）：在法国剧作家和演员莫里哀（Jean-Baptiste Poquelin，1622—1673）的剧作《伪君子》里，奥尔贡是埃尔迈拉的丈夫，主角达尔杜弗企图勾引她。“埃尔迈拉”当然也是一个真实的城镇，是一家女子学院的所在地。奎尔蒂出生于新泽西，在纽约受教育（第31页），“德·奥尔贡”准确地传达了当地对这个词的发音。

250/9　谢立丹市的哈里·邦珀：邦珀是爱尔兰剧作家谢立丹（Richard Sheridan，1751—1816）的剧作《造谣学校》（*The School for Scandal*，1777）里的角色。

250/10　新罕布什尔州莱巴嫩市的菲尼亚斯·昆比：在神话中，菲尼亚斯为伊阿宋指引找到金羊毛的方向；菲尼亚斯·昆比（Phineas Quimby，1802—1866）是治疗精神疾病方面的开拓者，出生在新罕布什尔州的莱巴嫩。他最初的专长是催眠，在好几年时间里一直公开展示催眠作用（1838—1847）。亨·亨哄骗洛丽塔和读者，也表明他是后来居上的专家，在第308页上，他说也曾经考虑过用“梅斯麦·梅斯麦”（Mesmer Mesmer）这个笔名来叙述故事。

250/11　密西西比州埃里克斯市基茨勒博士（Dr. Kitzler, Eryx, Miss）：有关基茨勒（*Kitzler*）——这是亨·亨的标签，竟然神奇地被奎尔蒂用上了——见120/3；有关埃里克斯（*Eryx*），指对爱神阿弗洛狄忒的崇拜，其实是“庙堂妓女卖淫”，见137/1。密西西比的缩写形式给这一堆双关语增加了一种不合时宜的形式感；“翻译出来”，它就是“阴蒂博士，维纳斯，小姐”（Dr. Clitoris, Venus, Miss）——而“维纳斯小姐”则是典型的选美比赛获胜者，如果不是终极获胜者的话。

251/1　活生生的度假的人：纳博科夫说，“我认为‘兰博尔市的约翰·兰德尔’（Johnny Randall of Ramble）是真实的人（塞西莉亚·达尔林普尔·兰布尔［Cecilia Dalrymple Ramble］也是真实的人，第252页）。”纳博科夫说，但是这两者连在一起则构成另一个词语“巧合”。

251/2　纽约州卡塔吉拉市的恩·斯·阿里斯托夫（N. S. Aristoff ... NY :）：卡塔吉拉（Catagela）是阿里斯托芬（Aristophanes, 前445—前385）的喜剧《阿卡奈人》（*The Acharnians*，前423）中一个城镇的名称，源自一个意为“嘲弄”的希腊词。

251/3 塔吉拉”里讽刺的是什么？“英格兰霍克斯顿的詹姆斯·马
弗·莫雷尔”又是怎么个人？“阿里斯托芬”，“骗局”——很
好，但我没领会的是什么呢？

有种笔调贯穿在他使用的所有这些假名中，每当我一碰
251/4 上，总叫我的心特别痛苦地怦怦乱跳。比如“纽约州日内瓦
251/5 市的吉·特拉普”是洛丽塔背叛我的迹象。“凯尔凯帕特岛的
奥布里·比尔兹利”比那个混乱不清的电话留言更清楚地暗
示应该到东部去寻找他们这种暧昧关系的起点。“宾夕法尼亚
251/6 州梅里美市的卢卡斯·皮卡多”，则旁敲侧击地表明我的卡
251/7、251/8 尔曼已经向那个骗子泄漏了我那可怜的恋情。科罗拉多州多
洛雷斯市的威尔·布朗无疑十分刻毒伤人。那个阴森可怕的
251/9 “亚利桑那州汤姆斯通市的哈罗德·黑兹”（换个时间，这倒会
引起我的幽默感）暗示他对这个姑娘的过去相当熟悉，这一
点像梦魇似的有一刹那叫我想到我追踪的目标是她们家的一
位老朋友，也许是夏洛特以前的情人，也许是一个想要补救
251/10 以前过错的人（内华达州谢拉市的唐纳德·奎克斯）。然而最
251/11、251/12 锋利的匕首还是切斯纳特旅馆住宿登记簿上变换词尾字母位
251/13 置的那条记录：“新罕布什尔州凯恩市的特德·亨特”。

所有这些姓珀森的、姓奥尔贡的、姓莫雷尔的和姓特拉
普的人在旅馆里登记的车牌号码都经过篡改，这只告诉我汽

251/3 霍克斯顿的詹姆斯·马弗·莫雷尔（James ... Hoaxton）：詹姆斯·马弗·莫雷尔是萧伯纳（George Bernard Shaw，1856—1950）的剧作《康蒂妲》（*Candida*，1894）里的一位主角。霍克斯顿（萧伯纳拼作Hoxton）是剧中的一个地名，多出来的“a”符合这个“密码追逐游戏”的精神，因为奎尔蒂是“欺骗之城”（hoax town）的永久居民，他的创造者不止一次经过这个城镇。《王，后，杰克》里的德莱叶曾阅读《康蒂妲》（第263页）。

251/4 纽约州日内瓦市的吉·特拉普：亨·亨的亲戚是瑞士人，所以崇尚民族主义的奎尔蒂选择了一个在瑞士和美国同名的城市。

251/5 凯尔凯帕特岛的奥布里·比尔兹利（Aubrey Beardsley, Quelquepart Island）：奥布里·麦克费特和比尔兹利的主题（52/3；181/1）终于被奎尔蒂在凯尔凯帕特（Quelquepart）——意即“某处”——结合在一起。这个法语词反映了后面将要出现的一个梅里美标签。

251/6 卢卡斯·皮卡多（Lucas Picador）：在梅里美的短篇小说中，斗牛士卢卡斯（Lucas the picador）是卡尔曼最后一位情人；何塞厌倦了去杀死她的情人们，终于还是杀了卡尔曼（见45/3）。在斗牛中，斗牛士（picador）是在最后杀死公牛之前使用长矛来惹恼和消耗公牛体力的小组成员之一。虽然奎尔蒂似乎承担了斗牛士的角色，但最后却是疲倦的公牛杀了人。

251/7 宾夕法尼亚州梅里美市的卢卡斯·皮卡多……我的卡尔曼（Merrymay, Pa .... my Carmen）：双关语；指梅里美（Mérimée）。宾夕法尼亚的缩写词（Pa.）是双关语（*Pa也有“老爸”之意。——译注*），很好地浓缩了洛丽塔侮辱和嘲弄的口吻，仿佛她在说，“the merry May festival is now being celebrated by Quilty, Dad”（现在是奎尔蒂在欢度快乐的五月节，老爹）。亨·亨受到背叛的“可怜的恋情”是他常从《卡尔曼》里借用的词。

251/8 科罗拉多州多洛雷斯市的威尔·布朗（Will Brown, Dolores, Colo.）：奎尔蒂回应亨·亨，他“的确”认可了“巧合”；见245/1（“圣徒，的确！当褐色皮肤的多洛蕾丝”）和253/1。有关科罗拉多州多洛雷斯市，见9/5和296/4。

251/9 哈罗德·黑兹：洛丽塔已故的父亲。

251/10 唐纳德·奎克斯（Donald Quix）：这个假名同谢拉市（Sierras）搭配很恰当，因为两者共同构成了像堂吉诃德这种大战风车的人的目标。（*谢拉市原文为Sierras，也是内华达山脉的名称，该词在西班牙语中为“雪山”之意。——译注*）

251/11 匕首（bodkin）：短剑、匕首。

251/12 切斯纳特旅馆：虽然亨·亨对数字和词的“结合”非常敏感，却不是奎尔蒂的对手，他足够敏锐，神奇地知晓亨·亨此前的文字：“栗树旅馆”（Chestnut *意为“栗树”。——译注*）完成了亨·亨变换使用“栗树”的一个周期（见212/2和216/2）；旅馆的钥匙在纳博科夫手中。

251/13 新罕布什尔州凯恩市的特德·亨特（Ted Hunter, Cane, NH.）：这是“着魔的猎人”（Enchanted Hunter）换音重构的词（见108/2），如同维维安·达克布鲁姆（Vivian Darkbloom）的效果一样专业。奎尔蒂双关暗指凯恩很恰当，也的确具有观察力，因为亨·亨刚刚说他是自己的兄弟（见247/1）。

车旅馆的店主都不核对登录的旅客汽车牌号是不是准确。关于那个恶魔在韦斯和埃尔菲恩斯通之间租用的一些短程汽车的资料——填写得不是不完整就是不准确——当然毫无用处。他最初驾驶的那辆阿兹特克牌汽车的牌照闪烁着不断变动的数字，有的数字互换了位置，有的数字经过改动或省略，然
251/14 而不知怎么，却总形成了相互关联的组合（比如“WS1564”、
251/15 “SH1616”、“Q32888”或“CU88322”），不过，这些组合都设想得那样精巧，从来不会暴露出它们共同的命名人。

我忽然想到，他在韦斯把那辆折篷汽车交给他的同伙，自己改用短程出租汽车的方式以后，接替他的人也许没有他那么小心，会在哪家旅馆的办公室里把那些相互关联的数字的原型写出来。然而，如果沿着我知道的那个恶魔所走的路去寻找他已经是一件如此复杂、迷茫、徒劳无益的工作，那么，想要追踪不知其走哪条道路的不知其名的汽车驾驶人，我又能指望得到什么呢?

251/14 相互关联的组合：牌照上前面两个字母和数字分别代表了威廉·莎士比亚姓名（William Shakespeare）的起首字母和生卒年月（1564—1616）。有关莎士比亚，见31/6和284/4。牌照上的后一对字母指奎尔蒂和他的绰号（“奎”[Cue]）。此处不那么明显但最按照字义的“密码”是数字，加在一起是非常意味深长的五十二。亨·亨同洛丽塔在路上一年——也就是五十二个星期——第255—256页上为她写的诗也有五十二行。雷的《序文》表明洛丽塔、亨·亨和奎尔蒂均死于1952年（见第4页）。一副牌有五十二张，《王，后，杰克》的作者袖子里还藏了几张，如他在此处所表明的那样。

251/15 设想得那样精巧……共同的命名人：无论是否精巧，但的确是暴露了，因为亨·亨或奎尔蒂都不可能完全意识到五十二这个数字的全部意义；只有一个人可以，“共同的命名人”指向作者。“追逐游戏”的构思如同雷的《序文》一样（见4/4），昆虫学的主题（见6/1）、开始的一章（见9/1和9/6）、《舞台名人录》（见32/7和34/2）和拉姆斯代尔班级名单（见51/1和52/3）——仅列举纳博科夫宏大忍冬花纹饰的主要花束和纵横交错。当然，许多暗指都在奎尔蒂可及之处，他知道一些事情，也有可信的解释，但是其他细节则不同寻常，那就不是简单地因为奎尔蒂的大脑“跟我的十分相似”——如亨·亨所言（第249页）。奎尔蒂如何知道早些时候亨·亨曾经用过“基茨勒”这个名字，将“奥布里”认同为自己的“麦克费特”，玩弄着栗树，暗指过埃里克斯（以及维纳斯），还引用过“当褐色皮

二四

肤的多洛蕾丝”？奎尔蒂了解这一切——以及其他一切——是因为纳博科夫想要他知道，可以说奎尔蒂和亨·亨迄今的“存在”就是因为他俩是同一个人塑造的。就精炼效果而言，“追逐游戏”之于小说的最后一部分，就如同《舞台名人录》之于小说的第一部分。

现在我相当详尽地把那段痛苦的经历概述了一遍。等我就在当时那种心情下抵达比尔兹利的时候，头脑里已经形成了一个完整的形象，并且经过——总有风险的——删汰剔除，把这个形象归结到病态的思考和迟钝的回忆所能给予它的唯一具体的源头。

除了里戈尔·莫蒂斯牧师（女学生们都这么叫他）和一位教选修的德文和拉丁文课的老先生外，比尔兹利中学里没有正式的男教师。只有两次，比尔兹利学院的一个美术课的教师曾经到学校里来把法国城堡和十九世纪绘画的幻灯图片放给女学生看。我曾想要去看看放的幻灯图片，听听讲解，但多莉像她惯常的那样，请求我别去，就是这么回事。我还记得加斯东有次提到这个教师，说他是一个才华横溢的garçon；但也仅此而已。这个爱好城堡的人的姓名，我想不起来了。 252/1

252/1 garçon：法语；家伙。

在决定采取行动的那天，我冒着冻雨，走过校园，来到比尔兹利学院梅克楼的问询处。在那儿我打听到这个家伙姓里格斯（跟那个牧师的姓很像），是一个单身汉，他正在“美术馆”里上课，再过十分钟就会从那儿出来。在通向礼堂的走道里，我在一张简陋的云石长凳上坐下，这张长凳是塞西莉亚·达尔林普尔·兰布尔捐赠的。我小便处感到不舒服，醉醺醺的，十分瞌睡，坐在那儿等候，枪揣在雨衣口袋里，紧紧握在我的手中；这时我突然想到自己真是发狂了，就要干出一件愚蠢的事。艾伯特·里格斯助理教授要把我的洛丽塔藏在他在比尔兹利普里查德街二十四号的家里，这种可能几乎根本没有。他不可能是那个恶棍。这真荒谬绝伦。我不但浪费了时间，而且还丧失了理智。他和她在加利福尼亚州，根本不在这儿。

不久我发现在几座白色雕像后面，隐隐约约地起了一阵骚动。有扇门——不是我一直盯着的那扇——轻快地打开了，一个秃脑袋和两只明亮的褐色眼睛在一群女学生中晃动着朝前逼近。

他在我眼里完全是个陌生人，但他却执意认为我们在比尔兹利中学的一次露天招待会上见过面。我那打网球的可爱的女儿好吗？他还有一节课，课后会来找我。

另一次识别查证的努力解决得没这么迅速：凭借洛的一本杂志上的广告，我放胆跟一名私人侦探取得了联系，他以

253/1 比尔·布朗……多洛雷斯：见245/1和251/8。这个比尔·布朗也是用词变换，是最后一次针对亨·亨的"当褐色皮肤的多洛蕾丝"（245/1）和奎尔蒂"刻毒伤人"（亨·亨语）的住宿登记，"威尔·布朗"（251/8）。这种互为回应的相互参照几乎是背靠背地放置在一起，为了给敏锐的读者一个机会来产生联想。读者看见叙述的真实性崩溃，却又不愿意承认小说是诡计，同时又正确地意识到任何"刻毒伤人"都是以他为代价，读者可能会迫不及待地想要知道究竟是谁应该为此处发生的什么负责。作者当然要负责，而纳博科夫立即嘲讽人们如此刻板地执着拘泥于字面意思，让亨·亨聘请比尔·布朗这位白痴一般的私人侦探去核对从那些住宿登记簿上收集来的名字和地址——这只能是为了照顾一心钻牛角尖紧咬字眼的读者，因为亨·亨自己直截了当地认为这些全是"毫无意义的材料"。这些"信息"提供了一种非答案，戏仿了读者对答案的需求，以及我们的信念：从最大意义上说，文学或生活总会揭示出一个答案。

前是个拳击手。我只让他了解了一点儿那个恶魔所采用的方法，随后就把我所收集到的那类姓名和地址告诉了他。他索取了一笔数目可观的保证金，于是整整两年——两年，读者啊！——这个笨蛋都忙着查核那些毫无意义的材料。我早就断绝了跟他一切金钱上的关系，有一天他却得意洋洋地来了，
告诉我有个名叫比尔·布朗的八十岁的印第安人住在科罗拉 253/1
多州的多洛雷斯附近。

二五

这部书讲的是洛丽塔；既然我已讲到可以被称作
253/2 “Dolorès Disparue”的部分（如果我没有被另外一个内心燃烧的殉道者抢先一步的话），再去分析接下去那三个空虚的年头也就没有什么意义。虽然有几个有关的问题得记录下来，但我希望传达的总的印象就是在生命力最旺盛的时刻，忽然哗啦一下子打开一扇边门，一股呼啸的黑暗的时光奔腾而来，带着迅猛的疾风盖没了孤独的大难临头的哭喊。

说来奇怪，我难得梦见洛丽塔，要有的话，也不像我
254/1 记得的她的那副样子——不像我在白天做噩梦、夜晚失眠的时候脑海里有意识地经常着魔似的见到她的那副样子。说得明确点儿，她确实经常出现在我的睡梦中，但她经过古怪可笑的乔装改扮，样子就像瓦莱丽亚或夏洛特，或者兼有她们俩的体貌。这个合成的幽灵总来到我的面前，在一种十分忧郁、叫人厌恶的气氛中换下一件件衣服，还会带着懒洋洋的撩人的姿态倚靠在一条狭窄的木板或硬靠椅上，肉体半遮半露，好似一个足球球胆的橡皮活门。我总发现自己待在讨厌

253/2 Dolorès Disparue：见32/2。在普鲁斯特那部伟大小说的法语初版中，《失踪的阿尔贝蒂娜》（*Albertine disparue*）是倒数第2卷。经典的七星文库版（1954年）恢复了普鲁斯特自己取的书名《女逃亡者》（*La Fugitive*）（在蒙克利夫［Moncrieff］的英译本中是 *The Sweet Cheat Gone*［《甜蜜的小骗子逃走了》］）。见16/4。

254/1 白天做噩梦（daymares）：亨·亨杜撰的词。

254/2 chambres garnies：法语；备有家具的房间。

254/3 拍卖的维也纳的小摆设：弗洛伊德式花里胡哨的装饰，二手的纪念品之类。见5/6和274/4。

254/4 que ... cela：法语；这一切都多么遥远！

254/5 连环漫画杂志：前面两种是杜撰的笼统而言的漫画。

的chambres garnies里，假牙断裂了或者束手无策地忘了给搁 254/2
在哪儿，我应邀参加那儿的一些单调乏味的解剖活体动物的宴
会，那种活动的结尾总是夏洛特或瓦莱丽亚依偎在我血淋淋的
怀抱中哭泣，受到我那兄弟一般的嘴唇充满温情的亲吻；在这
种颠倒错乱的梦境中有受到拍卖的维也纳的小摆设，有怜悯也 254/3
有阳痿，还有刚刚喝醉酒的非常可怜的老妇人的褐色假发。

有一天，我把一大堆青少年看的杂志从汽车上搬出来，
全部毁掉。你知道那种杂志。它们在本质上还是石器时代的，
而在卫生保健方面倒很能跟上时代，至少达到了迈锡尼时代[1]
的水平。一个漂亮的、体态丰满的女演员，长着长长的睫毛
和柔软、鲜红的下嘴唇，为一种洗发剂做宣传。广告和时尚。
年轻的学者十分喜爱衣服有大量褶裥——que c' était loin, tout 254/4
cela！提供晨衣是你女主人的义务。毫无关联的琐事使你的
谈话失去活力。我们大家都知道什么是“剔牙的人”——就是
在办公室的宴会上剔去她皮肤表皮的人。除非一个男人年纪
很大或地位重要，否则他在跟一个女人握手前应该先脱掉手
套。穿“令人激动的新型腹兜”会招来风流韵事。勒束肚皮，
收紧臀部。爱情影片中的特里斯丹[2]。是，先生！乔-罗婚
姻之谜引得爱拉呱儿的人说长道短。快速、节俭地美化自己。
连环漫画杂志。坏女孩儿黑头发，叼着父亲的粗雪茄；好女 254/5

[1] 迈锡尼（Mycenae）是希腊南部的一座古城。迈锡尼时代约在公元前1500—前1100年。

[2] Tristram，英国亚瑟王传奇中著名的圆桌骑士。

孩儿红头发，留着爹爹剪短了的漂亮小胡子。或者那组画着那
254/6、254/7 个大恶魔和他的妻子、一个小矮子的令人恶心的连环漫画。Et moi qui t' offrais mon génie ... 我回想起她小时候我常写给她的那首相当有趣的打油诗："打油，"她总嘲弄地说，"一点儿不错。"

松树和那只松鼠，荒野和那些野兔
都有某些并不引人注目的特殊习俗。
雄蜂鸟姿态优雅地急速高飞。
爬行的蛇把爪子揣在口袋里……

她其他的东西更不容易丢弃。直到一九四九年年底，她的一双旧的帆布胶底运动鞋、她穿过的一件男式衬衫、我从衣箱夹层里找出来的几条老式的蓝布牛仔裤、一顶皱巴巴的学生帽，以及诸如此类杂七杂八的宝物，还一直受到我的珍
255/1 藏爱护，上面沾满了我的亲吻和雄人鱼的泪迹。后来，等我明白我的头脑快要爆裂的时候，我就把这些杂七杂八的东西收集到一起，加上原来存放在比尔兹利的东西——一箱书、她的自行车、旧外套、高统套鞋——在她十五岁生日那天，作为一个无名人士捐赠的礼物全部寄给了位于加拿大边境一个受到大风吹刮的湖岸旁的一所孤女院。

254/6 大恶魔……小矮子（gagoon ... kiddoid gnomide）：1968年我去蒙特勒，对纳博科夫提到我无法确认“那组令人恶心的连环漫画”是什么，纳博科夫也不记得书名了，但是根据亨·亨的描述来推断，他说出了出版时间（1940年代晚期），指出该连环漫画“有种科幻故事的感觉”，并且生动地回忆了“一个高大的匪徒，同他非常矮小、大眼睛、像个狐猴、侏儒一般，穿戴很多珠宝的老婆”。即使这样也没能唤醒笔者的记忆，于是纳博科夫提供了下一页上展示的这幅草图。1976年一位读者写信来说该连环漫画肯定是阿尔弗雷德·安德里奥拉（Alfred Andriola）1943年创作的《凯瑞·德雷克》（*Kerry Drake*）。他以米尔顿·甘尼夫（Milton Caniff）的风格描绘神探迪克·特雷西（Dick Tracy）似的古怪人物。有关其他连环漫画的典故，见164/1和217/5。

*Gagoon*是*gag*（玩笑）、*goon*（傻瓜）和*baboon*（笨蛋）的拼凑组合词，而*gnomide*则借鉴了*gnome*（侏儒）的一般含义，将其原意（出自希腊语：格言、谚语）与几乎同义的词*bromide*（令人讨厌、平庸的人；陈词滥调）相结合。*Kiddoid*也是亨·亨的杜撰，因为*-oid*后缀（近似，具有……的形式）通常用在基于希腊语的科学术语上，它在此处不合时宜的使用具有幽默效果（例如，*anthropoid*；亨·亨这个用词的定义是“儿童的一种”）。见*hypnotoid*，第274页。

254/7 Et moi qui t'offrais mon génie:“我把我的才华都献给你!”这是编造的引语，令人想到法国浪漫派诗人（例如缪塞［Alfred de Musset，1810—1857］）。亨·亨这位富有教养的欧洲人故意用了法语——文化人或天才的语言——来嘲讽地对照美国大众文化的视觉和词语片段。他完美地抓住了类似八卦专栏作者和电台播音员沃尔特·温切尔（Walter Winchell，1897—1972）被遗忘的声音中的俚语新词和断续的节奏：Joe-Roe marital enigma is making yaps flap（乔-罗伊婚姻之谜噼啪哇啦）。

255/1 雄人鱼：传说故事中的雄性海洋动物，与美人鱼对应。见174/5。在《微暗的火》中，奥登这位赞巴拉演员和爱国者参加演出了《人鱼》，“很精彩的老情节剧”（第129页）。

假如我去请教一个施行催眠术的能手，他也许会取得我头脑中的一些偶然的回忆，并把它们排列成一个合理的格局，这是很可能的。那些回忆，我已相当夸张地将其贯串在我的书里，即便如今我已知道该从过去的岁月中寻找什么，它们
255/2 仍比呈现在我心头的要夸张得多。那时我觉得我只是跟现实失去了联系；我以前在魁北克住过一家疗养院，就在那儿度过了那年冬天余下的时光和第二年春天的大部分时间。后来，我决定先到纽约去了结一些个人事务，随后再到加利福尼亚州去彻底搜寻。

255/3 下面是我在疗养院里写的一首诗：

寻人啊，寻人：多洛蕾丝·黑兹。
头发：褐色。嘴唇：鲜红。
年龄：五千三百个日子。
职业：无或“小明星”。

你躲藏在哪儿，多洛蕾丝·黑兹？
你为什么要躲藏，我的宝贝儿？
（我在迷茫中呓语，我在迷宫中行走，
255/4 我没法子走出去，欧椋鸟说。）

255/2 跟现实失去了联系：有关早些时候入住精神病院的情况，见34/3。

255/3 写的一首诗：亨·亨的“诗”通常都比较轻松，尤其是有着幽默明快的韵律，但这里的五十二行文字的确是按照某种更大的模式“写”出来的：亨·亨同洛在路上共度的五十二个星期（1947年8月—1948年8月），他们死去的那一年，等等（见251/14）。

255/4 我没法子……欧椋鸟说：摘引自英国小说家斯特恩的长篇小说《多情客游记》（*A Sentimental Journey through France and Italy*，1768）。小说叙述者约里克访问巴黎时，对臭名昭著的巴士底狱并不关心，但却注意到一只关在笼子里，会说话的欧椋鸟：“我出不去（I can’t get out）。”欧椋鸟说。他也无法把鸟放出去，鸟儿反复说的话深深地打动了他，成为奴役和囚禁的象征。他回到房间，长久地想象着单独关在巴士底狱的囚犯。接下来他解释了这只鸟如何到了他手里，后来又经过无数人的手；约里克说，读者可能都见过这只鸟。他又说，从那以后，他将这只欧椋鸟的形象装饰他的徽章，也收入文中。那是一只笼外的鸟（见企鹅英语图书馆系列版本［1967］，第94—100页）。只学会了“四个简单词”的欧椋鸟非常重要，因为它也与《洛丽塔》同源，它的哀叹是这本书的核心。纳博科夫写道，《洛丽塔》最初的灵感“是一篇报纸上的报道，讲到［巴黎动物园］的一只猿猴经过科学家数月的逗引之后，画出了第一张由动物创作的炭笔画：这张素描表现的是这只可怜的动物笼子的栏杆”（第311页）。亨·亨这只“上了年纪的猿猴”在监狱中写作，他那不

可能的爱情象征性地将他与那只被囚禁的动物联在一起，他以自己的方式学会了表达，记录了他的“囚禁”。他的叙述就是那只可怜动物囚笼栏杆的“写照”——也是那只欧椋鸟四个简单词汇的交响变奏。

你在前往何处，多洛蕾丝·黑兹？
你乘坐的魔毯是什么牌子？
可是流行的“淡黄色美洲狮”？
你的汽车停放在哪儿，我那车上的小宝贝？

谁是你心目中的英雄，多洛蕾丝·黑兹？
仍是那些披着蓝色斗篷的明星中的一员？
哦，那气候温暖的日子，那棕榈成荫的海湾，
还有汽车、酒吧，我的卡尔曼！

哦，多洛蕾丝，那自动唱机多么叫人伤感！
你还在跳舞吗，我的宝贝儿？
（两人都穿着磨损的牛仔裤、破了的圆领运动衫，
而我，在墙旮旯儿里，怒吼咆哮。）

快活啊，快活，性情乖僻的麦克费特
带着十分年轻的妻子周游美国，
坐着他的“莫利”在各州奔驰，
在受到保护的野生动物中生活。

我的多莉，我为之疯魔的人儿！她的眼睛是灰色的， 256/1

256/1 灰色的（vair）：银鼠皮的淡灰色。

我亲她，她也从不把眼睛闭上。

256/2 知道一种名叫Soleil Vert的古老香水吗？

你是巴黎人吗，先生？

L’autre soir un air froid d’opéra m’alita:

Son fêlé — bien fol est qui s’y fie!

Il neige, le décor s’écroule, Lolita!

256/3 Lolita, qu’ai-je fait de ta vie?

怨恨得要死，后悔得要死，

洛丽塔·黑兹，我快要死了。

又一次我举起满是汗毛的手，

又一次我听见你在哭喊。

警官啊，警官，他们朝那儿走了——

在雨中，就是那家亮着灯的铺子！

她的短袜是白色的，我非常爱她，

她的姓名就是多洛蕾丝·黑兹。

警官啊，警官，他们就在那里——

256/2 Soleil Vert：法语；绿日。

256/3 L’autre soir ... de ta vie：“那天晚上，从歌剧院刮来的一股寒风逼得我上床就寝；/它断断续续——凡是信任它的人都是傻瓜！/天下着雪，舞台布景倒塌了，洛丽塔！/洛丽塔，我把你的一生怎样了？”这四行诗绝妙地戏仿了各种法语诗的集成。第一行的亚历山大诗歌体（见223/1）在法语中具有完美的韵律。*Air froid*（寒风）是无法翻译的双关语（*air*：曲调；一阵风）。第二行是传统格言，源自维吉尔，虽然实际上此处借鉴自维克多·雨果的剧作《国王的弄臣》（*Le Roi s’amuse*，1832）：

女人常常变化，
疯子才会信赖她！
女人常常
像羽毛风中飘。

这几行是国王的唱词，最初是在第4场第2幕，在一个歌舞酒吧里面唱的。前面两行在第5场第3幕场外重复了，告诉特里布莱（Triboulet，或里戈莱托［Rigoletto］），国王还活着（他计划谋杀国王，但却杀死了他的女儿）。这部剧作只演了一场就被皇室禁演。它也是威尔第歌剧《弄臣》（*Rigoletto*，1851）的蓝本；皮亚威（Piave）改编了台词，威尔第只负责作曲。法语译本是*Rigoletto, ou Le Buffon du prince*，亨·亨无疑是知道的。里戈莱托用在此处很恰当，因为形象地说，亨·亨本身就是个怪异的小丑。有关雨果，见10/7。亨·亨的混合诗的第三行过度响亮，但是第四行滑稽的恳求做到了同时表达“真实和对它的滑稽模仿”（这是《天赋》中费奥多尔的艺术意图，第200页）。

多洛蕾丝·黑兹和她的情人！
拔出你的手枪，跟着那辆汽车。
现在跳出车去，赶快隐蔽。

寻人啊，寻人：多洛蕾丝·黑兹。
她那蒙眬的灰色目光从不畏缩。
九十磅就是她的全部体重，
她的身高是六十英寸。

我的汽车缓慢吃力地前进，多洛蕾丝·黑兹，
最后一段长路又最为艰辛，
我将被抛弃在野草腐烂的地方，
余下的只是铁锈和星尘。

用精神分析法来看这首诗，我发现它真是一个狂人的杰作。这些僵硬、刻板、过分渲染的韵脚跟精神病患者在他们精明的训练人设计的测试中所画出来的某些没有透视法的糟不可言的景物和形象及经过放大的景物和形象非常一致。我还写了其他许多诗。我也沉浸在别人的诗里。然而我一刻也没有忘记复仇的重任。

257/1 要是我说，失去洛丽塔给我的打击，治好了我对少女反常的性欲，那我就是个无赖，要是读者相信了这句话，那他就是个傻瓜。不论我对她的爱受到什么影响，我那该受诅咒的本性却难以改变。在操场和海滩上，我那邪恶的、鬼鬼祟祟的眼睛总要违背我的意愿，仍去努力寻找闪现出的性感少女的四肢，努力寻找洛丽塔的侍女和捧花少女的那些隐秘的象征。不过我心中的一个基本的幻象已经消逝。现在我再也不想着可能跟一个（具体的或假想的）小姑娘在什么偏僻的地方获得幸福；我的想象力的利齿再也不会伸向待在记忆中遥远的岛屿的港湾里的洛丽塔的姐妹。那一切都结束了，至少眼下如此。另一方面，唉，两年过度的放纵生活让我养成了某些肉欲的习惯：我担心如果放学和晚餐之间在一条小路上偶然碰到一次诱惑，自己生活于其中的这片空虚会使我陷入突然癫狂的无法无天的状态。我受到孤寂的侵蚀。我需要有人陪伴和照料。我的心脏是一个歇斯底里、不大可靠的器官。里塔就是这么给牵扯进来的。

257/1　对少女反常的性欲：见55/2。

二六

她的年龄比洛丽塔的大一倍，是我年龄的四分之三：一个身材瘦小、头发漆黑、皮肤苍白的成年人，体重一百零五磅，长着两只妩媚但不大对称的眼睛，她的侧面棱角分明，好似迅速勾勒出来的；她柔软的脊背上有着最迷人的ensellure——我猜她有点儿西班牙人或巴比伦人的血统。五月 258/1、258/2
里一个堕落的夜晚，我在蒙特利尔和纽约之间，或者说得范 258/3
围狭小一点，在托伊莱斯镇和布莱克之间一家名叫“灯蛾”的 258/4、258/5
炽热而暗淡的酒吧里结识了她。当时她喝醉了酒，显得相当亲切；她坚持说我们过去是同学，还把她的一只颤抖的小手放在我那粗大的手掌上面。我只感到微微有点儿兴奋，但我决定给她试试；我这么做了——收下她作为一个忠实的伴侣。她那么善良，里塔，是那么个随和开朗的人，因此我想仅仅出于友好和同情，她就会把自己献给任何一个可怜的生灵或感伤的谬误，比如一棵折断的老树或一只失去配偶的豪猪。

我头一次遇见她的时候，她刚和她的第三个丈夫离婚——新近又刚被她的第七个cavalier servant抛弃——其他的 258/6

258/1 ensellure：法语；脊柱形成的内曲线；女人的腰椎曲线。

258/2 巴比伦人的血统：亨·亨在“种族”事宜上非常含糊其词，喜欢以维多利亚时代的方式转弯抹角（例如“突厥人”，第75页），带着他们“地中海的形式”。见261/4。

258/3 五月里一个堕落的：仿效英国诗人托·斯·艾略特的诗作《小老头》中很有名的一句：“在堕落的五月，山茱萸和栗树，这些开花的叛徒”（第20行）。见16/3。

258/4 布莱克：依据的是英国诗人和版画家威廉·布莱克（1757—1827）。此处杜撰的托伊莱斯镇（Toylestown）是双关语，纪念他的诗歌《伦敦》（1794）——“辛劳之城”（toil's town）。

258/5 “灯蛾”的炽热……（burning ... Tigermoth）：玩弄布莱克的诗歌《老虎》（*The Tiger*，1794）——“老虎，老虎，炽热明亮的”——也指实际上的灯蛾（纳博科夫说是“北极灯蛾”）。有关昆虫学典故，见6/1。

258/6 cavalier servant：侍奉贵妇人的骑士；中世纪宫廷恋爱的典型。

人，那些见异思迁的人，实在太多、太不固定，无法加以统计。她的哥哥过去是——而且无疑现在仍然是——热情支持他们那个爱好打球、爱读《圣经》、处理谷物的家乡市镇的一个脸色苍白、系着吊带、打着色彩鲜艳的领带的重要政客和市长。过去八年，他每月付给他那了不起的小妹妹好几百块钱，但有个十分苛刻的条件，就是她永远永远也不能再踏进了不起的小格兰因鲍尔[1]市。她惊讶悲叹地告诉我，不知出于什么该死的缘故，她交的每个新的男朋友总首先要带她去格兰因鲍尔：那个地方具有致命的吸引力；而且在她还没明白是怎么一回事的时候，就发现自己给吸进了那个市镇的月牙形轨道，并且顺着给泛光灯照得通明的环绕那个市镇的车道——“绕了一
259/1 圈又一圈”，用她的话说，“就像桑树上一只该死的蛾子”。

[1] 格兰因鲍尔，原文为Grainball，意思是“谷物球”。

她有一辆漂亮的双门厢式小客车。我们坐着它去加利福尼亚州旅行，好让我那辆老汽车休息一下。小客车的正常速度是每小时九十英里。亲爱的里塔！从一九五〇年夏天到一九五二年夏天，我们一块儿漫游了暗淡无光的两年。她是我能想象出的最最和蔼、纯朴、温柔、寡言少语的里塔。跟
259/2、259/3 她相比，瓦莱契卡是施莱格尔，夏洛特是黑格尔。我找不出一点儿理由要在这部邪恶的回忆录的边沿轻率地谈论她，但我想说（嗨，里塔——无论你目前在哪儿，喝醉了酒还是酒醉

259/1 桑树上一只该死的蛾子：纳博科夫写道：“里塔的用词‘绕了一圈又一圈，就像桑树上的蛾子’，同五朔节歌曲“绕着桑树一圈又一圈”以及中国食桑叶的蚕很般配。”见6/1。

259/2 瓦莱契卡（Valechka）：同里托契卡（Ritochka，第260页）一样，都是俄语名字的昵称。

259/3 施莱格尔……黑格尔：施莱格尔（Friedrich Schlegel，1772—1829）同黑格尔（Georg Wilhelm Friedrich Hegel，1770—1831）都是德国哲学家，此处两人的名字恰好押韵，没有其他用意。

以后头疼恶心，里塔，嗨！）她是我曾有过的最会给人安慰、最能领会我的意思的伴侣；要没有她，我肯定会落入疯人院。我告诉她我正在设法寻找一个姑娘，要去干掉她的情人。里塔神情严肃地同意了这个计划——而且在她独自在圣亨伯蒂诺周围展开的一次调查中（实际上她什么都没弄清楚），自己也被一个相当恶劣的骗子缠住了；我费了很大的劲儿才把她救回来——她疲惫不堪，浑身是伤，却仍很自负。后来有一天，她打算用我的神圣的自动手枪去玩俄罗斯式轮盘赌[1]。我说不行，这不是一把左轮手枪；我们你争我抢，结果后来枪走了火，在小屋的墙上打了个窟窿，从里面喷出一道十分滑稽的细溜溜的热水。我还记得当时她发出的尖利的笑声。

她背部那奇特稚嫩的曲线，她那米白色的皮肤，她那
慢悠悠的柔媚的鸽子似的亲吻，使我不再瞎胡闹。并非如同
有些骗子和巫医所说的那样艺术天资是性的次要特征，实际 259/4、259/5
情况正好相反：性不过是艺术的附属品。它是一种相当神秘
的狂欢，具有我一定注意到的十分有趣的影响。我早已放弃
了搜寻：那个恶魔不是在鞑靼区就是在我的小脑中给焚毁了 259/6
（那股火焰被我的幻想和悲伤扇得很旺），他当然不会让多洛
蕾丝·黑兹到太平洋沿岸去参加网球锦标赛。有天下午在我
们返回东部的途中，我们下榻于一家令人惊骇的旅馆，就是

[1] 俄罗斯式轮盘赌，赌时在左轮手枪中仅装一发子弹，然后转动旋转弹膛，举枪对准自己的头并扣动扳机。

259/4 骗子和巫医（shams and shamans）：亨·亨津津乐道这样的事实：虽然巫医可能是骗子，但是这两个词在语义上的近似却只是一种幻觉；前者源自盎格鲁-撒克逊语言，后者源自通古斯语和梵语。

259/5 次要特征（ancilla）：辅助、帮助；拉丁语字义是“女仆”。

259/6 鞑靼区（Tartary）：源自塔尔塔罗斯（*Tartarus*），神话中的地狱；指性格暴烈的鞑靼人部落或群体居住的区域，通常位于欧洲的俄国部分和亚洲，大多数属于突厥语族。《爱达或爱欲》的反地界中重新建立了鞑靼帝国。

人们在那儿举行会议的那种旅馆，在那儿，别着标签、肥肥胖胖、面色红润的男人摇摇摆摆地走来走去，他们彼此直呼其名，做着买卖，开怀畅饮——亲爱的里塔和我一觉醒来，发现我们的房里多了一个人，一个金发碧眼、好像得了白化病[1]的小伙子，他长着白色的眼睫毛，两只大大的耳朵通明透亮。我和里塔两个人都想不起在我们凄惨的生活中曾经见过他。他穿着一件厚厚的肮脏的内衣，满身是汗，脚上仍旧穿着一双旧式军用长靴，躺在我那贞洁的里塔那边的双人床上，鼾声大作。他有一颗门牙已经掉了，脑门上长着一些琥珀色的脓包。里托契卡[2]把她那柔美多姿的裸体用我的雨衣裹住——这是她手边可以拿到的头一样东西；我则匆忙穿上一条条纹图案的长内裤；我们察看了一下当时的情况。五个杯子都给用过了，从迹象看，他是钱多得不知怎么花了。房门没有完全关好。一件毛线衫和一条软塌塌不成样子的棕褐色裤子扔在地板上。我们摇晃着这身衣裤的主人，使他痛苦地清醒过来。他什么都记不起来，只用一种里塔听出是纯正的布鲁克林口音怒气冲冲地暗示说我们用某种方式窃取了他（毫无价值）的身份。我们催他穿好衣服，把他送到最近的一家医院，路上我们发现，不知怎么，经过一些事后都不记得的七弯八转以后，我们竟然到了格兰因鲍尔。半年以后，里

[1] 白化病是一种先天性疾病，患者体内缺乏色素，毛发都呈白色。

[2] 里塔的爱称。

塔给那位大夫写信去打听那个病人的消息。杰克·亨伯逊（别人都这么粗俗地称呼他）仍对自己的过去一无所知。噢，摩涅莫绪涅，你这众女神中最可爱、最顽皮的女神！ 260/1

要不是因为这件事引起我一连串的想法，我本来是不会提的；那些想法最终导致我在《坎特里普评论》上发表了一 260/2
篇题为《米密尔与回忆》的文章。在那篇文章中，除了那份出色的刊物善意的读者认为新颖、重要的观点以外，我还提出了一种感性时间的理论，这种理论依据的是血液循环，并且在概念上取决于（为了装满这个小小的容器）人的头脑不仅对物质具有清醒的意识，而且对其自身也有清醒的意识，从而在两点（可储存的未来和已储存的过去）之间产生一种
连续不断的联系。由于这番尝试——以及我先前的travaux给 260/3
人们留下的印象正达到顶点——我从纽约给邀请到四百英里外的坎特里普学院去任教一年；当时我和里塔正住在纽约的一套小公寓里，从公寓的窗口望出去可以看到在下面远处中央公园一个有喷泉的凉亭里洗淋浴的那些晶莹闪亮的孩子。从一九五一年九月到一九五二年六月，我就住在那所学院里专供诗人和哲学家居住的公寓里。我不希望让里塔抛头露面，所以她沉闷单调地住在——多少有点儿不体面，我想——公路旁的一家小旅馆里，我一个星期去看她两次。后来她不见

260/1 摩涅莫绪涅（Mnemosyne）：在希腊神话中是女泰坦，是乌拉诺斯（Uranus）和盖亚（Gaea）之女。她与记忆和回忆相关，九位缪斯女神就是她同宙斯结合的产物。在《说吧，记忆》修订版的《序文》中，纳博科夫说，“我曾经计划把书的英国版改名为《说吧，摩涅莫绪涅》，但是人家告诉我‘小老太太们不会要求买一本连书名都读不出来的书的’。”

260/2 坎特里普……米密尔：坎特里普（cantrip）意为“符咒”，米密尔（Mimir）是北欧神话中的巨人，居住在象征宇宙的大树伊格德拉西尔（Yggdrasill）树根旁的那口井边，因为饮用了井水而知道过去和未来。

260/3 travaux：法语；著作。

了——比在她之前的那一位所做的来得人道一些：一个月以后，我在当地的监狱里找到了她。她très digne，阑尾给切除了，还努力让我相信她被指控从一位罗兰·麦克拉姆太太那儿偷的那件漂亮的浅蓝色毛皮大衣实际上是罗兰本人主动送给她的礼物，尽管当时罗兰有点儿醉醺醺的。我并没有向她那性情暴躁的哥哥求助，就顺利地把她保了出来，而后我们就开车返回中央公园西区，路上经过布赖斯兰，前一年我们曾在那儿停留过几个小时。

261/1

我突然莫名其妙地起了一阵想要再现我和洛丽塔在那儿停留的时光的冲动。我正进入一个新的生活阶段，放弃了追踪她和拐骗她的人的一切希望。眼下，我试图再退回到往日的情境中去，以便保存在回忆中还可以保存的一切。souvenir, souvenir que me veux-tu？已经可以感到几分秋意。汉伯格教授[1]寄了一张明信片，要求订一个有两张床的房间，很快得到了表示歉意的答复。房间都住满了，只有一个没有浴室的地下室房间，有四张铺。他们认为我不会要。他们的信笺抬头是这样的：

261/2

着魔的猎人

靠近教堂　没有恶狗

供应所有合法的饮料

261/1　très digne：法语；十分端庄。

261/2　souvenir ... veux-tu？："回忆啊，回忆，你要我怎么样？"这是魏尔伦（Paul Verlaine，1844—1896）的诗《一去不复返》（原文标题是英文：*Nevermore*）开头的一句（少了最后一个词l'automne［秋天］），亨·亨用这最后一个词开始下一句话。因为《着魔的猎人》唤起的记忆使他想到了这一行诗。魏尔伦的诗结尾是诗人告诉他的恋人，他最完美的一天是当她迷人地低语"Le premier oui"——她说的第一个"是"（也参见《解锁》，第33页）。更多魏尔伦典故，见264/2和278/1。亨·亨认同魏尔伦，他被比自己年轻许多（的同性恋）情人和旅伴兰波抛弃。在《微暗的火》中，金波特回忆去尼斯之行，"一名留胡子的老流浪汉……他像一尊魏尔伦雕像那样站在那儿，一只不拘小节的海鸥侧面栖息在他那乱蓬蓬的头发上"（第170页）。爱达和凡·维恩被"小提琴悠久的抽泣"所打动，那是魏尔伦的《秋歌》（*Chanson d'automne*，1866）开头的诗行，被译成英语并且悄悄地纳入《爱达或爱欲》的文字中（第411页）。凡那"锐利的双关语"（assassin pun，第541页）又双关"杀人的尖锐"（La Pointe assassin），这是魏尔伦《诗艺》（*Art poétique*，1882）的第十七行。"魏尔伦也曾经在什么地方当过教师/在英国。那波德莱尔呢，/一个人待在他的比利时地狱里？"纳博科夫在他的《放逐》（*Exile*）里这样写道，这是未纳入诗集的一首诗（《纽约客》，1942年10月24日，第26页）。有关波德莱尔，见162/2。

［1］即亨·亨伯特。

261/3 petite ... accroupie：蹲着的少女。

261/4 长耳猎狗……洗礼：那位老太太的狗，洛丽塔曾经同它玩耍（117/3）。亨·亨感到纳闷，不知旅馆“不得带狗入内”的规定是否修改了，是否可以接待信奉基督教的狗，因为“靠近教堂”是常用的（约1940—1960）委婉的标识，谨慎地表明某地只接纳非犹太人。类似的“交换条件”也出现在同一家旅店，当时“亨伯特”被误作听上去像犹太人的“亨伯格”（第118页），正如现在“汉伯格教授”发现旅店客满了。“难民”亨·亨经常被误当作犹太人；见第79页，当时约翰·法洛正要说一句反犹的话，结果被敏感的琼打断了。奎尔蒂认为亨·亨可能是个“德国难民”，并且提醒他，“这幢房子不是犹太人的，你知道吗？”（297/2）。

纳博科夫的父亲是反犹主义的公开敌人，他曾经撰写了《血洗基希涅夫》这篇著名的抗议1903年屠犹事件的文章，也曾经因为撰写了有关贝里斯审判（Beiliss trial）的愤怒文章遭到沙皇政府的罚款（莫里斯·塞缪尔［Maurice Samuel］在他有关贝里斯审判的著作《嗜血的指控》［*Blood Accusation*，1966］里数次提到他——这本书恰好与马拉穆德［Bernard Malamud］基于该事件的小说《修配工》［*The Fixer*］同时出版——还引用了纳博科夫的记载）。纳博科夫的儿子也对反犹主义义愤填膺，而且因为他妻子是犹太人，他本人对此非常敏感（请注意对“可怜的欧文的同感”［53/3］）。纳博科夫曾回忆数年前在新英格兰由儿子和儿子的朋友陪同去一家小餐馆，纳博科夫打开菜单，注意到上面写着简单的

我可不知道最后这句话是否靠得住。所有吗？比如说他们
有人行道上的石榴汁糖浆吗？我也不知道一个猎人，不管他着
了魔还是没有着魔，会不会更需要一头猎犬而不是教堂里的一
个座位。我带着一阵痛苦回想起与一个伟大的艺术家相称的一
个场景：petite nymphe accroupie；只是那条毛皮光滑的长耳猎 261/3、261/4
狗也许受过洗礼。不——我觉得我忍受不了重新光顾那个旅馆
大厅所会带来的痛苦。在气候温和、秋色斑斓的布赖斯兰的其
他地方，也许更有可能重新领略过去的时光。我把里塔留在一
家酒吧里，自己前往市立图书馆。一个叽叽喳喳的老处女非常
乐意帮我从装订好的《布赖斯兰日报》中找出一九四七年八月
中旬的那一本，不一会儿，我就待在一个僻静的角落，在一盏
没有罩子的灯下翻阅那巨大的、发脆的一页页报纸，手里的这
卷报纸合订本像棺材似的黑漆漆的，几乎像洛丽塔那么大。

读者！Bruder！这个汉伯格是个多么愚蠢的汉伯格啊！ 262/1
因为他的过于敏感的机体不愿面对实际的场面，他便以为至
少可以欣赏其隐秘的一部分——这叫人想起在一个被洗劫一
空的凄惨的村子里，实施强奸的队列中的那第十个或第二十
个士兵把姑娘的黑色披巾摔到她苍白的脸上，好在发泄军人
的兽性时看不见那双叫他难以忍受的眼睛。我渴望看到的就
是刊登在报上的那张照片，当时《日报》的摄影记者正全神 262/2

贯注于布雷多克博士和他的小组，碰巧把我这个擅自闯入的
262/3 人的形象也拍摄在内。我热切地希望找到那个艺术家作为一
个年轻的色鬼保存着的那张照片。就在我邪恶地摸向洛丽塔
的床的时候恰巧给一架并无恶意的照相机拍了下来——对摩
涅莫绪涅来说，这个场面多富有吸引力啊！我说不清我的这
股冲动的真正性质。我觉得也许跟那种叫人神魂颠倒的好
奇心有关；它促使一个人在一天清早处决罪犯的时候拿起
放大镜仔细察看那一个个黯淡的小小的身影——简直就是一
幅静物画，每个人都好像马上要举起手脚，而那个病人的神
情在图片上则看不清楚。不管怎么说，我确实气吁吁的，而
那本末日审判的大书的一只角在我翻阅浏览的时候则老是戳
262/4 着我的肚子……《蛮力》和《着魔》要在二十四日、星期天
在两家剧院同时上映。独立的烟草拍卖商珀多姆先生说自从
262/5 一九二五年起，他一直抽Omen Faustum牌香烟。大个儿汉克
262/6 和他那娇小的新娘就要到尺蠖街五十八号雷金纳德·金·戈
尔夫妇家去做客。某些寄生生物的大小是寄主的六分之一。
敦刻尔克在十世纪时修筑了防御工事。女式短袜三毛九。系
262/7、262/8 带浅帮鞋三块九毛八。酒、酒、酒，不肯让人拍照的《黑暗
时代》的作者俏皮地说，可能适合一只波斯的噗噗吐泡的鸟，
但我要说，为了玫瑰花和灵感，每次都给我雨、雨、雨，打

规定“仅服务非犹太人”。他招呼女侍应生过来，问她如果此时进门的是一位留着胡子，身穿长袍的男人，牵着一头驴子，驴子上坐着他怀孕的妻子，全都因为长途跋涉而风尘仆仆，餐馆管理人员会怎么办。“您说……说什么？”女侍应生结结巴巴地问。“我说的是耶稣基督！”纳博科夫指着那句话大声说，站起身来，带着大家离开了餐馆。“我的儿子为我感到非常骄傲。”纳博科夫说。在《微暗的火》中，金波特和谢德曾长时间讨论偏见问题（第470行注释；第216—218页）。

262/1 读者！ Bruder！：德语；“兄弟”。波德莱尔《恶之花》（*Les Fleurs du mal*，1857）的序言诗《告读者》最后一行：——*Hypocrite lecteur*，——*mon semblable*，——*mon frère* ！（“虚伪的读者——我的同胞——我的兄弟。”见162/2。

262/2 《日报》……布雷多克博士和他的小组：见第127页。

262/3 艺术家作为一个……色鬼……的照片（portrait ... as a ... brute）：显然是双关乔伊斯的《青年艺术家画像》（*A Portrait of the Artist as a Young Man*，1916）。《绝望》的叙述者在为他的文稿寻找一个标题时，曾经考虑过"镜中艺术家的画像"，但是放弃了，因为"太幼稚，太陈词滥调"（第201页）。有关乔伊斯，见4/11。

262/4 《蛮力》（*Brute Force*）：环球影片公司1947年发行的一部影片，由朱尔斯·达辛（Jules Dassin）导演，伯特·兰卡斯特（Burt Lancaster）、查尔斯·比克福德（Charles Bickford）、伊冯娜·德·卡洛（Yvonne De Carlo）出演。《着魔》（*Possessed*）由华纳兄弟影片公司发行，柯蒂斯·伯恩哈特（Curtis Bernhardt）导演，琼·克劳馥（Joan Crawford）、凡·赫夫林（Van Heflin）、雷蒙德·马西（Raymond Massey）出演。这些标题粉饰了亨·亨的处境，《蛮力》——一部有关监狱的电影，纳博科夫认为自己看过——同主题很般配。

262/5 Omen Faustum：拉丁语；鸿运牌香烟（这是语文学家、拉丁语学者弗·科尔森·罗宾森教授［F. Colson Robinson］对我指出来的），同"骆驼牌"恰好匹配（第69页）；义同"*dies faustus*"（好运当头的日子），或者具体地说，是"罗马宗教法规允许世俗活动的日子"。

262/6 尺蠖街（Inchkeith Ave.）：是inchworm（或者Looper）过时的用法，绝不会用来做街道名，因为尺蠖（某些蛾子的幼虫）会毁坏林荫树。有关昆虫学典故，见6/1。五十八英寸是洛丽塔在小说开头时的身高（见9/3）。

262/7 《黑暗时代》：作者是奎尔蒂；见31/13。

262/8 酒、酒、酒……为了玫瑰：见262/1。奎尔蒂在玩弄爱德华·菲兹杰拉德翻译的波斯诗人和数学家欧玛尔·海亚姆（Omar Khayyam，1123?年去世）的《鲁拜集》（*The Rubáiyát*，1879）第6节的诗行：

大卫的嘴唇锁上了；但是用神圣的
尖利的钵罗婆语；"酒！酒！酒！
红酒！"——夜莺对玫瑰叫唤着
她那灰黄的脸庞映衬着血红色。

最后一个词亨·亨先前用过（见73/1），再次表明（奎尔蒂的）"思维方式跟我十分的相似"（第249页）。

在木瓦屋顶上的雨。酒窝是因皮肤黏附在较深的组织上而形成的。希腊人击退了游击队一次来势迅猛的突袭——还有，啊，终于找到了，一个穿着白衣服的小人儿，穿着黑衣服的布雷多克博士，但不管挨着他那宽大的身躯的是个什么鬼怪
263/1 的肩膀——我却看不出哪一个是我。

263/2 我去找里塔，她带着vin triste笑容把我介绍给一个身材矮小、形容枯槁、蛮横强硬的老头儿，说这位是——他叫什么来着，孩子？——她以前的同学。他想要留住她，在接着发生的那场小小的扭打中，我的大拇指触到他坚硬的脑壳，弄得很疼。我带她走到寂静的、色彩缤纷的公园里，让她呼吸点儿新鲜空气，她抽抽搭搭地哭起来，说跟所有别的男人一样，我很快、很快也会离她而去。于是我给她唱了一首情意绵绵的法国民歌，又即兴诌了几句诗哄她开心：

这个地方名叫“着魔的猎人”。告诉我：
你的幽谷赞同用何种印第安染料，
戴安娜，来使景物如画的湖泊化作
蓝色的旅馆门前一片血红的树木？

263/3 她说：“旅馆明明是白的，为什么说成蓝的，到底为什么

263/1 看不出哪一个是我：见127/2；但是奎尔蒂“鬼怪的肩膀”却成为不朽。有关暗指奎尔蒂之处，见31/9。

263/2 vin triste：法语；酒醉后的忧伤。

263/3 为什么说成蓝的：我问纳博科夫“为什么说成蓝的”是否同通常所谓“蓝翼小蝴蝶”有关，他回答说：“里塔不明白那家旅馆的白色粉墙在动人的秋日，在红色树叶的光影映衬下的确看上去是蓝色的。亨·亨只是向法国印象派画家致意而已。他注意到了一个光学上的神奇现象，正如E.B.怀特在某处提到‘红色谷仓和蓝色的雪’神圣结合产生的效果时一样。惊讶效果源自色彩，而非智识的蓝图或嗜好的阴影……我真是天生的风景画家。”见221/2。

说成蓝的?”接着又哭起来，我领着她走到汽车旁边，随后我们驾车往纽约开去。不久，她高高地站在我们公寓的小阳台的烟雾中，又变得相当快乐。我发现不知怎么，我把两件事搅和在一块儿了：一是我和里塔去坎特里普的路上在布赖斯兰的游览，二是返回纽约的途中我们又路过布赖斯兰；不过那儿所弥漫的那些炫目的色彩可不会在艺术家的回忆中受到轻视。

二七

我的信箱安在门道里，那种信箱，旁人从玻璃投信口中可以瞅见里面有没有邮件。先前已经有好几次，五颜六色的光透过玻璃，照在信箱里一个陌生的笔迹上，竟把这种笔迹幻化得颇像洛丽塔的笔迹，这使我靠着附近的一只瓮几乎倒下，几乎以为那就是我的骨灰瓮。每逢遇到这种时候——每逢她那可爱的、环形的、稚气十足的潦草笔迹又可怕地变成跟我通信的少数几个人中某一个人呆板的笔迹时——我总带着十分苦涩的乐趣回想起在见到多洛蕾丝以前我那毫无猜疑之心的过去的岁月，那时，我总被对面一扇珠光闪闪的窗户引入歧途，我的鬼鬼祟祟的目光，我那可耻的恶习的永远警觉的潜望镜，总会远远看到窗户里一个半裸体的性感少女在
264/1 梳理她那头“梦游奇境的爱丽丝”式的秀发时的静止的动作。正因为这个幻象可望而不可即，又不可能凭借知道一个附带的禁忌而去对它加以破坏，所以在这个火热的幻影中有一种无上的完美，它使我心头狂热的喜悦之情也变得完美无缺。确实，未成年的少女所以对我具有魅力，也许并不怎么在于

264/1 梦游奇境的爱丽丝：有关刘易斯·卡罗尔，见131/1。

她们纯洁、幼小、不得接近的小仙女似的美貌有多清明澄澈，而在于那种情况的安全性，因为在那种情况下，无限的完美填补了极少的赐予和极多的许诺之间的空白——那许多永远也得不到的灰色玫瑰。Mes fenêtres！我高高地对着斑驳的斜 264/2
阳和正在兴起的苍然暮色，咬紧牙齿，把我欲望中的所有恶魔都聚集到一座颤动的阳台的栏杆上：阳台随时会在杏黄、乌黑的潮湿的夜晚飞走，它真的飞走了——于是那个发亮的形象移动起来，夏娃又重新成为一根肋骨[1]，窗户里的一切就会化为乌有，只剩下一个部分身体还裸露着的胖男人在看报纸。

在我的幻想和自然的现实所展开的竞赛中有时我会取胜，因此这种骗局还是可以忍受的。遇到机缘参与这种冲突，并且剥夺了本来我会得到的微笑时，不堪忍受的痛苦就开始了。
“Savez-vous qu’à dix ans ma petite était folle de vous？”在巴黎 264/3
的一次茶会上，跟我交谈的一个女人这么说。那个petite[2]刚刚结婚，住在很远的地方；而我却甚至记不得十二三年以前，自己在那个紧挨着网球场的花园里是否曾注意过她。现在，同样，未来闪亮的启示、现实的承诺，一个不但引诱人去照着做而且应当高尚地予以遵守的承诺——所有这一切，机缘都拒绝给我——机缘跟那个脸色苍白、招人喜爱的作家向小

[1]《圣经·旧约·创世记》第2章：“耶和华上帝使他（那人）沉睡，他就睡了，于是取下他的一条肋骨，又把肉合起来。耶和华上帝就用那人身上所取的肋骨，造成一个女人。”

[2] 法文，小姑娘。

264/2 Mes fenêtres：法语；“我的窗户”，与魏尔伦的*Mes Hôpitaux*（《我的医院》，1892）相似的戏仿标题，而且总的来说戏仿了撰写自传时使用这种所有格的传统做法。见261/2。

264/3 “*Savez ... de vous*？”：法语；“你知道吗，我的小女儿十岁的时候就发疯似的爱上了你？”

264/4 人物的转变都起了作用。我的幻想既是普鲁斯特式的，又是
264/5 普罗克拉斯提斯式的；一九五二年九月下旬的那天上午，在我下楼去摸索信件的时候，跟我关系很不好的那个矮小机灵、脾气暴躁的看门人开始抱怨说有个新近送里塔回家来的男人在门前的台阶上“呕吐了很多东西”。我一边听着他的话，一边给了他一点儿小费，接着继续听他对这桩事改头换面、比较斯文的复述，我的印象是那个该死的邮差送来的两封信中有一封是里塔的母亲（一个疯疯癫癫的小女人）写来的。我们曾到科德角[1]去看过她一次，不管我住址怎么变动，她一直给我来信，说她女儿跟我多么般配，如果我们结婚，会有多好；另一封信我在电梯上拆了开来，匆匆看了一遍，原来是约翰·法洛写来的。

我常常注意到，我们都喜欢把文学作品中的人物在读者心中所获得的那种固定的模式赋予我们的朋友。不论我们把《李尔王》重新翻开多少次，我们都绝不会发现那个好心的国王跟他的三个女儿和她们的巴儿狗快活地重新相聚，在欢乐
265/1 的宴会上丁丁当当地碰着杯子，饮酒作乐，把所有的不幸都
265/2 置诸脑后。爱玛也绝不会恢复体力，因为福楼拜的父亲及时的泪水里那同情的盐分而起死回生。任何一个受到喜爱的文学作品中的人物，不论他在书中有了什么发展变化，他的命

[1] 美国马萨诸塞州东南部的一个半岛。

264/4 普鲁斯特式的，又是普罗克拉斯提斯式的（Proustianized and Procrusteanized）：源自*Procrustean*，意指强求一致的、迫使就范的。普罗克拉斯提斯是传说中的大盗，为了强使他的受害者身高等同于一张床，或者拉长他们的身体，或者砍去双腿。暗指普鲁斯特的地方还有第16、182、253页。《爱达或爱欲》中也有类似的文字游戏：凡·维恩讨论时空：“要避开普鲁斯特式的床和刺客双关语”（见第541页）；后面的短语也暗指魏尔伦（见261/2）。

264/5 下旬：此处纠正了作者的错误（1958年版是“上旬”）。

265/1 杯子（tankard）：单把带盖高酒杯。

265/2 爱玛也绝不会恢复体力……及时的泪水：指向《包法利夫人》第3部第8章，描写药剂师郝麦同爱玛的两位医生，包法利和卡尼韦如何竭尽全力想要挽救她的生命。他们请来了最杰出的拉里维耶尔医生，但他也帮不上任何忙（“他是第三位医生”，纳博科夫补充说，“但是那个童话故事中的第三个并不管用”［见31/3］）。爱玛的父亲老鲁奥（“是福楼拜的父亲”，因为作者说过，“爱玛·包法利？那就是我！”）在她死后才到达，接下来他的眼泪也并不那么“及时”（第3部第9章）。见145/3。

运在我们的头脑中已经定型。而且同样，我们也期望我们的朋友遵循我们为他们所定下的这个或那个合乎逻辑的、传统的模式。因此X就再也写不出那首不朽的乐曲，因为那与他让我们已经习惯了的那种二流交响乐曲相互抵触。Y也绝不会犯杀人罪。Z在任何情况下也绝不会出卖我们。我们把这一切都在脑子里安排好了，我们平时见到某个人的机会越少，每次听到说起他的时候检验一下他是多么依头顺脑地与我们对他所抱的看法相符，我们就越是感到满意。任何一点对于我们所规定的命运的偏离都会叫我们觉得不仅反常，而且不道德。我们的邻居，那个退休的热狗摊摊主，要是哪天结果发现他刚刚发表了他那个时代最伟大的诗集，那我们就会宁愿自己根本不认识他。

我说这一大堆话，无非是为了说明法洛那封歇斯底里的信叫我感到有多困惑。我知道他的妻子去世了，不过我当然以为在他虔诚的鳏居期间，他仍然会是以前那个呆板、稳重、可靠的人。现在他在信中写道，到美国来作了短暂的访问后，他又回到了南美洲，并且决定把他在拉姆斯代尔管理的不论何种事务全部移交给该市的杰克·温德马勒；温德马勒是我们俩都认识的一位律师。法洛似乎对于摆脱了黑兹家的那些“纠葛”感到特别宽慰。他又娶了一个西班牙姑娘。他戒了烟，体重增加了三十磅。他的妻子十分年轻，是一个滑雪冠军。
266/1 他们不久就要到印度去度蜜月。用他的话说，他正在“建立一个家庭”，因此往后他不会有时间来照管我的那些被他说成“十分奇怪、十分恼人”的事务。爱管闲事的人——看来他们有一大伙儿——告诉他小多莉·黑兹下落不明，而我却和一个声名狼藉的离了婚的女人住在加利福尼亚。他的岳父是一个伯爵，非常富有。好几年来一直租用黑兹家房子的那家人现在想把它买下来。他建议我最好赶快找到多莉。他摔断了一条腿。他在信里还附了一张照片，在智利的雪地里，他和一个穿着白色羊毛衫、皮肤浅黑的女子相视而笑。

我记得自己一边开门走进公寓房间一边说道：好啊，至
266/2 少现在我们要去查找他们了——这时另一封信开始用干巴巴的语调小声对我诉说：

亲爱的爹爹：

一切都好吗？我已结婚，就要生孩子了。我猜他会是个大个儿。我猜他正好会在圣诞节的时候出世。这封信真难写。我都快发疯了，因为我们没有足够的钱还债，随后离开这儿。狄克在阿拉斯加找到一份好的工作，正好是机械方面他那个专业的。我对这桩事就知道这么多，

266/1 度蜜月（honeymonsoon）：拼凑词；源自honeymoon（蜜月）和monsoon（季风），后者指南亚的周期性风和雨季。

266/2 他们：洛丽塔和拐骗她的人。

但这确实好极了。原谅我不把我们家的地址告诉你，但你可能还在生我的气，决不可以让狄克知道。这个市镇还不错。由于烟雾腾腾，你看不到那些低能儿。请给我们寄一张支票来吧，爹爹。有三四百元，或再少一些，我们就能对付过去，随便多少都表示欢迎，你可以把我的以前的那些东西卖掉，因为我们一旦到了那儿，金钱就会滚滚而来。请给我写信。我经历了许多困苦和忧伤。

等着你回音的，

多莉（理查德·弗·希勒太太）

二八

我又上路了，又驾着那辆蓝色的旧轿车，又是独自一人。在我看着那封信一边与它在我心中所引起的巨大的痛苦搏斗的时候，里塔依然熟睡未醒。她在睡梦中笑眯眯的，我瞥了她一眼，亲吻了一下她湿润的额头，就永远离开了她，留了一张亲切道别的字条，用胶布粘在她的肚脐上面——不然，她可能会看不到。

267/1 我说了“独自一人”吗？ Pas tout à fait. 我有我那黑漆漆的小伙伴陪着我。刚到一个僻静的地方，我就排演起理查德·弗·希勒暴死的场面。我从汽车后部找出一件十分破旧、十分肮脏的灰色毛线衫，把它挂在一片静悄悄的林间空地旁的一根树枝上；我是从当时已经相去很远的公路转入一条林间小路，才开到这儿的。这项判决的执行，在我看来，似乎由于开枪时扳机有些滞涩而稍微受到了点儿影响，我不知道是不是该给这个神秘的玩意儿上点儿油，但最后认定我没有多余的时间。那件受到处决的旧毛线衫又回到了汽车上，现在它身上又多了几个窟窿。我给我那热乎乎的伙伴重新装好

267/1 Pas tout à fait：法语；并不完全如此。

子弹后，继续上路。

那封信上的日期是一九五二年九月十八日（今天是九月二十二日），她给我的地址是“科尔蒙特邮局留局待领”（不是弗吉尼亚，不是宾夕法尼亚，不是田纳西——反正也不是科尔蒙特——我把一切都遮掩起来了，我的宝贝儿）。经过多方打听，我才知道这是一个工业小镇，离纽约市大约八百英里。最初，我打算日以继夜地开去，但后来改变了主意，黎明时分，在离小镇还有几英里的一家汽车旅馆的房间里休息了两三个小时。我早已断定，希勒那个恶魔一定是个汽车推销员，也许在比尔兹利曾经让我的洛丽塔搭过车，从而认识了她——就是她去埃姆佩罗小姐家的路上自行车轮胎爆了的那天——从那以后，他就遇上了某种麻烦。那件受到处决的毛线衫的“死尸”躺在汽车后座上，不管我怎样改变它的外形，却总是显出特拉普-希勒的各种不同的轮廓——他身上的粗俗和叫人讨厌的和蔼样儿，于是为了抵消这种粗鄙腐朽的趣味，我决定把自己打扮得特别英俊潇洒，同时在闹钟清晨六点准点报时之前先把钟上的小旋钮按了下去。接着，我带着一位绅士要去决斗时所有的那种严格的具有浪漫色彩的精细态度检查了我整理好的文件，洗了澡，在我虚弱的身体上喷了点儿香水，刮了脸和胸部，挑了一件绸衬衫和一条干净的内裤，又穿上透明的灰褐色短袜，并庆幸自己还在衣箱里带了一些十分精美的衣服——比如，一件带着真珠质纽扣的背心、一条浅色的开司米领带等。

哎呀，我无法承受吃下去的早饭，但我把身体上的这
268/1 种需求看作一种无关紧要的来得不巧的意外打发掉；我从衣袖里抽出一条薄纱手帕擦了擦嘴，接着用一块蓝色冰块护着心脏，嘴里含了一片药，裤子后面的口袋里藏着坚实的凶器，动作利索地走进科尔蒙特的一个电话亭（电话亭的小门
268/2 嘎——嘎——嘎地响着），打电话给我从那本破破烂烂的电话簿上查到的唯一姓希勒的那个人——保罗，家具商。嗓音嘶哑的保罗告诉我他确实认识一个叫理查德的，是他的一个堂兄的儿子，他的住址是，让我想想，杀手街十号（我要找个假名儿也不会相差太远）。那扇小门又嘎——嘎——嘎地响起来。

杀手街十号是一幢分租房屋。我在那儿访问了好几个神色沮丧的老人和两个留着略带金黄的红色长发、邋遢得令人难以置信的性感少女（相当不实际地，只是为了好玩，我身上的那种古老的兽性又在到处寻找衣服穿得单薄的女孩子，等到杀了人后，什么都无关紧要，什么都可以放手去干了，
268/3 我也许可以把她搂在怀里，紧紧抱一会儿）。不错，狄克·斯

268/1 从衣袖里……手帕：这是二十和三十年代英国人的时尚，今天即使在那些附庸风雅的人中也很少见了。

268/2 嘎——嘎——嘎：这是那种三叠的“风琴”门的声音。

268/3 狄克·斯基勒尔（Dick Skiller）：是Schiller（希勒）发音的变异，也是将Dick’s Killer（狄克的杀手）和街道的名称结合在一起。

基勒尔在这儿住过，但结婚后就搬走了。谁也不知道他的住址。“那家商店里的人也许知道。”有个男人低沉的声音从一个敞开的检修孔[1]里往外说道，我正好站在那个检修孔近旁，身边是两个细胳膊、光脚的小姑娘以及她们的头脑迟钝的祖母。我进错了一家商店，根本还没开口询问，一个小心谨慎的老黑人就摇起头来。我穿过马路来到一家凄凉黯淡的杂货店里，在那儿，经我请求，一位顾客帮我询问后，有个女人的声音从好像跟那个检修孔对应的地板下的一个木坑里喊道：猎人路，末尾那幢房子。 268/4

[1] 锅炉、下水道等供人出入进行检修、疏浚等的检修孔。

268/4 猎人路：同着魔的猎人一脉相承。

猎人路在好几英里以外一个更为萧瑟凄凉的地区，到处都是垃圾堆和臭水沟，满是蛀虫的菜园和简陋的小木屋，还有灰蒙蒙的细雨，血红色的泥浆，远处几个冒烟的烟囱。我在马路末尾那幢“房子”——一幢用护墙板搭起来的小木屋前面停下来；离这条路更远一些的地方还有两三幢类似的小木屋，四周是一片充满干枯的野草的荒地。屋子后面传来一阵丁丁当当的锤打声。有好几分钟，我一动不动地坐在我的旧汽车上，它既破旧又不坚实，现在到了我的旅程的终点，到了我那阴暗的目的地，终点，我的朋友们，终点，我的恶魔们。时间大概是两点左右。我的脉搏前一分钟还是每分钟四十下，下一分钟就变成了每分钟一百下。蒙蒙细雨滴滴答答地打在车盖上。我已把手枪移到裤子右边的口袋里。从房子后面跑出一条难以形容的杂种狗，惊讶地站住了，随后便和善地冲着我汪汪直叫，它的眼睛眯成一条缝，长满粗毛的肚皮上沾满了泥，它四处走了几步，又汪汪地叫起来。

二九

我下了汽车，砰的一声关上车门。这个声响在那个空虚的、没有阳光的日子里显得多么平淡，多么干脆！汪，那条狗漫不经心地叫一声。我按了门铃，铃声在我周身振响。Personne. Je resonne. Repersonne. 这些重复的毫无意义的词语是从多深的地方传来？汪，狗又叫了一声。一阵忙乱，一阵拖着脚步行走的声响，接着门咿呀一声开了。 269/1

269/1 Personne ... Repersonne：法语；幽默的头韵；"没有人，我又按了一下门铃，还是没有人。"

高了两三英寸。一副粉红色框架的眼镜。新做的高高堆在头顶上的发式，显得变了样的耳朵。多么简单！这一刻，三年来我一直想象着的死亡竟变得那么简单，就像一块干枯的木柴。她显然怀着身孕，肚子很大。她的脑袋显得小了一点（实际只过去了两秒钟，但生命可以承受多少这样呆板僵立的持续时间就让我再给予多少吧），她那有着浅色雀斑的脸蛋儿瘪了下去，裸露的小腿和双臂失去了原来的棕褐色，因此那些细小的汗毛露了出来。她穿了一件褐色的无袖棉布连衣裙，脚上是一双十分邋遢的毡拖鞋。

"哎——咿——哟！"停了片刻，她带着惊讶而欢迎的语调这么喊道。

“你丈夫在家吗?”我手插在口袋里用嘶哑的声音问道。

我当然不能像有些人想的那样把她杀了。你知道我爱她。那是一见钟情的爱，是始终不渝的爱，是刻骨铭心的爱。

“进来吧。”她用热情、欢快的声音说。多莉·希勒紧靠着那扇用容易碎裂的干木板做的门，尽量缩紧身子（甚至还稍微踮起了脚），好让我走过去。她低头望着门槛，面带笑容，pommettes [1] 饱满，双颊下陷，在木头门板上展开两条像掺了水的牛奶似的白色的胳膊，有一刹那就像给钉在十字架上。我走进屋子，没有碰到她那隆起的婴儿。多莉的气味儿，添了一点淡淡的油煎味儿。我的牙齿就像一个白痴的牙齿似的嘚嘚打战。“不，你留在外边。”（对那条狗说）她关上门，跟着我和她的大肚子走进那个极小的住所的客厅。

270/1 “狄克就在下边那儿。”她说，用一个无形的网球球拍指着，把我的目光从我们站在里面的这个单调乏味的客厅兼卧室引向厨房，穿过后门，一直引到后门外面一片相当质朴的场景上去：有个一时没有生命危险的黑头发的陌生年轻人，穿着工装裤，正背对着我，站在一把梯子上，把什么东西钉在他邻居家的小木屋旁边或就钉在他邻居家的屋墙上；那个邻居身子比较肥胖，只有一条胳膊，就站在下面抬头望着。

[1] 法文，颧骨。

270/1 无形的网球球拍：他在将这位倦怠的年轻女子同美妙记忆中那位打网球的性感少女相比（第231—234页）。

她从远处带着歉意解释了一下这种情形（“男人总归是男人”）；她要把他叫进来吗?

不用。

她站在那个斜屋顶的房间中央，嘴里发出一些询问的“唔——唔”声，用手腕和手打着我熟悉的爪哇人的手势，在一阵短暂而幽默的客套中，请我在摇椅和长沙发（长沙发晚上十点以后就是他们的床）之间选择一样坐下。我说对她的手势“熟悉”，是因为有一天，在比尔兹利，她也曾用同一种手腕的舞姿欢迎我参加她的宴会。我们两个人在那张长沙发上坐下。说来奇怪，虽然她的姿色实际上已经消逝，但我却清楚地发觉，实在晚得无可救药地清楚地发觉，她显得有多
么像——一直就多么像——波提切利笔下那个黄褐色的维纳 270/2
斯——同样线条柔和的鼻子，同样隐约朦胧的姿色。我的手在口袋里轻轻地松开，又重新握了握枪尖；我那还没用过的武器裹在一条手帕里面。

270/2 黄褐色的维纳斯：《维纳斯的诞生》；见64/3和274/1。

“他不是我要找的那个家伙。”我说。

她眼睛里洋溢着的那种欢迎的神色消失了。她眉头紧皱，就像在从前痛苦的日子里那样：

“不是谁?”

“他在哪儿？快告诉我！”

"听着，"她说，把头歪向一侧，摇了摇，"听着，那件事你就不要再提了。"

"我当然要提。"我说。有一刹那——说也奇怪，整个会面中仅有这一刹那是顺利的、可以忍受的——我们都愤怒地望着对方，仿佛她仍然为我所有。

她是一个聪明的姑娘，立刻控制住自己的情绪。

狄克对那件乱糟糟的事儿什么都不知道。他以为我是她的父亲。他以为她从一个上等阶层的家庭里逃出来只是为了到一家小饭馆里去洗盘子。他对什么都信以为真。我为什么还要抖搂出那些污秽的丑事，把情况弄得比实际更不好受呢?

可是，我说她必须通情达理，她必须做个通情达理的姑娘（把她那个像个大鼓似的光肚子藏在那件薄薄的褐色连衣裙的下面），她必须明白如果她希望得到我这次来所给予的帮助，那么我至少得对情况有个清楚的了解。

"嗨，告诉我他的名字！"

她以为我早就猜到了。那是一个（她脸上露出一丝调皮的、忧伤的笑容）那么引起轰动的名字。我决不会相信的。她自己几乎也无法相信。

告诉我他的名字，我秋天里的美人儿。

她说那实在无关紧要。她建议我别再提了。我想不想抽支烟?

不，告诉我他的名字。

她十分坚决地摇了摇头。她觉得如今再去兴师问罪也太晚了，而且我再也不会相信那叫人难以相信的情况——

我说我还是走的好，问候了她，见到她很高兴。

她说这实在没什么用处，她决不会说的，不过另一方面，毕竟——“你真的想要知道他是谁吗？好吧，就是——”

她耸起两根细细的眉毛，噘起焦干的嘴唇，柔和地、机密地、带着几分嘲弄、多少有点难以取悦但仍不无温情地用一种低低的吹口哨的声音说出了机敏的读者早就猜到的那个名字。

防水的。为什么我的脑海中蓦地掠过沙漏湖上那一瞬间 272/1
的情景？我，同样早就知道了这桩事，却始终没意识到。既
不震惊，也不诧异。悄悄发生了交融汇合，一切都变得井然
有序，成为贯穿整个这本回忆录的枝条图案，我编织这幅图
案的目的就是让成熟的果子在适当的时候坠落下来；是的，
就是怀着这种特定的、有悖常情的目的：即使你获得——
她仍在说着，而我却坐在那儿，消融在美好无比的宁静之
中——通过合乎逻辑的认识所带来的满足（对我最有敌意的 272/2
读者如今也应该体会到这一点）使你获得那种美好无比的绝

272/1 防水的：见89/2；在那一章结尾，琼·法洛几乎提到了克莱尔·奎尔蒂的名字。进一步讨论可见《导言》，第LXXII—LXXIII页。有关暗指奎尔蒂的地方，见31/9。

272/2 一切都变得井然有序……枝条图案……通过合乎逻辑的认识所带来的满足：这一段话，还有小说清晰的进程在《防守》（1930）中得到预设，其中纳博科夫描述了两本书，谈到象棋手卢仁：

> 终生喜欢，牢牢印在他的记忆中，就像在放大镜下那么清晰，这两本书对他的影响如此强烈，以至于二十年后重读它们时，他看到的只是索然无味的释义，一个缩略本，好似已被他心中那个不可重复的永恒形象所超越。不过既不是对远游的渴望让他身不由己地紧跟在斐利亚·福格身后，也不是小男孩对神秘历险的向往引他关注贝克街的那所房子。在那里，身材瘦长、长着鹰钩鼻子的大侦探给自己注射一针可卡因后，便如痴如梦地拉起小提琴来。很久以后他才在脑子里理清了是什么使他对这两本书如此着迷，原来是精致的情节展开模式，叫读者欲罢不能。斐利亚戴着大礼帽，面对复杂的情况从容应对，钱财该舍就舍。他忽而骑着花百万英镑买下的大象，忽而乘坐非得烧掉一半作燃料的大船。夏洛克让逻辑推理带上梦幻般的魔力。他写了一篇专论，研究所有已知的各种雪茄烟的烟灰。单凭一点烟灰，就像得了闯入神奇迷宫的法宝，由此进行各种可能的推理，得出令人叹服的结论。

更多有关福尔摩斯，见64/1。

对的宁静。

正如我所说的，她一直在说着。现在她的话儿滔滔不绝。他是她为之疯魔的唯一的男人。那狄克呢？噢，狄克是个温顺的人，他们在一起十分幸福，不过她指的是一种完全不同的情形。而我嘛，当然了，从来就算不上什么？

她仔细端详着我，似乎一下子理解了这个难以置信——而且不知怎么令人厌烦、困惑而又毫无益处的——事实，就是穿着丝绒上衣坐在她身旁的这个冷淡、文雅、身材瘦长、四十岁的体弱多病的人，对她那青春发育期的身体上的每个毛孔和小囊都了如指掌，十分爱慕。她那失去光彩的灰色眼睛上奇特地戴着一副眼镜；我们那段可怜的恋情有一刹那映现在她的眼中，受到反思，随后就被抛开了，好像那是一个索然寡味的聚会，一次只有最乏味无聊的讨厌的人参加的阴雨天的野餐，一种单调的操练，一块与她童年有关的干泥巴。

我只设法挪动了一下我的一条腿，避开她的手漫不经心地能拍到的地方——这是她的一种习惯动作。

她要我别再犯傻。过去的已经过去了。她觉得我是一个很好的父亲——姑且承认我是那样。说下去，多莉·希勒。

噢，我知不知道他认识她的母亲？他实际上是一个老朋

272/3 看望他的叔叔……妈妈的俱乐部：见78/1。

友？他曾经上拉姆斯代尔看望他的叔叔？——噢，好几年前 272/3
了——而且还在妈妈的俱乐部里讲过话，曾经当着大家的面，
拉着她多莉的光胳膊，把她拖过去，抱到膝头，亲吻她的脸
庞，当时她才十岁，对他大为生气？我知不知道两年以后在
他住下写剧本的那家客店里，他看到了我和她？他写的剧本
就是后来她在比尔兹利排练的那出戏。我知不知道——她相

273/1 岔开话题……老婆子：见209/2。

当可恶地岔开话题，要我相信克莱尔是个老婆子，也许是他 273/1
的一个亲戚或以前的生活伴侣——而且，噢，韦斯《日报》
曾刊登出他的照片，那是一次多么侥幸的脱险！

《布赖斯兰日报》却没有登他的照片。是啊，非常有趣。

不错，她说，这个世界只是一个又一个的谎言，要是有人把她的生活经历写得引人注目，谁也不会相信。

说到这儿，厨房里传来活跃、温暖的声音，狄克和比尔脚步沉重地走到那儿去找啤酒。他们在房门外看到了客人，狄克就走进客厅。

“狄克，这是我爹！”多莉喊道，声音响亮有力，让我感到全然陌生、新奇、欢乐、陈腐而悲伤，因为那个年轻人是个参加过一场遥远的战争的退伍军人，耳朵有点儿聋。

冷漠的蓝眼睛，乌黑的头发，红润的面颊，没刮胡子的下巴。我们握了握手。考虑周到的比尔显然为自己用一只手

创造奇迹而感到得意，这时把他开好的罐头啤酒都拿了进来。他想要退出去。这是单纯朴实的人所有的十分得体的礼貌。留下来吧。一条啤酒广告。事实上我倒愿意他在这儿，希勒夫妇也一样。我换坐到那张不住颤动的摇椅上。多莉不断地把果汁软糖和土豆片拿给我吃，自己也起劲地嚼着。两个男
273/2 人都望着她那穿着丝绒上衣、薄斜纹呢背心、虚弱、frileux、 273/2 frileux：冷；怕冷。
瘦小、老派、年纪不大却面带病容、可能是一个子爵的父亲。

他们以为我是来住下的。狄克眉头紧皱，表明他在苦苦思索；随后提议他和多莉睡到厨房里一张备用的床垫上。我轻快地摆了摆手，告诉多莉我是去里兹堡，只是顺路前来看看，我会受到那儿的一些朋友和仰慕我的人的款待；多莉又特别大声地嚷着把我的话转达给了狄克。这时我们才发现，比尔剩下的那几个手指中有一个在出血（毕竟不是个创造奇迹的人）。她弯下身子去看那个男人的手，两个苍白的乳房间那道幽暗朦胧的乳沟显得多么具有女性气息，那种样子不知怎么我以前从没有见过！她把比尔领到厨房去给他包扎。有几分钟（肯定充满了人为的热情的那三四分钟短暂而又似乎永无穷尽的时间），只剩下我和狄克留在那儿。他坐在一张坚硬的椅子上，皱着眉头，按摩着他的两只胳膊。我产生了一种无聊的冲动，想用我那十分坚硬的长爪子把他冒汗的

鼻翼上的那些黑头粉刺挤掉。他长着两只好看的、神情忧伤
的眼睛，美丽的睫毛，雪白的牙齿。他的喉结很大，毛茸茸
的。这些年轻、强壮的家伙！他们干吗不好好刮刮脸呢？他
和他的多莉在那边那张长沙发上曾经尽情地交欢，至少也有
一百八十次，也许次数还要多；在此之前——她究竟认识了
他多久？并不嫉妒。真奇怪——一点儿也不嫉妒，只感到伤
心和厌恶。他这会儿开始揉他的鼻子。我肯定他最后开口时，
会说（微微地晃一下脑袋）：“哦，她是个了不起的孩子，黑兹
先生。确实如此。而且她就要做一个了不起的母亲啦。”他张
开嘴巴——呷了一口啤酒。这叫他镇定了一些——他继续一
小口一小口地喝着，后来嘴边尽是泡沫。他是一个温顺的人。
他曾用手握着她那佛罗伦萨式的乳房。他的指甲黑乎乎的， 274/1
断裂不齐，但指骨、腕骨以及结实、匀称的手腕却比我的好
看得多。我的这双可怜的扭曲的手极其过分地伤害过太多人的
身体，我无法为它们感到自豪。法国特性、多塞特乡巴佬的指 274/2
关节、奥地利裁缝平板的指尖——这就是亨伯特·亨伯特。

很好。如果他不开口，我也可以保持沉默。确实，我很
想在这把被制服的、吓得要死的摇椅里稍微休息一下，随后
再开车去直捣那个畜生的巢穴，不管它在哪儿——把手枪的 274/3
包布向后拉掉，接着欣赏那扳紧扳机的美妙颤动：我一向是

274/1 佛罗伦萨式：指波提切利的《维纳斯》（第270页）。

274/2 法国……多塞特乡巴佬……奥地利裁缝：第9和10页上提到的“混杂了几种种族基因”，还增加了一些瑞士和“多瑙河”血液。纳博科夫说，“我特地没把俄国放进去。虽然我认为他的第一个妻子有些俄国血统掺杂波兰血统”。同样，《洛丽塔》中也很少有具体暗指俄国作家的地方。

274/3 畜生的巢穴：奎尔蒂。

274/4 那个维也纳巫医的忠实的小追随者。可是眼下我却对可怜的
274/5 狄克感到过意不去，因为我已瞌睡蒙眬，就以这种方式生硬
地阻止他说出他所能想出来的唯一一句话（“她是个了不起的孩子……”）。

“那么，”我说，“你们要去加拿大啰？”

厨房里，多莉正因比尔说的什么话或做的什么事而哈哈大笑。

“那么，”我高声叫道，“你们要去加拿大？不是加拿大”——我又高声叫道——“当然，我是说阿拉斯加。”

他慢慢地喝着杯子里的酒，一本正经地点了点头，答道：“噢，我猜他的手是给罐子锯齿状的缺口割破的。他在意大利失去了他右边的胳膊。”

扁桃树正开着娇艳的紫红色的花儿。在那片点彩画[1]的紫红色中高悬着一条被炸掉的超现实主义的胳膊。手上刺着一个卖花姑娘。多莉跟手上缠了绷带的比尔又出现了。我忽然想到她那朦胧的、褐色的苍白的姿色一定叫那个残废的人十分兴奋。狄克宽慰地咧嘴笑着站起身来。照他看，他和比尔得回去把那些电线装好。照他看，黑兹先生和多莉都有好多事情要讲给对方听。照他看，在我走之前他还会再见到我。为什么这些人作出这么多推测，而刮脸却刮得那么少，而且对助听器那么不屑一顾？

274/4 维也纳巫医：弗洛伊德。（见5/6）。
274/5 瞌睡蒙眬（hypnotoid）：“hypnoid”的变异，与催眠（hypnosis）有关。

［1］指法国印象派画家的点彩画法。

“坐下吧。”她说，一边用两只手掌很响地拍了拍屁股。我又坐进那张黑色的摇椅。

“这么说你背弃了我？你那时上哪儿去了？他现在在哪儿?”

她从壁炉台上拿过来一张很有光泽的凹面快照。老太太穿着一身白衣服，身体结实，满面笑容，长着两条罗圈腿，裙子很短。老头儿穿着衬衫，挂着表链，留着两撇往下挂的小胡子。这是她的公公和婆婆。他们跟狄克的哥哥一家住在朱诺[1]。

“你真的不想抽烟吗?”

她自己抽起来。我头一次瞧见她抽烟。在威严的亨伯特
的管教下，抽烟是streng verboten。在一片青色的烟雾中，夏 275/1
洛特·黑兹举止优雅地从坟墓中走了出来。要是她不肯说的话，我通过艾伏里叔叔[2]也会找到他的。

“背弃了你？不。”她把香烟伸到壁炉边上，食指迅速地
在上面弹了弹，跟她母亲过去所做的一模一样。接着，哦，
天哪，也像她母亲那样！她用指甲搔掉了下嘴唇上的一小片 275/2
卷烟纸。不。她没有背弃我。我是在朋友们中间。埃杜萨曾
经提醒她说奎喜欢小姑娘，事实上（怪不错的事实），有一 275/3
次差点儿给抓进监狱，他也明白她知道这一点。不错……手掌托着胳膊肘儿，抽一口烟，笑了笑，喷出烟来，弹烟灰的动作。越来越叫人想到从前的情景。他看穿了——面带笑

[1] Juneau，美国阿拉斯加州的首府。

[2] 指奎尔蒂的叔叔艾弗，那个牙科大夫。

275/1 streng verboten：德语；绝对禁止的。

275/2 像她母亲那样：“洛丽塔抽烟的姿态像她母亲。”纳博科夫强调说，“我记得写到这里时，因为想到那个小小的情景而感到非常满意。”

275/3 奎：奎尔蒂的绰号；见4/9。

容——所有的事情，所有的人，因为他不像我和她，而是个天才。一个了不起的家伙。风趣诙谐。她把我和她的事讲给他听的时候，他笑得前仰后合，说他早就猜到是这么回事。在当时那种情况下，告诉他是十分安全的……

噢，奎——他们都管他叫奎——

276/1 五年前她参加的那个夏令营。奇怪的巧合……带她去了一
个度假牧场，打埃勒芬特（埃尔菲恩斯通）驾车去大约有一天
276/2 的路程。名字吗？噢，一个愚蠢的名字——达克–达克牧场——
你知道真是蠢透了——不过现在反正无关紧要了，因为那个地
方已经没有了，它解体了。真的，她意思是说，我想象不出那
个牧场是多么繁荣，她意思是说牧场里应有尽有，甚至有一个
276/3 室内瀑布。我还记得那个红头发的家伙吗？我们（“我们”，很不
错）有次在一起打过网球。噢，那个地方实际上是属于红头发
的哥哥的，但那年夏天他把那儿转交给了奎。奎和她到那儿的
时候，那儿的人竟让他们接受了一次加冕仪式，于是——下了
一场叫人全身湿透的大雨，就像你越过赤道时那样。你知道。

她的眼睛假装无奈地转动了一下。

“请你说下去。”

噢。他打算九月里带她到好莱坞去，为她安排一次试镜表演，根据他的剧本——《金色的肚子》——改编的一部影

276/1 奇怪的巧合：指“奎营地”（第64页）。根本就不是“巧合”，是因为有个心知肚明的人如此设计的。

276/2 达克-达克：东方的一个淫秽词，意为“交媾”，有时译为英语dak或dok，源自波斯语*dakk*（罪恶，邪恶的状况）或*dokhtan*（穿透）。亨·亨也是像奎尔蒂一样的“性学爱好者”（第250页），从一部十六世纪的作品，谢赫·奈夫瓦齐（Cheikh Nefzaoui）的阿拉伯性学手册《芳香园》（*The Perfumed Garden of the Cheikh Nefzaoui, a Manual of Arabian Erotology*，英国探险家和东方学家理查德·伯顿［Richard Burton，1821—1890］翻译）中搜罗到这个词（《爱达或爱欲》第351—352页上提到了这部作品的名称）。这种深奥的资料令人想到《洛丽塔》在非读者中的名声竟然是“色情小说”，表明纳博科夫是笑到最后的那个人。在《说吧，记忆》中，“欺骗性的开局，虚假的蛛丝马迹，似是而非的游戏句子”都是棋局的特征。《洛丽塔》的主题本身就是“一着妙棋”和“欺骗性的开局”——未兑现色情作品的许诺（3/1）。《洛丽塔》前面一百多页常常具有色情意味——例如，洛丽塔坐在亨·亨的膝上——但是纳博科夫以诱惑场景开始，却没有明确的性描述，而亨·亨试图将读者引入戏仿的漩涡，催促我们“想象一下我的情况：如果你不去想象，那么我就不会存在”（第129页）。亨·亨说，“我对所谓的‘性行为’压根儿就不在意”（第134页）；相反，纳博科夫却非常在意，然而他在意的是读者的期待，而非亨·亨的阴谋诡计。

“任何人都能够想象得出这些动物本能的特征。”他说，但是许多读者希望他代他们想象——丰富的想象力使得《洛丽塔》高居畅销书榜首几乎长达一年之久，虽然图书馆员们说许多读者根本就没把小说看完。批评者和寻求治疗效果的读者抱怨《洛丽塔》后半部分没那么有趣，但他们并没有意识到自己这番话可能的涵义。他们对“高眉”色情作品的期待在克莱尔·奎尔蒂那里“加倍”了，他的主要嗜好就是制作色情电影。洛丽塔告诉亨·亨说奎尔蒂强迫她在一部令人羞于启齿的“性胡闹”中扮演角色，读到此处，恐怕不止一位好窥视的读者会下意识地盼望奎尔蒂是叙述者，他那未展示的电影是小说。但是小说“变形的习惯”是连贯一致的，因为似有若无的色情文字实际上一直低调地存在着；这是纳博科夫对该主题开的最后的玩笑，正好以普通读者为代价。虽然必不可少的“陈词滥调的交媾”（第313页）并没有出现在小说本身，小说的基层却的确显露出一些黄色内容：“达克-达克”；“Undinist”（250/3）；“密西西比州埃里克斯市基茨勒博士”（250/11）；引用的龙萨和贝洛（47/2和47/3）；换音构成的下流词（195/1）；借用外文词来掩饰（*souffler*，277/1）；等等——上了锁的色情文字，深埋在字典和图书馆藏书中。迄今，只有少数鬼鬼祟祟的“色情文学的爱好者”、遵纪守法的语言学家和安静的学者——全都是好父亲好丈夫——才能进入这个领域。第278页上“偶然碰到的狄克”（incidental Dick）和“狭小的地方”则是明摆着的——平等待人、触手可及的说法——是初中生的水平。

276/3 红头发的家伙：见第234页。

片中有个网球比赛的场景，可以让她在里面扮演一个小角色；也许还会让她兼演弧光灯下网球场上那些激动人心的小女明星中的一个。唉，可惜根本没有到那一步。

“那个粗鄙的家伙现在在哪儿?”

他可不是一个粗鄙的家伙。在许多方面他都是个了不起的人。但他酗酒吸毒。而且，当然，在性爱方面，他完全是个反常的怪人，他的朋友就是他的奴隶。我简直无法想象（我，亨伯特也无法想象！）他们在达克–达克牧场都干了些什么。她因为爱他而不肯参加，他就把她轰了出来。

“干些什么?”

“噢，古怪、肮脏、异想天开的事儿。我是说，他下面有两个女孩，两个男孩，还有三四个大男人。他想让我们大伙

276/4 儿都赤身裸体地缠扭在一起，由一个老婆子拍成影片。”（萨德的朱斯蒂娜开始时只有十二岁。）

“到底干些什么?”

“哦，那些事……哦，我——我实在”——她说的“我”，就像是在倾听痛苦的根源时所发出的抑制住的哭喊，因为找不到适当的词儿，便把她那瘦骨嶙峋、不断上下摆动的手的五个指头全部张开。不，她不想再费劲把话说完，肚里怀着那个孩子，她不愿意具体细说。

276/4 萨德的……开始时：指“法国军人和性变态者”（如《韦氏词典》第2版的定义）萨德侯爵（Marquis de Sade，1740—1814）所著《朱斯蒂娜，又名贞洁的受难》（*Justine, or, The Misfortunes of Virtue*，1791）。如同《洛丽塔》，《朱斯蒂娜》也有个一本正经的《序文》做前言（但是在有些版本中，这些最初几段话并没有正式作为“序文”），主角是一位极其能忍耐的女孩，她活着就是为了让一连串施虐的浪荡子开心取乐，经常遭受大量充满魔鬼般想象力的强奸、殴打和折磨。奎尔蒂写过一个叫《朱斯蒂娜》的剧本（298/3）。

这可以理解。

“现在都不重要了。”她说，一边用手拍打着一个灰色靠垫，随后就仰靠在长沙发上，挺着大肚子。“疯狂的勾当，龌龊的勾当。我说我不干，我就是不打算和你的那些野蛮下流的男孩子（她满不在乎地用了一个不堪入耳的俚语词儿，照字面译成法文，就是souffler），因为我只要你。唉，他就把我轰了出来。” 277/1

277/1 souffler：“口交”。

其他的没有多少话要说了。一九四九年那个冬天，费伊和她都找到了工作。差不多有两年，她——噢，只是四处漂泊，噢，在一些小地方的饭馆里干些杂活儿，后来，她遇见了狄克。不，她不知道那个男人在哪儿。她猜是在纽约。当然，他那么有名，只要她想去找他，立刻就能找到。费伊曾试图再回牧场——而牧场已不存在了——它被烧得精光，什么也不剩，只有一堆焦黑的瓦砾。真是奇怪，太奇怪了——

她闭上眼睛，张开嘴巴，仰靠着靠垫，一只穿着毡拖鞋的脚踏在地板上。地板有点儿倾斜，要是上面有个小钢球，就会滚到厨房里去。我知道了我想知道的一切。我不想折磨我的宝贝儿。在比尔的木屋那边什么地方，工作之余开响的一台收音机播放出愚蠢和死亡的歌曲。她坐在那儿，一脸饱经蹂躏的神色，成年人的狭长的手上青筋暴突，雪白的胳膊上满是鸡皮疙瘩，耳朵又浅又薄，胳肢窝里乱蓬蓬的，她就坐在那儿（我 277/2

277/2 我的洛丽塔：这个“拉丁语”标签（见45/1和192/2）恰当地结束了这一段重要的话（第278页），也将作为整部小说的结束语（309/3）。

的洛丽塔！），才十七岁已经憔悴不堪，肚子里怀着的那个孩

277/3 子，在她腹中已在梦想成为一个大人物并在公元二〇二〇年左右退休——我对她看了又看，心里就像清楚地知道我会死亡那样，知道我爱她，胜过这个世上我所见过或想象得到的一切，胜过任何其他地方我所希望的一切。过去我曾大声呼喊着翻身扑到那个性感少女身上，如今她只是那个性感少女以淡淡的紫罗兰清香和枯萎的树叶的形态所表现出的回声；她是黄褐色的山谷边上的一个回声，山谷那边白色的天空下有片遥远的树林，褐色的树叶堵塞了小溪，鲜嫩的野草丛中还剩下最后一只蟋蟀……可是，感谢上帝，那个回声并不是我唯一顶礼膜

278/1 拜的东西。过去我在藤蔓纠结的心中着意纵容mon grand péché radieux的做法如今已经缩减到只剩下它的本质：自私无益的恶习，而我已消除了所有这一切，并对其加以诅咒。你们可以嘲笑我，威胁要叫旁听的人离开法庭，但在我的嘴给塞住几乎要窒息以前，我还是要高声说出我那可怜的真情。我坚持要让世上的人都知道我是多么爱我的洛丽塔，这个洛丽塔，脸色苍白、受到玷污、怀着别人的孩子的洛丽塔，但仍然是那灰色的眼睛，仍然是乌黑的睫毛，仍然是赤褐和杏黄色的

278/2 皮肤，仍然是卡尔曼西塔，仍然是我的洛丽塔。Changeons de vie, ma Carmen, allons vivre quelque part où nous ne serons

277/3 梦想……公元二〇二〇年：之所以“二〇二〇”，是因为他有完美的预设，以及对贯穿全书成双成对的数字映射（见51/2）。

278/1 mon ... radieux：“我那辉煌灿烂的重大罪孽”是魏尔伦诗篇《月亮》（“Lunes”）中的一行，《月亮》是名为《快乐漫游》（*Laeti et errabundi*）组诗的一部分，诗人赞美了自己同兰波的关系和结伴同游。亨·亨再次认同魏尔伦这位被抛弃的情人，将洛塑造为骗人的卡尔曼。有关兰波，见75/6、163/6和250/7。更多有关魏尔伦，见261/2。

278/2 Changeons ... séparés：“我们换一种生活吧，我的卡尔曼，让我们去找个地方一起生活，再也不分开”；出自梅里美（见243/4）——何塞同卡尔曼的倒数第二次见面。他浪漫地提出美国是他们能够“安静地生活”的地方。亨·亨在同地理有关的事情上更加具体些。梅里美的用词“*quelque part*”（第278页）映射了“凯尔凯帕特岛（Quelquepart Island）”（251/5），这是让作者能够显示他在某个关键场景中存在的另一个“巧合”，一种用词上的安排，类同于第52页上麦克费特的“脸”出现在镜子般的拉姆斯代尔班级名单中。有关梅里美，见45/3。

jamais séparés. 俄亥俄州好吗？马萨诸塞州的荒野怎么样？不要紧，即使她的眼睛像近视的鱼眼一般黯淡无光，即使她的乳头肿胀、爆裂，即使她那娇嫩、可爱、毛茸茸的柔软的私处受到玷污和折磨——就连那时，只要看到你那苍白、可爱的脸，只要听到你那年轻嘶哑的声音，我仍会充满柔情地对你痴迷眷恋，我的洛丽塔。

“洛丽塔，”我说，“这句话可能跟我们刚才所谈的都不相干，但我还是要说一下。人生十分短暂。从这儿到那辆你十分熟悉的旧汽车只有二十到二十五步的距离。这是一段很短的路。走这二十五步吧。现在。就是现在。就这样过去吧。
从今往后，我们一起快乐地生活。” 278/3

Carmen, voulez-vous venir avec moi? 278/4

“你是说，”她说道，睁开眼睛，微微抬起身来，就像一条可能发起攻击的蛇，“你是说，只要我跟你去一家汽车旅馆，你就会给我们（我们）那笔钱。这是你的意思吗？”

“不，”我说，“你完全弄错了。我要你离开你偶然碰到的 278/5
狄克，离开这个糟透了的狭小的地方，跟我生在一起，死在一起，什么都跟我在一起（大意如此）。”

“你疯啦。”她说，脸上抽动起来。

“好好想想吧，洛丽塔。并没有什么附带条件。除非，也

278/3 从今往后，我们一起快乐地生活：亨·亨对洛丽塔展示典型的童话故事结尾的可能性，尽管这个故事似乎已经在“埃尔菲恩斯通”结束了（238/1）。更多有关童话故事，见31/3。

278/4 Carmen ... moi：“卡尔曼，请跟我来好吗？”引自梅里美；这是该小说结尾最戏剧化的一刻（也见《解锁》，第51页）。卡尔曼的确同何塞一起走了，但是他俩一起骑马离开后，她说自己再也不会同他一起生活，除非去死。他声泪俱下、徒劳地哀求她，最后杀了她。

278/5 “你完全弄错了……你偶然碰到的狄克，离开这个糟透了的狭小的地方”：这是对他的名字和家的淫秽双重双关语，速度快的读者可能会错过这一点。更为微妙之处是亨·亨最后一次用了口语，“弄”（got），好像这么普通的一下会有助于他同洛丽塔沟通似的。而她成年人的粗糙则由第279页上的“块”和“亲爱的”表现出来。（“块”原文为bucks，口语化的用法。“亲爱的”原文为honey，通常为夫妻间的互称。——译注）

许——嗨，没关系。”（暂缓执行，我想要说，但没有说出口来。）“不管怎么说，即使你拒绝我，你也仍会得到你的……嫁妆。”

“不骗人吗？”多莉问。

我递给她一个信封，里面有四百元现款，还有一张三千六百元的支票。

279/1 她小心翼翼、把握不定地接过mon petit cadeau；接着她的额头便泛出一片美丽的粉红色。“你是说，”她痛苦地语气很重地说，“你给我们四千块钱吗？”我用手捂着脸，不禁扑簌簌地掉下泪来，我生来还从没流过这样炽热滚烫的泪水。我感到泪水穿过我的手指，流到我的下巴上，灼痛了我。我的鼻子也堵塞了，但我无法止住眼泪。这时她摸了摸我的手腕。

“别再碰我，否则我就活不成了，”我说，“你肯定不跟我走吗？你一点儿跟我走的希望都没有吗？就告诉我这一点。”

“没有，”她说，“没有，亲爱的，没有。”

以前她从没有叫过我亲爱的。

“没有，”她说，“这是根本不可能的。我宁愿回到奎那儿去。我是说——”

她搜寻着合适的词语。我心里却暗自为她添补好了。（“他伤了我的心。而你干脆毁了我的一生。”）

279/1 mon petit cadeau：法语；我的这份薄礼，微薄之物。他的“四千块钱”在1952年的价值远远高于今天。纳博科夫说：“不知为何，第279页顶端这一段话是整部小说中最叫人怜悯的；刺痛眼角，或至少应该刺痛。”

“我想，”她继续说道——“啪”——那个信封滑到了地板上——她拾起来——“我想你给了我们这么多钱，真是非常慷慨。这解决了一切；下个星期我们就可以出发。别哭了，求求你。你应该明白。我再给你倒点儿啤酒。噢，别哭了，我很抱歉，欺骗了你那么多次，可生活就是这样。”

[1] 法文，礼物。

我擦了擦脸和手指。她对着那笔cadeau[1]微笑。她十分开心，想要去叫狄克。我说我一会儿就得离开，根本不想再见到他，根本不想。我们都努力想要找个话题。不知什么原因，我老看见——它在我润湿的视网膜前颤动，泛着柔和的光——一个容光焕发的十二岁的孩子，坐在门槛上，用石子朝一个空铁罐投去，发出砰砰的声响。我差点儿说——想找一句不相干的话说——“我有时感到纳闷，不知麦库家的那个小姑娘后来怎么样了，她变得好些了吗？”——但我及时止住了，生怕她会回答说：“我有时感到纳闷，不知黑兹家的那个小姑娘后来怎么样了……”最后，我又回到钱的事情上。这个数目，我说，多少相当于她母亲的那所房子的实际租金；她说：“那幢房子难道没有在几年前给卖掉吗？”没有（我承认过去告诉她卖了是为了想切断她跟拉姆斯代尔的一切联系）；有个律师往后会把有关财务状况的全部账目送来；前景一片光明；她母亲拥有的一些小额证券价格越涨越高。对，我真的觉得我该走了。我该走了，去找到他，把他干掉。

我绝对经受不住她的亲吻，因此当她腆着大肚子一步一步地朝我走来的时候，我不住迈着扭扭捏捏的舞步往后退却。

她跟那条狗一块儿送我走。我很奇怪（这是一种修辞的手段，其实我并不如此），她看到自己还是个孩子和性感少女时就坐过的这辆汽车，神情竟然这么淡漠。她只说它外表倒显得还很气派。我说那是她的，我可以去乘公共汽车。她说
280/1 不要犯傻，他们将飞往朱庇特，到那儿再买一辆。我说那么我就用五百元把她这辆汽车买下。

“照这样的价格，我们马上就要成为百万富翁了。”她对那条出神的狗说。

280/2 Carmencita, lui demandais-je ... “最后再说一句，”我用我那糟透了的、用心想出来的英语说，“你是不是相当、相当肯定——唔，当然不是明天，也不是后天，而是——唔——将来某一天，随便哪一天，你都不会来跟我一起生活？只要你能给我这样一点微小的希望，我就要创造一个全新的上帝，并用响彻云霄的呼喊向他表示感谢。”（大意如此。）

“不会，”她笑嘻嘻地说，“不会。”

“那样情况就会大不一样。”亨伯特·亨伯特说。

280/3 接着，我拔出自动手枪——我是说，这是读者可能设想

280/1 飞往朱庇特：他们要去朱诺，但是在亨·亨看来，却好似飞往另一个星球朱庇特。朱庇特笼罩在迷雾中，洛丽塔死在“灰星镇，西北部最遥远的居民点”（见4/8）。

280/2 Carmencita ... -je：“我的小卡尔曼（用的是西班牙语），我问她”；这也是引自梅里美。

280/3 读者可能设想……蠢事：尤其是低俗小说和电影的消费者，或者心中装着《卡尔曼》的博学读者会想到的一幕。附近几页数处对《卡尔曼》的暗指起到了新鲜钓饵的作用。见45/3。也见《解锁》，第52页。

我会干的那种蠢事。我甚至根本没想要这么做。

280/4 我……去世的美国情人："亨·亨少有的一次真实、抒情、发自心扉的表露"，纳博科夫说。

“再见啦！”她吟诵似的说道，我那可爱的不朽的去世的 280/4
美国情人；因为假如你在看这部回忆录，那她就已去世，且已永生不朽。我的意思是说，这就是跟所谓的当局所达成的正式协议。

接着我开车走了，我听见她正用响亮的声音向狄克大声叫嚷；那条狗像条肥胖的海豚开始跟在我的汽车旁边奔跑，但它身子太重，又太衰老，不久就站住了脚。

现在，我正开车穿过黄昏时分的蒙蒙细雨，挡风玻璃上的刮水器不停地把雨点刮去，但对我涌出的泪水却无力应付。

三〇

如同上文所说，下午四点左右我离开了科尔蒙特（经X公路——我不记得是几号公路），要不是我受到一条近路的诱惑，我本来可以在黎明前就到达拉姆斯代尔。我一定得先开到Y公路上去。黄昏时分我到了伍德拜恩；地图上平淡无奇地显示，过了伍德拜恩，我就可以离开铺石路面的X公路，经过一条横向的土路，转到铺石路面的Y公路上去。从地图上看，这条土路的长度大约只有四十英里。要不然我就得沿着X公路再往前走一百英里，随后经过迂回盘曲的Z公路，才能到达Y公路和我的目的地。然而，我们正在谈到的这条近路变得越来越崎岖难行，越来越高低不平，越来越泥泞不堪，我摸索着，弯弯曲曲、乌龟似的缓慢行驶了大约十英里后又试图再折回去，这时，我的那辆破旧无力的梅尔莫什牌汽车深深地陷在烂泥里。四周一片漆黑，那么闷热潮湿，那么令人绝望。汽车前灯照见下面一道满是雨水的宽阔的水沟。四周的乡野，要是有的话，也是一片黑沉沉的荒野。我想从这片泥塘中开出去，但我的后轮只会在泥浆里痛苦地呼呼乱

转。我一边咒骂这种苦境，一边脱下我的讲究的衣服，换上

281/1 套上……毛线衫：亨·亨就这样套上了奎尔蒂的命运。

一条宽松裤，套上那件满是枪弹打的窟窿的毛线衫，艰难地 281/1
往回走了四英里，来到路旁一个农场上。路上下起雨来，我没有力气再回去拿雨衣。这些事让我相信，不管新近几次诊断的结果怎样，我的心脏基本上还是健康的。午夜前后，一辆牵引车把我的汽车拖了出来。我又开回X公路，继续前行。一小时后，到了一个无名小镇，这时我已疲惫不堪。我把车停在路边，在黑暗中抓起一个颇有帮助的酒瓶咕嘟咕嘟地猛喝了几口。

雨在好几英里以前就已经停了。那是一个漆黑、温暖的夜晚，在阿巴拉契亚山区的某个地方。不时有车从我旁边开过，红红的尾灯渐渐远去，白亮的头灯渐渐逼近，只是小镇一片死寂。没有人在人行道上漫步闲逛，发出欢笑，不像那些悠闲自在的市民在美好、成熟、没落的欧洲所会做的那样。我独自体味着这个没有危险的夜晚和头脑里的奇思异想。路旁一个铁丝废物筐对于可投入的东西要求十分严格：扫集的东西。废纸。不收食物下脚。雪利酒般红得发光的字母标出的是一家照相器材商店。一个巨大的温度计上面印着一种轻泻剂的名称，给静悄悄地挂在一家药房的正面。鲁比诺夫珠宝公司在一面红色的镜子里反映出其所陈列的许多人造钻

石。一个被灯光照亮的绿色的钟在吉菲–杰弗洗衣店里那堆亚麻布衣物的深处晃动。街道的另一边，一家修车场在梦中呓
282/1 语——崇尚淫荡；接着又改口说“古尔弗勒克斯润滑油[1]”。一架飞机，同样装饰着鲁比诺夫的宝石，嗡嗡作响，在丝绒一般的天空中飞过。这样夜深人静的小镇我见过多少啊！而这仍不是最后的一个。

282/2 让我闲散一下吧，他实际上等于已经给我干掉了。在街对面的远处，霓虹灯用比我的心跳慢一倍的速度一闪一闪：那是一家饭馆的招牌，图案是一把巨大的咖啡壶，几乎每隔一秒钟它就会蓦然显现出艳绿色的面目，而每次一暗下去，紧接着就会出现几个粉红色的字母：“美味食品”；但在那把艳绿色的咖啡壶再次露面之前，仍然可以辨别出它那嘲弄人的
282/3 目光的隐而不现的影子。我们在演皮影戏。这个诡秘的小镇离“着魔的猎人”不远。我又开始哭起来，沉浸在无法挽回的过去中。

[1]“古尔弗勒克斯润滑油（Gulflex Lubrication）”的发音和genuflexion lubricity（崇尚淫荡）相近，所以这么说。

282/1 genuflexion lubricity：崇尚淫荡。
282/2 他：奎尔蒂。有关对他的暗指，见31/9。
282/3 皮影戏：见114/2。

三一

在科尔蒙特和拉姆斯代尔之间（在天真的多莉·希勒和快活的艾弗叔叔之间）的这个孤零零的、停下来吃点儿东西的小镇上，我回顾了一下我的情形。这时我极为简明清晰地看清了我自己和我的爱情。以前的多次努力相比而言都显得模糊不清。两三年前，在一个对玄学感到好奇的时刻，为了得到一种老式的天主教的治疗方法，我把一个新教徒的枯燥乏味的无神论见解告诉了一个讲法语的很有头脑的告解神父；在他的指点下，我曾希望从我的罪恶意识中推断出存在一位上帝。在蒙着白霜的魁北克的那些寒冷的清晨，那个好心的神父用最体贴、最解人意的方式努力对我加以劝说。我对他和他所代表的那个了不起的教会无限感激。唉，我仍无法超越人间这个简单的事实：无论我可以找到什么样的精神
慰藉，无论提供给我什么样可以被光映现出的永恒真理，什 283/1
么也不能使我的洛丽塔忘掉我强行使她遭受的那种罪恶的淫欲。除非可以向我证明——向我今天现在这么一个具有这种心情、留着胡须、腐化堕落的人证明——从无限长远的观点

283/1 被光映现出的（lithophanic）：lithophane指透光时显出图像的隐雕瓷（例如灯罩）。

来看，有个名叫多洛蕾丝·黑兹的北美小姑娘被一个狂人剥夺了她的童年这件事一点儿也没有关系；除非这一点可以得到证明（要真可以，那人生也就成了一个玩笑），否则我看不出，除了表达思想感情的艺术的那种忧郁而十分狭隘的治标

283/2 方法，还有什么可以医治我的痛苦。引用一个老诗人的诗句：

人类的道德观念是我们必须
为极度的美感缴纳的税款。

283/2 引用一个老诗人的诗句：他是杜撰的，但是“传达的意思”却意味深长。

三二

在我们头一次旅行中——在我们天堂里的第一圈——有一天，为了安安静静地体味我的幻想，我下定决心不去理会我不由自主所感觉到的事实：那就是在她看来，我不是一个男朋友，不是一个富有魅力的男人，不是一个伙伴，甚至压根儿不是一个人，而只是两个眼睛和一只充满血液、肌肉结实的脚——暂且只提这些可以提及的东西。有一天，在我收回了头天晚上为了产生作用而向她作出的许诺（不论她幼稚可笑地一心想得到的是什么——去一家有特殊塑料地面的旱冰溜冰场溜冰或者想独自去看一场日场电影）后，我凭借倾斜的镜子和半开的门的偶然配合，在浴室里正好瞥见了她脸上的一种神情……那种神情我无法准确地加以描绘……是一种无可奈何的表情，显得那么纯粹，因此它似乎又渐渐变为一种相当安逸的空虚茫然的神情，就因为这已是委屈和失望的极限——而每一极限必定含有某种超出极限以外的东西——于是就出现了那种模糊暗淡的亮光。当你记住这些是一个孩子扬起的眉毛和张开的嘴唇时，你可能会更好地理解是何种深沉、蓄意的肉欲和何种反映出来的绝望阻止我扑到她可爱的脚下，情不自禁地泪流满面，阻止我牺牲我的嫉妒，听凭洛丽塔去获得她希望通过跟一个她自认为真实的外部世界中那些肮脏、危险的儿童们混在一起就可能获得的任何乐趣。

我还有其他一些一直受到抑制的回忆，现在它们都自行展开，成为没有四肢的痛苦的怪物。有一次，在比尔兹利一条街尽头处可以望见夕阳西下的街上，她转身对着小伊娃·罗森（我正带着这两个性感少女去听一场音乐会，紧跟在她们后面走着，身子几乎要碰到她们），她转身对着伊娃，神情那样安详、那样严肃地回答伊娃先前所说的话，什么她宁可死掉也不去听米尔顿·平斯基谈论音乐，他是她在当地认识的一个男学生，我的洛丽塔说：

“你知道，死最可怕的地方就是你完全得靠你自己。”我的两只膝盖正在机械地一起一落，她这句话叫我感到我根本一点儿都不知道我的宝贝儿的心思，而且，很有可能，在那极为幼稚的陈词滥调背后，她心中还有一个花园，一道曙光，
284/1 一座宫殿的大门——朦胧可爱的区域，而我这个穿着肮脏的破衣烂衫、老在痛苦地抽搐的人偏巧被明确无疑地禁止进入这片区域；因为我常常发现，像我们，像她和我这样生活在

284/1 一个花园，一道曙光，一座宫殿的大门：这是亨·亨“对冷嘲热讽已经十分厌倦”的少有的时刻之一。他思索洛丽塔灵魂中暗藏着的美，这样的情绪预设了他对洛丽塔所受创伤的意识，这在第308页上得到了完全的表达。

一个完全邪恶的天地里，每逢我想谈论她和一个老朋友、她
和她父亲或母亲、她和一个真正健康的心上人、我和安娜贝
尔、洛丽塔和高尚的、纯洁的、受到清楚剖析的、被神化了
的哈罗德·黑兹可能已经谈论过的话题——一个抽象的观念，
一幅画，斑驳的霍普金斯或剪了头发的波德莱尔，上帝或莎 284/2、284/3、284/4
士比亚，任何真诚坦率的话题，我们总会变得异常窘困。良
好的意愿！她总用老一套的粗鲁和厌烦的神态来防护她的薄
弱之处，而我则采用一种连我自己也感到难受的矫揉造作的
语调说出我那十分超然的论点，惹得听我说话的那个人粗暴
无礼地大肆发作，致使谈话再也无法继续下去。哦，我可怜
的、感情受到伤害的孩子。

我爱你。我是个五只脚的怪物，但我爱你。我卑鄙无耻， 284/5
蛮横粗暴，等等等等，mais je t’aimais, je t’aimais! 有好多次我 284/6
知道你是怎样的感受，而知道这一点真是痛苦极了，我的小
家伙。洛丽塔姑娘，勇敢的多莉·希勒。

我回想起某些时刻，让我们把它们称作天堂里的冰山吧，
等我在她身上满足了我的欲望以后——经过叫我变得软弱无
力、身上不时现出一道道青色纹路的惊人的、疯狂的运动以 285/1
后——我总把她搂在怀里，最终发出一丝几乎不出声的充满
柔情的呻吟（霓虹灯的灯光从用石块铺平的院子里透过窗帘

284/2 斑驳的霍普金斯：指英国诗人霍普金斯（Gerard Manley Hopkins，1844—1889）。斑驳的：点状的（见43/1），此处是指霍普金斯的《斑驳之美》（*Pied Beauty*，1877）：“精彩纷呈，荣耀归于上帝——……/还有游动的鳟鱼背上那驳杂的玫瑰花斑。”

284/3 剪了头发的波德莱尔：亨·亨指的是这位诗人可以被称为戏剧化秃顶的现象。在他1860年左右的自画像和卡雅（Carjat）1863年拍摄的照片中，他的头发似乎被从头上直接扯掉了；雷蒙·杜桑·维隆（Raymond Duchamp Villon）的雕塑（1911）及其兄弟雅克·维隆的版画（1920）则突出了他宽大的前额和头颅。

284/4 上帝或莎士比亚：回应《尤利西斯》“夜镇”部分中斯蒂芬·迪达勒斯的祈祷“上帝、太阳、莎士比亚”（1961年兰登书屋版，第505页）。有关乔伊斯，见4/11。“莎士比亚诗意的文笔是世间最杰出的，相对他戏剧本身的结构不知要高明多少。”纳博科夫说。“莎士比亚最重要的是比喻，而非戏剧”（《威斯康星当代文学研究》访谈）。虽然还没有人用计算机分析过这个问题，但莎士比亚似乎是纳博科夫在其英文小说中最为频繁提到的作家。《那时在阿勒颇……》（“That in Aleppo Once ...”，1943）出自《奥赛罗》。《塞巴斯蒂安·奈特的真实生活》第10章的一部分以及《庶出的标志》第7章都专注于莎士比亚；他也丰富了《微暗的火》的中心意思，赞巴拉都城有街道名称为科里奥兰纳斯巷和泰门小街。约翰·谢德说，“帮帮我，威尔”，为他的诗歌寻找一个标题——他的确帮了忙，从《雅典的泰门》中找了一

的缝隙照了进来，她的皮肤在灯光下亮闪闪的，她的乌黑的睫毛缠结在一起，她那暗淡的灰色的眼睛比任何时候都更显得茫然——完全是一个经过一场大手术之后依然处在麻醉状态中的小病人）——于是心中的柔情就会变得越加强烈，成为羞愧和绝望，我总把我那孤独、轻盈的洛丽塔搂在我的冰冷的胳膊里，轻轻摇着她哄她入睡。我会埋在她温暖的秀发里呻吟，随意地爱抚着她，默默无语地祈求她的祝福，而当这种充满人情味的痛苦、无私的柔情达到顶点的时候（我的灵魂实际上正在她那赤裸的身体四周徘徊，正准备要忏悔），突然，既具有讽刺意味又十分可怕，肉欲又开始袭来。"噢，不。"洛丽塔总深深地叹一口气说。接下去又出现了那种柔情，那种淡青的颜色——所有这一切随即都破灭消失。

二十世纪中期有关孩子和父母之间关系的那些观念，已经深受精神分析领域喧嚷的充满学究气的冗长废话和标准化符号的污染，但我仍希望我是在对毫无偏向的读者讲话。有
285/2 一次，阿维斯的父亲在外面按汽车喇叭，表示爸爸来接他的小宝贝回家了，我只得把他请进客厅，他坐了一会儿。就在我们交谈的时候，阿维斯，一个身子笨重、相貌平凡、感情深厚的孩子，走到他的面前，最后胖乎乎的身子就坐到他的膝头。嗳，我想不起来我有没有提过，洛丽塔对陌生人总露

段话。纳博科夫译成俄语的有莎士比亚十四行诗第17首和第27首（刊登在《舵》[*The Rudder*]，1927年9月18日）、两个《哈姆雷特》片段（第四场第7幕和第五场第1幕[《舵》，1930年10月19日]）以及哈姆雷特最著名的独白（第3场第1幕[《舵》1930年11月23日]）。有关《哈姆雷特》，见31/6。有关《理查三世》重要的文字游戏，见49/1。

284/5 五只脚的怪物：第五只脚指"一只充满血液、肌肉结实的脚"（第283页）。

284/6 mais ... t'aimais：法语；但我爱你，我爱你！

285/1 青色纹路：汽车旅馆窗外的霓虹灯投射到他们床上。

285/2 阿维斯（Avis）：阿维斯·伯德（Avis Byrd），双关语，因为"*Avis*"在拉丁语中指"bird"（鸟），这是又一个双词组合（bird bird）。

出一种十分迷人的微笑，好像毛皮似的绵软柔和地眯起眼睛；她的整个脸庞闪现出一种梦幻一般甜蜜的光彩，这当然并不表示什么，但却那么美丽动人，惹人喜爱，因此你觉得很难把这种甜蜜可爱仅仅归纳成作为某种古老的欢迎仪式的返祖现象的标志，自动使她的脸庞充满光亮的一种神秘的基因——殷勤的卖笑，粗鲁的读者会这么说。唔，她就那么站着，伯德先生转着他的帽子，说着话，而且——对了，看我有多愚蠢，我把那美妙的洛丽塔的微笑的主要特点漏掉了，具体地说就是：在她脸上浮现出那种亲切、甜蜜、带着酒窝的微笑时，那种笑意从来就不是对着房里的那个陌生人，而是飘浮在它自己的可以说是遥远的充满花儿的空间，或者带着有些呆滞的温和徜徉在偶然看到的物体上——当时的情形就是这样：当胖胖的阿维斯侧着身子挨近她的爸爸的时候，洛丽塔正温柔地对着她用指头摸弄的一把水果刀微笑，那把水果刀就放在她所倚靠的那张桌子边上，离我有好远一段距离。突然，阿维斯用双手攀住她父亲的脖子和耳朵，而这位父亲也用一只胳膊随意地搂着他那身子笨重肥大的孩子，就在这当口儿，我看到洛丽塔的微笑一下子失去了所有的光泽，变成其自身的一小片冰冷凝固的阴影，那把水果刀从桌上滑落下去，刀的银柄相当奇特地打在她的脚踝上，使她倒抽了一口冷气，把头向前一低，脸上显得相当尴尬，就像小孩子在眼泪流出前所露出的那种怪相，随后单脚着地一跳一跳地走了——阿维斯立刻跟着她走进厨房，去安慰她。阿维斯有这样一个身材肥胖、脸色红润的好爸爸，还有一个个子矮小的胖乎乎的弟弟和一个刚生下来不久的小妹妹，有一个家，两条龇牙咧嘴的狗，而洛丽塔却什么也没有。这件小事还有一个简明扼要的补编——背景也在比尔兹利。洛丽塔正在炉火旁边看书；她伸了个懒腰，胳膊肘儿还没放下，就咕哝着问道："她究竟埋葬在哪儿？""谁？""噢，你知道，我那被害死的妈妈。""你知道她的坟墓在哪儿，"我控制住自己的感情说，接着就说出了墓地的名称——就在拉姆斯代尔郊外，在铁路线和湖景山之间。"另外，"我又说道，"你以为对这场意外事故用上这么个修饰语相当合适，可它的悲剧性却因此而多少被降低了。如果你思想上当真希望战胜死亡的观念——""哇。"洛喊了一声，用"哇"代替了"好哇"，随后懒洋洋地走出房去，我那感到刺痛的眼睛盯着炉火看了好一会儿。随后我拿起她的书，那是给年轻人看的一本无聊的作品。书里有一个心情阴郁的姑娘玛丽昂，还有她的继母，与预期的完全相反，这位继母结果是一个年轻、欢快、通情达理的红头发女人；她向玛丽昂解释说玛丽昂去世的母亲实在是一个英勇的女人，因为她就要死了，故意掩藏起对女儿的深厚的爱，不想让她的孩子怀念她。我并没有哭喊着跑上楼去冲进她的房间。我一向喜欢不加干涉的精神卫生。现在，我局促不安，求助自己的回忆，想起在这样和类似的场合，我习惯采取的方法总是不顾洛丽塔的心情，而只想着安慰卑劣的自我。我的母亲是穿着湿漉漉的青灰色的衣衫，在滚滚的雾气中（我就是这样生动地想象着她），欣喜若狂、气喘吁吁地
287/1 跑上穆利内上边的那道山脊时被一个霹雳击倒的。当时我只 287/1
是个婴儿，回想起来，不论精神治疗大夫在我后来“抑郁消沉的时期”怎么蛮横地对我加以盘问，我还是找不到可以跟我少年时代的任何时刻联系起来的任何公认为真实的思慕。[1] 但我承认，一个具有我这种想象力的人，无法辩解说我个人对普通的情感一无所知。我也可能过于相信夏洛特和她女儿以前的那种不正常的冷冰冰的关系。可是整个这场论证中最难堪的就是这一点。在我们反常、下流的同居生活中，我的墨守成规的洛丽塔渐渐清楚地明白：就连最悲惨痛苦的家庭生活也比乱伦的乌七八糟的生活要好，而这种生活结果却是我能给予这个无家可归的孩子最好的东西。

287/1 穆利内（Moulinet）：位于法国滨海阿尔卑斯省。

[1] 作者在此隐讽精神分析学的“恋母情结”说。

三三

重访拉姆斯代尔。我从湖那边朝它渐渐驶近。阳光灿烂
的中午凝神注视。我驾着上面满是斑斑点点的污泥的汽车驶
287/2 过，透过远处松树间的缝隙可以辨别出湖水闪闪的亮光。我
287/3 转进那片墓地，在长短不一的石头墓碑间行驶。Bonzhur，夏
洛特。有些坟墓上，插着暗淡、透明的小国旗，这些旗帜在
常青树下无风的空中搭拉着。哎呀，爱德，真倒霉——指的
287/4 是吉·爱德华·格拉默，一个三十五岁的纽约办事处的经理，
他刚刚因被控谋杀他三十三岁的妻子多萝西而引人注目地受
到传讯。爱德为求把这桩罪行干得不留痕迹，就用大头短棒
猛击他的妻子，随后把她塞进一辆汽车。可事情还是败露了，
县里的两名警察在巡逻的时候看见格拉默太太崭新的大型蓝
色克莱斯勒牌汽车（是她丈夫送她的结婚周年纪念的礼物）
正发疯似的冲下山坡，那个山坡正好在他们的巡逻范围之内
（愿上帝保佑我们的好警察！）。汽车擦过一根电线杆，冲上
一个长满芒刺草、野草莓和委陵菜的路堤，最后翻倒了。当
两名警察把格拉默太太的尸体从车里抬出来的时候，车轮仍

287/2 scintillas：亮光。

287/3 Bonzhur：（即bonjour），“你好”，故意拼错来模仿夏洛特糟糕的法语发音；见44/1。

287/4 爱德华·格拉默……受到传讯：纳博科夫说，那是真实的罪行，消息来源为报纸；第289页上的弗兰克·拉萨尔案件也是真实的。亨·亨说爱德受到“传讯”时用了arrayed这个词而非arraigned，双关地描述了令人印象深刻的展示。（array有“排列展示”之意。——译注）他的名字有意令人想到出演过众多犯罪影片的爱德华·格·罗宾逊（Edward G. Robinson，1893—1973）。

在柔和的阳光下缓缓地转动。开头这似乎是一起常见的公路上的意外事故。唉，只是那个女人被击得血肉模糊的身体与受到轻微损坏的汽车很不相称。我干的话就会高明得多。

我向前开去。又看到那座细长的白色教堂和那些参天蔽日的榆树，真有意思。我忘了在美国的郊区街道上，一个孤孤单单的行人要比一个孤孤单单驾车的人更加引人注目，而我却把汽车停在路上，悄悄地徒步走过草坪街三四二号。在重大的流血事件发生之前，我有权利稍微放松一下，享受精神回流的一阵净化。琼克家宅子的白色百叶窗都关着，在那块向着人行道倾斜的“此屋待售”的白色招牌上不知哪个人扎了一条捡起的黑丝绒发带。没有狗在汪汪乱叫。没有花匠在打电话。也没有坐在爬满青藤的门廊上的奥波西特小姐——叫这个孤孤单单的行人颇为烦恼的是两个梳着马尾辫、系着同样的圆点花纹围裙的年轻女子停下她们手里的活，一个劲儿地盯着他看：无疑，奥波西特小姐早就死了，这两个女子也许是从费城来的她的两个双胞胎侄女。

我该不该走进我的老房子去？像屠格涅夫一部小说里写 288/1
的那样，一阵意大利的乐曲从一个开着的窗户里传出来——
是起居室的窗户：是哪个浪漫的人在这个美好迷人的星期天，
可爱的腿上晒着太阳，在这从未有过琴声泼洒飞溅的房中弹 288/2

288/1 屠格涅夫：Ivan Turgenev（1818—1883），俄国作家。亨·亨暗指他的《贵族之家》（1859）结尾处从窗户里倾泻而出的爱的协奏曲。

288/2 泼洒飞溅（plashed）：plash指浪花凸起，飞溅出来（航海用词）。

琴？突然，我发现在我刈过草的那片草地上，有个金色皮肤、棕色头发的性感少女，九岁上下，穿着白色短裤，正用她那充满狂热的痴迷神情的深蓝色的大眼睛看着我。我对她说了句讨好的话，并没有什么歹意，一句传统的恭维话，你有一双多么美丽的眼睛，但她匆匆忙忙地走开了，音乐也戛然而止，有个神色凶暴、皮肤黝黑的男人，脸上亮晃晃的满是汗水，走出来恶狠狠地瞪着我。我刚想说明自己是谁，忽然朦朦胧胧地感到一阵尴尬，我发觉了我那沾满烂泥的粗蓝布裤，我那肮脏、破旧的毛线衫，我那胡子拉碴的下巴，我那双酒鬼的布满血丝的眼睛。一句话也没说，我回过身去，迈着沉重的脚步顺着来路走回去。人行道上我还记得的一条裂缝里长出一棵样子很像紫菀的苍白的花。奥波西特小姐又悄悄地复活了，由她的两个侄女推着轮椅来到外面门廊上，仿佛那是一座舞台，而我是个表演明星。我赶紧朝我的汽车走去，心里暗自祈求她千万可别叫我。一条多么陡峭的小街。一条多么幽深的林荫道。汽车的刮水器和挡风玻璃之间夹着一张红色的罚款通知单；我小心谨慎地把它撕成两片、四片、八片。

我觉得自己是在浪费时间，就又抖擞精神，开车前往五年多前我提着一个新旅行包去过的那家闹市区的旅馆。我要了一间房，打电话安排了两个约会，刮了脸，洗了澡，穿上一身黑衣服，下楼到酒吧间去喝酒。什么也没有改变。酒吧间里仍然弥漫着跟从前一样的那种昏暗的、叫人难以忍受的石榴红灯光，这种灯光多年以前就出现在欧洲的下等场所，但在这儿，却意味着一个家庭旅馆[1]里的那么一点儿气氛。我在一张小桌子旁坐下；就在这张桌子旁边，在我刚成为夏洛特的房客后最初待在这儿的时候，我认为应当谦和有礼地跟她共饮半瓶香槟以示庆祝，不想这竟彻底征服了她那可怜的、热情洋溢的心。跟上次一样，一个圆脸的跑堂儿正极其小心地把婚宴用的五十杯雪利酒摆在一个圆托盘上。这次
是墨菲和范塔西亚。时间是三点缺八分。在我穿过大厅的时 289/1
候，我不得不绕过一群妇女；她们的午餐聚会刚刚结束，正
在mille grâces地相互道别。其中有一个认出了我，发出一声 289/2
刺耳的喊叫，朝我扑了过来。她是一个矮矮胖胖的女人，穿着一身珠灰色的衣衫，小帽子上插着一根细长的灰色羽毛。原来是查特菲尔德太太。她带着一丝假惺惺的微笑朝我冲了过来，因为心里怀着邪恶的好奇心而脸上闪闪发亮（我是不是没准对多莉干了那个五十岁的机修工弗兰克·拉萨尔在一九四八年对十一岁的萨利·霍纳所干的事？），我很快压制住她那种渴望打听的欢快的情绪。她以为我在加利福尼亚州。你……好吗？我十分愉快地告诉她我的继女刚嫁了一个

[1] 指以优惠价接待携带家属者的旅馆。

289/1 墨菲和范塔西亚（Murphy-Fantasia）：洛丽塔的同学斯特拉·范塔西亚（第52页）的婚礼。请注意“圆脸”（moon-faced）和“极其小心”（stellar［Stella］care）的文字游戏。（也见《解锁》，第8页）。见24/3了解更多有关stellar的文字游戏。

289/2 mille grâces：法语；万般做作。

十分出众的年轻采矿工程师，他在西北部干机密工作。她说她不赞成这么早就结婚。她的菲利斯现在十八岁，她决不会让她——

“是啊，当然，”我平静地说，“我记得菲利斯。菲利斯和奎营地。是啊，当然。顺带问一声，她有没有告诉你查利·霍姆斯在那儿怎样诱奸他母亲负责照管的女孩子？”

查特菲尔德太太已经黯淡的笑容这时完全消失了。

“真不像话，”她嚷道，“真不像话，亨伯特先生！那个可怜的小伙子刚在朝鲜阵亡。”

290/1 我说她是不是认为用“vient de”加上动词不定式来表示最近刚刚发生的事比英语里面用“刚”字加上过去时态要来得简洁得多？不过我得走了，我说。

290/1 vient de：法语；刚刚（刚刚过去）。

从那儿去温德马勒的办公室只要过两条街。他十分缓慢地伸出手来，把我整个的手都握在里面，既有劲又彻底地握了一下，对我表示欢迎。他以为我在加利福尼亚州。我是不是在比尔兹利住过一阵？他的女儿刚进了比尔兹利学院。你……好吗？我把有关希勒太太所有必要的情况都告诉了他。我们作了一次相当愉快的事务商谈。我出来后走进九月炎热的阳光里，活像一个心满意足的穷光蛋。

既然一切障碍如今都已排除，我就可以无牵无挂地为我

到拉姆斯代尔来的主要目的全力以赴了。我素来为自己那种
办事有条不紊的作风感到得意。我就是用那种作风一直把克
莱尔·奎尔蒂的脸庞隐藏在我黑漆漆的地牢里；他一直在那
儿等着我带理发师和牧师前去："Réveillez-vous, Laqueue, il est 290/2
temps de mourir!"我现在没有时间讨论相面术的记忆方法——
我正在大步流星地到他叔叔那儿去的途中——但还是让我草
草记下这一点：在我昏乱模糊的记忆中，仍保留着一张丑恶 290/3
讨厌的脸。从匆匆看到的几眼中，我发现他跟我在瑞士的一
个亲戚，一个兴高采烈、相当叫人讨厌的酒商有点儿像，他
提着哑铃，穿着发臭的毛线衫，肥胖的胳膊上满是汗毛，头
顶秃了一块，还有一个长着一张猪脸、又做用人又当情妇的
娘儿们。总的说来，他是一个没有恶意的老坏蛋。甚至太无
恶意了，不能跟我的猎物混为一谈。在当时这种心情下，我
失去了跟特拉普的形象的联系，它完全被克莱尔·奎尔蒂的
脸吞没了——那张脸给摆在他叔叔的办公桌上一个镜框里的
照片富有艺术性地准确地展现出来。

在比尔兹利，我在有趣可爱的莫尔纳大夫手里接受过一 291/1
次相当大的牙科手术，只保留了几颗上牙和几颗下牙。换上
的假牙依赖的是用一根不显眼的金属线横贯固定在上牙床上
的假牙托。整个布局安排是一个叫人安慰的杰作，我的犬牙

290/2 Réveillez-vous ... mourir：法语；"醒醒吧，奎（Laqueue［*La Que*］：线索［Cue］；奎尔蒂），你的死期已经到了！"虚构的引语，其意义仅在于与奎尔蒂有关。他居于亨·亨那"黑漆漆的地牢里"，在"着魔的猎人"旅店出现时，这个形象要更为笼统一些（见125/1）。

290/3 丑恶讨厌的脸（toad of a face）：纳博科夫喜欢使用的一个贬义词（也见《解锁》，153页等）。"Toad"（蛤蟆）也是《庶出的标志》中那位独裁者儿时的绰号。

291/1 莫尔纳大夫（Dr. Molnar）：这位牙科大夫的名字中巧妙地含有molar（臼齿）一词；纳博科夫说，这里没有暗指匈牙利剧作家费伦克·莫纳（Ferenc Molnár）。

依然完好无损。然而，为了用一个看似有理的借口掩饰我秘密的目的，我对奎尔蒂大夫说为了减轻面部神经痛，我决定把我的牙齿全都拔掉。装一副全口假牙得花多少钱？假如我们把第一次门诊定在十一月里哪个日子，那么全部装好需要多长时间？他那名声响当当的侄儿现在在哪儿？是不是有可能激动人心地一次就把我的牙齿全都拔光？

奎尔蒂大夫穿着白色工作服坐在办公桌的角上，头发灰白，理着平头，长着一副政治家常有的那种宽大扁平的脸颊，脑子里一边开始琢磨一个辉煌的长期方案，一只脚一边像在梦中似的诱人地晃动着。他会先给我装一副临时性的牙托，等牙床长好，再给我做一副永久性的。他想先看看我的口腔。他穿了一双有网眼的杂色皮鞋。从一九四六年以后，他就不跟那个坏蛋来往了，不过他猜那个家伙可能在与帕金顿相距不远的格林路上他的老家里。那是一个气象堂皇的梦。他的
291/2 脚不住晃动，他的目光十分激动。我得花的费用大概是六百元。他提议立刻量一量尺寸，拔牙之前先把第一副牙托做好。我的嘴在他眼里是一个装满无价之宝的金光闪亮的洞穴，但我没有让他进去。

“不，”我说，“我想了想，还是全部让莫尔纳大夫来做吧。他要的价钱更高，但当然他是个比你高明得多的牙科大夫。”

291/2 六百元：在那个年代，花费六百元看牙医是一笔巨款。

我不知道我的哪位读者以后会有机会说出这样的话。那是一种十分美妙的梦一般的感觉。克莱尔的叔叔仍然坐在办公桌旁，仍然显得像在梦中，只是他的脚已不再摇晃那个装满美好的期望的摇篮。而他的护士从后面快步赶了上来，好在我的身后砰地把门关上。她是一个骨瘦如柴、容光暗淡的姑娘，长着一双时运不佳的金发姑娘所有的神情凄惨的眼睛。

把弹盒装进枪柄。使劲往里推去，直到听到或感觉到弹盒与枪柄内部啮合在一起，非常隐秘。容量：八颗子弹。都
泛着阴森森的蓝光。迫切地期待着给发射出去。 292/1

292/1 阴森森的蓝光：只是简单地指其外表（第216页）。

三四

帕金顿一个加油站的工人十分清楚地向我讲了到格林路去该怎么走。为了查明奎尔蒂是否在家，我想先给他打个电话，但听说他的私人电话新近无法接通。这意味着他已经走了吗？我开始往市区北面十二英里外的格林路开去。那时，周围的大部分景物都给黑夜清除了。我顺着曲折、狭窄的公路行驶，一长串有着反射镜、泛着阴森森的白光的矮木桩，借着我的车灯，标明道路这个或那个弯曲的地方。我可以隐约看出路的一边是一条黑洞洞的河谷，另一边是一些长满树木的山坡。前面，飞蛾像四处飘洒的雪花，从黑暗中涌出，飞进我探测的灯光中。开到上文所说第十二英里的时候，有一刹那我上了一座十分奇怪地安了顶篷的桥，过了桥，右边赫然耸现出一块被刷白了的岩石，又往前走了一小段距离，还是在同一侧，我离开了公路，转入那条砾石铺筑的格林路。有几分钟，四周都是潮湿、黑暗、茂密的树林。随后就到了
292/2 帕沃尔府，耸立在树林中间一片圆形空地上的一幢有塔楼的木房。窗户里闪射出黄色和红色的灯光；车道上乱七八糟地

292/2 帕沃尔（Pavor）：拉丁语；恐慌、恐惧。格林路上的这座府邸诙谐地模仿了童话故事中的哥特城堡、爱伦·坡笔下崩塌的厄舍府，还有梅特林克笔下中世纪的场景。

停了六七辆汽车。我在树荫里停下来，熄了车灯，静静地考
虑着下一步的行动。他的身边总会围着他的亲信和婊子。我
情不自禁地把这座欢乐、放荡的城堡内部设想成她的那些杂
志里的一篇故事《骚乱的青少年》里的情景：暧昧不明的
“狂欢”、有个嘴里叼着屌儿似的雪茄的样子凶恶的成年人、毒 293/1
品、保镖。至少他在里面。我要等到麻木迟钝的清晨再来。

我慢慢地开回市区，驾着这辆那么沉稳、几乎欢快地为
我效力的破旧忠实的汽车。我的洛丽塔！在仪表盘上那个小 293/2
贮藏柜的最里面，还留着一个她三年前使用的扁平发夹。那
群被我的车头灯光从夜色中吸引出来的苍白的飞蛾仍在那儿。
黑暗的谷仓仍然东一处西一处地耸立在路旁。人们仍在赶去看
电影。我四处寻找夜晚住宿的地方，路过一个露天电影院[1]。
在一片明亮的月光中（跟没有月光的漆黑的夜晚对比，确实 293/3
显得非常神秘），有幅向后倾斜的巨大的银幕悬在黑暗、沉寂
的田野间，银幕上有个瘦瘦的幽灵举起枪来，他跟他的胳膊 293/4
都被那个不断往后退去的世界的斜角缩小成不住颤动的乏味
的画面——紧接着，那个动作给一排树木挡住了。

293/1 屌儿似的（penele）：杜撰的形容词；“阴茎似的”（penis-like，penes是复数形式）。

293/2 我的洛丽塔！：这是该“拉丁语”吟诵的倒数第二次。见45/1。

293/3 月光的（selenian）：与月亮有关的。

293/4 举起枪来：预示奎尔蒂的死亡；回应《黑暗中的笑声》第2章的谋杀预设。

［1］指顾客可以坐在车上观看的露天电影院。

三五

293/5 第二天早上八点左右，我出了英索姆尼亚[1]旅馆，在帕金顿又消磨了一段时间。把处决搞砸了的幻象不断困扰着我。想到自动手枪里的子弹由于一个星期没用，也许已经失效，我就把它们取出来，另外装了一批新的。我曾用油把我的这位伙计彻底清洗了一下，如今简直没法把油渍擦掉。我只好用一块破布把它包扎起来，仿佛那是一个伤残的肢体，又用另一块破布包好备用的子弹。

在我开回格林路去的途中，雷暴雨陪我走了大半段路，但到了帕沃尔府的时候，太阳又出来了，像个有血有肉的人似的火热火热，鸟儿在湿漉漉的冒着水汽的树上喊喊喳喳地尖声鸣叫。那幢设计精巧、年久失修的房屋似乎茫然不知所措地待在那儿，好像倒正好反映出我自身的情况，因为在我的脚踏上这片松软的、容易下陷的土地时，我禁不住意识到我用酒精刺激得过了头。

对我按的门铃的回答是一片谨慎的具有嘲讽意味的寂静。不过车房里停着他的汽车，如今是一辆黑色的折篷汽车。我

[1]“英索姆尼亚”（Insomnia）意为“失眠”。

293/5 英索姆尼亚旅馆：读者不应该错过听纳博科夫自己绝妙地朗诵这一章（《朗读艺术》密纹唱片第902号［Spoken Arts LP 902］；第二面收入七首诗歌，其中一首是俄语）。特别推荐该录音用于课堂教学。纳博科夫口音的微妙之处——从老圣彼得堡出来的剑桥口音，完美的法语音调——令人惊叹地在听觉上体现了他作品中流亡的主题及其小说艺术的国际性质；他热情奔放的朗读生动地传达出纳博科夫本人给予人的感觉，同时也强调了小说喜剧性的基调。经验表明伴随着电视长大的学生们并不总是能完全欣赏后一点，而且并不总是能“把握”印刷书页上的语调。当你需要的时候，引人发笑的音轨在哪里呢？

叩了一下门环。仍然无人答应。我急躁地吼了一声，就去推
大门——真太妙了，门竟一下子开了，就像中世纪的童话故 294/1
事当中那样。我随手轻轻把门关上，穿过一个宽敞的、十分难看的门厅，朝着附近的一个客厅里张望，看到许多用过的酒杯散乱地扔在地毯上，断定主人还在他的卧室里睡觉。

于是我吃力地朝楼上走去，右手在口袋里紧紧握着用布裹着的我那伙计，左手轻轻抓着黏糊糊的楼梯扶手。我察看了三间卧室，其中一间那天晚上显然有人睡过。一个藏书室
里摆满了鲜花。另一个空荡荡的房间里只有一些宽大、纵深 294/2
的镜子和一张铺在光滑的地板上的北极熊皮。另外还有其他几个房间。我突然产生了一个十分恰当的想法。要是主人从树林里散步回来，或者从哪个秘密的洞穴中钻出来，对于一个面临困难重重的工作而不够坚定的枪手来说，防止他的游戏伙伴把自己锁在房里，也许是相当高明的做法。因此，至少有五分钟，我四处走动——头脑清醒的神经错乱，发了疯
的沉着镇定，一个着了魔的十分顽强的猎人——看到哪个锁 294/3
眼里有钥匙，就把它转下来，用空闲的左手放进口袋。这幢房子相当古旧，因而就比现代迷人的小屋更具有计划好的隐秘性；在现代的小屋里，浴室这个唯一可以锁起来的地方必须被用于计划生育的秘密需要。

294/1 童话故事：童话故事般的开始是恰当的，因为这是小说中最妙的一章，正如亨·亨将要射出的子弹那不同寻常的速度和轨道，以及子弹目标那反常的行为。亨·亨查看了三个卧室，因为那是童话故事的数目。更多有关童话故事，见16/6、31/3和303/2。

294/2 纵深的镜子：奎尔蒂简直就是住在镜子房屋里，正如亨·亨象征性地被囚于镜子房屋里；见51/2、119/2和接下来的描述，镜子被举到他面前，他看见了熟悉的浴衣。有关奎尔蒂出现场景的索引，见31/9。

294/3 锁眼……钥匙……左手：钥匙不管用，因为在帕沃尔府这个特殊世界里，魔法和恐怖肆虐横行。见303/2。

讲到浴室——我刚要去查看第三间，主人就从里面走了

294/4 出来，身后留下一阵短暂的冲水声。走廊里的那个转角根本藏不住我。他脸色发灰，眼睑松弛，有点儿秃顶，稀疏的头发乱蓬蓬的，但仍然完全可以给认出来。他穿着一件紫色的浴衣，跟我过去的那件很像，从我身旁大摇大摆地走过。他不是没有看到我，就是把我当作什么熟悉、无害的幻觉而不予理会——他让我看到他那毛茸茸的小腿，像个梦游者似的朝前走下楼去。我把最后一把钥匙放进口袋，跟着他走进门厅。他半张着嘴，把大门拉开一点，从一条充满阳光的缝隙里往外张望，那副神态就好像他认为听到一个并不怎么热诚来访的客人按了下门铃就又离开了。接着，主人仍然没有理会那个在半楼梯上停住脚步的穿着雨衣的幽灵，穿过门厅走进客厅对面的一个舒适的小客厅。这时我穿过客厅——相当从容，知道他跑不掉了——离开了他，在一个装着吧台的厨房里小心翼翼地打开包着我那肮脏的伙计的破布，注意不在厨房里的镀铬物品上留下一点儿油渍——我觉得我拿错了东西，它黑乎乎的，非常肮脏。我用惯常那种非常仔细的方式把我那光着身子的伙计改放到身上一个干净的隐秘的地方，随后就朝那个小客厅走去。我的脚步，正如我所说的，相当轻快——说不定太轻快了，难以取得成功。可是我的心却怦

294/4 短暂的冲水声：奎尔蒂先前也曾这样冲过马桶；见130/1。

怦乱跳，欢快得像头老虎；这时脚下嘎吱一响，踏碎了一个高脚鸡尾酒杯。

主人在那个东方风格的客厅里见到了我。

“你究竟是什么人？”他嗓音嘶哑地高声问道，两只手一下子插进晨衣的口袋，两只眼睛盯着我脑袋东北方向的一点，“你莫非是布鲁斯特？”

这时，任何人都能看得相当清楚，他还蒙在鼓里，完全在我的所谓的掌握之中。我可以好好地乐一乐了。

“对了，”我温文尔雅地答道，“Je suis Monsieur Brustère. 295/1
开始之前，我们先聊上一会儿。”

295/1 Je suis ... Brustère：“我是布鲁斯特先生”，按照法语发音拼写。

他看上去很高兴。脏巴巴的小胡子抽动了几下。我脱下雨衣，身上穿着一套黑衣服，一件黑衬衫，没打领带。我们在两张安乐椅上坐下。

“你知道，”他说，一边很响地搔着他那胖胖的、粗糙的灰白色的面颊，不自然地咧嘴笑了一笑，露出了他那珍珠似的小牙齿，“你看起来不像杰克·布鲁斯特。我是说相似之处并不特别明显。有人告诉我说他有个弟弟，也在同一家电话公司工作。”

经过这么些年的悔恨和愤怒之后，这才把他抓住……看看他胖鼓鼓的手背上的那些黑色的汗毛……用上百只眼睛扫视着他的紫色丝绸浴衣，他那多毛的胸膛，预见到子弹穿孔、血肉模糊和痛苦的乐曲……知道这个有五分活力、三分像人的骗子曾经奸污了我的宝贝儿——噢，我的宝贝儿，这可叫人感到无比快乐！

“不，不瞒你说，我不是布鲁斯特弟兄中的任何一个。”

他昂起头来，看上去比以往任何时候都要高兴。

296/1 “再猜猜看，‘潘趣’。”

“噢，”“潘趣”说，“这么说你不是为那些长途电话来打扰我的啰?”

“你确实偶尔会打一次长途电话，对吗?”

“你说什么?”

我说我说过我觉得他说过他从来没有——

“人们，”他说，“一般的人们，我不是指责你，布鲁斯特，但你知道，连门都不敲就闯进这幢该死的房子，这种方式是
296/2 很荒唐的。他们使用Vaterre，他们使用厨房，他们使用电话。
296/3 菲尔往费城打电话。帕特往巴塔戈尼亚打电话。我拒绝付费。你的口音很有趣，长官。”

“奎尔蒂，”我说，“你记得有个叫多洛蕾丝·黑兹、多
296/4 莉·黑兹的小姑娘吗? 科罗拉多州的那个名叫多洛蕾丝的多莉?”

296/1 潘趣：传统剧目《潘趣和朱迪》(*Punch and Judy*)中钩鼻子驼背的主角（见《导言》和32/7）。此处的意思是“小丑”。

296/2 vaterre：“水”（water），按照法语发音拼写；“厕所”（water closet）的俗语。

296/3 巴塔戈尼亚：亚利桑那州的确有这个城镇。

296/4 科罗拉多州的……多洛蕾丝：纳博科夫这位着魔的捕蝶人在科罗拉多州多洛雷斯附近的特柳赖德（Telluride）有过一次最重要的捕蝶活动，这就是为何他最终选择多洛蕾丝而非弗吉尼亚来给他的性感少女命名。他听说过有女孩名叫“特柳赖德”的吗? 有关多洛蕾丝，见9/5。有关将普鲁斯特同多洛蕾丝刻薄地混在一起，见253/2。有关刚才提到的蝴蝶，见308/1和316/10。

“当然，她可能打过这些电话，当然。打到任何地方。天堂、华盛顿、地狱峡谷。谁会在乎？” 296/5

“我在乎，奎尔蒂。你知道，我是她的父亲。”

“胡说八道，”他说，“你不是。你是一个外国来的文稿代理人。有个法国人曾把我的《高傲的肉身》翻译成*La Fierté* 296/6
de la Chair。荒唐。”

“她是我的孩子，奎尔蒂。”

在他当时那种心情下，实际上他不会对任何事情感到大吃一惊，不过他那气势汹汹的态度并不怎么令人信服。他的眼睛忽然一亮，闪现出暗中警惕的神色，但马上又暗淡了。

“我自己也很喜欢孩子，”他说，“父亲们总是我最好的朋友。”

他转过头去，寻找什么东西。他拍了拍口袋，想要从座位上站起来。

“坐下！”我说——显然比我原来想用的嗓门高了许多。

“你用不着朝我吼叫，”他用那种奇怪、柔弱的态度抱怨说，“我不过想抽烟。我想抽烟，想得要命。”

“你的命反正就快没了。”

“噢，别胡闹，”他说，“你开始叫我厌烦了。你要什么？你是法国人吗，先生？伍莱——伍——布——阿？我们到小 296/7
酒吧间去，喝杯烈性酒——”

296/5 这些电话：但是亨·亨心里想到的是第235页上奎尔蒂打的那个假电话。

296/6 *La ... Chair*：译作《肉体的骄傲》（*The Pride of the Flesh*），这并非《高傲的肉身》（*Proud Flesh*）的贴切翻译，后者在法语中应该是*Tissu bourgeonnant*或者*Fongosité*。

296/7 Wooly- ... -are?：从语音上嘲讽美国人对法语*Voulez-vous boire*（“您想喝杯酒吗”）这句话的发音。

他看到我手掌心里那把黑色的小武器，仿佛我正打算要递给他。

"哟！"他拉长调子说道（这时开始模仿电影里的那些下层社会的傻瓜），"你拿着的可是一把呱呱叫的小手枪。你要卖多少钱？"

我打开他伸过来的手，他的手正好碰翻了他身边矮桌上的一个盒子，里面滚出一把香烟。

"香烟在这儿，"他快活地说，"你记得吉卜林的这句诗
297/1 吗？ une femme est une femme, mais un Caporal est une cigarette.
现在，我们需要火柴。"

"奎尔蒂，"我说，"我要你注意地听着。你一会儿就要死了。据我们所知，未来也可能是极其痛苦的精神错乱的永恒状态。昨儿你抽了你最后的一支烟。注意听着。好好想清楚你就要遭到什么下场。"

他不停地把骆驼牌香烟剥开，用力嚼着烟丝。

"我愿意试试，"他说，"你不是澳大利亚人就是德国难民。
297/2 你非得跟我说话吗？要知道，这幢房子不是犹太人的。也许
你最好还是走吧。千万不要再拿出这支枪来给人看。我在音乐室里也有一支旧的斯特恩–卢格尔牌手枪。"

我用我的伙计对着他一只穿了拖鞋的脚，使劲儿扣动扳

297/1 une femme ... cigarette："女人就是女人，但'下士'却是香烟。"这是奎尔蒂模仿吉卜林（Rudyard Kipling，1865—1936）《订婚人》的胡诌的话："一百多万麦琪甘愿承受枷锁/女人只不过是女人，但一支好雪茄却可以抽着享受"（也见《解锁》，第136页等）。双关之处在于"下士"（军阶）和"下士牌香烟"（一种法国香烟名称）。

297/2 房子不是犹太人的：有关什么可以称为"反犹主题"，见261/4。

机，咔哒一声。他看看他的脚，又看看手枪，又看看他的脚。我又十分费劲地试了一次，随着一声微弱的幼稚可笑的声响，子弹射了出去，钻进了厚厚的粉红色的地毯。我相当惊骇地觉得子弹只是慢慢地钻了进去，可能还会再钻出来。

“明白我的意思吗?”奎尔蒂说，“你应该再稍微小心一点。看在上帝的分上，把那玩意儿给我。”

他伸手去拿。我把他推回到椅子上。这桩有趣的快乐的事儿正在失去趣味。是该干掉他的时候了，但他必须明白为什么要把他干掉。他的情形影响了我，手枪拿在手里也感到软弱、笨拙。

“好好想想，”我说，“想想被你拐骗的多莉·黑兹——”

“我没有!”他嚷道，“你完全搞错了。我把她从一个野蛮的性变态的人的手里救了出来。给我看看你的证章，不要对着我的脚乱开枪，你这个粗野的家伙，你。那个证章在哪儿？别人犯了强奸罪，我可不负责。真是荒唐！我承认那次愉快的驾车出游是一个愚蠢的引人注目的花招，但你又把她接回去了，是不是？嗨，我们去喝一杯。”

我问他是想坐着死还是想站着死。

“噢，让我想想，”他说，“这可不是个容易回答的问题。顺带提一句——我犯了个错误。我真心诚意地感到后悔。你知道，我并没有玩弄你的多莉。说一句令人丧气的老实话，我实际上阳痿。我给了她一个美好的假期。她遇到了不少出色的人。你是否知道——”

他猛然把身子一侧，整个身子都扑到我的身上，让手枪一下子飞到了一个五斗橱底下。幸运的是，尽管他攻得很猛，但却没有多大力气。我没费多少事儿就把他推回到椅子上。

他呼哧呼哧地喘了一会儿，把两只胳膊抱在胸前。

298/1 “这下好了吧，”他说，“Vous voilà dans de beaux draps, mon vieux.”

他的法语有了进步。

我四下张望。也许，要是——也许我能够——爬到地上去找一找？冒一下险？

298/2 “Alors, que fait-on ?”他问道，密切地注视着我的一举一动。

我把身子弯下一点。他并没有动。我弯得更低一点。

“亲爱的先生，”他说，“别拿生死闹着玩。我是一个剧
298/3 作家。我写过悲剧、喜剧、幻想剧。我曾用《朱斯蒂娜》和十八世纪其他描写越轨性行为的作品拍摄成好几部不公开的影片。我是五十二部成功的电影剧本的作者。我知道所有的窍门。让我来处理这件事。哪个地方应该有把火钳。我何不去把它拿来，随后我们就可以把你的东西扒拉出来。”

298/1 “Vous ... vieux.”：法语；“你陷入了困境，我的朋友。”

298/2 “Alors ... -on?”法语；“那我们现在做什么？”

298/3 《朱斯蒂娜》：见276/4。

他大惊小怪、爱管闲事、奸诈狡猾地一边说一边又站起身来。我在橱底下摸索，同时密切注意着他。突然我发现，他早就发现我似乎还没发现我那伙计正在橱下面的另一只脚那儿露了出来。我们又搏斗起来。我们抱成一团，在地板上到处乱滚，好像两个无依无靠的大孩子。他浴衣里面是赤裸裸的、淫荡的肉体。在他翻到我身上的时候，我觉得要透不过气来了。我又翻到他的上面。我被压在我们下面。他被压在他们下面。我们滚来滚去。

我猜等这部书出版被人阅读的时候，总也得是公元两千年的最初几年（一九三五年再加上八十年或九十年，长命百岁，我的情人）；年纪大的读者看到这儿，肯定会回想起他们童年时看过的西部片中那些必然会出现的场面。然而，我们之间的扭打既没有那种一拳把牛击昏的猛烈的拳击，也没有家具横飞的场面。他和我像两个用肮脏的棉花和破布填塞成的假人。那是两个文人之间的一场默默无声、软弱无力、没有任何章法的扭打，其中一个被毒品完全弄垮了身体，另一个患有心脏病，而且杜松子酒喝得太多。等我最终把我那宝贵的武器抓到手里，而那个电影剧本作家又在他低矮的椅子上重新坐下的时候，我们俩都上气不接下气，而刚刚经过一场争斗的牧牛人和放羊人却绝不会如此。

我决定察看一下手枪——我们的汗水可能破坏了什么机件——喘口气儿，再进行计划中最主要的一项。为了让这短暂的间歇中有点儿事可做，我提议他念一下自己的判决书——我用韵文的形式写的。“惩恶扬善[1]”这个词语可能正好用在此处。我递给他一份整洁的打字稿。

[1] 原文是poetical justice，指通常在诗歌、戏剧和小说等中表现的善有善报恶有恶报的思想，而直译即是“诗体的审判”，所以说“正好用在此处”。

“好吧，”他说，“这主意妙极了。让我把我的老花眼镜拿来。”（他想站起来。）

“不行。”

“就听你的。要我大声念出来吗?”

“对。”

“我要念了。是用韵文写的嘛。”

299/1 因为你利用了一个有罪的人
因为你利用
因为你利
因为你利用了我的不利条件……

299/1 因为……一个有罪的人：戏仿托·斯·艾略特的《圣灰星期三》（1930）：“因为我不想再改变/因为我不想/因为我不想改变……”亨·亨将“因为”这个词用于这首诗的其余部分，在结构上回应了艾略特的诗。有关艾略特，见16/3。

“这很好，你知道。真是好极了。”

……当我像亚当那样赤身露体站在

一条联邦法律及其全部刺人的星宿面前

“噢，气派堂皇的诗节！”

……因为你利用了一桩罪孽

300/1 脱毛换羽：动物和昆虫脱毛换羽蜕皮，被新生长的代替。

当我无助地脱毛换羽，遍体湿润而柔软 300/1

作出最好的打算

梦想在山区一个州结婚

养下一窝小洛丽塔……

“不大明白。”

因为你利用了我内心深处

本质上的单纯无知

因为你欺骗了我——

“有点儿重复，什么？我念到哪儿了？”

因为你骗取了我的赎罪

因为你在小伙子们

玩弄勃起机的年岁
占有了她

“变得猥亵了，是吗?”

一个满身绒毛的小姑娘仍戴着罂粟花
仍在色彩鲜艳的黄昏时分吃爆玉米花
黄褐色皮肤的印第安人在那儿接受给予他们的作物
因为你从她怒容满面、神色威严的保护人
手里劫走了她
还对着她保护人眼皮下垂的眼睛吐了一口唾沫
300/2 撕破他的黄褐色长袍，黎明时分 300/2 黄褐色，原文为flavid。
让那个粗鄙的家伙在他新的病痛中翻滚
糟透了的爱情和紫罗兰
悔恨绝望，而你
把一个令人生厌的布娃娃撕成碎片
又把它的头扔弃
因为你所做的一切
因为我未做的一切
你必须死

“噢，先生，这的确是一首好诗。就我所知，是你写得最好的一首。”

他把纸折起来，递还给我。

我问他临死前有没有什么重要的话想说。那把自动手枪已经又准备好，可以对这个人使用了。他望了望手枪，长叹了一声。

“你听我说，麦克，”他说，“你喝醉了，我又是个病人。让我们把这桩事推迟一下吧。我需要清静。我还得调治我的阳痿。下午朋友们要来接我去看一场比赛。这场枪弹上膛的闹剧已经变成一件非常讨厌的事。我们都是老于世故的人，不管在哪一方面——两性关系、自由诗、枪法。要是你对我怨恨，我准备作出不同寻常的赔偿。就连一场老式的
rencontre，用剑或用手枪，在里约或别的地方——也不排除在 301/1
外。今天我的记忆力和我的口才都不处在最佳的状态，但说实在的，亲爱的亨伯特先生，你也不是一个理想的继父，而且我并没有强迫你那小小的被保护人跟着我走。是她要我把她带到一个比较幸福一点的家里。这幢房子不像我们跟几个朋友共有的那片农场那么现代。不过它相当宽敞，夏天和冬天都很凉爽，一句话——十分舒适，因此既然我打算退休后永远住在英国或佛罗伦萨，我提议你搬进来住。它无偿地都

301/1 rencontre：法语；会面（决斗）。

归你。只要你不再拿那把枪对着我（他令人厌恶地咒骂了一
句）。顺便问一声，我不知道你是否喜欢稀奇古怪的玩意儿，
要是喜欢，我可以给你，也是无偿地，作为家里的玩物，一
个相当令人兴奋的小小的畸人：一个有三个乳房的年轻女子，
其中一个真是个顶呱呱的乳房，这是大自然的一件稀罕、可
301/2 爱的奇迹。现在，soyons raisonnables。你只会把我打成重伤，
随后自己就在监狱里日渐憔悴，而我会在热带的气候环境下
恢复健康。我向你保证，布鲁斯特，你住在这儿会很快活，
酒窖里藏着很多酒；还有我下一个剧本的全部版税——眼下
301/3 我在银行里没有多少钱，但我打算去借——喏，就像莎士比
亚受了风寒后所说的，去借，去借，去借。还有一些其他的
好处。我们这儿有一个十分可靠、可以收买的打杂女工，一
301/4 个维布里萨太太——姓很古怪——她每星期从村子里来两次，
唉，今儿她不来，她有好几个女儿，外孙女儿。我还知道一
两件有关警察局长的隐私，这使他成了我的奴隶。我是一个
301/5 剧作家。我被称作美国的梅特林克。梅特林克-施梅特林，我
说。得了！所有这一切都很不光彩，现在我也拿不准我做的
302/1 事到底对不对。决不要用朗姆酒和着海洛因一块儿服食。现
在做个和蔼可亲的人，把枪放下，我认识你可爱的妻子，但
并不熟。我的衣服你可以随便拿去穿。噢，还有一件事——

301/2 soyons raisonnables：法语；让我们理智一些。

301/3 就像莎士比亚……所说的：出现在《麦克白》里（第5场第7幕，19行）；因为这个双关语，奎尔蒂就该死。

301/4 维布里萨（Vibrissa）：原文指许多动物嘴边坚硬的触须（例如猫的胡须）；也指鸟身上类似的羽毛。

301/5 施梅特林（Schmetterling）：德语；蝴蝶。有次在同纳博科夫谈话时，我挑出了亨·亨—奎尔蒂交锋的这一刻为例，指出这是幽默但又意味深长的细节，但评论者往往会错过其重要性。纳博科夫点点头，并且非常严肃地说："对的，那是这一章中最重要的一个词。"乍看这似乎是很极端的说法或者是故意开个玩笑，但是在这个复杂纠缠的图案模式的语境里，它却是完全地恰到好处（见32/7）。因为通过提到德语"蝴蝶"这个词，奎尔蒂将作者的水印叠加在场景上。如同提到科罗拉多州的多洛雷斯（296/4），这一提及——这一章中唯一的蝴蝶——指向对鳞翅目昆虫合情合理的痴迷，使纳博科夫成为一个旅人，与亨·亨和奎尔蒂等令人生厌的着魔的猎人同行。这一计策概括在316/9中。有关重口味的象征主义者梅特林克，见201/5。有关昆虫学典故，见6/1。

302/1 海洛因（herculanita）：指南美产的一种烈性海洛因。

你会喜欢的。我楼上收藏着一批独一无二的色情书籍。就提其中的一种：精装的对开本《巴格拉什岛》，探险家和精神分析学家梅兰尼·魏斯所著，她是个非凡的女性，这是本出 302/2
色的著作——把枪放下——里面有八百多幅照片，拍的都是一九三二年她在巴达海上巴格拉什岛检查和测量过的男性生 302/3
殖器官，都是根据在爽朗的天空下交欢所测定绘制的一些非常具有启发性的图表——把枪放下——另外，我还可以为你安排去观看执行死刑，并不是每个人都知道那张椅子给漆成黄色——”

Feu！这一次我打中了什么硬东西。我打中了一张黑色摇 302/4
椅的椅背，那张摇椅与多莉·希勒的那张不无相似之处——子弹打在椅子前背上，椅子立刻开始摇晃，速度那么快，摇得那么带劲儿，那时不管哪个人走进房间，都会被眼前这个双重的奇观惊得目瞪口呆：那把摇椅恐惧地拼命摇晃，而我那紫色的目标方才坐在上面的那把扶手椅上也空无一人。他飞快抬起屁股，手指在空中抓挠着，倏地溜进了音乐室，紧接着我们就在门里门外互相拉扯，气喘吁吁；音乐室的门上也有一把钥匙，我先前没有注意。不过这次我还是赢了，难 302/5
以捉摸的克莱尔忽然一下子在钢琴前坐下，弹了几个粗犷有力、基本上是歇斯底里的琴声轰鸣的和弦，他的下巴不住颤

302/2 梅兰尼·魏斯（Melanie Weiss）："黑白"；出自 *melanin*（黑［色的］）和德语词"白色的"——她的确根据黑白来衡量现实。她的作品戏仿一位也喜爱太平洋岛屿的著名女人类学家的研究。见5/3了解类似的镜像反转："Blanche Schwarzmann"（布兰奇·施瓦茨曼［白色的黑人］），这是再次暴露出作者之手的词语联系。

302/3 巴达海上巴格拉什岛（Bagration ... Barda Sea）：太平洋上许多岛屿是俄国人发现的，并且由他们命名，但是此处这两个地方都不存在。巴格拉什岛根据巴格拉什亲王（Pëtr Ivanovich Bagration，1765—1812）取名，他是在波罗丁诺（Borodino）同拿破仑英勇作战的俄国将军，1812年他在此地受了致命的重伤。巴达是俄国蒸馏伏特加后的酒渣，用来喂牛。这些"地理"名称为魏斯小姐英勇的努力增添了一种嘲讽的效果。

302/4 Feu：法语；开火。

302/5 难以捉摸的（impredictable）：拼凑的词；是 *unpredictable*（无法预测的）加上 *impredicable*（源自 *predicated*［预言］）："无法归类的"。

抖，张开的手紧张地往下按去，鼻孔里发出好像电影胶片的声道中的鼻息声，这在我们的搏斗中以前还从没出现过。他仍然发出那些叫人难以忍受的响亮的乐声，一边想用脚打开钢琴旁边一个好像水手用的箱子，但没成功。我的下一发子弹打中了他的肋部，他从椅子上一下子跳起来，越升越高，样子看上去就像年纪衰老、头发花白的疯狂的尼金斯基，像忠信泉[1]，像我过去的一场噩梦，等到升到惊人的高度，至少看上去是这样，他划破了空气——空气里仍然颤动着那宏大、深沉的乐声——发出一声嚎叫，脑袋向后仰着，一只手紧紧按着脑门，另一只手抓住胳肢窝，仿佛遭到大黄蜂的叮咬，往下落到地上，很快站住，又成了一个穿着浴衣的正常的人，急急匆匆地跑进外面的门厅。

我以两倍或三倍于袋鼠的速度跳跃向前，跟着他穿过门厅，伸直两腿，始终保持身子笔直，紧跟在他身后跳了两下，接着像跳芭蕾舞似的奋力跳到他和大门之间，想要拦截住他，因为门并没有关好。

突然，他开始走上宽阔的楼梯，神态庄严，有些阴郁。我换了方位，实际并没有追他上楼，而是迅速地朝他一连开了三四枪，每次都伤着了他；每次我打中他，对他干了这件可怕的事儿以后，他的脸就滑稽可笑地抽动一下，好像是在

[1] Old Faithful，美国黄石国家公园的间隙泉，每六十七分钟左右喷水一次。

夸张疼痛；他慢下步子，眼睛转了几转就半闭上，发出一个女人似的声音“啊！”；每次只要一颗子弹打中了他，他就浑 303/1
身抖动，好像我在挠他痒痒；每次我用那些缓慢、笨拙、盲目的子弹打中他的时候，他总用虚假的英国腔低声说道——同时一直剧烈地抽搐、颤抖、假笑着，尽管如此，却仍用一种奇特的超然甚至亲切的态度说道：“噢，这下可真够呛，先生！噢，这下伤得可真厉害，亲爱的朋友。求求你，住手吧！噢——很疼，很疼，真的……上帝！啊！真是可恶透顶，你真不应当——”他到了楼梯平台上，声音逐渐低了下去，但他仍然稳步朝前走去，尽管臃肿的身体里有我打进去的那么许多枪子儿——我苦恼、沮丧地明白自己非但没有打死他，反而给这个可怜的家伙注入了一股又一股活力，仿佛那些子弹是一些药物胶囊，一种令人兴奋的灵丹妙药正在发生效力。

我再次往枪里装好子弹，两只手黑乎乎的沾满了血——我摸到了什么被他浓浓的血涂抹过的东西。接着，我就到楼上去找他，钥匙像黄金似的在我的口袋里丁当作响。

他步履艰难，从一间房走到另一间房，血流如注，极力 303/2
想找一扇开着的窗子，又摇摇头，仍想劝说我不要打死他。我瞄准了他的脑袋，他一下子退进了主卧室，原先长着一只耳朵的地方喷出一股深紫红色的鲜血。

303/1　女人似的声音“啊！”：见45/4和87/1。

303/2　步履艰难，从一间房走到另一间房：在亨·亨口袋里叮当作响的钥匙并没有将房门锁上（见294/3）；此处童话故事同噩梦交织在一起。奎尔蒂拒绝死亡，因此嘲讽了这个双重故事以及邪恶很容易祛除的看法。

“滚出去，从这儿滚出去。”他说，一边不住咳嗽，把咳出来的血吐掉。真像一个令人惊讶的噩梦，我看见这个满身血污却依然活泼开朗的人上了床，把自己裹在乱七八糟的毯子里。我在很近的距离隔着几条毯子开枪打中了他。他向后
304/1 倒了下去，嘴角旁出现一个具有幼稚涵义的大大的粉红色的气泡，变得像个玩具气球那么大，随后破灭。

304/1 粉红色的气泡：见17/1了解最初那个比喻性的气泡。

有一刹那，我也许跟现实生活失去了联系——噢，根本不是你们普通罪犯扮演的“我只是一时两眼发黑”的那种情况；相反，我想强调下面这个事实：即对他流出的每一滴血我都负有责任，但突然出现了瞬间的变化，我好像在新婚后的卧室里，夏洛特病恹恹地躺在床上。奎尔蒂病得很重。我手里拿着他的一只拖鞋，而不是手枪——我坐在枪上。随后我又坐到床边一张椅子上去，好让自己稍微舒服一点；我看了看手表，表面的玻璃已经掉了，但指针仍在走动。整个这场可悲的事共持续了一个多小时。他终于安静了。我一点儿也没有感到宽慰，反而有个比我希望摆脱掉的负担更为沉重的负担挨近了我，袭上身来，重重地压在我的心头。我实在无法用手去碰他好弄清楚他确实已经死了。看上去他是死了：四分之一个脸已被打掉，两只极为兴奋的苍蝇开始意识到自己交了简直无法相信的好运。我的手看上去也不比他的手好

多少。我在隔壁的浴室里尽力把手洗干净。现在我可以走了。当我出现在楼梯平台上的时候，我十分惊讶地发现刚才我以为只是耳鸣而不加理会的一片轻松愉快的聒噪，实际是从楼下客厅里传来的嘈杂的人声和收音机里的音乐声。

我发现下面有许多人，他们显然刚到，正兴高采烈地在喝奎尔蒂的酒。有一个胖胖的男人坐在安乐椅里；两个头发乌黑、脸色苍白的年轻美人儿，无疑是姐妹俩，一大一小（小的那个几乎还是个孩子），相当娴静地并排坐在一张长沙发上。一个脸色红润、长着天蓝色眼睛的小伙子正把两杯酒从那个酒吧间似的厨房里拿出来递给她们。厨房里有两三个女人正在一边闲聊，一边丁丁当当地敲碎冰块。我在房门口站住脚，说道："我刚把克莱尔·奎尔蒂杀了。""干得好！"那个脸色红润的小伙子说，一边把一杯酒递给那个大一点的姑娘。"早就应该有人这么干了。"那个胖胖的男人说。"他说什么，托尼？"一个形容憔悴、金发碧眼的女人从厨房里问道。"他说，"那个脸色红润的小伙子回答说，"他把奎杀了。""唔，"另一个身份不明的男人从一个角落里站起身来说，先前他一直蹲在那儿翻看唱片，"我想我们大伙儿有一天也会对他这么干。""不管怎么说，"托尼说，"他最好还是下来。要是我们想去看那场比赛，就不能再等下去了。""谁给这个人倒一杯酒。”那个胖胖的男人说。“喝啤酒吗?”一个穿宽松裤的女人在远处问道，一边把一杯啤酒举起来给我看。

坐在长沙发上的那两个姑娘都穿着一身黑衣服，年纪小的那个正用手指拨弄着戴在雪白的颈项上的一件亮闪闪的东西。只有她们什么话都没说，只在一旁微笑，显得那么年轻，那么淫荡。音乐停了一会儿，楼梯上突然响了一声。托尼和我走到外面的门厅里。竟然真是奎尔蒂，他已缓慢吃力地走到楼梯平台上，我们看见他站在那儿摇摇晃晃，不住喘气，
305/1 随后慢慢倒了下去，这一次是永远倒了下去，成了一堆紫红色的东西。

“快点，奎，”托尼笑了一声说，“我相信，他仍然——”他回进客厅，他的后半句话给音乐盖没了。

305/2 我肚里暗自说道，这就是奎尔蒂为我上演的这出匠心独运的戏剧的结局。我心情沉重地离开了这幢房子，穿过斑驳耀眼的阳光向我的汽车走去。车的两边停着另外两辆汽车，我费了一番工夫才从中间挤了出去。

305/1　一堆紫红色的东西：他浴衣的颜色，也是他文字的颜色。

305/2　奎尔蒂为我上演的：见31/8。

三六

剩下的事情有点儿平淡乏味。我缓缓地把车开下山坡，不久发现自己正以同样懒散的速度往跟帕金顿相反的方向行驶。我把雨衣丢在小客厅里，把我那伙计丢在浴室里了。不，那不是我会想要住的房子。我悠然地想着，要是有个天才的外科医生能让盖上被子的奎尔蒂、“无名的克莱尔”起死回生，不知他是否会就此改变自己的生涯，也许甚至改变人类的全部命运。对此我并不在意；总的说来，我希望忘掉这乱糟糟的一切——等我确实知道他死了的时候，唯一叫我感到的满足就是得到了宽慰，知道我不必在精神上一连几个月地守着一个令人痛苦、讨厌的恢复期，其间还会受到各种各样不宜提及的手术和反复的干扰，而且也许还会受到他的拜访的干扰，弄得我还得费力
地找出理由来证明他不是鬼。托马斯是有点儿道理。说来奇 306/1
怪，触觉本来对于人们远远没有视觉那么宝贵，然而到了紧要关头，它却成了我们主要的即便不是唯一的掌握现实的方法。我浑身都沾满了奎尔蒂——沾满了流血前他跌扑翻滚的感觉。

306/1 托马斯是有点儿道理：《圣经·新约·约翰福音》第20章24节中“多疑”的门徒多马（即托马斯［Thomas］）不肯相信耶稣复活，直到他亲手触摸到钉痕。当问到是否此处也有意指托马斯·曼，纳博科夫回答说：“那另一个汤姆与此毫无关系。”

道路这时正穿过开阔的乡野。我忽然想到——不是作为

抗议，不是作为象征或任何那一类玩意儿，而只是作为一种新奇的体验——既然我已无视人类的全部法律，干脆我也无视交通规则。于是我开到公路的左侧，看看感觉如何，还真不错。那是一种令人愉快的隔膜消融的感觉，其中有扩散开来的触觉的成分，而所有这些又被一种想法加以强化；这种想法就是没有什么比故意在道路错误的一边行驶更接近于消除基本的物理定律了。从某一点上看，这完全是一种精神上的渴望。我缓缓地、神情恍惚地挨着汽车后视镜所在的那古怪的公路一侧行驶，每小时车速不超过二十英里。路上交通并不拥挤。不时有车从我放弃给它们的那一侧开过我的身边，粗暴地冲着我直按喇叭。迎面而来的汽车先是摇摆晃动，接着突然转向，最后惊恐地大叫。不久我发现就要接近居民区了。闯一次红灯就像我小时候偷偷呷一口大人不准我喝的葡萄酒。这时纷繁复杂的情况不断出现。我受到了跟踪，又受到了护送。接着，在我前面，我看见两辆汽车正摆出阵势要把我的去路完全堵住。我动作优美地把车开出公路，狠狠地颠了两三下之后冲上一个长满青草的斜坡，开到几头吃惊的
307/1 母牛当中，我就轻轻摇晃着在那儿停下。一种颇有创见的黑格尔哲学综合法把两个去世的女人联系在一起。

不久，我就会给拉出汽车（嗨，梅尔莫什，多谢了，老

307/1 黑格尔哲学综合法：此处回忆了夏洛特的死亡（撞死人的汽车冲上了斜坡；第97页），同整个洛丽塔的故事混合，从斜坡上的母牛（第112页）到她的死亡（等读者读到此书时，洛丽塔必然已经死了；见第4、280和309页）。此黑格尔哲学综合法体现了奎尔蒂那“伊丽莎白式”小说里的戏剧《着魔的猎人》，洛丽塔在其中扮演“农夫的女儿，想象自己是林地女巫或戴安娜”（第200页），还有七位猎人，其中有六位是“戴着红帽，穿着完全相同服装的猎人”，“最后一分钟的亲吻用以加强剧作的深刻寓意，也就是说幻想和现实在爱情中融为一体”（第201页）。亨伯特请求怀有身孕、手臂上青筋暴突的洛丽塔同他一起走，表明过去的海市蜃楼（性感少女洛丽塔作为他失去的“安娜贝尔”）同当前的现实（已经变成像夏洛特那样的女人的洛丽塔）已经在爱情中融为一体，是“把两个去世的女人联系在一起的综合法”。

伙计）——而且，的确，我还盼望着让许多双手来把我抓
住，自己不做一点合作的努力，听凭他们把我移动、搬抬；
我则像个病人，十分放松、舒舒服服、懒洋洋地听凭他们摆
布，并从我的倦怠乏力和警察及救护人员给我的绝对可靠的
支持中获得一种神秘的乐趣。当我停在那个高高的斜坡上等
着他们向我跑来的时候，我唤起了最后一个奇怪的令人绝望
的幻景。有一天，在她失踪后不久，我正在一条废弃了的旧
山道上赶路，一阵难以忍受的恶心迫使我停下车子；那条山
道一会儿和一条崭新的公路并行，一会儿又横越过去伸向另
一个方向；那是晚夏一个淡蓝色的午后，山道边大片的紫菀
花沐浴在远离尘嚣的温暖空气里。我猛烈地咳了一阵，好像
要把五脏六腑都咳出来似的，随后坐在一块大石头上歇一会
儿，想到清新的空气可能对我会有好处，就朝不远处公路陡
峭的侧面上的一道低低的石头护墙走过去。小蚱蜢从路旁干
枯的野草中跳出来。一片薄薄的浮云正张开胳膊，向另一片
略显厚实的浮云移动；这片浮云属于另一个行动缓慢、浮向
天际的云系。等我走近那个友好的深渊，我感觉到各种融合 307/2
汇聚在一起的和谐悦耳的声音，宛如水汽一般，正从我脚下
那起伏不平的山谷里的一座小矿镇上升腾而起。你可以辨别
出在一排排红色和灰色的屋顶间的几何图形的街道、苍翠扶

307/2 天际的云系……纵横交叉在好像杂乱的百衲被……（heavenlogged system ... crisscrossing the crazy quilt）：第二部分最后一次提到奎尔蒂的名字（Quilty），映射了该部分第一次提到的“杂乱的百衲被”（crazy quilt，第152页）。我们见到这种“巧合”勾勒出亨·亨的困境，他那特殊的执迷不悟的命运（McFate）——“我出不去，欧椋鸟说”——当然，还有作者的在场。贯穿全书如此设计的巧合以及和谐的作者笔法也是一种隐喻，证明作者包罗万象无所不在的笔触，是某种“天际云系”（heavenlogged system，此处logged意为“记在日志簿上”，“任何进程记录”）的神圣启示。至于纳博科夫的“系”（system），“泛神论”是个恰当的形容词——很崇高，但几乎无法捉摸。

疏的树木、一条蜿蜒曲折的小溪以及那个闪着矿石似的绚丽光彩的垃圾堆场；小镇那边，条条道路纵横交叉在好像杂乱的百衲被似的深色和浅色的田野上；再往远处，是密林覆盖的群山。然而比所有这些无声而欢快的色彩更为鲜明的——这些色彩，这些明暗深浅的色调融合在一起，似乎正自得其乐——听起来要比看上去更为鲜明、更为飘忽的，是积聚起的声音像升腾的水汽似的震颤；它一刻也不停，一直升到花岗岩石的边缘，我正站在那儿，擦干净我那发出难闻的气味的嘴巴。不久，我就意识到所有这些声音都具有同一种性质，而且没有其他的声音，只有这些声音从那座透明的小镇的街道上传来，那儿的女人都待在家里，男人则在外奔忙。读者！我所听到的不过是正在嬉戏玩耍的孩子们的悦耳动听的声音，就只有这种声音；而空气是那么清澈明净，因此在这片响亮而又微弱、遥远而又神奇地近在咫尺、坦率而又神圣地莫测高深地混杂着各种声音的水汽中——你可以不时听到一阵几乎相当清楚的活泼的笑声、棒球球棒敲击的噼啪声或一辆玩具货车的哐啷哐啷声，这一切仿佛都是被释放出来似的，但它们太远了，根本无法辨别出他们在那些模模糊糊
308/1 的街道上的任何活动。我站在这高高的斜坡顶上倾听那悦耳的震颤，倾听那矜持的窃窃私语中间迸发出的不相连的喊叫，

308/1 在这高高的斜坡顶上：此处，亨·亨意识到从下面那个小矿镇上传来的声音只有一个性质，那就是孩子在玩耍的声音。“你可以不时听到一阵几乎相当清楚的活泼的笑声、棒球球棒敲击的噼啪声或一辆玩具火车的哐啷哐啷声，……随后我明白了那令人心酸、绝望的事并不是洛丽塔不在我的身边，而是她的声音不在那片和声里面。”这些话表明亨·亨已经超越了他的唯我主义。“闪着矿石般绚丽光彩的垃圾堆场”（第307页）精确地指向快乐的转变，尤其是亨·亨作为一个道德个人的进步。第152页上那漂亮却是二维的“饱涨”（原文为pregnant，“怀孕”之意。——译注）的景色（再读一遍这段话）孕育了孩子们和谐的声音，这是三维的构思，因为它包含了人在其中。美感的、道德的和集体共有的角度和谐一致了，正如理想的状态下应该的那样。第307页上天际的云系则呈现了第四个维度，所有这些都相当游离了第26页上“古老的美国版画”所表现的一维景色。亨伯特所在的位置的确很崇高。
纳博科夫1951年9月从纽约的伊萨卡致信埃德蒙·威尔逊，记载了这段意味深长的描述中所传达的个人维度，信中讲到了他在特柳赖德富有成效的追寻蝴蝶之旅。7月他在那里捕捉到了第一只被确认的雌性纳博科夫蓝灰蝶，虽然他在信中没有具体谈到他找到的蝴蝶的类别。他的确提到了“特柳赖德高处一个陡峭的山坡……实际上是很有魔力的山坡”，小矿镇上“全是可爱的、乐于助人的人们——那里海拔九千英尺，从那儿徒步爬到海拔一万英尺的高度，小镇和它的铁皮屋顶及忸怩

随后我明白了那令人心酸、绝望的事并不是洛丽塔不在我的身边，而是她的声音不在那片和声里面。

这就是我的故事。我重读了一遍。里面有粘在上面的些许骨髓，有血，有美丽的绿得发亮的苍蝇。在故事的这个或那个转折处，我觉得我那难以捉摸的自我总是在躲避我，滑进了比我乐意探测的更深邃、更黑暗的海洋。我已把我能掩饰的东西都掩饰了，免得伤害人们。我随意为自己设想了
许多笔名，后来才找到一个特别合适的。我的笔记里有“奥 308/2
托·奥托”、“梅斯麦·梅斯麦”和“兰伯特·兰伯特”，但不 308/3、308/4
知为了什么，我认为我的选择最确切地表达了我的卑鄙龌龊。

五十六天前，我开始写《洛丽塔》时，先是在精神病房 308/5
里接受观察，后来在这个暖融融的坟墓似的隔离室里，我想我会在审判时用上所有这些笔记，当然，不是为了救我的性命，而是为了挽救我的灵魂。然而，写到一半的时候，我意识到我不能把活着的洛丽塔暴露出来。在不公开的开庭期里，我还可以使用这部回忆录的一部分，但出版的日期则被推迟了。

因为一些比实际看来更为明显的理由，我反对死刑；我相信这种态度会跟宣判的法官是一致的。如果我站到我自己的面前受审，我就会以强奸罪判处亨伯特至少三十五年徒刑，

的杨树就像玩具一样躺在一座与世隔绝的山谷平展的底部，周围是巨大的花岗岩山峰，听到的尽是街头玩耍的孩子们的声音——惬意啊！”（《亲爱的邦尼，亲爱的沃洛佳：纳博科夫—威尔逊通信集，1940—1971》［1979］，第265页）。《洛丽塔》第307—308页上的那段话显然有很多在用词上与此相似，也很有可能就是在这封信之后不久撰写的；而小说的结尾则的确是在一开始就写好了。总之，信中居高临下的视野在《洛丽塔》中的呈现汇集了两种奇妙之处。

308/2 奥托·奥托（Otto Otto）：当被问到这个名字时，纳博科夫回答道：“有一种双重的中性，带着某种猫头鹰的感觉。（猫头鹰的英语是owl，同猫头鹰的叫声近似。——译注）”

308/3 梅斯麦·梅斯麦：源自奥地利医生梅斯麦（Franz或Friedrich Mesmer，1734—1815），他是催眠术的创建人。见250/10。

308/4 兰伯特：同亨伯特仅一步之遥。此处不涉及文学典故。

308/5 五十六天前：在《洛丽塔》的最后几段话中，亨·亨重申了虽然貌似真实但在书中处处露馅的依据，将他手稿的最后三段同“编辑”约翰·雷《序文》的前三段联系在一起，营造出一种优雅的配对和不同寻常的平衡，而这样的效果却与亨·亨和雷本人无关（见4/4）。

而对其余的指控不予受理。但即便如此，多莉·希勒大概还是会比我多活上好多年。我作出的下面这个决定具有一份签名的遗嘱的全部法律效果和力量：我希望这本回忆录只有在洛丽塔不再活在世上的时候才能出版。

因此，当读者翻开这本书的时候，我们俩都已不在人世
了。可是既然血液仍然在我写字的手掌里奔流，你就仍像我
一样受到上帝的保佑，我就仍然可以从这儿向在阿拉斯加的
309/1 你说说话。务必忠实于你的狄克。不要让别的家伙碰你。不
要跟陌生人谈话。我希望你会爱你的孩子。我希望他是个男
孩。我希望你的那个丈夫会永远待你好，否则，我的鬼魂就
会去找他算账，会像黑烟，会像一个疯狂的巨人，把他撕成
309/2 碎片。不要可怜克·奎。上帝必须在他和亨·亨之间作出选
择，上帝让亨·亨至少多活上两三个月，好让他使你活在后
代人们的心里。我现在想到欧洲野牛和天使，想到颜料持久
的秘密，想到预言性的十四行诗，想到艺术的庇护所。这就
是你和我可以共享的唯一不朽的事物，我的洛丽塔。

309/1 不要跟陌生人说话：《舞台名人录》中提到“奎恩·多洛蕾丝”在《不要跟陌生人说话》中首次登台，在第138页上，亨·亨也这样告诫洛丽塔（见32/1）。是“巧合”同设计主宰着这些小事情，用弗罗斯特的诗歌《设计》（1936）中的话来说，这是对纳博科夫心存希望的泛神愿景的黯淡逆转。

309/2 不要可怜克·奎……欧洲野牛和天使，想到颜料持久的秘密……我的洛丽塔：正是“颜料持久”才使得早期大师油画中的天使形象得以保存下来。欧洲野牛（auroch）现在已经基本上灭绝了，这一定义也不再存在，因为第3版《韦氏词典》已经删除了这一词条。亨·亨的欧洲野牛指的是如今在西班牙和法国山洞墙壁上还能见到的那些精致优雅的野牛形象，那都是一两万年前绘制的。它们那“持久的颜料”赏心悦目，尽管其形象出现在课本里时往往复制得很糟糕。但是我本人绝对认不出auroch，如果不是1974年纳博科夫有次同我谈论拉斯科洞窟壁画时提到它的话。（纳博科夫1938年撰写的短篇小说《被摧毁的暴君》里有位陷入困境的绘画教师，他遭受极权统治，只能在撰写有关油画岩洞起源的博士论文中寻求一些宽慰。）但是《洛丽塔》的岩画却过于“乔伊斯式”，过于晦涩；“克·奎”，是最后一次提到奎尔蒂，更加不偏不倚，因此亨·亨的语气也带上了一种不熟悉的调子。尽管叙述的表面依旧完好，戴了面具的叙述者却的确以一种新的非个人的方式在说话。纳博科夫曾经被问到，我们现在是否会“听到”一种不同的声音，正如在他众多小说的“结尾”中那样（见《导言》），他说，“不，我并无意引入一种新的声音，但是，我的确想要传达叙述者病态心灵的收缩，那是一种警示性痉挛，使他采用了缩略人名，赶紧结束故事，否则就太晚了。我很高兴我在结尾时营造出了一种语气上的距离感”（《威斯康星当代文学研究》访谈）。这种“距离感”是恰当的，因为亨伯特的爱情同纳博科夫的努力已经融为一体。最后的词组回荡起那个贯穿了整个故事的“拉丁语”称呼（见45/1和192/2），以及小说最后一个词，那最后的收缩，重复了第一个词：“洛丽塔”。这个拜占庭式大厦最后最相宜的对称，是一个井然有序的（按照神意的井然有序？）宇宙在词语上的对应。《天赋》中的年轻诗人费奥多尔在某个夏日散步时，好奇“这一切后面隐藏着什么？在戏剧、光芒闪烁、绿油油的厚实枝叶后面隐藏着什么？的确有什么，有什么！你想要说感谢，却找不到人来感谢。捐赠的清单已经写好了：一万天——捐赠者匿名”（第340页）。

311/1 # 关于一本题名《洛丽塔》的书

弗拉基米尔·纳博科夫

鉴于我曾装扮过《洛丽塔》书中撰写序文的人物，即老于世故的约翰·雷这个角色，任何直接来自我的评论，都会让人觉得——事实上是让我觉得——这是装扮弗拉基米尔·纳博科夫，来讨论他自己的书。不过，有几点的确要加以讨论；而且，自己出面说话的手法也可以使模仿和典型相融合。

教文学的老师动辄会拿出“作者的意图是什么?”或者还有更糟的“这人是想要说什么呢?”一类问题来问。而我呢，正好是这样的作者：着手写一本书的时候，并没有别的目的，只想这本书脱稿；在要求说明这书的缘起和成书过程的时候，则非得依靠“灵感和关联情节的相互影响”这样的陈旧术语。我承认，这样的说法让人听起来仿佛变戏法的人，借助变另外一个戏法来解说某一个戏法是怎么变的。

我最初感觉到《洛丽塔》的轻微脉动是在一九三九年末，

311/1 关于……题名《洛丽塔》：这个《后记》是为1957年《安克尔评论》(*The Anchor Review*)上刊登的大篇幅《洛丽塔》摘选而撰写，这是该小说在美国初次面世，由杰森·爱波斯坦(Jason Epstein)和书评编辑梅尔文·拉斯基(Melvin J. Lasky)操办。《后记》也附在1958年的普特南版本后面，并且随后被收入了该书二十五种左右的译本之中。

或一九四〇年初，在巴黎，是我急性肋间神经痛发作、不能
动弹那个时候。依照我所能记起来的，最初灵感的触动在某
种程度上是由报纸的一条新闻引起的。植物园的一只猴子，
经过一名科学家几个月的调教，创作了第一幅动物的画作：
画中涂抹着囚禁这个可怜东西的笼子的铁条。我心中的冲动与 311/2
后来产生的思绪并没有文字记录相联系。然而，就是这些思
绪，产生了我现在这部小说的蓝本，即一个大约三十页长的
短篇小说。我是用俄语写的，俄语是我自一九二四年以来写
小说用的语言（这些小说大部分没有翻译成英语，而且全都 311/3
由于政治原因在俄国禁止出版）。故事中的男人是中欧人，那
个没有起名字的性早熟女孩则是法国人，故事的地点是巴黎
和普罗旺斯。我让他与这个小女孩患病的母亲结婚，不久她
母亲去世。他在一家饭店的房间里企图诱奸这孤儿，但未得
逞。于是，亚瑟（这就是他的名字）撞向一辆卡车，轧死在
车轮底下。在一个战时的月夜，我把故事读给几个人听，有
马克·阿尔达诺夫，有两个社会革命党人，有一个女医生。
可是，我不满意这篇小说，一九四〇年移居美国后某一天把 312/1
它销毁了。

大约在一九四九年，在纽约州北部的伊萨卡，一直不曾完全停息的脉动又开始让我不得安宁。关联情节又带着新的

311/2 可怜东西的笼子：见255/4。在《微暗的火》中，金波特告诉谢德说，“没有上帝，灵魂就得靠自己的躯壳残灰，靠生前幽禁在肉体里那段过程中所积累的经验，幼稚地墨守小城镇原则和地方法规，坚持那种主要由自身的牢笼铁窗阴影形成的个性”（第226—227页）。在《确证》（*Conclusive Evidence*，1951）里（第二版［《说吧，记忆》］中删去了这句话），纳博科夫写到西林——他自己——时说，“在他最好的作品里，他罚笔下的人物幽禁在他们自己孤独的心灵中”（第217页）。纳博科夫以多种方式应用了牢狱的比喻。见我的《导言》，第XIV—XVI页。

311/3 大部分没有翻译：当然不再如此。

312/1 一九四〇年……销毁了：事实并非如此。这个故事标题为《魔法师》，1964年出乎意料地在他的文稿中被发现，是五十四页打字稿，而非记忆中的三十页。安德鲁·费尔德在他的研究著作《纳博科夫：他的艺术生涯》（波士顿，1967）里用到了两段。《导言》中摘引了新的译文，第XXXIV—XXXV页。

热忱与灵感相伴，要我重新处理这个主题。这一回是用英语写作。英语是我的第一个女家庭教师蕾彻尔·霍姆小姐说的语言。那是在圣彼得堡，大约是一九〇三年。性早熟的女孩现在带一点爱尔兰血统，但是，实际上还是同一个女孩，与她的母亲结婚这一基本想法也保留下来；但是除这些之外，这部作品是新的，而且悄悄地一部长篇小说已经成形。

312/2 这部书的写作进行得很慢，因为有许多干扰。创作俄国和西欧大约花了我四十年时间，而现在我面临创作美国的任
312/3 务。能让我在个人想象的佳酿中注入一点通常的“现实”（倘若不加引号就没有意义的少数词语之一），这样的本地素材要收集，这在我五十岁的时候要难得多，不比我年轻时候在欧洲，那个年代接受能力与记忆能力自然正值最佳时期。期间还有其他的书要写。有那么一两回我险些儿把我的未完成的书稿烧毁，并且抱着我的宝贝已经走到了无辜的草坪上歪斜的焚烧炉影子边，就在这时，一个念头教我停了脚步，心想：在我的后半生，烧毁的书稿的鬼魂会在我的案头游荡。

每年夏天，我和妻子都要去捉蝴蝶。制成的标本陈放在科研机构，例如哈佛比较动物学博物馆或者康奈尔大学收藏馆。钉在蝴蝶下面的采集地标签，对某个有兴趣研究那些属于鲜为人知品种的蝴蝶生长历史的二十一世纪学者来说是有

312/2 这部书的写作进行得很慢：但是，纳博科夫说，其设计和事件的次序安排在构思早期就已经胸有成竹，尽管各部分写作没有按照次序，正如他一贯的作风，见《导言》，第XXXVII—XXXVIII页。

312/3 “现实”（倘若不加引号就没有意义的少数词语之一）：在《爱达或爱欲》中，纳博科夫写道：“若说他与在爱达交欢之中发现了剧痛、火，极度‘现实’的痛苦，那并不充分。不若说，现实失去了它留着的爪子一般的引号……”（第219—220页）。

帮助的。就在科罗拉多州的特鲁雷德、怀俄明州的阿弗顿、亚利桑那州的波特尔，以及俄勒冈州的阿什兰，我们采集蝴蝶标本的这些驻地，每到夜晚或遇白天天阴，我就精力充沛地继续写作《洛丽塔》。一九五四年春，书稿抄写完毕，接着便立即开始四处寻找出版社。

起初，经一位谨慎的老朋友劝告之后，我听从了他的话，提出书不署作者姓名。但是我担心自己不久就会后悔，觉得很可能会欲盖弥彰，遮掩反倒透露了缘由，于是决定签署自己的名字出版《洛丽塔》。找了W、X、Y、Z四家美国出版社，一家一家挨着把小说打字稿递上，他们让看稿子的编辑翻了翻，结果一个个都被《洛丽塔》惊呆了，他们的惊讶程度甚至出乎我的谨慎的老朋友F.P.的意料。

诚然，在欧洲古代，并一直延续到十八世纪（明显的例子来自法国），有意的淫亵，与喜剧性的闪现，或者辛辣的讽刺，甚至杰出的诗人放荡不羁时表现的激情，并非格格不入，然而，在现代，“色情”这个术语意指品质二流、商业化，以及某些严格的叙述规则，那也是千真万确的。淫秽必须与平庸配对，因为，所有类型的美学享受都得完全被简单的性刺激所取代，这就要求这传统的词语直接作用于接受者。老一套的刻板规则，色情作者必须遵循，那是要让接受者觉得一定能得到满足，就如同，比方说，侦探小说迷觉得一定能得到满足一样——侦探小说的真正的谋杀者，假如你不留神，到头来会是艺术独创，让侦探小说迷感到讨厌的艺术独创（举例来说，谁想看没有一点对话的侦探小说呢？）。因此，在色情小说里，情节就局限在陈词滥调的组合中。风格、结构、形象，绝不可分散读者的注意力，使他减弱他那不冷不热的欲念。小说中必须有一个个性描写场面。在这些性描写场面之间的段落就必须简化为意义的拼接、最简单形式的逻辑沟通，以及扼要的解说与说明，而这些段落，读者很可能会跳过去，但必须知道拼接的存在，以免觉得上当受骗（这是一种儿时看的“真实”童话的惯例造成的心态）。此外，书中描写性的场面还必须遵循一条渐渐进入高潮的路线，不断要有新变化、新结合、新的性内容，而且参与人数不断增加（萨德那里有一次花匠也被叫来了）。因此，在书的结尾，必须比头几章充斥更多的性内容。

《洛丽塔》开头几章的某些技巧（例如亨伯特的日记）让我最初的读者误认为他们读的是一本淫秽的书。他们以为读下去会有越来越多的淫秽场面。而一旦不见有淫秽描写，这些读者也就不读下去了，觉得乏味，感到沮丧。我疑心，这就是为什么并非四家出版社都把书稿读完的理由之一。他们是否认为我的书是写色情的，我并不感兴趣。他们拒绝买我的书并非因了我对书的主题的处理手法，而是因主题本身之故。因为，书中至少有三个主题对于大多数美国的出版商来说是绝对犯忌的。另外两个主题是：一对黑人与白人的婚姻结合圆满而荣耀，而且是子孙满堂；那彻底的无神论者生活得愉快而有意义，并且在睡梦中仙逝，终年一百零六岁。

看稿子的编辑一些反应非常有意思：有一个审稿的编辑表示，他的公司也许可以考虑出版我的书，假如我把我的洛丽塔改成十二岁的男孩，在地处阴森、荒凉环境的一个粮仓里，被一个叫亨伯特的农民诱奸了。故事的讲述要用简短、有力、“逼真的”句子（“他疯了。我看，我们都疯了。我看上帝疯了。”等等）。虽然大家应该都知道我最讨厌象征与寓意（这一方面由于我与弗洛伊德式的伏都巫术有宿怨，一方面由于我厌恶文学神秘主义者与社会学家发明的概括化），然而，一个平常还聪明的编辑，在翻阅了《洛丽塔》第一部之
314/1 后把本书说成是“古老的欧洲诱奸了年轻的美国”，而另一 314/1
个草草翻了一下这部书的人说是“年轻的美国诱奸了古老的欧洲”。X出版社的顾问们被亨伯特弄得提不起精神，看到第一百八十八页就没有再看下去，然而他们还那么可爱地写信

314/1 美国（America）：此处纠正了拼写错误（1958年版是“American”）。

来说书的第二部太长了。而Y出版社则表示遗憾，书中竟没有好人。Z出版社说，要是他们把《洛丽塔》印出来，社长和我就要去坐班房了。

不应指望一个自由国家的作家会关心美感与肉欲之间的确切界限，这一说法是荒唐的；我只会赞赏，却比不过那些将年轻漂亮的哺乳动物的照片刊登在杂志上的人判断得准确，因为要在这些杂志上刊登，一般衣服的领口要低到内行人窃喜为宜，又要高到外行人不皱眉为限。情绪亢奋的平庸之辈大拇指敲打出平庸得不能再平庸的巨著，而且还被写书评的雇佣文人捧为“有力”、“鲜明”之作。我认为，是有一些读者觉得这样的小说里读到的醒目的文字是很挑逗人的。还有一些文雅之士，他们会认为《洛丽塔》毫无意义，因为它没有教人任何东西。我既不读教诲小说，也不写教诲小说。不管约翰·雷说了什么，《洛丽塔》并不带有道德说教。对于我来说，只有在虚构作品能给我带来我直截地称之为美学幸福的东西时，它才是存在的；那是一种多少总能连接上与艺术（好奇、敦厚、善良、陶醉）为伴的其他生存状态的感觉。这类书不很多。所有其他的书不是应时的拙劣作品，就是有些人称之为思想文学的东西，而这种东西往往也是应时的拙劣作品，仿佛一大块一大块的石膏板，一代一代小心翼翼地往下传，传到后来有人拿了一把锤子，狠狠地敲下去，敲着了巴尔扎克、高尔基、曼[1]。

[1] Thomas Mann（1875—1955），德国小说家、散文家，1929年诺贝尔文学奖获得者。作品多揭露和批判资本主义社会的腐朽。因抨击纳粹政策于1933年流亡国外，1944年加入美国籍。

有些审稿的加在我头上的还有一个罪名，他们说《洛丽塔》是反美的。这一个罪名比起愚蠢地说淫秽不道德来使我痛苦得多了。因为考虑到深度与广度的问题（一块近郊的草坪，一处山间的草地），我设置了许多北美场景。我需要让人心情振奋的环境。要说振奋人心，莫过于粗俗土气了。然而，
315/1 就粗俗土气而言，古北区与新北区在举止态度上并没有本质的差异。芝加哥哪一个无产者都可以像一个公爵那样资产阶级（取福楼拜意）。我选择美国汽车旅馆而不选择瑞士饭店，也没有选择英国客栈，就是因为我要努力做个美国作家，只要求得到其他美国作家享有的同样的权利。此外，我的亨伯特这个人物是个外国人，一个无政府主义者，除了性早熟女孩这一点之外，还有许多事情我与他的看法也不一样。我所有的俄国读者都知道我的旧世界——俄国，英国，德国，法国——跟我的新世界一样美好，一样个性化。

315/1 古北区……新北区：世界上四个动物区系之一是泛北极（北极温带区域），由此再细分为古北区（欧洲和亚洲）同新北区（北美）。上面提到的“近郊的草坪”和“山间的草地”是鳞翅目昆虫学家喜爱的野外空地，戴安娜·巴特勒在《洛丽塔蝴蝶》（刊载于《新世界写作》，第16卷，第61页）中指出了这一点。见6/1了解所有昆虫学典故的概述。

为了不至于让人觉得我在这里说的一些话听上去像是在发泄怨气，我得赶紧补充一下：除了以“他为什么要写它？”或“我为什么看写疯子的书？”这样的心情读过《洛丽塔》的

打字稿或本书奥林匹亚出版社版的傻瓜之外，还有许多聪明、敏感、坚定的人，他们对本书的理解比我在这里对创作构思的解说要深刻得多。

我认为每一个严肃的作家，手捧着他的已出版的这一本或那一本书，心里永远觉得它是一个安慰。它那常燃小火[1]一直在地下室里燃着，只要自己心里的温度调节器一触动，一小股熟悉的暖流立刻就会悄悄地迸发。这个安慰，这本书在永远可以想见的远处发出的光亮，是一种极友好的感情；这本书越是符合预先构想的特征与色彩，它的光亮就越充足、越柔和。然而，即便如此，仍然还有一些地方、岔路、最喜欢去的沟谷，比起书中其他部分来，你更急切地回想，更深
316/1 情地欣赏。自从一九五五年春看了书的清样之后，我没有再
读过《洛丽塔》，然而，这部书给了我愉快的感觉，因为它就
在屋子里悄悄地陪伴着我，仿佛一个夏日，你知道雾霭散去，
它就是一派明媚。每当我这样思念着《洛丽塔》的时候，我
316/2 似乎总要挑出一些形象段落来回味，譬如，托克萨维奇，或
316/3、316/4 者是拉姆斯代尔学校的学生名册，或者是夏洛特说“防水的”，或
316/5、316/6 者是洛丽塔慢慢吞吞地朝亨伯特的礼物走去，或者是装饰加
斯东·戈丹那间按固定格局布置的阁楼要用的图片，或者是
316/7、316/8 那个卡斯比姆理发师（我花了一个月时间写他），或者是洛丽

[1] 煤气热水器等家用电器用于引燃大火的常燃小火。

316/1 一九五五年春：此处纠正了作者的错误（1958年版为“一九五四年冬天”）。

316/2 托克萨维奇：沦落到开出租车的前白俄上校，他痴迷亨·亨的第一任妻子瓦莱丽亚，亨·亨让她体面地离开了。见第28—30页。

316/3 拉姆斯代尔学校的学生名册：最值得注意的是该名册映射创作它的艺术家的方式（见51/1等），以及默默忍受痛苦的“弗莱什曼·欧文”，他是全班非犹太人中唯一的犹太人（见53/3）。

316/4 “防水的”：当琼·法洛注意到亨·亨戴着手表游泳时，夏洛特对她确认了这一点，还梦幻一般津津乐道现代科技的奇迹：“‘防水的’，夏洛特轻声说，一面嘟起嘴来”（见第89页）。亨·亨也曾用这个词作为线索来折磨读者，因为他们竭力想要弄明白劫持洛丽塔的那人的身份（见272/1），因此读者也意识到《洛丽塔》是一种非常独特的侦探小说（见9/2）。

316/5 慢慢吞吞地……亨伯特的礼物：人们记忆中的洛丽塔应该是一个梦中虚幻的尤物，而非亨·亨欲望的对象（见第120页），提到他的礼物，人们会想起他不顾一切的贿赂以及贿赂的结果。

316/6 加斯东·戈丹……图片：令人想到偷偷摸摸的恋情；正如那些画像在他的阁楼中占显要位置的艺术家那样，加斯东显然也是同性恋。见181/4。

316/7 卡斯比姆理发师：他的儿子已经死了三十年了，他谈起儿子来时却好像他还活着。（见第213页）。

316/8 洛丽塔打网球：如果说亨·亨做到了“一劳永逸地确定性感少女危险的魔力”（第134页）的话，那就是在这个场景里（见第232—234页）。

塔打网球，或者是埃尔菲恩斯通医院，或者是脸色苍白、怀 316/9
着孩子、可爱但已经无法救治、在灰星镇（本书首屈一指的
城镇）生命垂危的多莉·希勒，或者是山谷小城顺着山路传
上来的丁当声（就在这条山路上我捉到了第一次发现的雌性 316/10
纳博科夫蓝灰蝶）。这些都是小说的神经。这些都是秘密的脉络，是不容易察觉的坐标，本书就是借助这一方法来展开的——虽然我非常清楚，这些地方，还有别的场景会被那些读者草草翻过去，或者不被注意，或者甚至从没有翻到过，因为他们一开始读这本书的时候就有一个印象，认为它与《放荡女子回忆录》或《风流男人恋爱史》相仿。诚然，我在书中确实有多处隐约提到一个性变态者的生理欲望，但是，我们毕竟不是小孩子，不是不识字的少年犯罪分子，不是英国寄宿学校的男孩子，在通宵达旦同性恋喧闹之后还得忍受阅读洁本古希腊、古罗马作品这样的怪事。

通过阅读虚构小说了解一个国家、了解一个社会阶级或了解一个作家，这种观点是幼稚可笑的。可是，我的为数不多的知心朋友中有一位在读了《洛丽塔》之后发自内心地担忧，说我（我！）竟然生活“在如此令人沮丧的人中间”——而我所经历的唯一困苦是整天要在我的工场里与那些丢弃的手脚和未完工的躯体一起生活。

316/9 埃尔菲恩斯通医院……生命垂危的多莉·希勒：提到洛丽塔时，纳博科夫用了她婚后的姓名（见第4页）。这里记载了两次死亡：当奎尔蒂从医院偷走她时（第238—247页），她对于亨·亨“已死”；当全书完成时，她对于纳博科夫“已死”，她的形象已无法挽回。但是洛丽塔在书中并没有死亡；正如亨·亨所说，“我希望这本回忆录只有在洛丽塔不再活在世上的时候才能出版”（第308页），她的创造者指向小说虚构的未来时间，因为他会同意亨·亨最后说的话，艺术“是你和我可以共享的唯一不朽的事物，我的洛丽塔”。必须注意这些“秘密点”没有哪个具有绝对的性意味。相反，意象和人物全都构成了孤独、失落、痴迷和狂喜的各种状态，涵盖了亨·亨那消耗性的激情。毕竟，最后的“坐标”将手里牢牢握着捕蝶网的作者置于它们中间。

316/10 丁当声（……雌性纳博科夫蓝灰蝶）：最后的“坐标”构成了最为有趣的进展，最后“小说的神经”实际上在小说之外，从捕蝶的人扩展到爱慕性感少女的人，两者似乎在同样的路途上擦肩而过。亨·亨还体验到从下面山谷传来的最为愉悦声音的和谐组合（第307—308页）；上面提到的蝴蝶是纳博科夫在科罗拉多州的多洛雷斯附近捕捉到的（见9/5和296/4）。纳博科夫评论说：“这个灰蝶亚属的科罗拉多成员（我现在将其置于紫灰蝶属，这种归属在规模上完全符合我先前对眼灰蝶的概念），我将其描述为‘红珠’灰蝶的亚种（现在称为深蓝灰蝶），但是按照我现在的看法，它是另外一个种类。”见6/1。

巴黎奥林匹亚出版社出版了这部书之后，一个美国批评
家说《洛丽塔》是我与传奇故事的恋爱的记录。要是拿“英
语”取代“传奇故事”，会使这个简洁的公式更正确。不过，
说到这里，我感到自己的嗓音过于尖厉了。我的美国朋友没
有一个读过我用俄语写的书，因此，对我用英语写的书的优
316/11 点作的每一个评价，注定是不可能准确的。我个人的悲剧不
可能，也不应该是任何人所关心的事，然而我的悲剧是，我
不得不丢弃我与生俱来的语言习惯，丢弃我的不受任何约束
的、富有表现力的、可以得心应手驾驭的俄语，代之以二流
的英语，却又全然没有任何这些道具——蛊惑人的镜子，黑
丝绒的背景幕，以及含蓄的联想与传统——而有了这些道具，
317/1 风度翩翩、穿燕尾服的本土魔法师便可以巧妙地运用，以自
己的风格超越传统。

一九五六年十一月十二日

（金绍禹　译）

316/11 我个人的悲剧……与生俱来的语言习惯：《塞巴斯蒂安·奈特的真实生活》（纳博科夫的第一部英文小说）的叙述者关于奈特也说了类似的话：

我知道，就像知道我和塞巴斯蒂安有共同的父亲那样肯定地知道，塞巴斯蒂安的俄语比他的英语好，而且更自然。我相信他可能是用五年不说俄语的方法来迫使自己认为已忘掉了俄语。可是语言是活生生的客观存在的东西，不可能轻易地摒除。还有，应该记住的是，他出版第一本书的五年之前——也就是说，他离开俄国的时候——他的英语和我的英语一样差。几年之后，我靠人为的方法（通过在国外努力学习）提高了英语水平；他则试图在说英语的环境里自然而然地提高英语。他的英语确实有了惊人的进步，可我还是要说，如果他一开始就用俄语写作，在使用语言上就不会有那么多痛苦了。让我再说一句，我保存这一封他去世前不久写给我的信。那封短信是用更纯粹和更丰富的俄语写的，他的英语从来没有达到那样的程度，无论他在作品中使用的表达方式有多么美。

纳博科夫的“个人悲剧”的确是我们关心的事情，因为它在不同程度上涉及我们所有人。纳博科夫寻找适合《洛丽塔》的语言，也就是亨·亨寻找能够抵达洛丽塔的语言；这是一种有代表性的寻找，是我们一切沟通尝试的强化了的标志。“‘把你的想头说出来，我给你一个子儿。’我说，她立刻伸出手掌”（第208页）。那些想法和那个手掌之间几乎不可逾越的距离，是纳博科夫在《洛丽塔》中如此精确和动人地加以衡量的：人与人之间的距离、区分爱与做爱、幻觉与现实之间的距离——一切人类需求和欲望的迫切伸展。“我只能玩弄字眼”，亨·亨说，而只有文字才能填补洛丽塔的手掌所表明的鸿沟。亨·亨曾经失败过一次——“她总用老一套的粗鲁和厌烦的神态来防护她的薄弱之处，而我则采用一种连我自己也感到难受的矫揉造作的语调说出我那十分超然的论点”（第284页）——但这是有必要尝试的爱的行为，或许纳博科夫在读者这里获得了成功，虽然亨·亨在洛丽塔那里失败了。

317/1 燕尾服（frac-tails）：纳博科夫机智地表明“本土魔法师”现在是位国际化人物了。*Frac*是“燕尾服”的法语词，反正纳博科夫（以及这个版本）就是想要开个玩笑来结束全书，无论那是多么微不足道的玩笑，因为在“可怜东西笼子的围栏”（第311页）后面，绝望的亨伯特同样感到欢欣。在《尼古拉·果戈理》中，纳博科夫指出，“人们喜欢回忆事物喜剧的（comic）一面同其无极的（cosmic）一面，区别仅在于一个s音而已”（第142页），这是暗含在早期的标题《黑暗中的笑声》里的对仗并列。这个标题可以双向：记载了无极玩笑者的笑声，他以阿尔比努斯作抵押，弄瞎了他，折磨他；但同时也概括了纳博科夫对生活的回应，即他赖以求生存的事业。在《洛丽塔》快要结尾时，疾病缠身和绝望的亨伯特终于找到了洛丽塔，她现在是怀有身孕的理查德·希勒太太。他回忆起自己按了门铃，准备杀死狄克。铃声似乎响彻他整个筋疲力尽的系统，但是亨伯特突然对声音采取了他自动的法语回应，玩笑地将其扭曲为胡言乱语：“没有人，我又按了一下门铃，还是没有人（*Personne. Je resonne. Repersonne*）。这些重复的毫无意义的词语是从多深的地方传来?”他心想（第269页）。它来自弗拉基米尔·纳博科夫那慈悲为怀却又喜剧化的想象力，亨伯特叙述的热情、他双关的语言、他洋洋洒洒的东拉西扯、戏仿和游戏全都验证了一种超越日常生活悲伤或者恐惧的喜剧性想象。

Vladimir Nabokov
THE ANNOTATED LOLITA

图字：09-2018-561号

图书在版编目（CIP）数据

洛丽塔：注释本 /（美）弗拉基米尔·纳博科夫（Vladimir Nabokov）著；（美）小阿尔弗雷德·阿佩尔（Alfred Appel, Jr）注释；主万，冯洁音译. —上海：上海译文出版社，2023.5

书名原文：The Annotated Lolita

ISBN 978-7-5327-8714-2

Ⅰ.①洛… Ⅱ.①弗… ②小… ③主… ④冯… Ⅲ.①长篇小说－美国－现代 Ⅳ.①I712.45

中国国家版本馆CIP数据核字（2023）第068927号

洛丽塔：注释本
The Annotated Lolita

[美] 弗拉基米尔·纳博科夫 著
[美] 小阿尔弗雷德·阿佩尔 注释
主万 冯洁音 译

出版统筹 赵武平
责任编辑 缪伶超
装帧设计 汐和 at compus studio
封面插画 贺小碗

上海译文出版社有限公司出版、发行
网址：www.yiwen.com.cn
201101 上海市闵行区号景路159弄B座
上海雅昌艺术印刷有限公司印刷

开本 889×1000 1/16 印张42 插页4 字数439,000
2023年8月第1版 2023年8月第1次印刷

ISBN 978-7-5327-8714-2/I·5380
定价：248.00元